The Bone Season
1. Saison d'Os

SAMANTHA
SHANNON

THE BONE SEASON

1. SAISON D'OS

Traduit de l'anglais (Royaume-Uni)
par Benjamin Kuntzer

DE SAXUS

Ceci est une œuvre de fiction.
Toute ressemblance avec des personnages, organisations ou évènements existant ou ayant existé ne serait que purement fortuite.

AVERTISSEMENT DE CONTENU

VIOLENCE, LANGAGE GROSSIER,
DESCRIPTIONS EXPLICITES DE BLESSURES

The Bone Season - 1. Saison d'Os
par Samantha Shannon

Design original de couverture : David Mann
Couverture française : Conception graphique Eilean Books LLC - Volodymyr Feshchuk
Cartes et illustrations © Emily Faccini

Ouvrage publié sous la direction de Sam Souibgui
Coordination et suivi éditorial : Christian Martin

Note de l'éditeur

Cette édition enrichie inclut une nouvelle inédite en fin d'ouvrage : La Rêveuse Pâle.

Celle-ci se déroule avant les évènements de The Bone Season.

Toutefois, il est recommandé de la lire après le texte principal.

Les Sept Ordres de la

CLAIRVOYANCE

Selon Des mérites de l'Anormalité

I. DEVINS

Pourpre

Utilisent des objets rituels (numa) pour communiquer avec l'éther. Servent le plus souvent à prédire l'avenir.

- **Diseurs**
- **Devins ordinaires**

II. AUGURES

Bleu

Utilisent la matière organique, ou les éléments, pour communiquer avec l'éther. Servent le plus souvent à prédire l'avenir.

- **Vils augures**
- **Augures ordinaires**

III. MÉDIUMS

Vert

Utilisent la possession spirituelle pour communiquer avec l'éther. Susceptibles d'être plus ou moins dominés par les esprits.

- **Médiums transcendants**
- **Médiums rétifs**

IV. SENSORIELS

Jaune

Ont accès à l'éther à un niveau sensoriel et linguistique. Peuvent parfois canaliser l'éther.

- **Goûteurs**
- **Renifleurs**
- **Polyglottes**
- **Chuchoteurs**

V. GARDIENS

Orange

Disposent d'une plus grande maîtrise des esprits que la moyenne et peuvent ployer les limites éthéro-spatiales ordinaires.

- **Dompteurs**
- **Invocateurs**
- **Nécromanciens**
- **Exorcistes**

VI. FURIES

Rouge orangé

Sujets à des changements internes lorsqu'ils se connectent avec l'éther, typiquement pour rejoindre la dimension des rêves.

- **Sibylles**
- **Insondables**
- **Déchaînés**

VII. SAUTEURS

Rouge

Capables d'influer sur l'éther en dehors de leurs propres limites physiques. Sensibilité à l'éther supérieure à la moyenne.

- **Marcherêves**
- **Oracles**

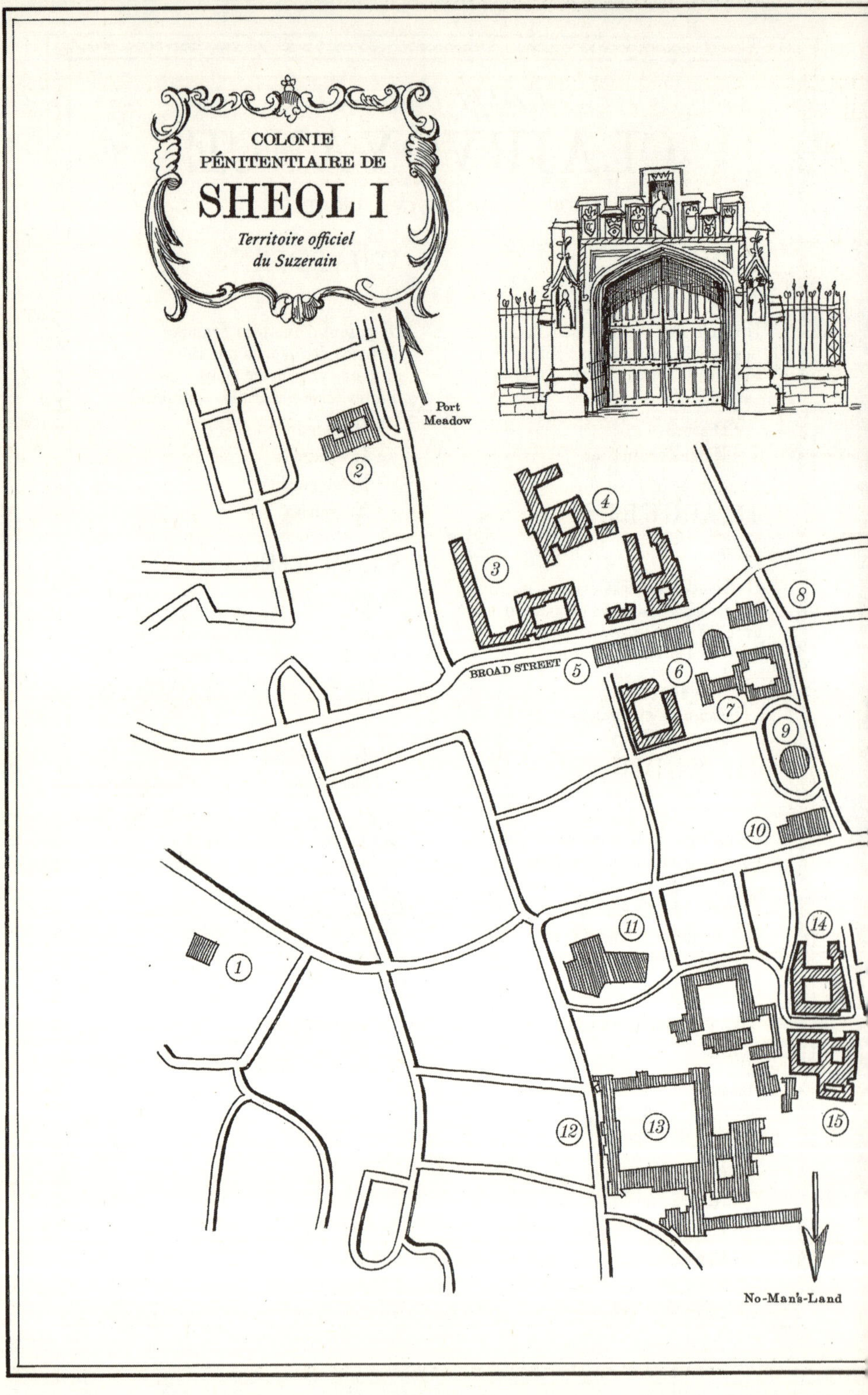
COLONIE
PÉNITENTIAIRE DE
SHEOL I
Territoire officiel
du Suzerain
Port
Meadow
BROAD STREET
1
2
3
4
5
6
7
8
9
10
11
12
13
14
15
No-Man's-Land

1	Centre de détention	11	Maison des corporations
2	Maison amaurotique	12	Tom Tower
3	Résidence Balliol	13	Le Manoir
4	Résidence Trinity	14	Résidence Oriel
5	La Bauge	15	Résidence du Corpus
6	Résidence Exeter	16	Résidence du Suzerain
7	Ancienne bibliothèque	17	Résidence des Reines
8	Hawksmoor	18	Résidence de l'Héritier
9	La Chambre	19	Résidence Merton
10	Ancienne église	20	Résidence Magdalen

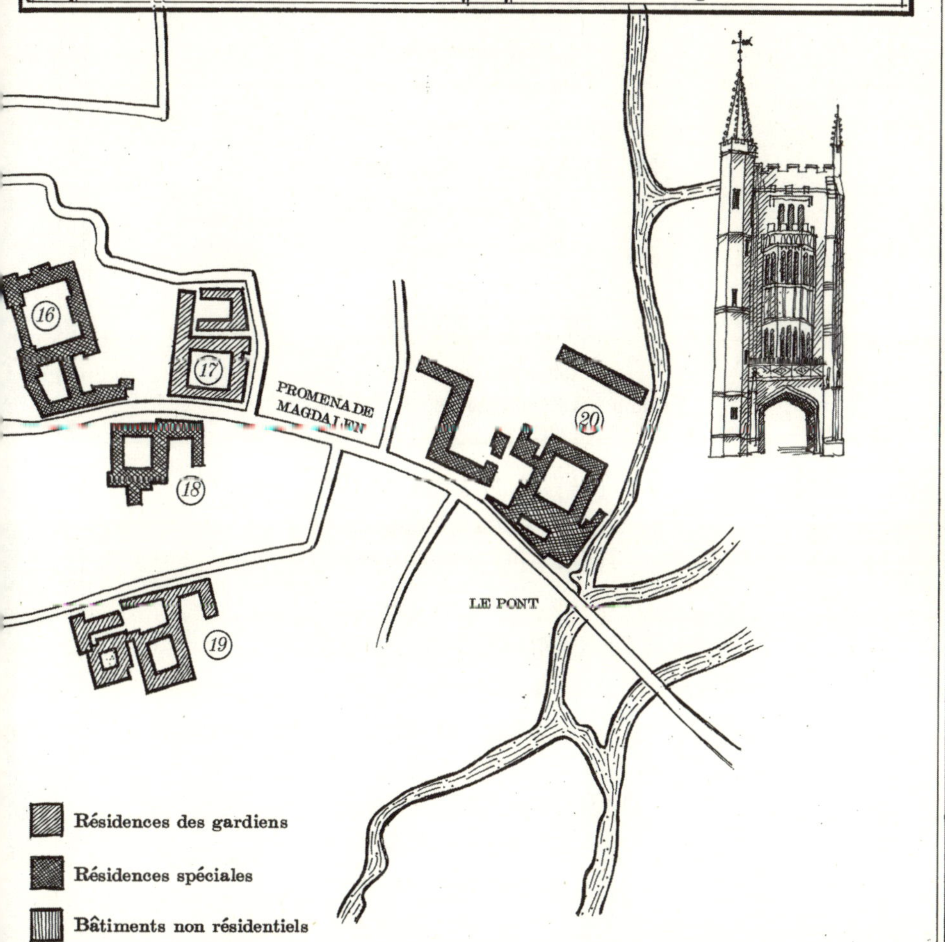

Les Sept Sceaux

Organisation criminelle de voyants opérant clandestinement à Londres, cohorte I, section 4.

JAXON HALL, SEIGNEUR-MIME

Le Dompteur blanc

Gardien - Dompteur

PAIGE MAHONEY, MALONETTE

La Rêveuse pâle

Sauteuse - Marcherêve

NICKLAS « NICK » NYGÅRD

La Vision rouge

Sauteur - Oracle

ELIZA RENTON

La Muse martyrisée

Médium - Automatiste (médium artistique)

NADINE ARNETT

Le Carillon silencieux

Sensorielle - Chuchoteuse

EZEKIEL « ZEKE » SÁENZ

Le Diamant noir

Furie - Insondable

DANICA « DANI » PANIĆ

La Furie enchaînée

Furie - Indéfini

Pour les rêveurs

Outre cette terre,
et outre la race humaine
se trouve un monde invisible,
un royaume d'esprits : celui-là
nous entoure, car il est partout.

Charlotte Brontë

1

La Malédiction

J'aime à croire que nous étions initialement plus nombreux. Pas des milliards, mais plus qu'aujourd'hui.

Nous sommes la minorité que l'humanité refuse d'accepter. Au moins dans le cadre de la réalité, mais même l'imagination est sujette à restrictions. Nous ressemblons à tout le monde. Parfois, nous nous comportons comme tout le monde. Par bien des manières, nous *sommes* comme tout le monde. Nous sommes partout, dans chaque rue. Nous vivons d'une façon que vous pourriez juger normale, à condition de ne pas y regarder de trop près.

Nous ne savons pas tous ce que nous sommes. Certains d'entre nous meurent sans jamais l'apprendre. D'autres le découvrent, et ne se font jamais attraper. Mais nous sommes là.

Croyez-moi.

J'avais vécu dans ce district de Londres autrefois appelé Islington depuis mes huit ans. À seize ans, j'avais quitté mon école privée pour filles et trouvé du travail. C'était en l'an 2056. Ou AS 127, selon le calendrier scionien. Les jeunes gens des deux sexes étaient censés gratter de quoi subvenir à leurs besoins par tous les moyens, et cela se passait généralement derrière l'un ou l'autre comptoir. Le secteur des services offrait quantité de jobs. Mon père pensait que je mènerais une existence simple ; il m'estimait brillante, mais dépourvue d'ambition, prête à me satisfaire du premier boulot qui me tomberait dessus.

Comme d'habitude, il se trompait.

À l'âge de seize ans, j'avais intégré le milieu du crime organisé de Scion-Londres – SciLo, comme on disait dans la rue. Je subsistais au milieu d'impitoyables gangs de voyants prêts à s'écharper pour survivre. Un suzerain de l'ombre dirigeait cette pègre qui gangrenait la ville entière. Mis au ban de la société, nous n'avions d'autre choix que de nous tourner vers l'illégalité. Accentuant ainsi la haine à notre égard. Nous donnions raison aux légendes.

J'avais trouvé ma petite place dans ce chaos. J'étais une « malonette », la protégée d'un seigneur-mime. Mon boss était un type nommé Jaxon Hall, le seigneur-mime responsable de la zone I-4. Nous étions six à dépendre directement de lui. Nous formions les Sept Sceaux.

Je ne pouvais l'avouer à mon père. Il me croyait serveuse dans un bar à oxygène, un taf mal payé, mais honnête. Un mensonge pieux. Il n'aurait pas compris si je lui avais dit que je passais mon temps avec des criminels. Il ignorait que je me sentais à ma place avec eux. Bien plus qu'avec lui.

J'avais dix-neuf ans le jour où ma vie changea. Mon nom était alors bien connu dans la rue. Après une semaine éreintante au marché noir, j'avais prévu de passer le week-end avec mon père. Jax ne pigeait pas que je puisse avoir besoin de congés – pour lui, rien ne valait le boulot ; contrairement à moi, il n'avait pas de famille. Pas vivante, en tout cas. Et même si je n'avais jamais été très proche de mon paternel, je me sentais plus ou moins obligée de rester en contact. Une bouffe par-ci, un coup de fil par-là, un cadeau pour la Novembrine. Le seul souci était ses questions incessantes. Et quel boulot tu fais ? Et qui sont tes amis ? Et où tu habites ?

Je ne pouvais pas lui répondre. La vérité était trop dangereuse. Il m'aurait peut-être envoyée lui-même à Tower Hill si je la lui avais révélée. Peut-être aurais-je dû le faire malgré tout. Ou peut-être que ça l'aurait tué. En tout cas, je ne regrettais pas d'avoir rejoint le milieu. Mon travail n'était certes pas légal, mais il rapportait bien. Et comme le disait Jax, mieux vaut être hors-la-loi que clamser.

Il pleuvait ce jour-là. Mon dernier jour de boulot.

Un respirateur artificiel me maintenait en vie. J'avais l'air morte, et d'une certaine manière, je l'étais : mon esprit était partiellement détaché de mon corps. Un crime qui aurait pu me conduire à la potence.

J'ai dit que je travaillais pour la pègre. Laissez-moi préciser. J'étais une espèce de hackeuse. Sans vraiment *lire* dans les pensées, j'arrivais à les repérer, en me branchant sur les courants de l'éther. Je percevais les nuances des territoires des rêves et des âmes solitaires. Des choses qui m'entouraient. Des choses que le voyant moyen n'aurait jamais ressenties.

Jax m'utilisait comme un radar. Mon job était de surveiller toute activité éthérée dans son secteur. Il m'envoyait contrôler les autres voyants, histoire de découvrir ce qu'ils pouvaient cacher. Les premiers temps, il fallait que je me trouve dans la même pièce qu'eux – que je puisse les voir, les entendre et les toucher –, mais je m'étais bien vite rendu compte que je pouvais pousser plus loin. J'arrivais désormais à percevoir des événements se déroulant à distance : un voyant marchant dans la rue, un regroupement d'esprits à Covent Garden, le « Jardin ». Tant que j'étais sous respirateur, je pouvais me connecter à l'éther dans un rayon de plus d'un kilomètre autour des Sept-Cadrans. Ainsi, quand il avait besoin de colporter des ragots sur ce qui se déroulait en I-4, vous pouviez être sûr qu'il faisait appel à ma pomme. Il était convaincu que j'avais le potentiel pour aller plus loin, mais Nick avait toujours refusé de me laisser essayer. Nous ignorions quelles conséquences cela pourrait avoir sur moi.

Évidemment, toute voyance était interdite, mais quand en plus il était question de gros sous, ça devenait un péché mortel. Ils avaient même inventé un terme pour ça : le crimime, un mot-valise pour *crime-mime*. Communiquer avec le monde des esprits pour le profit. La pègre avait bâti tout son empire sur le crimime.

Les voyants qui ne parvenaient pas à entrer dans un gang louaient leur don clandestinement. Pour nous, c'était de la mendicité ; pour Scion, de la trahison. De tels crimes étaient passibles de mort ; la méthode officielle pour les exécutions était l'asphyxie par nitrogène. Une trouvaille marketée sous le nom de NitVite. Je me souviens encore des gros titres : PUNIR SANS DOULEUR : LE DERNIER MIRACLE DE SCION. Selon eux, c'était comme prendre un cachet pour s'endormir. Toutefois, les pendaisons publiques avaient encore cours, et la haute trahison pouvait donner lieu à de rares séances de torture.

Dans mon cas, le simple fait de respirer était un acte de haute trahison.

Mais revenons-en à nos moutons. Ce jour-là, Jaxon m'avait branchée au respirateur et envoyée en reconnaissance dans son secteur. Je me rapprochais d'un esprit local, qui se baladait souvent dans le secteur 4. Je m'étais plusieurs fois efforcée d'obtenir un aperçu de ses souvenirs, mais quelque chose m'en avait toujours empêchée. Son territoire des rêves ne ressemblait à aucun autre. Même Jax était perplexe. D'après l'empilement des mécanismes de défense, j'estimais l'âge de leur propriétaire à plusieurs milliers d'années, ce qui était impossible. La vérité était ailleurs.

Jax était de nature méfiante. Il était établi que tout nouveau voyant visitant son secteur devait se présenter à lui dans les quarante-huit heures. Selon lui, un autre gang était à l'œuvre là-dessous, mais personne en I-4 n'avait assez d'expérience pour bloquer mes missions de reconnaissance. Nul ne soupçonnait mes capacités. Ce n'était pas Didion Waite, qui dirigeait la deuxième plus grosse bande de la zone. Ce n'étaient pas non plus les mendiants affamés qui fréquentaient les Cadrans. Pas plus que les seigneurs-mimes territoriaux spécialisés dans les délits éthérés. Il s'agissait d'autre chose.

Des centaines d'esprits me dépassaient, éclats argentés scintillant dans le noir. Ils déambulaient hâtivement dans les rues, à l'instar de leurs propriétaires. Je ne reconnaissais pas ces gens. Je ne pouvais distinguer leur visage, seulement les contours flous de leur conscience.

Je ne me trouvais plus dans les Cadrans. Ma perception m'avait portée bien plus au nord, même si j'étais incapable de préciser où. Je suivais l'habituelle sensation de danger. L'esprit de cette personne non identifiée était tout proche. Il m'attirait à travers l'éther tel un feu follet, zigzaguant entre ses congénères. Très rapidement, comme s'il m'avait repérée. Comme s'il essayait de fuir.

Je n'aurais pas dû suivre cette lumière. J'ignorais où elle me mènerait, et je m'étais déjà bien trop éloignée des Sept-Cadrans.

Jaxon t'a chargée de le trouver. Cette pensée était distante. *Il va être furieux.* Je poursuivis donc ma traque, me déplaçant infiniment plus vite que je n'aurais pu le faire dans mon corps. Je luttais contre les limitations de ma position physique. Je distinguais désormais l'esprit solitaire. Il n'était pas argenté comme les autres : non, il était sombre et froid, de glace et de pierre. Je fondais sur lui. Il était tellement, *tellement* proche... Je ne pouvais plus le perdre, à présent...

Puis l'éther se mit à trembler autour de moi et, en une fraction de seconde, il disparut. Cet esprit inconnu m'avait de nouveau échappé.

Quelqu'un me secouait.

Mon cordon argenté – le lien qui unissait mon corps à mon esprit – était extrêmement sensible. C'était lui qui me permettait de tâter le contour des rêves à distance. Lui aussi qui pouvait me ramener dans mon enveloppe charnelle en un claquement de doigts. Quand je rouvris les yeux, Dani m'agitait un stylo lumineux au-dessus de la figure.

— Les pupilles réagissent, commenta-t-elle. Bien.

Danica. Notre génie attitré. Presque aussi intelligente que Jax. Âgée de trois ans de plus que moi, elle avait le charme et la sensibilité d'un coup sous la ceinture. Au moment de son recrutement, Nick l'avait qualifiée de sociopathe. Selon Jax, c'était juste une affaire de personnalité.

— Lève-toi et marche, rêveuse. (Elle me gifla sans ménagement.) Bienvenue dans le monde de la chair fraîche.

À défaut d'être agréable, la piqûre due à la baffe était un signe de bonne santé. Je détachai mon masque à oxygène.

Je parvins à distinguer le triste éclat de notre antre. La piaule de Jax était une véritable mine de produits de contrebande : films, musiques et livres interdits étaient dangereusement empilés sur des étagères poussiéreuses. On trouvait notamment une série de terreurs de gare, du genre qu'on pouvait dégotter au Jardin le week-end, et un tas de brochures séditieuses. C'était le seul endroit au monde où je pouvais lire, regarder du cinéma indépendant et faire tout ce qui me chantait.

— Tu ne devrais pas me réveiller comme ça, râlai-je. (Elle connaissait les règles.) Combien de temps je suis restée là-bas ?

— Où ?

— À ton avis ?

Dani claqua des doigts.

— Ah oui, bien sûr – dans l'éther. Désolée. Je n'ai pas fait gaffe.

Peu probable. Dani faisait toujours gaffe à tout.

Je jetai un coup d'œil à l'affichage digital bleu de la machine. Dani l'avait fabriquée elle-même. Elle l'appelait son Système de Survie pour Voyant Mort, ou 2SVM. L'appareil régulait et contrôlait mes fonctions vitales quand je palpais l'éther sur de longues distances. Mon cœur se serra quand j'avisai les chiffres du chrono.

— Cinquante-sept minutes, m'exclamai-je en me frottant les tempes. Tu m'as laissée dans l'éther pendant une heure ?

— Peut-être.

— Une heure entière ?

— Les ordres sont les ordres. Jax voulait que tu aies percé à jour cet esprit mystérieux au crépuscule. Tu as réussi ?

— J'ai essayé.

— Ce qui signifie que tu as échoué. Pas de prime pour toi. (Elle avala son expresso d'une longue gorgée.) Je n'arrive toujours pas à croire que tu aies perdu Anne Naylor.

J'aurais dû m'attendre à ce qu'elle remette ça sur le tapis. Quelques jours plus tôt, j'avais été dépêchée à une société de vente aux enchères pour y réclamer un esprit qui appartenait de droit à Jax : celui d'Anne Naylor, le fameux fantôme de Farringdon. Malheureusement, quelqu'un avait proposé plus que moi.

— On n'aurait jamais pu la récupérer, affirmai-je. Didion n'aurait pas lâché le morceau, pas après ce qui s'est passé la dernière fois.

— Si tu le dis. De toute façon, je ne vois pas ce que Jax aurait pu faire d'un poltergeist. (Elle me jeta un coup d'œil.) Au fait, il t'accorde ton week-end. Comment tu t'es débrouillée ?

— J'ai invoqué des raisons psychologiques.

— Comment ça ?

— Je lui ai dit que toi et tes appareils me rendiez dingue.

Elle me balança son gobelet vide dessus.

— Je m'occupe de toi, petite ingrate. Mes appareils ne peuvent pas fonctionner tout seuls. J'aurais très bien pu sortir déjeuner et laisser s'assécher ce qui te sert de cerveau.

— Effectivement, il aurait *pu* s'assécher.

— Arrête, tu vas me faire pleurer. Tu sais comment ça se passe : Jax nous donne des ordres, on obéit, on est payés. Va bosser pour Hector, si t'es pas contente.

Touché !

Dani renifla avant de me tendre mes bottes de cuir râpées. Je les enfilai sans attendre.

— Où sont les autres ?

— Eliza dort. Elle a eu une crise.

Nous ne parlions de *crise* que lorsque l'un d'entre nous faisait une rencontre quasi fatale. Dans son cas, il s'agissait généralement d'une possession non sollicitée. Je me tournai vers la porte de son atelier.

— Est-ce qu'elle va bien ?

— Elle s'en remettra.

— Je suppose que Nick est passé la voir ?

— Je l'ai appelé. Il est toujours au *Chat* avec Jax. Il a dit qu'il t'emmènerait chez ton père à 17 h 30.

Le *Chateline* était l'un des rares restos où nous pouvions manger, un bar-grill chicos sur Neal's Yard. Le proprio avait conclu un marché avec nous : en échange de gros pourboires, il ne nous balançait pas aux vigils. Le bakchich nous revenait plus cher que le repas, mais ça en valait la peine.

— Il est donc en retard, constatai-je.

— Sans doute un contretemps.

Dani fit mine d'attraper son téléphone.

— Laisse tomber, dis-je en dissimulant ma tignasse sous ma casquette. Je ne voudrais surtout pas les interrompre en plein câlin.

— Tu ne peux pas y aller en métro.

— En fait, si.

— On se voit à ton enterrement.

— Ça ne risque rien. Ils n'ont plus vérifié la ligne depuis des semaines. (Je me levai.) On prend le petit-déj ensemble, lundi ?

— Peut-être. Je vais sans doute devoir des heures sup' à la bête. (Elle jeta un coup d'œil sur l'horloge.) Tu devrais y aller, il est presque dix-huit heures.

Elle avait raison. J'avais moins de dix minutes pour me rendre à la station. J'attrapai mon manteau au passage et lançai un « Salut, Pieter » à l'esprit tapi dans un coin. Il me répondit d'un rougeoiement las, que je ressentis, à défaut de le voir. Il était de nouveau déprimé. Le fait d'être mort avait tendance à lui peser.

Il y avait un protocole à respecter avec les esprits, au moins dans notre secteur. Prenez Pieter, par exemple, l'un de nos assistants – l'une de nos muses, pour être exacte. Eliza le laissait la posséder par créneaux de trois heures quotidiennes, qu'elle mettait à profit pour peindre un chef-d'œuvre.

Quand elle avait fini, je m'empressais d'aller le refourguer au Jardin, à des amateurs d'art non avertis. Cela dit, Pieter avait son caractère. Parfois, il s'écoulait des mois entre deux toiles.

Dans notre situation, on ne s'encombrait pas d'éthique. C'est ce qui arrive, quand on force une minorité à vivre dans le secret. C'est ce qui arrive, quand le monde est si cruel. Il n'y avait rien d'autre à faire que de s'en accommoder. Essayer de survivre, de gratter un peu de thunes. De prospérer dans l'ombre de l'archonte de Westminster.

Mon job, ma vie étaient basés aux Sept-Cadrans. Selon le système de découpage urbain de Scion, le quartier se trouvait dans la cohorte I, secteur 4, soit I-4. Il se déployait autour d'une colonne érigée à un carrefour tout près du marché noir de Covent Garden. Six cadrans solaires ornaient ce pilier.

Chaque secteur était régi par son propre seigneur-mime ou sa propre reine-mime. Ensemble, ils formaient l'Assemblée des Anormaux, qui prétendait diriger la pègre ; cela dit, chacun faisait ce qu'il voulait sur son territoire. Les Cadrans se trouvaient dans la cohorte centrale, où le crime organisé était le plus puissant. C'est d'ailleurs pour cette raison que Jax s'y était installé. Pour cette raison que nous y restions. Nick était le seul à posséder sa propre piaule, plus au nord, dans Marylebone. Nous ne nous y rendions qu'en cas d'urgence. Depuis trois ans que je bossais pour Jaxon, il n'y en avait eu qu'une seule, quand la Division de Vigilance Nocturne avait fait une descente sur les Cadrans pour y débusquer les clairvoyants. Un indic nous avait prévenus deux heures avant la rafle, il ne nous en avait fallu qu'une seule pour déguerpir.

L'air était froid et humide, une soirée typique du mois de mars. Je percevais des esprits. Avant l'ère de Scion, les Cadrans étaient un quartier pauvre, et on trouvait encore une foule d'âmes en peine traînant autour de la colonne, attendant un nouveau but dans l'existence. J'en rassemblai un certain nombre autour de moi. On n'est jamais trop prudent.

Scion était à la pointe en matière de sécurité amaurotique. La moindre référence à l'au-delà y était interdite. Frank Weaver nous jugeait anormaux et, à l'instar de tous les grands inquisiteurs auxquels il avait succédé, il avait appris au reste de la population londonienne à nous haïr. À moins de ne pouvoir faire autrement, nous ne sortions que lors des heures calmes, à savoir quand la DVN dormait et que la Division de Vigilance Diurne prenait le relais. Les officiers de la DVD n'étaient pas voyants. Ils n'avaient pas non plus l'autorisation de faire montre d'autant de violence que leurs homologues de nuit. Pas en public, en tout cas.

Ceux de la DVN, c'était autre chose. Des voyants en uniforme. Contraints de servir pendant trente ans avant d'être euthanasiés. Un pacte avec le diable, selon certains, mais cela leur conférait l'assurance de trente années d'une existence confortable. La plupart des voyants n'avaient pas cette chance.

L'histoire de Londres était jalonnée de tant de morts qu'il était difficile de trouver un lieu qui ne fut pas hanté. Les esprits formaient comme un filet de sécurité. À condition de recruter les bons. Un fantôme trop fragile ne pouvait retenir un assaillant que quelques secondes. Les âmes ayant connu une vie de violence étaient les meilleures. Ce qui expliquait leur prix au marché noir. Jack l'Éventreur aurait coûté des millions à son acquéreur potentiel – si seulement on parvenait enfin à le retrouver. Certains prétendaient encore qu'il s'agissait d'Édouard VII – le prince déchu, le Roi-Sanglant. Selon Scion, il était le premier clairvoyant de l'histoire, mais je n'avais jamais vraiment adhéré à cette hypothèse. Je préférais me dire que nous avions toujours existé.

Il commençait à faire sombre. La lune était tel un sourire blanc et narquois au milieu du ciel doré du crépuscule. Et juste en dessous d'elle se déployait la citadelle. *Les Deux Brasseurs*, le bar à oxygène de l'autre côté de la rue, débordait d'amaurotiques. Des gens normaux. Les voyants les disaient atteints d'amaurose, alors qu'eux clamaient que nous souffrions de clairvoyance. *Les pourris* était un autre de leurs surnoms.

Ce terme ne m'avait jamais plu. Cela leur donnait l'air d'être en décomposition. Un tantinet hypocrite, vu que *nous* conversions avec les morts.

Je boutonnai ma veste et rabattis sur mon front la visière de ma casquette. Tête basse, yeux grands ouverts. Voilà l'une des seules règles que je respectais. Certainement pas les lois de Scion.

— Votre avenir pour un bob. Juste un bob, m'delle ! Le meilleur oracle de Londres, m'delle, juré craché. Une petite pièce pour un pauvre mendiant ?

La voix était celle d'un homme maigre, engoncé dans une veste encore plus étriquée que lui. Je n'avais plus vu de mendiant depuis un moment. Ils se faisaient rares dans la cohorte centrale, où la plupart des voyants appartenaient au milieu. Je lus son aura. Il n'était pas du tout oracle, mais devin. Un devin particulièrement stupide : les seigneurs-mimes crachaient sur les mendiants. Je me dirigeai droit vers lui.

— À quoi vous jouez ? (Je l'attrapai par le col.) Vous avez perdu la tête ?

— Pitié, madelle. J'ai faim.

Sa voix était rendue rauque par la déshydratation. Et il avait les tics faciaux d'un accro à l'oxygène.

— J'ai nulle part où aller. Le dites pas au Dompteur, hein. Je voulais juste…

— Alors, dégagez d'ici. (Je lui glissai quelques billets dans la paume.) Je me fous de savoir où vous allez, mais ne restez pas dans la rue. Trouvez-vous un pieu. Et si demain vous voulez mendier, faites-le dans la cohorte VI, pas ici. Pigé ?

— Soyez bénie, madelle.

Il ramassa ses maigres effets, parmi lesquels se trouvait une boule de verre, moins cher que le cristal. Je le regardai détaler vers Soho.

Pauvre gars. S'il gaspillait mon argent dans un bar à oxygène, il serait de retour dans la rue en un rien de temps. Ce n'était pas un cas isolé : ils étaient nombreux à se brancher à une canule et à se gaver d'air parfumé pendant des heures. C'était la seule drogue autorisée dans la citadelle. Quoi qu'il en fût, ce mendiant était désespéré. Il s'était peut-être fait éjecter par la pègre, ou par sa famille. Je n'allais pas lui poser la question. Personne ne l'aurait fait.

La station I-4B était généralement bondée. Les amaurotiques n'avaient rien à craindre du métro : leur aura ne pouvait pas les trahir. La plupart des voyants évitaient les transports en commun, mais il valait parfois mieux monter dans une rame que déambuler dans la rue. Les agents de la DVN étant éparpillés dans toute la citadelle, les points de contrôle étaient rares.

Chacune des six cohortes comportait six secteurs. Quiconque voulait sortir du sien, surtout de nuit, devait se munir d'un permis de transport et croiser les doigts. Les gardes souterrains étaient déployés à la nuit tombée. Affiliés à la Division de Vigilance Nocturne, ils étaient composés de voyants dotés menant une existence normale. Ils servaient l'État pour rester vivants.

Je n'avais jamais envisagé de travailler pour Scion. Les voyants se montraient souvent cruels entre eux – en ce sens, je pouvais comprendre ceux qui se retournaient contre les leurs –, et je ressentais certaines affinités avec eux. J'aurais été parfaitement incapable d'arrêter l'un d'eux. Même si, parfois, quand j'avais bossé dur pendant deux semaines et que Jax oubliait de me payer, je dois bien admettre que j'étais tentée.

Je passai les contrôles avec deux minutes d'avance. Puis, une fois les barrières franchies, je libérai ma meute. Les esprits n'aimaient pas être entraînés loin du lieu qu'ils hantaient, et ils auraient refusé de m'aider si je les y avais contraints.

Ma tête me faisait mal. Le produit que Dani m'avait injecté se dissipait. Une *heure* dans l'éther… Jaxon jouait vraiment avec mes limites.

Sur le quai, des tubes Nixie verts indiquaient les horaires du métro. En dehors de ça, il n'y avait que peu de lumière. La voix enregistrée de Scarlett Burnish émanait des haut-parleurs.

« Ce train dessert toutes les gares depuis la cohorte I, secteur 4, vers le nord. Veuillez préparer vos titres de transport. Regardez bien les écrans de sûreté pour découvrir les communiqués de ce soir. Merci, et bonne soirée. »

Ma soirée était loin d'être bonne. Je n'avais rien mangé depuis l'aube. Jax ne m'accordait une pause déjeuner que lorsqu'il était d'excellente humeur, ce qui était un poil plus rare que les pommes bleues.

Un nouveau message s'affichait sur les écrans. TDR : TECHNOLOGIE DE DÉTECTION RADIESTHÉSIQUE. Les autres voyageurs ne le remarquèrent même pas. Cette pub défilait sans arrêt.

« Dans une citadelle aussi peuplée que Londres, il est normal de craindre un jour de voyager à côté d'un individu anormal. »

Plusieurs silhouettes apparurent sur l'écran, chacune représentant un citoyen. L'une d'elles vira au rouge.

« La société SciSORS teste actuellement des boucliers TDR dans les stations de Paddington et de l'Archonterie. En 2061, nous devrions avoir installé de tels boucliers sensoriels dans quatre-vingts pour cent des gares de la cohorte centrale, ce qui nous permettra de limiter l'emploi de policiers anormaux dans le métro. Venez nous voir à Paddington, ou demandez plus d'informations à un agent de la DVD. »

Les pubs se succédèrent, mais celle-ci me restait en tête. La TDR constituait la principale menace contre la société des voyants dans la citadelle. Selon Scion, elle permettait de détecter une aura à plus de six mètres. Si rien ne venait contrecarrer leurs plans, nous serions forcés au confinement d'ici 2061. Évidemment, aucun des seigneurs-mimes n'avait proposé de solution. Ils s'étaient contentés de se disputer. Et de se disputer encore. Et de se disputer au sujet de leurs disputes.

Des auras vibraient de toutes leurs forces dans la rue au-dessus de moi. J'étais un véritable diapason, résonnant de leur énergie. Pour me changer les idées, je feuilletai mes papiers d'identité. On y trouvait ma photo, mon nom, mon adresse, mes empreintes digitales, mon lieu de naissance et ma profession. Madelle Paige E. Mahoney, résidente naturalisée en I-5. Née en Irlande en 2040. Installée à Londres en 2048 à la suite de circonstances exceptionnelles. Employée dans un bar à oxygène en I-4, d'où le permis de transport. Blonde. Yeux gris. Un mètre soixante-quinze. Pas de signe distinctif particulier en dehors de lèvres sombres, sans doute dues à l'inhalation régulière de fumée.

Je n'avais jamais fumé de ma vie.

Une main moite se referma autour de mon poignet, me faisant sursauter.

— Tu me dois des excuses.

Je lançai un regard assassin à un homme brun paré d'un chapeau melon et d'une cravate blanche et sale. J'aurais pu le reconnaître à l'odeur : Haymarket Hector, l'un de nos rivaux les moins hygiéniques. Il puait tout le temps les égouts. Malheureusement, il était aussi le suzerain de l'ombre, le grand patron de la pègre. Son territoire était surnommé l'Arpent du Diable.

— On a gagné la partie. Dans les règles. (Je me libérai d'une secousse.) Vous n'avez rien de mieux à faire, Hector ? Vous brosser les dents, par exemple ?

— Commence donc par te laver la langue, petite tricheuse. Et par respecter ton suzerain.

— Je ne suis pas une tricheuse.

— Oh, je crois bien que si. (Il parlait à voix basse.) Peu importe les grands airs que peut se donner ton seigneur-mime, vous sept n'êtes que de sales petits tricheurs et menteurs. J'ai entendu dire que tu étais la plus douce du marché noir, ma petite Rêveuse. Mais tu vas disparaître. (Il me caressa la joue du bout d'un doigt.) Ils finissent tous par disparaître.

— Et vous aussi.

— Nous verrons cela. Très bientôt.

Il se pencha un peu plus vers moi pour me souffler à l'oreille :

— Sois *très* prudente sur la route, petite catin.

Et il disparut dans le tunnel menant à la sortie.

Je devais faire attention avec Hector. En tant que suzerain, il n'avait pas de pouvoir véritable sur les autres seigneurs-mimes – son seul rôle étant de convoquer les réunions –, mais il comptait bon nombre de partisans. Il l'avait mauvaise depuis que mon gang avait battu ses laquais au *tarocchi*, deux jours avant la mise aux enchères de Naylor. Les gars d'Hector étaient mauvais perdants. Et le fait que Jaxon se soit payé leur tronche n'arrangeait rien. La plupart des membres de notre bande avaient réussi à éviter de s'attirer un contrat, mais Jax et moi étions trop rentre-dedans. La Rêveuse pâle – mon petit nom dans la rue – figurait quelque part sur leur liste de clients à abattre. S'ils me coinçaient un jour, j'y passerais.

Le métro arriva une minute plus tard. Je me laissai tomber sur un siège. Il n'y avait qu'une autre personne dans la rame : un homme occupé à lire le quotidien *Descendant*. C'était un voyant, un médium. Je me raidis. Jax ne manquait pas d'ennemis, et nombre de voyants savaient que j'étais sa malonette. Ils savaient également que je vendais des toiles qui ne pouvaient avoir été peintes par le véritable Pieter Claesz.

Je sortis ma tablette standard et choisis mon roman légal préféré. Sans ma horde d'esprits pour me protéger, mon seul moyen de défense était d'avoir l'air aussi normal et amaurotique que possible.

Tout en faisant défiler les pages, je gardais un œil sur mon compagnon de voyage. Je savais qu'il m'avait repérée, mais ni lui ni moi n'étions décidés à parler. Puisqu'il ne m'avait pas encore attrapée par la peau du cou pour me passer à tabac, j'en déduisis qu'il ne comptait pas parmi les amateurs d'art récemment arnaqués.

Je risquai un coup d'œil vers son exemplaire du *Descendant*, le seul journal encore imprimé à grande échelle. Il était trop facile de faire un usage abusif du papier ; avec les tablettes, nous ne pouvions télécharger que les rares médias autorisés par la censure. Les nouvelles habituelles me sautèrent au visage. Deux jeunes hommes pendus pour trahison, un centre commercial suspect fermé dans le secteur 3. Un long article rejetant l'opinion « anormale » selon laquelle la Grande-Bretagne était isolée politiquement. Le journaliste considérait Scion comme « un empire à l'état embryonnaire ». Aussi loin que je me souvienne, j'avais toujours entendu ça. Si Scion était encore en gestation, je n'avais carrément aucune envie de me trouver encore dans les parages quand il jaillirait de l'œuf.

Près de deux siècles s'étaient écoulés depuis l'avènement de Scion. Celui-ci avait été établi en réaction à une menace potentielle à l'égard de l'empire. L'*épidémie*, comme ils disaient – une épidémie de clairvoyance. La date officielle remontait à 1901, quand ils avaient imputé cinq meurtres effroyables à Édouard VII. Selon eux, le Roi-Sanglant avait ouvert une brèche que nul ne pourrait jamais refermer ; lui seul était responsable du fléau de clairvoyance s'abattant sur le monde, et ses partisans étaient partout, croissaient et tuaient, puisant leur pouvoir dans une source de grand mal.

S'ensuivit donc Scion, une république conçue pour éradiquer cette maladie. Durant cinquante ans, une véritable chasse aux voyants fut lancée, où toutes les principales mesures politiques étaient orientées contre les « anormaux ». Les meurtres étaient systématiquement commis par des anormaux. Tous les actes de violence gratuite, les vols, les viols, les incendies criminels – tout ceci était l'œuvre des anormaux. Au fil des années, l'association secrète des voyants s'était développée dans la citadelle, avait donné naissance à une pègre organisée, véritable havre pour clairvoyants. Depuis lors, Scion avait redoublé d'efforts pour nous éliminer.

Dès que le TDR fonctionnerait, notre mafia s'écroulerait et Scion deviendrait omnipotent. Il nous restait deux ans pour agir, mais avec Hector pour suzerain, je n'étais guère optimiste. Son règne n'avait fait qu'accroître la corruption.

Le métro traversa trois stations sans incident. Je venais de terminer mon chapitre quand les lumières s'éteignirent. La rame s'immobilisa. Je compris ce qui se passait une fraction de seconde avant l'autre passager. Il se redressa alors sur son siège.

— Ils vont fouiller le train.

J'essayai de parler pour confirmer ses craintes, mais ma langue était aussi sèche que du coton.

J'éteignis ma tablette. Une porte s'ouvrit dans la paroi du tunnel. L'écran Nixie de la rame annonça ALERTE SÉCURITÉ. Je savais ce qui allait se produire : deux gardes souterrains de faction. Toujours l'un pour commander l'autre, généralement un médium. Je n'avais encore jamais été contrôlée, mais je savais que rares étaient les voyants qui en réchappaient.

Mon cœur se mit à tambouriner. Je me tournai vers l'autre passager, tentant de jauger sa réaction. Il était médium, bien que pas particulièrement puissant. Je n'avais jamais très bien compris comment je parvenais à le déterminer : je devais avoir des antennes, un truc dans le genre.

— Il faut qu'on descende de ce train, dit-il en se mettant debout. Vous êtes quoi, mon cœur ? Un oracle ?

Je ne répondis pas.

— Je sais que vous êtes voyante, insista-t-il en tirant sur la poignée de la porte. Allez, mon cœur, ne restez pas assise ici. Il doit bien y avoir une issue quelque part.

Il s'épongea le front d'un revers de manche avant de reprendre :

— Et il faut qu'il y ait un contrôle juste *le* jour où...

Je demeurai parfaitement immobile. Les gardes souterrains. Ils avaient dû repérer un certain nombre de voyants à bord, sans quoi ils n'auraient pas coupé l'éclairage. Je savais qu'ils pouvaient percevoir notre aura, mais ils voudraient savoir précisément à qui ils avaient affaire.

Ils montèrent dans notre rame. Un invocateur et un médium. Le train recommença à avancer, mais la lumière ne revint pas. Ils s'intéressèrent d'abord à mon compagnon.

— Nom ?

Il se raidit.

— Linwood.

— Raison de votre voyage ?

— Je suis allé rendre visite à ma fille.

— Rendre visite à votre fille ? Vous êtes sûr que vous n'étiez pas plutôt en route pour une séance de spiritisme, médium ?

Ces deux-là cherchaient la bagarre.

— J'ai avec moi les papiers de l'hôpital, répliqua-t-il. Elle est très malade. J'ai l'autorisation d'aller la voir chaque semaine.

— Ouvrez encore une fois votre grande bouche, et vous ne l'aurez plus.

Il se tourna vers moi et aboya :

— Vous. Où est votre carte ?

Je la sortis de ma poche.

— Et votre permis de transport ?

Je le lui tendis. Il prit quelques secondes pour le lire.

— Vous travaillez dans le secteur 4 ?

— Oui.

— Qui vous a délivré ce permis ?

— Bill Bunbury, mon responsable.

— Je vois. Je dois toutefois vérifier autre chose. (Il me braqua sa torche droit dans les yeux.) Ne bougez pas.

Je ne cillai même pas.

— Aucune vision d'esprit, commenta-t-il. Vous devez être oracle. Voilà qui n'est pas banal.

— Je n'ai plus vu d'oracle avec des seins depuis les années quarante, intervint l'autre garde. Ils vont l'adorer.

Son supérieur sourit. Il avait un colobome dans chaque œil, signe qu'il pouvait percevoir les esprits en permanence.

— Vous allez me rapporter beaucoup d'argent, jeune femme. Permettez-moi juste d'examiner vos yeux une fois encore.

— Je ne suis pas oracle, affirmai-je.

— Bien sûr que non. Maintenant, fermez-la et faites-moi briller ces prunelles.

La plupart des voyants me prenaient pour un oracle. Erreur classique : nos auras étaient similaires – de la même teinte.

Le garde m'écarta les paupières du bout des doigts. Tandis qu'il étudiait mes pupilles, en quête du colobome manquant, mon compagnon d'infortune tenta d'atteindre la porte restée ouverte. La rame trembla lorsqu'il propulsa un esprit – son ange gardien – sur les gardes souterrains. Le subalterne poussa un hurlement quand l'ange le percuta, lui battant les sens tel un fouet montant des blancs en neige.

Cependant, le garde numéro 1 était trop rapide : avant que quiconque puisse réagir, il invoqua un groupe de poltergeists.

— Ne bougez pas, médium.

Linwood le toisa. Ce petit quadragénaire était fin, mais sec, et ses cheveux châtains grisonnaient légèrement aux tempes. Je ne voyais pas les geists ni grand-chose d'autre d'ailleurs à cause de la lampe que le garde m'avait forcée à regarder, mais leur simple présence me rendait trop faible pour me déplacer. Je parvins enfin à en discerner trois. Je n'avais encore jamais vu personne contrôler *un* poltergeist, alors trois... Une sueur froide commença à me couler le long de la nuque.

Alors que l'ange pivotait, prêt à lancer un nouvel assaut, les geists vinrent se positionner autour du garde souterrain.

— Suivez-nous calmement, médium, et nous demanderons à nos patrons de ne pas vous torturer.

— Faites ce que vous avez à faire, messieurs, répondit Linwood. (Il leva la main.) Je ne crains personne, avec des anges à mes côtés.

— C'est ce qu'ils disent tous, monsieur Linwood. Mais ils tendent à l'oublier quand ils découvrent la Tour.

Linwood précipita son ange vers le fond de la rame. Je ne vis pas la collision, mais je la ressentis jusqu'à la moelle. Je me forçai à me lever, malgré la présence des trois poltergeists qui sapait mon énergie. Linwood était du genre taiseux, mais je savais qu'il les sentait lui aussi. Il s'efforça de fortifier son ange. Tandis que l'invocateur reprenait la maîtrise des geists, l'autre garde récitait une mélopée visant à contraindre les esprits à mourir complètement, à les envoyer dans un royaume hors de portée des voyants. L'ange frémit. Il fallait connaître son nom exact pour le bannir, mais tant que la psalmodie se poursuivrait, il demeurerait trop éprouvé pour protéger son hôte.

Le sang me battait aux tempes. J'avais la gorge serrée, les doigts gourds. Si je n'agissais pas, nous serions capturés tous les deux. Je m'imaginai dans la Tour, torturée puis menée à la potence...

Je refusais de mourir ce jour-là.

Quand les poltergeists convergèrent vers Linwood, il m'arriva quelque chose d'étrange. Je me ruai mentalement vers les gardes, sentant leurs esprits palpiter près du mien, deux boules d'énergie frémissantes. J'entendis mon corps heurter le sol.

J'avais simplement voulu les désorienter assez longtemps pour prendre la fuite. L'effet de surprise jouait en ma faveur. Ils me sous-estimaient : les oracles isolés n'étaient pas dangereux.

Moi, si.

Une vague noire de terreur me submergea. Mon esprit vola hors de mon corps, plongea droit sur le garde numéro 1. Sans même m'en rendre compte, je m'écrasai *dans* son territoire des rêves. Je ne rebondis pas dessus, mais je le perforai, le traversai, précipitant de la sorte son âme dans l'éther, transformant son corps en une coquille vide. Et avant que son copain ait eu le temps de prendre conscience de la situation, il subit le même sort.

Mon esprit retourna brusquement dans son enveloppe. Une douleur fulgurante éclata derrière mes yeux. Je n'avais encore jamais rien éprouvé d'aussi violent, comme si des poignards me transperçaient le crâne, comme si mon cerveau s'embrasait et qu'il faisait subitement si chaud que je ne pouvais plus ni voir, ni bouger, ni penser. J'avais à peine conscience du sol poisseux de la rame sous ma joue. Quoi que je vienne d'accomplir, je n'étais pas pressée de réitérer l'expérience.

Le métro tressauta. Nous devions approcher de la prochaine station. Je me hissai péniblement sur les coudes, sentant mes bras trembler sous l'effort.

— Monsieur Linwood ?

Pas de réponse. Je rampai jusqu'à lui. Lorsque la rame passa devant une lumière du tunnel, j'aperçus son visage.

Mort. Les geists avaient balayé son esprit. Sa carte d'identité gisait à côté de lui. William Linwood, quarante-trois ans. Deux enfants, dont l'un souffrant de mucoviscidose. Marié. Banquier. *Médium.*

Sa femme et ses enfants connaissaient-ils sa face cachée ? Ou, amaurotiques, l'ignoraient-ils complètement ?

Je devais entonner la mélopée, ou son âme hanterait cette rame pour l'éternité.

— William Linwood, commençai-je, disparaissez dans l'éther. Tout est en ordre. Les dettes sont réglées. Inutile d'errer parmi les vivants.

L'esprit de Linwood flottait non loin de moi. L'éther chuchota quand lui et son ange gardien disparurent.

La voiture se ralluma. Ma trachée s'obstrua davantage.

Deux autres corps jonchaient le sol.

Je m'aidai de la main-courante pour me remettre debout. Ma paume était si moite que je parvenais à peine à la maintenir dessus. À quelques pas de moi, le garde numéro 1 était allongé, inerte, un air de surprise gravé sur le visage.

Je l'avais tué. J'avais tué un garde souterrain.

Son compagnon n'avait pas eu cette chance. Étendu sur le dos, il contemplait le plafond, un filet de bave lui dégoulinant sur le menton. Il convulsa légèrement quand je m'approchai de lui. Je fus prise de frissons tandis qu'un horrible goût de bile m'emplissait la bouche. Je n'avais pas repoussé son esprit assez loin. Il flottait encore quelque part, dans les tréfonds les plus sombres de son cerveau, dans l'un de ces endroits secrets et silencieux où aucun esprit ne devrait jamais s'égarer. Il était devenu fou. Non. Je l'avais *rendu* fou.

Je serrai les dents. Je ne pouvais pas le laisser dans cet état : même un garde souterrain ne méritait pas un sort pareil. Je plaçai mes mains froides sur ses épaules et m'armai de courage pour lui porter le coup de grâce. Il poussa un gémissement déchirant.

— Tuez-moi.

Je devais le faire. Par miséricorde.

Mais j'en étais incapable. Je ne pouvais pas l'achever de sang-froid.

Lorsque le métro s'arrêta à la station I-5C, j'étais debout derrière la porte. Le temps que les passagers suivants découvrent les corps, ils ne pouvaient plus me rattraper. Je marchais déjà dans la rue, la casquette rabattue au maximum pour dissimuler mon visage.

2
La Menteuse

Je me glissai à l'intérieur et suspendis ma veste. La résidence du Croissant Doré disposait d'un vigile à temps plein nommé Vic, mais j'avais profité de l'une de ses rondes pour m'introduire. Il ne m'avait pas vue, pâle comme la mort, chercher ma carte magnétique d'une main tremblante.

Mon père se trouvait dans le salon. J'apercevais ses chaussons dépasser de l'ottomane. Il regardait l'Œil de Scion, la chaîne d'info en continu couvrant l'actualité de toutes les citadelles de Scion. À l'écran, Scarlett Burnish annonçait la clôture de la ligne de métro traversant la cohorte I. Le simple fait d'entendre sa voix me donnait immanquablement le frisson. Burnish n'avait que vingt-cinq ans environ, ce qui faisait d'elle la plus jeune Grande Raconteuse de l'histoire, l'assistante du Grand Inquisiteur, qui dédiait sa parole et son esprit à Scion. Les gens la surnommaient la catin de Weaver, sans doute par jalousie. Elle avait la peau immaculée et les lèvres charnues, et aimait à se souligner les yeux d'un trait épais d'eye-liner rouge vif. Une couleur qui se mariait parfaitement à ses cheveux ramassés en un élégant chignon. Ses robes à col haut m'évoquaient toujours la potence.

« À l'étranger, le Grand Inquisiteur de la République française, Benoît Ménard, rendra une visite officielle à l'Inquisiteur Weaver pour les festivités liées à la Novembrine de cette année. L'archonte dispose de huit mois pour achever les préparatifs de cette rencontre prometteuse. »

— Paige ?

Je retirai ma casquette.

— Coucou.

— Viens t'asseoir.

— Une seconde.

Je filai droit à la salle de bains. Je n'étais pas seulement couverte de petites perles de sueur, mais totalement en nage.

J'avais tué quelqu'un. Littéralement donné la mort. Jax avait toujours affirmé que j'étais capable de perpétrer un meurtre de sang-froid, mais je ne l'avais jamais cru. Voilà qui était fait. Pis encore, j'avais laissé un témoin, un rescapé. Ainsi que ma tablette, couverte de mes empreintes. Je n'aurais pas droit au NitVite, ce serait trop facile. Non, j'étais bonne pour la torture et le gibet.

Je vomis tripes et boyaux dans les toilettes. Une fois vidée, je tremblais si violemment que je tenais à peine debout. Je me débarrassai de mes vêtements et entrai en chancelant dans la douche. L'eau brûlante me gicla sur la peau.

J'étais allée trop loin. Pour la première fois, j'avais *envahi* d'autres territoires des rêves. Pas simplement effleuré.

Jaxon allait sauter de joie.

Mes paupières se fermèrent. La scène du métro défila encore et encore dans mon esprit. Je n'avais pas voulu les tuer, juste les repousser – de quoi leur donner la migraine, voire leur faire couler le nez. Histoire de faire diversion.

Toutefois, quelque chose m'avait fait paniquer. La crainte d'être découverte. De devenir l'une des nombreuses victimes anonymes de Scion.

Je repensai à Linwood. Les voyants ne se protégeaient jamais entre eux, à moins d'appartenir au même gang, pourtant son trépas m'affligeait. Je m'assis dans le bac, ployant les genoux sous mon menton, me tenant la tête à deux mains. Si seulement j'avais été plus rapide. À présent, deux personnes étaient mortes, une autre devenue folle – et à moins d'un gros coup de bol, je serais la prochaine sur la liste.

Blottie dans un coin de la douche, je serrai mes cuisses contre ma poitrine. Je ne pourrais pas me terrer ici éternellement. Ils finissaient toujours par vous débusquer.

Je devais réfléchir. Il existait une procédure stricte d'isolement pour de telles situations. Une fois qu'ils auraient fouillé la station et arrêté tous les témoins potentiels, ils feraient appel à un apothicaire, un expert en drogues éthérées, pour administrer à ma victime une dose d'aster bleu. Cela raviverait ses ultimes souvenirs et permettrait de les examiner. Dès lors qu'ils auraient enregistré les parties voulues, ils l'euthanasieraient et enverraient son corps à la morgue en II-6. Puis ils visionneraient la mémoire du défunt, cherchant le visage de son agresseur. Et ils tomberaient fatalement sur moi.

Les arrestations ne se produisaient pas toujours de nuit. Parfois, ils vous coffraient en plein jour, dès que vous mettiez le pied dehors. Une lampe dans les yeux, une aiguille dans le cou, et c'en était fini. Nul ne signalait jamais votre disparition.

Je n'envisageais plus d'avenir possible. Une nouvelle vague de douleur me vrilla le crâne, me rappelant à la réalité.

Je passai mes options en revue. Je pouvais retourner aux Cadrans et me tapir dans la planque un moment, mais les Vigiles me cherchaient peut-être déjà. Hors de question de les mener à Jax. En outre, maintenant que le métro était fermé, je n'avais aucun moyen de rallier le secteur 4. J'allais avoir du mal à trouver un bahut, et les systèmes de sécurité étaient dix fois plus nombreux de nuit.

Je pouvais également m'enfermer chez un ami, mais toutes mes potes hors des Cadrans étaient amaurotiques – des filles de l'école avec lesquelles je n'avais plus guère de contact. Elles me prendraient pour une barjo si je leur affirmais que j'étais traquée par la police secrète pour avoir assassiné quelqu'un avec mon esprit. Et elles me dénonceraient presque à coup sûr.

Emmitouflée dans une vieille robe de chambre, je retournai pieds nus jusque dans la cuisine pour me faire chauffer une casserole de lait. C'était un petit rituel que j'avais instauré, et je ne devais surtout pas modifier ma routine. Mon père m'avait sorti mon mug préféré, celui qui portait l'inscription PRENEZ LA VIE DU BON CAFÉ. Je n'avais jamais trop apprécié l'oxygène aromatisé – l'Oxar® –, le substitut scionien à l'alcool. Le café était à peine légal. Ils soupçonnaient la caféine de provoquer la clairvoyance. D'un autre côté, PRENEZ LA VIE DU BON OXYGÈNE AROMATISÉ sonnerait quand même moins bien.

Utiliser mon esprit ne m'avait pas laissée indemne. J'arrivais à peine à garder les yeux ouverts. Je me servis du lait tout en regardant par la fenêtre. Mon père avait un goût indiscutable pour tout ce qui était décoration d'intérieur. Par chance, il avait suffisamment d'argent pour s'offrir un logement haute sécurité dans la très sélecte résidence Barbican. Son appartement était propre et spacieux, copieusement illuminé. Les couloirs embaumaient le pot-pourri et la lessive. De grandes fenêtres carrées ornaient les murs de chaque pièce. La plus imposante était située au salon, une vaste lucarne occupant la façade ouest, juste à côté des élégantes portes-fenêtres qui permettaient d'accéder au balcon. Quand j'étais petite, je me postais souvent là pour observer le coucher du soleil.

Dehors, la citadelle grouillait d'activité. Au-dessus de notre résidence se trouvaient les trois gratte-ciels de la Barbican, où travaillaient les cols blancs de Scion. Le sommet de la tour Lauderdale accueillait l'écran de retransmission de l'I-5. C'était là-dessus qu'ils diffusaient les pendaisons publiques du dimanche soir. Pour l'heure, seul l'insigne de Scion – un symbole rouge semblable à une ancre – y trônait, souligné du mot SCION, le tout sur un fond d'un blanc clinique. Et puis il y avait cet horrible slogan : AUCUN ENDROIT N'EST PLUS SÛR.

Pour nous, c'était plutôt *Plus aucun endroit n'est sûr*.

Je sirotai mon lait tout en contemplant l'emblème, le maudissant silencieusement. Puis je lavai mon mug, me servis un verre d'eau et me rendis dans ma chambre. Il fallait que j'appelle Jaxon.

Mon père m'interpella dans le couloir.

— Paige, attends.

Je me figeai.

Irlandais de naissance, et doté d'une tignasse d'un roux vif, il travaillait dans la division de recherche scientifique de Scion. Et quand il n'était pas au boulot, il gribouillait des formules sur sa tablette et devisait avec lyrisme de biochimie clinique, domaine d'expertise de l'une de ses deux thèses. Nous n'avions rien en commun.

— Salut, lui dis-je. Désolée d'être rentrée si tard, j'ai fait des heures sup'.

— Pas la peine de t'excuser. (Il me fit signe de le rejoindre au salon.) Je vais te préparer un truc à manger, tu as l'air d'être mal fichue.

— Non, ça va. Juste un coup de fatigue.

— Tu sais, j'ai lu un article sur le réseau d'oxygène tout à l'heure. Il se passe des trucs horribles en IV-2. Des employés sous-payés, de l'air impur, des habitués faisant des attaques… rien de très plaisant.

— Honnêtement, les bars du centre sont nickel. Nos clients ont un certain degré d'exigence. (Je l'observai mettre la table.) Comme ça se passe, au travail ?

— Bien. (Il leva les yeux vers moi.) Paige, à propos de ton job de serveuse...

— Eh bien quoi ?

Sa fille travaillait tout en bas de l'échelle sociale. Pas étonnant qu'un homme de sa stature en soit gêné. Il devait être mal à l'aise chaque fois que ses collègues l'interrogeaient sur ses enfants, s'attendant à lui découvrir un rejeton médecin ou avocat. Les ragots devaient aller bon train depuis qu'ils avaient découvert mon métier. Toutefois, le mensonge était on ne peut plus pieux. Il n'aurait jamais supporté la vérité, le fait que je sois une anormale, une criminelle.

Et une meurtrière. Je me sentis soudain nauséeuse.

— Je sais que ce n'est pas à moi de te dire ça, mais je trouve que tu devrais réfléchir à t'inscrire à l'université. Tu es dans une impasse. Tu es payée une misère, tu n'as aucune perspective. Tandis qu'à la fac...

— Non. (J'avais répliqué d'une voix plus cassante que prévu.) J'aime bien mon taf. Je l'ai choisi.

Je me souvenais encore de ce que m'avait dit ma prof en me rendant mon dernier devoir de l'année.

Je suis navrée que vous ayez décidé de ne pas vous inscrire à l'université, Paige, mais c'est peut-être mieux ainsi. Vous avez manqué les cours bien trop souvent. Ça n'est pas convenable pour une jeune fille de condition. Elle m'avait tendu un classeur relié de cuir orné de l'écusson de l'école. *Voici des lettres de recommandation de la part de vos différents enseignants. Ils soulignent vos capacités en enrichissement physique, en français et en histoire de Scion.*

Je m'en fichais. J'avais toujours détesté l'école, l'uniforme, le dogme. Mon départ était le point d'orgue de ma formation.

— Je pourrais arranger les choses, insista mon père. (Il avait tellement envie que je fasse des études.) Tu devrais repostuler.

— Le népotisme ne fonctionne pas à Scion. Tu es bien placé pour le savoir.

— Je n'ai pas eu le choix, Paige. (Sa mâchoire se crispa légèrement.) Je n'ai pas eu cette chance.

Je n'avais aucune envie de subir une fois de plus cette conversation. Je refusais de songer à ce que nous avions laissé derrière nous.

— Tu vis toujours avec ton petit copain ? m'interrogea-t-il.

J'avais fait un mauvais calcul en élaborant ce mensonge-là. Depuis que j'avais inventé ce garçon, mon père n'avait cessé de réclamer à le rencontrer.

— On a rompu, affirmai-je. Ce n'était pas le bon. Mais ça va. Suzette avait une chambre libre chez elle – tu te souviens d'elle ?

— La Suzy de l'école ?

— Oui.

Une douleur de plus en plus aiguë me tiraillait la tête. Je ne pouvais pas attendre qu'il prépare à manger. Il fallait que je prévienne Jaxon, que je lui explique ce qui s'était passé. Tout de suite.

— Par contre, j'ai un début de migraine, avouai-je. Ça t'ennuie si je vais me coucher ?

Il s'approcha de moi et me prit le menton dans sa main.

— Tu as toujours mal à la tête. Tu te fatigues trop. (Il parcourut du pouce mes cernes noirs.) Il y a un très bon documentaire, si ça te tente. On pourrait se faire un plateau-télé.

— Peut-être demain. (Je repoussai sa main avec douceur.) Tu as des antalgiques ?

Après une seconde réflexion, il finit par opiner.

— Dans la salle de bains. Demain matin, je te préparerai un petit-déjeuner bien de chez nous, d'accord ? Tu as des tas de choses à me raconter, *seillean*.

Je le dévisageai. Il ne m'avait plus préparé le petit-déj depuis mes douze ans ; et il n'avait plus employé ce surnom depuis que nous avions quitté l'Irlande dix ans plus tôt. Dix ans. Une éternité.

— Paige ?

— D'accord. À demain.

Je tournai les talons et me dirigeai vers ma chambre. Mon père n'ajouta rien. Il laissa la porte entrebâillée, comme toujours quand j'étais à la maison. Il n'avait jamais su comment se comporter avec moi.

La chambre d'amis était aussi chaude qu'à l'habitude. Mon ancienne chambre. J'avais emménagé aux Cadrans dès que j'avais quitté l'école, mais mon père n'avait jamais pris de locataire – il n'en avait pas besoin. Officiellement, je vivais toujours ici. C'était plus simple pour les papiers. Je sortis sur le balcon, qui s'étendait jusqu'à la cuisine. Ma peau était passée de gelée à brûlante, et les yeux me tiraient violemment, comme si j'avais fixé une lumière vive pendant des heures. Je n'arrivais pas à chasser l'image de ma victime – le vide, la folie hantant le visage du garde que je n'avais pas pu achever.

J'avais causé ces dégâts irréversibles en quelques secondes à peine. Mon esprit n'était pas seulement un éclaireur, mais également une arme puissante. Jaxon attendait qu'elle se révèle.

Je sortis mon téléphone et composai son numéro. Il décrocha avant la fin de la première sonnerie.

— Eh bien, eh bien ! Je te croyais partie pour le week-end. Qu'est-ce qu'il y a de si urgent, petite abeille ? Tu as décidé d'annuler tes vacances ? Tu n'en as pas franchement besoin, pas vrai ? C'est bien ce qui me semblait. Je ne peux vraiment pas me permettre de perdre mon éclaireuse pendant deux jours.

Aie un peu de cœur, ma chérie. Génial. Je suis ravi que tu aies changé d'avis. À propos, tu as réussi à mettre la main sur Jane Rochford ? Je peux te virer quelques milliers de plus, s'il faut. Ne me dis pas que ce salopard de Didion nous a piqué Anne Naylor *et*…

— J'ai tué quelqu'un.

Un silence.

— Qui ? s'enquit-il d'une voix étrange.

— Un garde souterrain. Ils essayaient d'arrêter un médium.

— Et donc, tu les as butés.

— Un seul.

Il prit une brusque inspiration.

— Et l'autre ?

— Je l'ai fait basculer dans sa zone hadale.

— Attends, avec ton… ?

Comme je ne répondais pas, il se mit à rire. Je l'entendis applaudir d'une main sur son bureau.

— Enfin. *Enfin.* Paige, ma petite thaumaturge, tu as réussi ! Il t'en a fallu, du temps. Et ce type, alors, le garde souterrain : est-ce qu'il est vraiment légume ?

— Oui. (Je marquai une pause.) Est-ce que je suis virée ?

— Virée ? Par le zeitgeist, poupée, bien sûr que non ! Ça fait des années que j'attends que tu te serves de tes talents à bon escient. Tu as enfin éclos comme la fleur d'ambroisie que tu es, ma délicieuse prodige. (Je l'imaginai prendre une bouffée de son cigare pour fêter ça.) Ah là là, ma marcherêve a enfin pénétré un nouveau territoire. Ça n'aura pris que trois ans. Mais dis-moi, tu as pu sauver le voyant ?

— Non.

— Non ?

— Ils avaient trois geists.

— Oh, arrête. Aucun médium ne peut contrôler trois poltergeists.

— Eh bien, l'un d'eux y arrivait. Il m'a prise pour une oracle.

Il étouffa un rire.

— Bande d'amateurs.

Je contemplai la tour. Un nouveau message y figurait : VEUILLEZ NOTER DES RETARDS INATTENDUS SUR VOTRE LIGNE DE MÉTRO.

— Ils ont fermé le métro, déclarai-je. Ils me cherchent.

— Essaie de ne pas paniquer, Paige. Ça ne sert à rien.

— Dans ce cas, j'espère que tu as un plan. Tout le réseau est bloqué. Il faut que je dégage d'ici.

— Oh, ne t'en fais pas pour ça. Même s'ils essaient de fouiller sa mémoire, le cerveau de ce garde est en bouillie, à l'heure qu'il est. Tu es sûre de l'avoir fait basculer jusque dans sa zone hadale ?

— Oui.

— Alors il va leur falloir au moins douze heures pour en extraire quoi que ce soit. Je suis surpris qu'il ne soit pas mort sur-le-champ.

— Qu'est-ce que tu es en train de me dire ?

— Qu'à ta place, j'attendrais un peu avant de me jeter en pleine chasse à l'homme. Tu es plus en sécurité auprès de ton père scionien qu'ici.

— Ils ont son adresse. Je ne peux pas attendre qu'ils viennent me cueillir.

— Ils ne t'arrêteront pas, ma chère et tendre. Crois-moi sur parole. Reste chez toi, dors un peu, j'enverrai Nick te chercher avec la voiture au petit matin. Qu'est-ce que tu en dis ?

— Ça ne me plaît pas.

— On s'en fout. Pour l'instant, repose-toi. Même si tu n'en as pas besoin, ajouta-t-il. Au fait, tu pourrais me rendre un service ? Va récupérer les élégies de Donne, demain, chez Minty. Je n'arrive pas à croire que son esprit soit revenu, c'est vraiment…

Je raccrochai.

Jax était un vrai connard. Un génie, certes, mais également un salopard obséquieux, pingre et impitoyable, comme tous les seigneurs-mimes. Mais vers qui d'autre pouvais-je me tourner ? Toute seule, avec un don comme le mien, je serais extrêmement vulnérable. Il fallait choisir entre moindre et pire.

Cela me fit sourire. Cela en disait long sur notre monde, que Jaxon Hall soit le moindre de deux maux.

Je ne pouvais pas dormir. Je devais me préparer. J'avais planqué un petit pistolet dans l'un des tiroirs, sous une pile de vêtements de rechange. J'avais glissé au même endroit la première édition de l'un des opuscules de Jaxon, *Des mérites de l'Anormalité*. Après de nombreuses recherches, il y avait recensé tous les principaux types de voyants. Mon exemplaire était couvert d'annotations de sa part – de nouvelles idées, des coordonnées de voyants… Je chargeai mon arme et tirai un sac à dos de sous le lit. Mon kit d'urgence, qui m'attendait là depuis deux ans, en prévision du jour où j'aurais à fuir. Je fourrai l'ouvrage dans la poche avant. Hors de question qu'ils le retrouvent chez mon père.

Je m'allongeai ensuite, tout habillée, le pistolet à la main. Quelque part dans la nuit retentit un grondement de tonnerre.

Je m'endormis malgré moi et me réveillai avec un sentiment de malaise.

L'éther était trop largement ouvert. Il y avait des voyants dans le bâtiment, dans l'escalier. Et il ne pouvait pas s'agir de la vieille voisine du dessus, Madelle Heron, car elle prenait toujours l'ascenseur. Non, je percevais le bruit des bottes d'une unité de ramassage.

Ils étaient là pour moi.

Ils avaient fini par me trouver.

Bondissant sur mes pieds, je passai une veste par-dessus ma chemise et enfilai chaussures et mitaines, les mains tremblantes.

Voilà à quoi Nick m'avait formée : courir comme une dératée. Avec un peu de chance, j'atteindrais la station, mais ce sprint mettrait mon endurance à rude épreuve. Mieux valait trouver un bahut pour rallier le secteur 4. Les chauffeurs acceptaient n'importe qui moyennant quelques bobs, même les fugitifs.

Je passai mon sac sur l'épaule, fourrai mon flingue dans la poche de ma veste et ouvris la porte du balcon que le vent avait fait claquer. La pluie fouetta aussitôt mes vêtements. J'approchai de la fenêtre de la cuisine, m'agrippai au rebord de l'avant-toit et, d'une traction puissante, me hissai dessus. Le temps qu'ils atteignent l'appartement, j'étais déjà en fuite.

Bang. La porte enfoncée. Sans même frapper ni prévenir. Un instant plus tard, un coup de feu déchira la nuit. Je me forçai à maintenir l'allure. Je ne pouvais faire demi-tour. Ils n'abattaient jamais d'amaurotiques sans raison, ils n'allaient sans doute pas commencer par un employé de Scion. Il s'agissait sans doute d'un simple tranquillisant, injecté à mon père le temps de ma capture. Il leur faudrait quelque chose de bien plus puissant pour m'atteindre.

La résidence était parfaitement silencieuse. Je jetai un coup d'œil par-dessus le rebord du toit, surveillant les alentours. Pas de gardien en vue, il avait dû repartir pour l'une de ses rondes. Il ne me fallut pas longtemps pour repérer le panier à salade garé sur le parking : un van aux vitres teintées et aux phares blancs et puissants. En l'observant un peu plus attentivement, on ne pouvait louper l'emblème de Scion sur les portes arrière.

J'enjambai le parapet et descendis sur une saillie. Ça glissait un max. Mes chaussures et mes gants avaient beau me procurer une certaine adhérence, j'allais devoir redoubler de vigilance. Je plaquai mon dos contre le mur et avançai en crabe jusqu'à une échelle de secours. La pluie me collait les cheveux au visage. Je grimpai jusqu'au balcon en fer forgé de l'étage supérieur, où je forçai une lucarne. Je traversai l'appartement désert, descendis trois étages et sortis par la porte principale de l'immeuble. Il fallait à tout prix que j'atteigne la rue pour espérer disparaître dans une venelle sombre.

Des lumières rouges. La DVN stationnait devant, me bloquant la route. Je retournai sur mes pas, claquai la porte et enclenchai le verrou. Je sortis la hache à incendie de son placard, brisai une vitre du rez-de-chaussée et émergeai dans une petite cour, sans manquer de me couper sur les débris. J'escaladai gouttières et rebords de fenêtre, échappant plusieurs fois de justesse à la chute, et gagnai finalement le toit.

Mon cœur cessa de battre quand je les aperçus. L'extérieur de l'immeuble était infesté d'hommes en chemise rouge et veste noire. Ils braquèrent leur torche sur moi, droit dans les yeux. Je n'avais encore jamais vu cet uniforme à Londres : étaient-ils de Scion ?

— Ne bouge plus !

L'agent le plus proche fit un pas dans ma direction. Il tenait un flingue dans sa main gantée. Je reculai, sentant une aura pénétrante. Le chef de la troupe était un médium extrêmement puissant. À l'éclat de leurs lampes, je distinguai un visage hâve dans lequel étaient enfoncés deux yeux acérés surmontant une bouche fine, mais large.

— Ne t'enfuis pas, Paige, m'appela-t-il depuis l'autre bout du toit. Ne reste pas non plus sous la pluie.

Je lançai un rapide regard circulaire. Le bâtiment le plus proche était un ensemble de bureaux laissé à l'abandon. Il y avait une longue distance à franchir d'un bond, peut-être six ou sept mètres, et une route passante circulait en dessous. Je n'avais jamais tenté de sauter si loin, mais à moins de déserter mon corps pour attaquer le médium, j'allais devoir essayer.

— Sans façon, répliquai-je en reprenant ma course.

Les soldats émirent un cri d'alarme. Je me laissai tomber sur une étendue de toit située légèrement en contrebas. Le médium me prit en chasse. J'entendais ses pas, quelques mètres derrière moi. Il avait l'habitude de ce genre de course-poursuite. Je ne pouvais pas me permettre de m'arrêter, même pour une seconde. J'étais légère et élancée, suffisamment fine pour me glisser entre des rambardes ou sous des clôtures, mais mon adversaire l'était tout autant. Je fis feu à l'aveugle par-dessus mon épaule, sans même parvenir à le faire ralentir. Le vent emporta son éclat de rire, si bien que je fus incapable d'estimer la distance qui nous séparait.

Je rengainai mon arme ; inutile de gaspiller d'autres munitions, je ne parviendrais pas à l'atteindre. Je ployai les doigts, prête à me saisir de la gouttière. Mes muscles étaient en feu, mes poumons sur le point d'exploser. Une douleur à la cheville m'avertit d'une blessure, mais je m'en occuperais plus tard. Combattre ou fuir. Mourir ou courir.

Le médium franchit le rebord d'un mouvement aussi fluide que de l'eau. Des geysers d'adrénaline explosaient dans mes veines. Je gardais le rythme, malgré la pluie qui m'aveuglait. Je sautai par-dessus des conduits en plexiglas et des bouches d'aération, gagnant en vitesse, tentant de braquer mon sixième sens sur le médium. Son esprit puissant se mouvait aussi vite que lui. Je ne parvenais ni à le clouer au sol ni à me faire une idée précise de sa nature. J'étais incapable de le ralentir.

La panique engourdissait la douleur dans ma cheville. Une chute de quinze étages m'attendait. En face se trouvaient un chéneau et une issue de secours. Si j'arrivais à y descendre, je pourrais disparaître dans les tréfonds du secteur 5. La voie serait libre. C'était jouable. J'entendis la voix de Nick m'encourager : *Remonte les genoux vers la poitrine. Ne quitte pas des yeux la zone d'atterrissage.* C'était maintenant ou jamais. Je pris une impulsion et m'élançai au-dessus du précipice.

Mon corps percuta un mur de brique. Ma lèvre explosa sur le coup, mais je ne perdis pas connaissance. Je m'agrippai à la gouttière. Mes pieds grattèrent contre la paroi. Je me servis des quelques forces qu'il me restait pour me hisser, sentant le chéneau s'enfoncer dans mes paumes. Une pièce glissa hors de ma poche et tomba dans la rue enténébrée.

Ma victoire fut de courte durée. Alors que j'escaladais le rebord du toit, les paumes en sang, une douleur mortifiante me déchira l'échine. Je faillis lâcher prise, ne me rattrapant que d'une main. Je tordis le cou pour regarder derrière moi, haletante. Une longue et fine fléchette disparaissait dans mes reins.

Du flux.

Ils avaient du *flux*.

La drogue se répandit dans mon organisme. En six secondes, tout mon système sanguin fut contaminé. Je songeai à deux choses : la première était que Jax allait me passer un savon, la seconde que ça n'aurait aucune importance. J'allais mourir de toute façon. Je tombai.

Rien.

3
Confinée

Cela dura une éternité. Je ne me rappelais pas quand ça avait commencé, et n'avais aucune idée du moment où cela se terminerait.

Je me souvenais du mouvement, d'un grondement guttural, d'avoir été attachée à une surface plane. Puis d'une aiguille, avant que la douleur ne m'emporte.

La réalité était voilée. J'étais proche d'une bougie, dont la flamme brûlait telles des fournaises infernales. J'étais prisonnière dans un four. Des gouttes de sueur s'écoulaient par tous mes pores comme de la cire. Je n'étais que feu. Je brûlais. Ma peau se couvrait de cloques et flétrissait. L'instant suivant, je gelais littéralement, me sentant sur le point de mourir. Il n'y avait aucun entre-deux. Juste une douleur sans fin et illimitée.

L'AUP Fluxion 14 avait été développé en collaboration entre les divisions médicale et militaire de Scion. Il provoquait un effet paralysant nommé fantasmagorie – et surnommé la « peste du cerveau » par les voyants amers –, se traduisant par une série intense d'hallucinations causées par une distorsion de la dimension des rêves. J'affrontai vision après vision, poussant des hurlements d'agonie quand la douleur se faisait trop forte. S'il existait une définition de l'enfer, je la découvris à cet instant.

Mes cheveux collaient à mes larmes quand je vomissais, tentant vainement d'expulser le poison hors de mon corps. Je voulais que tout cela se termine. Que ce soit le sommeil, l'inconscience ou la mort, il fallait que quelque chose m'arrache à ce cauchemar.

— Doucement, trésor. Il est trop tôt pour mourir. Nous avons déjà perdu trois jours.

Des doigts froids me caressèrent le front. J'arquai le dos pour les fuir. S'ils ne voulaient pas que je meure, pourquoi m'infliger tout ça ?

Des fleurs fanées flottèrent devant mes yeux. La pièce se mua en spirale, tournoyant encore et encore, si bien que je ne savais plus distinguer le haut du bas. Je mordis dans un oreiller pour étouffer mes cris. Le goût de sang que je sentis m'informa que j'avais croqué dans autre chose – ma lèvre ? Ma langue ? Ma joue ? Comment savoir ?

Il était impossible de se débarrasser du flux. On avait beau vomir ou uriner, il ne quittait jamais l'organisme et continuait à circuler, charrié par le sang ; les cellules du corps le reproduisaient à l'infini, jusqu'à l'injection de l'antidote. Je voulus supplier, mais me découvris incapable d'articuler le moindre son. La douleur déferlait inlassablement, vague après vague après vague, jusqu'au moment où je sus que j'allais mourir.

Une nouvelle voix me parvint alors.

— Ça suffit. Il nous la faut vivante. Allez chercher l'antidote, ou je m'assurerai que vous receviez deux fois la dose qu'elle a eue.

L'antidote ! J'allais peut-être survivre. J'essayais de percevoir la réalité à travers les voiles successifs des hallucinations, mais ne distinguais rien d'autre que la bougie.

Cela prenait trop de temps. Où était mon antidote ? Peu importait, désormais. Je voulais dormir, dormir jusqu'à la fin des temps.

— Laissez-moi partir, dis-je. Je veux sortir.

— Elle parle. Apportez-moi de l'eau.

Le rebord froid d'un verre me heurta les dents. J'avalai de grandes lampées avides. Je levai le regard pour découvrir le visage de mon sauveur.

— Pitié, dis-je.

Deux yeux plongèrent sur moi. Ils s'embrasèrent.

Enfin, le cauchemar cessa. Je sombrai dans un profond sommeil sans rêves.

À mon réveil, je restai immobile.

J'avais assez de sensations pour visualiser mentalement ma situation : j'étais allongée sur le ventre sur un matelas dur. J'avais la gorge en feu. La douleur était si intense que je fus contrainte de recouvrer mes esprits, au moins pour chercher de quoi boire. Puis je me rendis compte avec surprise que j'étais totalement nue.

Je roulai de côté, faisant reposer mon poids sur mon coude et ma hanche. Des croûtes de vomi avaient séché à la commissure de mes lèvres. Dès que je pus me concentrer, je me tendis vers l'éther. Il y avait d'autres voyants, quelque part dans cette prison.

Il me fallut un bon moment pour m'habituer à la pénombre. J'étais sur un lit une place garni de draps froids et humides. À ma droite se trouvait une fenêtre sans carreau ornée de barreaux. Le sol et les murs étaient en pierre brute. Un soudain courant d'air me provoqua une éruption de chair de poule.

Mon souffle formait de fines volutes de vapeur. Je resserrai les draps autour de mes épaules. Qui avait bien pu me piquer mes vêtements ?

Dans le coin de la pièce, une porte était entrouverte. De la lumière filtrait par l'embrasure. Je me levai pour tester mon état. Quand je me sentis suffisamment stable, je me dirigeai vers l'ouverture. Je découvris une salle d'eau rudimentaire. La lumière émanait d'une simple bougie. Un cabinet d'aisances vétuste et un robinet rouillé planté haut sur le mur et s'écaillant au moindre contact occupaient les lieux. Quand j'ouvris le robinet, un déluge d'eau glaciale s'abattit sur ma tête. Je tentai de tourner le bouton dans l'autre sens, mais la température grimpa au mieux d'un demi-degré. Je décidai de procéder par étapes, aspergeant un membre après l'autre. Comme il n'y avait pas de serviette, je m'essuyai avec un drap avant d'en enrouler un autre autour de moi. De retour dans la chambre, je découvris sans surprise que la porte était verrouillée.

J'étais prise de fourmillements. J'ignorais où j'étais, pourquoi j'y étais, et ce que ces gens comptaient me faire. Nul ne savait ce qu'il arrivait aux détenus. Aucun d'entre eux n'avait jamais refait surface.

Je m'assis sur mon lit et pris plusieurs longues inspirations. Les heures de fantasmagorie que j'avais subies m'avaient éprouvée, et je n'avais pas besoin d'un miroir pour deviner que j'avais une mine encore plus cadavérique qu'à l'habitude.

Mes frissons n'étaient pas uniquement dus au froid. J'étais nue et seule dans une cellule sombre, dont l'unique issue apparente était une fenêtre munie de barreaux. Ils m'avaient probablement emmenée à la Tour. Ils avaient également pris mon sac à dos, de même que l'opuscule. Je me roulai en boule au bout du lit, m'efforçant de conserver ma chaleur un maximum. Mon cœur tambourinait. Un nœud épais m'obstruait la gorge.

Allaient-ils faire du mal à mon père ? Il était certes précieux – presque essentiel –, mais lui pardonneraient-ils d'avoir abrité une voyante ? Cela pouvait être considéré comme de la trahison. Mais il était important. Ils devaient l'épargner.

Je perdis quelque peu la notion du temps. Je sombrai dans un demi-sommeil agité. Finalement, je fus réveillée en sursaut par l'ouverture brutale de la porte.

— Debout.

Une lampe à pétrole illumina les lieux. Une femme la brandissait. Peau pareille à du bronze, silhouette élégante. Elle me dépassait de plusieurs centimètres. Ses longs cheveux ondulés étaient d'un noir profond, de même que sa robe cintrée dont les manches se prolongeaient jusqu'à la pointe de ses doigts gantés. J'étais incapable de déterminer son âge : elle aurait tout aussi bien pu avoir vingt-cinq ans que quarante. Je l'observai en resserrant le drap autour de moi.

Je remarquai trois choses curieuses chez elle. D'abord, la couleur de ses yeux. Ils n'étaient pas d'un ambre tirant sur le jaune en fonction de la lumière ; non, ils étaient d'un jaune profond, presque chartreux, et ils luisaient.

La seconde était son aura. C'était une voyante, mais d'un genre que je n'avais encore jamais rencontré. Je ne parvenais pas précisément à déterminer en quoi c'était étrange, mais mes sens me l'indiquaient.

Enfin, la plus glaçante d'entre toutes : son territoire des rêves. Il était rigoureusement identique à celui que j'avais perçu en I-4, celui que je n'étais pas parvenue à identifier. Celui de l'inconnu. Mon instinct initial fut de l'attaquer, mais je me savais incapable d'ouvrir une brèche dans ce type de territoire, et encore plus dans mon état actuel.

— Est-ce que nous sommes à la Tour ? l'interrogeai-je d'une voix rauque.

Elle ne répondit pas. Elle approcha la lampe de mon visage pour examiner mes prunelles. Je commençai à me demander si j'étais encore sous l'emprise de la peste du cerveau.

— Prends ça, m'ordonna-t-elle.

Je considérai les deux pilules qu'elle me tendait.

— Prends-les.

— Non.

Elle me frappa. J'avais le goût du sang dans la bouche. Je voulus me défendre, mais j'arrivai à peine à lever la main. J'introduisis difficilement les médicaments entre mes lèvres enflées.

— Couvre-toi, me dit-elle. Et si tu me désobéis à nouveau, je m'assurerai que tu ne quittes plus jamais cette pièce. En tout cas pas sur tes deux jambes.

Elle me balança un tas de vêtements.

— Habille-toi.

Je contemplai les frusques, du sang me dégouttant de la bouche. Une tache écarlate se répandit sur la tunique blanche que j'avais entre les mains. Elle avait de longues manches et un col carré. Le reste de ma tenue était composé d'une ceinture noire assortie à un pantalon, de chaussettes, de bottes, de sous-vêtements unis et d'un gilet rehaussé d'une petite ancre blanche brodée. L'emblème de Scion. Je me vêtis tant bien que mal, forçant chacun de mes membres à s'activer. Quand j'eus terminé, elle se tourna vers la porte.

— Suis-moi. Ne parle à personne.

Le froid était cinglant à l'extérieur de la pièce, et la moquette élimée n'arrangeait rien à la situation. Elle avait autrefois dû être rouge, mais la couleur était passée et désormais parsemée de taches de vomi. Ma guide me mena dans un dédale de couloirs en pierre, égayés de loin en loin de petites fenêtres à barreaux ou de torches embrasées. Les flammes semblaient trop fortes, trop crues, comparativement au bleu glacial des réverbères londoniens.

Nous trouvions-nous dans un château ? Je n'en connaissais aucun, mille kilomètres à la ronde – nous n'avions plus eu de monarque depuis Victoria. À moins qu'il s'agît de l'une des vieilles prisons de catégorie D. Ou de la Tour.

Je risquai un coup d'œil à l'extérieur. Malgré la nuit, je discernai une cour grâce à plusieurs lanternes. Je me demandai combien de temps j'étais restée sous flux. Cette femme m'avait-elle regardée me débattre ? Était-elle aux ordres de la DVN ou, au contraire, la dirigeait-elle ? Elle aurait pu travailler pour l'Archonterie, mais celle-ci n'aurait jamais recruté de voyante. Pourtant, elle en était clairement une.

Elle s'arrêta devant une porte. Un garçon en émergea, petite créature frêle à la face de rat, affublée d'une touffe de cheveux sable ; il exhibait tous les symptômes d'une affection au flux : les yeux vitreux, le visage blême, les lèvres bleues. La femme le contempla de la tête aux pieds.

— Nom ?

— Carl, répondit-il d'une voix râpeuse.

— Pardon ?

— *Carl.*

Il était évident qu'il souffrait.

— Eh bien, félicitations, Carl, tu as survécu au Fluxion 14. (Son timbre n'avait rien d'enjoué.) Tu ne redormiras sans doute pas de sitôt.

Carl et moi échangeâmes un regard. Je savais que je devais avoir l'air aussi mal en point que lui.

Nous arpentâmes divers couloirs d'un pas traînant, et d'autres détenus vinrent se greffer à notre groupe. Leur aura était forte et caractéristique ; je parvins à deviner leur spécialité à tous. Un diseur. Une chiromancienne – une palmiste –, avec une coupe à la garçonne d'un bleu électrique. Un tasséographe. Un oracle au crâne rasé. Une petite brune aux lèvres fines, sans doute une chuchoteuse, souffrant manifestement d'une fracture du bras. Tous semblaient avoir entre quinze et vingt ans. Tous étaient livides, se remettant d'une crise de flux. Nous étions dix en tout. La femme pivota vers sa ribambelle de monstres.

— Je m'appelle Pleione Sualocin, déclara-t-elle. Je vous servirai de guide pour votre premier jour à Sheol I. Ce soir, vous assisterez au discours de bienvenue. Vous allez devoir suivre un certain nombre de règles très simples. Vous ne devrez jamais regarder un réphaïte en face. Vous garderez les yeux rivés au sol, conformément à votre rang, sauf instruction contraire.

La chiromancienne leva la main, sans cesser d'examiner ses pieds.

— Un réphaïte ?

— Vous le découvrirez bien assez tôt. (Pleione marqua une pause.) Une autre règle : vous ne prendrez jamais la parole à moins qu'un réphaïte vous y enjoigne. Avez-vous des questions ?

— Oui, intervint le tasséographe. (Lui ne regardait pas par terre.) Où sommes-nous ?

— Vous êtes sur le point de le découvrir.

— Bordel, mais qu'est-ce qui vous donne le droit de nous capturer ? Je ne mendiais même pas. Je n'ai enfreint aucune loi. Prouvez donc que j'ai une aura ! Je retourne en ville sans plus attendre, et ce n'est pas vous qui…

Il se tut. Deux gouttes d'un sang sombre lui perlèrent aux yeux. Il émit un petit gémissement avant de s'écrouler.

La palmiste hurla.

Pleione considéra la silhouette du tasséo. Quand elle nous toisa de nouveau, ce fut avec un regard d'un bleu de chalumeau. Je me détournai nerveusement.

— D'autres questions ?

La chiro se plaqua une main sur la bouche.

Nous fûmes ensuite menés jusqu'à une petite salle enténébrée, aux murs et au sol aussi humides que ceux d'une crypte. Pleione nous y enferma et partit.

Pendant une longue minute, nul n'osa s'exprimer. La palmiste était prise de sanglots, au bord de l'hystérie. La plupart des autres étaient trop faibles pour parler. Je m'assis dans un coin, à l'écart du groupe. Mes manches dissimulaient ma peau hérissée de chair de poule.

— Est-ce qu'on est encore dans la Tour ? demanda un augure. Ça ressemble à la Tour.

— Ta gueule, répliqua un autre. Ferme ta gueule.

Quelqu'un se mit même à prier le zeitgeist. Comme si cela pouvait nous tirer d'affaire. Je reposai le menton sur les genoux. Je ne voulais pas savoir ce qu'ils allaient nous faire. J'ignorais combien de temps je résisterais à la torture. J'avais entendu mon père parler de ces simulacres de noyade, durant lesquelles ils ne vous laissaient respirer que quelques secondes. Selon lui, ce n'était pas de la torture, mais de la thérapie.

Un diseur s'accroupit à côté de moi. Il était chauve et large d'épaules. Si je ne distinguais guère ses traits dans la pénombre, je percevais néanmoins ses grands yeux noirs et intenses. Il me tendit la main.

— Julian.

Il ne semblait pas effrayé, juste timide.

— Paige, répondis-je.

Mieux valait ne pas dévoiler mon nom de famille. Je m'éclaircis la voix.

— Tu viens de quelle cohorte ?

— IV-6.

— I-4.

— C'est le territoire du Dompteur blanc. (Je confirmai.) Quel quartier ?

— Soho, déclarai-je.

Si j'avais parlé des Cadrans, il aurait su que j'étais l'un des plus proches éléments de Jaxon.

— Tu as de la chance. J'adorerais habiter dans le centre.

— Pourquoi ?

— L'organisation y est plus forte. Il ne se passe pas grand-chose, dans mon secteur. (Il poursuivit à voix basse.) Ils t'ont arrêtée pour quoi ?

— J'ai tué un garde souterrain. (J'avais mal à la gorge.) Et toi ?

— Un léger désaccord avec un Vigile. Pour faire court, il n'est plus de ce monde.

— Mais tu es un diseur ?

La plupart des voyants considéraient les diseurs – une sous-catégorie de devins – avec mépris. Comme tous les devins, ils communiquaient avec les esprits par l'intermédiaire d'objets ; dans le cas des diseurs, tout ce qui était réfléchissant. Jax les haïssait avec fougue. *Les bobardeurs, poupée, appelle-les les bobardeurs.* À la réflexion, il en allait de même avec les augures.

Julian sembla lire dans mon esprit.

— Tu ne nous crois pas capables de meurtre.

— Pas avec les esprits. Vous ne pouvez pas en maîtriser un nombre suffisant.

— Tu t'y connais en voyants, constata-t-il en se frictionnant les bras. Tu as raison. Je lui ai tiré dessus. Ça ne les a pas empêchés de m'arrêter.

Je restai coite. Une goutte d'eau glaciale tomba du plafond et me roula sur le nez. La plupart des autres prisonniers demeuraient muets. Un garçon se balançait d'avant en arrière sur ses talons.

— Ton aura est étrange, reprit Julian en m'examinant. Je n'arrive pas à déterminer ta classe. Je dirais bien oracle, mais…

— Mais ?

— Il y a longtemps que je n'ai pas entendu parler de femme oracle. Et je ne pense pas que tu sois une sibylle.

— Je suis acultomancienne.

— Tu as fait quoi ? Planté quelqu'un avec une aiguille ?

— Un truc dans le genre.

Un violent fracas retentit à l'extérieur, suivi d'un hurlement déchirant. Tout le monde se tut.

— C'est un déchaîné, affirma un homme d'une voix terrifiée. Ils ne vont quand même pas en lâcher un parmi nous, si ?

— Les déchaînés n'existent pas, intervins-je.

— Tu n'as donc pas lu *Des mérites* ?

— Si. Mais leur existence n'est qu'hypothétique.

Il ne parut pas soulagé pour autant. À l'évocation de l'opuscule, j'eus soudain plus froid que jamais. Il pouvait être n'importe où, entre n'importe quelles mains – une première édition de l'ouvrage le plus séditieux de la citadelle, amendé de notes manuscrites et de coordonnées. Je n'aurais jamais pu l'obtenir sans en connaître l'auteur.

— Ils vont recommencer à nous torturer, affirma la chuchoteuse en berçant son bras blessé. Ils veulent quelque chose. Sans quoi, ils ne nous auraient jamais laissés sortir.

— Sortir d'où ? m'étonnai je.

— De la Tour, imbécile. Là où nous sommes restés enfermés pendant deux ans.

— Deux ans ? (Un rire de dément s'éleva d'un coin de la pièce.) Disons plutôt neuf. Neuf ans.

Un nouvel éclat de rire, plutôt un gloussement.

Neuf ans. À ce que j'en savais, les captifs avaient le choix : soit ils rejoignaient la DVN, soit ils étaient exécutés sans autre forme de procès. Inutile de les *détenir*.

— Pourquoi neuf ? m'enquis-je.

Pas de réponse. Une minute plus tard, Julian reprit la parole.

— Quelqu'un d'autre se demande pourquoi nous ne sommes pas morts ?

— Ils ont tué tous les autres, répliqua une nouvelle voix. Je suis resté enfermé là-bas pendant des mois. Tous les autres voyants de mon aile ont eu droit à la corde. (Une pause.) Nous avons dû être sélectionnés pour quelque chose.

— SciSORS, murmura un autre. On va leur servir de cobayes, c'est ça ? Ils vont nous disséquer.

— Ça ne vient pas de SciSORS, assurai-je.

Le long silence qui s'ensuivit ne fut entrecoupé que par les sanglots amers de la palmiste. Elle ne semblait pas pouvoir s'arrêter. Carl s'adressa finalement à la chuchoteuse.

— Tu disais qu'ils voulaient un truc, siffleuse. À quoi tu pensais ?

— Je n'en sais rien. Notre vue.

— Ils ne peuvent pas nous la prendre, contrai-je.

— Tais-toi donc. Tu n'es même pas dotée. Ils n'ont sans doute pas besoin d'une voyante aveugle.

Je résistai à la tentation de lui briser l'autre bras.

— Qu'est-ce qu'elle a fait au tasséo ? (La chiromancienne tremblait comme une feuille.) Ses yeux… Et elle n'a même pas bougé !

— En tout cas, je pensais qu'on serait tous exécutés, la coupa Carl comme s'il ne comprenait pas pourquoi nous étions si inquiets. Je préfère n'importe quoi à la corde, pas vous ?

— On y aura peut-être droit quand même, fis-je remarquer.

Cela lui cloua le bec.

Un autre garçon, si pâle que le flux semblait avoir drainé tout son sang hors de ses veines, se mit à hyperventiler. Il avait le nez couvert de taches de rousseur. Je ne l'avais pas encore remarqué ; et il ne possédait pas la moindre trace d'aura.

— On est où, là ? (Il peinait à articuler.) Qui… qui êtes-vous, les uns et les autres ?

Julian se tourna vers lui.

— Tu es amaurotique, constata-t-il. Pourquoi ils t'ont embarqué ?

— Amaurotique ?

— C'est sans doute une erreur, trancha l'oracle d'un ton las. Ils vont le tuer comme nous tous. Pas de bol, gamin.

L'intéressé sembla sur le point de s'évanouir. Il se releva d'un bond et alla secouer les barreaux.

— Je n'ai rien à faire ici. Je veux rentrer chez moi ! Je ne suis pas anormal, pas du tout ! (Il était presque en larmes.) Je suis désolé, désolé pour la pierre.

Je lui plaquai une main sur la bouche.

— Tais-toi. (Quelques autres l'insultèrent.) Tu veux qu'elle te bute, toi aussi ?

Il tremblait de tous ses membres. Je ne lui donnais pas plus de quinze ans. Cela me rappela malgré moi une époque lointaine – une époque où j'étais seule et terrifiée.

— Comment tu t'appelles ? demandai-je d'une voix qui se voulait douce.

— Seb. S-Seb Pearce. (Il croisa les bras, ce qui lui donna l'air encore plus petit.) Est-ce que vous êtes tous des anormaux ?

— Ouais, et on va faire un sort pas normal à tes organes internes si tu ne fermes pas un peu ta gueule, le railla une voix.

Seb fit la grimace.

— Ça n'arrivera pas, le rassurai-je. Je m'appelle Paige. Et voici Julian.

Ce dernier se contenta de hocher la tête. Apparemment, il m'incombait de faire la conversation à cet amaurotique.

— Tu viens d'où, Seb ?

— Cohorte III.

— Le cercle, commenta Julian. Joli.

Seb détourna le menton. Il grelottait. Il pensait probablement que nous allions le découper en morceaux et nous baigner dans son sang pour quelque occulte rituel. J'étais allée au collège dans le cercle, un nom de code pour la troisième cohorte.

— Dis-nous ce qui t'est arrivé, l'encourageai-je.

Il se tourna vers les autres. Je n'arrivais pas à lui reprocher sa trouille. On lui avait inculqué depuis son plus jeune âge que les clairvoyants étaient la cause de tous les maux du monde, et voilà qu'il se retrouvait enfermé dans une pièce qui en était remplie.

— Un type du lycée a planqué un truc de contrebande dans mon cartable, expliqua-t-il.

Sans doute une pierre de vérité, le numen le plus courant sur le marché noir.

— Le prof m'a vu essayer de le lui rendre en classe. Il a cru que je l'avais obtenu de l'un de ces mendiants. Ils ont appelé les Vigiles de l'école pour me fouiller.

Un gamin de Scion, sans le moindre doute. Si son bahut disposait de son propre service de sécurité, les frais d'inscription devaient atteindre des sommes astronomiques.

— Il a fallu des heures pour les convaincre que c'était un coup monté. J'ai pris un raccourci pour rentrer chez moi. (Seb avala sa salive.) J'ai vu deux hommes en rouge au coin de la rue. J'ai essayé de les éviter, mais ils m'ont entendu. Ils portaient des masques. Je ne sais pas pourquoi, mais je me suis mis à courir. J'avais la trouille. Puis j'ai entendu un coup de feu, et plus rien. J'ai dû m'évanouir. Ensuite, j'ai été malade.

Je me demandais quels effets le flux pouvait avoir sur les amaurotiques. Il n'était pas étonnant que les symptômes physiques soient les mêmes – vomissements, soif, terreur inexplicable –, mais pas la fantasmagorie.

— C'est terrible, lui dis-je. Je suis sûre que ce n'est qu'un affreux malentendu.

Je le pensais. Un amaurotique aussi bien né que Seb n'avait rien à faire là.

Cela sembla lui mettre du baume au cœur.

— Tu penses qu'ils vont me laisser rentrer ?

— Non, trancha Julian.

Les oreilles me picotèrent. Des bruits de pas. Pleione revenait. Elle ouvrit la porte, empoigna par le col le premier prisonnier et le força à se mettre debout.

— Suivez-moi. N'oubliez pas les règles.

Nous quittâmes le bâtiment par une haute porte à double battant. La chuchoteuse guidait la palmiste par le coude. L'air glacial mordait chaque centimètre carré de peau exposée. Je tressaillis en apercevant la potence – peut-être étions-nous effectivement à la Tour –, mais Pleione ne s'y arrêta pas. J'ignorais encore ce qu'elle avait infligé au tasséographe ou d'où provenait le cri atroce que nous avions entendu ; je ne risquais pourtant pas de poser la question. Tête basse, yeux grands ouverts. Telle serait ma règle ici aussi.

Elle nous guida à travers les rues désertes, illuminées au gaz et toutes détrempées après une nuit de pluie. Julian marchait à ma hauteur. À mesure que nous progressions, les immeubles se firent de plus en plus hauts ; toutefois, ils étaient encore loin d'être des gratte-ciels. Et ils n'avaient ni charpente métallique ni électricité. De vieilles bâtisses que je n'avais encore jamais vues, construites à une époque où les goûts étaient très différents. Des murs en pierre, des portes en bois, des vitraux à petits carreaux rouge sombre et améthyste. Au détour du dernier virage, nous fûmes accueillis par une image que je n'oublierais jamais.

L'avenue qui s'étendait devant nous était étrangement large. Il n'y avait pas une voiture en vue, juste des maisons branlantes et de guingois. Les parois de contreplaqué soutenaient péniblement des toitures en tôle ondulée. De part et d'autre de cette petite ville s'élevaient des bâtiments plus grands. Des huis de bois lourd, de hautes fenêtres et des créneaux, comme sur les châteaux de l'époque victorienne. Cela me rappelait tant la Tour que je dus détourner le regard.

À quelques mètres de la première masure se tenait un groupe de silhouettes élancées sur une scène à ciel ouvert. Les bougies disposées autour d'elles illuminaient leur figure masquée. Un violon résonnait sous les planches. De la musique de voyant, que seul un chuchoteur pouvait produire. Une vaste foule les contemplait par en dessous. Chaque spectateur portait une tunique rouge et un gilet noir.

Comme s'ils attendaient notre arrivée, les artistes se mirent à danser. Tous étaient des clairvoyants ; d'ailleurs, pas une personne ici ne l'était pas. Jamais de ma vie je n'en avais vu autant réunis au même endroit, paisiblement debout côte à côte. Une centaine d'observateurs au moins se tenaient autour de la scène.

Il ne s'agissait pas de quelque réunion secrète organisée dans un tunnel du métro. Ce n'était pas non plus la horde brutale d'Hector. C'était très différent. Quand Seb m'attrapa la main, je ne le repoussai pas.

Le spectacle se poursuivit plusieurs minutes. Les membres du public n'étaient pas tous attentifs ; certains devisaient, d'autres y allaient de leurs quolibets. J'étais à peu près sûre d'avoir entendu le mot « froussards ». Après la danse, une fille en justaucorps noir fit son apparition sur un palier surélevé. Ses cheveux bruns étaient ramenés en un chignon, son masque était doré et ailé. Elle resta un moment immobile, figée comme du marbre, puis elle sauta dans le vide et attrapa deux longues tentures rouges accrochées à une poutre. Elle enroula bras et jambes autour, grimpa d'une dizaine de mètres, puis se laissa redescendre en tourbillonnant. Cela lui valut des applaudissements timides.

Mon esprit était encore embrouillé par la drogue. S'agissait-il de quelque culte de voyants ? J'avais déjà entendu plus farfelu. Je me forçai à étudier l'avenue. Une chose était certaine : nous ne nous trouvions pas à SciLo. Rien n'indiquait la présence de Scion. De grands immeubles anciens, des spectacles publics, des réverbères au gaz et des rues pavées : c'était comme si nous avions remonté le temps.

Je savais précisément où nous étions.

Tout le monde avait entendu parler de la cité perdue d'Oxford. Cela faisait partie du programme d'histoire de Scion. Un incendie avait détruit l'université à l'automne 1859. Il n'en subsistait qu'une zone interdite de Type A. Nul n'était autorisé à poser le pied ici, de crainte de déclencher une mystérieuse épidémie. Scion avait donc simplement rayé cet endroit de la carte. J'avais lu dans les archives de Jaxon qu'un courageux journaliste du *Rugissant* avait tenté de visiter les lieux en 2036, menaçant d'en faire un article ; sa voiture avait été détournée par des snipers et on ne l'avait jamais retrouvé. *Le Rugissant*, un journal à prix réduit, avait disparu tout aussi net. Il avait trop souvent cherché à mettre au jour les secrets de Scion.

Pleione pivota pour nous faire face. Son visage avait beau disparaître dans l'obscurité, ses yeux brûlaient toujours aussi fort.

— Il est inconvenant de regarder fixement, nous rappela-t-elle. N'allez pas vous mettre en retard pour le discours solennel.

Néanmoins, nous ne pouvions nous détourner de la danse. Nous lui emboîtâmes le pas, mais elle ne put nous empêcher d'observer.

Nous la suivîmes jusqu'à un immense portail en fer forgé. Les deux larges battants furent ouverts par deux hommes ressemblant beaucoup à notre guide : ils avaient les mêmes yeux, la même peau satinée, la même aura. Pleione les dépassa sans un regard. Seb commençait à verdir. Je ne lui lâchai pas la main tandis que nous pénétrions dans la vaste cour intérieure. Cet amaurotique aurait dû me laisser indifférente, pourtant il paraissait bien trop vulnérable pour être livré à lui-même. La palmiste était en larmes. Seul l'oracle, qui se martyrisait les jointures, semblait rassuré. À mesure de notre avancée, nous fûmes rejoints par d'autres groupes de nouveaux arrivants en tunique blanche. La plupart d'entre eux avaient l'air terrifiés, d'autres étaient euphoriques. Mes compagnons d'infortune et moi nous resserrâmes en rejoignant les rangs.

On nous guida tels des moutons, jusqu'à une longue pièce particulièrement volumineuse. Des étagères olive occupaient les parois du sol au plafond, bourrées de vieux livres magnifiques. Onze vitraux étaient percés dans un mur. Le décor était antique, jusqu'à la mosaïque en diagonale sur laquelle nous marchions. Les autres prisonniers se mirent en ligne. Je me positionnai entre Julian et Seb, tous les sens en alerte. Julian semblait aussi tendu que moi. Il jaugeait du regard un détenu après l'autre. La foule était vraiment hétéroclite, véritable méli-mélo de voyants allant de l'augure au devin en passant par le médium et le sensoriel.

Pleione nous avait quittés. Elle se tenait désormais sur une estrade en compagnie de huit de ses congénères, sans doute les fameux réphaïm. Mon sixième sens entra en ébullition.

Lorsque nous fûmes tous réunis, un silence de mort se répandit sur la pièce. Une femme seule fit un pas en avant. Puis elle prit la parole.

4

Un cours sur l'ombre

— Bienvenue à Sheol I.

L'oratrice devait mesurer dans les deux mètres. Ses traits étaient parfaitement symétriques : un nez long et rectiligne, des pommettes hautes, des yeux caves toisant fixement l'auditoire. La lumière de la bougie naviguait aisément à travers sa chevelure pour venir éclairer sa peau satinée. Elle était vêtue de noir, comme les autres, mais ses manches et ses flancs étaient ornés d'or.

— Je m'appelle Nashira Sargas, se présenta-t-elle d'une voix glaçante et basse. Je suis la reine de sang de la race réphaïte.

— C'est une blague ? chuchota quelqu'un.

— Chut, le rabroua un autre.

— Tout d'abord, je tiens à m'excuser pour les débuts éprouvants que vous avez subis, surtout pour ceux qui étaient initialement hébergés dans la Tour. L'immense majorité des clairvoyants redoutent d'être exécutés lorsqu'on les convoque en notre sein. Nous utilisons le Fluxion 14 pour nous assurer que leur transport à Sheol I s'effectue de façon directe et sûre.

Après avoir été endormis, vous avez pris place à bord d'un train menant à un centre de détention, où vous avez été examinés. Vos vêtements et vos biens personnels vous ont été confisqués.

Tout en écoutant, je plongeai dans l'éther pour étudier notre interlocutrice. Je n'avais encore jamais perçu une aura pareille. J'aurais aimé pouvoir la voir. Elle semblait en avoir mêlé plusieurs types pour se forger un étonnant champ d'énergie.

Il en émanait également une certaine froideur. La plupart des auras produisaient un signal doux, qui donnait l'impression de traverser un radiateur spatial, tandis que celle-ci me donnait le frisson.

— J'ai conscience que vous devez être surpris de découvrir cette ville. Certains d'entre vous auront peut-être reconnu Oxford. Son existence a été reniée par votre gouvernement il y a deux siècles de cela, bien avant votre naissance. Officiellement, la cité a été mise en quarantaine par suite d'un incendie. C'est un mensonge. En réalité, elle a été fermée pour que nous, les réphaïm, puissions nous y installer.

» Nous sommes arrivés il y a de cela deux siècles, en 1859. Votre monde avait atteint ce que nous appelons le « seuil éthéré ». (Elle observa nos réactions.) La plupart d'entre vous sont des clairvoyants. Vous comprenez que des esprits sensibles existent autour de nous, trop prudents ou obstinés pour rejoindre la mort au cœur de l'éther. Vous pouvez communier avec eux et, en retour, ils vous guident et vous protègent. Cette connexion a néanmoins un prix. Lorsque le monde corporel devient saturé d'esprits à la dérive, ces derniers provoquent des brèches dans l'éther. Et lorsque ces brèches deviennent trop importantes, le seuil éthéré est brisé.

» Dès que la Terre a dépassé cette limite, elle s'est retrouvée exposée à une autre dimension nommée l'Outremonde, dans laquelle *nous* résidons. Et aujourd'hui, nous sommes ici. (Nashira posa les yeux sur ma rangée de prisonniers.) Vous, les humains, avez commis beaucoup d'erreurs. Vous avez bourré de cadavres votre terre fertile, multipliant ainsi les esprits errants. À présent, votre monde appartient aux réphaïm.

Je me tournai vers Julian et découvris sur son visage un air qui devait être semblable au mien. Cette femme était folle à lier.

Un profond silence envahit la pièce. Nashira Sargas avait capté notre pleine attention.

— Nous autres réphaïm sommes tous clairvoyants. Il n'y a pas d'amaurotiques parmi nous. Depuis la collision entre nos deux mondes, nous avons été contraints de partager notre territoire avec une race parasite : les émim. Des créatures stupides et féroces, se repaissant de chair humaine. Sans nous, elles auraient déjà franchi le seuil. Et déferlé sur Terre.

Dingue. Elle était dingue.

— Vous avez tous été capturés par des humains à notre solde. Nous les appelons les vestes rouges. (Nashira désigna une file d'hommes et de femmes parés d'écarlate, au fond de la bibliothèque.) Depuis notre arrivée, nous avons pris nombre de clairvoyants sous notre aile. En échange de notre protection, nous vous formons à détruire les émim – à protéger la population « normale » – en tant que bataillon pénitentiaire. La cité agit comme un phare pour ces créatures, les attirant loin du reste du monde corporel. Lorsqu'elles franchissent ces murs, les vestes rouges sont envoyées pour les détruire. De telles brèches sont signalées par une alarme. Il y a de grands risques de mutilation.

Il y a également de grands risques que tout ceci me dépasse, songeai-je.

— Nous vous offrons cette alternative au sort que Scion vous réserve : la mort par pendaison ou asphyxie. Ou, à l'instar de ce que certains d'entre vous ont déjà vécu, un séjour prolongé dans les ténèbres de la Tour.

Une fille se mit à gémir quelque part derrière moi. Ses voisins la firent immédiatement taire.

— Bien sûr, rien ne nous oblige à œuvrer de conserve. (Nashira progressa à grands pas le long de la première rangée.) Quand nous sommes arrivés dans ce monde, nous l'avons découvert vulnérable. Seule une fraction d'entre vous est clairvoyante. Plus rares encore sont ceux bénéficiant de capacités utiles. Nous aurions aussi bien pu laisser les émim vous éliminer. Vous l'auriez presque mérité, étant donné ce que vous avez infligé à cette planète.

Seb m'écrabouillait la main. Mes oreilles sifflaient légèrement.

Tout ceci était ridicule. Une plaisanterie de mauvais goût. Ou un effet secondaire de la peste du cerveau. Oui, c'était forcément cela. Scion essayait de nous faire croire que nous étions devenus fous. C'était peut-être le cas.

— Néanmoins, nous savons faire preuve de miséricorde. Nous avons eu pitié de vous. Nous avons négocié avec vos dirigeants, d'abord sur cette petite île. Ils nous ont confié cette ville, que nous avons nommée Sheol I, et ils nous envoient tous les dix ans un certain nombre de clairvoyants. Notre principale source d'approvisionnement était, et demeure, la capitale de votre nation, Londres. Cette même cité qui, pendant soixante-dix ans, s'est échinée à mettre sur pied le système de sécurité Scion. Celui-ci a grandement facilité le repérage des clairvoyants, ce qui nous a permis de les reloger et de les réinsérer dans un nouvel environnement, loin des fameux amaurotiques. En échange, nous avons fait le serment de ne pas détruire votre monde. Au contraire, nous entendons en prendre le contrôle.

Je n'étais pas certaine de bien comprendre ce qu'elle racontait, mais une chose était claire : si elle disait la vérité, Scion n'était guère plus qu'un gouvernement fantoche. Soumis. Qui nous avait vendus.

Ce qui n'avait, en soi, rien de surprenant.

La fille derrière moi n'en pouvait plus. Avec un hurlement étouffé, elle s'élança vers la porte.

Pas assez vite pour rivaliser avec la balle.

Des cris jaillirent des quatre coins de la pièce. De même que du sang. Les ongles de Seb m'écorchèrent la peau. L'un des réphaïm s'avança au milieu du chaos.

— SILENCE !

Tout le monde se tut.

La fille avait du sang dans les cheveux. Ses yeux étaient restés ouverts. Son expression demeurait affolée, terrifiée.

Son assassin était un humain vêtu de rouge. Il rengaina son revolver et croisa les mains derrière son dos. Deux de ses homologues, des femmes, saisirent le cadavre par les bras et le traînèrent à l'extérieur.

— Il y a toujours une veste jaune, annonça quelqu'un suffisamment fort pour que tout le monde l'entende.

Le sol de marbre était maculé d'écarlate. Nashira nous dévisagea sans la moindre trace d'émotion.

— Si certains d'entre vous veulent également tenter leur chance, c'est le moment idéal. Soyez assurés que nous saurons vous ménager une place dans la fosse.

Personne ne bougea.

Je profitai du silence qui s'ensuivit pour jeter un coup d'œil discret à l'estrade. L'un des réphaïm me scrutait.

Il devait d'ailleurs m'épier depuis un bon moment. Son regard se riva immédiatement au mien, comme s'il attendait que je me tourne vers lui dans l'espoir d'apercevoir une lueur de dissidence. Son visage mat et doré accueillait deux yeux jaunes aux paupières tombantes. Il était le plus grand des cinq mâles. Ses cheveux châtains n'avaient rien de remarquable, pas plus que sa tenue brodée de noir. Il était nimbé d'une aura douce et surprenante, qui peinait à exister au milieu de toutes celles qui habitaient la pièce. Il était à la fois la créature la plus magnifique et la plus effroyable qu'il m'ait jamais été donné de voir.

Mon sang ne fit qu'un tour. Je baissai immédiatement la tête. Pourraient-ils m'abattre parce que j'avais osé le regarder ?

Nashira avait repris son discours, et arpentait désormais les rangées de captifs.

— Au fil des années, les clairvoyants ont développé une grande puissance. Vous avez l'habitude de survivre. Le simple fait de vous trouver ici, d'avoir si longtemps réussi à fuir les rafles, témoigne de votre capacité d'adaptation. Vos talents se sont révélés inestimables pour repousser les émim. C'est la raison pour laquelle, pendant dix ans, nous rassemblons dans la Tour le plus grand nombre de vos pairs, en attendant que la transition s'effectue depuis Scion. Ces moissons décennales sont appelées les Saisons d'Os. Vous êtes la Saison d'Os XX.

» Nous vous attribuerons vos numéros d'identification le moment venu. Ceux d'entre vous qui sont clairvoyants vont également se voir attribuer un gardien réphaïte. (Elle désigna ses compagnons.) Votre gardien est votre maître en toute chose. Il ou elle testera vos capacités et estimera votre valeur. Si certains d'entre vous font preuve de lâcheté, ils hériteront d'une tunique jaune, la couleur des lâches. Quant aux amaurotiques, c'est-à-dire les rares personnes dans cette salle qui ne comprennent rien à mon discours, ils seront répartis entre nos résidences, où ils nous serviront.

Seb semblait ne plus respirer.

— Si vous échouez au premier examen, ou si vous recevez deux tuniques jaunes, vous serez placés sous la coupe du Superviseur, qui vous modèlera en artistes. Les artistes sont là pour nous divertir, et divertir ceux que nous employons.

Je considérai le choix offert à nous : monstre de cirque ou soldat. Mes lèvres se mirent à trembler. Je serrai le poing. J'avais imaginé des tas de raisons justifiant l'arrestation des voyants, mais jamais celle-ci.

Un trafic d'humains. Ou plutôt, un trafic de *voyants*. Scion nous avait réduits en esclavage.

Quelques personnes s'étaient mises à pleurer. D'autres étaient tétanisés d'horreur. Nashira ne sembla pas le remarquer. Elle n'avait même pas cillé lorsque la fille avait été exécutée. Elle n'avait d'ailleurs pas cillé depuis le début de son discours.

— Les réphaïm ne transigent pas. Ceux qui s'adapteront à notre système seront récompensés. Les autres seront punis. Nous ne le souhaitons évidemment pas, mais manquez-nous de respect, et vous souffrirez. Telle est votre existence, désormais.

Seb s'évanouit. Julian et moi le maintînmes debout entre nous.

Les neuf réphaïm descendirent de leur estrade. Je gardai la tête basse.

— Ces réphaïm se sont portés volontaires pour devenir vos gardiens, nous informa Nashira. Ils décideront eux-mêmes de leurs équipes.

Sept d'entre eux se mirent à arpenter la pièce, passant entre les rangées. Le dernier – celui que j'avais observé – resta auprès de Nashira. Je n'osais me tourner vers Julian, mais je lui chuchotai :

— Ce n'est pas possible.

— Regarde-les.

Ses lèvres remuèrent à peine. Je ne l'aurais pas entendu si nous n'avions servi de béquilles à Seb.

— Ils ne sont pas humains. Ils viennent d'ailleurs.

— Tu crois en cet Outremonde ? (Je me tus lorsqu'un réph passa devant nous, puis repris :) La seule autre dimension existant est l'éther. C'est tout.

— L'éther existe du côté tangible – tout autour de nous, pas au-delà de nous. Il s'agit d'autre chose.

Un rire affolé naquit dans ma gorge.

— Scion a perdu la tête.

Julian resta coi. À l'autre bout de la salle, une réphaïte attrapa Carl par le coude.

— XX-59-1, je te choisis, déclara-t-elle.

Carl déglutit et fut conduit à une estrade, parvenant néanmoins à conserver son calme. Dès qu'il fut mis à l'écart, sa gardienne retourna butiner, tel un pickpocket cherchant la meilleure cible.

Je me demandai comment ils nous sélectionnaient. Était-ce mauvais signe pour Carl d'avoir été désigné si tôt ?

Les minutes s'égrenèrent. Les rangées diminuèrent. La chuchoteuse, devenue XX-59-2, alla rejoindre Carl. L'oracle suivit Pleione, qui semblait se désintéresser complètement de la procédure. Un homme au visage cruel entraîna la palmiste jusqu'à son camp. Elle se mit à pleurer et à supplier, en vain. Bientôt, Julian fut désigné. XX-59-26. Il m'adressa un signe de tête, puis grimpa sur l'estrade de sa nouvelle gardienne.

Douze autres noms devinrent des nombres. Ils en étaient au 38. À la fin, nous n'étions plus que huit : les six amaurotiques, un polyglotte et moi-même.

L'un d'eux allait bien finir par me choisir. Plusieurs réphaïm m'avaient examinée de très près, détaillant mon corps, mes yeux, mais aucun ne m'avait sollicitée. Que se passerait-il si je n'étais pas affiliée ?

Le polyglotte, un petit garçon doté de tresses africaines, fut emmené par Pleione. 39. J'étais la seule voyante encore disponible.

Les réphaïm se tournèrent vers Nashira. Elle dévisagea les derniers non affectés. Je me raidis comme une arbalète.

Puis celui qui m'avait observée durant le discours fit un pas. Il ne pipa mot, mais se pencha vers Nashira en pivotant la tête vers moi. Elle me considéra. Puis elle leva la main et courba l'un de ses longs doigts pour m'inviter à la rejoindre. À l'instar de Pleione, elle portait des gants noirs. Comme tous les autres.

Seb était toujours sans connaissance. Je voulus le laisser glisser par terre, mais il s'agrippa. En remarquant la situation fâcheuse dans laquelle je me trouvais, l'un des amaurotiques vint le soutenir à ma place.

Tous les yeux étaient désormais rivés sur moi. Je traversai le sol de marbre pour aller me poster devant les deux réphaïm. Nashira semblait encore plus grande vue de près, et l'autre me dominait de trente bons centimètres.

— Ton nom ?

— Paige Mahoney.

— D'où viens-tu ?

— La cohorte I.

— Pas à l'origine.

Ils avaient dû récupérer mon dossier.

— D'Irlande, répondis-je.

Des murmures parcourent la pièce.

— Scion Belfast ?

— Non, la partie indépendante de l'Irlande.

Quelqu'un haleta.

— Je vois. Un esprit libre. (Ses prunelles semblaient bioluminescentes.) Ton aura nous intrigue. Dis-moi : qu'es-tu ?

— Une crypto, déclarai-je.

Son regard me glaça.

— J'ai une bonne nouvelle à t'annoncer, Paige Mahoney. (Elle posa la main sur le bras de son compagnon.) Tu as retenu l'attention du consort de sang : Arcturus, gouverneur des Mesarthim. Il a décidé d'être ton gardien.

Les réphaïm s'observèrent. Ils ne parlèrent pas, mais leurs auras semblèrent onduler.

— Il est très rare qu'il s'intéresse à un humain, poursuivit-elle à voix basse, comme si elle me confiait un secret extrêmement bien gardé. Tu es très, très chanceuse.

Je me sentais pourtant moins chanceuse qu'écœurée.

Le consort s'abaissa à ma hauteur. Il dut se pencher beaucoup. Je ne détournai pas la tête.

— XX-59-40. (Sa voix était à la fois grave et douce.) Je te choisis.

Cet « homme » allait donc devenir mon maître. Je soutins son regard, sachant que je n'en avais pas le droit. Je voulais contempler mon ennemi en face.

Il ne restait plus de voyants sur le parterre. Nashira s'adressa d'un ton ferme aux six amaurotiques.

— Vous six, vous attendrez ici. On vous escortera jusqu'aux dortoirs. Les autres, accompagnez votre gardien vers les résidences. Bonne chance à tous, et souvenez-vous : vous êtes les seuls maîtres de votre destin. J'espère que vous prendrez les bonnes décisions.

Elle tourna alors les talons et s'éloigna. Deux vestes rouges lui emboîtèrent le pas. Je restai, hébétée, auprès de mon nouveau gardien.

Arcturus se dirigea vers la porte. Il m'enjoignit de le suivre d'un geste de la main. Comme je n'obtempérais pas sur-le-champ, il s'arrêta pour m'attendre.

Tout le monde me dévisageait. La tête me tournait. Je vis du rouge, puis du blanc. Je sortis à sa suite.

Les premières lueurs de l'aube caressaient les hautes flèches. Les voyants marchaient derrière leur gardien, par groupes de trois ou quatre. J'étais la seule à être ainsi isolée.

Arcturus vint se poster près de moi. Trop près. Je me crispai.

— Il faut que tu saches que nous dormons de jour, par ici.

Je restai silencieuse.

— Il faut aussi que tu saches que je n'ai pas pour habitude de prendre des locataires.

Quel bel euphémisme.

— Si tu réussis tes examens, tu vivras avec moi de façon permanente. Sinon, je serai contraint de t'expulser. Et les rues d'ici ne sont guère accueillantes.

Je ne répondis toujours pas. Je savais à quoi m'attendre. Ça ne pouvait pas être pire qu'à Londres.

— Tu n'es pas muette, reprit-il. Alors, parle.

— Je ne pensais pas pouvoir prendre la parole sans autorisation.

— Je t'octroie ce privilège.

— Je n'ai rien à dire.

Arcturus m'examina. Ses prunelles recelaient une chaleur assassine.

— Nous sommes installés dans la résidence Magdalen. (Il tourna le dos au levant.) Je suppose que tu sais marcher toute seule ?

— Oui, répliquai-je.

— Bien.

Nous marchâmes donc. Nous sortîmes du bâtiment pour rejoindre la rue, où le triste spectacle avait pris fin. Je repérai la contorsionniste près de la scène, rangeant son costume dans un sac. Elle détourna la tête en croisant mon regard. Elle arborait l'aura délicate des cartomanciens. Et les hématomes des prisonniers.

Magdalen formait un très beau complexe issu d'une autre époque, d'un autre monde. Il disposait d'une chapelle, de clochers et de hautes verrières crachant la lumière féroce des torches. Une cloche sonna cinq coups tandis que nous franchissions une petite porte. Un garçon en tunique rouge s'inclina devant nous. Nous passâmes devant une succession de cloîtres, puis je suivis Arcturus dans les ténèbres. Il grimpa un colimaçon en pierre et s'arrêta devant une lourde porte qu'il déverrouilla à l'aide d'une clé en cuivre.

— Entre, m'ordonna-t-il. Voici ton nouveau chez-toi. La tour du Fondateur.

Je jetai un coup d'œil à ma geôle.

L'huis donnait sur une vaste pièce rectangulaire. Les meubles étaient somptueux, les murs immaculés, dépourvus de toute aspérité. Des armoiries y étaient suspendues, trois fleurs au-dessus d'un motif noir et blanc. Un échiquier incliné. De lourds rideaux rouges pendaient de part et d'autre de chacune des fenêtres, qui donnaient sur des cours intérieures. Deux fauteuils faisaient face à un âtre magnifique accueillant une flambée. Une banquette écarlate couverte de coussins en soie occupait un angle, juste à côté d'une horloge de parquet. Un gramophone posé sur un bureau de bois sombre jouait *Gloomy Sunday*[1], et une élégante table de chevet accompagnait le gigantesque lit à baldaquin. Un tapis richement décoré recouvrait le sol.

Arcturus ferma la porte.

— Je ne connais pas grand-chose aux humains, m'avoua-t-il. Il faudra que tu me rappelles quels sont vos besoins. (Il tapota d'un doigt sur la table.) Tu trouveras là-dedans des médicaments. Tu devras prendre une pilule de chaque tous les soirs.

Je ne répondis pas, mais écumai son territoire des rêves, que je découvris ancestral et étrange, induré par les ans. Une lanterne magique flottant dans l'éther.

Je n'avais désormais plus aucun doute sur le fait que l'inconnu en I-4 fût l'un des leurs.

Je le sentis me scruter, étudier mon aura, tenter de déterminer de quoi il s'était encombré. Ou quel trésor enfoui il

1. « Sombre dimanche. » (*Toutes les notes sont du traducteur.*)

avait déterré. Cette dernière pensée me provoqua une nouvelle bouffée de haine.

— Regarde-moi.

C'était un ordre. J'obtempérai donc, dressant le menton pour le défier. Plutôt mourir que de lui montrer la trouille qu'il m'inspirait.

— Tu ne vois pas les esprits, remarqua-t-il. Un inconvénient certain. À moins, bien sûr, que tu aies un moyen de compenser cette absence. Peut-être un sixième sens renforcé.

Je ne répondis pas. J'avais toujours rêvé d'être au moins à moitié dotée, pourtant je demeurais aveugle aux esprits. Je ne voyais pas les petites lumières de l'éther, me contentant de les sentir. Jaxon n'avait jamais jugé cela comme un handicap.

— As-tu des questions ?

Ses prunelles impitoyables détaillèrent mon visage.

— Où est-ce que je dors ?

— Je vais te faire préparer une chambre. Pour l'heure, tu vas dormir ici. (Il me désigna la banquette.) Autre chose ?

— Non.

— Je ne serai pas là demain. Tu pourras en profiter pour découvrir la ville. Tu rentreras avant l'aube, tous les matins. Tu rejoindras cette pièce chaque fois que la sirène retentira. Si tu voles, touches ou déranges quelque chose, je le saurai.

— Oui, monsieur.

Le *monsieur* m'avait échappé.

— Tiens. (Il me présenta un cachet.) Tu en prendras un second demain soir, en même temps que les autres.

Je ne m'en saisis pas. Arcturus remplit un verre d'eau depuis une carafe sans me regarder. Il me le tendit en même temps que le médicament. Je m'humectai les lèvres.

— Et si je refuse ?

Il y eut un long silence.

— C'était un ordre, souligna-t-il. Pas une proposition.

Mon cœur s'emballa. Je fis tourner la pilule entre mes doigts. Elle avait une teinte olive avec une pointe de gris. Je l'avalai. Son goût était amer.

Il me reprit le verre.

— Encore une chose.

Il m'attrapa l'arrière du crâne pour me forcer à lui faire face. Un frisson glacé me dévala l'échine.

— Tu ne t'adresseras à moi qu'en employant mon titre protocolaire : gouverneur. C'est compris ?

— Oui. Gouverneur.

Je me forçai à le dire. Il me fixa droit dans les yeux, histoire de bien graver cette consigne dans mon esprit, puis il me lâcha.

— Nous commencerons ta formation dès mon retour. (Il s'approcha de la porte.) Dors bien.

Je ne pus réprimer un éclat de rire amer.

Il tourna à moitié la tête. J'observai ses prunelles dépourvues d'émotion. Il sortit sans rien ajouter. La clé tourna dans la serrure.

5

L'Indifférente

Un soleil rouge rutilait à travers la fenêtre. La lumière m'arracha à mon profond sommeil. J'avais un sale goût dans la bouche. Pendant une seconde, je me crus de retour dans ma chambre de l'I-5, loin de Jax, loin du boulot.

Puis ça me revint. La Saison d'Os. Les réphaïm. Un coup de feu et un cadavre.

Je n'étais clairement pas en I-5.

Mes coussins étaient tombés par terre durant ma « nuit ». Je m'assis pour examiner les environs, massant mon cou endolori. J'avais mal aux reins et à la tête. L'une de mes « gueules de bois », comme les appelait Nick. Arcturus – le gouverneur – n'était nulle part en vue.

Le phonographe se lamentait encore dans son coin. Je reconnus immédiatement la *Danse macabre* de Saint-Saëns, non sans une légère angoisse : Jax l'écoutait lorsqu'il était particulièrement irascible, généralement en buvant un verre de vin millésimé. Cet air m'avait toujours foutu les jetons. J'éteignis la musique, ouvris les rideaux en grand et observai la cour est.

Un réphaïte montait la garde devant une gigantesque double porte de chêne.

Je trouvai un uniforme propre sur mon lit, ainsi qu'un mot sur l'oreiller en grosses lettres cursives noires.

Attends la cloche.

Je repensai au discours de bienvenue. Il n'avait jamais été question de cloche. Je froissai le bout de papier avant de le jeter dans l'âtre, où d'autres brouillons attendaient la prochaine flambée.

Je consacrai quelques minutes à l'analyse de la pièce, en étudiant les moindres recoins. Ces fenêtres ne comportaient pas de barreaux, mais on ne pouvait pas les ouvrir. Les murs ne semblaient abriter aucune jointure secrète ni aucun panneau coulissant. Je repérai toutefois deux autres portes. La première, abritée derrière une épaisse tenture écarlate, était évidemment verrouillée. La seconde desservait une grande salle de bains. Comme je ne trouvai pas d'interrupteur, j'y entrai avec l'une des lampes à huile de la pièce principale. La baignoire, du même marbre noir que le sol de la bibliothèque, était protégée par des rideaux diaphanes. Un miroir doré occupait l'essentiel d'un pan de mur. Je m'en approchai, curieuse de découvrir si les récents événements se voyaient sur mon visage.

Non. En dehors de ma lèvre éclatée, j'avais exactement la même tête que lorsqu'ils m'avaient arrêtée. Je m'assis dans la pénombre pour réfléchir.

Les réphaïm avaient conclu leur marché en 1859, il y avait exactement deux siècles. Durant le mandat de lord Palmerston, si je ne mélangeais pas les dates. Bien avant 1901 et la fin de la monarchie, quand la République d'Angleterre avait vu le jour et déclaré la guerre à l'anormalité. Cette république avait imposé au pays près de trois décennies d'endoctrinement et de propagande avant d'adopter le nom de Scion en 1929. C'était alors que le premier Grand Inquisiteur avait été nommé, et que Londres était devenue la première citadelle scionienne. Ce qui me menait à croire que, d'une façon ou d'une autre, l'arrivée des réphaïm avait *causé* Scion. Toutes ces conneries sur l'anormalité, simplement pour satisfaire ces créatures venues de nulle part.

Je pris une profonde inspiration. Cela devait cacher autre chose, forcément. Et je finirais par comprendre. La première des priorités était toutefois de foutre le camp d'ici. En attendant de trouver un moyen d'y parvenir, j'allais chercher mes réponses dans le coin. Je ne pouvais pas simplement m'en aller, pas alors que je savais désormais où l'on envoyait les voyants. Je ne pouvais pas non plus oublier tout ce que j'avais vu et entendu.

D'abord, je devais retrouver Seb. Son amaurose causait son ignorance et son effroi, mais il n'était qu'un gamin. Il ne méritait pas de vivre ça. Dès que je l'aurais localisé, j'irais chercher Julian et les autres captifs de la Saison d'Os XX. Je voulais en apprendre plus sur les émim, et en attendant le retour de mon gardien, ils seraient ma seule source d'information.

Une cloche résonna en haut de sa tour, suivie d'une autre, plus lointaine, mais plus puissante. *Attends la cloche.* Il devait y avoir une espèce de couvre-feu.

Je posai ma lampe sur le bord de la baignoire et m'aspergeai le visage d'eau froide tout en considérant les options qui s'offraient à moi. Mieux valait jouer le jeu des réphaïm pour l'instant. Si j'arrivais à survivre assez longtemps, je tenterais de contacter Jax. Lui viendrait m'aider. Il n'avait jamais abandonné un voyant. Pas un qu'il employait, en tout cas. Car je l'avais vu laisser crever plus d'un mendiant.

Il faisait de plus en plus sombre dans la pièce. J'ouvris le tiroir du milieu du bureau. J'y trouvai trois plaquettes de pilules. Je n'avais aucune envie de les prendre, mais je pressentais qu'il serait susceptible de les compter pour s'assurer que j'avais été bien obéissante. Autant les balancer quelque part.

J'en sortis une de chaque boîte. Une rouge, une blanche, une verte. Aucune ne portait la moindre indication.

La ville était pleine de non-humains, de choses dépassant mon entendement. Ces médocs étaient peut-être censés me protéger de toxines, de radiations – de la fameuse contagion contre laquelle Scion nous avait mis en garde. Peut-être n'était-ce pas un mensonge, peut-être ferais-je mieux de les avaler. J'allais de toute façon devoir m'y résoudre, quand il reviendrait.

Cependant, pour l'heure, il n'était pas là. Il ne me surveillait pas. Je fis disparaître les trois pilules dans l'évier. Il pouvait bien s'étouffer avec.

J'actionnai la poignée de la porte, qui s'ouvrit sans problème. Je descendis les marches de pierre menant aux cloîtres. Cette demeure était immense. À la porte de la rue, une fillette maigrelette au nez rose vif et aux cheveux blond sale avait remplacé le gamin en rouge. Elle leva les yeux de son comptoir quand elle m'entendit arriver.

— Bonjour, dit-elle. Tu dois être nouvelle.

— Oui.

— Eh bien, tu commences ton séjour dans un endroit génial. Bienvenue à Magdalen, la meilleure résidence de tout Sheol I. Je suis XIX-49-33, la concierge de nuit. Que puis-je faire pour toi ?

— Me laisser sortir.

— En as-tu la permission ?

— Je l'ignore.

Et je m'en foutais royalement.

— Bon, je vais vérifier.

Son sourire s'était légèrement crispé.

— Quel est ton numéro ?

— XX-59-40.

Elle consulta son registre. Une fois à la bonne page, elle me contempla, les yeux écarquillés.

— Tu es celle que le gouverneur a accueillie.

Accueillir était une drôle façon de l'exprimer.

— Il n'avait encore jamais pris de locataire humain, poursuivit-elle. Il n'y en a pas beaucoup à Magdalen. Ici, on trouve surtout des réph sans véritable assistant. Tu as beaucoup de chance d'habiter avec lui, tu sais ?

— C'est ce qu'on m'a dit. Je peux te poser quelques questions sur cet endroit ?

— Je t'écoute.

— Où est-ce qu'on trouve à manger ?

— Le gouverneur a laissé des instructions à ce sujet.

Elle me posa dans la main une poignée d'aiguilles épointées, de bagues de fer-blanc bon marché et de dés à coudre.

— Tiens. Des numa. Les harlies en ont toujours besoin. Tu peux les troquer contre de la bouffe aux étals à l'extérieur – il y a un camp de squatters, plus loin –, mais ce n'est pas terrible. À ta place, j'attendrais que ton gardien te nourrisse.

— Tu penses qu'il va le faire ?

— Peut-être.

Ça réglait le problème.

— Où est ce campement ?

— Sur Broad Street. La première à droite en sortant de Magdalen, puis la première à gauche. Tu ne peux pas le louper. (Elle tourna la page de son registre.) Et n'oublie pas : tu ne peux pas t'asseoir dans un lieu public sans autorisation ni entrer dans une autre résidence. Ne porte rien d'autre que ton uniforme. Oh, et tu dois impérativement être de retour ici avant l'aube.

— Pourquoi ?

— Eh bien, les réph dorment de jour. Tu dois savoir que les esprits sont plus faciles à voir quand le soleil est couché ?

— Et ça simplifie l'entraînement.

— Exactement.

Je n'aimais vraiment pas cette fille.

— Tu as un gardien ?

— Oui, bien sûr. Il est parti pour l'instant.

— Parti où ?

— Je ne sais pas. Mais je suis sûre que c'est très important.

— Je vois. Merci.

— De rien. Passe une bonne nuit ! Et souviens-toi, ajouta-t-elle. Ne traverse jamais le pont.

Voilà quelqu'un de bien conditionné. Je lui souris et pris congé.

Alors que je quittais ma résidence pour le froid glacial de la ville, je commençais à me demander dans quoi je m'étais fourrée. *Le gouverneur.* Son nom était chuchoté telle une prière, une promesse. En quoi était-il si différent des autres ? Et que signifiait *consort de sang* ? Je me promis de le découvrir très vite. Dans l'immédiat, j'allais manger. Puis je retrouverais Seb. Au moins, je savais où dormir. Il n'avait peut-être pas ma chance.

Un léger brouillard nappait les rues. Apparemment, l'électricité n'existait pas dans cette cité. À ma gauche se trouvait un pont de pierre, hérissé de part et d'autre de réverbères à gaz. C'était sans doute celui-ci que je ne devais pas franchir. Une rangée de gardes en rouge bloquait la route reliant le monde extérieur. Comme je ne bougeais pas, ils braquèrent tous dix leur flingue dans ma direction. Des armes de Scion. De l'armée. Je leur tournai le dos et partis découvrir la ville.

La rue longeait le haut rempart de la résidence. Je franchis trois lourdes portes en bois, chacune surveillée par un homme en tunique rouge. Des pointes de fer émergeaient du faîte du mur. Je gardai la tête basse et suivis les instructions que m'avait données 33. L'allée suivante était tout aussi déserte que la première, sauf qu'il n'y avait même plus de lampe pour guider mes pas. Quand j'émergeai enfin des ténèbres, j'avais les mains tout engourdies par le froid. J'étais arrivée dans ce qui pouvait s'apparenter à un centre-ville. Deux grands bâtiments dominaient la partie gauche. Le plus proche disposait de colonnes et d'un fronton ornementés, un peu comme le grand musée de la cohorte I. Je le dépassai pour rejoindre la Broad. Des photophores se consumaient sur chaque marche ou rebord de fenêtre. Un bruissement d'activité fendit enfin la nuit.

Des étals bringuebalants et de vieux kiosques mal illuminés par des lanternes sales avaient été érigés au milieu de la rue. Tous étaient rachitiques et sinistres. Ils étaient jouxtés de cabanes rudimentaires, de huttes et de tentes faites de bric et de broc. Un bidonville en plein centre.

Et la sirène. Un vieux modèle mécanique avec une unique corne béante. Rien à voir avec les espèces de ruches électriques sur les avant-postes de la DVN, conçues pour les urgences nationales. J'espérais ne jamais entendre le bruit s'élevant de ses rotors. Je n'avais certainement pas besoin d'une machine cannibale lancée à mes trousses.

Une odeur de viande rôtie m'attira vers les taudis. Mon estomac était tout recroquevillé de faim. Je pénétrai dans un tunnel obscur, me fiant à mon odorat. Les baraques semblaient reliées par un réseau de contreplaqué, rafistolé de morceaux de ferraille ou de vieux vêtements. Rares étaient les fenêtres ; la seule lumière émanait de bougies ou de lampes à huile. J'étais la seule personne en tunique blanche. Eux portaient des haillons crasseux. Les couleurs n'arrangeaient guère leur teint cireux, leurs yeux ternes et injectés de sang. Aucun n'avait l'air en bonne santé. Il devait s'agir des artistes : des humains ayant échoué aux tests et se retrouvant condamnés à divertir les réphaïm pour le restant de leurs jours, et sans doute même au-delà. La plupart d'entre eux étaient des devins ou des augures, les voyants les plus communs. Certains me dévisagèrent brièvement avant de reprendre leurs occupations. Comme s'ils se refusaient à me regarder trop longtemps.

L'odeur émanait d'une grande pièce carrée ; son toit de tôle ondulée avait été percé pour laisser s'échapper fumée et vapeur. Je m'assis dans un recoin sombre, m'efforçant de ne pas attirer l'attention. La viande était servie en tranches fines comme des hosties, rosées et tendres à cœur. Les artistes faisaient passer des assiettes de rôti et de légumes arrosés d'une crème sortie de soupières en argent. Les gens se battaient pour avoir leur part, s'empiffraient littéralement avant de lécher leurs doigts dégoulinants de jus chaud. Sans que j'aie rien demandé, un voyant me mit une assiette entre les mains. Il était maigre et vêtu de lambeaux de tissu ; ses épaisses lunettes étaient toutes rayées.

— Est-ce que Mayfield est toujours à l'Archinster ?

Je haussai un sourcil interrogateur.

— Mayfield ?

— Oui, Abel Mayfield. (Il hachait chaque syllabe.) Est-ce qu'il est toujours à l'Archonterie ? Toujours Grand Inquisiteur ?

— Il est mort il y a des années.

— Qui l'a remplacé ?

— Frank Weaver.

— Ah, d'accord. Tu n'aurais pas un numéro du *Descendant*, des fois ?

— Ils m'ont tout confisqué. Vous pensiez vraiment que Mayfield était encore l'Inquisiteur ?

Il était virtuellement impossible de ne pas connaître l'identité de ce dernier. À l'instar de Scarlett Burnish, Weaver était l'incarnation de Scion.

— Ça va, pas la peine de monter sur tes grands chevaux. Comment j'étais censé le savoir ? On n'a des nouvelles qu'une fois tous les dix ans. (Il m'attrapa par le bras pour me mener dans un coin.) Est-ce qu'ils ont relancé le *Rugissant* ?

— Non.

Je voulus me libérer, mais il s'accrocha fermement.

— Est-ce que Sinatra est toujours sur la liste noire ?

— Oui.

— Merde. Et le Pouilleux, ils l'ont trouvé ?

— Cyril, elle vient d'arriver. Je crois qu'elle aimerait bien pouvoir manger.

Quelqu'un avait remarqué ma délicate situation. Ledit Cyril pivota vers son interlocutrice, une jeune femme aux bras croisés sur la poitrine et au menton relevé.

— T'es vraiment une foutue vieille grincheuse, Rymore. T'as encore tiré le dix d'épée ?

— Ouais, en pensant à toi.

Avec un regard noir, Cyril m'arracha mon assiette et déguerpit. Je voulus le rattraper par le col, mais il était plus rapide qu'un tire-laine. La fille secoua la tête. Ses traits fins et expressifs étaient cernés de frisettes noires emmêlées. Son rouge à lèvres cramoisi ressortait telle une vilaine plaie sur sa peau blême.

— Tu as eu droit au discours de bienvenue hier soir, petite sœur, grasseya-t-elle. Ton estomac ne l'aurait pas supporté.

— J'ai mangé hier matin.

Je me retins de rire en entendant cette fille minuscule m'appeler petite sœur.

— Crois-moi, c'est le flux. Ça t'a retourné le cerveau. (Elle lança un regard circulaire.) Vite, viens avec moi.

— Où ça ?

— J'ai une mangeoire. On pourra y causer.

Je n'appréciais guère l'idée de suivre une inconnue, mais j'avais des questions à poser, je l'accompagnai donc.

Ma guide semblait connaître tout le monde. Elle serra la main de diverses personnes, s'assurant ce faisant que je la suivais toujours. Ses vêtements paraissaient être en meilleure condition que ceux de la plupart de ses collègues, même si son chemisier à manches cloches était un peu élimé et son pantalon trop court. Elle devait se geler. Elle tira un ersatz de rideau.

— Vite, redit-elle, ils vont nous voir.

Il faisait sombre dans son abri, mais un réchaud à pétrole empêchait l'obscurité complète. Je m'assis. Un tas de draps maculés et un coussin faisaient office de lit rudimentaire.

— Tu t'occupes toujours des vagabonds ?

— Souvent. Je sais ce que c'est, quand on arrive. (Elle s'installa près du poêle.) Bienvenue dans la Famille.

— Je fais partie d'une famille ?

— Maintenant, oui, petite sœur. Rassure-toi, ce n'est pas une sorte de secte. Juste une famille pour tenter de survivre. (Elle ranima ses doigts gourds devant le réchaud.) J'imagine que tu viens de la pègre.

— Possible.

— Pas moi. Personne n'avait besoin de moi. (Elle se fendit d'un léger sourire.) Je suis arrivée durant la dernière Saison d'Os.

— C'était il y a combien de temps ?

— Dix ans. J'en avais treize.

Elle me tendit une main calleuse, que je finis par serrer après une brève hésitation.

— Liss Rymore, enchantée.

— Paige.

— XX-59-40 ?

— Oui.

Elle surprit mon expression.

— Désolée, dit-elle. Question d'habitude. Ou alors, je suis complètement lobotomisée.

Je haussai les épaules.

— T… tu es quel numéro ?

— XIX-49-1.

— Comment connais-tu le mien ?

Elle ajouta de l'alcool dans le réchaud.

— Les nouvelles vont vite dans une ville si petite. On ne sait rien de ce qui se passe à l'extérieur. Ils ne veulent pas que l'on apprenne ce qui arrive dans le monde libre. Si tant est qu'on puisse considérer que Scion est « libre ». (Une flamme bleue jaillit.) Ton numéro est sur toutes les lèvres.

— Pourquoi ?

— Tu ne le sais vraiment pas ? Arcturus Mesarthim n'avait encore jamais accepté d'humain dans son logement. En fait, les humains ne l'ont même jamais intéressé. C'est triste à dire, mais ici, c'est un véritable événement. Voilà ce qui arrive, quand la presse n'existe plus.

— Tu sais pourquoi il m'a choisie ?

— À mon avis, c'est parce que Nashira t'a dans sa ligne de mire. Arcturus est le consort de sang – son fiancé. On ne lui cherche pas de noises. De toute façon, il ne quitte jamais cette tour. (Elle posa une gamelle sur le réchaud.) Laisse-moi te cuisiner un truc avant de discuter. Désolée, ça fait des années qu'on ne mange plus à table, nous autres harlies.

— Harlies ?

— C'est ainsi que les vestes appellent les artistes. Ils ne nous aiment pas beaucoup.

Elle attiédit un peu de bouillon qu'elle versa dans un bol. Je lui proposai mes bagues, mais elle secoua la tête.

— C'est moi qui invite.

Je pris une courte gorgée du breuvage inodore et translucide. Le goût était ignoble, mais ça réchauffait le ventre. Liss me regarda finir mon bol.

— Tiens. (Elle me tendit un morceau de pain rassis.) Ce n'est presque que de l'eau, tu finiras par t'y habituer. La plupart des gardiens ont tendance à oublier que nous devons manger de façon régulière.

— Il y a de la viande, là-bas, fis-je remarquer en désignant la pièce centrale.

— C'est juste pour célébrer la vingtième Saison d'Os. J'ai préparé ce bouillon avec les restes de jus de cuisson. (Elle s'en servit un bol.) On compte sur les pourris pour nous empêcher de crever de faim. Tout ça, ça vient des cuisines, expliqua-t-elle en désignant le réchaud et la gamelle. Ils sont censés ne faire à bouffer qu'aux vestes rouges, mais ils nous refilent des trucs en douce dès qu'ils en ont l'occasion. Cela dit, ils sont plus réticents depuis que l'une des filles s'est fait pincer.

— Qu'est-ce qui s'est passé ?

— Elle a été battue. Et le voyant qu'elle nourrissait a écopé de quatre jours de privation de sommeil. Il délirait totalement quand ils l'ont laissé sortir.

Une punition originale. L'esprit des voyants fonctionnait à cheval sur deux niveaux : la vie et la mort. C'était épuisant. Ne pas avoir le droit de dormir pendant quatre jours aurait rendu n'importe lequel d'entre nous complètement fou.

— Et comment la ville se réapprovisionne-t-elle ?

— Aucune idée. Peut-être par le train. Il relie Londres à Sheol I., mais manifestement, personne ne sait où se trouve l'entrée des tunnels. (Elle rapprocha ses pieds du réchaud.) À ton avis, combien de temps a duré ta peste du cerveau ?

— Une éternité.

— Cinq jours. Les petits nouveaux subissent l'enfer pendant cinq jours avant d'avoir droit à l'antidote.

— Pourquoi ?

— Pour qu'ils apprennent vite quelle est leur place. Ici, tu n'es rien avant d'avoir gagné tes couleurs. (Liss nous versa une nouvelle ration de bouillon.) Et donc, tu vis à Magdalen.

— Oui.

— Tu dois en avoir marre de te l'entendre dire, mais tu peux t'estimer heureuse. C'est l'une des résidences les plus sûres pour les humains.

— Il y en a combien, en tout ?

— Des humains ?

— Des résidences.

— Ah, d'accord. Eh bien, chacune représente un petit quartier. Il y en a sept réservées aux humains : Balliol, Corpus, Exeter, Merton, Oriel, Queens et Trinity. Nashira vit dans la résidence du Suzerain, où a eu lieu le discours de bienvenue. On trouve aussi le Manoir, plus au sud, et le Château - c'est la prison. Et ce taudis, ici, c'est la Bauge. Cette rue s'appelle la Broad. Celle qui est parallèle, c'est la promenade Magdalen.

— Et après ?

— Une campagne désertique. On l'appelle le No-Man's-Land. Il est bourré de mines et de pièges.

— Est-ce que quelqu'un a déjà essayé de le traverser ?

— Oui.

Elle se crispa. Je bus une nouvelle gorgée.

— Comment c'était, à la Tour ? me demanda-t-elle.

— Je n'y suis pas allée.

— Tu dois vraiment avoir une bonne étoile. (En me voyant froncer les sourcils, elle secoua la tête.) Pendant dix ans, ils raflent les voyants pour la Saison d'Os suivante. Certains passent une décennie entière à la Tour avant d'être affectés ici.

— Tu plaisantes.

Je repensai au pauvre gars qui affirmait y être resté neuf années.

— Nan. Ils ne manquent pas d'imagination quand il s'agit de nous faire filer droit. Ils connaissent nos points faibles, ils savent comment nous briser. Dix ans à la Tour feraient ployer n'importe qui.

— Que sont-ils ?

— Aucune idée. Je sais juste qu'ils ne sont pas humains. (Elle ajouta un peu de pain à son bouillon.) Ils se comportent comme des dieux. Et c'est comme ça qu'ils veulent qu'on les traite.

— Nous serions leurs fidèles…

— Pas seulement ça. Nous leur devons la vie. Ils ne nous laisseront jamais oublier qu'ils nous protègent des ronfleurs, que l'esclavage est « pour notre bien ». Selon eux, mieux vaut être esclaves que morts. Ou persécutés par l'Inquisiteur.

— Les ronfleurs ?

— Les émim. C'est comme ça qu'on les surnomme.

— Pourquoi ?

— Ça s'est toujours fait. Je pense que ce sont les vestes rouges qui ont eu l'idée. Ce sont eux qui doivent les repousser.

— À quelle fréquence ?

— C'est variable. Ils attaquent beaucoup plus souvent durant l'hiver. Sois très attentive aux sirènes. Un seul coup sert à convoquer les vestes rouges. Si la tonalité évolue, mets-toi à l'abri, ça veut dire qu'ils arrivent.

— Je n'ai toujours pas compris ce qu'ils étaient. (J'émiettai un peu de pain.) Est-ce qu'ils ressemblent aux réphaïm ?

— J'ai entendu des histoires. Les vestes rouges aiment bien nous effrayer. (Les flammes se reflétaient sur son visage.) Il paraît que les émim peuvent adopter différentes formes. Que le simple fait de les approcher suffit à te tuer. On raconte même qu'ils peuvent t'arracher l'âme du corps. Certains les appellent les géants pourrissants, ne me demande pas pourquoi. D'autres prétendent que ce sont des squelettes ambulants qui ont besoin de peau pour s'habiller. Je ne sais pas ce qui est vrai ou faux ; ce qui est sûr, c'est qu'ils mangent de la chair humaine. Ils y sont accros. Ne t'étonne pas si tu croises des gens avec des membres en moins.

Cela aurait dû me révulser, mais j'étais trop hébétée pour réagir de la sorte. Tout semblait surréaliste. Liss tendit le bras pour ajuster le rideau, nous faisant disparaître aux yeux du monde extérieur. J'avisai une pile de soie colorée.

— C'est toi, la contorsionniste, compris-je.

— Tu m'as trouvée bonne ?

— Excellente.

— C'est comme ça que je gagne ma croûte. Par chance, j'ai appris rapidement. Avant, je mendiais près du théâtre. (Elle se lécha les babines.) Je t'ai vue avec Pleione hier soir. Ton aura a beaucoup fait parler d'elle.

Je ne répondis pas, estimant dangereux d'évoquer mon aura, surtout avec cette fille que je ne connaissais guère.

Elle m'étudia.

— Tu es dotée ?

— Non.

C'était la vérité.

— Pourquoi t'a-t-on arrêtée ?

— J'ai tué quelqu'un. Un garde souterrain.

Vrai aussi.

— Comment ?

— Avec un couteau. Dans le feu de l'action.

Faux.

Liss me considéra longuement. Elle était totalement dotée, ce qui était typique des devins. Elle discernait le rouge de mon aura aussi clairement que mon visage. Si elle s'était documentée sur le sujet, elle saurait à quelle famille j'appartenais.

— Je ne pense pas. (Elle pianota sur le sol.) Tu n'as jamais fait couler autant de sang.

Elle était douée, pour une devineresse.

— Tu n'es pas une oracle, déclara-t-elle, plus à son intention qu'à la mienne. J'en ai déjà vu. Tu es trop calme pour être une furie, et tu n'es clairement pas une médium. Dans ce cas, tu dois être… (Ses yeux se ternirent.) Une marcherêve. (Elle me scruta de près.) C'est ça ?

Je soutins son regard. Elle s'assit sur ses talons.

— Eh bien, ça explique tout.

— Quoi ?

— Pourquoi Arcturus t'a choisie. Nashira n'a jamais trouvé de marcherêve, et elle en veut absolument un. Elle s'est assurée de ta protection. Personne n'osera t'approcher si tu es l'humaine du consort. Si elle pense qu'il y a la moindre chance que tu sois une marcherêve, tu es foutue.

— Comment ça ?

— Ça ne va pas te plaire.

Plus rien ne pouvait me surprendre.

— Nashira a un don, expliqua Liss. As-tu remarqué son aura étrange ? (J'opinai.) Elle ne jouit pas que d'une seule faculté. Elle dispose de plusieurs moyens de rejoindre l'éther.

— C'est impossible. Nous avons tous un seul don.

— Tu penses connaître la réalité ? Oublie-la. Sheol I possède ses propres règles. Prends-en ton parti dès maintenant, et tout te semblera plus facile. (Elle remonta ses genoux cagneux sous son menton.) Nashira a cinq anges gardiens. D'une façon ou d'une autre, elle parvient à les conserver près d'elle.

— Est-ce que c'est une dompteuse ?

— On l'ignore. Elle l'a sans doute été, mais son aura a été altérée.

— Par quoi ?

— Par les anges. (Comme je fronçais les sourcils, elle soupira.) Ce n'est qu'une hypothèse. Nous *pensons* qu'elle peut se servir des dons dont ils jouissaient de leur vivant.

— Même les dompteurs ne peuvent pas faire ça.

— Exactement. (Elle me scruta de près.) Si tu veux un conseil, fais profil bas. Ne donne jamais la moindre indication sur ta nature. Si elle découvre que tu es une marcherêve, tu es morte.

Je m'efforçai de garder un air neutre. Trois années passées au sein de la pègre m'avaient habituée au danger, mais ici rien n'était pareil. J'allais devoir apprendre à gérer de nouvelles menaces.

— Comment puis-je l'empêcher de le découvrir ?

— Ça va être difficile. Ils vont te mettre à l'épreuve pour révéler ton talent. C'est à ça que servent les tuniques : tu obtiens la rose après le premier test, la rouge après le second.

— Mais toi, tu as échoué.

— Par chance. Désormais, je dépends du Superviseur.

— Qui était ton gardien ?

Liss se tourna vers le réchaud.

— Gomeisa Sargas.

— Qui est-ce ?

— L'autre souverain de sang. Il y en a toujours deux, un mâle et une femelle.

— Mais Arcturus est...

— Fiancé à Nashira, oui. Mais il n'est pas *du sang*, précisa-t-elle avec une pointe de dégoût. Seuls les membres de la famille Sargas peuvent prétendre à la couronne. Les souverains de sang ne peuvent pas s'accoupler, ce serait incestueux. Arcturus vient d'une autre famille.

— Il est donc le prince consort.

— Le consort de sang. C'est pareil. Encore un peu de bouillon ?

— Non, merci.

Je l'observai plonger mon bol dans une bassine d'eau graisseuse.

— Comment as-tu échoué aux examens ?

— Je suis restée humaine. (Elle se fendit d'un sourire léger.) Les réph ne sont pas humains. Même s'ils nous ressemblent beaucoup, ils ne sont pas comme nous. Ils n'ont rien là-dedans. (Elle se tapota la poitrine.) S'ils veulent que nous travaillions avec eux, ils doivent nous dépouiller de notre humanité.

— Comment ?

Avant qu'elle puisse répondre, le rideau fut violemment tiré en arrière. Un réphaïte élancé se posta dans l'embrasure.

— Toi, grogna-t-il à l'adresse de Liss, qui s'abrita derrière ses mains. Lève-toi. Habille-toi. Sale feignasse. Avec une *invitée* ? Tu te prends pour une reine ?

Elle se mit debout. Toute sa force semblait l'avoir désertée, la laissant recroquevillée et fragile. Sa main gauche tremblait.

— Je suis désolée, Suhail. 40 est nouvelle. Je voulais simplement lui expliquer les règles de Sheol I.

— 40 devrait déjà les connaître.

— Pardonnez-moi.

Il leva une main gantée, comme pour la gifler.

— Mets tes soies.

— Je ne pensais pas jouer ce soir. (Elle se replia jusqu'au fond de la cabane.) Avez-vous parlé au Superviseur ?

Je détaillai son interlocuteur. Il était grand et saisissant, comme les autres réphaïm, mais il n'avait pas leur regard vide. Chacun de ses traits transpirait la haine.

— Je n'ai pas besoin de lui parler, petit pantin. 15 est toujours indisposé. Les vestes rouges s'attendent que leur bouffonne préférée le remplace. (Il retroussa les lèvres, dévoilant ses dents.) Si tu ne veux pas le rejoindre au centre de détention, tu as intérêt à être prête dans dix minutes.

Liss tressaillit. Ses épaules s'affaissèrent légèrement et elle détourna la tête.

— Je comprends, affirma-t-elle.

— Ça, c'est une bonne esclave.

Il arracha le rideau en sortant. J'aidai Liss à le ramasser. Elle tremblait des pieds à la tête.

— Qui était-ce ?

— Suhail Chertan. Le Superviseur est toujours un peu tendu sous son masque d'impassibilité. Il en répond à Suhail si on fait un truc de travers. (Elle se tamponna les yeux de la manche.) C'est 15 qui a subi la privation de sommeil. Jordan. L'autre contorsionniste.

Je lui pris le rideau des mains. Sa manche était maculée de sang.

— Tu t'es coupée ?

— Ce n'est rien.

— Bien sûr que si.

Le sang n'était jamais anodin.

— Ça va aller. (Elle s'essuya la figure, étalant de longues traces rouges sur ses pommettes.) Il a juste pris un peu de mon éclat.

— Il quoi ?

— Il s'est nourri sur moi.

J'espérais avoir mal entendu.

— Il s'est *nourri* sur toi ?

Elle sourit.

— Auraient-ils omis de te préciser que les réph se repaissaient de nos auras ? Ils oublient chaque fois ce détail.

Mon ventre se serra.

— C'est impossible. Les auras n'alimentent pas la vie, mais la voyance. C'est...

— Elles les alimentent, eux.

— Cela signifierait qu'ils ne sont pas seulement clairvoyants, mais qu'ils sont l'éther incarné.

— C'est peut-être le cas. (Liss s'emmitoufla dans une couverture râpée.) C'est à ça que servent les harlies. À leur fournir de l'aura. Ils nous considèrent comme du fourrage. Mais vous autres, les vestes... ils ne mangent pas sur vous. C'est votre privilège. (Elle contempla le réchaud.) Sauf si vous échouez aux tests.

Je restai un instant silencieuse. Je n'arrivais pas à concevoir que les réphaïm puissent s'alimenter d'auras. Celles-ci formaient un lien vers l'éther, unique à chaque voyant. Je n'arrivais pas à imaginer que l'on puisse s'en repaître.

Néanmoins, cela éclairait Sheol I sous un jour nouveau. Cela expliquait qu'ils prennent les voyants sous leur coupe. Cela expliquait que les artistes ne soient pas liquidés lorsqu'ils ne pouvaient pas se battre contre les émim. Ils n'avaient pas besoin d'eux pour danser – quel intérêt ? Ces distractions futiles servaient simplement à leur changer les idées. Nous n'étions pas seulement leurs esclaves, mais également leur pitance. Voilà pourquoi *nous* payions pour les erreurs commises par les humains, et pas les amaurotiques.

Et dire que, quelques jours plus tôt, j'étais à Londres, à vivre ma petite vie aux Sept-Cadrans, sans même soupçonner l'existence de cette colonie…

— Quelqu'un doit les arrêter ! m'exclamai-je. C'est dément.

— Ils sont là depuis deux siècles. Tu ne penses pas que quelqu'un l'aurait déjà fait si c'était possible ?

Je me détournai ; le sang me battait aux tempes.

— Je suis désolée. (Liss me força à la regarder.) Ce n'est pas pour t'effrayer, mais je suis ici depuis dix ans. J'ai vu des gens se battre, des gens tenter de retrouver leur ancienne existence, et tous y sont restés. Avec le temps, tu finiras aussi par te résigner.

— Es-tu une diseuse ?

Je savais que non, mais je me demandais si elle allait me mentir.

— Une tireuse. (Un terme argotique employé dix ans plus tôt pour désigner les cartomanciens.) La première fois que j'ai lu les cartes, ils l'ont su.

— Qu'est-ce que tu as vu ?

Pendant un moment, je crus qu'elle ne m'avait pas entendue. Puis elle traversa son abri et s'accroupit près d'une petite boîte en bois. Elle en sortit un jeu de tarot, noué avec un ruban rouge, et me tendit une carte. Le Fou.

— J'ai toujours su que j'étais destinée à finir au fond de la pile, déclara-t-elle. Je ne me suis pas trompée.

— Tu peux lire mon avenir ?

— Une autre fois. Tu dois partir. (Elle ramassa un pain de colophane au fond de son coffre.) Reviens me voir bientôt, ma sœur. Je ne peux pas te protéger, mais je suis ici depuis dix ans. Je saurai peut-être t'aider à ne pas te faire tuer. (Elle m'adressa un sourire las.) Bienvenue à Sheol I.

Liss m'indiqua la direction de la maison amaurotique, où Seb avait été emmené par le Gardien gris – le réph chargé de la surveillance du petit nombre d'amaurotiques. Il s'appelait Graffias Sheratan. Elle me donna également un peu de pain et de viande à faire passer au pauvre garçon.

— Ne te fais surtout pas surprendre par Graffias, me mit-elle en garde.

J'en avais appris beaucoup en l'espace de quarante minutes. Le plus troublant, dans tout ceci, était que je me trouvais sur le radar de Nashira, et je ne tenais pas à devenir son esprit esclave pour la fin des temps. Ne pas aller droit au cœur de l'éther, là où toutes les choses prenaient fin, m'avait toujours terrifiée. Je détestais l'idée de me transformer en esprit errant, en munition dont les voyants pourraient user et abuser comme monnaie d'échange. Pour autant, cela ne m'avait jamais empêchée d'invoquer des meutes d'esprits pour me protéger ou d'enchérir pour le compte de Jax sur une Anne Naylor furieuse d'avoir été assassinée alors qu'elle n'était encore qu'une petite fille.

En outre, l'avertissement de Liss me mettait mal à l'aise. *Avec le temps, tu finiras aussi par te résigner.*

Elle se trompait.

La maison amaurotique se trouvait à l'écart du principal réseau de résidences. Je dus arpenter un certain nombre de rues désertes avant de l'atteindre. J'avais vu une carte de la ville dans un vieil exemplaire du *Rugissant* – encore une antiquité que Jax avait escroquée à Didion Waite – et je savais à peu près où se trouvaient les principaux points de repère. Je remontai la route principale vers le nord. Quelques vestes rouges étaient de faction devant des bâtiments, mais elles ne m'adressèrent qu'un coup d'œil désintéressé. Il devait exister une sorte de barrière nous empêchant de nous échapper, en plus des mines du No-Man's-Land. Combien de voyants étaient morts en tentant de traverser celui-ci ?

Je trouvai le bâtiment qui m'intéressait en quelques minutes à peine. Il était discret et austère, malgré la rosace en fer forgé qui en dominait le portail. Les mots qui s'y étaient autrefois trouvés avaient été remplacés par MAISON AMAUROTIQUE. Deux termes en latin restaient toutefois inscrits en dessous : DOMUS STULTORUM. Je ne voulais pas savoir ce que cela signifiait. Je jetai un coup d'œil entre les barreaux – et croisai le regard d'un garde réphaïte. Ses cheveux noirs et ondulés lui tombaient sur les épaules, et sa lèvre inférieure était pleine et protubérante. Il devait s'agir de Graffias.

— J'espère que tu as une bonne raison de te trouver près de la maison amaurotique, lança-t-il d'une voix réprobatrice.

Je perdis subitement la raison. La proximité de cette créature me glaçait jusqu'à l'os.

— Non, mais j'ai ceci.

Je brandis mes numa – bagues, dés à coudre et aiguilles. Graffias me décocha un regard si chargé de haine et de mépris que je tressaillis. Je préférais leur air habituellement absent.

— Je n'accepte pas les pots-de-vin. Et je n'ai pas non plus besoin de camelote humaine pour accéder à l'éther.

Je fis disparaître ladite camelote dans ma poche. Mauvaise idée. Bien sûr qu'ils ne s'en servaient pas. C'était de la monnaie de mendiants.

— Désolée, dis-je, penaude.

— Retourne dans ta résidence, tunique blanche, ou je demanderai à ton gardien de t'éduquer un peu.

Il attira une horde d'esprits. Je tournai les talons et m'éloignai du portail, hors de sa ligne de mire, sans jamais me retourner. Et alors que je m'apprêtais à filer droit vers Magdalen, on m'apostropha discrètement par au-dessus :

— Paige, attends !

Une main passa à travers les barreaux d'une fenêtre à l'étage. Je poussai un soupir de soulagement. Seb.

— Est-ce que tu vas bien ?

— Non, répondit-il d'une voix étranglée. S'il te plaît, Paige, sors-moi d'ici. Il faut que je m'en aille. Je... Je suis désolé de t'avoir traitée d'anormale, désolé...

Je jetai un coup d'œil derrière moi. Personne en vue. J'escaladai la paroi jusqu'à la fenêtre, plongeai la main dans ma tunique et lui tendis le petit colis de nourriture.

— Je vais te tirer de là. (Je serrai sa main glacée à travers les barreaux.) Je te promets de tout faire pour, mais tu dois me laisser un peu de temps.

— Ils vont me tuer. (Il ouvrit le ballot de ses doigts tremblants.) Je serai mort avant que tu me fasses sortir d'ici.

— Qu'est-ce qu'ils te font ?

— Ils me forcent à récurer le sol jusqu'à m'en faire saigner les mains, ils me font trier des débris de verre pour trouver de belles pièces pour leurs décorations...

Je remarquai ses nombreuses plaies, sales et profondes.

— Demain, je suis censé commencer à travailler dans les résidences, reprit-il.

— Quel genre de travail ?

— Je sais pas encore. Je veux pas le savoir. Est-ce qu'ils me prennent pour un... un comme vous ? compléta-t-il d'une voix rauque. Qu'est-ce qu'ils me veulent ?

— Je l'ignore. (Son œil droit était enflé et injecté de sang.) Qu'est-ce qui t'est arrivé ?

— L'un d'eux m'a frappé. J'avais rien fait, Paige, je te le jure. Il a dit que j'étais une saloperie d'humain. Il a dit…

Il baissa la tête, et sa lèvre se mit à trembler. Ce n'était que son premier jour, et ils l'utilisaient déjà comme souffre-douleur. Comment allait-il pouvoir survivre une semaine, ou un mois ? Voire une décennie, comme Liss ?

— Mange ça. (Je resserrai ses mains autour du paquetage.) Essaie de passer à Magdalen demain.

— C'est là que tu habites ?

— Oui. Mon gardien ne sera probablement pas là. Tu pourras prendre un bain, peut-être même manger un peu. D'accord ?

Seb opina. Il semblait délirer ; à l'évidence, il était bien secoué. Il devait se rendre à l'hôpital, au moins voir un docteur. Mais il n'y en avait pas, ici. Tout le monde se fichait éperdument de Seb.

Je ne pouvais rien de plus pour lui cette nuit. Je lui pressai le bras d'une façon que j'espérais rassurante, puis me laissai tomber de la fenêtre. Je me réceptionnai sans mal et repris le chemin du centre.

6
Communauté

Je rentrai à la résidence avant l'aube. Le concierge de jour me confia un double de la clé du gouverneur.

— Laisse-la sur son bureau, m'avertit-il. Ne pense même pas à la garder.

Je ne répondis pas. Je gravis la cage d'escalier sombre, évitant les deux gardes. La façon dont leurs yeux luisants scrutaient les ténèbres, tels deux projecteurs naturels, me glaçait jusqu'à l'os. La résidence était censée être sécurisée. Je n'osais imaginer à quoi les autres pouvaient ressembler.

La cloche tinta en haut de son beffroi, enjoignant aux humains de regagner leur geôle. Une fois dans la mienne, je verrouillai la porte et déposai la clé sur le bureau. Aucun signe du gouverneur. Je trouvai une boîte d'allumettes dans un tiroir et m'en servis pour allumer quelques bougies. Je remarquai au même endroit trois paires de gants en cuir noir identiques, ainsi qu'un large anneau d'argent orné d'une pierre rouge.

Un cabinet de curiosités en bois de rose sombre occupait l'essentiel d'un mur. Dès que je l'ouvris, mon sixième sens se mit en alerte. Un ensemble disparate d'instruments étaient disposés à l'intérieur. J'en avais déjà vu certains au marché noir. D'autres étaient de simples numa. La plupart n'avaient aucun intérêt : une planchette, des bâtons de craie, des ardoises à esprits – un pseudo-équipement pour séances de spiritisme, le genre de trucs que les amaurotiques associaient sans vergogne à la clairvoyance. D'autres, comme la boule de cristal, pouvaient effectivement être utilisés par les diseurs pour lorgner. N'étant pas devineresse, rien de tout ceci ne pouvait m'être du moindre usage. À l'instar de Graffias, je n'avais pas besoin d'objets pour atteindre l'éther.

Ce qu'il me fallait, c'était une assistance respiratoire. Tant que je ne trouverais pas de réserve d'oxygène, j'allais devoir veiller à ne me détacher de mon corps qu'avec parcimonie. C'était ainsi que j'élargissais ma perception de l'éther : en propulsant mon esprit à la lisière de mon territoire des rêves. Le problème étant que, si je le faisais trop longtemps, ma respiration réflexe cessait ; mieux valait donc que je sois branchée.

Un objet attira mon attention. Une petite boîte rectangulaire, avec une fleur stylisée en duramen gravée sur le couvercle. Huit pétales. Je soulevai le loquet pour l'ouvrir. Quatre petites fioles y étaient rangées, contenant chacune un liquide visqueux d'un rouge si foncé qu'il en paraissait presque noir. Je refermai le coffret. Je ne voulais pas savoir de quoi il s'agissait.

Une douleur sourde me tiraillait l'œil. Je ne trouvai aucun vêtement de nuit. J'ignorais pourquoi je m'étais attendue à en découvrir. Il se fichait bien de ce que je portais ou de comment je dormais. Tout ce qui lui importait était que je respire.

Je me dépouillai de mes bottes et m'allongeai sur la banquette. Sans feu brûlant dans l'âtre, la pièce était froide comme la pierre, mais je n'osais pas toucher les draps de son lit. Je posai la joue sur le traversin de velours.

L'injection de flux m'avait laissée fébrile et épuisée. Tandis que je sombrais dans le sommeil, mon esprit vagabondait à l'orée de l'éther. Je longeais des territoires des rêves, surprenant quelques souvenirs. Le sang et la douleur en étaient les dénominateurs communs. Il y avait d'autres réph dans cette résidence, mais leur esprit était tout aussi impénétrable qu'à l'habitude. Les humains étaient d'autant plus ouverts que leurs défenses étaient affaiblies par la peur. Leur territoire des rêves irradiait une lueur crue et viciée – un signal de détresse. Je finis par m'endormir.

Je me réveillai en entendant le parquet grincer. J'ouvris les yeux et vis le gouverneur entrer dans la pièce. En dehors des deux bougies restantes, seuls ses yeux produisaient un peu de lumière. Il traversa la chambre dans ma direction. Je fis semblant de dormir. Enfin, après un temps interminable, il tourna les talons. Cette fois, ses pas étaient moins discrets, et je devinai en entendant leur rythme qu'il souffrait d'une importante claudication. Il claqua la porte de la salle de bains derrière lui.

Qu'est-ce qui pouvait blesser une telle créature ?

Il ne disparut que quelques minutes, durant lesquelles je comptai chaque battement de mon cœur. Lorsque j'entendis le verrou pivoter, je m'enfouis de nouveau la tête dans les bras. Le gouverneur sortit, nu comme au premier jour. Je fermai les paupières.

Je continuai à feindre le sommeil tandis qu'il gagnait son lit. Il renversa un globe de verre, qui roula par terre. Des ondulations ridèrent l'éther. Il tira violemment sur les rideaux du baldaquin, se dissimulant complètement. J'attendis que son esprit s'apaise pour oser rouvrir les yeux et m'asseoir. Pas le moindre mouvement de sa part.

Pieds nus, je m'approchai du lit et glissai les doigts entre les rideaux pour l'observer. Il était allongé sur le côté, un drap remonté sur lui. Sa peau luisait dans la pénombre. Ses cheveux lui tombaient sur le visage. Pendant que je l'étudiais, une faible lueur se répandit dans le lit, prenant naissance près de son bras droit.

J'effleurai son territoire des rêves. Il y avait quelque chose de différent. Je ne pouvais en déduire quoi que ce fût, mais il n'était pas aussi calme qu'il aurait dû l'être. Toutes les zones de songes étaient dotées d'une sorte de lumière invisible, d'un rayonnement intérieur imperceptible aux amaurotiques. À présent, son essence vitale dépérissait.

Il était aussi immobile qu'une statue. Quand je baissai les yeux vers les draps, je les découvris maculés d'un liquide jaune vert légèrement luminescent. Il en émanait une faible odeur métallique. Mon sixième sens avait l'impression d'être pincé, comme si j'inhalais l'éther. Je rabattis les lourdes couvertures.

Une morsure suintait à l'intérieur de son bras. Je déglutis. Je percevais de fines traces de dents ayant méchamment entamé la chair. La plaie exsudait des perles de lumière. Du sang.

Son sang.

Il avait dû dire aux autres réphaïm qu'il se rendait quelque part. Ils savaient forcément que ça allait être dangereux. S'il mourait, ils ne risquaient pas de trouver la moindre preuve à charge contre moi.

Je me souvins alors de ce que Liss m'avait dit dans la cabane. *Les réph ne sont pas humains. Même s'ils nous ressemblent beaucoup, ils ne sont pas comme nous.*

Ils se ficheraient comme d'une guigne qu'il n'existe pas de preuve. Ils en fabriqueraient. Ils pourraient décréter ce qu'ils voudraient. S'il mourait sur ce lit, ils n'hésiteraient pas à m'accuser de l'avoir occis. Cela donnerait à Nashira une excellente raison de me tuer prématurément.

Peut-être que je devrais l'éliminer. C'était une occasion unique de me débarrasser de lui. J'avais déjà tué. Je pouvais recommencer.

Trois solutions s'offraient à moi : rester inactive et le regarder mourir, l'achever, ou tenter de lui porter secours. La première m'apparaissait particulièrement attractive, mais j'avais le sentiment que la troisième était la plus prudente. J'étais à peu près en sécurité à Magdalen. La dernière chose que je souhaitais était de déménager.

Il ne m'avait pas encore fait de mal, mais il y viendrait. Pour me posséder, il allait devoir me soumettre, me torturer, me faire obéir par tous les moyens nécessaires. Si je l'achevais maintenant, je pourrais peut-être m'épargner cela. Je tendis la main vers un oreiller. Je pouvais le faire, l'étouffer sans mal. *Oui, allez, tue-le.* Je serrai les doigts sur le tissu. *Tue-le !*

Je ne le pouvais pas. Il se réveillerait. Il se réveillerait et me briserait le cou. Et même dans le cas contraire, je ne pourrais pas fuir. Les gardes postés à l'extérieur me boucleraient pour meurtre.

Il fallait que je le sauve.

Une petite voix me conseilla de ne pas toucher aux draps. Ce liquide ne m'inspirait rien qui vaille. Le rayonnement m'évoquait une forme de radioactivité, et je n'avais pas oublié la menace de contamination brandie par Scion. Je m'approchai du tiroir où j'avais trouvé les gants. Ils étaient gigantesques, taillés pour des mains réphaïm. Mes doigts manquaient de souplesse. Je déchirai l'un des draps les plus propres. Un tissu peu résistant, ne procurant guère de chaleur. Je disposais désormais de plusieurs bandelettes de bonne longueur, que j'allai imbiber d'eau chaude à la salle de bains. Cela ne suffirait probablement pas, mais cela pourrait lui faire gagner quelques heures, lui permettre de se réveiller et d'aller quérir de l'aide auprès d'autres réphaïm. Avec un peu de chance.

De retour dans la chambre, je m'armai de courage. Le gouverneur sentait la mort. Le froid de sa peau transperçait le cuir des gants. Il avait le teint grisâtre. J'arrachai le drap restant et m'affairai à soigner la blessure. Je procédai d'abord doucement, mais il ne bougea pas. Il n'allait pas se réveiller.

Dehors, la couleur du ciel commençait à changer. J'essorai ma bandelette au-dessus de la plaie, en nettoyai le sang, tentai de dégager la croûte qui s'y était formée. Après ce qui me parut être des heures d'effort, j'obtins enfin quelque résultat. Je voyais sa poitrine se gonfler et se vider, sa gorge enfler doucement. Je protégeai la blessure à l'aide d'un autre drap, attachai mon bandage de fortune avec la ceinture de ma tunique, puis recouvris son bras pour le garder au chaud. À lui de survivre, désormais.

Je me réveillai quelques heures plus tard.

Je devinai au silence ambiant que la pièce était inoccupée. Le lit était fait. Les draps avaient été changés. Les rideaux étaient maintenus tirés par des cordelettes brodées, autorisant les rayons de lune à teinter les murs.

Le gouverneur n'était plus là.

Des gouttelettes de condensation perlaient sur les fenêtres. J'allai m'installer près du feu. Je n'avais pas pu imaginer toute cette scène, à moins que je fusse encore en train de subir les affres du flux. J'avais cependant pris l'antidote, mon sang était propre. Cela signifiait donc que, pour une obscure raison, le gouverneur était reparti.

Un uniforme propre était étendu sur le lit, à côté d'un nouveau message, dans la même écriture cursive et épaisse.

Demain.

Ainsi, il n'était pas mort dans son sommeil. Et mon entraînement s'en voyait repoussé d'une journée supplémentaire.

Les gants avaient disparu. Il avait dû les emporter. Je me rendis à la salle de bains, où je me frictionnai les mains sous l'eau chaude. J'enfilai mon uniforme, sortis mes trois pilules de leur emballage et les fis disparaître dans le lavabo. Je comptais bien en découvrir plus durant la nuit. Malgré ce qu'avait pu me dire Liss, nous ne pouvions pas simplement accepter notre condition. Je me fichais que les réph soient là depuis deux cents ans ou deux millions d'années : je ne les laisserais pas maltraiter ma clairvoyance. Je n'étais pas leur soldat, et mon aura ne leur servirait pas de déjeuner.

La concierge de nuit me fit signer le registre avant de sortir. Je pris le chemin de la Bauge et m'offris un bol de gruau. La bouillie était aussi infecte qu'elle en avait l'air, mais je me forçai à manger. L'artiste qui me l'avait vendue m'informa discrètement que Suhail rôdait alentour ; je ne pouvais donc pas m'asseoir. Je demandai à ma nouvelle amie si elle savait où je pourrais trouver Julian, le décrivant avec autant de détails que possible. Elle me conseilla d'aller voir aux résidences du centre, m'indiquant leurs noms et leurs adresses avant de retourner à son réchaud à pétrole.

Je me postai dans un coin sombre. Tout en me rassasiant, je surveillais les allées et venues des passants. Tous avaient le même regard vide. Leurs vêtements colorés étaient presque choquants, tel un tag sur une pierre tombale.

— Ça donne la nausée, pas vrai ?

Je levai la tête. C'était la chuchoteuse enfermée avec moi la première nuit. Un bandage crasseux lui ceignait le bras. Elle s'accroupit près de moi, l'air las.

Tilda, dit elle.

— Paige.

— Je sais. J'ai entendu dire que tu avais atterri à Magdalen.

Elle tenait un rouleau de papier. Une épaisse fumée aux effluves de parfum et d'épices s'en élevait. Je reconnus l'odeur de l'aster pourpre.

— Tiens.

— Non, merci.

— Allez, c'est du régal. Encore meilleur que le teinto.

Le teinto – ou laudanum – était le vice favori des amaurotiques cherchant à altérer leur état mental. Tous n'aimaient pas l'Oxar. Il arrivait qu'un amaurotique soit suspecté d'anormalité et arrêté, jusqu'à ce que la DVN se rende compte qu'il se shootait simplement au teinto. En revanche, cela n'avait guère d'effet sur les voyants : la drogue n'était pas assez puissante pour pénétrer notre territoire des rêves. Tilda devait en prendre pour la forme.

— Où est-ce que tu as eu ça ? m'étonnai-je.

J'imaginais mal les réph nous autoriser l'usage de drogues éthérées.

— Un apothicaire ici en vend à la vrèle. Il paraît qu'il est là depuis la Saison XVI.

— Quarante ans ?

— Il en avait vingt et un à l'époque. J'ai eu l'occasion de lui parler. Il a l'air réglo. (Elle me proposa de nouveau son rouleau.) Tu es sûre que tu n'en veux pas une taffe ?

— Je passe mon tour.

Je pris quelques secondes pour l'observer fumer. Tilda avait le profil type de la camée à l'aster, de la courtière, comme ils disaient ; eux seuls appelaient une livre une vrèle. Elle pourrait peut-être m'aider.

— Pourquoi tu n'es pas à l'entraînement ?

— Ma gardienne est en balade. Et toi ?

— Pareil. Qui est ta gardienne ?

— Terebell Sheratan. Elle a l'air d'une vraie salope, mais elle n'a pas encore essayé de me mater.

— Je vois. (Je l'étudiai encore.) Tu sais ce qu'il y a, dans les pilules qu'ils nous donnent ?

Tilda opina.

— La petite blanche est un contraceptif standard. Je suis surprise que tu n'en aies encore jamais vu.

— Un contraceptif ? Pour quoi faire ?

— Pour nous empêcher de nous reproduire, à l'évidence. Et d'avoir nos règles. Enfin quoi, ça te plairait d'avoir un mioche ici ?

Elle marquait un point.

— Et la rouge ?

— Un complément de fer.

— Et la verte ?

— Quoi ?

— La troisième pilule.

— Il n'y a pas de troisième pilule.

— C'est un simple cachet, précisai-je. Un peu olivâtre. Avec un goût amer.

Tilda secoua la tête.

— Aucune idée, désolée. Si tu m'en apportais un, je pourrais peut-être t'en dire plus.

Mon ventre se noua.

— Je n'y manquerai pas.

Elle s'apprêtait à avaler une nouvelle bouffée, mais je l'interrompis.

— Tu es partie avec Carl, pas vrai ? Après le discours.

— Je refuse d'être associée à ce traître.

Je haussai un sourcil. Tilda exhala une fumée lilas.

— Quoi, tu n'as pas entendu ? Il a tourné casaque. La palmiste, Ivy – celle avec les cheveux bleus : il l'a surprise à récupérer de la bouffe auprès d'un pourri. Il l'a balancée à sa gardienne. Si tu savais ce qu'ils lui ont fait…

— Dis-moi.

— Ils l'ont tabassée. Ils lui ont rasé le crâne. Je n'ai même pas envie d'en parler. (Sa main se mit à trembler, bien que légèrement.) Si c'est ce qu'il faut faire pour survivre, j'aime autant qu'on m'expédie dans l'éther. Au moins, je partirais l'esprit léger.

Un ange passa très lentement. Tilda balança son rouleau d'aster.

— Tu sais dans quelle résidence se trouve Julian ? finis-je par demander. 26.

— Le chauve ? À Trinity, je crois. Tu peux aller voir par le portail arrière. Les bleus s'entraînent sur les pelouses. Mais assure-toi que *personne* ne te voie.

Je la laissai s'allumer un autre rouleau.

L'aster était meurtrier. Sans doute la plante dont on abusait le plus dans la rue. Les cas d'addiction étaient fréquents dans des endroits comme Jacob's Island[2]. Ses fleurs pouvaient être blanches, bleues, roses ou pourpres, et chacune avait un effet différent. Eliza était accro à l'aster blanc depuis des années, elle m'en avait beaucoup parlé. Par rapport au bleu, qui faisait ressurgir les souvenirs, il produisait un effet nommé chaulage, ou amnésie partielle. Pendant un temps, elle ne savait même plus comment elle s'appelait. Plus tard, elle était passée au pourpre, affirmant que ça l'aidait dans son art. Elle m'avait fait jurer de ne jamais toucher la moindre drogue éthérée, et je ne voyais aucune raison de rompre cette promesse.

J'étais encore flippée d'avoir appris qu'on me donnait une pilule de plus. À moins que Tilda soit l'une des rares à n'en avoir que deux. Je me renseignerais auprès de quelqu'un d'autre.

La résidence Trinity était gardée du côté rue. Je longeai les taudis, tâchant de me rappeler mes maigres connaissances de la ville pour deviner où l'arrière du complexe pouvait bien se trouver. J'aboutis devant la palissade protégeant ses terrains. Tilda avait vu juste : un groupe de tuniques blanches s'exerçait sur la pelouse, sous la houlette d'une réph. Julian figurait parmi eux. À la lumière verte des réverbères au gaz, ils repoussaient des esprits à coups de bâton. Je crus d'abord qu'il s'agissait de

2. Célèbre taudis londonien du XIXe siècle.

numa, d'objets à travers lesquels l'éther pouvait s'écouler, ceux dans lesquels les devins puisaient leur pouvoir ; je n'en avais toutefois jamais vu qui servaient à *contrôler* les esprits.

Je laissai mon sixième sens prendre le contrôle. Les territoires des rêves des humains étaient tous regroupés dans l'éther, la réph faisant office de pilier central. Ils étaient attirés vers elle tels des insectes vers une lanterne.

La réph choisit cet instant pour s'en prendre à Julian. D'un coup de bâton, elle propulsa vers lui un esprit furieux. Il s'écroula à plat dos, étourdi.

— Debout, 26.

Julian ne bougea pas.

— Debout.

Il en était incapable. Pas étonnant : il venait de se prendre un esprit déchaîné en pleine figure. Aucun voyant n'aurait pu rester sur ses pieds après pareil assaut.

Sa gardienne lui décocha un violent coup de pied dans la tempe. Les vestes blanches reculèrent, sous le choc, comme redoutant qu'elle se tourne vers elles ensuite. Elle leur adressa un regard froid avant de faire volte-face et de s'en retourner vers la résidence, sa robe noire flottant derrière elle. Les humains échangèrent des regards confus avant de lui emboîter le pas. Aucun d'eux n'entreprit d'aider Julian. Celui-ci gisait toujours à terre, recroquevillé en position fœtale. Je tentai d'ouvrir le portail, mais une lourde chaîne en unissait les deux vantaux.

— Julian, appelai-je.

Il remua légèrement, souleva la tête. Quand il m'aperçut, il trouva la force de se lever et de marcher jusqu'à moi. De la sueur perlait sur son visage. Derrière lui, les lampes s'éteignirent.

— Elle m'aime vraiment bien, déclara-t-il. (Il se fendit d'un léger sourire.) Je suis son chouchou.

— C'était quel genre d'esprit ?

— Juste un vieux fantôme. (Il frotta ses yeux irrités.) Désolé, je vois encore des choses.

— De quel genre ?

— Des chevaux. Des livres. Du feu.

Le fantôme lui avait laissé une imposition de sa mort. C'était l'un des aspects déplaisants des combats d'esprits.

— C'est qui, cette réph ?

— Elle s'appelle Aludra Chertan. Je ne sais pas pourquoi elle s'est portée volontaire pour devenir gardienne. Elle nous déteste.

— Ils nous détestent tous.

Je scrutai la pelouse. Aludra n'était pas revenue.

— Tu peux sortir ? demandai-je.

— Je peux essayer. (Il porta une main à sa tête en grimaçant.) Est-ce que ton gardien s'est déjà nourri sur toi ?

— C'est à peine si je l'ai vu.

J'estimais plus sage de ne pas évoquer les événements de la veille.

— Aludra s'est repue de Felix hier. Quand il nous a rejoints, il n'arrêtait pas de trembler. Et pourtant, elle l'a forcé à s'entraîner.

— Est-ce qu'il va bien ?

— Il est terrifié. Il a été incapable de sentir l'éther pendant deux heures.

— Ils sont fous d'infliger ça à un voyant. (Je jetai un coup d'œil à la ronde, m'assurant qu'aucun garde ne se trouvait dans les parages.) Je ne les laisserai pas se nourrir sur moi.

— Tu n'auras peut-être pas le choix. (Il décrocha une lanterne du portail.) Ton gardien se traîne une sacrée réputation. Tu dis que tu l'as à peine vu ?

— Il est sans arrêt en vadrouille.

— Pour aller où ?

— Aucune idée.

Julian me dévisagea pendant un long moment. À cette distance, je pus constater qu'il était pleinement doté, comme Liss. Les gens à moitié dotés pouvaient allumer et éteindre leur vision d'esprit, mais Julian était contraint de voir en permanence de petits filins d'énergie.

— Je te rejoins, me dit-il. Je n'ai rien mangé depuis hier matin. Soir. Peu importe.

— Tu penses pouvoir obtenir la permission ?

— Je vais demander.

J'observai son ombre disparaître dans la résidence. Il me vint à l'esprit qu'il n'en ressortirait peut-être pas.

Je l'attendis toutefois près de la Bauge. J'étais sur le point de capituler quand l'éclat blanc d'une tunique attira mon attention. Julian émergea par une petite porte, le visage dissimulé derrière sa main. Je lui fis signe.

— Que s'est-il passé ?

— L'inévitable. (Il parlait du nez.) Elle m'a dit que je pouvais manger, mais que je ne sentirais rien. Ni odeur ni goût.

Quand il retira sa main, je pris une inspiration suffoquée. Un sang sombre et épais lui dégoulinait sur le menton. Des coquards commençaient à se former autour de ses yeux. Sur son nez rouge et enflé serpentait un réseau de vaisseaux éclatés.

— Il te faut de la glace. (Je l'attirai derrière une cloison en contreplaqué.) Viens. Les artistes auront de quoi te soigner.

— Ça va aller, je ne pense pas qu'il soit cassé. (Il se tâta l'arête du nez.) Il faut qu'on parle.

— On parlera en mangeant.

Tandis que je le guidais à travers la Bauge, je scrutais les lieux en quête d'une arme. N'importe quoi aurait pu faire l'affaire : une épingle à cheveux un peu pointue, un débris de verre ou de métal… Rien ne me sauta aux yeux. Si les artistes se promenaient réellement sans protection, ils n'auraient aucun moyen de se défendre si les émim venaient à envahir la cité. Les réph et les vestes rouges étaient leur seule chance de survie.

À l'intérieur de la cantine, je forçai Julian à avaler un bol de bouillon et un peu de pain rassis, puis je troquai avec un devin le reste de mes numa contre une boîte de paracétamol de contrebande. Il ne voulut pas m'avouer où il l'avait dérobée, ni comment il s'y était pris, et il se fondit dans la foule dès que j'eus déposé mes aiguilles dans sa paume. Sans doute un véritable acultomancien. J'entraînai Julian dans un coin sombre.

— Prends ça, lui dis-je. Personne ne doit les voir.

Il ne répondit pas. Il goba deux capsules sans discuter. Je trouvai du tissu et un peu d'eau dans une baraque vide. Il s'en servit pour essuyer le sang séché.

— Alors, reprit-il d'une voix pâteuse. Qu'est-ce qu'on sait des émim ?

— Rien de mon côté.

— Si ça t'intéresse, j'ai découvert comment fonctionne cet endroit.

— Bien sûr que ça m'intéresse.

— Les vestes blanches survolent l'essentiel durant les premiers jours. Il est surtout question d'esprit de combat – de t'apprendre à réunir une horde, ce genre de trucs. Puis tu passes un premier examen, histoire de vérifier ton don.

— De le vérifier ?

— De prouver qu'il est utile. Les devins doivent faire une prédiction. Les médiums doivent provoquer un envoûtement. Tu vois le genre.

— Et qu'est-ce qu'ils considèrent comme utile ?

— Tu dois démontrer ta loyauté. J'en ai parlé au concierge de Trinity. Il ne m'a pas révélé grand-chose, mais apparemment sa prédiction a permis une nouvelle arrivée à Sheol I. Tu dois leur montrer ce qu'ils veulent voir, quitte à mettre un autre humain en danger.

Ma gorge se serra.

— Et le deuxième examen ?

— Ça a un lien avec les émim. J'imagine que les survivants obtiennent une veste rouge.

Mon regard se promena autour de nous. Une ou deux tuniques jaunes déambulaient parmi les artistes.

— Regarde, reprit Julian à mi-voix. La fille, dans le coin. Ses doigts.

Je me tournai dans la direction indiquée. Une jeune femme mangeait sa gruelle à la cuillère, tout en devisant avec un homme à l'air malade. Trois de ses doigts étaient partiellement amputés. Quand j'examinai à nouveau les lieux, je remarquai bien d'autres mutilations : une main manquante, des traces de morsure, des cicatrices sur des bras et des jambes.

— À l'évidence, ils aiment vraiment la chair humaine, commentai-je.

Liss ne m'avait pas menti.

— En effet. (Julian me tendit son bol.) Tu veux finir ?

— Non, merci.

Nous restâmes silencieux pendant plusieurs minutes. Je me refusais à les dévisager, pourtant je ne pouvais m'empêcher de penser à ces blessures dont tous ces gens étaient atteints. Ils avaient été rongés tels des os de poulet, puis balancés avec les ordures. Ils risquaient leur vie en permanence, dans ce taudis misérable.

Je ne voulais pas que les réphaïm sachent ce que j'étais. Or, pour passer le premier test, j'allais devoir le leur montrer.

Tenais-je à réussir ces examens ? Je me passai les doigts dans les cheveux, me remuant les méninges. J'allais devoir attendre pour voir ce que le gouverneur espérait de moi à son retour. Il avait mon destin entre les mains.

Après quelques minutes d'observation, je repérai un visage familier : celui de Carl. Il y eut un murmure. Les artistes s'écartèrent devant lui, baissant les yeux. Je tendis le cou pour le regarder par-dessus la foule, et compris immédiatement ce qui les bouleversait tant : sa tunique rose. Que faisait-il dans la Bauge ?

— Tilda m'a appris qu'il avait passé la première épreuve, dis-je à Julian. À ton avis, qu'est-ce qu'il a dû faire ? Simplement dénoncer Ivy ?

— C'est un devin. Il a probablement dû retrouver sa vieille tante morte au fond d'une tasse.

— C'est bon pour les augures, ça. Et toi, tu n'es pas devin, peut-être ?

— Je n'ai jamais rien prétendu de tel. (Il m'adressa un sourire timide.) Tu n'es pas la seule à avoir une aura trompeuse.

Cela me donna du grain à moudre. Les devins étaient les plus mal considérés de tous les voyants, car ils constituaient la famille la plus nombreuse. Il trouvait sans doute l'appellation insultante. Ou alors, je n'étais pas aussi douée pour identifier les voyants que Jax le prétendait.

Jax. Je me demandai ce qu'il était en train de faire. S'il s'inquiétait pour moi ou pas du tout. *Bien sûr que oui*, me rassurai-je. J'étais sa marcherêve, sa malonette. J'ignorais comment il me retrouverait. Peut-être que Dani ou Nick s'en chargeraient. Ils travaillaient pour Scion. L'Archonterie devait bien dissimuler quelque part un registre de prisonniers.

— Ils essaient de le soudoyer.

Julian épiait deux artistes. Ils parlaient effectivement à Carl en lui tendant des numa.

— Ils doivent penser qu'il a de l'emprise sur les réph, poursuivit-il.

Carl les éconduisit avec force gestes, et ils battirent en retraite.

— Julian, dis-je, combien de pilules tu as à prendre ?

— Une.

— À quoi elle ressemble ?

— Elle est rouge et ronde. Je crois que c'est du fer. (Il avala la fin de son bouillon.) Pourquoi ? Combien tu en as, toi ?

Évidemment. Il existait à Scion un produit pour la contraception masculine, mais quel intérêt de stériliser les deux sexes ? Ce fut Carl qui m'épargna de répondre.

— Et alors, j'ai regardé dans la pierre, expliquait-il à une tunique blanche, sous l'œil inquisiteur de plusieurs harlies, et j'ai décidé de lorgner ses désirs. Il s'est avéré qu'elle était particulièrement pressée de rencontrer ce Dompteur blanc ; et bien sûr, dès que j'ai vu son visage, j'ai su précisément de qui il s'agissait. Apparemment, il est le seigneur-mime de l'I-4.

Un froid de mort me dévala l'échine. Il parlait de Jaxon.

— Paige ? me demanda Julian.

— Ça va. J'en ai pour une seconde.

Et sans y réfléchir, je me dirigeai droit vers Carl. Ses yeux sortirent de leurs orbites quand je l'attrapai par la tunique pour l'attirer dans un recoin.

— Qu'est-ce que tu as vu ? sifflai-je.

Il me dévisagea comme si une deuxième tête m'était poussée.

— Quoi ?

— Qu'est-ce que tu lui as dit sur le Dompteur blanc, Carl ?

— C'est XX-59-1.

— Je m'en fous. Dis-moi ce que tu as vu.

— Ça ne te concerne pas. (Il toisa avec dédain ma tunique blanche.) Apparemment, tu n'as pas progressé aussi vite que tout le monde le supposait. Aurais-tu déçu ton gardien particulier ?

Je collai pratiquement mon nez au sien. Vu d'aussi près, il ressemblait encore plus à un rat.

— Je ne plaisante pas, Carl, lançai-je d'un ton menaçant. Et je n'aime pas les tourne-casaques. Dis-moi ce que tu as vu.

Les lanternes les plus proches vacillèrent. Nul ne sembla le remarquer – les artistes étaient déjà passés à autre chose –, sauf Carl. Un éclat inquiet illuminait ses prunelles.

— Je n'ai pas vraiment vu où il se trouvait, admit-il, mais j'ai vu un cadran solaire.

— Tu as vu ça dans la pierre ?

— Oui.

— Et qu'est-ce qu'elle veut au Dompteur ?

Je resserrai mon emprise sur sa tunique.

— Je l'ignore. J'ai juste fait ce qu'elle m'a demandé. (Il tenta de s'écarter.) Pourquoi tu me poses toutes ces questions ?

Le sang me battait aux tempes.

— Comme ça. (Je le lâchai.) Je suis désolée. Je suis inquiète à cause des examens.

Carl se radoucit, flatté.

— Je peux le comprendre. Je suis sûr que tu ne tarderas pas à décrocher ta prochaine couleur.

— Qu'est-ce qui se passe ensuite ?

— Quand on a eu la rose ? On rejoint le bataillon, bien sûr ! J'ai hâte de mettre la main sur ces saloperies de ronfleurs. J'aurai bientôt la rouge.

Il était déjà sous le charme. Un bon petit soldat, un tueur en devenir. Je me forçai à sourire et tournai les talons.

Carl avait de quoi être fier. Il était bon diseur. Il s'était servi de Nashira pour se concentrer sur son sujet, l'avait vu apparaître sur la surface luisante du numen qu'il utilisait. Tel était le don des devins, ainsi que de quelques augures. Ils parvenaient à faire concorder leur talent avec le désir d'une tierce personne – le quéreur –, afin de lire l'avenir de celle-ci. Les cartomanciens et les palmistes le faisaient sans arrêt. Et malgré ce que pouvait penser Jaxon, cela se révélait souvent utile. L'éther était comme le Scionet : un réseau de territoires des rêves contenant chacun des informations à portée de clic. Le quéreur faisait office de moteur de recherche, permettant de voir à travers les yeux d'esprits errants.

Carl avait trouvé en Nashira la quéreuse idéale. Non seulement avait-il vu Jax, mais il avait en outre eu un bon aperçu de sa localisation : l'un des six cadrans solaires du pilier.

Il fallait que je l'avertisse, et vite. Je ne savais pas pourquoi elle le cherchait, mais je n'avais aucune intention de la laisser le ramener ici.

Julian me suivit à l'extérieur.

— Paige ? (Il m'attrapa par la manche.) Qu'est-ce qu'il t'a dit ?

— Rien.

— Tu es toute pâle.

— Je vais bien. (En remarquant le bout de pain qu'il avait encore à la main, je repensai subitement à Seb.) Tu vas manger ça ?

— Non. Tu le veux ?

— Pas pour moi. Pour Seb.

— Tu l'as trouvé ?

— Dans la maison amaurotique.

— D'accord. Donc, à Londres, ils enferment les voyants, et ici, ce sont les amaurotiques ?

— Ça leur paraît peut-être logique. (Je fis disparaître le reste de pain.) On se voit demain ? Au crépuscule ?

— Au crépuscule. (Il marqua une pause.) Si j'arrive à sortir.

La maison amaurotique était plongée dans les ténèbres à mon arrivée. Même les lampes extérieures avaient été éteintes. Je savais qu'il était inutile de tenter de négocier un passage avec Graffias ; je me résolus donc à grimper directement à la gouttière qui m'avait permis d'atteindre la fenêtre la veille.

— Seb ?

La chambre était toute noire. J'en sentais l'air humide et froid. Seb ne répondit pas.

Je m'agrippai aux barreaux et m'accroupis sur le rebord.

— Seb, sifflai-je. Tu es là ?

Il n'y était pas. La pièce était dépourvue de territoires des rêves. Même les amaurotiques en avaient, bien qu'insipides. Aucune nuance émotionnelle, aucune activité spirituelle. Seb avait disparu.

Peut-être qu'ils l'avaient emmené travailler dans une autre résidence. Peut-être qu'il reviendrait bientôt.

Ou peut-être qu'il s'agissait d'un piège.

Je sortis le pain de ma manche, le glissai entre les barreaux et descendis le long de la conduite d'eau. Je ne me sentis pas en sécurité avant d'avoir les deux pieds fermement ancrés au sol.

Et ce sentiment ne dura pas : dès que je me retournai vers le centre-ville, mon bras se retrouva coincé dans une sorte d'étau. Deux yeux se rivèrent aux miens.

7

L'appât

Il se tenait parfaitement immobile. Il portait une chemise noire au col haut liseré d'or. Ses manches dissimulaient le bras que j'avais bandé dans la journée.

Il me toisait sans expression particulière. Je m'humectai les lèvres, tâchant de m'imaginer une excuse.

— Bien, dit-il en m'attirant vers lui. Tu soignes les blessures *et* tu nourris les esclaves amaurotiques. Comme c'est curieux !

Dégoûtée, je tentai de me libérer d'une secousse. Il ne m'en empêcha pas. J'aurais pu le défier si je n'avais pas été cernée – mais c'est alors que j'aperçus les autres. Quatre réph, deux hommes et deux femmes. Tous disposaient d'une épaisse cuirasse dissimulant leur territoire des rêves. Quand j'adoptai une posture défensive, ils se moquèrent de moi.

— Ne fais pas l'idiote, 40.

— Tout ce qu'on veut, c'est discuter.

— Je vous écoute, répliquai-je d'une voix qui ne sonnait pas comme la mienne.

Le gouverneur n'avait pas cessé de m'étudier. À la lumière du lampadaire le plus proche, ses yeux bouillonnaient d'un nouvel éclat. Il n'avait pas ri en même temps que ses compagnons.

Je me sentais tel un animal traqué, pris au piège. Essayer de me tirer de ce mauvais pas ne serait pas seulement stupide, mais suicidaire.

— Je ferai ce que vous voulez, dis-je.

Le gouverneur hocha la tête.

— Terebell, va annoncer à la reine de sang que XX-59-40 est aux arrêts.

Aux arrêts ? Je scrutai l'intéressée. Il devait s'agir de la gardienne de Tilda et Carl, Terebell Sheratan. Elle me fixa de ses prunelles jaunes. Ses cheveux étaient bruns et brillants ; ils retombaient autour de son visage à la manière d'une capuche.

— Oui, consort de sang, répondit-elle.

Elle prit congé sans plus tarder. Je gardai les yeux rivés sur mes bottes.

— Viens, me lança le gouverneur. La reine de sang t'attend.

Nous nous dirigeâmes vers le centre-ville. Les gardes restèrent légèrement en retrait, se plaçant à distance respectueuse de mon gardien. Les iris de ce dernier avaient clairement adopté une teinte différente : orange. Il me surprit à l'examiner.

— Si tu as une question, tu peux la poser, m'encouragea-t-il.

— Où va-t-on ?

— Te faire passer ton premier examen. Autre chose ?

— Qu'est-ce qui vous a mordu ?

Il regarda droit devant lui. Après quelques secondes, il déclara :

— Je révoque ton droit à la parole.

Je me mordis la langue. Salopard. J'avais passé des heures à panser ses plaies. J'aurais pu l'achever. J'aurais *dû* l'achever.

Le gouverneur connaissait la cité comme sa poche. Il nous fit déambuler dans nombre de rues pour rejoindre une autre résidence, celle dans laquelle avait eu lieu le discours d'accueil. Une plaque fixée au mur indiquait RÉSIDENCE DU SUZERAIN. Les gardes de faction lui adressèrent une profonde révérence, le poing serré contre la poitrine. Le gouverneur ne salua ni l'un ni l'autre.

Les portes se refermèrent derrière nous. Le fracas des verrous me tétanisa. J'étudiai chaque paroi, chaque anfractuosité et chaque fente, repérant toutes les prises possibles et imaginables. De robustes plantes grimpantes couraient le long des bâtiments, mais ne s'élevaient guère qu'à quelques mètres du sol. Au-delà, chèvrefeuille, lierre et glycine étaient remplacés par des fenêtres. Nous empruntâmes un sentier couleur sable entourant un ovale de gazon, au milieu duquel se dressait un unique réverbère. Sa lumière filtrait à travers ses carreaux de verre rouge.

Au bout du chemin se trouvait une porte. Le gouverneur s'y arrêta et me chuchota, sans me regarder :

— Ne parle pas des blessures, ou tu regretteras de m'avoir sauvé la vie.

Il fit signe à notre escorte. Deux réph se positionnèrent de part et d'autre de l'huis ; le dernier, un homme aux cheveux ondulés et au regard saisissant, vint se poster de l'autre côté de moi. Flanquée de mes gardes, je fus introduite sans ménagement dans l'intérieur frais de l'édifice.

La pièce dans laquelle j'avais pénétré était étroite et copieusement décorée. Ses murs étaient en pierre ivoire. Celui de gauche était parsemé de couleurs chaudes projetées par les vitraux, qui semblaient boire les rayons de lune. Je discernai cinq plaques commémoratives, mais n'eus pas le temps de m'arrêter pour les lire. On me mena vers un passage voûté plus chaleureusement éclairé. Le gouverneur me fit gravir trois marches de marbre noir, puis posa un genou à terre et baissa la tête. Je l'imitai en voyant mon garde me fusiller du regard.

— Arcturus.

Une main gantée lui souleva le menton. Je jetai un coup d'œil discret.

Nashira venait de faire son apparition. Elle était vêtue ce soir d'une robe noire qui lui dissimulait le cou et le reste du corps, et ondulait comme de l'eau à la flamme de la bougie. Elle déposa un baiser sur le front du consort, qui lui toucha le ventre.

— Je constate que tu m'as amené notre petit prodige, déclara-t-elle en me considérant. Bonsoir, XX-40.

Elle me détailla de la tête aux pieds, et j'eus le sentiment qu'elle tentait d'analyser mon aura. Je dressai quelques barrières préventives. Le gouverneur ne bougea pas. Je ne distinguais pas ses traits.

Une rangée de réphaïm occupait le premier banc derrière les deux officiels, tous dissimulés sous de longs manteaux à capuche. Leurs auras semblaient emplir la chapelle, bousculant la mienne. J'étais la seule humaine ici.

— Je présume que tu sais ce que tu fais là ? me demanda Nashira.

Je restai coite. Je savais que j'allais avoir des problèmes pour avoir apporté de la nourriture à Seb, mais j'avais également commis un tas d'autres impairs : j'avais soigné le gouverneur, farfouillé partout, j'étais humaine... En outre, Carl avait sans doute déjà signalé mon intérêt pour sa vision.

Ou peut-être qu'ils savaient tout simplement ce que j'étais.

— Nous l'avons trouvée devant la maison amaurotique, expliqua un garde. (C'était le sosie de Pleione, jusqu'à la forme des yeux.) Elle fouinait dans le noir comme un rat d'égout.

— Merci, Alsafi. (Nashira me regarda, sans m'inviter à me lever.) J'ai cru comprendre que tu avais fait passer furtivement de la nourriture dans des mains amaurotiques, 40. Pourrais-je savoir pour quelle raison ?

— Parce que vous l'affamez et le battez comme un animal. Il doit voir un médecin, aller à l'hôpital.

Ma voix résonna dans le baptistère enténébré. Les réphaïm encapuchonnés demeuraient silencieux.

— Je suis navrée que tu aies cette impression-là, répliqua Nashira, mais aux yeux des réphaïm – aux yeux de ceux qui gouvernent désormais ton pays –, les humains et les animaux se trouvent sur un pied d'égalité. Et nous ne faisons pas soigner les bêtes par un docteur.

Je sentais la colère bouillir en moi, mais je ravalai mes prochaines paroles : je n'aurais fait que précipiter la mort de Seb.

Nashira nous tourna le dos. Le gouverneur se leva ; je l'imitai.

— Tu te souviens peut-être que, durant le discours de bienvenue, je vous ai expliqué que nous aimions bien mettre à l'épreuve les humains que nous rassemblions lors des Saisons d'Os. Vois-tu, nous envoyons nos vestes rouges après ceux qui sont dotés d'une aura, mais nous ne sommes pas nécessairement capables de déterminer quelles qualités renferme cette aura. Je dois avouer que nous nous sommes parfois trompés par le passé. Un élément prometteur peut se révéler guère plus palpitant qu'un vulgaire cartomancien errant ; je ne doute cependant pas que tu sois largement plus distrayante que cela. Ton aura te précède. (Elle pivota vers moi et me fit signe d'approcher.) Viens par ici, montre-nous tes talents.

Le gouverneur et Alsafi s'éloignèrent. Nashira et moi nous retrouvions désormais face à face au milieu de la pièce.

Mes muscles se contractèrent. Ils ne s'attendaient tout de même pas à ce que je l'affronte ? J'étais sûre de perdre. Ses anges et elle feraient voler en éclats mon territoire des rêves. Je les sentais qui l'encerclaient, prêts à prendre sa défense.

Je me souvins alors de ce que Liss m'avait dit : Nashira voulait une marcherêve. Je réfléchis à toute allure. Je pouvais peut-être faire quelque chose qu'elle serait incapable d'empêcher, tirer profit d'une de mes facultés.

Je repensai au métro. Sans marcherêve ni oracle dans son entourage, Nashira ne pouvait agir sur l'éther. Et à moins qu'elle ait d'une façon ou d'une autre consumé l'esprit d'un insondable, je pouvais toujours libérer le mien dans son cerveau.

Je pouvais la tuer.

Mon plan A s'effondra quand Alsafi nous rejoignit. Il portait dans ses bras une frêle silhouette, dont la tête était recouverte d'un sac noir. Le prisonnier fut assis sur une chaise ; on lui passa alors les menottes. Mes doigts s'engourdirent. S'agissait-il d'un des autres ? Avaient-ils trouvé les Cadrans, mon gang ?

Je ne percevais cependant aucune aura. Il s'agissait d'un amaurotique. Je pensai à mon père et en eus la nausée ; mais le détenu était trop petit, trop maigre.

— Je crois que vous vous connaissez, déclara Nashira.

Ils retirèrent le sac. Mon sang se figea soudain.

Seb. Ses yeux étaient gonflés telles deux petites prunes, ses cheveux imbibés de sang lui collaient à la figure, ses lèvres étaient fêlées. Le reste de son visage était couvert de croûtes. J'avais déjà vu le résultat de sérieux passages à tabac, en particulier lorsque les victimes d'Hector rentraient en rampant aux Cadrans pour solliciter l'aide de Nick, mais jamais rien de tel. Jamais sur un garçon si jeune.

D'une gifle, le garde lui ajouta un hématome sur la joue. Seb, à peine conscient, parvint tout de même à lever le menton vers moi.

— Paige.

Sa voix brisée me fit monter les larmes aux yeux. Je m'attaquai à Nashira.

— Qu'est-ce que vous lui avez fait ?

— Rien, affirma-t-elle. C'est *toi* qui vas t'en charger.

— Quoi ?

— Il est temps de mériter ta prochaine tunique, XX-40.

— Putain, mais de quoi vous parlez ?

Alsafi m'assena un coup si violent sur le crâne que je faillis m'écrouler. Il me rattrapa par les cheveux et me força à me tourner vers lui.

— Ne t'avise plus de jurer en présence de la reine de sang. Apprends à tenir ta langue, ou je te couds les lèvres.

— Patience, Alsafi. Laisse-la s'énerver. (Nashira leva la main.) Après tout, elle était furieuse, dans ce métro.

Mes oreilles bourdonnaient. Deux visages se matérialisèrent dans mon esprit. Deux corps gisant sur le sol de la rame. Un mort, un fou. Mes victimes. Mon tableau de chasse.

Tel était donc mon test. Pour gagner ma nouvelle couleur, je devais occire un amaurotique.

Seb.

Nashira avait dû deviner ma nature. Elle supposait que mon esprit était apte à quitter son emplacement naturel au fond de mon crâne. Que j'étais capable de meurtres brutaux, sans verser une goutte de sang. Elle voulait le voir de ses propres yeux. Elle voulait que je danse pour elle. Elle voulait savoir si mon don était digne d'être volé.

— Non, déclarai-je.

Nashira demeura parfaitement immobile.

— Non ? (Après un court silence, elle reprit :) Tu n'as pas le droit de refuser. Soit tu obéis, soit nous nous verrons contraints de nous débarrasser de toi. Je ne doute pas que le Grand Inquisiteur serait ravi de te réprimander pour ton insolence.

— Alors, tuez-moi, dis-je. À quoi bon attendre ?

Aucun des treize juges ne répondit. Pas plus que Nashira. Elle se contenta de me toiser, de scruter mon expression. De tâcher de deviner si je bluffais.

Alsafi ne tourna pas autour du pot. Il m'attrapa par le poignet et me traîna vers la chaise. Comme je me débattais, il m'étrangla d'un bras puissant.

— Fais-le, grogna-t-il tout contre mon oreille, ou je te broie les côtes avant de te noyer dans ton sang. (Il me secoua si fort que ma vue se troubla.) Tue le gamin. Tout de suite.

— Non, m'entêtai-je.

— Obéis.

— *Non.*

Alsafi serra de plus belle. J'enfonçai mes ongles dans sa manche. Mes doigts trouvèrent son flanc – et le couteau qu'il portait à la ceinture. Un vulgaire coupe-papier pour ouvrir les enveloppes, mais il ferait l'affaire. Un coup suffit à lui faire lâcher prise. Je chancelai jusqu'à un prie-Dieu, mon arme de fortune à la main.

— Ne vous approchez pas, les menaçai-je.

Nashira éclata de rire. Les autres juges l'imitèrent. Après tout, je n'étais à leurs yeux qu'une artiste potentielle. Un autre de ces humains crasseux, à la tête pleine de feux d'artifice et de confettis.

Le gouverneur, en revanche, ne s'esclaffa pas. Son regard était rivé sur moi. Je brandis la pointe du couteau dans sa direction.

Nashira approcha de moi.

— Impressionnant, commenta-t-elle. Je t'aime bien, XX-40. Tu as le bon état d'esprit.

Ma main tremblait.

Alsafi observa la coupure sur son bras. Un fluide lumineux s'en écoulait. Quand j'examinai le coupe-papier, je constatai que la lame en était tapissée.

Seb pleurait. Je raffermis ma prise sur le manche, mais ma paume était moite. Je ne pourrais pas venir à bout des réphaïm avec cette seule arme. En outre, je ne savais guère me servir d'une lame, alors parvenir à la lancer avec précision…

En dehors des cinq anges qui accompagnaient Nashira, aucun esprit n'était disponible pour me venir en aide. J'allais devoir me rapprocher de Seb si j'escomptais le libérer. Après quoi, il me resterait à trouver le moyen de nous tirer tous deux d'ici.

— Arcturus, Aludra : désarmez-la, commanda Nashira. Sans esprits.

L'une des juges retira sa capuche.

— Avec plaisir.

Je la jaugeai du regard. Elle était la gardienne de Julian. Une créature à l'air narquois, avec de longs cheveux blonds et lisses et des yeux félins. Le gouverneur resta derrière elle. J'évaluai leurs auras.

Aludra était féroce. Sous ses dehors civilisés, je voyais bien qu'elle s'efforçait de ne pas écumer d'impatience. Elle brûlait de se battre, excitée par la faiblesse de Seb, affamée de mon aura. Elle voulait de l'éclat, et tout de suite. Le gouverneur était plus sombre, plus froid, ses intentions plus obscures – cela ne l'en rendait que plus dangereux. Incapable de lire son aura, je ne pouvais prévoir son prochain mouvement.

J'eus une pensée soudaine. Le sang du gouverneur m'avait fait me sentir plus proche de l'éther. Peut-être cela fonctionnerait-il à nouveau ? J'inhalai profondément, plaçant le couteau juste sous mon nez. L'odeur glaciale me fit tourner les sens. L'éther m'enveloppa telle une vague froide, me submergea. D'un coup de poignet, j'expédiai le coupe-papier en direction d'Aludra, visant entre les deux yeux. Elle se baissa juste à temps. Ma précision s'était accrue. Énormément.

La réph s'empara d'un lourd candélabre et le brandit dans ma direction.

— Viens, petite, me dit-elle. Danse avec moi.

Je reculai. Je ne serais pas d'une grande aide à Seb avec le crâne en miettes.

Aludra chargea. Sa mission : m'abattre et se repaître de ce qu'il resterait. Sans mes sens exacerbés, elle y serait sans doute parvenue. J'effectuai un roulé-boulé de côté pour éviter son assaut, et au lieu de me fracasser la tête, le candélabre décrocha celle d'une statue. Je me relevai immédiatement, bondis par-dessus l'autel et traversai la chapelle en courant, évitant les réph silencieux.

Aludra récupéra son arme. J'entendis l'air siffler quand elle me la balança dessus. Seb hurla mon nom en la sentant voler au-dessus de sa tête.

Je sprintais vers les portes ouvertes, mais ma fuite s'arrêta brutalement. Un garde claqua les vantaux depuis l'extérieur, m'enfermant dans la chapelle avec mon public. N'ayant pas le temps de ralentir, je percutai les battants de plein fouet. J'en eus le souffle coupé. Je perdis l'équilibre. Mon crâne heurta le marbre solide. Une fraction de seconde plus tard, le candélabre frappa les portes à son tour. J'eus tout juste le temps d'écarter les jambes pour éviter qu'il leur retombe dessus. Le fracas qu'il fit en cognant le sol résonna dans l'église comme une cloche.

Une douleur sourde m'élança dans la nuque, mais je n'eus pas le temps de m'en remettre. Aludra m'avait déjà rattrapée. Elle m'étrangla de ses mains gantées, enfonçant ses deux pouces dans ma gorge. J'étouffai. Ma vision se teinta de rouge, se troubla. Elle puisait dans mon aura. *Mon* aura. Ses prunelles virèrent à l'écarlate.

— Aludra, arrête.

Elle ne sembla pas entendre. J'avais un goût métallique dans le fond de la gorge.

Le couteau gisait à côté de moi. Je tendis la main vers lui, mais elle me cloua le poignet au sol.

— À mon tour, maintenant.

Il me restait une chance de survie. Tandis qu'elle appuyait la lame sur ma joue, je propulsai mon esprit dans l'éther.

Sous ma forme chimérique, je voyais les choses d'un œil différent, depuis une autre dimension. Là, j'étais dotée. L'éther m'apparaissait tel un néant silencieux jalonné de globes semblables à des étoiles, chaque sphère représentant un territoire des rêves. Aludra était physiquement proche de moi ; son orbe, en conséquence, ne pouvait pas être bien loin. Il était suicidaire de tenter de pénétrer dans son esprit – très vieux et puissant –, mais sa soif d'éclat l'avait rendue vulnérable. C'était maintenant ou jamais. Je volai vers son âme.

Elle ne s'y attendait pas, et j'allai extrêmement vite. J'atteignis sa zone d'obscurité avant qu'elle ait eu le temps de se rendre compte de ce qui lui arrivait. Mais quand elle en prit conscience, je fus expulsée avec la force d'une balle. Je regagnai mon corps malgré moi, et me retrouvai à contempler le plafond de la chapelle. Aludra était à genoux, se tenant la tête à deux mains.

— Faites-la sortir, faites-la sortir ! hurla-t-elle. Elle marche !

Je me remis debout avec peine, le souffle court, et plongeai vers le gouverneur, qui m'attrapa par les épaules. Ses doigts gantés s'enfoncèrent dans ma peau. Il n'essayait pas de me faire mal – juste de me tenir, de me maîtriser –, mais mon esprit était telle une dionée attrape-mouche : il réagissait au danger. Presque contre mon gré, je tentai un assaut similaire.

Cette fois, je n'atteignis même pas l'éther. J'étais paralysée.

Le gouverneur. C'était lui. Lui qui me pompait mon énergie, qui se délectait de mon aura. Je ne pouvais que le contempler, sous le choc, tandis que j'étais attirée vers lui comme une fleur vers le soleil.

Puis il s'arrêta. Ce fut comme si un câble nous reliant s'était brisé. Ses yeux étaient d'un rouge éclatant ; d'un rouge sang.

Je les fixai longuement. Il recula d'un pas et pivota vers Nashira.

Un silence de mort régnait dans la chapelle. Puis les réphaïm encapuchonnés se levèrent comme un seul homme et se mirent à applaudir. Je m'assis par terre, abasourdie.

Nashira s'agenouilla près de moi et posa la main sur ma tête.

— Magnifique. Ma petite marcherêve.

J'avais le goût du sang. Elle savait.

Nashira se leva puis se tourna vers Seb, qui avait observé la scène avec crainte et douleur. Ses yeux à moitié clos se posèrent sur elle quand elle s'approcha de la chaise.

— Merci pour ton aide. Nous te sommes reconnaissants. (Elle lui posa une paume sur chaque tempe.) Au revoir.

— Non, s'il vous plaît, pitié ! Je ne veux pas mourir. Paige… !

Elle lui tordit brutalement le cou. Il écarquilla les yeux, et un gargouillis s'envola d'entre ses lèvres.

Elle venait de le tuer.

— Non !

Mon hurlement me déchira la gorge. J'eus même du mal à le pousser. J'étais incapable de détacher mon regard de cette folle.

— Vous… vous l'avez…

— Trop tard. (Nashira relâcha la tête, qui se mit à pendouiller.) Tu aurais pu t'en charger, 40. Sans douleur. Si seulement tu m'avais obéi.

Ce fut son sourire qui me poussa à bout. Cette garce *souriait*. Je me ruai sur elle, le sang en ébullition. Le gouverneur et Alsafi me prirent chacun un bras et me soulevèrent. Je cabrai, ruai et me débattis, jusqu'à ce que mes cheveux se retrouvent inondés de sueur.

— Salope ! braillai-je. Salope, grosse salope de pute ! Il n'était même pas voyant.

— Exact. Il ne l'était pas. (Nashira fit le tour de la chaise.) Mais les esprits amaurotiques font les meilleurs serviteurs, tu ne trouves pas ?

Alsafi était sur le point de me déboîter l'épaule. Je m'agrippai au bras du gouverneur, son mauvais bras, celui que j'avais soigné. Il se raidit. Peu m'importait.

— Je vous tuerai ! leur aboyai-je à tous. (J'arrivais à peine à respirer, mais je parvins à le dire.) Je vous tuerai. Je jure que je vous tuerai.

— Inutile de jurer, 40. Laisse-nous jurer pour toi.

Alsafi me jeta à terre. Mon crâne percuta à nouveau le marbre. Un éclair m'aveugla soudain. Je voulus bouger, mais quelque chose me clouait au sol. Un genou dans mon dos. Mes doigts grattèrent la pierre. Puis une douleur fulgurante dans l'épaule, la plus atroce que j'eusse jamais ressentie. Une chaleur intense, trop intense. Une odeur de viande grillée. Je ne pus m'empêcher de hurler.

— Nous jurons ton allégeance éternelle aux réphaïm. (Nashira ne me quitta jamais des yeux.) Nous le jurons par le feu. XX-59-40, te voilà liée pour l'éternité au gouverneur des Mesarthim. Tu renonceras à ton véritable nom pour le reste de ton existence. Ta vie nous appartient.

J'avais la peau en feu. Je ne pensais à rien d'autre qu'à la douleur. C'en était fini. Ils avaient tué Seb et, à présent, ils me tuaient moi. Une aiguille réfléchit un rayon de lumière.

8

Par mon nom

J'avais bien trop de flux dans le sang.

Je courais en rond autour de mon territoire des rêves. La drogue l'avait déformé, en avait altéré les formes et les couleurs. J'entendais les battements de mon cœur, l'air me brûlait la gorge, le nez.

Ils sont en train de me tuer. Cette pensée me harcelait tandis que je luttais contre mon esprit, le regardant se désagréger telle une bûche dans un feu. Voilà. Nashira savait ce que j'étais. Elle m'avait empoisonnée et, à présent, je me mourais. Ça ne serait plus très long : après tout, un territoire des rêves ne pouvait pas continuer à exister à l'intérieur d'un corps mort. Puis cette idée s'effilocha et m'échappa, me laissant errer, seule, dans les tréfonds les plus sombres de mon crâne.

C'est alors que je la trouvai. Ma zone ensoleillée, où vivait la beauté. La sécurité. La chaleur. Je m'élançai vers elle, mais j'avais l'impression de patauger dans du sable mouillé. Les nuages noirs s'accrochaient à moi, me tirant en arrière dans la brume et la pénombre. Je tentais de résister au flux, m'arc-boutant et me tortillant pour me libérer de son emprise ; je finis par rouler telle une graine au soleil, au milieu d'un champ de fleurs.

Tout le monde possédait un territoire des rêves, ce magnifique mirage logé dans l'esprit. Dans leurs rêves, même les amaurotiques percevaient leur zone ensoleillée, bien que de façon floue. Les voyants pouvaient contempler l'intérieur de leur esprit, s'y réfugier jusqu'à mourir de faim. Ma zone ensoleillée était un champ de fleurs rouges, qui ondulait et se modulait en fonction de mon humeur. J'apercevais des flashs du monde extérieur, sentais le grondement de la terre tandis que je me vidais de mon dernier et frugal repas. Pourtant, dans mon esprit, je restais calmement à observer le flux causer des ravages tout autour de moi. Je m'allongeai dans les fleurs en attendant la fin.

J'étais de retour dans la chambre à Magdalen. Le gramophone gazouillait non loin. Encore l'un des morceaux interdits préférés de Jaxon : *Did You Ever See a Dream Walking ?*[3] J'étais allongée à plat ventre sur la banquette, le torse nu. Mes cheveux avaient été maladroitement noués.

Je portai la main à mon visage. De la peau. Froide et moite. J'étais vivante. À l'agonie, certes, mais vivante. Ils ne m'avaient pas tuée.

Je souffrais trop pour rester immobile. J'essayai de m'asseoir, mais le poids de ma tête m'empêcha de me redresser de plus de quelques centimètres. Des ondes de chaleur irradiaient de mon omoplate droite. Un lancinement à l'aine m'indiqua où l'injection avait été pratiquée – cette fois, le mal était bien plus profond.

---

3. « As-tu déjà vu un rêve marcher ? »

Le flux était l'une des seules drogues à mieux circuler dans une artère que dans une veine. Ma cuisse était brûlante et enflée. Ma poitrine se soulevait lourdement. Je crevais de chaud. J'ignorais quel réph m'avait infligé ça, mais il s'était montré aussi maladroit que cruel. Je me souvenais vaguement de Suhail me lorgnant peu avant ma perte de connaissance.

Peut-être qu'ils avaient *essayé* de me tuer. Peut-être que j'étais en train de mourir.

Je pivotai la tête. Un feu brûlait dans l'âtre. Et quelqu'un d'autre se trouvait dans la pièce : mon gardien.

Il était assis dans son fauteuil, à contempler les flammes. Je lui décochai un regard assassin à travers la pièce, chargé de toute la haine que j'éprouvais à son égard. Je sentais encore ses mains sur moi, me retenant, m'empêchant de secourir Seb. Ressentait-il la moindre culpabilité pour ce meurtre gratuit ? Avait-il une once de compassion pour les pauvres esclaves de la maison amaurotique ? Je me demandais si quoi que ce soit l'affectait. Même sa relation avec Nashira semblait mécanique. Existait-il quelque chose qui fasse tiquer cette créature ?

Il dut sentir mon regard posé sur lui, car il se mit debout. Je restai immobile, trop terrorisée pour bouger. J'avais mal à bien trop d'endroits. Le gouverneur s'accroupit près de la banquette. Quand il leva la main, je ne pus m'empêcher de tressaillir. Il caressa ma joue fiévreuse du revers des doigts. Ses yeux avaient recouvré leur habituelle teinte dorée.

— Son esprit, me forçai-je à articuler malgré ma gorge sèche. (La moindre parole était une souffrance.) Est-ce qu'il est parti ?

— Non.

Il me fallut fournir un gros effort pour masquer ma douleur. Si personne n'avait dit la mélopée, Seb serait contraint de s'attarder. Il aurait toujours peur, resterait toujours aussi seul et, pis que tout, demeurerait prisonnier.

— Pourquoi ne m'a-t-elle pas tuée ? Pourquoi n'a-t-elle pas fini le boulot ?

Le gouverneur ne répondit pas. Après avoir examiné mon épaule, il ramassa une coupe posée sur la table de chevet. Elle était remplie à ras bord d'un liquide sombre. Je l'observai. Il la porta à mes lèvres, me soutenant la nuque de la main. Je résistai à sa pression, ce qui lui arracha un léger grognement.

— Pour faire désenfler ta jambe, m'expliqua-t-il. Bois.

Je reculai la tête. Le gouverneur écarta la coupe de ma bouche.

— Tu ne veux pas guérir ?

Je soutins son regard jusqu'à ce qu'il baisse les yeux.

J'avais dû survivre par accident. Ils n'avaient pas la moindre raison de me laisser en vie.

— Tu as été marquée, m'informa-t-il. Tu dois me laisser soigner ta plaie pendant quelques jours, pour éviter tout risque d'infection.

Je tordis le cou pour essayer de m'observer l'épaule, me protégeant la poitrine du drap.

— Marquée ? Marquée comment ?

Je traçai la peau gonflée d'un doigt tremblant. XX-59-40. *Non, non !*

— Oh, espèce de salopard, salopard dégénéré. Je vous tuerai. Attendez un peu de dormir…

J'avais trop mal à la gorge. Je me tus, le souffle court. Le gouverneur me considéra d'un air circonspect, comme s'il essayait de déchiffrer une langue étrangère.

Il n'était pas idiot. Pourquoi me dévisageait-il ainsi ? Ils m'avaient marquée au fer, comme du bétail. J'étais même pire que du bétail. Un numéro.

Seuls mes halètements venaient rompre le silence. Le gouverneur me posa une main gantée sur le genou. Je retirai ma jambe, ce qui me provoqua une décharge insupportable jusqu'aux orteils.

— Ne me touchez pas.

— Avec le temps, le marquage cessera de te faire mal, déclara-t-il. Ton artère fémorale, en revanche, c'est une tout autre affaire.

Il écarta le drap d'un geste fluide. En découvrant ma cuisse, je manquai de vomir de nouveau. Anormalement gonflée, elle était jalonnée d'hématomes s'étendant presque jusqu'au genou. La région de l'aine était noire et injectée de sang. Le gouverneur m'appuya très légèrement sur la jambe, sans doute pas assez fort pour activer une mine. Je m'étouffai.

— Cette blessure ne guérira pas seule. Aucune lésion provoquée par le flux ne peut-être soignée sans une injection d'antidote plus fort.

J'étais sûre de défaillir s'il appuyait davantage.

— Allez griller en enfer, hoquetai-je.

— L'enfer n'existe pas, me corrigea-t-il. Il n'y a que l'éther.

Je serrai les dents pour ravaler un sanglot. Le gouverneur retira sa main et fit volte-face.

J'étais incapable d'estimer combien de temps je restai là, faible et délirante. Je n'arrêtais pas de me répéter qu'il devait adorer cela, de voir nos rôles naturels rétablis. C'était lui qui avait le pouvoir sur moi, désormais, le pouvoir de me regarder souffrir et suer. Lui qui possédait le remède.

L'aube poignait. L'horloge tictaquait. Le gouverneur restait assis dans son fauteuil à entretenir le feu. Je ne savais pas du tout ce qu'il pouvait attendre. S'il espérait que je change d'avis pour le remède, il allait devoir prendre son mal en patience. À moins qu'il ait simplement reçu l'ordre de me surveiller, de s'assurer que je n'abrège pas mes souffrances. J'aurais d'ailleurs sans doute fini par essayer. La douleur était intolérable. Ma jambe était parfaitement raide, et ne bougeait que par spasmes. La peau enflée et tendue luisait, telle une cloque recouvrant une brûlure.

Tandis que les heures défilaient lentement, le gouverneur vaqua à ses occupations : il passa de la fenêtre au fauteuil, à la salle de bains, puis au bureau, avant de retourner se carrer dans son siège. Comme si je n'étais pas là. Une fois, il quitta même la pièce et revint quelques minutes plus tard avec du pain chaud, que je repoussai. Je voulais lui faire croire que j'étais en grève de la faim. Je voulais reprendre le dessus. Je voulais le pousser à se sentir aussi misérable que moi.

La douleur dans ma cuisse refusait de s'apaiser. Peut-être même qu'elle empira. J'appuyai sur la peau noircie, de plus en plus fort, jusqu'à ce que des milliers d'étoiles m'éclatent devant les yeux. J'avais espéré que cela me ferait perdre connaissance, afin d'obtenir quelques heures de soulagement, mais je ne parvins qu'à me faire vomir une fois de plus. Le gouverneur m'observa déverser mon acide biliaire dans une cuvette. Il semblait absent. Il attendait que je capitule, que je le supplie.

J'étudiai la bassine à travers mes yeux embrumés de larmes ; je commençais à rendre des caillots de sang. Ma tête roula sur l'oreiller.

Je dus finalement m'évanouir, car il faisait de nouveau sombre quand je revins à moi. Julian devait se demander où j'étais, si toutefois il avait pu sortir de sa résidence. Ce qui n'était sans doute pas le cas. Mon esprit ne parvenait pas à se concentrer sur ce genre de détails car, inexplicablement, la douleur avait disparu.

Ainsi que cette horrible sensation dans ma jambe.

Une peur subite me glaça l'échine. J'essayai de remuer les orteils, de faire pivoter ma cheville, mais rien ne se produisit.

Le gouverneur se trouvait à mon chevet.

— J'ai oublié de te préciser que, si l'infection n'était pas traitée, tu aurais de bonnes chances de perdre la jambe. Voire la vie.

Je lui aurais volontiers craché à la figure, mais le fait de vomir à plusieurs reprises m'avait complètement déshydratée. Je secouai la tête. Ma vision s'obscurcit.

— Ne fais pas l'idiote. (Il m'attrapa la tête, la fit pivoter vers lui.) Tu as besoin de ta jambe.

Il avait mis dans le mille. Car il avait raison : je ne pouvais pas me permettre de la perdre. Je ne pourrais pas fuir sans elle. Cette fois, quand il me souleva la nuque, j'ouvris la bouche pour boire le liquide nauséabond, au goût de terre et de métal. Il opina du chef.

— Bien.

Je lui décochai un regard haineux, dont l'effet fut atténué par le soulagement qui m'envahit quand des fourmillements se propagèrent jusque dans mes orteils. Je vidai la coupe jusqu'à la lie, puis m'essuyai les lèvres d'une main ferme.

Le gouverneur souleva à nouveau les draps. Ma cuisse recouvrait déjà son aspect habituel.

— Nous sommes quittes, désormais, chuchotai-je. (Ma gorge était toujours aussi sèche.) C'est terminé. Je vous ai soigné, vous m'avez soignée.

— Tu ne m'as jamais soigné.

— Qu-quoi ? bredouillai-je.

— Je n'ai jamais été blessé.

— Vous ne vous rappelez pas ?

— Ça n'est jamais arrivé.

Je ne croyais pas un instant avoir pu tout imaginer. Il portait toujours des manches longues, je ne pouvais donc pas le prendre à défaut, mais cela s'était produit. Son déni ne changerait rien à ce fait avéré.

— Alors j'ai dû me tromper, consentis-je.

Il ne me quitta jamais des yeux. Il m'étudiait avec intérêt. Un intérêt froid et clinique.

— Oui, répondit-il. Tu t'es trompée.

Cela sonna comme une menace.

La cloche tinta. Le gouverneur jeta un coup d'œil par la fenêtre.

— Tu peux sortir. Tu n'es pas en état de commencer l'entraînement cette nuit, mais il faudrait que tu manges un peu. (Il me désigna l'urne sur le manteau de cheminée.) Tu trouveras d'autres numa là-dedans. Prends tout ce qu'il te faut.

— Je n'ai pas de vêtements.

— C'est parce que tu as gagné ton nouvel uniforme. (Il me tendit une tunique rose.) Félicitations, Paige. Tu viens d'avoir une promotion.

C'était la première fois qu'il m'appelait par mon nom.

9

Diversité

Il fallait que je me tire de là. Ce fut ma première pensée quand je mis le pied dehors. Sheol I n'avait pas changé, c'était comme si Seb n'y était jamais venu – moi, en revanche, je n'étais plus la même. Au lieu du blanc, je portais désormais une tunique rose pâle. L'ancre sur mon nouveau gilet était de la même teinte écœurante. J'étais souillée.

Je ne pouvais pas passer de nouvel examen. J'en étais incapable. S'ils avaient tué un enfant pour le premier, jusqu'où iraient-ils pour le second ? Combien de sang allait devoir être versé avant que j'obtienne la veste rouge ? Il fallait que je parte. Il devait exister une issue, même si je devais pour cela danser autour des mines antipersonnel. Cela vaudrait toujours mieux que cet enfer.

Tandis que je me dirigeais vers la Bauge, traînant la jambe droite, toujours faible et lourde, un froid inhabituel m'étreignit les entrailles. Chaque fois qu'un artiste posait les yeux sur moi, son expression se modifiait. Ses traits devenaient neutres. Il baissait la tête. Ma tunique faisait ma publicité : tourne-casaque, traître. *Restez loin de moi. Je suis une tueuse.*

Ça n'était pourtant pas le cas. C'était Nashira qui avait assassiné Seb, pas moi – même si les artistes n'avaient aucun moyen de le savoir. Ils devaient détester tous ceux qui ne portaient pas le blanc. J'aurais dû demeurer à Magdalen cette nuit-là. D'un autre côté, j'aurais alors été forcée de rester avec le gouverneur, et je ne supportais plus sa compagnie. Je claudiquai à travers les venelles oppressantes. Je devais trouver Liss. Elle pourrait m'aider à émerger de ce cauchemar. Il existait forcément un moyen.

— Paige ?

Je m'arrêtai, la jambe tremblante. L'effort produit pour cette marche m'avait épuisée. Liss regardait par son rideau. En apercevant ma tunique rose, elle se crispa.

— Liss… commençai-je.

— Tu as réussi.

Elle arborait un air sombre.

— Oui, admis-je, mais…

— Qui as-tu fait arrêter ?

— Personne. (Comme elle semblait dubitative, je compris que je devais lui dire la vérité.) Ils ont voulu me forcer à tuer Seb. L'amaurotique. (Je baissai les yeux.) Et il est mort.

Elle tressaillit.

— OK, dit-elle. Alors, à plus tard.

— Liss, l'apostrophai-je. Je t'en supplie, écoute-moi. Tu ne…

Elle tira le rideau sur sa porte sans me laisser finir ma phrase. Je me laissai glisser le long du mur, épuisée. Je n'étais pas des leurs.

Seb. Je me répétai mentalement son nom, tentant de faire sortir son esprit de l'endroit où ils l'avaient caché, mais je ne perçus rien dans l'éther. Pas même un tiraillement. Même *Seb Pearce* ne fonctionnait pas. Il devait me manquer un bout de nom. Ce gamin qui avait tant compté sur moi, qui avait été à ce point convaincu que je le secourrais, restait pourtant un inconnu, même dans la mort.

Le rideau semblait me dévisager furieusement. Liss devait me prendre pour une ordure. Je fermai les paupières, tâchant d'ignorer la douleur sourde dans ma cuisse. Peut-être pourrais-je tirer de plus amples informations de la part d'une autre veste rose ? Je n'en avais toutefois aucune envie. Je ne leur faisais nullement confiance. La plupart de ceux qui avaient pris du galon étaient réellement des meurtriers ou avaient effectivement dénoncé quelqu'un. Si je voulais m'entretenir avec autre chose qu'un traître, j'allais devoir prouver à Liss que j'étais digne de sa confiance. Dans un effort qui me couvrit de sueur, je me remis debout et me dirigeai vers la cantine. J'espérais y croiser Julian. Il ne voudrait probablement pas me parler non plus, mais je pourrais au moins tenter ma chance.

Un éclat lumineux attira mon attention. Un poêle. Un groupe d'artistes fumaient sous un petit appentis ; vautrés sur le côté, ils essayaient d'attraper l'air. Encore de l'aster. Tilda se trouvait parmi eux, la tête sur un coussin ; sa tunique blanche était aussi crasseuse et froissée qu'un mouchoir usagé. Je palpai mon gilet à la recherche de la gélule verte que j'y avais dissimulée. Tout en veillant à ménager ma jambe, je m'accroupis près d'elle.

— Tilda ?

Elle entrouvrit les paupières.

— C'qui y a ?

— Je t'ai apporté la pilule.

— Une seconde. Je règne encore. Laisse-moi une minute, poupée. Ou deux. Ou cinq. (Elle roula sur le ventre, prise d'un rire silencieux.) Ton territoire des rêves est tout violet. Tu existes pour de vrai ?

J'attendis que les effets de l'aster se dissipent. Tilda ricana encore pendant une bonne minute, rouge jusqu'à la racine des cheveux. Je sentais la sauvagerie de son aura, la façon dont elle remuait sous l'emprise de la drogue. Les autres voyants ne semblaient pas près de se réveiller. Tilda se frotta le visage de ses mains tremblantes et acquiesça du chef.

— C'est bon, je suis détrônée. Où est-elle ?

Je la lui tendis. Elle l'observa sous tous les angles. Elle y fit courir le doigt pour en éprouver la texture. Elle l'ouvrit en deux, en écrasa une moitié, en huma le résidu, le goûta.

— Ta gardienne est encore en balade ? devinai-je.

— Elle sort beaucoup. (Elle me tendit le reste du cachet.) C'est végétal. Je ne saurais dire quelles herbes ont été utilisées.

— Tu sais qui pourrait m'en apprendre plus ?

— Chez ma tante, là-bas. Le type qui m'a vendu l'aster pourrait peut-être t'aider. Le mot de passe est *specchio*.

— Je vais aller le voir. (Je me levai.) Je te laisse fumer tranquille.

— Merci. À plus.

Elle retomba lourdement sur son coussin. Je me demandais ce que Suhail ferait s'il les découvrait dans cet état.

Il me fallut une éternité avant de trouver le boui-boui en question. La Bauge comportait nombre de pièces, dont la plupart étaient occupées par deux ou trois personnes. Elles passaient leurs journées dans des baraques étriquées, blotties devant un réchaud à pétrole, et dormaient dans des draps empestant l'humidité et l'urine. Elles mangeaient ce qui leur tombait sous la main. Et si rien ne leur tombait sous la main, elles crevaient de faim. Elles restaient ensemble pour deux raisons : la première était le manque de place ailleurs, la seconde le froid glacial qui régnait dans la cité. Il n'y avait aucune installation sanitaire ni fourniture médicale, en dehors de celles qu'elles parvenaient à voler. En résumé, on venait ici pour y mourir.

La boutique était dissimulée derrière une succession d'épais rideaux. Il fallait savoir où chercher ; je ne l'avais débusquée qu'après avoir interrogé une harlie. Cette dernière avait semblé réticente, m'avait parlé de chantage et de prix exorbitants, mais elle avait fini par m'orienter dans la bonne direction.

Le jeune polyglotte que j'avais vu au discours d'accueil en gardait l'entrée. Il jouait aux dés, assis sur un coussin. Sa tunique blanche avait disparu. Il avait dû échouer à l'examen. Quel usage les réphaïm auraient-ils pu faire d'un polyglotte ?

— Bonjour, dis-je.

— Salut.

Une voix pure et délicate. Un timbre de polyglotte.

— Je viens voir le prêteur sur gages.

— Quel est le mot de passe ?

— *Specchio.*

Le garçon se leva. Son œil droit était tout gonflé. Purulent. Il écarta les rideaux pour me laisser entrer.

Les monts-de-piété londoniens étaient généralement de petits lieux clandestins situés dans les quartiers chauds de la cohorte centrale. On en trouvait également tout un tas à la Chapelle, en II-6. Celui-ci ne dérogeait pas à la règle. Le patron avait élu domicile dans une sorte de tente, bâtie avec les mêmes genres de voilages que Liss utilisait pour ses spectacles. Illuminée par une unique lampe à pétrole, la moitié de l'espace était devenue un véritable palais des glaces. L'homme était assis sur un vieux fauteuil en cuir abîmé, les yeux rivés sur un miroir terni. Le ventre rebondi de ce type grisonnant révélait son manque d'activité physique. Et le nombre de miroirs trahissait sa spécialité : la catoptromancie.

Quand j'entrai, il chaussa un monocle et étudia mon reflet. Il avait les yeux brumeux d'un diseur qui en avait trop dit.

— Je ne crois pas t'avoir déjà vue. Ni dans mes miroirs ni dans ma boutique.

— Saison d'Os XX, expliquai-je.

— Je vois. Qui te possède ?

— Arcturus Mesarthim.

J'en avais ma claque de ce nom, de le prononcer, de l'entendre.

— Eh bien, eh bien… (Il se flatta la panse.) C'est donc *toi*, sa locataire.

— Comment vous appelez-vous ?

— XVI-19-16.

— Votre vrai nom ?

— Je ne m'en souviens plus, mais les artistes me surnomment Fourgueur. Si tu préfères utiliser les *vrais* noms.

— C'est le cas.

Je me penchai pour examiner son stock. La plupart des objets en vente étaient des numa : des miroirs à main fêlés, des bouteilles d'eau en verre, des bols et des coupes, des perles, des sacs remplis d'os d'animaux, des cartes, quelques pierres divinatoires… Il y avait également tout un assortiment de plantes : de l'aster, de l'églantine, de la sauge, du thym et des herbes à brûler. Il proposait en outre divers objets du quotidien, indispensables à la survie. Je farfouillai dans la pile : des draps, des coussins mous, des allumettes, une pince à épiler, de l'alcool à 90°, de l'aspirine et des antibiotiques, des boîtes d'algélif, une pipette de collyre, des pansements et des antiseptiques. Je ramassai un vieux briquet à amadou.

— Où avez-vous récupéré tout ça ?

— Ici et là.

— Je suppose que les réph n'en savent rien. (Il esquissa un sourire.) Alors, comment fonctionne cette boutique illégale ?

— Eh bien, disons que tu sois ostéomancienne. Tu aurais besoin d'os pour alimenter ta clairvoyance. Et si les os étaient prohibés, tu devrais tout de même en dégotter quelque part. (Il désigna un sac étiqueté RAT COMMUN.) Je te donnerais une mission à accomplir. Il pourrait s'agir de me rapporter des fournitures, ou de délivrer un message pour moi – plus ton besoin serait précieux, plus ta tâche serait périlleuse. Si tu l'exécutais, je te donnerais ce sac d'os. Et s'il s'agissait d'un simple prêt, je conserverais en dépôt un certain nombre de numa, que je te rendrais quand tu me rapporterais l'objet concerné. Un système simple, mais efficace.

Cela ne ressemblait guère aux boutiques habituelles, qui prêtaient de l'argent en échange d'objets mis au clou.

— Combien coûte une information ?

— Tout dépend de sa nature.

Je posai le reste de mon cachet devant lui.

— Qu'est-ce que c'est ? demandai-je.

Il le scruta. Puis il posa son monocle et ramassa la demipilule. Ses gros doigts tremblaient.

— Si tu me le laisses, dit-il, je t'offre l'objet de ton choix. Sans contrepartie.

Je fronçai les sourcils.

— Vous voulez le garder ?

— Oh, oui. C'est *extrêmement* précieux. (Il le lâcha au creux de sa main.) Où l'as-tu trouvé ?

— Rien n'est jamais gratuit, monsieur Fourgueur.

— Si tu m'en apportes d'autres, je ne te ferai jamais rien payer. Prends ce que tu veux. Un objet par cachet.

— Dites-moi de quoi il s'agit, ou nous ne ferons pas affaire.

— Deux objets.

— Non.

— C'est une information dangereuse. Elle n'a pas de prix. (Il étudia le cachet à la lumière de sa lampe à pétrole.) Tout ce que je peux te dire, c'est que cette pilule est à base d'herbes, et qu'elle est inoffensive. Ça te va ?

Deux objets contre mes pilules. Ce genre de deal pouvait sauver des vies dans la Bauge.

— Trois, et on tope, négociai-je.

— Excellent. Tu es une sacrée femme d'affaires. (Il joignit la pointe des doigts.) Qu'est-ce que tu sais faire d'autre ?

— Je suis acultomancienne.

Mon mensonge habituel. Ma façon toute personnelle de mettre mes interlocuteurs à l'épreuve. Fourgueur gloussa.

— Tu n'es pas devineresse. Si j'étais doté, je dirais même que tu te situes à l'autre bout du spectre. Ton aura est particulièrement chaude. Comme la braise. (Il tapota son miroir.) Nous risquons d'avoir une autre saison intéressante, cette année.

Je me raidis.

— Quoi ?

— Rien, rien. Je parlais à mon bonnet. C'est le meilleur moyen de garder toute sa tête après quarante années passées ici. (Un léger sourire lui étendit la bouche.) Dis-moi : que penses-tu du gouverneur ?

Je reposai le briquet à amadou sur la table.

— Ça me semble évident.

— Pas du tout. Les opinions divergent, par ici. (Fourgueur fit courir le pouce sur son monocle.) Beaucoup considèrent le consort de sang comme le plus attirant des réphaïm.

— C'est peut-être votre avis. Pour ma part, je le trouve répugnant. (Je soutins son regard.) Je vais choisir mes objets.

Il se rencogna dans son fauteuil. Je jetai mon dévolu sur une boîte d'algélif, un tube d'aspirine et le collyre.

— C'est un plaisir de faire des affaires avec toi, me dit-il. Tu t'appelles… ?

— Mahoney. Paige Mahoney. (Je tournai les talons.) Si vous préférez utiliser les vrais noms.

Je sortis de son antre. Je sentais la piqûre de son regard sur ma nuque.

J'avais l'impression d'avoir subi un interrogatoire. J'étais certaine de n'avoir rien dit de mal. Je m'étais exprimée en toute sincérité au sujet du gouverneur. J'ignorais pour quelle raison Fourgueur avait tenté de me faire dire autre chose.

J'offris au passage le collyre au polyglotte. Il m'observa par en dessous.

— Pour ton œil, lui expliquai-je.

Il cilla. Je ne m'arrêtai pas.

Une fois devant la bonne cabane, je toquai doucement au mur.

— Liss ?

Pas de réponse. Je frappai de nouveau.

— Liss, c'est Paige.

Elle tira le rideau. Elle tenait une petite lanterne.

— Laisse-moi tranquille, me répondit-elle d'une voix pâteuse et pleine d'amertume. S'il te plaît. Je ne parle ni aux roses ni aux rouges. Je suis désolée, question de principe. Va plutôt trouver d'autres vestes à embêter, d'accord ?

— Je n'ai pas tué Seb. (Je lui offris l'algélif et l'aspirine.) Tiens, j'ai trouvé ça chez Fourgueur. Est-ce qu'on peut discuter ?

Elle étudia tour à tour les objets et mon visage. Elle plissa le front et fit la moue.

— Eh bien, dit-elle, tu ferais mieux d'entrer.

Je ne pleurai pas en lui parlant de mon examen. Je ne savais plus faire : Jax détestait les larmes. (*Tu es une dure à cuire sans pitié, ma chère. Alors comporte-toi comme telle, tu veux ?*) Même ici, où il ne pourrait jamais m'atteindre, j'avais toujours l'impression qu'il surveillait chacun de mes faits et gestes. Toutefois, le souvenir du cou brisé de Seb me donnait la nausée. Je n'oublierais jamais la surprise dans ses yeux, sa façon de hurler mon nom. À la fin de mon récit, je restai assise silencieusement, ma jambe blessée étendue devant moi.

Liss me tendit un verre fumant.

— Bois. Tu auras besoin de forces pour éviter Nashira. (Elle s'adossa.) Elle sait ce que tu es, désormais.

Je sirotai mon breuvage mentholé.

Les yeux me brûlaient et ma gorge était toujours à vif, mais je ne pleurerais pas Seb. Il m'aurait paru déplacé de le faire en présence de Liss. Son visage était tuméfié, son cou portait les stigmates d'un récent étranglement, l'une de ses épaules était déboîtée… Pourtant, elle continuait à faire passer mon bien-être avant le sien.

— Tu fais partie de la Famille, maintenant, sœurette, m'avait-elle dit en soignant d'une seule main mon marquage au fer, en y appliquant un cataplasme tiède.

La brûlure me faisait moins mal, mais, selon elle, je conserverais à vie une cicatrice. C'était d'ailleurs le but recherché : me rappeler, chaque jour, à qui j'appartenais.

Julian dormait sous un drap décoloré. Sa gardienne était partie retrouver sa famille, les Chertan. Je lui avais donné de l'aspirine avant qu'il ne sombre. Son nez semblait aller un peu mieux. Comme il ne m'avait pas vue au crépuscule, il était parti à ma recherche, et Liss l'avait invité chez elle. Tous deux avaient fait de leur mieux pour rafistoler la baraque, qui restait néanmoins un véritable frigo. Malgré tout, Liss m'avait proposé d'y passer la nuit, et j'avais bien l'intention de la prendre au mot. J'avais besoin de me sentir loin de Magdalen.

Liss ouvrit la boîte d'algélif.

— Merci. Je n'avais plus vu de radiateur en conserve depuis un moment.

Elle craqua une allumette pour embraser l'alcool gélifié. Une flamme bleue bien nette s'en éleva.

— C'est Fourgueur qui t'a donné ça ?

— Échangé.

— Contre quoi ?

— L'une de mes pilules.

Elle haussa un sourcil.

— En quoi ça l'intéresse ?

— J'en ai une que personne d'autre ne reçoit. Je ne sais pas du tout ce que c'est.

— Si tu peux t'en servir pour acheter Fourgueur, c'est qu'elles en valent la peine. Ses missions sont toujours dangereuses. Il demande à ses clients d'aller voler pour son compte dans les résidences. Et ils se font prendre plus souvent qu'à leur tour.

Elle grimaça et porta la main à son épaule. Je lui pris l'algélif pour le déposer entre nous.

— C'est Gomeisa qui t'a fait ça ?

— Parfois, il se lasse des cartes. Il n'aime pas toujours ce qu'elles lui annoncent. (Elle s'allongea sur le dos, un oreiller calé sous la nuque.) Peu importe. Je ne le vois pas très souvent. La plupart du temps, je crois qu'il n'est même pas en ville.

— Tu étais sa seule humaine ?

— Oui. C'est précisément pour ça qu'il me hait. J'étais exactement dans la même situation que toi, sous la coupe d'un réph qui n'avait jusqu'alors jamais choisi d'humain. Il trouvait que j'avais du potentiel, pensait que je pourrais devenir l'une des meilleures arracheuses d'os de Sheol I.

— Une arracheuse d'os ?

— C'est comme ça que l'on surnomme les vestes rouges. Il pensait que j'atteindrais vite cette couleur. Je l'ai déçu.

— Comment ?

— Il m'a demandé de tirer les cartes de l'un des harlies. Ils le soupçonnaient de trahison, d'avoir essayé de fuir. Je savais que c'était vrai. Le tirage l'aurait incriminé. J'ai refusé.

— Je n'ai pas obéi non plus, pourtant elle a vu qui j'étais. (Je me massai la tempe.) Et Seb est mort quand même.

— Ici, des amaurotiques meurent sans arrêt. Il y serait passé quoi que tu fasses. (Elle se redressa.) Allez, mangeons un peu.

Elle tendit la main vers son coffre en bois. Je jetai un coup d'œil à l'intérieur : un paquet de granules de café, une boîte de fayots, quatre œufs.

— Où t'es-tu procuré tout ça ?

— Je les ai trouvés.

— Où ça ?

— L'un des amaurotiques les planquait près de sa résidence. Des restes des provisions destinées à la Saison d'Os. (Liss sortit une casserole en ferraille et la remplit d'eau.) Voilà. On va se faire un festin de reines. (Elle positionna la gamelle au-dessus de l'algélif.) Comment tu te sens, Jules ?

Notre conversation avait dû le réveiller. Il repoussa le drap et s'assit en tailleur.

— Mieux. (Il se pinça l'arête du nez.) Merci pour les médocs, Paige.

Je hochai la tête.

— Quand est-ce que tu passes ton examen ?

— Aucune idée. Aludra est censée nous enseigner la sublimation, mais elle passe son temps à nous balancer des coups de pied.

— La sublimation ?

— Le fait de transformer les objets en numa. Les bâtons que nous utilisions l'autre soir, quand tu es venue me rendre visite : ils étaient sublimés. N'importe qui peut s'en servir, pas seulement les devins.

— Et à quoi ils servent ?

— Ils exercent une sorte de contrôle sur les esprits les plus proches ; on ne peut en revanche pas les utiliser pour voir l'éther.

— Ce ne sont donc pas de vrais numa.

— Mais ils restent dangereux, souligna Liss. Les pourris peuvent s'en servir. La dernière chose dont nous avons besoin, c'est bien une arme éthérée que Scion pourrait utiliser.

Julian secoua la tête.

— Scion ne ferait jamais ça. La clairvoyance les rebute.

— Mais pas les réphaïm.

— Je doute qu'ils les apprécient, intervins-je. Ils sont clairvoyants. Simplement, avec les émim à leur porte, ils n'ont d'autre choix que d'obéir.

L'eau se mit à fumer et à bouillir. Liss en remplit trois gobelets en carton, avant d'y ajouter du café. Je n'avais plus senti cette odeur depuis des jours, peut-être des semaines. Depuis combien de temps étais-je ici ?

— Tenez. (Elle nous tendit un gobelet à chacun.) Où est-ce qu'Aludra te fait dormir, Jules ?

— Dans une chambre sans lumière. Je crois que c'est une ancienne cave à vin. On couche à même le sol. Felix est claustrophobe, et Ella veut voir sa famille. Ils passent la moitié du temps à pleurer, ça m'empêche de dormir.

— Débrouille-toi pour te faire virer. La vie est dure, là-dehors, mais pas autant qu'avec un gardien. On ne se nourrit sur nous que si on se trouve au mauvais moment, au mauvais endroit. (Liss but une petite gorgée.) Certains ne le supportent pas. J'avais une amie qui habitait ici avec moi, mais elle a supplié son gardien de lui laisser une seconde chance. Et aujourd'hui, elle est devenue arracheuse d'os.

Nous bûmes notre café dans le plus grand silence. Liss fit bouillir les œufs, que nous mangeâmes durs.

— Je me demandais, reprit finalement Julian. Est-ce que les réph peuvent réellement retourner là d'où ils viennent ?

Liss haussa les épaules.

— Je pense que oui.

— Dans ce cas, je ne comprends pas pourquoi ils restent. Enfin, ils n'ont pas toujours été ici. Où trouvaient-ils de l'aura avant de nous connaître ?

— C'est peut-être à cause des ronfleurs ? suggérai-je. Nashira les considère comme une race parasite, pas vrai ?

Julian opina.

— Tu penses que les ronfleurs leur ont pris quelque chose ?

— Peut-être la raison ?

Il ricana.

— Ouais. Si ça se trouve, ils étaient sympas avant que les ronfleurs les ponctionnent jusqu'à la moelle.

Cela ne fit pas rire Liss.

— C'est peut-être cette histoire de seuil éthéré, hasardai-je. Nashira prétend qu'ils sont arrivés quand il a été brisé.

— À mon avis, on ne le saura jamais vraiment. (Liss paraissait tendue.) Ce n'est pas comme s'ils allaient communiquer là-dessus.

— Pourquoi pas ? S'ils sont si puissants et nous si faibles, quel est l'intérêt de garder ces choses secrètes ?

— La connaissance, c'est le pouvoir, déclara Julian. Ils l'ont. Pas nous.

— Tu te trompes, mon frère. La connaissance est dangereuse.

Liss remonta les genoux sous son menton. C'était à peu près ce que Fourgueur m'avait déjà dit.

— Dès lors que tu sais quelque chose, étaya-t-elle, tu ne peux plus t'en débarrasser. Tu dois traîner ce fardeau. En permanence.

Julian et moi échangeâmes un regard. Liss était là depuis longtemps, peut-être valait-il mieux écouter ses conseils. Ou peut-être pas. Peut-être que ses conseils nous mèneraient à notre perte.

— Liss, dis-je, as-tu jamais pensé à répliquer ?

— Tous les jours.

— Mais tu n'en fais rien.

— Je rêve d'arracher les yeux de Suhail à mains nues, affirma-t-elle, les dents serrées. Je rêve de cribler Nashira de balles. Je rêve de planter Gomeisa dans l'œsophage, mais je sais qu'ils m'auraient les premiers, alors je n'en fais rien.

— Avec cet état d'esprit, tu demeureras coincée ici pour le restant de tes jours, fit remarquer Julian avec douceur. C'est ce que tu veux ?

— Bien sûr que non. Je veux rentrer chez moi. Quoi que cela veuille dire. (Liss se détourna.) Je sais ce que vous pensez de moi. Vous trouvez que je manque de cran.

— Liss, dis-je, ce n'est pas ce qu'on voulait dire…

— Bien sûr que si. Et je ne vous en veux pas. Mais puisque la connaissance vous attire tant, sachez qu'il y a eu une révolte ici, durant la Saison d'Os XVIII, en 2039. Toute la population humaine de Sheol I s'est soulevée contre les réph. (La douleur dans ses yeux lui fit prendre plusieurs dizaines d'années.) Ils sont tous morts, les amaurotiques comme les voyants. Sans la protection des vestes rouges, les émim se sont introduits ici et ont massacré tout le monde. Et les réph les ont laissés faire.

Je me tournai vers Julian, qui n'avait pas quitté Liss des yeux.

— Selon eux, ils l'avaient bien mérité. Pour avoir désobéi. C'est la première chose qu'ils nous ont dite à notre arrivée. (Elle battit distraitement ses cartes.) Je sais que vous êtes tous les deux très combatifs, mais je ne veux pas vous voir mourir ici. Pas comme ça.

J'en restai muette de stupéfaction. Julian se frotta la tête en observant le réchaud.

Nous ne voulions pas reparler de cette révolte. Nous mangeâmes donc nos fayots, sans en laisser une miette. Liss posa son jeu de cartes sur ses genoux. Après une longue minute de silence, Julian s'éclaircit la voix.

— Où est-ce que tu vivais, Liss ? Avant tout ça ?

— En Écosse. À Cradlehall précisément, près d'Inverness.

— À quoi ressemble Scion, là-bas ?

— Pareil qu'ici, en gros. Les grandes villes sont toutes soumises au même système, même si la sécurité y est moindre qu'à Londres. Comme la citadelle, ils sont encore sous le joug de la loi inquisitoriale.

— Pourquoi es-tu venue dans le Sud ? m'étonnai-je. Les Highlands doivent être moins dangereuses pour les voyants.

— Pourquoi les gens emménagent-ils à SciLo ? Pour le travail. Pour l'argent. On a autant besoin de manger que les amaurotiques. (Liss enroula un drap autour de ses épaules.) Mes parents avaient trop peur pour habiter au centre d'Inverness. Les voyants n'y sont pas organisés, là-bas, il n'y a pas de réseau. Papa estimait qu'on devait tenter notre chance à la citadelle. On a claqué toutes nos économies pour aller nous installer à Londres. On a approché certains seigneurs-mimes, mais aucun n'avait besoin de devins. Et quand on s'est retrouvés sur la paille, il a fallu mendier pour trouver un pieu pour la nuit.

— Et vous vous êtes fait prendre.

— Papa était trop malade pour sortir. Il avait plus de soixante ans, il attrapait tous les microbes qui traînaient dans la rue. J'ai pris sa place habituelle. Une femme est venue me demander de lui tirer les cartes. (Elle fit glisser son pouce sur le dos de son jeu.) Je n'avais que neuf ans. Je ne me suis pas rendu compte qu'elle était de la DVN.

Julian secoua la tête.

— Combien de temps tu es restée à la Tour ?

— Quatre ans. Ils m'ont plusieurs fois fait subir un simulacre de noyade, pour me forcer à avouer où étaient mes parents. Je n'ai jamais craché le morceau.

Cela ne la réconfortait qu'à peine.

— Et toi, Julian ? m'enquis-je.

— Morden. En IV-6.

— C'est le plus petit secteur, non ?

— Ouais, c'est pour ça que l'organisation s'en fout un peu. J'avais un tout petit groupe, mais on ne commettait pas de crimime. Juste une séance occasionnelle.

Je ressentis un pincement au cœur. *Mon* gang me manquait.

Julian succomba bientôt à la fatigue. Le niveau de la boîte d'algélif baissait de plus en plus. Liss la regarda se consumer jusqu'au bout. Je fis semblant de dormir, sans pouvoir m'empêcher de songer à la Saison d'Os XVIII. Tant de gens avaient dû mourir. Leur famille ne le saurait jamais. Il n'y aurait ni procès ni appel. Cette injustice m'écœurait. Pas étonnant que Liss redoutât tant le combat.

Ce fut alors que la sirène retentit.

Julian se réveilla en sursaut. Le bruit crissait en s'amplifiant, meuglant longuement avant de crier vraiment. Mon corps réagit à sa manière : mes jambes se mirent à fourmiller, mon cœur à battre la chamade.

Des bruits de pas résonnèrent dans les allées. Julian entrouvrit le rideau. Trois vestes rouges passèrent en courant, l'une d'elles dotée d'une torche puissante. Liss ouvrit les yeux, sans bouger d'un pouce.

— Ils ont des couteaux, déclara Julian.

Liss alla se tapir dans un coin de sa cabane. Elle ramassa son jeu de cartes, enroula un bras autour de ses genoux et y posa la tête.

— Vous devez partir, nous dit-elle. Maintenant.

— Viens avec nous, répondis-je. Planque-toi dans l'une des résidences. Tu n'es pas en sécurité ici...

— Tu tiens vraiment à te faire démolir par Aludra ? Ou par le gouverneur ? (Elle nous gratifia d'un regard mauvais.) Ça fait dix ans que je fais ça. Dégagez d'ici.

Julian et moi échangeâmes un coup d'œil. Nous étions déjà en retard. J'ignorais quelle correction le gouverneur m'infligerait, mais nous savions tous deux de quoi Aludra Chertan était capable. Cette fois, elle le tuerait peut-être. Nous baissâmes la tête pour sortir de la baraque et détalâmes en trombe.

10

Le message

Les sirènes grondaient encore quand je regagnai ma résidence. XIX-49-33 ne consentit à ouvrir la porte que lorsque je frappai pour la énième fois en hurlant mon numéro pour couvrir le raffut. Dès qu'elle eut admis que j'étais humaine, elle me fit entrer précipitamment avant de rabattre violemment le vantail derrière moi, en jurant que c'était la dernière fois qu'elle m'accordait cette chance, puisque je n'étais pas capable de respecter des consignes aussi simples. Je la laissai repousser en hâte les lourds loquets de ses doigts tremblants.

Le vacarme cessa quand j'atteignis les cloîtres. Les émim n'avaient, cette fois, pas réussi à franchir les remparts de la ville. Je me recoiffai lentement, tâchant de recouvrer mon souffle. Une minute plus tard, je me forçai à affronter le colimaçon en pierre. Je devais le faire. Je pris encore quelques secondes pour me calmer, puis gravis les marches de la tour, de *sa* tour. J'avais des frissons rien qu'à l'idée de dormir dans la même pièce que lui ; de partager son espace, sa chaleur, son oxygène.

La clé était dans la serrure quand j'arrivai en haut. Je la tournai et avançai silencieusement sur les dalles.

Pas assez silencieusement. À la seconde où j'eus franchi le seuil, mon gardien était debout. Ses yeux brûlaient de rage.

— Où étais-tu ?

Je conservai une fine barrière mentale.

— Dehors.

— Je t'avais dit de revenir si la sirène sonnait.

— Je pensais que vous parliez de revenir à Magdalen, pas forcément dans cette pièce en particulier. Vous auriez dû préciser.

Je perçus l'insolence dans ma voix. Son regard s'assombrit et il pinça les lèvres.

— Si tu ne t'adresses pas à moi avec le respect qui m'est dû, je ne t'autoriserai plus à sortir d'ici.

— Vous n'avez rien fait pour mériter mon respect.

Je le toisai avec hargne. Il soutint mon regard. Comme je ne bougeais pas ni ne détournais les yeux, il approcha de la porte à grands pas et la claqua violemment. Je ne cillai pas.

— Quand tu entends cette sirène, tu reviens dans cette pièce toutes affaires cessantes. Est-ce bien compris ?

Je me contentai de le dévisager. Il se pencha pour se mettre à ma hauteur.

— Dois-je me répéter ?

— Je ne préférerais pas.

J'étais sûre qu'il allait me frapper. Personne, *personne* ne pouvait s'adresser à un réph sur ce ton. Il ne fit que se redresser de toute sa hauteur.

— Ton entraînement commence demain, déclara-t-il. J'espère que tu seras prête dès que la cloche sonnera.

— L'entraînement pour quoi ?

— Pour obtenir ta prochaine veste.

— Je n'en veux pas, crachai-je.

— Alors tu vas devoir devenir artiste. Tu passeras l'essentiel de tes journées à essuyer des railleries et à te faire cracher dessus par les vestes rouges. (Il me considéra de la tête aux pieds.) Tu tiens vraiment à amuser la galerie, à devenir bouffonne ?

— Non.

— Alors tu ferais mieux de m'obéir.

Ma gorge se serra. Même si je le haïssais de toute mon âme, j'avais toutes les raisons de le craindre encore plus. Je me souvenais de son visage impitoyable dans la chapelle enténébrée, quand il m'avait dominée pour ponctionner mon aura. L'aura d'un voyant lui était aussi vitale que du sang ou de l'eau. Si on me la retirait, je tomberais en choc spirituel et finirais morte ou folle, à errer sans lien avec l'éther.

Il approcha de la tenture et l'écarta, révélant la petite porte entrouverte qu'elle dissimulait.

— Les amaurotiques ont libéré l'étage pour toi. Dorénavant, et sauf indication contraire, tu devras y rester tout le temps. (Il marqua une pause.) Tu dois également savoir qu'il est interdit d'avoir le moindre contact physique avec moi, sauf à l'entraînement. Et ce, même avec des gants.

— Donc si vous deviez revenir blessé, répliquai-je, je devrais vous laisser mourir ?

— Oui.

Menteur. Je ne ravalai pas les mots suivants assez rapidement :

— Voilà un ordre auquel je serai ravie d'obéir.

Le gouverneur se contenta de me toiser. Cela m'agaça de constater à quel point mon manque de respect le laissait indifférent. Il devait pourtant bien avoir un point sensible. Il plongea la main dans le tiroir et en sortit mes cachets.

— Prends-les.

Je savais qu'il serait vain de discuter. Je m'exécutai.

— Bois ça. (Il me tendit un verre.) Va dans tes quartiers. Je tiens à ce que tu sois parfaitement reposée pour demain.

Je serrai le poing. J'en avais ma claque de recevoir des ordres. Pourquoi diable avais-je pansé sa blessure ? Quel genre de criminelle étais-je, pour soigner mes ennemis ? Jax se serait écroulé de rire s'il m'avait vue faire. *Petite abeille,* m'aurait-il dit, *tu manques vraiment de piquant.* C'était peut-être le cas. Pour l'instant.

Je veillai à ne pas croiser le regard du gouverneur en franchissant la petite porte. Je le surpris néanmoins à m'observer quand je m'enfonçai dans le passage secret. Il verrouilla derrière moi.

Un nouvel escalier en spirale me mena tout en haut de la tour. J'étudiai ma nouvelle demeure : une grande chambre nue. Cela me rappelait le centre de détention, avec son sol humide et ses barreaux. Une lampe à pétrole brûlait sur le rebord de fenêtre, ne dispensant que peu de lumière et encore moins de chaleur. Elle était posée à côté d'un cadre de lit doté d'un matelas tout mou. Les draps étaient de mauvaise qualité, par rapport au velours délicat du baldaquin du gouverneur ; en réalité, la chambre entière empestait à plein nez l'infériorité humaine – mais c'était toujours mieux que de partager l'espace.

Comme je l'avais fait dans la pièce principale, j'examinai les moindres fissures et recoins de l'endroit. Naturellement, il n'y avait aucune issue. Je disposais en revanche de ma propre salle de bains, où se trouvaient des toilettes, un lavabo et quelques produits d'hygiène.

Je songeai à Julian et à sa cave sombre, puis à Liss, grelottant dans sa cabane. Elle n'avait pas de lit. Elle n'avait rien du tout. Ma chambre n'était pas jolie, mais elle était bien plus chaude et propre que la Bauge. Bien plus sûre, aussi. J'étais à l'abri des émim derrière mes murs de pierre. Elle ne disposait que de rideaux en loques.

Comme on ne m'avait pas laissé de tenue de nuit, je me mis en sous-vêtements. Même sans miroir, je voyais bien que j'avais perdu du poids. Le stress, l'intoxication au flux et le manque de nourriture consistante prélevaient déjà leur dîme. Je baissai la lumière et me glissai sous les draps.

Sans pourtant ressentir l'effet de la fatigue, je me surpris à somnoler. Et à penser. Au passé, aux jours étranges qui m'avaient menée ici. Je me remémorai notre première rencontre avec Nick. C'était lui qui nous avait mis en relation, Jaxon et moi. Nick, l'homme qui m'avait sauvé la vie…

Quand j'avais neuf ans, peu après mon arrivée en Angleterre, mon père et moi avions quitté Londres en mettant le cap vers le sud, pour ce qu'il appelait un « voyage d'affaires ». Il avait inscrit nos noms sur une liste d'attente pour que nous puissions obtenir l'autorisation de quitter la citadelle. Après des mois d'expectative, nous avions finalement reçu le feu vert pour aller rendre visite à Giselle, une vieille amie de mon père. Elle vivait sur une colline raide et caillouteuse, dans une baraque rose bonbon dont le toit tombait devant les fenêtres. La région me rappelait l'Irlande, avec ses grandes étendues sauvages et somptueuses, autant de choses que Scion avait détruites. Au coucher du soleil, quand mon père avait le dos tourné, je me débrouillais pour grimper sur la toiture et aller me blottir contre la haute cheminée de briques. J'observais alors les collines, la cime des arbres jouant avec le ciel, et je me rappelais mon cousin Finn et d'autres fantômes d'Irlande, notamment mes grands-parents, dont l'absence me faisait mal à en crever. Je n'avais jamais compris pourquoi ils ne nous avaient pas accompagnés.

Toutefois, ce dont je rêvais vraiment était la mer, cette étendue d'eau extraordinaire, route scintillante s'étendant jusqu'aux territoires libres. C'était au-delà de cette mer que l'Irlande attendait mon retour – dans les prairies cendrées, près de l'arbre fendu que chantaient les rebelles. Mon père m'avait promis de m'emmener la voir, mais il était bien trop occupé avec Giselle. Ils discutaient toujours jusqu'au bout de la nuit.

J'étais trop jeune pour comprendre l'atmosphère exacte de ce village. Les voyants étaient peut-être en danger à la citadelle, mais ils ne pouvaient pas s'échapper dans ces campagnes idylliques. Loin de l'Archonterie, les amaurotiques des petits bourgs devenaient nerveux. Des soupçons d'anormalité venaient s'immiscer dans ces communautés pourtant très soudées. Les habitants avaient pris l'habitude de se surveiller les uns les autres, traquant la présence de la moindre boule de cristal ou pierre divinatoire, prêts à appeler l'avant-poste de Scion le plus proche – ou à se faire justice eux-mêmes. Un véritable clairvoyant n'y aurait pas survécu une journée. Et même dans le cas contraire, il n'y avait de toute façon pas de travail. La terre avait besoin d'être cultivée, mais avec les machines, la demande en main-d'œuvre était au plus bas. Les voyants ne pouvaient gagner confortablement leur vie qu'à la citadelle.

Je n'aimais pas m'éloigner autant de la maison, pas sans mon père. Les gens parlaient bien trop, épiaient bien trop, et Giselle leur répondait en les regardant droit dans les yeux. C'était une femme sévère, fine et au visage dur ; une bague ornait chacun de ses doigts et de longues veines saillantes sillonnaient ses bras et son cou. Je ne l'aimais pas. Et puis, un jour, depuis le toit, j'avais aperçu un petit paradis : un champ de coquelicots, mare rouge sous le ciel de fer.

Chaque jour, quand mon père m'imaginait jouer à l'étage, je m'y rendais et lisais sur ma nouvelle tablette pendant des heures, observant les fleurs dodeliner autour de moi. Ce fut dans ce champ que j'eus ma première rencontre avec le monde des esprits. L'éther. À l'époque, j'ignorais totalement que j'étais clairvoyante. L'anormalité était pour moi encore une histoire que l'on racontait aux enfants, une sorte de croque-mitaine aux traits mal définis. Je ne comprenais encore rien à cet endroit. Uniquement ce que Finn m'en avait expliqué : que les vilaines personnes au-delà de la mer n'aimaient pas les petites filles telles que moi. Que je n'étais plus en sécurité.

Ce jour-là, je compris ce qu'il avait voulu dire. En me rendant au champ, je perçus la présence d'une femme furieuse. Je ne la vis pas. Je la *sentis*. Je la sentis dans les coquelicots, dans le vent. Je la sentis dans la terre et dans l'air. Je tendis la main, espérant d'une manière ou d'une autre comprendre de quoi il s'agissait.

Je me retrouvai soudain au sol. En sang. Ce fut ma première rencontre avec un poltergeist, un esprit rageur capable d'interagir avec le monde corporel.

Mon sauveur arriva bientôt. Un jeune homme, grand et robuste, aux cheveux blond platine et au visage avenant. Il me demanda mon nom. Je le lui donnai en bafouillant. Quand il remarqua mon bras écorché, il m'enveloppa dans son manteau et m'emmena à sa voiture. Le logo SCIONAIDE figurait sur son tee-shirt. Je fus soudain prise de panique quand il sortit une aiguille.

— Je m'appelle Nick, me dit-il. Tu ne risques plus rien, Paige.

L'aiguille s'enfonça sous ma peau. Cela piqua, mais je ne pleurai pas. Ma vision s'obscurcit.

Dans la pénombre la plus complète, je me mis à rêver. Je rêvai aux coquelicots, poussant difficilement. J'avais jusqu'alors toujours rêvé en noir et blanc, pourtant je ne voyais désormais que le rouge des fleurs dans le soleil couchant. Elles m'abritaient, se dépouillaient de leurs pétales pour recouvrir mon corps fiévreux. À mon réveil, je me trouvais dans un lit avec des draps blancs. Mon bras était bandé. La douleur, volatilisée.

L'homme blond se tenait à mon chevet. Je me souvenais de son sourire discret, qui m'avait néanmoins fait sourire en retour. Il avait l'air d'un prince.

— Bonjour, Paige, me dit-il.

Je lui demandai où j'étais.

— À l'hôpital. Je suis ton médecin.

— Vous êtes trop jeune pour être médecin, répliquai-je. (Et pas assez effrayant.) Vous avez quel âge ?

— Dix-huit ans. Je suis en formation.

— Vous n'avez pas recousu mon bras n'importe comment, hein ?

Il éclata de rire.

— Eh bien, j'ai fait de mon mieux. Tu me diras ce que tu en penses.

Il m'affirma avoir averti mon père de ma présence, et que celui-ci arriverait bientôt. Je lui dis que je me sentais mal, il me répondit que c'était normal, que j'allais devoir me reposer pour aller mieux. Je ne pouvais pas encore manger, mais il me promit de me préparer un super dîner. Il me tint compagnie pendant le reste de la journée, ne m'abandonnant que le temps d'aller me chercher des sandwichs et une bouteille de jus de pomme à la cantine de l'hôpital. Mon père m'avait appris à ne pas parler aux inconnus, mais ce gentil jeune homme à la voix douce ne me faisait pas peur.

Le Dr Nicklas Nygård, frais émoulu de la citadelle de Scion-Stockholm, me maintint en vie cette nuit-là. Il me permit de survivre au choc de ma mue en véritable clairvoyante. Sans lui, je ne l'aurais peut-être pas supporté.

Mon père me ramena à la maison quelques jours plus tard. Il avait rencontré Nick lors d'une conférence médicale. Celui-ci faisait ses études en ville, avant d'accepter un poste permanent à SciSORS. Il ne m'avait jamais expliqué ce qu'il faisait dans ce champ de coquelicots. Tandis que mon père m'attendait dans la voiture, Nick s'était accroupi devant moi et m'avait pris les mains. Je l'avais alors trouvé particulièrement mignon, avec ses sourcils parfaitement arqués au-dessus de ses adorables yeux d'un vert hivernal.

— Paige, m'avait-il dit d'une voix très douce, écoute-moi bien. C'est très important. J'ai dit à ton père que tu avais été attaquée par un chien.

— Mais, c'était une dame.

— Oui - mais cette dame était invisible, *sötnos*. Certains adultes ne croient pas à l'invisible.

— Mais vous, oui, avais-je répliqué, sûre de sa sagesse.

— En effet. Mais je ne veux pas que les autres se moquent de moi, alors je n'en parle pas. (Il m'avait touché la joue.) Tu ne dois jamais parler d'elle, à qui que ce soit. D'accord, Paige ? Ce sera notre petit secret. C'est juré ?

J'avais acquiescé. Je lui aurais promis la lune. Je l'avais regardé disparaître par la vitre tandis que mon père nous ramenait à la citadelle. Il m'avait adressé un signe de la main. Je l'avais observé par le pare-brise arrière jusqu'au virage suivant.

Je conservais encore des stigmates de cet assaut, au milieu de ma paume gauche. L'esprit m'avait laissé d'autres cicatrices, de la main jusqu'au coude, mais seules les premières étaient restées.

Je m'étais accrochée à ma promesse. Pendant sept ans, je n'en avais plus reparlé. Je chérissais ce secret au fond de mon cœur, telle une fleur nocturne, en n'y repensant que lorsque je me retrouvais seule. Nick connaissait la vérité. Nick en détenait la clé. Pendant tout ce temps, je me demandais où la vie l'avait mené, et s'il repensait parfois à cette petite Irlandaise qu'il avait sortie du champ de coquelicots. Et après sept longues années, j'avais eu ma récompense : il m'avait retrouvée. Si seulement il pouvait en faire autant aujourd'hui…

Aucun son n'émanait de l'étage inférieur. Tandis que les heures s'écoulaient, je traquais le moindre bruit de pas, ou la triste mélopée du gramophone. Je n'entendais toutefois qu'un silence lourd et épais.

Je somnolai pour le reste de la journée, en proie à un accès de fièvre dû à ma dernière crise de flux. Je me réveillai en sursaut à plusieurs reprises, des vestiges du passé m'éclatant encore devant les yeux. Avais-je déjà porté autre chose que ces tuniques, que ces bottes ? Avais-je connu un monde sans esprits ni morts errants ? Sans émim ni réphaïm ?

Un coup porté à la porte me tira de ma torpeur. J'eus à peine le temps de remonter le drap sur moi que le gouverneur entrait dans ma chambre.

— La cloche va bientôt sonner, m'informa-t-il en déposant un nouvel uniforme au pied de mon lit. Habille-toi.

Je le considérai sans un mot. Son regard s'attarda quelques instants, puis il finit par tourner les talons en refermant derrière lui. Il n'y avait plus qu'à. Je me levai, lissai grossièrement mes bouclettes en un chignon, puis me débarbouillai à l'eau glacée. J'enfilai mon uniforme et remontai jusqu'au menton la fermeture à glissière de mon gilet. Ma jambe semblait guérie.

Le gouverneur parcourait un vieux roman poussiéreux quand je descendis le rejoindre. *Frankenstein.* Scion n'autorisait pas ce genre de littérature fantastique. Rien qui concernât des monstres ou des fantômes. Rien de surnaturel. Mes doigts me démangeaient de tourner eux-mêmes ces pages. J'avais déjà vu ce bouquin sur l'étagère de Jaxon, sans jamais trouver le temps de le lire. Le gouverneur le posa de côté et se leva.

— Tu es prête ?

— Oui, affirmai-je.

— Bien. (Il marqua une courte pause avant de demander :) Dis-moi, Paige : à quoi ressemble ton territoire des rêves ?

La soudaineté de sa question me prit de court. Chez les voyants, il était impoli de s'enquérir d'une chose pareille.

— Un champ de fleurs rouges.

— Quel genre de fleurs ?

— Des coquelicots.

Pas de réponse. Il ramassa ses gants, les enfila et m'invita à sortir à sa suite. La cloche de nuit n'avait pas encore tinté, mais le concierge nous laissa sortir sans poser de question. Nul n'interrogeait Arcturus Mesarthim.

Le soleil. Je ne l'avais plus vu depuis un bail. Il se couchait juste, adoucissant les angles des bâtiments. Sheol I luisait d'un halo dépérissant. J'avais supposé que l'entraînement se déroulerait à l'intérieur, mais le gouverneur m'entraîna vers le nord, au-delà de la maison amaurotique, dans une zone que je ne connaissais pas.

Les bâtiments à l'orée de la ville avaient été abandonnés. Ils étaient délabrés, leurs vitres brisées ; certains murs ou toits semblaient carbonisés. Peut-être finalement y avait-il réellement eu un incendie ici. Nous longeâmes une série de maisons blotties les unes contre les autres. Nous arpentions une véritable ville fantôme. Il n'y avait pas âme qui vive. Je sentais la présence d'esprits rageurs voulant réinvestir leurs anciennes demeures. Certains étaient de faibles poltergeists. J'étais sur mes gardes, mais le gouverneur ne semblait pas éprouver la moindre crainte. Pas un esprit ne l'approcha.

Nous atteignîmes l'extrémité de la cité. Une légère fumée blanche s'élevait de mes lèvres. Une prairie s'étendait à perte de vue. L'herbe était morte depuis longtemps, et le sol scintillait de givre. Un phénomène étrange, au début du printemps. Une clôture d'au moins dix mètres de haut et surmontée de rouleaux de barbelés ceignait l'ensemble. Les arbres au-delà étaient également blanchis par le froid. Ils poussaient de part et d'autre de la prairie, me bouchant l'horizon. Une pancarte rouillée indiquait PORT MEADOW, ZONE D'ENTRAÎNEMENT. L'USAGE DE LA FORCE EST AUTORISÉ. Ladite force était incarnée au portail par le réph qui en gardait l'entrée.

Ses cheveux dorés étaient réunis en une queue-de-cheval serrée. Une silhouette frêle et sale au crâne rasé se tenait à son côté : Ivy, la palmiste. Elle portait la tunique jaune, celle des « froussards ». Elle était déchirée à l'encolure, exposant son épaule osseuse à la morsure du froid. J'aperçus son marquage. XX-59-24. Le gouverneur fit un pas en avant ; je l'imitai. En nous apercevant, le gardien d'Ivy se fendit d'une profonde révérence.

— Ce cher concubin royal, déclara-t-il. Qu'est-ce qui t'amène à Port Meadow ?

Je crus tout d'abord qu'il s'adressait à moi. Je n'avais encore jamais entendu deux réph s'apostropher avec autant de dédain. Je me rendis alors compte qu'il fusillait le gouverneur du regard.

— Je suis ici pour éduquer mon humaine. (Mon gardien avait les yeux rivés sur la prairie.) Ouvre la porte, Thuban.

— Patience, concubin. Est-elle armée ?

Il parlait de moi.

— Non, affirma le gouverneur.

— Numéro ?

— XX-59-40.

— Âge ?

Il se tourna vers moi.

— Dix-neuf, répondis-je.

— Est-elle dotée ?

— Ces questions n'ont aucun intérêt, Thuban. Je n'apprécie pas d'être traité comme un enfant. Surtout *par* un enfant.

Thuban le toisa. À vue de nez, il devait aller sur ses trente ans, et n'avait donc rien d'un gamin. Aucun de leurs visages ne trahissait la moindre trace de colère ; les paroles suffisaient.

— Tu disposes de trois heures avant que Pleione n'arrive avec son troupeau. (Il poussa le battant sans ménagement.) Si 40 cherche à s'échapper, elle sera abattue à vue.

— Et si tu manques à nouveau de respect à tes aînés, tu seras séquestré à vue.

— La reine de sang ne le laisserait pas faire.

— Elle ne l'apprendrait pas forcément. Ce genre d'incident n'est pas très difficile à dissimuler. (Le gouverneur le dominait de toute sa hauteur.) Je ne redoute pas le nom de Sargas. Je suis le consort de sang, et j'entends exercer le pouvoir qui m'incombe. Ai-je été suffisamment clair, Thuban ?

Celui-ci leva ses yeux bleus furieux dans sa direction.

— Très clair, répondit-il dans un murmure, *consort*.

Le gouverneur ne s'attarda pas plus longtemps. Je ne savais que déduire de leur échange, mais j'étais secrètement heureuse d'entendre un Sargas se faire rabaisser verbalement. Alors que je franchissais le portail à la suite du gouverneur, Thuban gifla violemment Ivy. Sa tête partit brusquement de côté. Elle avait les yeux secs, mais le visage blême et tuméfié, et elle était encore plus maigre qu'auparavant. Un mélange de sang et de poussière lui maculait les bras. Elle baignait dans sa crasse. Elle me regarda exactement comme l'avait fait Seb, comme si son dernier espoir venait de s'effondrer.

Pour Seb, pour Ivy et pour ceux qui leur succéderaient, j'allais faire en sorte que cette séance d'entraînement ne soit pas vaine.

Port Meadow était vaste. Le gouverneur progressait à grandes enjambées, trop grandes pour que je parvienne à suivre la cadence. Je trottinais derrière lui, tentant d'estimer les dimensions de la prairie. Tâche délicate dans la lumière déclinante, mais je discernais toujours les horribles barrières de chaque côté, qui divisaient le terrain défoncé en plusieurs larges arènes. Celles-ci étaient délimitées par de longs câbles barbelés. Les poteaux étaient inclinés en leur sommet ; certains soutenaient de lourds tasseaux d'où pendaient des lanternes. Une tour de guet dominait la partie ouest, à l'intérieur de laquelle je distinguais une silhouette humaine – ou réphaïte.

Nous dépassâmes une étendue d'eau peu profonde. Sa surface gelée était aussi lisse qu'un miroir, idéale pour lorgner. À bien y réfléchir, tout ici semblait conçu pour les combats spirituels. Le sol était dur, l'air pur et frais – et les esprits abondaient. Je les sentais qui m'encerclaient. Je me demandai quel genre de clôture protégeait cette prairie. Avaient-ils découvert un moyen de piéger les esprits ?

Non. Les esprits pénétraient parfois dans le monde tangible, mais ils n'étaient pas sujets aux restrictions physiques. Seuls les dompteurs pouvaient les capturer. Leur ordre – le cinquième – savait ployer la frontière entre le monde charnel et l'éther.

— Les barrières ne sont pas chargées d'énergie électrique (le gouverneur m'avait vue les contempler), mais éthérée.

— Comment est-ce possible ?

— Grâce à des batteries éthérées. Un mélange d'expertise réphaïte et humaine, qui a vu le jour en 2045. Vos scientifiques travaillaient sur une technologie hybride depuis le début du XXe siècle. Nous avons simplement remplacé l'énergie chimique d'une batterie par un poltergeist captif, capable d'interagir avec le monde physique. Cela crée un champ de répulsion.

— Mais les poltergeists peuvent échapper à leurs entraves, déclarai-je. Comment avez-vous réussi à en capturer un ?

— Nous employons un volontaire, naturellement.

Je le considérai longuement. Les mots *poltergeist* et *volontaire* étaient aussi antinomiques que *guerre* et *paix*.

— Notre conseil a également permis l'invention du Fluxion 14 et de la Technologie de Détection Radiesthésique, renchérit-il, bien que cette dernière en soit encore au stade expérimental. Selon nos derniers rapports, il semblerait que Scion soit sur le point de la peaufiner.

Je serrai le poing. Bien sûr que les réphaïm étaient responsables de la TDR. Dani s'était toujours demandé comment une telle prouesse avait pu être accomplie.

Le gouverneur finit par s'immobiliser. Nous avions atteint une arène ovale en béton d'environ trois mètres de longueur et autant de hauteur. Un réverbère à gaz s'illumina non loin.

— Commençons, décida-t-il.

J'attendis.

Sans prévenir, il fit mine de m'envoyer un coup de poing au visage. Je l'esquivai. Je parai du bras son autre main.

— Encore.

Cette fois, ses gestes furent plus rapides, pour me forcer à me défendre plus vite et sous plusieurs angles. Je gardais les mains ouvertes pour mieux bloquer chaque assaut.

— Tu as appris à te battre dans la rue.

— Possible, admis-je.

— Encore. Essaie de m'arrêter.

Cette fois, il voulut m'attraper au col. Un tocard avait un jour essayé de m'attaquer ainsi. Je pivotai le buste vers la gauche et balançai le bras droit dans la même direction, écartant ses mains de ma gorge. Malgré toute sa force, il fut contraint de lâcher prise. Je ramenai alors brusquement le coude contre sa joue, chose qui avait propulsé mon agresseur d'antan dans le caniveau. Il me laissait gagner.

— Excellent. (Il recula d'un pas.) Rares sont les humains à débarquer ici déjà prêts à intégrer un bataillon pénitentiaire. Tu es largement en avance sur eux, mais tu n'auras pas la tâche aussi facile avec un émite. Ton principal atout reste ta faculté à agir sur l'éther.

J'avisai l'éclat argenté. Il tenait une lame à la main. Je bandai les muscles.

— D'après ce que j'ai pu constater, ton don semble amorcé par le danger. (Il me pointa son arme sur la poitrine.) Prouve-le.

Mon cœur s'emballa.

— Je ne sais pas comment faire.

— Je vois.

D'un mouvement de poignet, il plaqua le fil d'acier contre ma gorge. Une vague d'adrénaline déferla dans mes veines. Le gouverneur se pencha tout près de moi.

— Cette lame a l'habitude de faire couler du sang humain, m'apprit-il d'une voix calme. Du sang comme celui de ton ami Sebastian.

Je me mis à trembler.

— Elle en veut encore. (La lame me glissa sur la peau.) Elle n'a jamais goûté au sang d'une marcherêve.

— Je n'ai pas peur de vous. (Mon chevrotement trahit mon mensonge.) Ne me touchez pas.

Il ne s'en priva pourtant pas. La lame remonta sous mon menton, vint m'effleurer les lèvres. Je levai brusquement le poing pour écarter sa main. Il lâcha son arme, m'immobilisa les deux poignets dans un seul de ses battoirs, et me les cloua au mur. Il était doté d'une force incroyable. Je ne pouvais plus bouger un muscle.

— Je me pose une question. (Il ramassa son couteau et s'en servit pour me redresser le menton.) Si je t'ouvre la gorge, combien de temps durera ton agonie ?

— Vous ne feriez jamais ça, rétorquai-je d'un ton de défi.

— Oh, que si.

Je tentai de lui décocher un coup de genou dans l'entre-jambe, mais il m'immobilisa la cuisse. C'était ma jambe blessée, il n'eut aucun mal à y parvenir. Il me faisait paraître faible. Quand je libérai l'une de mes mains, il me tordit le bras dans le dos. Pas assez pour me faire mal, juste ce qu'il fallait pour m'immobiliser.

— Tu es sûre de perdre, comme ça, me murmura-t-il à l'oreille. Sers-toi de tes atouts.

Cette créature n'avait-elle donc pas de point faible ? Je passai en revue tous les points vulnérables sur un être humain : les yeux, les reins, le plexus solaire, le nez, l'aine... rien de tout ceci n'était à ma portée. J'allais devoir me libérer et me mettre à courir. Je mis tout mon poids vers le bas, glissai entre ses jambes et me relevai dans une roulade. Le temps qu'il fasse volte-face, je m'étais déjà élancée à travers la prairie. S'il voulait m'avoir, il allait devoir venir me chercher.

Je n'avais nulle part où me réfugier. Il gagnait du terrain. Me rappelant mes séances d'entraînement avec Nick, je changeai brusquement de direction. Je m'enfonçai dans les ténèbres, à l'opposé de la tour de guet. Une barrière telle que celle-ci devait avoir quelque défaut, une faille me permettant de m'y faufiler. Il me faudrait ensuite affronter Thurban. Il me restait toutefois mon esprit. Je pouvais le faire. *J'allais* le faire.

Pour une personne dotée d'une excellente acuité visuelle, je disposais en revanche d'un sens de l'orientation pitoyable. En moins d'une minute, j'étais perdue. Loin de notre ovale de béton et de ses lumières, j'étais bonne à errer maladroitement dans l'immensité de la prairie. Et le gouverneur était à mes trousses. Je courus vers un réverbère à gaz. Mon sixième sens frémit quand je m'approchai de la clôture. Une fois à deux mètres du but, j'étais toute nauséeuse ; tous mes membres étaient en coton, semblant pourtant peser une tonne.

Il fallait toutefois que j'essaie. Je me saisis du câble glacé.

Je ne peux décrire avec précision la sensation qui s'empara de mon corps. Ma vision devint noire, puis blanche, puis rouge. Ma peau se couvrit de chair de poule. Une centaine de souvenirs éclatèrent devant moi, des souvenirs d'un hurlement dans un champ de coquelicots ; et puis de nouveaux souvenirs également, ceux du poltergeist. La victime d'un meurtre. Une détonation assourdissante me fit trembler le squelette. J'eus un violent haut-le-cœur. Je m'écroulai par terre et me mis à vomir.

Je dus rester ainsi une bonne minute, harcelée par des taches de sang sur un tapis de couleur crème. Cette personne avait été tuée d'un coup de fusil. Son crâne avait explosé, répandant alentour des fragments d'os et de matière grise. Mes oreilles sifflaient. Quand je recouvrai mes sens, mon corps semblait manquer cruellement de coordination. Je rampai sur le sol, clignant les yeux pour chasser ces visions sanguinolentes. Une brûlure argentée me traversait la paume. La signature d'un poltergeist.

Quelque chose siffla au-dessus de mon oreille. Je levai les yeux et découvris une autre tour de guet, ainsi que le garde qui y était posté.

Une fléchette de flux.

Une seconde fendit l'air dans ma direction. Je me relevai maladroitement, bifurquai vers l'est et me remis à courir – tombant bientôt sur un nouveau mirador ; un nouveau coup de feu m'obligea à m'orienter plein sud. Dès que je vis l'ovale, je compris enfin qu'ils me forçaient à retourner vers le gouverneur.

La fléchette suivante m'atteignit néanmoins à l'épaule. La douleur fut instantanée et insupportable. J'arrachai le projectile du bout des doigts. Du sang jaillit de la blessure, et une nouvelle vague de nausée me balaya. J'avais été assez rapide pour empêcher que la drogue se répande – il lui fallait environ cinq secondes pour se propager dans l'organisme –, mais le message était clair : *Retourne dans l'arène, ou crève.* Le gouverneur m'y attendait.

— Content de te revoir.

J'épongeai la sueur qui me coulait sur le front.

— Je n'ai donc pas le droit de fuir.

— Non, confirma-t-il. À moins que tu veuilles que je t'affuble de la tunique jaune, que nous n'accordons qu'aux pleutres.

Je me ruai sur lui, aveuglée par la colère, et lui enfonçai l'épaule en plein abdomen. Étant donné sa taille, rien ne se produisit. Il se contenta de m'attraper par la tunique et de me balancer au loin. J'atterris douloureusement sur cette même épaule.

— Tu ne peux pas me vaincre à mains nues. (Il arpenta la lisière de l'arène.) Tu ne peux pas non plus fuir un émite. Tu es une *marcherêve,* fillette. Tu as un pouvoir de vie et de mort. Dévaste mon territoire des rêves. Fais-moi perdre la raison !

Une partie de moi prit le contrôle. Mon esprit franchit la distance qui nous séparait, lacéra la zone périphérique du sien tel un couteau tranchant dans de la soie. Je pénétrai dans la partie la plus sombre de son territoire des rêves, luttant contre des défenses d'une robustesse incroyable, visant la lointaine zone ensoleillée ; ce fut cependant loin d'être aussi immédiat que dans le métro. Le centre de son territoire des rêves était inaccessible, et j'étais déjà en train d'être expulsée. Tel un élastique trop tendu, je claquai subitement et retournai dans mon corps. Le poids de mon esprit me fit perdre l'équilibre. Ma tête heurta le béton.

Les réverbères à gaz réapparurent lentement. Je me redressai sur les coudes, les tempes palpitantes. Le gouverneur était toujours debout. Je n'étais pas parvenue à le mettre à genoux, comme je l'avais imposé à Aludra, mais j'avais touché à sa perception. Il se passa une main sur le visage en secouant la tête.

— Bien, dit-il. Très bien.

Je me levai avec peine, les jambes en compote.

— Vous essayez de me faire enrager, déclarai-je. Pourquoi ?

— Ça a l'air de plutôt bien fonctionner. (Il brandit de nouveau la lame vers moi.) Encore.

Je l'observai par en dessous, tout en tâchant de reprendre mon souffle.

— Encore ?

— Tu vaux mieux que ça. Tu as à peine effleuré mes défenses. Je veux que tu les entames.

— Je ne peux pas recommencer. (Des taches noires me dansaient devant les yeux.) Ça ne marche pas sur commande.

— Pourquoi pas ?

— Parce que ça m'empêche de respirer.

— Tu n'es jamais allée nager ?

— Quoi ?

— Un humain moyen peut retenir son souffle pendant au moins trente secondes sans endurer le moindre dommage. C'est plus qu'il ne t'en faut pour attaquer un autre esprit et retourner dans ton corps.

Je n'avais jamais envisagé la chose sous cet angle. Nick s'était toujours assuré que je sois sous assistance respiratoire quand je tâtais l'éther à distance.

— Imagine ton esprit comme un muscle, arraché à son emplacement naturel, reprit le gouverneur. Plus tu t'en sers, plus fort et plus rapide il deviendra, et mieux ton corps apprendra à encaisser le contrecoup. Tu pourras passer rapidement d'un territoire des rêves à l'autre, avant que ton corps touche le sol.

— Vous n'y connaissez rien, rétorquai-je.

— Toi non plus. Je soupçonne qu'avant l'épisode du métro, tu n'as jamais mis les pieds sur un autre territoire des rêves. (Il ne bougea pas sa lame.) Viens arpenter le mien. Je te mets au défi d'y parvenir.

Je scrutai son visage. Il m'invitait à entrer dans son esprit, à endommager sa santé mentale.

— Peu vous importe. Vous ne faites que m'entraîner, répliquai-je. (Nous tournions désormais l'un autour de l'autre.) Nashira vous a demandé de me choisir. Je sais ce qu'elle veut.

— Non. C'est moi qui t'ai choisie. J'ai réclamé le droit de prendre en charge ta formation. Et la dernière chose que je veux (il fit un pas vers moi), c'est bien que tu me fasses honte avec ton incompétence. (Ses yeux étaient affûtés comme des silex.) Attaque-moi encore. Et, cette fois, fais-le correctement.

— Non.

Je le prendrais au mot. Qu'il ait honte de moi, autant que mon père.

— Je ne vais pas me mettre en danger pour le plaisir de voir Nashira vous décerner un bon point.

— Tu veux me faire du mal, déclara-t-il d'un ton plus doux. Tu me hais. Tu m'abhorres. (Il brandit son couteau.) Détruis-moi.

Je ne réagis d'abord pas. Puis je me rappelai les heures passées à nettoyer sa plaie, les menaces qu'il avait proférées à mon égard. Je me souvins de la façon dont il avait regardé Seb mourir sans intervenir. Je propulsai mon esprit vers le sien.

Durant tout le temps que nous passâmes dans cette prairie, je parvins à peine à forcer son territoire des rêves. Même alors qu'il avait abaissé l'essentiel de ses défenses, je ne pus m'enfoncer plus loin que sa zone hadale. Son esprit était bien trop puissant. Et durant tout ce temps, il ne cessa de m'aiguillonner. Il me dit que j'étais faible, lamentable, une honte pour l'ensemble des clairvoyants. Qu'il ne fallait pas s'étonner si les humains n'étaient bons à rien d'autre qu'à être réduits en esclavage. Voulais-je réellement vivre en cage, tel un animal ? Il serait ravi de me rendre ce service. Dans un premier temps, ses provocations eurent l'effet escompté, mais, à mesure que la nuit avançait, ses insultes m'affectaient de moins en moins. Au final, elles n'étaient plus qu'à peine agaçantes, ne suffisant plus à pousser mon esprit à jaillir.

Il profita de cette faiblesse passagère pour me lancer un couteau dessus. Il visa assez loin de moi, mais la seule vue de cette lame fendant l'air dans ma direction suffit à libérer mon esprit. Chaque fois que ce dernier m'échappait, mon corps s'affaissait. Et si mon pied avait le malheur de glisser hors de l'ovale, une fléchette de flux sifflait vers moi. J'appris bientôt à anticiper ce bruit et à me baisser avant que le projectile fasse mouche.

Je parvins à effectuer cinq ou six bonds hors de mon corps. Chaque fois, j'avais l'impression qu'on me fendait le crâne en deux. Je n'en pus bientôt plus. Ma vision se dédoubla et une violente migraine se mit à me tirailler au-dessus de l'œil gauche. J'étais pliée en deux, en quête d'oxygène. *Ne montre pas ta faiblesse. Ne montre pas ta faiblesse.* Mes genoux allaient lâcher.

Le gouverneur s'accroupit devant moi et me passa un bras autour de la taille. J'essayai de le repousser, mais je ne contrôlais plus mes membres.

— Arrête, me dit-il. Arrête de résister.

Il me souleva dans ses bras. Je n'avais encore jamais tenté une telle rafale de bonds ; j'ignorais si mon cerveau les supporterait. L'arrière de mes globes oculaires m'élançait. Je n'arrivais plus à regarder la lanterne.

— Tu t'es bien battue, déclara-t-il en m'observant. Mais tu peux faire beaucoup mieux.

Je fus incapable de répondre.

— Paige ?

— Je vais bien, affirmai-je d'une voix mal articulée.

Il sembla me croire sur parole. Sans me lâcher, il se dirigea vers le portail.

Après quelques mètres, il me reposa au sol. Nous retournâmes en silence jusqu'au sas d'entrée, que Thuban avait déserté. Ivy était assise contre la barrière, le visage dans les mains, les épaules tremblantes. Quand nous approchâmes de la clôture, elle se leva et tira le verrou.

— Merci, Ivy.

Elle dressa la tête. Elle avait des larmes plein les yeux. Depuis quand n'avait-elle pas été appelée par son véritable nom ?

Le gouverneur resta silencieux tandis que nous traversions la ville fantôme. Je dormais à moitié. Nick m'aurait forcée à m'allonger pendant des heures s'il avait été là, et il m'aurait rabrouée d'avoir fourni autant d'efforts.

Le gouverneur attendit que nous ayons dépassé la maison amaurotique pour reprendre la parole :

— Est-ce que tu essaies souvent de palper l'éther à distance ?

— Ce ne sont pas vos affaires.

— Tes yeux évoquent la mort. Une mort glaciale. (Il pivota pour me faire face.) C'est étrange, tant ils brûlent quand tu es en colère.

— Les vôtres aussi changent d'aspect.

— Comment cela se fait-il, selon toi ?

— Je ne sais pas. Je ne sais rien de vous.

— Ce n'est pas faux. (Il m'étudia des pieds à la tête.) Montre-moi ta main.

Après une brève hésitation, je lui tendis la main droite. Ma brûlure avait adopté un horrible aspect nacré. Il sortit une minuscule fiole de sa poche, la renversa sur son doigt ganté et en étala le contenu sur la marque. Celle-ci s'évapora sous mes yeux ébahis, ne laissant pas la moindre trace. Je retirai ma main.

— Comment avez-vous fait ça ?

— Cela s'appelle de l'amarante. (Il rangea sa fiole, puis m'observa à nouveau.) Dis-moi, Paige : as-tu peur de l'éther ?

— Non, répondis-je.

Ma paume me picotait.

— Pourquoi pas ?

J'avais menti. L'éther me terrifiait. Quand je poussais trop loin mon sixième sens, je jouais avec la mort, ou au moins avec de sérieux dommages cérébraux. Jax m'avait prévenue d'entrée de jeu que, si je travaillais pour lui, je réduirais mon espérance de vie d'une trentaine d'années environ, peut-être plus. Tout était question de chance.

— Parce que l'éther est parfait, affirmai-je. Il n'y a pas de guerre ni de mort, car tout y est déjà mort. Il n'y a pas d'autre bruit que le silence. Et c'est un endroit très sûr.

— Rien n'est sûr, dans l'éther. Et même l'éther n'est pas exempt de guerres ni de morts.

Je considérai son profil tandis qu'il regardait le firmament d'encre. Son souffle ne formait pas de nuage de vapeur, contrairement au mien. Pourtant, l'espace d'un instant, d'une fraction de seconde, son visage eut quelque chose d'humain. Un air pensif, presque amer. Puis il pivota de nouveau vers moi et cet éclat d'humanité disparut.

Quelque chose clochait devant la Bauge. Un groupe de vestes rouges était accroupi sur les pavés à chuchoter rapidement, sous l'œil inquisiteur de harlies silencieux. Je me tournai vers le gouverneur pour voir si cela l'inquiétait. Si oui, il n'en montrait rien. Il avança droit vers l'attroupement, causant le repli de la plupart des artistes présents.

— Qu'y a-t-il ?

L'une des vestes rouges leva la tête, vit qui avait parlé et la rabaissa aussitôt. Sa tunique était maculée de boue.

— Nous étions dans les bois, commença-t-il d'une voix rauque. Nous nous sommes perdus. Les émim... ils ont...

Le gouverneur le fit taire en l'attrapant par l'avant-bras.

Les vestes rouges étaient réunies autour d'un garçon d'environ seize ans. Il lui manquait la main droite. Sa tunique n'était pas la seule à être écarlate. Je serrai les dents. Sa main avait été brisée et arrachée, comme prise dans une machine. Le gouverneur analysa la scène sans la moindre émotion.

— Vous dites vous être perdus. Quel gardien vous accompagnait ?

— L'héritier de sang.

Le gouverneur se tourna vers la rue.

— J'aurais dû m'en douter.

J'étudiai son dos tourné. Il restait debout, sans bouger. La veste rouge tremblait de façon incontrôlable, le visage inondé de sueur. Le pauvre garçon allait mourir si personne n'arrêtait l'hémorragie ; il fallait au moins le recouvrir. Arcturus fit volte-face.

— Emmenez-le à Oriel, ordonna le gouverneur en pivotant vers eux. Que Terebell s'occupe de lui. Puis retournez dans vos résidences. Les amaurotiques s'occuperont de vos blessures.

Je scrutai son visage, en quête de quelque émotion. Je n'en trouvai aucune. Il s'en fichait. Je me demandais bien pourquoi je continuais à espérer.

Les vestes rouges soulevèrent leur compagnon et s'éloignèrent en chancelant dans une ruelle, laissant dans leur sillage une piste de sang.

— Il doit aller à l'hôpital, m'entendis-je dire. Vous ne savez pas à quel point...

— On va s'occuper de lui.

Puis il se tut, et son regard se durcit. J'en déduisis que j'avais dépassé les bornes.

Je n'arrivais toujours pas à savoir où exactement se situait la limite. Le gouverneur ne m'avait jamais battue. Il me laissait dormir. Il m'avait appelée par mon véritable nom quand nous n'étions que tous les deux. Il m'avait même laissée attaquer son esprit, s'était rendu vulnérable au mien – tout en sachant que je pouvais faire voler sa raison en éclats. Je ne comprenais pas pourquoi il avait couru un tel risque. Même Nick se méfiait de mon don. (*Considère ça comme un respect salutaire,* sötnos.)

Tandis que nous retournions vers notre résidence, je me détachai les cheveux. Je faillis bondir à nouveau hors de mon corps lorsque d'autres mains que les miennes prirent le relais et déployèrent mes boucles humides autour de mes épaules.

— Ah, XX-40, quel plaisir de te revoir.

La voix était teintée d'amusement. Et relativement haut perchée pour un homme.

— Je dois vous féliciter, gouverneur. Elle est encore plus ravissante en tunique.

Je me retournai pour observer celui qui avait parlé. Je le reconnus sans peine.

Il s'agissait d'un médium, celui qui m'avait poursuivie sur les toits en I-5, sauf qu'il n'avait cette fois pas son pistolet à flux avec lui. Il portait un étrange uniforme aux couleurs de Scion. Même son visage respectait le code couleur : bouche rouge, sourcils noirs, la peau blanchie à l'oxyde de zinc. Il devait aller sur ses quarante ans et était armé d'un lourd fouet de cuir. J'étais sûre d'y distinguer quelques traces de sang. Il devait s'agir du Superviseur, celui qui tenait les harlies à l'œil. Derrière lui se tenait l'oracle de la première nuit. Ses prunelles étaient déconcertantes : l'une était sombre et perçante, l'autre d'un léger vert noisette. Sa tunique était de la même couleur que la mienne.

Le gouverneur les observa tour à tour.

— Qu'est-ce que tu veux, Superviseur ?

— Pardonnez-moi de vous déranger, je désirais simplement revoir la rêveuse. J'ai suivi ses progrès avec grand intérêt.

— Ce n'est pas une artiste. Ses progrès ne sont pas faits pour amuser la galerie.

— J'en ai conscience. Mais elle reste charmante à voir. (Il me décocha un sourire.) Permets-moi de te souhaiter personnellement la bienvenue à Sheol I. Je suis Beltrame, le Superviseur. J'espère que ma fléchette de flux ne t'a pas laissé de cicatrice ?

Je ne pus m'empêcher de démarrer au quart de tour.

— Si vous avez fait du mal à mon père…

— Je ne t'ai pas donné l'autorisation de parler, XX-40.

Le gouverneur me fit taire d'un regard. Le Superviseur ricana en me tapotant la joue. Je m'écartai brusquement de lui.

— Allons, allons. Ton père est sain et sauf. (Il traça un petit x sur sa poitrine.) Croix de bois, croix de fer.

J'aurais dû m'en sentir soulagée, pourtant je n'éprouvais que de la colère. Le gouverneur se tourna vers l'oracle.

— Qui est-il ?

— Voici XX-59-12. (Le Superviseur lui posa la main sur l'épaule.) Un serviteur particulièrement dévoué à Pleione. Il a fait preuve d'une réussite exceptionnelle au cours de ces dernières semaines.

— Je vois. (Le gouverneur tâcha de jauger son aura.) Tu es oracle, c'est ça ?

— Oui, gouverneur, répondit 12 avec une révérence.

— La reine de sang doit être ravie de tes progrès. Nous n'avons plus eu d'oracle depuis la Saison d'Os XVI.

— J'espère être bien vite à son service, gouverneur.

Il s'exprimait avec un léger accent du nord.

— Et tu vas y arriver, 12. Tu te débrouilleras très bien contre ton émite, à mon avis. 12 est sur le point de passer son deuxième examen, expliqua le Superviseur. Nous étions justement en train de rallier Merton pour rejoindre le reste de son bataillon. Pleione et Alsafi vont le diriger.

— Les Sualocin sont-ils au courant pour la veste rouge blessée ? s'enquit le gouverneur.

— Oui. Ils traquent précisément l'émite qui l'a mordue.

Arcturus sourcilla légèrement.

— Alors bon courage dans cette entreprise, 12, déclara-t-il.

L'intéressé s'inclina de nouveau.

— Je vous ai toutefois interrompu pour une autre raison, ajouta alors le Superviseur. Je souhaiterais également convier la marcherêve. Si vous le permettez.

Le gouverneur se posta face à lui. Le Superviseur prit son silence pour une invitation à poursuivre.

— Nous organisons une célébration exceptionnelle en l'honneur de cette Saison d'Os, XX-40. La *vingtième*. (Il fit un geste de la main en direction de la Bauge.) Avec nos meilleurs artistes.

Un véritable festival pour les sens. Une saturnale de musique et de danse pour mettre en valeur nos garçons et nos filles.

— Tu parles du Bicentenaire, clarifia le gouverneur.

C'était la première fois que j'entendais ce terme.

— Précisément. (Le Superviseur sourit.) La cérémonie durant laquelle la grande loi territoriale sera ratifiée.

Cela n'augurait rien de bon. Avant d'avoir pu en entendre plus, je fus aveuglée par une vision.

En tant qu'oracle, Nick pouvait transmettre des images silencieuses à travers l'éther. Il les appelait *khrēsmoi*, un mot grec. Comme je n'arrivais pas à le prononcer, je lui préférais le terme *instantanés*. 12 possédait le même don. J'aperçus une horloge, avec les deux aiguilles sur le douze, suivie de quatre piliers et d'une volée de marches. Un instant plus tard, je fermai les yeux et les images disparurent. En rouvrant les paupières, je les vis qui m'observaient.

Tout cela s'était déroulé en une seconde à peine.

— Je suis au courant pour la loi, rétorqua le gouverneur. Viens-en au fait, Superviseur. 40 est épuisée.

Beltrame ne s'offusqua pas du ton employé. Il devait avoir l'habitude d'être détesté. Il m'adressa au contraire un sourire doucereux.

— Je voudrais proposer à 40 de se joindre à notre démonstration pour le Bicentenaire. J'ai été impressionné par sa force et son agilité, le soir où je l'ai capturée. Je serais honoré d'en faire mon artiste principale, avec XIX-49-1 et XIX-49-8.

J'étais sur le point de refuser si violemment que cela m'aurait sans doute valu un sévère châtiment, mais le gouverneur ne m'en laissa pas le temps.

— En tant que gardien, je l'interdis.

Je levai les yeux vers lui.

— Elle n'est pas une artiste, et à moins qu'elle n'échoue à ses examens avant le Bicentenaire, elle restera sous ma supervision.

(Le gouverneur toisa le Superviseur de toute sa hauteur.) 40 est une marcherêve. La marcherêve que *tu* as été chargé de ramener dans cette colonie. Je ne la laisserai pas défiler devant les émissaires de Scion comme une vulgaire diseuse. C'est une tâche destinée à *tes* humains. Pas aux miens.

Le Superviseur ne souriait plus du tout.

— Très bien. (Il se fendit d'une révérence, sans un coup d'œil à mon intention.) Viens, 12. Ton défi t'attend.

12 coula un regard vers moi, en dressant un sourcil interrogateur. Je hochai la tête. Il tourna les talons et emboîta le pas au Superviseur, qui se dirigeait vers la Bauge à une allure soutenue.

Le gouverneur me scruta avec intensité.

— Tu connais cet oracle ?

— Non.

— Il ne t'a pas quittée des yeux un seul instant.

— Pardonnez-moi, *maître*, mais n'ai-je pas l'autorisation de m'entretenir avec d'autres humains ?

Il m'observa plus longuement. Je me demandai si les réph comprenaient le concept de sarcasme.

— Si, finit-il par répondre. Tu en as le droit.

Puis il repartit sans rien ajouter.

11

Des larmes versées

Je ne dormis pas bien. J'avais trop mal à la tête, une douleur qui palpitait dans ma tempe gauche. Je restai donc allongée à contempler la bougie se consumer jusqu'au bout.

Le gouverneur ne m'avait pas directement envoyée dans ma chambre. Il m'avait proposé un peu d'eau et de nourriture, que j'avais acceptées tant j'étais déshydratée. Puis il s'était installé près du feu, plongeant son regard dans les flammes. J'avais patienté dix bonnes minutes avant de lui demander si je pouvais me retirer, question à laquelle il avait répondu par un brusque assentiment.

Il faisait froid, à l'étage. Les vitres étaient fines comme du papier, et le toit fuyait. Je m'emmitouflai dans les draps fins en grelottant. Après de longues minutes, je finis par m'assoupir. Les mots du gouverneur résonnaient encore dans mon esprit – que mes yeux lui évoquaient une mort glaciale. Les images de XX-12 refaisaient surface très régulièrement, toujours imprimées sur mon territoire des rêves. J'avais déjà vu des instantanés d'oracle par le passé. Nick m'avait une fois montrée en train de tomber d'un toit et de me briser la cheville, chose qui m'était arrivée la semaine suivante. Je n'avais plus jamais remis en question ses prédictions météo.

XX-12 m'avait intimé de le retrouver à minuit. Je ne voyais aucune raison de ne pas me rendre au rendez-vous.

Quand je me réveillai, l'horloge indiquait onze heures. Je me lavai et m'habillai avant de descendre dans la chambre du gouverneur. La pièce était parfaitement silencieuse. Les rideaux étaient restés ouverts, laissant filtrer la lumière de la lune. Pour la première fois depuis plusieurs jours, je trouvai l'un de ses mots sur le bureau.

Découvre tout ce que tu peux sur les émim.

Un frisson glacial me fit frémir. Si je devais effectuer des recherches sur les ronfleurs, cela signifiait que j'étais destinée à les affronter. Cela m'autorisait également à aller retrouver 12. D'une certaine façon, j'obéirais même à mes ordres. 12 venait de passer son deuxième examen. Je me demandais ce qu'il aurait vu pendant la nuit. Et, à condition qu'il ne se soit pas fait dévorer, je recueillerais enfin des informations de première main sur les émim.

Peu avant minuit, je descendis les marches après avoir bien refermé la porte. Il était temps de faire mes devoirs.

Je passai devant la concierge de nuit. Elle ne me salua pas. Quand je lui réclamai davantage de numa, elle m'en donna, mais sans jamais me regarder en face. Elle m'en voulait encore, depuis l'incident de la sirène.

Il faisait frais dehors, et un brouillard humide pesait sur la cité. Je me dirigeai vers la Bauge et me payai un petit-déjeuner frugal : du bouillon dans un gobelet en carton. En échange, je me départis de quelques aiguilles et bagues. Après m'être forcée à boire une ou deux gorgées, je m'orientai vers le bâtiment que les harlies surnommaient le Hawksmoor, du nom de son architecte : la grande sentinelle de pierre de la bibliothèque et sa cour.

12 m'attendait derrière l'une des colonnes, vêtu d'une tunique rouge toute neuve. Il avait une coupure sur la joue. Quand il découvrit mon bouillon, il haussa un sourcil.

— Tu bouffes ce genre de truc ?

J'en avalai une gorgée.

— Pourquoi, qu'est-ce que tu manges, toi ?

— Ce que mon gardien me sert.

— Nous ne sommes pas tous des arracheurs d'os. Félicitations, d'ailleurs.

Il me tendit une main, que je serrai.

— David.

— Paige.

— Paige.

Son œil sombre étudia mon visage. L'autre semblait dans le vague.

— Si tu n'as rien de mieux à faire, je pensais te proposer une promenade, me dit-il.

— Comme à un chien ?

Il rit sans remuer les lèvres.

— Par ici, m'indiqua-t-il. Si quelqu'un nous apostrophe, je t'emmène en interrogatoire à propos de l'incident.

Nous enfilâmes une étroite ruelle en direction de la résidence du Suzerain. David mesurait environ cinq centimètres de plus que moi, et avait de longs bras et un torse épais. Contrairement aux harlies, il ne mourait manifestement pas de faim.

— C'est un peu risqué, non ? hasardai-je.

— De quoi ?

— De me parler. Tu es une veste rouge, à présent.

Il sourit.

— Je ne pensais pas que tu te laisserais avoir si facilement. Tu tombes déjà dans leur panneau, pas vrai ?

— De quoi tu parles ?

— De la ségrégation, 40. Tu constates que je suis une veste rouge et estimes que je ne devrais pas te parler. C'est ton gardien qui t'a enseigné ça ?

— Non. Ainsi vont les choses, c'est tout.

— Et voilà. C'est tout l'intérêt de cet endroit : de nous laver le cerveau. De nous faire nous sentir inférieurs. Pourquoi penses-tu qu'ils enferment des gens dans la Tour pendant des années ? (Comme je ne répondais pas, il secoua la tête.) Allons, 40. La torture, l'isolement, les journées sans nourriture. Après ça, même un endroit comme celui-ci ressemble à un petit paradis. (Il marquait un point.) Si tu entendais le Superviseur... Il trouve que les réph devraient nous diriger, constituer notre nouvelle monarchie.

— Qu'est-ce qui lui fait dire ça ?

— Il est complètement endoctriné.

— Depuis combien de temps est-il ici ?

— Seulement depuis la Saison XIX, à ce que j'ai compris, mais il se comporte en bon petit chien. Il essaie de dénicher les meilleurs voyants de la pègre.

— C'est donc leur fournisseur.

— Mais il n'est pas très doué. Nashira en veut un autre. Un qui soit capable de percevoir l'éther à un niveau supérieur.

J'allais l'encourager à m'en dire plus, mais je m'interrompis. À travers le fin brouillard, je découvris un grand bâtiment circulaire couvert d'un vaste dôme. Il reposait au cœur d'une impressionnante place, juste en face de la résidence du Suzerain. Une faible lueur ambrée filtrait à travers ses fenêtres.

— Qu'est-ce que c'est ?

— Les harlies l'appellent la Chambre. J'ai essayé de découvrir à quoi elle sert, mais personne ne semble prompt à en parler. Les humains n'ont pas le droit d'y pénétrer.

Il reprit sa route sans même accorder un regard à la construction. Je trottinai pour le rattraper.

— Tu m'as dit qu'il essayait de débaucher des voyants de l'organisation. Pourquoi ?

— Tu poses trop de questions, 40.

— Je croyais que c'était le but de notre rendez-vous.

— Peut-être. Ou alors, c'est juste que tu me plais. Voilà, on est arrivés.

Notre destination était apparemment une vieille église. Elle avait autrefois dû être magnifique, mais elle tombait désormais en ruine. Les vitres n'avaient plus de carreaux, le clocher était squelettique et des chevrons de bois bloquaient l'entrée sud. J'arquai un sourcil.

— Tu es sûr que c'est une bonne idée ?

— Je l'ai déjà fait. En outre (il se pencha pour passer sous l'une des poutres), d'après ce que m'a dit le Superviseur, tu as l'habitude des constructions branlantes. (Il jeta un coup d'œil par-dessus son épaule.) Vite, le Gardien gris.

Je me faufilai à sa suite. Juste à temps : Graffias dépassa l'entrée, talonné de près par trois amaurotiques sous-alimentés. Je suivis David à l'intérieur. Un pan entier de plafond s'était effondré. Une partie de la charpente et des blocs de béton avaient écrabouillé les bancs, et des débris de verre jonchaient le sol. Je me frayai un passage à travers les décombres.

— Qu'est-ce qui s'est passé, ici ?

David ne répondit pas.

— Il y a cent vingt-quatre marches jusqu'au sommet. Tu es prête ?

Il s'élança sans me laisser le temps de répondre. Je le suivis dans l'escalier.

J'avais l'habitude de ce genre d'exercice. J'avais escaladé des centaines de bâtiments dans la cohorte I. La plupart des degrés étaient encore intacts, et nous atteignîmes le dernier en un rien de temps. Un vent puissant se prit dans mes cheveux, les écartant de mon visage. Il régnait ici une forte odeur de fumée. David s'accouda à la balustrade en pierre.

— J'aime bien cet endroit. (Il tira de sa manche un rouleau de papier blanc et craqua une allumette pour l'embraser.) On domine tout.

Nous nous trouvions sur un balcon, au pied des vestiges du clocher. Une partie du parapet avait disparu, comme un nouvel avertissement sur la vétusté de la bâtisse. J'observai les étoiles.

— Tu as passé ton deuxième examen, dis-je. Si tu veux bien en parler, j'aimerais en savoir plus sur les émim.

Il ferma les yeux et recracha sa fumée. Il avait les doigts jaunis.

— Qu'est-ce que tu veux savoir, exactement ?

— Ce qu'ils sont.

— Aucune idée.

— Tu dois bien en avoir vu un.

— Pas vraiment. Les bois sont sombres. Je sais qu'il ressemblait à un humain – en tout cas, il avait une tête, des bras et des jambes –, mais qu'il se déplaçait comme un animal. Et qu'il puait la fosse d'aisances. Et qu'il faisait le même bruit.

— Comment peut-on faire le même bruit qu'une fosse d'aisances ?

— Les mouches qui la survolent, 40. Bzzzz.

Les ronfleurs.

— Et son aura ? poursuivis-je. Est-ce qu'il en avait une ?

— Pas que je sache. On aurait plutôt dit qu'il provoquait des effondrements dans l'éther. Comme s'il y avait un trou noir autour de son territoire des rêves.

Voilà le genre d'adversaire que je n'avais aucune envie d'affronter. Je regardai la ville en contrebas.

— Tu l'as tué ?

— J'ai essayé. (En découvrant mon expression, il tapota son rouleau.) Ils nous ont envoyés là-bas en nombre. Que des vestes roses. Deux groupes entiers. Deux rouges nous accompagnaient, 30 et 25. Ils nous ont donné un couteau à chacun et nous ont dit de traquer le ronfleur en suivant toutes les pistes que l'on pouvait trouver. 30 nous a directement informés que les couteaux n'étaient là que pour nous rassurer. La meilleure façon de repérer cette créature était de se servir de l'éther.

» L'un des roses était rhabdomancien, on s'est donc fabriqué des baguettes. 30 nous a donné une bouteille remplie du sang du type qui s'est fait bouffer la main – on pouvait donc s'en servir comme quéreur. On a imbibé les baguettes de son sang, et le rhabdo les a lancées. Elles nous ont toutes désigné l'ouest. On a continué comme ça, à changer de direction au gré de nos morceaux de bois. Bien sûr, le ronfleur se déplaçait en même temps que nous, donc ça ne menait nulle part. 21 a suggéré de l'attirer vers nous. On a allumé un feu et commencé une séance, en appelant aux esprits de la forêt.

— Il y en a beaucoup ?

— Ouais. Tous les idiots qui ont tenté de s'enfuir par le champ de mines, à en croire les rouges.

Je réprimai un frisson.

— On est restés assis pendant quelques minutes. Les esprits ont disparu. On a entendu des bruits. Des mouches se sont mises à sortir des bois, à me ramper sur les bras. C'est alors que cette chose est apparue de nulle part – un truc immense, démesuré. Deux secondes plus tard, il avait la bouche pleine des cheveux de 19. Il a failli la scalper au passage, précisa-t-il. Elle s'est mise à hurler, et ça a perturbé la créature. Elle a arraché une bouchée de cheveux et s'en est prise à 1.

— Carl ?

— Je ne connais pas les noms. En tout cas, il s'est mis à hurler comme un porcelet et à lui balancer des coups de couteau. Sans résultat. (Il examina l'extrémité rougeoyante de son rouleau.) Le feu était presque éteint, mais je voyais encore le ronfleur. J'ai essayé de lui imposer une image. J'ai pensé à une lumière blanche, que j'ai tenté de plaquer sur son territoire des rêves pour l'aveugler. D'un coup, j'ai eu l'impression qu'on me passait la tête au mixeur, et c'était comme s'il y avait eu une marée noire dans l'éther. Tout était sombre et mort. Tous les esprits du coin essayaient de fuir ce bordel. 20 et 14 ont pris tous les deux leurs jambes à leur cou. 30 les a traités de vestes jaunes, mais ils étaient trop terrifiés pour revenir. 10 a lancé un couteau. C'est 5 qui est tombé. Le ronfleur s'est rué sur lui en moins de deux secondes. Le feu s'est éteint, et il faisait un noir d'encre. 5 s'est mis à appeler à l'aide.

» Tout le monde était aveugle, désormais. Je me suis servi de l'éther pour repérer cette créature. 5 était en train de se faire dévorer. Il était déjà mort. J'ai attrapé la chose par le cou pour l'arracher à 5, et j'ai senti cette chair morte et humide se désagréger sous mes doigts. La bestiole s'est tournée vers moi. Malgré l'obscurité, j'ai vu ses yeux blancs qui m'observaient. La seconde suivante, je me suis senti voler dans l'air, en train de saigner comme un cochon.

Il tira sur le col de sa tunique et retira un pansement ; celui-ci dissimulait quatre profondes balafres. La peau tout autour était d'un gris laiteux et injectée de sang.

— On dirait des plaies de poltergeist, constatai-je.

— Aucune idée. (Il remit le bandage en place.) Je ne pouvais plus bouger. La chose a couru vers moi, m'aspergeant de sang. 10, qui essayait de sauver 5, s'est relevé. Il avait un ange gardien, le seul esprit qui n'avait pas fui les lieux. Il l'a jeté sur le ronfleur. Au même instant, j'ai envoyé une nouvelle image dans son territoire des rêves. La bête s'est mise à hurler. À hurler vraiment. Puis elle s'est éloignée à quatre pattes en faisant un bruit horrible, emportant avec elle un morceau de 5. Pendant ce temps, 21 a jeté sur le ronfleur une branche qu'il avait enflammée. Il y a eu une terrible odeur de viande grillée. Puis je me suis évanoui. Et je me suis réveillé à Oriel, couvert de pansements.

— Et ils vous ont donné à tous une tunique rouge.

— Pas à 20 et 14. Eux, ils ont hérité du jaune. Et ils ont dû aller ramasser les restes de 5.

Nous restâmes silencieux pendant quelques minutes. Je n'arrivais pas à songer à autre chose qu'à 5, dévoré dans les bois. Je ne connaissais pas son véritable nom, mais j'espérais que quelqu'un avait prononcé la mélopée. Quelle mort affreuse...

Je me remis à observer le décor. Je distinguais au loin un petit point lumineux, pas plus gros qu'une flamme de bougie vu d'ici.

— Qu'est-ce que c'est ?

— Un feu de joie.

— Pour faire quoi ?

— Brûler des cadavres de ronfleurs. Ou d'humains, selon qui a gagné. (Il jeta son rouleau dans le vide.) Je crois qu'ils récupèrent les os pour une sorte d'augure.

Des cendres me flottèrent devant les yeux tandis qu'il disait cela. Un flocon grisâtre m'atterrit sur le doigt. Les augures entraient en contact avec l'éther grâce à des signaux du monde naturel : le corps, la nature, les éléments. L'un des ordres les plus bas, selon Jaxon.

— Peut-être que le feu les attire, suggérai-je. Après tout, ils prétendent bien que la cité agit comme un phare.

— Un phare *éthéré,* 40. Des tas de voyants, d'esprits et de réph réunis. Pense au fonctionnement de l'éther.

— Mais punaise, comment tu fais pour en savoir autant ? (Je pivotai vers lui.) Tu n'es pas issu du milieu. Alors qui es-tu ?

— Un crypto. Comme toi.

Je me tus, serrant les dents.

— Tu as d'autres questions, reprit-il après une courte pause. Tu es sûre de vouloir les poser ?

— Ne commence pas.

— Commencer quoi ?

— À me dire ce que je veux savoir ou pas. Je veux des réponses. (À chaque mot, mon débit s'accélérait.) Je veux tout savoir de l'endroit dans lequel je suis censée vivre jusqu'à la fin de mes jours. C'est si compliqué à comprendre ?

Nous nous penchâmes par-dessus la balustrade pour considérer la Chambre. Je m'efforçai de ne pas mettre trop de poids sur la pierre, craignant qu'elle ne s'écroule.

— Alors, je peux te poser mes questions ?

— Ce n'est pas un jeu, 40. Ça ne m'amuse pas. Je t'ai amenée ici pour voir si tu étais véritablement une marcherêve.

— En chair et en os, affirmai-je.

— Pas toujours, apparemment. À ce que j'ai cru comprendre, il t'arrive de bondir hors de la chair. (Il me considéra de pied en cap.) Ils t'ont trouvée dans la cohorte centrale. Au centre névralgique de la pègre. Tu as dû faire preuve de négligence.

— Pas du tout. De malchance, juste. (Je le fusillai du regard.) Qu'est-ce qu'ils ont, avec la pègre ?

— L'organisation a simplement tendance à s'approprier les meilleurs voyants. Elle abrite tous les dompteurs, les marcherêves et les oracles – tous les ordres supérieurs, ceux que Nashira rêve de voir rejoindre sa colonie. Voilà ce qui les dérange. C'est pour ça qu'ils s'apprêtent à ratifier cette nouvelle loi.

— Qu'est-ce qu'elle raconte ?

— Nashira peine à recruter des voyants de qualité acceptable. Tous sont protégés par des gangs. Tant qu'ils n'auront pas trouvé le moyen de se débarrasser des seigneurs-mimes de

Londres, ils n'auront d'autre choix que de s'étendre pour en trouver de meilleurs. La loi prévoit la création d'un Sheol II d'ici deux ans, dont la citadelle de recrutement sera Scion-Paris. (Il laissa courir son doigt sur ses blessures.) Et qui va les arrêter, si les émim nous tombent dessus ?

Un sentiment étrange m'envahit.

Nashira considérait la pègre comme une menace. Cela me surprenait. Je savais que les seigneurs-mimes étaient une bande d'égocentriques indignes de confiance – ceux du centre, du moins. L'Assemblée des Anormaux ne s'était plus réunie depuis des années. Les seigneurs-mimes s'étaient octroyé le droit d'agir comme il leur plaisait sur leur territoire, étant donné qu'Hector était trop occupé à s'adonner à la débauche et au jeu pour les gouverner. Pourtant, loin de Sheol I, les souverains de sang des réphaïm redoutaient la cohue des anarchistes.

— Tu es l'un de leurs fidèles partisans, désormais. (Je lorgnai dédaigneusement sa tunique rouge.) Tu vas les aider ?

— Je ne suis pas si fidèle, 40. Je fais juste semblant de l'être. (Il m'étudia.) Tu as déjà vu un réph saigner ?

Je ne sus que répondre.

— Leur sang s'appelle de l'ectoplasme. C'est l'obsession ultime de Fourgueur. Les réph sont un peu comme de l'éther incarné. Leur sang est de l'éther liquide. Quand tu vois l'ectoplasme, tu vois l'éther ; quand tu le bois, tu deviens l'éther. Comme eux.

— Mais dans ce cas, les amaurotiques pourraient se servir de l'éther, non ? Il leur suffirait de toucher un peu d'ectoplasme.

— Exactement. Pour les pourris, en théorie, l'ecto fonctionne comme une sorte d'aura de substitution. Très éphémère, bien sûr. Les effets secondaires ne durent qu'une quinzaine de minutes. Pourtant, moyennant quelques recherches, je suis prêt à parier qu'il y aura d'ici peu des pilules de « clairvoyance instantanée ». (Il se retourna vers la ville.) Ça arrivera un jour ou l'autre, 40. C'est nous qui conduirons des expériences sur ces salopards, et plus l'inverse.

Les réph avaient commis une grave erreur en faisant de cet homme une veste rouge. Sa haine à leur égard ne faisait pas le moindre doute.

— Dernière question, me dit David.

— D'accord. (Je marquai une pause, puis songeai aux propos de Liss.) Qu'est-ce que tu sais de la Saison d'Os XVIII ?

— Je me demandais si tu m'interrogerais à ce sujet. (Il repoussa un chevron, dévoilant une fenêtre brisée.) Viens, je vais te montrer.

Je le suivis par l'ouverture.

La pièce était saturée d'esprits. J'aurais aimé pouvoir les compter ; ils devaient être huit ou neuf. L'air sentait l'humidité mêlée à l'odeur nauséabonde de fleurs pourries. Un petit autel avait été érigé dans un coin. L'ovale approximatif de métal était entouré de modestes offrandes : des bouts de bougie, des bâtons d'encens brisés, un brin de thym flétri, des étiquettes portant des noms. Au milieu de l'ensemble se trouvait un petit bouquet de boutons-d'or et de lis. C'était de ces derniers qu'émanait l'odeur. Ils étaient frais. David sortit une lampe de sa poche.

— Regarde les ruines de l'espoir.

Je me penchai plus avant. Quelques mots avaient été gravés sur le métal.

POUR CEUX QUI SONT TOMBÉS

LE 28 NOVEMBRE 2039

— 2039, commentai-je. La Saison d'Os XVIII.

Un an avant ma naissance.

— Il y a eu une révolte ce jour-là, pour la Novembrine. (David garda la torche braquée sur l'autel.) Un groupe de réph s'est rebellé contre les Sargas. La plupart des humains étaient à leurs côtés. Ils ont tenté de tuer Nashira et d'évacuer les humains vers Londres.

— Quels réph ?

— Nul ne le sait.

— Et qu'est-ce qui s'est passé ?

— Ils ont été trahis par un humain. XVIII-39-7. Un seul maillon faible dans la fondation, et tout s'est effondré. Nashira a torturé les réph renégats. Elle les a marqués. Les humains ont été massacrés par les émim. Selon la rumeur, il n'y a eu que deux survivants, en dehors de Fourgueur : le traître et la gamine.

— La gamine ?

— Fourgueur m'a tout raconté. Il a été épargné parce qu'il était bien trop trouillard pour se rebeller. Il les a suppliés à genoux de le gracier. Il m'a expliqué qu'une gamine avait été recrutée cette année-là ; une toute petite, de quatre ou cinq ans. XVIII-39-0.

— Et pourquoi auraient-ils fait venir une enfant ? (J'en avais froid dans le dos.) Les enfants ne peuvent rien contre les ronfleurs.

— Aucune idée. Selon lui, ils voulaient voir si elle survivrait.

— Bien sûr que non. Une gamine de quatre ans ne pourrait pas survivre dans un taudis pareil.

Exactement.

Mon ventre se noua.

— Elle est morte.

— Fourgueur jure qu'on n'a jamais retrouvé son corps. C'est lui qui a dû déblayer les cadavres, précisa David. Un des termes de l'accord lui ayant permis d'avoir la vie sauve. Selon lui, la petite serait toujours portée disparue, mais ceci atteste le contraire.

Il me désigna l'une des offrandes. Un ours en peluche crasseux aux yeux en boutons. Un mot était accroché autour de son cou. Je le tournai vers la lumière.

XVIII-39-0
Aucune vie vécue n'est perdue

Un silence se déposa entre nous, seulement rompu par un carillon lointain. Je reposai le nounours parmi les fleurs.

— Qui a fait tout ça ? demandai-je d'une voix rauque. Qui a fabriqué cet autel ?

— Les harlies. Et les scarifiés. Les mystérieux réph qui se sont élevés contre Nashira.

— Est-ce qu'ils sont encore en vie ?

— Nul ne le sait. Je parierais que non. Pourquoi laisserait-elle des traîtres se promener parmi nous ?

J'en avais les doigts qui tremblaient. Je les dissimulai sous mes manches.

— J'en ai assez vu, affirmai-je.

David me raccompagna jusqu'à Magdalen. L'aube ne poindrait pas avant plusieurs heures, mais je ne voulais voir personne d'autre. Pas cette nuit.

Lorsque la tour fut en vue, je me tournai vers David.

— J'ignore pourquoi tu as voulu me parler, mais merci.

— Pour quoi ?

— Pour m'avoir montré l'autel.

— De rien. (Son visage disparaissait dans les ténèbres.) Je t'accorde une dernière question. À condition que je puisse y répondre en moins d'une minute.

J'y réfléchis soigneusement. J'en avais encore des tonnes, mais l'une d'elles me tarabustait depuis plusieurs jours.

— Pourquoi les appelle-t-on des Saisons d'Os ?

Il sourit.

— Pour eux, c'était une période faste. La saison *douce*. C'est à ce moment-là qu'ils viennent chercher leur récompense, l'objet principal du marché conclu avec Scion. Bien sûr, les humains l'entendent différemment. Ils imaginent la famine, la mort. Les os. Bizarrement, cela a plu aux réph, qui ont gardé le nom. C'est pour cela qu'ils nous appellent les arracheurs d'os : parce que nous les aidons à mener les nôtres à la mort.

J'étais désormais transie jusqu'à la moelle. Jusqu'à cet instant, une partie de moi voulait rester là, dehors. À présent, j'avais hâte de rentrer.

— Comment sais-tu tout cela ? m'étonnai-je. Ce ne sont pas les réph qui ont pu te l'apprendre.

— Assez de questions, j'en ai peur. J'en ai déjà trop dit.

— Tu pourrais mentir.

— Mais ce n'est pas le cas.

— Je pourrais te dénoncer. (Je m'obstinai.) Je pourrais dire aux réph tout ce que tu sais.

— Ce qui reviendrait à admettre que tu le sais toi aussi. (Il me sourit, et je compris que j'avais perdu la bataille.) Tu me dois une faveur pour toutes ces informations. Mais tu peux aussi me payer maintenant.

— Comment ?

Je compris le sous-entendu quand ses doigts m'effleurèrent la joue. Son autre main se posa sur ma hanche. Je me raidis.

— Sûrement pas, ripostai-je.

— Allez. (Il rapprocha son visage tout en me caressant la taille.) Tu as pris ta pilule ?

— Quoi, tu veux que je te paie en nature ? (Je le repoussai violemment.) Dégage de là, veste rouge.

Il ne me quitta pas des yeux un seul instant.

— Rends-moi service, reprit-il. J'ai trouvé ça à Merton. Vois ce que tu peux en tirer. Tu es plus maligne que je ne le pensais.

Il me glissa quelque chose dans la main. Une enveloppe.

— Fais de jolis rêves, 40.

Il s'éloigna. Je restai immobile un moment, avant de prendre appui contre un mur. Je n'aurais jamais dû l'accompagner là-bas. Je savais pourtant qu'il ne fallait pas arpenter des ruelles sombres avec un inconnu. Où était donc passé mon instinct ?

J'en avais trop appris pour une seule soirée. Liss n'avait jamais mentionné le fait que des réph – des *réph* ! – aient été en partie responsables des événements de la Saison d'Os XVIII. Peut-être qu'elle l'ignorait.

Les scarifiés. Le mieux serait de partir à la recherche de ceux qui nous avaient aidés. Sinon, je pouvais aussi faire profil bas et m'accommoder de ma nouvelle vie. C'était le plus sûr. Le plus simple.

Nick me manquait. Jax aussi. De même que mon existence d'avant. Certes, j'étais alors une criminelle, mais j'appartenais à un groupe d'amis. J'avais choisi de vivre avec eux. Ma condition de malonette m'avait protégée de personnes comme David. Nul n'aurait osé me toucher sur mon territoire.

Mais je n'étais plus sur mon territoire. Ici, je n'avais plus aucun pouvoir. Pour la première fois, je voulus regagner la protection que m'offraient les murs de pierre de Magdalen. La protection que m'assurait la présence du gouverneur, même si je la détestais. J'empochai la lettre et me dirigeai vers la porte.

Je grimpai jusqu'à la tour du Fondateur, que je m'attendais à trouver déserte. J'y trouvai du sang.

Du sang de réph.

12
Une fièvre

La pièce était sens dessus dessous. Des objets brisés jonchaient le sol au milieu des éclats de verre, un rideau avait été à moitié arraché à sa tringle et des taches jaunâtres luisaient sur le sol, incrustées dans les fibres de la moquette. J'avançai à pas prudents. La bougie sur le bureau avait été mouchée, de même que les lampes à pétrole. Il faisait un froid mortel. L'éther était omniprésent. Je restai sur mes gardes, prête à balancer mon esprit contre tout assaillant potentiel.

Les tentures avaient été tirées autour du lit. Un autre territoire des rêves s'étendait derrière. *Un réph,* songeai-je.

Je me dirigeai vers le baldaquin. Dès qu'il fut à portée de main, je tâchai de réfléchir posément à ce que je m'apprêtais à faire. Je savais que le gouverneur se trouvait là, mais j'ignorais tout de son état. Il pouvait aussi bien être blessé qu'endormi ou mort. Je n'étais pas certaine de vouloir connaître la vérité.

Je rassemblai tout mon courage. Je serrai et desserrai les doigts plusieurs fois avant d'attraper le tissu. Je tirai dessus d'un coup sec.

Il était avachi sur le lit, aussi immobile qu'un cadavre. Je grimpai sur les couvertures pour le secouer.

— Gouverneur ?

Rien.

Je m'assis sur le matelas. Il m'avait explicitement spécifié que je n'avais pas le droit de le toucher, que je n'étais pas censée l'aider dans ce genre de situation, mais cette fois-ci les dégâts semblaient considérablement plus importants. Sa chemise était inondée. Je voulus le retourner, mais fus incapable de soulever ce poids mort. Je voulus m'assurer que son pouls battait encore quand sa main jaillit de nulle part pour me saisir le poignet.

— Toi, déclara-t-il d'une voix rauque et pâteuse. Qu'est-ce que tu fais ici ?

— Je...

— Qui t'a vue entrer ?

Je me figeai.

— La concierge de nuit.

— Qui d'autre ?

— Personne.

Le gouverneur se redressa sur un coude. Sa main libre – toujours gantée – alla se poser directement sur son épaule.

— Tant que tu es là, dit-il, reste donc me regarder mourir. Ça va te plaire.

Il tremblait des pieds à la tête. Je cherchai une repartie acerbe, mais ce furent d'autres mots qui franchirent mes lèvres :

— Que vous est-il arrivé ?

Il ne répondit pas. Lentement, je tendis les doigts vers sa chemise, mais il raffermit son étreinte sur mon poignet.

— Il faut faire respirer les blessures, affirmai-je.

— Je sais.

— Alors, faites-le.

— Ne t'avise pas de me dicter ma conduite. Je suis peut-être mourant, mais certainement pas à tes ordres. C'est toi qui dois m'obéir.

— Qu'est-ce que je dois faire ?

— Laisse-moi mourir en paix.

Sa phrase manquait cependant de conviction. Je retirai la main gantée couvrant son épaule, révélant de la chair en charpie.

Un ronfleur.

Il ouvrit grand les yeux, comme si quelque réaction chimique s'y était produite. L'espace d'un instant, je crus qu'il allait me tuer. Mon esprit luttait déjà contre ma volonté, prêt à se ruer à l'attaque.

Il me relâcha alors le poignet. J'étudiai son visage.

— Va me chercher de l'eau, exigea-t-il d'une voix à peine audible. Et… du sel. Regarde dans le placard.

Je n'avais guère d'autre choix que d'obtempérer. Le sentant qui m'observait, je déverrouillai le cabinet de curiosités et en ouvris les portes. J'en sortis une salière en duramen, ainsi qu'un bol doré, une cruche d'eau et une pile de linge propre. Le gouverneur déchira les cordons servant à fermer sa chemise, dévoilant sa poitrine couverte de sueur.

— Il y a des gants dans le tiroir, précisa-t-il en désignant le bureau d'un geste du menton. Mets-les.

— Pourquoi ?

— Fais-le, c'est tout.

Je serrai les dents, mais finis par obéir.

Son couteau à manche noir, proprement inséré dans son fourreau, reposait dans le même compartiment. Je marquai une hésitation en l'apercevant. Je tournai le dos au gouverneur pour enfiler les gants. Je ne laisserais même pas une empreinte. Du bout du pouce, je libérai la lame.

— À ta place, je n'essaierais pas.

Cela suffit à m'arrêter.

— L'acier froid ne peut pas tuer un réphaïte, affirma-t-il doucement. Tu pourrais me l'enfoncer dans le cœur que ça ne l'empêcherait pas de battre.

Le silence s'épaissit.

— Je ne vous crois pas, répliquai-je. Je pourrais vous étriper. Vous êtes trop faible pour vous enfuir.

— Si tu veux courir le risque, fais-toi plaisir. Mais pose-toi d'abord la question : pourquoi autorisons-nous les vestes rouges à porter des armes ? Si elles pouvaient nous tuer, ne serait-ce pas idiot d'en équiper nos prisonniers ? (La fixité de son regard me brûlait la nuque.) Beaucoup ont essayé. Ils ne sont plus ici pour en parler.

Un fourmillement glacial me parcourut les bras. Je reposai le poignard dans le tiroir.

— Je ne vois pas pourquoi je vous aiderais, déclarai-je. Vous n'avez pas fait preuve d'une grande reconnaissance, la dernière fois.

— Je passerai l'éponge sur le fait que tu aies voulu me tuer.

L'horloge de parquet battait au rythme de mon pouls. Je finis par jeter un coup d'œil par-dessus mon épaule. Il soutint mon regard, même si la lueur faiblissait dans ses prunelles.

Je traversai lentement la pièce et vins disposer les objets sur la table de chevet.

— Qu'est-ce qui vous a fait ça ? m'enquis-je.

— Tu le sais. (Le gouverneur s'adossa à la tête de lit en contractant les mâchoires.) Tu as fait tes devoirs.

— Un émite.

— Oui.

Cette confirmation me glaça les sangs. M'affairant en silence, je mélangeai le sel et l'eau dans le bol. Il me regarda faire. J'immergeai un carré de tissu dans le liquide, puis l'essorai avant de me pencher sur son épaule droite. La vue et l'odeur de la plaie me firent reculer brusquement.

— C'est nécrosé, constatai-je.

La blessure avait pourri, prenant une teinte sombre ; un fluide grisâtre en exsudait. Sa peau était chaude comme de la braise. Sa température corporelle devait être deux fois plus élevée que celle d'un humain, si bien que je la sentais même à travers les gants. La chair autour de la morsure commençait à mourir. Il me fallait un fébrifuge. Je n'avais pas de cette quinine que Nick utilisait pour nous faire tomber la fièvre. Il était facile d'en dégotter dans les bars à oxygène – ils s'en servaient pour sa fluorescence –, mais je doutais de pouvoir en trouver ici. J'allais devoir me contenter de ma solution saline et de beaucoup de chance.

Je fis couler un peu d'eau sur la lésion. Les muscles de son bras se contractèrent, les tendons de sa main saillirent.

— Désolée, dis-je en le regrettant aussitôt.

Lui ne s'était pas excusé de m'avoir fait marquer ou d'avoir laissé mourir Seb. Rien ne semblait l'affecter.

— Parle, dit-il.

Je le dévisageai sans comprendre.

— Quoi ?

— Je souffre. Un peu de distraction ne me ferait pas de mal.

— Comme si ce que j'avais à dire pouvait vous intéresser.

Les mots avaient jailli de ma bouche sans que j'aie pu les en empêcher.

— Oui, affirma-t-il. (Il était étonnamment calme, étant donné sa condition.) J'aimerais connaître un peu mieux la personne qui partage mes quartiers. Je sais que tu es une meurtrière (je me crispai), mais ta personnalité ne doit pas se réduire à ça. Ou alors, je me suis bien trompé en te choisissant.

— Je ne vous ai jamais demandé de me prendre.

— Pourtant, je l'ai fait.

Je continuai à nettoyer la blessure, appuyant juste un peu trop fort. Je ne voyais aucune raison de faire preuve de délicatesse avec lui.

— Je suis née en Irlande, dis-je, dans une ville nommée Clonmel. Ma mère était anglaise. Elle a fui Scion.

Il opina à peine. Je poursuivis :

— J'ai vécu avec mon père et mes grands-parents dans le Vallon doré, au sud d'une zone d'élevage de vaches laitières. Un endroit magnifique. Pas comme les citadelles scioniennes. (Je tordis le linge avant de le tremper de nouveau.) Mais Abel Mayfield est devenu gourmand. Il voulait faire main basse sur Dublin. C'est là que Molly Malone et ses malonettes sont nées. Et qu'a eu lieu le Massacre de Mayfield.

— Mayfield, répéta le gouverneur en regardant par la fenêtre. Oui, je me souviens de lui. Un bonhomme fort désagréable.

— Vous l'avez rencontré ?

— J'ai rencontré tous les dirigeants de Scion depuis 1859.

— Mais ça vous ferait au moins deux cents ans.

— Oui.

Je tâchai de ne pas laisser transparaître ma surprise.

— On se pensait en sécurité, repris-je, mais au final, les violences se sont propagées vers le sud. On a dû partir.

— Qu'est-il arrivé à ta mère ? (Il braqua ses yeux sur moi.) Elle ne vous a pas suivis ?

— Elle est morte. Rupture placentaire. (Je me rassis.) Où sont les autres morsures ?

Il écarta davantage les pans de sa chemise. Son torse était lacéré, sans que j'arrive à déterminer si c'était l'œuvre de crocs, de serres ou d'autre chose. Il banda les muscles quand je tamponnai la peau déchirée.

— Continue, m'encouragea-t-il.

Peut-être n'étais-je finalement pas qu'une humaine sans intérêt.

— On a déménagé à Londres quand j'avais huit ans.

— Par choix ?

— Non. Mon père a été enrôlé par SciSORS cette année-là. (Son mutisme laissa supposer que l'acronyme lui échappait.) Scion : Spéciale Organisation de Recherche et de Science.

— Je connais. Pourquoi a-t-il été recruté ?

— Il était pathologiste au département médico-légal. Il travaillait souvent pour la Gardaí. Scion lui a demandé de trouver une justification scientifique permettant d'expliquer pourquoi certaines personnes devenaient clairvoyantes, et pourquoi certains esprits s'attardaient après la mort. (Je percevais moi-même l'amertume de mes propos.) Il pense qu'il s'agit d'une maladie incurable.

— Ainsi, il ne peut pas percevoir ta propre clairvoyance ?

— C'est un amaurotique, comment le pourrait-il ?

Il ne répondit pas.

— Es-tu dotée de naissance ?

— Pas complètement. Je perçois les auras et les esprits depuis que je suis toute petite. Puis j'ai été frappée par un poltergeist. (Je me reposai le temps de m'essuyer le front.) Combien de temps vous reste-t-il ?

— Je l'ignore. Le sel repousse l'inévitable, mais pas indéfiniment. (Il semblait relativement blasé de son sort.) Quand as-tu développé la faculté de projeter ton esprit ?

La conversation m'aidait à rester calme. Je choisis de me montrer honnête, en partie parce que j'étais convaincue qu'il savait déjà tout de moi. Nashira était au courant que je venais d'Irlande, ils devaient posséder tout un tas de dossiers. Peut-être qu'il me mettait à l'épreuve, pour voir si je lui mentirais.

— Après que le poltergeist m'a frappée, je me suis mise à faire un rêve récurrent. Du moins, je pensais que c'était un rêve. (Je lui versai un peu d'eau sur l'épaule.) Je rêvais d'un champ de fleurs. Et plus je m'y enfonçais, plus il faisait sombre. Chaque nuit, je m'y aventurais un peu plus loin que la veille, jusqu'à en atteindre l'extrémité et sauter. Et là, je me suis mise à tomber. (Je recommençai à tamponner la plaie.) J'ai basculé dans l'éther, hors de mon corps. Je me suis réveillée dans une ambulance. Mon père m'a expliqué que, frappée de somnambulisme, j'avais marché jusqu'au salon, puis tout bonnement cessé de respirer. Selon les médecins, j'étais tombée dans une sorte de coma.

— Mais tu as survécu.

— Oui. Sans aucune séquelle. L'hypoxie cérébrale est l'un des risques de ma... condition.

Même si je détestais me confier à lui, je supposais qu'il valait mieux qu'il le sache : s'il me forçait à rester trop longtemps dans l'éther sans assistance respiratoire, mon cerveau finirait en bouillie irrécupérable.

— J'ai eu de la chance, commentai-je.

Le gouverneur m'observa lui nettoyer l'épaule.

— Je suppose donc que, par prudence, tu ne pénètres pas très souvent dans l'éther. Pourtant, tu sembles bien connaître l'endroit.

— L'instinct. (Je détournai la tête.) Votre fièvre ne tombera pas sans médicaments.

Dans un sens, je ne mentais pas. Mon don était effectivement instinctif, même si je me gardai bien de lui dire que j'avais été éduquée et entraînée par un seigneur-mime qui me maintenait constamment branchée à un respirateur artificiel.

— Le poltergeist, reprit-il. Est-ce qu'il t'a laissé des traces ?

Je retirai un gant pour lui montrer ma main gauche. Il contempla les cicatrices. Je le laissai faire. Il n'était pas courant qu'un voyant en formation soit exposé si violemment à l'éther.

— J'imagine qu'il y avait déjà une faille en moi, une fragilité susceptible d'accueillir l'éther. Le geist m'a juste... ouverte davantage.

— Est-ce ainsi que tu le perçois ? Comme une invasion de l'éther ?

— Pas vous ?

— Je n'ai pas l'habitude d'émettre mes opinions. Cependant, de nombreux clairvoyants considèrent au contraire que ce sont eux, les envahisseurs, et pas l'inverse. Pour eux, ils dérangent les morts. (Il n'attendit pas ma réaction.) J'ai déjà vu cela se produire. Les enfants sont vulnérables aux changements brutaux dans leur clairvoyance. S'ils se retrouvent exposés avant que leur aura soit suffisamment développée, ils peuvent devenir instables.

Je retirai ma main d'un geste vif.

— Je ne suis pas instable.

— Ton don l'est.

Je ne pouvais pas lui donner tort. J'avais déjà tué avec mon esprit. Si ça n'était pas de l'instabilité…

— Une forme de nécrose s'attaque à mes plaies, exposa le gouverneur, mais elle ne touche que les réphaïm. Le corps humain parvient à lutter contre. (J'attendis qu'il en vienne au fait.) La nécrose réphaïte peut-être éliminée par du sang humain. Ainsi, à condition que son système sanguin ne soit pas contaminé, un humain peut survivre à une morsure. (Il désigna mon poignet.) Un demi-litre de ton sang devrait suffire à me sauver la vie.

Ma gorge se serra.

— Vous voulez boire mon sang ?

— Oui.

— Vous êtes quoi ? Une sorte de vampire ?

— Je n'aurais jamais pensé qu'un citoyen de Scion ait entendu parler des vampires.

Je me crispai. Mince. Seul un membre éminent de la pègre pouvait avoir accès à ce genre de littérature surnaturelle. Dans mon cas, il s'agissait d'une terreur de gare, *Les Vampires de Vauxhall*, œuvre d'un médium anonyme du monde des écrivaillons. Un recueil de nouvelles compensant le manque de littérature intéressante disponible à Scion, tournant toutes autour des légendes de l'au-delà. On retrouvait sous la même plume *Le Thé du tasséo* ou *Le Fiasco faë*. Cet écrivain avait également gagné sa croûte grâce à des bouquins potables sur les voyants, comme *Les Mystères de Jacob's Island*. À présent, je regrettais de les avoir jamais ouverts.

Le gouverneur sembla considérer mon silence comme une preuve de malaise.

— Je ne suis pas un vampire ni aucune de ces créatures que tu as pu croiser dans un livre, déclara-t-il. Je ne me nourris pas de chair et de sang. Je n'éprouve aucun plaisir à en réclamer. Simplement, je suis mourant, et il se trouve que seul ton sang – vu la nature de mes blessures – peut me soigner.

— Vous n'avez pas l'air sur le point de claquer.

— Crois-moi, c'est pourtant le cas.

Je ne voulais pas savoir comment ils s'étaient rendu compte que le sang humain pouvait vaincre cette infection. J'ignorais même si c'était la vérité.

— Et pourquoi devrais-je vous faire confiance ? l'interrogeai-je.

— Parce que je t'ai épargné l'humiliation de te produire dans la troupe de bouffons du Superviseur. Puisqu'il te faut une raison.

— Et s'il m'en fallait deux ?

— Je te devrai une faveur.

— N'importe laquelle ?

— Tout, sauf ta liberté.

Ma réplique mourut sur mes lèvres. Il avait anticipé ma demande. J'aurais dû me douter que ma liberté n'avait pas de prix – cependant, qu'il ait une dette envers moi n'en avait pas non plus.

Je ramassai un éclat de verre sur le sol, un reste de fiole, dont je me servis pour m'entamer le poignet. Quand je le lui tendis, il étrécit les yeux.

— Allez-y, déclarai-je. Avant que je ne change d'avis.

Le gouverneur me considéra pendant un long moment, tentant de jauger mon expression. Puis il plaqua mon avant-bras contre sa bouche.

Sa langue parcourut la plaie. Je sentis une légère pression quand ses lèvres se refermèrent dessus, puis il me serra le bras pour faire sortir le sang. Sa glotte tremblait à chaque gorgée. Il trouva bientôt son rythme. Il n'y eut pas d'emballement soudain, pas de frénésie incontrôlable. Il s'abreuvait de façon clinique, détachée.

Quand il me relâcha, je m'assis sur le lit. Trop vite. Il me guida jusqu'aux oreillers.

— Doucement.

Il se rendit à la salle de bains, déjà rétabli. Il revint avec un verre d'eau froide. Il me passa un bras derrière le dos et m'aida à m'asseoir, me soutenant au creux de son coude. Je bus. Il avait légèrement sucré l'eau.

— Est-ce que Nashira est au courant ? demandai-je.

Sa mine s'assombrit.

— Elle t'interrogera peut-être sur mes absences. Et mes blessures, répliqua-t-il

— Donc, elle l'ignore.

Pas de réponse. Il appuya ma nuque sur de lourds coussins de velours, s'assurant que ma tête était bien maintenue. La nausée s'éloignait, mais mon poignet saignait toujours. Quand il s'en rendit compte, le gouverneur alla chercher un rouleau de gaze sur la table de chevet. Ma gaze. Je reconnaissais l'élastique avec lequel je l'avais attachée. Il avait dû la trouver dans mon sac à dos. Le simple fait de l'imaginer fouiller dans mes affaires me fit froid dans le dos. Cela me rappela mon opuscule disparu. L'avait-il également récupéré ? Il me saisit le poignet. Ses impressionnantes mains gantées bandèrent ma blessure avec une délicatesse surprenante. Sans doute sa façon de me remercier. Une fois que le sang eut fini d'imbiber le tissu, il maintint le pansement en place à l'aide d'une épingle et me posa le bras sur la poitrine. Je ne quittai pas son visage des yeux.

— Apparemment, nous sommes dans une impasse, dit-il. Tu sembles avoir le chic pour me trouver dans de fâcheuses situations. Je m'attendais à ce que tu te plaises à me voir affaibli, pourtant tu m'offres ton sang. Tu panses mes blessures. Quelles sont tes motivations ?

— J'aurai peut-être besoin d'un service un jour. Et je déteste voir mourir des êtres vivants. Je ne suis pas comme vous.

— Tu juges sans savoir.

— Vous l'avez regardée le tuer. (J'aurais dû redouter de lui cracher ces mots, pourtant je m'en fichais.) Sans lever le petit doigt. Vous deviez pourtant vous douter de ce qu'elle s'apprêtait à faire.

Il ne réagit pas. Je détournai la tête.

— Je suis peut-être un sépulcre blanchi, commença-t-il.

— Un quoi ?

— Un hypocrite. Je préfère la périphrase. Tu me penses peut-être mauvais, mais je n'ai qu'une parole. Et toi ?

— Où voulez-vous en venir ?

— Les événements de ce jour ne doivent jamais s'ébruiter. J'aimerais savoir si tu peux tenir ta langue.

— Pourquoi le ferais-je ?

— Parce que cela ne t'avancerait à rien de le crier sur tous les toits.

— Ça me débarrasserait de vous.

Je crus voir ses yeux changer de couleur.

— Oui, ça te débarrasserait de moi, confirma-t-il. Mais ça n'arrangerait pas ta situation. Soit tu te retrouverais à la rue, soit l'on te confierait à un autre gardien, et tous ne sont pas aussi permissifs que moi. Selon la loi, j'aurais pu te battre à mort à de nombreuses reprises pour diverses choses que tu m'as dites ces derniers jours. Toutefois, j'ai conscience de ta valeur. D'autres ne s'en rendraient pas forcément compte.

J'ouvris la bouche pour répliquer, mais mes paroles s'évaporèrent. Il avait raison, je ne voulais pas d'un autre gardien, pas s'ils ressemblaient tous à Thuban.

— Vous voulez donc que je garde votre petit secret. (Je me frottai le poignet.) En échange de quoi ?

— Je m'efforcerai de te maintenir en vie. Il existe un nombre incalculable de façons de mourir par ici, et tu ne fais rien pour les éviter.

— Il faudra bien que j'y passe un jour ou l'autre. Je sais ce que Nashira attend de moi. Vous ne pourrez pas me protéger d'elle.

— Peut-être pas éternellement, mais je présume que tu aimerais survivre à tes tests.

— Dans quel but ?

— Afin de prouver ta valeur. Tu n'es pas une trouillarde. Tu peux apprendre à te battre.

— Je n'ai pas envie de me battre.

— Bien sûr que si. Tu as ça dans le sang.

L'horloge carillonna dans le coin de la pièce.

Avoir un allié réph était contre nature. D'un autre côté, cela accroîtrait considérablement mes chances de survie. Il pouvait m'aider à obtenir des choses, à tenir le coup suffisamment longtemps pour trouver un moyen de fuir cet endroit.

— D'accord, dis-je. Je ne le répéterai à personne. Mais vous me devez encore un service, m'empressai-je d'ajouter en brandissant mon poignet bandé. Pour le sang.

Alors que j'achevais ma phrase, la porte s'ouvrit à la volée. Une réph pénétra en trombe dans la chambre : Pleione Sualocin. Elle considéra d'abord l'état de la pièce, puis se tourna vers moi, et enfin vers le gouverneur. Sans un mot, elle lui lança un tube Vacutainer qu'il attrapa d'une main. Je l'observai avec circonspection.

Du sang. Du sang humain. Un petit triangle gris lui servait d'étiquette. Un numéro était inscrit dessus : AXIV. Amaurotique 14.

Seb.

Je regardai le gouverneur. Il inclina la tête, comme si nous venions de partager secrètement quelque information. Un sentiment de révulsion m'envahit brutalement. Je me levai, encore étourdie d'avoir perdu tant de sang, et gravis avec peine les marches menant à ma prison.

13

Son image

J'avais neuf ans, la première fois que j'avais rencontré Nick Nygård. Seize ans la deuxième.

C'était lors du trimestre d'été de 2056 et, à l'École pour Filles de Qualité de la III-5, nous autres les terminales entamions la période la plus importante de notre existence. Nous pouvions décider de rester scolarisées deux années supplémentaires, et donc de suivre une prépa, ou laisser tomber les cours pour trouver un boulot. Afin de convaincre les hésitantes, notre prof avait organisé une série de conférences dispensées par des orateurs enthousiasmants : des agents de la DVD, des propagandistes, et même un politicien de l'Archonterie, le ministre de la Migration. Ce jour-là, le sujet portait sur la science médicale. Mes deux cents camarades et moi fûmes guidées vers l'amphithéâtre, vêtues de nos robes noires, de nos rubans rouges et de nos corsages blancs. Madelle Briskin, notre professeur de chimie, avait pris place derrière le pupitre.

— Bonjour, jeunes filles. Je suis heureuse de vous voir si matinales et rayonnantes. Plusieurs d'entre vous ayant fait part de leur intérêt pour une carrière dans le domaine scientifique (je n'en faisais pas partie), cette conférence devrait vous être d'une grande utilité dans votre processus de réflexion. (Un tonnerre d'applaudissements.) Comme vous pourrez le constater, notre invité du jour a bénéficié d'un parcours terriblement excitant. (Je n'étais pas convaincue.) Il est arrivé de l'université de Scion-Stockholm en 2046, a achevé ses études à Londres et travaille désormais pour SciSORS, le plus grand laboratoire de recherche de toute la cohorte centrale. Nous sommes profondément honorés de le recevoir aujourd'hui. (Un frisson d'excitation parcourut la salle.) Je vous prie d'accueillir comme il se doit notre honorable conférencier : le Dr Nicklas Nygård.

Je redressai brusquement la tête. C'était lui.

Nick.

Il n'avait pas changé d'un poil. Il était parfaitement fidèle à mon souvenir : grand, les traits délicats, magnifique. Encore jeune, même si son regard trahissait le fardeau d'une vie d'adulte chaotique. Il portait un costume noir et une chemise rouge, comme tous les officiels de Scion. Ses cheveux gominés étaient lissés en arrière, une coupe très à la mode à Stockholm. Quand il sourit, les chefs de classe se redressèrent.

— Bonjour, mesdemoiselles.

— Bonjour, docteur Nygård.

— Merci de me recevoir ici aujourd'hui.

Il parcourut ses feuilles avec ces mêmes mains qui avaient recousu mon bras blessé quand j'avais neuf ans. Il posa les yeux sur moi et son sourire s'élargit. Mon cœur s'emballa immédiatement.

— J'espère que mon exposé saura éclairer votre lanterne, mais je ne vous en voudrai pas si vous vous endormez.

Quelques éclats de rire. La plupart des officiels n'étaient pas si joviaux. Je n'arrivais pas à décrocher les yeux de son visage. J'avais passé sept ans à me demander où il pouvait être, et voilà qu'il venait me voir à l'école. Un simple souvenir redevenu réalité. Il évoqua ses recherches sur les causes de l'anormalité, nous fit part de son expérience d'étudiant dans deux différentes citadelles de Scion. Il se laissa aller à quelques plaisanteries et nous encouragea à participer, répondant à chacune de nos questions. Il parvint même à faire sourire notre prof. Lorsque la cloche sonna, je fus la première dehors ; je me précipitai dans le couloir jouxtant l'arrière de l'amphi.

Il fallait que je le retrouve. Pendant sept années, j'avais tenté de comprendre ce qui m'était arrivé dans ce champ de coquelicots. Il n'y avait pas eu de chien. Lui seul pouvait me dire ce qui m'avait laissé ces cicatrices sur la main. Lui seul pouvait m'apporter des réponses.

Je m'engageai dans le corridor, faisant fi des secondes en pleins commérages. Je le trouvai debout, devant la salle des profs, à serrer la main de la nôtre. Quand il m'aperçut, son regard s'illumina.

— Bonjour, me dit-il.

— Docteur Nygård, bredouillai-je avec peine. Votre exposé était… très inspirant.

— Merci.

Il sourit de nouveau, me scrutant de ses yeux perçants. Il savait. Il se rappelait.

— Comment vous appelez-vous ?

Oui, il savait. Mes paumes furent parcourues de fourmillements.

— Voici Paige *Mahoney*, intervint notre professeur en insistant bien sur mon patronyme.

Mon patronyme on ne peut plus irlandais. Elle m'observa de pied en cap, remarquant mon nœud desserré et mon blazer déboutonné.

— Tu devrais aller en classe, Paige. Madelle Anville a été très déçue par ton manque d'assiduité, ces derniers temps.

Je sentis mes joues s'embraser.

— Je suis sûr que Madelle Anville peut accorder à Paige quelques minutes de répit, intervint Nick avec un sourire avenant. J'aimerais beaucoup passer un peu de temps avec elle.

— C'est très aimable à vous, docteur Nygård, mais Paige a fait de nombreux séjours à l'infirmerie, dernièrement. Elle doit impérativement être présente à *tous* les cours. (Elle se tourna vers lui et poursuivit à mi-voix.) Elle est irlandaise. Ces péquenauds ont souvent une idée toute personnelle de la quantité de travail à fournir.

Mon champ visuel s'étrécit. Une pression subite me martela l'intérieur du crâne, comme s'il était sur le point d'exploser. Un filet de sang dégoulina du nez de la prof.

— Vous saignez, madelle, déclarai-je.

— Comment ? (Elle baissa la tête, maculant son chemisier d'écarlate.) Oh, bon sang, regardez-moi ça. (Elle se couvrit le nez.) Ne reste pas là à bayer aux corneilles, Paige. Va donc me chercher un mouchoir.

La tête me lancinait. Un voile grisâtre se déposa devant mes prunelles, resserrant encore ma vision. Nick me dévisagea tout en lui tendant un paquet de mouchoirs.

— Vous devriez aller vous asseoir, madelle la professeure. (Il lui posa la main dans le dos.) Je vous rejoins dans un instant.

Dès qu'elle fut partie, Nick se tourna vers moi.

— Est-ce que les gens saignent souvent du nez en ta compagnie ?

Il n'ajouta rien. Au bout de quelques secondes, je finis par opiner.

— Est-ce qu'ils s'en sont rendu compte ?

— Personne ne m'a encore jamais traitée d'anormale. (Je soutins son regard.) Vous savez pourquoi cela arrive ?

Il jeta un coup d'œil par-dessus son épaule.

— Peut-être.

— Dites-le-moi. S'il vous plaît.

— Docteur Nygård ? (Madelle Briskin passa la tête par la porte de la salle des profs.) Les membres du conseil d'établissement aimeraient s'entretenir avec vous.

— J'arrive tout de suite. (Puis il me glissa à l'oreille :) Je reviendrai dans quelques jours. Ne t'inscris *surtout pas* à l'université, Paige. Pas encore. Fais-moi confiance.

Il me serra la main. Puis, aussi vite qu'il était venu, il se volatilisa. Je restai seule debout, à serrer mes livres de classe contre mon cœur battant, les joues en feu et les mains moites. Pas une journée ne s'était écoulée sans que je pense à Nick, et voilà qu'il était de retour. Après avoir repris mes esprits, je retournai jusqu'à ma salle de classe, la vision et l'esprit encore troubles. Il s'était souvenu de moi. Il savait que j'étais cette petite fille qu'il avait sauvée.

Je ne pensais pas qu'il reviendrait. Je ne pouvais pas compter tant que ça à ses yeux, pas alors qu'il avait fait fortune. Pourtant, deux jours plus tard, il était là devant le portail de l'école. Une chose étrange s'était déroulée durant la matinée : j'avais rêvé éveillée d'une voiture argentée. Cette image m'était venue durant le cours de français, et m'avait laissée nauséeuse. À présent, cette même voiture m'attendait, et Nick était au volant, des lunettes noires sur le nez. J'approchai mécaniquement de sa fenêtre, loin des autres filles. Il se pencha à l'extérieur.

— Paige ?

— Je ne pensais pas vous revoir.

— À cause du saignement de nez.

— Oui.

— C'est justement pour ça que je suis là. (Il abaissa ses lunettes afin que je puisse voir ses yeux fatigués.) Si tu veux en savoir plus, je peux tout t'expliquer, mais pas ici. Tu m'accompagnes ?

Je me retournai furtivement. Personne ne faisait attention à nous.

— D'accord, acceptai-je.

— Merci.

Nick m'emmena loin de l'école. Tandis que nous roulions vers la cohorte centrale, il m'adressait quelques coups d'œil réguliers. Je restais silencieuse. Quand j'aperçus mon reflet dans le rétroviseur extérieur, je me rendis compte que j'étais écarlate. Je rêvais de pouvoir lui parler depuis si longtemps, pourtant j'étais incapable d'articuler une phrase cohérente. Après quelques minutes, Nick reprit la parole.

— As-tu jamais parlé à ton père de ce qui s'est passé dans ce champ ?

— Non.

— Pourquoi ?

— Vous m'avez dit de me taire.

— Bien. C'est un bon début. (Il resserra les mains sur le volant.) Je vais t'expliquer des tas de choses que tu ne comprendras pas, Paige. Tu n'es plus la même depuis ce jour-là, et il faut que tu saches pourquoi.

Je ne quittais pas la route des yeux. Il n'était pas obligé de me le dire. Je savais que j'étais différente bien avant le champ de coquelicots ; même quand j'étais enfant, j'étais sensible aux autres. Parfois, j'étais prise de soubresauts quand ils passaient près de moi, comme si j'avais posé les doigts sur une clôture électrique. Toutefois, les choses avaient changé depuis ce jour-là. À présent, je ne sentais plus seulement les gens : je pouvais également leur faire du mal. Je pouvais les faire saigner, leur donner des maux de tête ou des troubles de la vue. Je m'endormais en classe et me réveillais couverte d'une sueur froide. L'infirmière me connaissait mieux que quiconque, à l'école.

Quelque chose émergeait en moi, s'élançait vers le monde. Et, bientôt, le monde allait s'en rendre compte.

— Je peux t'aider à le maîtriser, m'assura-t-il. Je peux te protéger.

Il l'avait déjà fait une fois.

— Est-ce que je peux encore vous faire confiance ?

Je scrutai son visage, ce visage que je n'avais jamais oublié. Nick se tourna vers moi.

— Toujours.

Nous nous rendîmes dans une gargote de Silk Street pour y prendre un café. C'était la première fois que j'en goûtais, et je lui cachai que j'avais l'impression de boire de la boue. Nous discutâmes un bon moment de mon existence. Je lui parlai de l'école, du boulot de mon père, mais nous savions l'un comme l'autre que nous n'étions pas là pour ça.

— Paige, m'interrompit-il, tu as entendu parler de l'anormalité. Je ne veux pas t'effrayer, mais tu commences à en montrer certains signes.

Ma gorge se serra. Il travaillait pour Scion.

— Ne t'inquiète pas. (Il posa sa main sur la mienne, et je me détendis légèrement.) Je ne vais pas te dénoncer. Je vais t'aider.

— Comment ?

— Je voudrais que tu m'accompagnes chez un ami.

— Qui est-ce ?

— Une personne de confiance. Que tu intéresses beaucoup.

— Est-ce qu'il… ?

— Oui. Et moi aussi. (Il me serra la main.) Tu as rêvassé, plus tôt dans la journée. Tu as vu ma voiture. (Je le dévisageai, perplexe.) C'est ça, mon don, Paige. Je peux envoyer des images. Je peux faire voir des choses aux gens.

— Je… (Ma bouche s'assécha.) Je veux bien le rencontrer.

Je laissai un message à la secrétaire de mon père, pour l'informer que je rentrerais tard à la maison. Nick m'emmena dans un petit restaurant français de Vauxhall. Un grand homme maigre nous y attendait. Il devait avoir près de quarante ans. Ses prunelles pétillaient d'une forme d'intelligence nerveuse. Il avait la peau blanche comme de la cire, des cheveux bruns et des lèvres pâles et pincées. On aurait pu tailler un crayon sur la saillie de ses pommettes acérées. Il portait autour du cou un foulard doré et arborait un gilet noir brodé doté d'une montre de gousset.

— Vous devez être Paige, m'accueillit-il de sa voix grave et légèrement amusée. Jaxon Hall.

Il me tendit une main osseuse, que je saisis.

— Bonjour, dis-je.

Sa poigne était froide et ferme. Je m'assis. Nick s'installa à côté de moi.

Lorsque le serveur approcha, Jaxon Hall ne commanda pas de nourriture, juste un verre de mecks, du vin sans alcool. Un truc hors de prix. Il avait des goûts de luxe.

— J'ai une proposition à vous faire, madelle Mahoney. (Jaxon Hall remua son breuvage.) Le Dr Nygård est venu me parler hier. Il m'a informé que vous étiez capable d'infliger certaines... anomalies médicales à d'autres personnes. Est-ce exact ?

Je fusillai Nick du regard.

— Tu peux y aller, m'encouragea-t-il avec un sourire. Il ne travaille pas pour Scion.

— Ne m'insultez pas, repartit Jaxon en sirotant une gorgée. Je me situe plus loin de l'Archonterie que le berceau du tombeau. Non que ces deux états soient si éloignés l'un de l'autre, mais vous saisissez l'image.

Je n'en étais pas certaine. En tout cas, il ne se comportait effectivement pas comme un agent de Scion.

— Vous voulez parler des saignements de nez ? m'enquis-je.

— Oui, précisément. C'est fascinant. (Il avait refermé ses mains sur la table.) Autre chose ?

— Des maux de tête. Voire des migraines.

— Et comment vous sentez-vous, quand cela se produit ?

— Fatiguée. Malade.

— Je vois.

Il étudia mon visage. Ses yeux froids et scrutateurs semblaient voir au-delà des apparences.

— Quel âge avez-vous ? reprit-il.

— Seize ans.

— Il sera bientôt temps de quitter l'école. À moins, ajouta-t-il, que l'on vous demande d'intégrer l'université.

— Peu probable.

— Tant mieux. Cependant, les jeunes gens ont parfois du mal à trouver du travail dans la citadelle. (Il pianota sur la table.) J'aimerais t'offrir un boulot à vie.

Je fronçai les sourcils.

— Quel genre de boulot ?

— Du genre qui paie bien. Du genre qui te protégera. (Jaxon m'examina.) As-tu la moindre idée de ce qu'est la clairvoyance ?

Clairvoyance. Le mot interdit. Je lançai un regard circulaire, mais aucun des clients du restaurant ne nous épiait. Ni ne nous écoutait, apparemment.

— L'anormalité, répondis-je.

Jaxon se fendit d'un sourire.

— C'est le nom que lui donne l'Archonterie. Mais tu sais ce que ce terme signifie ? C'est assez transparent.

— Voir clair. C'est une sorte de perception extrasensorielle. Comme connaître des choses qui sont cachées.

— Et où sont-elles cachées ?

Je marquai une hésitation.

— Dans le subconscient ?

— Parfois, oui. D'autres fois… (il souffla la bougie au milieu de la table) dans l'éther.

Je contemplai la fumée, me sentant comme attirée par elle. Une vague de froid se répandit dans ma poitrine.

— C'est quoi, l'éther ?

— L'infini. Nous en sommes issus, nous y vivons, et en mourant, nous y retournons. Cependant, nous n'acceptons pas tous de quitter le monde physique.

— Jax, intervint Nick à voix basse, c'est censé être une introduction, pas un cours magistral. Elle n'a que seize ans.

— Je veux savoir, intervins-je.

— Paige…

— S'il vous plaît.

Il *fallait* que je sache.

Son expression s'adoucit. Il se renversa dans sa chaise et but une gorgée d'eau.

— C'est toi qui décides.

Jaxon, qui nous observait en haussant les sourcils, fit la moue avant de reprendre.

— L'éther est un plan supérieur d'existence, déclara-t-il. Il existe parallèlement au plan corporel. Les clairvoyants – les gens comme nous – ont la faculté de puiser dans l'éther.

J'étais attablée dans un restaurant en compagnie de deux anormaux.

— Comment ? demandai-je.

— Oh, il existe une infinité de méthodes. J'ai passé quinze ans à tenter de les catégoriser.

— Mais qu'est-ce que ça veut dire, « puiser dans l'éther » ?

Poser des questions sur la clairvoyance me provoquait de petits frissons d'excitation liés à l'interdit.

— Cela veut dire que tu peux communier avec les esprits, clarifia Nick. Les morts. Différents voyants peuvent y parvenir de diverses façons.

— L'éther est donc comme l'au-delà ?

— Le purgatoire, corrigea Jaxon.

— L'au-delà, insista Nick.

— Ne fais pas attention au Dr Nygård : il essaie de se montrer délicat. (Jaxon avala une nouvelle gorgée de mecks.) Malheureusement, la mort n'a rien de délicat. J'aimerais t'enseigner ce qu'est vraiment la clairvoyance, et non la vision tristement déformée qu'en a Scion. C'est un miracle, pas une perversion. Il faut absolument que tu le comprennes bien, ma chérie, sinon ils n'hésiteront pas à moucher cet adorable rougeoiement.

Ils se turent tous les deux quand le serveur m'apporta ma salade. Je relevai la tête vers Jax.

— Dites-m'en plus.

Il sourit.

— L'éther est la « source » que Scion évoque à l'occasion. Le royaume des morts errants. La source à laquelle le Roi-Sanglant aurait soi-disant eu accès lors d'une séance, et qui l'aurait poussé à commettre cinq meurtres épouvantables avant de répandre une épidémie de clairvoyance sur notre monde. Sottises que tout cela, bien entendu. L'éther est simplement le plan spirituel, et les clairvoyants sont ceux dotés de la faculté d'y accéder. Il n'y a jamais eu d'épidémie. Nous avons toujours existé. Certains d'entre nous sont bons, d'autres mauvais – si tant est que le mal existe. Mais quoi qu'il en soit, la clairvoyance n'est pas une maladie.

— Et donc Scion mentirait ?

— Oui. Il va falloir te faire à cette idée. (Jaxon s'alluma un cigare.) Édouard était peut-être Jack l'Éventreur, mais je doute sincèrement qu'il ait été clairvoyant. Bien trop maladroit pour ça.

— Nous ignorons pourquoi ils ont tout collé sur le dos de la clairvoyance, intervint Nick. C'est un mystère dont seule l'Archonterie détient les clés.

— Comment est-ce que cela fonctionne ?

J'étais parcourue de fourmillements. Je pouvais être anormale. Je pouvais être l'une des leurs.

— Tous les esprits ne disparaissent pas docilement au cœur de l'éther, où nous supposons que se trouve la mort ultime, répondit Jaxon. (Je voyais bien qu'il y prenait beaucoup de plaisir.) Au lieu de cela, certains s'attardent, vagabondent entre les plans corporel et spirituel. Quand ils sont dans cet état, nous les surnommons des errants. Ils gardent leur personnalité, et la plupart d'entre eux peuvent être contactés. Ils ne disposent que d'un certain degré de liberté, et sont généralement heureux de venir en aide aux voyants.

— Vous parlez de vraies personnes mortes ? m'étonnai-je. Que vous pouvez manipuler comme des pantins ?

— C'est ça.

— Et pourquoi se laissent-elles faire ?

— Parce que cela leur permet de rester auprès de ceux qu'elles aiment. (Il renifla avec dédain, comme si ce concept d'amour le dépassait.) Ou auprès de ceux qu'elles veulent hanter. Elles échangent leur libre arbitre contre une sorte d'immortalité.

Je pris une fourchetée de salade que je mâchai lentement. J'avais l'impression de mastiquer une boulette de coton humide.

— Bien sûr, elles ne commencent pas directement en tant qu'esprits. (Jaxon me tapota le revers de la main.) Tu as un corps de chair et d'os, tu peux déambuler à ta guise sur le plan corporel. En revanche, tu disposes également d'une connexion privée avec l'éther. Nous l'appelons le territoire des rêves. Le cadre de vie de l'esprit humain.

— Attendez une seconde. Vous n'arrêtez pas de dire « nous », mais de qui parlez-vous exactement ? Des clairvoyants ?

— Oui. Nous formons une communauté très dynamique. (Nick m'adressa un sourire chaleureux.) Mais aussi très secrète.

— On peut identifier un voyant par son aura. C'est comme ça que Nick t'a repérée, précisa Jaxon. (Mon intérêt grandissant semblait l'emplir de joie.) Tout le monde dispose d'un territoire des rêves, vois-tu. Une illusion de sécurité, une sorte de *locus amoenus*. Tu comprends ? (Je n'en étais pas certaine.) Le territoire des rêves des voyants est coloré. Celui des autres est en noir et blanc. Ils ne le voient que lorsqu'ils rêvent. Les amaurotiques, en conséquence, rêvent en monochrome. Les voyants, à l'inverse...

— ... rêvent en couleur ?

— Les voyants ne rêvent pas, ma chère petite. Pas de la même manière que les amaurotiques. Ce plaisir oiseux leur est réservé. Mais la couleur du territoire des rêves d'un voyant brille au travers de sa forme corporelle, créant une aura. Les gens relevant du même type de voyance ont tendance à avoir des auras très similaires. Tu apprendras à les discerner.

— Est-ce que je peux voir les auras ?

Ils échangèrent un regard. Du bout des doigts, Nick retira ses lentilles. J'en eus froid dans le dos.

— Regarde-moi dans les yeux, Paige.

Il n'eut pas à me le répéter. Je me souvenais de ses prunelles comme si je les avais vues la veille. Leur gris vert délicat, les lignes fines partant de ses iris. Je n'avais en revanche pas remarqué alors l'espèce de défaut en forme de serrure dans sa pupille droite.

— Certains voyants disposent d'une sorte de troisième œil. (Il se rassit.) Ils peuvent voir les auras, ainsi que les errants. Tu peux être à moitié doté, comme moi – je n'ai qu'un colobome –, ou complètement doté, comme Jax.

Jaxon ouvrit grand les paupières pour me montrer. Ses deux yeux étaient porteurs du même défaut.

— Je n'ai pas de truc comme ça, déclarai-je. Ça veut dire que je suis clairvoyante, mais que je n'ai pas de troisième œil ?

— La cécité est assez fréquente dans les ordres supérieurs. Ton don ne nécessite pas que tu voies les esprits. (Jaxon m'adressa un sourire ravi.) Tu peux percevoir les auras et les errants, sans les voir avec tes yeux.

— Ce n'est pas vraiment un inconvénient, précisa Nick en me tapotant la main. Ton sixième sens sera d'autant plus affûté sans support visuel.

Même s'il faisait relativement chaud dans le restaurant, une vague de froid se répandit en moi. J'observai les deux hommes tour à tour, leurs visages différents.

— Et quel genre de clairvoyant suis-je ?

— C'est ce que nous aimerions découvrir. Au cours des années, j'ai pu recenser sept ordres de voyants différents. Ma chère petite, je crois bien que tu appartiens au plus élevé d'entre tous, ce qui ferait de toi l'une des clairvoyantes les plus exceptionnelles du monde moderne. Au cas où l'avenir me donnerait raison (il tira une pochette de sa luxueuse sacoche en cuir), j'aimerais que tu signes un contrat d'embauche. (Il ne me quitta pas des yeux.) Je pourrais inscrire un nombre infini de zéros sur ce chèque, Paige. Combien devrai-je débourser pour te recruter ?

Mon cœur se mit à tambouriner contre ma poitrine.

— Et si tu commençais par m'offrir un verre ?

Jaxon se cala confortablement contre son dossier.

— Nick, va donc chercher un verre de mecks pour cette jeune femme. Il faut la bichonner.

14
Le lever de soleil

Durant les nuits suivantes, le gouverneur et moi n'échangeâmes pas un mot ; et je n'eus pas de séance d'entraînement. Tous les soirs, je sortais dès que la cloche sonnait, sans jamais lui accorder un regard. Il m'observait faire sans m'arrêter. J'aurais presque aimé qu'il tente de m'en empêcher, histoire d'évacuer un peu de ma colère.

Lors de l'une de mes escapades, j'essayai d'aller voir Liss. Il pleuvait à grosses gouttes, et je me languissais de retrouver la chaleur de son poêle. J'en fus malheureusement incapable. À présent que j'avais à nouveau sauvé la vie de mon ennemi, je ne pouvais plus croiser son regard.

Je trouvai bientôt un nouveau refuge, un endroit que je ferais mien : un passage voûté sur l'escalier du Hawksmoor. Il avait dû autrefois s'agir d'une structure majestueuse, mais c'était désormais sa grandeur qui la rendait tragique : la façade lourde et froide, aux rebords s'effritant, semblait attendre un renouveau qui ne viendrait peut-être jamais. J'y établis ma tanière. J'y retournais chaque nuit. Parfois, quand il n'y avait pas d'arracheurs d'os de faction, je me faufilais dans la bibliothèque et y dérobais des livres que je rapportais dans mon antre. Il y avait tant d'ouvrages interdits dans ces rayonnages que je me demandais si Scion ne les expédiait pas tous là. Jax aurait vendu son âme pour s'en emparer. Si tant est qu'il en ait eu une.

Quatre nuits s'étaient écoulées depuis que j'avais donné mon sang. Je n'arrivais toujours pas à comprendre pourquoi je l'avais aidé. Quel genre de coup tordu m'avait-il joué ? La simple évocation de mon sang dans son organisme me retournait l'estomac. Je ne supportais pas de penser à ce que j'avais fait.

La fenêtre était entrouverte. Je les entendrais s'ils venaient à mes trousses. Je ne les laisserais pas me surprendre comme ils l'avaient fait en I-5. Je découvris un livre intitulé *Le Tour d'écrou*, dissimulé parmi les rayonnages. Il pleuvait dru. J'avais décidé de rester à l'intérieur, dans la bibliothèque. J'étais allongée sur le ventre, sous un bureau, à déchiffrer mon roman à la lueur d'une petite lampe à pétrole.

Dehors, la Broad était silencieuse. La plupart des harlies commençaient à s'entraîner pour les célébrations du Bicentenaire. Selon la rumeur, le Grand Inquisiteur en personne allait y assister. Il allait falloir l'impressionner par notre nouveau mode de vie, sans quoi il risquait de mettre un terme au *petit arrangement*. Même s'il n'avait en réalité guère le choix. Néanmoins, nous devions prouver notre utilité, au moins pour le divertir. Le convaincre que nous valions mieux qu'une simple injection de NitVite.

Je sortis l'enveloppe que David m'avait confiée. Se trouvait à l'intérieur un fragment de page de cahier, déchiré et jauni. Je l'avais déjà étudié nombre de fois. On eût dit qu'une bougie était tombée dessus : les coins étaient durcis à la cire, et une flamme en avait fait disparaître le milieu. Un croquis à moitié effacé figurait dans un angle ; il avait dû s'agir d'un visage, aujourd'hui estompé et défiguré. Je ne distinguais que quelques mots.

Les réphaïm sont – – créatures. Dans le – – appelés – – à l'intérieur – – frontières de – – possible – – périodes de temps illimitées, mais – – nouvelle forme, cette – – faim incontrôlable et – – l'énergie entourant le signifiant – – fleur rouge, le – – seul moyen – – nature du – – et alors seulement pourra – –

J'essayai une fois encore de combler les trous, de trouver une sorte de motif. Les passages sur la faim et l'énergie n'étaient pas difficiles à reconstituer, mais je n'arrivais pas à comprendre le sens de *fleur rouge*.

L'enveloppe renfermait également autre chose : un daguerréotype estompé. L'année 1842 avait été griffonnée dans un coin. Je contemplai le cliché un long moment, sans rien y voir d'autre que des taches blanches sur fond noir. Je rangeai l'enveloppe dans ma tunique et me mis à mordiller un morceau de pain rassis. Comme je commençais à fatiguer, j'éteignis ma lampe et me recroquevillai en position fœtale.

Mon esprit grouillait de détails inexpliqués. Le gouverneur et ses blessures. Pleione lui apportant le sang de Seb. David et son intérêt pour moi. Et Nashira, qui semblait tout voir et tout savoir.

Je me forçai à ne me concentrer que sur le gouverneur. J'avais toujours un goût de bile dans la bouche en repensant au sang de Seb dans un tube étiqueté, prêt à consommer. J'espérais qu'ils l'avaient prélevé de son vivant, pas sur son cadavre. Et puis il y avait Pleione. C'était elle qui l'avait apporté ; elle devait donc savoir qu'Arcturus souffrait de nécrose, ou au moins qu'il risquait d'en souffrir. Elle avait dû se débrouiller pour lui venir en aide avant qu'il soit trop tard. Et comme elle avait été retardée, il s'était rabattu sur *mon* sang. J'ignorais à quoi il s'adonnait, mais elle était manifestement dans la confidence.

Le gouverneur avait un secret. Moi aussi. Je dissimulais mon lien avec la pègre, un lien que Nashira se serait fait un plaisir de déraciner. Je pourrais m'accommoder de son silence tant qu'il s'accommoderait du mien.

Je parcourus du doigt mon bras pansé. Ma blessure refusait de se refermer. À mes yeux, elle était aussi atroce que le marquage que j'avais subi. Si elle cicatrisait, je n'oublierais jamais la honte et la peur que j'avais ressenties en le faisant. Une peur très semblable à celle que j'avais éprouvée lors de ma première rencontre avec le monde des esprits. La peur de ce que j'étais. De ce que je pouvais devenir.

Je dus m'assoupir. Une douleur aiguë à la joue me ramena à la réalité.

— Paige !

Liss me secouait. J'avais les yeux rouges et gonflés.

— Paige, bordel, qu'est-ce que tu fous ici ? Le jour est levé. Des arracheurs d'os sont à ta recherche.

Je levai la tête, à moitié endormie.

— Pourquoi ?

— Parce que le gouverneur le leur a ordonné. Tu étais censée rentrer à Magdalen il y a plus d'une heure.

Elle avait raison : le ciel était déjà d'or. Liss me força à me lever.

— Tu as de la chance qu'ils ne t'aient pas trouvée ici. C'est interdit.

— Et toi, comment tu m'as repérée ?

— Moi aussi, je venais me réfugier ici. (Elle m'attrapa par les épaules et riva ses yeux aux miens.) Tu vas devoir implorer le pardon du gouverneur. Si tu te mets à genoux, peut-être qu'il ne te punira pas.

Je me retins d'éclater de rire.

— Me mettre à genoux ?

— C'est ta seule chance.

— Je ne me rabaisserai à ça pour rien au monde.

— Il te battra.

— Peu m'importe. Ils devront m'y emmener de force. (Je jetai un coup d'œil par la fenêtre.) Tu risques des ennuis s'ils me débusquent chez toi ?

— C'est toujours mieux qu'ici. (Elle me tira par le poignet.) Viens. Ils seront bientôt là.

Je poussai du pied la lampe et le livre sous une étagère, faisant disparaître les preuves. Nous descendîmes au pas de course l'escalier sombre et nous retrouvâmes dehors. L'air vivifiant sentait la pluie.

Liss me retint jusqu'à ce que la route soit libre. Nous nous faufilâmes à travers la cour, franchîmes le porche humide et atterrîmes sur la Broad. Le soleil brillait au-dessus des bâtiments. Liss écarta deux panneaux de contreplaqué mal fixés et nous y pénétrâmes pour rejoindre la Bauge. Elle me dirigea à travers des grappes d'artistes. Leurs maigres possessions jonchaient le sol, comme si leurs baraques avaient été retournées. L'un des garçons, appuyé contre un mur, pleurait des larmes de sang. Des chuchotements s'élevaient dans notre sillage.

Je me baissai pour entrer chez Liss. Julian nous y attendait, un bol de bouillon en équilibre sur son genou. Il leva les yeux à notre arrivée.

— 'lut.

Je m'assis.

— Content de me voir ?

— Mouais. (Il se fendit d'un léger sourire.) Au moins parce que ça me rappelle qu'il faut que je me dégotte vite fait un réveil.

— Et toi, tu n'es pas censé être à l'intérieur ?

— J'étais sur le point de rentrer, mais maintenant que tu es là, j'aurais l'impression de louper la fête.

— Ohé, vous deux ! (Liss nous fusilla du regard.) Ils ne plaisantent pas avec le couvre-feu, Jules. Vous allez tous les deux recevoir une bonne correction.

Je recoiffai mes cheveux humides.

— Combien de temps avant qu'ils nous retrouvent ?

— Pas longtemps. Ils referont bientôt le tour des chambres. (Elle s'assit.) Pourquoi vous ne partez pas ?

Tous les muscles de son corps semblaient tétanisés.

— Ça va aller, Liss, lui assurai-je. Je vais gérer ça.

— Les arracheurs d'os sont brutaux. Ils ne t'écouteront pas. Et je te le dis tout net : le gouverneur va te tuer si tu...

— Je me fous du gouverneur.

Liss s'enfonça la tête dans les mains. Je me tournai vers Julian. Sa tunique de novice avait été remplacée par une autre, de couleur rose.

— Qu'est-ce que tu as dû faire ?

— Nashira m'a demandé ce que j'étais, répondit-il. Je lui ai dit que j'étais palmiste, mais elle s'est vite rendu compte que je ne pouvais rien lire du tout dans ses mains. Elle a fait venir une amaurotique dans la pièce, et l'a fait attacher à une chaise. J'ai repensé à Seb, et je lui ai demandé si je pouvais avoir un peu d'eau pour y lorgner.

— Tu es hydromancien ?

— Non, mais je ne veux pas qu'elle connaisse mon don. C'est juste la première chose qui me soit passée par la tête. (Il se massa les tempes.) Elle a rempli un bol doré et m'a ordonné d'y chercher une certaine Antoinette Carter.

Je fronçai les sourcils. Antoinette « Toni » Carter était le nom d'une célébrité irlandaise du début des années quarante. Elle avait sa propre émission télé, *Les Vérités de Toni*, diffusée tous les jeudis soir. Là, elle prenait les gens par la main et prétendait leur lire l'avenir de sa voix grave et mesurée. Le programme avait été supprimé après l'Incursion de 2046, quand Scion avait envahi l'Irlande. Carter s'était alors terrée quelque part. Elle publiait encore une feuille de chou illégale, le *Feu follet*, qui dénonçait les exactions commises par Scion.

Pour des raisons qui nous échappaient, Jaxon avait demandé à un faussaire nommé Léon – spécialisé dans l'envoi de messages hors de Scion – de prendre contact avec elle. Je n'avais jamais eu le fin mot de l'histoire. Léon était un bon faussaire, mais il fallait énormément de temps pour contourner les systèmes de sécurité de Scion.

— C'est une fugitive, déclarai-je. Elle habitait en Irlande.

— Eh bien, elle n'y est plus.

— Qu'est-ce que tu as vu ? (Je n'aimais pas l'expression qu'il arborait.) Qu'est-ce que tu lui as dit ?

— Ça ne va pas te plaire. (En voyant ma tête, il poussa un soupir.) Je lui ai dit que j'avais vu des cadrans. Je me suis souvenu que Carl en avait parlé, et ça m'a paru crédible de répéter sa version.

Je me détournai. Nashira cherchait Jaxon. Tôt ou tard, elle finirait par comprendre de quels cadrans il s'agissait.

— Je suis désolé. Je me serais donné des baffes. (Il se frotta le front.) En quoi ces cadrans sont-ils si importants ?

— Navrée, je ne peux pas te le dire. Mais quoi qu'il advienne (je jetai un coup d'œil vers l'entrée de la cabane), Nashira ne doit plus jamais en entendre parler. Ça mettrait certains de mes amis en grand danger.

Liss s'emmitoufla dans une couverture.

— Paige, dit-elle, je crois que tes amis ont essayé de te contacter.

— Comment ça ?

— Gomeisa m'a emmenée au Château pendant un temps. (Elle prit un air sévère.) J'étais dans ma cellule, à étaler mes cartes pour les lui lire, quand j'ai été attirée par le Pendu. Quand je l'ai ramassé, il était retourné. J'ai vu l'éther. Le visage d'un homme. Il m'a évoqué la neige.

Nick. Les devins disaient toujours de lui que, quand ils le voyaient, il était tel de la neige.

— Qu'a-t-il envoyé ?

— L'image d'un téléphone. Je crois qu'il essaie de savoir où tu es.

Un téléphone. Bien sûr : il ignorait ma condition. Personne dans le gang ne savait que j'avais été capturée, même s'ils avaient dû désormais sentir l'embrouille. Nick voulait que je l'appelle pour lui donner des nouvelles.

Il avait dû lui falloir des jours pour trouver le bon chemin dans l'éther. S'il retentait le coup au cours d'une séance, il parviendrait peut-être à m'envoyer un message. Je n'arrivais en revanche pas à comprendre pourquoi il s'était adressé à Liss : il connaissait mon aura, il n'aurait dû avoir aucun mal à la repérer. C'était peut-être à cause des pilules, ou d'interférences provoquées par les réph. Peu importait. Il avait essayé de me contacter. Il n'abandonnerait pas si facilement.

La voix de Julian interrompit le fil de mes pensées :

— Tu connais vraiment d'autres sauteurs, Paige ? (Quand je me tournai vers lui, il haussa les épaules.) Je pensais que le septième ordre était aussi le plus rare.

Des *sauteurs*. Un mot lourd de sens. L'un des ordres de la voyance, comme les devins ou les augures. Il s'agissait de la catégorie à laquelle j'appartenais : ceux susceptibles d'agir sur l'éther ou d'y pénétrer. Jax avait commencé son recensement dans les années trente, quand il avait environ mon âge. Son premier fait d'armes avait été *Des mérites de l'Anormalité*, qui s'était répandu comme une nuée de sauterelles au sein de la pègre. À l'intérieur, il identifiait sept ordres de la clairvoyance : les devins, les augures, les médiums, les sensoriels, les gardiens, les furies et les sauteurs. Les trois derniers, selon lui, étaient assez largement supérieurs aux autres. Une façon novatrice de considérer la clairvoyance, qui n'avait jusqu'alors jamais été rationalisée de la sorte ; néanmoins, les ordres « inférieurs » avaient mal réagi. Les guerres de gangs qui en avaient résulté s'étaient prolongées pendant environ deux années particulièrement sanglantes. Les éditeurs de Jax avaient fini par retirer l'opuscule, mais les rancunes persistaient.

— Oui, affirmai-je. Un seul. Un oracle.

— Tu dois jouer un rôle important dans la pègre.

— Plutôt, oui.

Liss me servit une louche de bouillon. Si elle avait la moindre opinion sur le *Des mérites*, elle ne la formula pas.

— Jules, dit-elle, pourrais-tu nous laisser seules quelques minutes ?

— Bien sûr, répondit-il. Je vais voir s'il n'y a pas des rouges qui traînent.

Il quitta la baraque. Liss observa le réchaud.

— Qu'est-ce qui ne va pas ? lui demandai-je.

Elle resserra la couverture autour d'elle.

— Paige, je me fais du souci pour toi.

— Pourquoi ?

— J'ai juste un mauvais pressentiment par rapport aux festivités – tu sais, le Bicentenaire. Je ne suis peut-être pas oracle, mais je vois des choses. (Elle sortit son jeu de cartes.) Tu veux bien que je te les tire ? Je ressens parfois le besoin de lire certaines personnes.

J'hésitai. Je ne me servais de cartes que pour jouer au *tarocchi*.

— Si tu veux.

— Merci. (Elle posa le jeu entre nous.) Quelqu'un t'a-t-il déjà lu les signes ? Un devin ou un augure ?

— Non.

On me l'avait pourtant proposé à plusieurs reprises, mais je n'avais jamais jugé judicieux d'avoir un aperçu de mon avenir. Nick me suggérait parfois quelques pistes, que je ne le laissais pas développer.

— D'accord. Donne-moi ta main.

Je tendis la main droite. Liss s'en saisit. Un masque de concentration se déposa sur son visage tandis qu'elle enfonçait ses doigts dans les cartes. Elle en retira sept, qu'elle disposa à l'envers sur le sol.

— Je me sers du tirage en ellipse. Je lis ton aura, puis je choisis cinq cartes que j'interprète ensuite. Tout le monde ne fait pas la même interprétation d'une carte en particulier, alors ne le prends pas mal si tu entends quelque chose qui ne te convient pas. (Elle me lâcha la main.) La première concerne ton passé. Je vais découvrir une partie de tes souvenirs.

— Tu *vois* les souvenirs ?

Elle se fendit d'un demi-sourire. Elle en dégageait manifestement une certaine fierté.

— Les tireurs peuvent se servir d'objets, mais nous n'entrons généralement dans aucune catégorie. Même *Des mérites* nous l'accorde. Je vois ça comme un point positif.

Elle retourna la première carte.

— 5 de coupe, annonça-t-elle. (Elle ferma les paupières.) Tu as perdu quelque chose quand tu étais toute petite. Je vois un homme aux cheveux auburn. Ce sont ses coupes qui sont renversées.

— Mon père, dis-je.

— Oui. Tu es debout derrière lui. Tu lui parles. Il ne répond pas. Il regarde fixement une photo.

Sans rouvrir les yeux, elle retourna la carte suivante. À l'envers.

— Ça, c'est le présent. Le Roi de Bâton inversé. (Elle retroussa sa lèvre purpurine.) Il te contrôle. Même aujourd'hui, tu ne peux échapper à son emprise.

— Le gouverneur ?

— Je ne crois pas. Cependant, il a du pouvoir. Il attend trop de toi. Il te fait peur.

Jaxon.

— La suivante représente le futur.

Elle retourna la carte et prit une profonde inspiration.

— Le Diable. Cette carte représente une force de désespoir, de restriction, de peur – mais tu y as toi-même cédé. Il y a l'ombre que le Diable incarne, mais je ne vois pas son visage. Je ne sais pas quel pouvoir cette personne a sur toi, mais tu parviendras à y échapper. Elle cherchera à te faire croire que tu es liée à elle pour l'éternité, mais ce ne sera pas le cas. Même si tu le penseras.

— S'agit-il de mon partenaire ? (Mon ventre se noua.) D'un petit ami ? À moins que, cette fois, ce soit le gouverneur ?

— Possible. Je l'ignore. (Elle se força à sourire.) Ne t'en fais pas. La carte suivante te dira quoi faire le moment venu.

J'étudiai celle-ci.

— L'Amoureux ?

— Oui. (Elle parlait désormais d'un ton monocorde.) Je ne vois pas grand-chose. Une tension entre la chair et l'esprit. Trop. (Elle approcha les doigts de la carte suivante.) Des influences extérieures.

Je n'étais pas certaine de pouvoir en supporter davantage. Jusqu'à présent, il n'y avait eu qu'une chose positive, qui promettait néanmoins d'être douloureuse. Je ne m'attendais certainement pas à l'Amoureux.

— La Mort inversée. La Mort est une carte comme les autres pour les voyants. Généralement, elle apparaît plutôt pour le passé ou le présent. Mais ici, et inversée… Je ne suis pas sûre. (Je vis ses yeux remuer derrière ses paupières.) C'est très loin dans l'avenir, ma vision se trouble. C'est vague. Je sais que le monde changera autour de toi, et que tu feras tout ce qui est en ton pouvoir pour y résister. La Mort elle-même interviendra de différentes façons. En repoussant le changement, tu prolongeras tes propres souffrances.

» La sixième carte, à présent. Tes espoirs et tes craintes. (Elle la ramassa, fit courir son pouce dessus.) Le 8 d'épée.

L'image révélait une femme, prisonnière d'un cercle d'épées retournées. Elle avait un foulard sur les yeux. La peau de Liss ruisselait de sueur.

— Je te vois. Tu as peur. (Sa voix chevrota.) Je vois ton visage. Tu ne peux plus bouger. Tu peux rester sur place, prise au piège, ou sentir la douleur des épées.

Il devait s'agir du pire tirage qu'elle ait jamais vu. Je ne voulais plus connaître la dernière carte.

— Et l'issue finale. (Liss tendit la main.) Celle qui vient conclure le reste du tirage.

Je fermai les yeux. L'éther vacilla.

Je ne vis jamais cette carte. Trois personnes entrèrent en furie dans la baraque, faisant sursauter Liss. Les arracheurs d'os m'avaient retrouvée.

— Tiens, tiens, tiens ! Il semblerait que nous ayons débusqué la fugitive. Et sa complice. (L'un d'eux attrapa Liss par le poignet, la forçant à se lever.) Tu tires les cartes à ton invitée ?

— Je me...

— Tu te servais de l'éther. En privé. (La voix était féminine, malveillante.) Tu n'as le droit de lire que ton gardien, 1.

Je me mis debout.

— Je suppose que c'est moi que vous cherchez.

Tous trois pivotèrent dans ma direction. La fille semblait légèrement plus âgée que moi, avec ses longs cheveux filasse et son front proéminent. Les deux garçons, plus jeunes, se ressemblaient tant qu'il ne pouvait s'agir que de frères.

— Effectivement. C'est bien toi. (Le plus grand des garçons repoussa Liss.) Tu vas nous accompagner calmement, 40 ?

— Tout dépend de l'endroit où vous comptez m'emmener.

— À Magdalen, espèce de pérox. Le jour est levé.

— Je peux y aller toute seule.

— Nous devons t'y escorter. Ce sont les ordres. (La fille me gratifia d'un regard ignoble.) Tu as transgressé les règles.

— Tu penses pouvoir m'arrêter ?

Liss secoua la tête, mais je ne tins pas compte de son avertissement. Je forçai la fille à détourner les yeux. Elle serra les dents.

— À toi l'honneur, 16.

16 était le plus petit des deux gars, mais aussi le plus trapu. Il tendit la main et m'attrapa le poignet. Vive comme l'éclair, je tordis le bras vers la droite. Ses doigts et son pouce glissèrent sur ma peau. Je lui balançai un coup de poing dans la gorge, le propulsant contre son frère.

— J'ai dit que j'irais seule.

16 s'étreignit le cou à deux mains. Le plus grand se rua sur moi. J'esquivai son bras et lui décochai un coup de pied en plein dans le ventre. Ma botte s'y enfonça profondément, lui coupant le souffle. La fille me prit par surprise en m'empoignant les cheveux pour me tirer en arrière. Ma tête vint percuter une paroi métallique. 16 siffla de rire tandis que son frère me clouait au sol.

— Je crois que tu as grand besoin d'apprendre le respect, me dit-il en plaquant une main sur ma bouche. Ton gardien ne m'en voudra pas de te donner une petite leçon. De toute façon, il n'est jamais là.

De sa main libre, il me tripota la poitrine. Il s'attendait à une proie facile, à une fille sans défense. Pas à une malonette. Je lui fracassai le nez d'un coup de front. Il jura. La fille m'immobilisa les bras. Elle poussa un hurlement quand je lui mordis le poignet.

— Sac à merde !

— Lâche-la, Kathryn ! (Liss tira sur sa tunique pour la faire dégager.) Qu'est-ce qui t'est arrivé ? C'est Kraz qui t'a rendue si cruelle ?

— J'ai grandi. Je ne veux pas finir comme toi, à vivre dans ma crasse. (Kathryn lui cracha dessus.) Tu es pitoyable. Une saloperie de harlie pitoyable.

Mon assaillant avait beau saigner copieusement du nez, il n'avait pas jeté l'éponge pour autant. Des gouttes écarlates me tombèrent sur le visage. Il tira violemment sur mon vêtement, faisant craquer une couture. Je le repoussai au niveau du torse, sentant mon esprit à deux doigts de se libérer. Je réprimai mon besoin de riposter, si fort que les larmes me montèrent aux yeux.

Puis Julian arriva. Il avait un œil poché, une coupure à la joue. Ils avaient dû lui tomber dessus avant d'arriver à la baraque. Il enroula le bras autour du cou du garçon.

— C'est comme ça que vous prenez votre pied, vous, les arracheurs ? (Je ne l'avais encore jamais vu perdre ses nerfs.) Vous préférez qu'elles se débattent ?

— T'es un homme mort, 26, cracha mon adversaire. Attends que ton gardien l'apprenne.

— Va lui dire. Chiche !

Je me rhabillai, les mains tremblantes. Le rouge leva les bras pour se protéger. D'un violent uppercut, Julian le mit KO. Du sang gicla sur sa tunique, l'assombrissant d'une teinte. Un morceau de dent tomba de sa bouche.

Kathryn se débattait. Du revers de la main, elle atteignit la joue de Liss, qui laissa échapper un glapissement. Son cri me tétanisa. J'avais l'impression d'entendre à nouveau celui de Seb – sauf que, cette fois, il n'était pas trop tard. Je me relevai avec peine dans le but de plaquer Kathryn au sol, mais 16 m'attrapa au niveau de la taille. Il était médium, mais ne se servait pas d'esprits. Seul le sang l'intéressait.

— Suhail, rugit-il.

La rixe avait attiré une grappe de harlies. Une veste blanche se tenait parmi eux. Je le reconnus immédiatement : le gamin aux tresses africaines, le polyglotte.

— Va chercher Suhail, petit branleur, enragea Kathryn. (Elle tenait Liss par les cheveux.) Tout de suite !

Il ne bougea pas. Il avait de grands yeux sombres dotés de longs cils. Son infection avait disparu. Je secouai la tête à son intention.

— Non, répliqua-t-il.

16 poussa un vagissement.

— Traître !

Certains des artistes s'enfuirent en entendant ce mot. Je tâchai de me libérer de l'emprise de 16, la peau luisante de sueur. J'aperçus un rougeoiement du coin de l'œil.

Le réchaud. Je vis les flammes lécher les planches.

Liss se libéra de Kathryn. Elle poussa 16. Julian l'attira loin de nous.

Un fin filet de fumée envahissait la baraque. Liss voulut rassembler ses cartes, ratissant le sol pour les récupérer toutes. Kathryn en profita pour lui écraser la tête, lui arrachant un cri étouffé.

— Hé, regarde ! (Kathryn brandit une carte dans ma direction.) Je crois que celle-là est pour toi, XX-40.

L'image montrait un homme allongé sur le ventre, pourfendu de dix épées. Liss voulut récupérer son bien.

— Non ! Ça n'était pas la...

— Ferme-la ! aboya Kathryn en la plaquant au sol. (16 surgit derrière moi et me cravata.) Putain de diseuse. Tu crois que tu as la vie dure ? Tu crois que c'est difficile de danser pour eux pendant qu'on se fait dévorer par les ronfleurs ?

— Tu n'étais pas obligée d'y retourner, Kathy...

— Ta gueule ! (Elle lui écrasa le nez par terre, trop furieuse pour se soucier de l'incendie.) Tous les soirs, je vais dans les bois et je vois des gens se faire arracher les bras, tout ça pour empêcher les émim d'arriver jusqu'ici et de t'égorger. Pendant ce temps, tu restes posée sur ton cul à jouer avec tes cartes et tes rubans. Je ne serai plus jamais comme toi, tu m'entends ? Les réph ont vu autre chose en moi !

Julian empoigna 16 et le propulsa à l'extérieur. Je me précipitai vers les cartes, mais Kathryn fut plus prompte.

— Bonne idée, 40, dit-elle en pleine crise d'hystérie. Donnons une bonne leçon à cette ordure de veste jaune.

Elle jeta le jeu entier dans les flammes.

La réaction fut instantanée. Liss poussa un hurlement déchirant. Jamais je n'avais entendu un humain émettre un bruit pareil. Mes cheveux se hérissèrent. Les cartes s'embrasèrent telles des feuilles mortes. Liss voulut en sauver une, mais je la retins par le poignet.

— C'est trop tard, Liss !

Elle refusa de m'écouter. Elle plongea la main dans le feu, répétant des « non, non, non » étouffés.

Il n'y avait que peu de combustible, le feu s'éteignit donc bientôt. Liss resta à genoux, les mains cloquées, le regard perdu dans les restes carbonisés. Son visage était grisâtre, ses lèvres violettes. Elle étouffa quelques sanglots désespérés en se balançant d'avant en arrière. Je la serrai contre moi, contemplant sans rien dire les vestiges de son jeu. Son petit corps tressautait.

Sans ses cartes, Liss ne pouvait plus entrer en connexion avec l'éther. Il allait lui falloir beaucoup de courage pour se remettre d'un tel choc.

Kathryn m'attrapa par l'épaule.

— Cela ne serait jamais arrivé si tu étais venue avec nous. (Elle torcha de la manche son nez ensanglanté.) Debout.

Je la dévisageai et approchai mon esprit à l'extrême limite du sien. Elle se recula avec une grimace.

— Ne bouge pas, lui intimai-je.

La fumée me brûlait les yeux, mais je ne cillai pas. Kathryn tenta de rire, mais son nez saignait de plus en plus.

— Tu es un monstre. Tu es quoi, un genre de furie ?

— Les furies n'ont pas d'incidence sur l'éther.

Elle cessa de glousser.

Un cri étouffé retentit dehors. Suhail se fraya un passage jusqu'à la baraque, bousculant les artistes terrifiés. Il découvrit tout d'un coup : la fumée, le désordre. Kathryn mit un genou à terre et ploya le cou.

Je restai parfaitement immobile. Suhail m'attrapa par les cheveux et colla mon nez au sien.

— Toi, dit-il. Tu vas mourir aujourd'hui.

Ses yeux virèrent à l'écarlate.

Je compris alors qu'il le pensait vraiment.

15

La chute d'un mur

Le concierge de jour observa d'un air ébahi Suhail me traîner à l'intérieur en me tirant par le poignet. J'avais la gorge en feu, les joues maculées de sang. Il me fit gravir l'escalier et se mit à marteler la porte du gouverneur.

— Arcturus !

Un tintement étouffé attira mon attention. Liss m'avait dit que le gouverneur me tuerait pour être rentrée après l'aube. Que penserait-il d'un refus d'obtempérer ?

La porte s'ouvrit. Le gouverneur était là, silhouette imposante se dessinant sur l'intérieur faiblement éclairé. Ses prunelles étaient deux pointes de lumière. J'étais clouée sur place. Avoir mon aura sapée m'avait provoqué comme une sorte de crise. Je ne sentais plus l'éther. Plus rien. S'il essayait de me tuer maintenant, je ne pourrais rien faire pour l'en empêcher.

— On l'a trouvée, déclara Suhail en me poussant devant lui. Elle se planquait dans la Bauge. Cette sale petite rebelle a tenté de provoquer un incendie.

Le gouverneur nous considéra tour à tour. Les preuves étaient limpides : les yeux de Suhail, mes joues maculées de sang.

— Tu t'es nourri sur elle, constata-t-il.

— C'est mon droit le plus absolu de me nourrir sur les humains.

— Pas sur celle-ci. Tu en as bien trop pris. La reine de sang risque de ne pas apprécier ton manque de mesure.

Je ne pouvais voir le visage de Suhail, mais je l'imaginais arborer un rictus méprisant.

Je rompis le silence qui s'ensuivit en toussant ; une toux douloureusement sèche. Je tremblais des pieds à la tête. Les yeux du gouverneur se posèrent sur ma tunique déchirée.

— Qui a fait ça ?

Je restai coite. Arcturus se mit à ma hauteur.

— Qui a fait ça ? (Sa voix me glaça la poitrine.) Une veste rouge ?

Je hochai très légèrement la tête. Le gouverneur se tourna alors vers Suhail.

— Tu laisses les vestes rouges violer d'autres humains durant ta garde ?

— Leurs méthodes m'importent peu.

— Nous ne voulons pas qu'ils se *reproduisent*, Suhail. Nous n'avons ni le temps ni les moyens de gérer une grossesse.

— Les pilules les stérilisent. Et puis, la fornication relève de la surveillance du Superviseur.

— Tu feras ce que je t'ordonne.

— Évidemment. (Il me toisa de ses billes écarlates.) Mais revenons-en à nos moutons : demande pardon à ton maître, 40.

— Non, rétorquai-je.

Il me gifla. Je basculai de côté, percutant le mur. Une myriade de couleurs m'apparut devant les yeux.

— Demande pardon à ton maître, XX-59-40.

— Il va falloir me cogner plus fort que ça.

Il leva la main pour s'exécuter, mais le gouverneur lui bloqua le bras avant que le coup puisse porter.

— Je m'occuperai d'elle personnellement, affirma-t-il. Il ne t'appartient pas de la punir. Va réveiller le Superviseur et faites en sorte que tout le monde se calme. Je refuse que les heures de jour soient perturbées par ce genre d'événement.

Ils se défièrent longuement du regard. Suhail finit par laisser échapper un grognement, tourna les talons et disparut. Le gouverneur le regarda partir. Puis, après quelques secondes, il m'attrapa par l'épaule et me fit entrer sans ménagement.

Son intérieur était semblable à l'habitude : les rideaux tirés, un feu dans l'âtre. Le gramophone jouait *Mr Sandman*. Le lit semblait si chaud et confortable. Je rêvais de m'allonger, mais je devais rester debout. Le gouverneur verrouilla la porte et prit place dans son fauteuil. J'attendis, toujours étourdie par le coup reçu.

— Viens ici.

Je n'avais pas le choix. Le gouverneur me regarda par en dessous ; pas de beaucoup, cependant, car même assis, il mesurait presque ma taille. Ses yeux étaient pâles et translucides, comme de la chartreuse.

— As-tu des envies de mort, Paige ?

Je restai muette.

— Quoi que tu puisses penser de moi, il y a certaines règles à respecter, dans cette ville. L'une d'elles est le couvre-feu.

Je persistai à ne rien dire. Il n'aurait pas la satisfaction de me voir effrayée.

— La veste rouge, reprit-il. À quoi ressemblait-elle ?

— Des cheveux châtain clair. Une vingtaine d'années. (Je parlais d'une voix rauque.) Il y avait un autre garçon qui lui ressemblait, 16. Et une fille, Kathryn.

Un spasme glacial me souleva l'estomac. Moucharder auprès d'un réph me semblait criminel. Puis je visualisai l'expression de Liss, son chagrin, et ma détermination en fut renforcée.

— Je les connais, affirma le gouverneur en observant les flammes. Les deux garçons sont frères, tous deux médiums. XIX-49-16 et 17. Ils sont arrivés ici bien plus jeunes que toi. (Il tapa dans ses mains.) Je vais m'assurer qu'ils ne te fassent plus jamais de mal.

J'aurais dû le remercier, mais je n'en fis rien.

— Assieds-toi, dit-il. Ton aura va se renouveler.

Je m'affalai dans le fauteuil face au sien. Mes côtes et mes jambes commençaient à me faire souffrir. Le gouverneur m'étudia.

— Est-ce que tu as soif ?

— Non, répondis-je.

— Faim ?

— Non.

— Tu dois avoir faim. La gruelle des artistes leur fait plus de mal que de bien.

— Je n'ai pas faim, insistai-je.

Ce n'était pas la vérité. Le bouillon n'était guère plus que de l'eau, et mon estomac se languissait d'une nourriture épaisse et chaude.

— Dommage. (Il me désigna le guéridon.) Je t'avais fait préparer quelque chose.

Je l'avais remarqué dès mon entrée dans la pièce. J'avais supposé que cela lui était destiné, puis je me souvins de quoi il se sustentait. Évidemment que ce repas n'était pas pour lui.

Comme je ne bougeais pas, il le fit. Il se saisit du plateau et me le posa sur les genoux, ainsi que de lourds couverts en argent. La vue de ce festin me fit tourner la tête et me donna mal à la gorge. Des œufs mollets, d'où s'écoulait un jaune encore chaud. De l'orge perlé rehaussé de pignons de pin et de gros haricots noirs luisant comme de l'onyx. Une poire pelée arrosée d'alcool. Une grappe de raisin bien rouge. Du pain complet avec du beurre.

— Mange.

Je serrai les poings.

— Il faut que tu manges, Paige.

J'avais tellement envie de défier son autorité, de lui balancer le plateau dessus… Cependant, j'avais des vertiges, la gorge toute sèche et l'estomac dans les talons. Je me saisis plutôt de la cuillère et pris une bouchée d'orge. Les haricots étaient tièdes, les pignons croquants et légèrement sucrés. Une vague de soulagement déferla en moi, et la douleur au creux de mon ventre commença aussitôt à s'estomper.

Le gouverneur retourna s'asseoir. Il m'observa silencieusement avaler mon repas. Je sentais le poids de son regard perçant et scrutateur. Quand j'eus terminé, je posai le plateau par terre. L'alcool accompagnant la poire m'avait délicieusement engourdi la langue.

— Merci, dis-je.

J'aurais préféré me taire, mais c'était sorti tout seul. Il tapota des doigts le bras de son fauteuil.

— J'aimerais reprendre ton entraînement dès demain, déclara-t-il. Y vois-tu la moindre objection ?

— Je n'ai pas le choix.

— Et si tu l'avais ?

— Ce n'est pas le cas, alors peu importe.

— J'émets une simple hypothèse. Si tu avais le choix, si tu pouvais contrôler ton destin : préférerais-tu poursuivre ta formation avec moi, ou passer ton examen à froid ?

Je m'apprêtai à lui cracher une repartie cinglante, mais je me mordis la langue pour me retenir.

— Je ne sais pas, admis-je.

Le gouverneur tisonna le feu.

— C'est un sacré dilemme. Ta morale te dit non, ton instinct de survie te dit oui.

— Je sais déjà me battre. Je suis plus forte que je n'en ai l'air.

— Oui, en effet. Ta fuite face au Superviseur est là pour le prouver. Et naturellement, ton don est un sacré avantage : même les réphaïm ne peuvent pas s'attendre à ce qu'un deuxième esprit vienne envahir leur territoire des rêves. L'effet de surprise joue en ta faveur. (Les flammes dansaient dans ses prunelles.) Mais d'abord, tu dois repousser tes limites. Ce n'est pas sans raison que tu trouves difficile de quitter ton corps. Chacun de tes mouvements est maîtrisé. Tes muscles sont contractés en permanence, prêts à se mettre en action, comme si tu craignais un danger à tout moment. C'est douloureux à voir, pire que de regarder une biche traquée. Au moins, celle-ci peut se réfugier auprès de sa harde. (Il se pencha en avant.) Où est ta harde, Paige Mahoney ?

Je ne savais pas du tout quoi lui répondre. Je comprenais ce qu'il voulait dire, mais ma harde, mon clan, était constitué de Jax et du reste du gang. Et je me refusais à admettre leur existence.

— Je n'en ai pas besoin, affirmai-je. Je suis une louve solitaire.

Il ne se laissa pas berner.

— Qui t'a appris à escalader les façades ? À tirer au pistolet ? Qui t'a aidée à t'enfoncer plus loin dans l'éther, à déplacer ton esprit ?

— Je suis autodidacte.

— Menteuse.

Il chercha quelque chose sous son siège. Mon cœur se serra. Mon kit d'urgence. L'une des bretelles ne tenait plus qu'à un fil.

— Tu aurais pu mourir, le soir où tu as tenté d'échapper au Superviseur. Si tu es encore en vie, c'est parce que, quand tu as perdu connaissance, ce sac s'est pris dans un fil à linge, interrompant ta chute. En entendant ça, je me suis intéressé de plus près à ton cas.

Il ouvrit la fermeture à glissière. Ma mâchoire se crispa. C'étaient *mes* affaires, pas les siennes. Il entreprit d'en dresser l'inventaire.

— De la quinine. De l'adrénaline, de la Dexédrine, de la caféine. Une trousse de premiers secours. Des somnifères. Et même une arme à feu. (Il brandit mon pistolet.) Tu étais particulièrement bien équipée, ce soir-là, Paige. Pas comme les autres.

Je fus soudain prise d'un frisson. Aucun signe de l'opuscule. Soit il l'avait caché quelque part, soit il était tombé entre d'autres mains.

— Selon ta carte d'identité, tu travailles comme oxysta. D'après ce que le Superviseur m'a expliqué des citadelles scioniennes, les salaires sont bas pour ce genre de métiers. Ce qui me porte à croire que tu n'as pas acheté tout ceci toi-même. (Il marqua une pause.) Alors, qui ?

— Ça ne vous concerne foutrement pas.

— As-tu tout volé à ton père ?

— Je ne vous dirai pas un mot de plus. Ce que je faisais avant d'atterrir ici n'appartient qu'à moi.

Le gouverneur sembla y réfléchir, puis baissa les yeux à hauteur des miens.

— Tu as raison. Mais aujourd'hui, ta vie m'appartient.

J'enfonçai mes ongles dans les bras de mon fauteuil.

— Si le concept de survie t'intéresse, nous reprendrons ta formation demain. Mais il y aura un nouvel aspect à ton instruction : tous les soirs, tu passeras au moins une heure assise ici à me parler.

Cette fois, je fus incapable de tenir ma langue.

— Plutôt mourir.

— Oh, c'est une option. J'ai cru comprendre que si tu fumais trop d'aster pourpre, tu pouvais te retrouver piégée dans ton propre territoire des rêves, et que ton corps se ratatinerait de déshydratation. (Il me désigna la porte du menton.) Vas-y, si tu veux. Meurs. Tu ne verras plus jamais mon visage. Je ne vois aucune raison de prolonger tes souffrances.

— La reine de sang ne serait-elle pas furieuse ?

— Peut-être.

— Ça vous est égal ?

— Nashira est ma fiancée, pas ma gardienne. Elle n'a aucune espèce d'influence sur la façon dont je traite mes humains.

— Et comment envisagez-vous de me traiter ?

— Comme mon élève. Pas comme mon esclave.

Je détournai la tête, sans desserrer les dents. Je ne voulais pas être son élève. Je ne voulais pas devenir comme lui, me retourner contre les miens, jouer sur son terrain.

Je recommençais à sentir l'éther. Un léger picotement effleurant mes sens.

— Si vous me traitez comme votre élève, alors je vous traiterai comme mon mentor, pas comme mon maître.

— Ça se tient. Toutefois, les mentors méritent le respect. Je n'en attends pas moins de toi. Et je m'attends également à ce que tu passes une heure chaque nuit à converser poliment avec moi.

— Pourquoi ?

— Tu as le potentiel pour arpenter à ta guise l'éther et le monde corporel. Mais si tu n'apprends pas à rester immobile, même en présence de tes ennemis, tu auras du mal à y parvenir. Et dans cette ville, tu ne survivras pas longtemps.

— Et ce n'est pas ce que vous voulez.

— Non. Ce serait un terrible gâchis de perdre une vie aussi singulière. Tu as un gros potentiel, mais il te faut un mentor.

Ses mots me retournèrent l'estomac. *J'en ai déjà un.* J'avais Jaxon Hall.

— J'aimerais y réfléchir.

— Bien sûr.

Il se leva, et je pris à nouveau la mesure de sa taille. Je ne lui arrivais même pas à l'épaule.

— Souviens-toi que tu as le choix, reprit-il. Mais je te conseille, en tant que mentor, de penser à ceux qui t'ont donné ça. (D'un geste brusque du poignet, il me lança mon sac et son contenu, sans effort apparent.) Préféreraient-ils te voir mourir pour rien ou te battre ?

Des grêlons s'abattaient sur le toit de la tour. Je me frictionnai les mains au-dessus de la lampe à huile, les doigts et les lèvres engourdis de froid.

Je devais bien réfléchir à l'offre du gouverneur. Je n'avais aucune envie de travailler avec lui, mais il fallait que j'apprenne à survivre dans cet endroit – au moins assez longtemps pour trouver un moyen de retourner à Londres. À mon ancienne vie, à Nick, à Jax. Recommencer à fuir les Vigiles, récupérer ma place au sein du crimime. Escroquer de nouveau des esprits à Didion Waite, provoquer Hector et ses gars. Voilà ce que je voulais. Apprendre à maîtriser mon don pourrait me permettre de fuir cet endroit.

Jaxon m'avait toujours dit qu'être marcherêve ne se réduisait pas à avoir un sixième sens accru. Je possédais le potentiel pour me rendre n'importe où, même dans d'autres territoires des rêves. Je l'avais prouvé en éliminant les deux gardes souterrains. Le gouverneur pourrait m'apprendre de nouvelles choses – mais je ne voulais pas de lui comme professeur. Lui et moi étions des ennemis naturels, il aurait été vain de prétendre le contraire. Et pourtant, il m'avait particulièrement bien cernée, remarquant ma façon de me retenir, ma tension, ma vigilance. Jax me répétait toujours de me laisser aller, flotter. Cela ne signifiait pas pour autant que je pouvais faire confiance à l'homme qui me gardait enfermée dans cette pièce froide et sombre.

Je vidai mon sac à dos à la faible lueur de ma lampe. La plupart des mes biens s'y trouvaient encore : les seringues, mon matos, et même mon flingue. Sans munitions, naturellement ; et les seringues étaient vides. Mon téléphone m'avait en outre été confisqué. Une seule autre chose manquait à mon inventaire : *Des mérites de l'Anormalité*.

Un fourmillement glacial me parcourut. S'il l'avait donné à Nashira, elle m'aurait déjà convoquée en interrogatoire. Les réphaïm avaient déjà dû tomber sur le texte par le passé, mais ils n'avaient encore jamais vu mon exemplaire.

Allongée sur le matelas, souffrant de mes contusions, je me remontai les couvertures jusqu'au menton. Des ressorts défoncés me rentraient dans les épaules. J'avais reçu trois coups à la tête en autant de minutes, et j'étais épuisée. Je jetai un coup d'œil au monde extérieur à travers mes barreaux, espérant que la vérité m'apparaîtrait subitement – naturellement, il n'en fut rien. Seul l'inévitable crépuscule se présenta.

La cloche de nuit retentit dès que le soleil se coucha. Cela me paraissait normal, désormais, comme un réveil. Le temps de m'habiller, j'avais finalement pris une décision délicate. Si j'arrivais à l'encaisser, je retenterais une séance d'entraînement avec lui. Il y aurait certes cette heure de conversation à endurer, mais je m'en sentais capable. Je pourrais la combler en déblatérant mensonge sur mensonge.

Le gouverneur m'attendait sur le pas de la porte. Il m'observa de pied en cap.

— As-tu pris ta décision ?

Je gardai mes distances.

— Oui, affirmai-je. Je vais m'entraîner avec vous. Étant entendu que vous n'êtes pas mon maître.

— Tu es plus sage que je ne l'imaginais. (Il me tendit une veste noire, dont les manches étaient ornées de bandes roses.) Mets ça. Tu en auras besoin pour la prochaine épreuve.

Je l'enfilai sans rechigner et l'attachai. La doublure était épaisse et chaude. Le gouverneur tendit la main vers moi. Mes trois pilules reposaient au creux de sa paume. Je ne les pris pas.

— À quoi sert la verte ?

— Ça ne te regarde pas.

— Je veux savoir à quoi elle sert. Personne d'autre n'y a droit.

— C'est parce que tu n'es pas comme eux. (Il ne retira pas sa main.) Je sais que tu ne prends pas tes pilules. Mais je n'aurais aucun scrupule à te les faire avaler de force.

— J'aimerais bien voir ça.

Il scruta mon visage. Je fus à nouveau prise de frissons.

— Je ne voudrais pas en arriver là, affirma-t-il.

J'allais perdre cette bataille. Appelons ça une forme d'instinct criminel. J'avais l'impression de revivre l'épisode Didion et Anne Naylor : une journée comme les autres au marché noir. Il y avait certaines choses sur lesquelles le gouverneur était prêt à transiger ; celle-ci n'en faisait pas partie. Je me promis d'apporter à Fourgueur ma pilule verte du lendemain.

J'avalai le tout avec un grand verre d'eau. Le gouverneur me prit le menton de sa main gantée.

— Ce n'est pas sans raison.

Je me dégageai d'un geste brusque. Il me considéra un instant de plus, puis ouvrit la porte. Je le suivis dans l'escalier en colimaçon, puis dans les cloîtres. Des silhouettes de pierre monstrueuses dominaient la cour. La température avait chuté, les recouvrant d'une pellicule de givre. Je croisai les bras pour ne pas laisser s'envoler ma chaleur corporelle. Le gouverneur me fit sortir de l'enceinte – mais pas du côté rue. Au lieu de quoi, il me guida vers l'autre bout de Magdalen, à travers un portail en fer forgé donnant sur une passerelle, qui traversait un ruisseau vert émeraude. L'éclat tranchant de la lune se reflétait sur sa surface. La grêle avait cessé, laissant le sol couvert de glace.

Alors que nous descendions un sentier de terre, le gouverneur retroussa la manche de sa chemise. La blessure de la première fois suintait. Elle commençait à cicatriser, mais n'était pas encore complètement guérie.

— Est-ce qu'ils sont venimeux ? demandai-je. Les ronfleurs ?

— Les émim sont porteurs d'un mal nommé la semi-pulsion, qui cause la folie et la mort s'il n'est pas traité à temps. Ils se repaissent de n'importe quelle sorte de chair, qu'elle soit fraîche ou avariée.

La plaie se referma sous mes yeux.

— Comment faites-vous ça ? m'étonnai-je, me laissant aller à la curiosité. Ça guérit.

— Je me sers de ton aura.

Je me raidis.

— Quoi ?

— Tu dois désormais savoir que les réphaïm se nourrissent d'aura. Il est plus facile de le faire quand le fournisseur ne s'en rend pas compte.

— Vous venez de me ponctionner ?

— Oui. (Il m'étudia.) Tu sembles fâchée.

— Je ne suis pas un distributeur. (Je m'écartai de lui, dégoûtée.) Vous m'avez déjà dépouillée de ma liberté ; vous n'avez aucun droit sur mon aura.

— Je n'en ai pas pris assez pour endommager ton don. Je ne me nourris sur les humains qu'à petites doses, pour leur laisser le temps de se régénérer. D'autres ne font pas preuve d'une telle courtoisie. Et crois-moi (il tira sur sa manche) : tu ne voudrais pas me voir contracter la semi-pulsion en ta présence.

J'observai son visage. Il resta impassible, me laissant satisfaire ma curiosité.

— Vos yeux. (Je les regardai bien en face, à la fois fascinée et repoussée.) C'est pour cela qu'ils changent.

Il ne le nia pas. Ses prunelles n'étaient plus jaunes, mais d'un rouge sombre légèrement flamboyant. La couleur de mon aura.

— Je ne voulais pas t'offenser, déclara-t-il alors, mais c'est comme ça que ça se passe.

— Pourquoi ? Parce que vous l'avez décrété ?

Il reprit sa progression sans répondre. Je lui emboîtai le pas. L'idée qu'il se nourrisse sur moi me rendait malade.

Après plusieurs minutes de marche, il s'arrêta. Une fine brume bleutée flottait autour de nous. Je remontai mon col.

— Tu le sens, dit-il. Le froid. T'es-tu jamais demandé pourquoi il y avait du givre, ici, au début du printemps ?

— Parce qu'on est en Angleterre. Et que ça caille.

— Pas à ce point. Ressens-le mieux.

Il me prit la main pour me retirer mon gant. La morsure de l'air me brûla les doigts.

— Il y a un point froid non loin, m'expliqua-t-il.

Je remis mon gant.

— Un point froid ?

— Oui. Ils se forment quand un esprit s'est attardé si longtemps au même endroit qu'il a créé une sorte de brèche entre l'éther et le monde corporel. N'as-tu jamais remarqué comment la température chutait quand des esprits étaient à proximité ?

— Je suppose que si.

Les esprits me donnaient effectivement le frisson, mais je ne m'étais jamais réellement posé la question.

— Les esprits ne sont pas censés s'éterniser entre deux mondes. Ils puisent leur énergie dans la chaleur de l'air. Sheol I est entourée de points froids – l'activité éthérée est bien plus forte ici que dans la citadelle. C'est la raison pour laquelle les émim sont attirés par nous, plutôt que par la population amaurotique de Londres. (Le gouverneur me désigna la langue de terre dure s'étendant devant nous.) Comment t'y prendrais-tu pour découvrir l'épicentre d'un point froid ?

— La plupart des voyants pourraient repérer l'esprit concerné, répondis-je. Ils ont le troisième œil.

— Mais pas toi.

— Non.

— Même les non-dotés peuvent y parvenir. As-tu déjà entendu parler de la rhabdomancie ?

— J'ai entendu dire que c'était inutile. (Jax me l'avait répété des millions de fois.) Les rhabdomanciens prétendent pouvoir retrouver leur route depuis n'importe où. Selon eux, ils n'ont qu'à faire tomber des numa quand ils sont perdus, et les esprits les orienteront dans la bonne direction. Sauf que ça ne fonctionne pas.

— Peut-être, mais ça n'a rien d'« inutile ». Aucune forme de clairvoyance ne l'est.

Je m'empourprai légèrement. Je ne pensais pas vraiment les rhabdo inutiles, mais Jax me l'avait si souvent affirmé… Nul ne pouvait travailler pour Jaxon Hall et ne pas partager son opinion sur ce genre de question.

— En quoi est-ce utile, alors ? demandai-je. (Le gouverneur pivota la tête vers moi.) Vous êtes censé être mon mentor, apprenez-moi des choses.

— D'accord. Puisque tu souhaites apprendre. (Le gouverneur avança.) La plupart des rhabdomanciens pensent que lorsque leurs numa tombent, ils indiquent la direction de leur maison, d'un trésor enfoui, ou de ce qu'ils peuvent bien vouloir rechercher. Au final, cela les rend dingues. Parce que ce que leurs numa désignent, ce n'est pas de l'or, mais l'épicentre du point froid le plus proche. Parfois, ils font des kilomètres sans jamais trouver ce qu'ils étaient venus chercher. Ils tombent néanmoins toujours sur quelque chose : une porte secrète. Ce qu'ils ignorent, c'est comment l'ouvrir.

Il s'arrêta. Je grelottais. L'air était rare et froid. Je respirais plus vite, plus fort.

— C'est toujours dur, pour un être vivant, de supporter un point froid, m'informa-t-il. Tiens.

Il me tendit une gourde en argent dotée d'un bouchon vissé. Je la considérai avec méfiance.

— Ce n'est que de l'eau, Paige.

Je bus. J'avais bien trop soif pour refuser. Il récupéra son bien et le rangea. Boire m'avait éclairci les idées.

À côté de nous, le sol était complètement gelé, comme au creux de l'hiver. Je serrai les dents pour leur éviter de claquer. L'esprit responsable de ce point froid flottait non loin. Comme il ne nous approchait pas, le gouverneur s'accroupit au bord de la glace, sortit un couteau et l'apposa contre son bras. Je fis un pas vers lui.

— Qu'est-ce que vous faites ?

— J'ouvre la porte.

Il s'entama le poignet. Trois gouttes d'ectoplasme tombèrent sur la glace. Le point froid se fissura en son milieu et l'air devint blanc. Des formes s'agglutinèrent autour de moi. Des voix. *Rêveuse, rêveuse.* Je me bouchai les oreilles, mais je les entendais toujours autant. *Rêveuse, ne franchis pas le seuil. Fais demi-tour.* Quand je relevai la tête, j'étais de nouveau entourée de ténèbres.

— Paige ?

— Que s'est-il passé ?

Ma tête m'élançait et me tournait légèrement.

— J'ai ouvert le point froid.

— Avec votre sang.

— Oui.

Son poignet avait déjà cessé de couler. Un éclat rouge s'attardait dans son regard. Mon aura agissait encore sur ses blessures.

— On peut donc « ouvrir » un point froid ?

— Pas toi. Moi, oui.

— Parce que les points froids mènent à l'éther. (Je marquai une pause.) Pouvez-vous vous en servir pour rejoindre l'Outremonde ?

— Oui. C'est ainsi que nous sommes arrivés ici. Imagine qu'il existe deux voiles entre l'éther et ton monde – le monde des vivants. Entre ces deux voiles se trouve l'Outremonde, un état médian entre la vie et la mort. Lorsque les rhabdomanciens trouvent un point froid, ils découvrent en même temps un moyen de se déplacer entre les voiles. D'entrer chez moi, au royaume des réphaïm.

— Les humains peuvent-ils y aller ?

— Essaie.

Je levai les yeux vers lui. Quand il me désigna le point froid, j'avançai sur la glace. Rien ne se produisit.

— Aucune matière corporelle ne peut survivre au-delà du voile, m'informa-t-il. Ton corps ne peut franchir la porte.

— Et les rhabdomanciens ?

— Eux aussi sont de chair et de sang.

— Pourquoi l'avoir ouverte, dans ce cas ?

Les dernières lueurs du jour avaient désormais disparu.

— Parce que l'heure est venue pour toi d'affronter l'Outremonde. Tu ne vas pas y pénétrer. Mais tu le verras.

Des perles de sueur commençaient à poindre sur mon front. Je sortis du périmètre de glace. La présence d'esprits m'assaillait déjà.

— La nuit est le temps des esprits. (Le gouverneur observa la lune.) À cette heure-ci, les voiles sont plus fins que jamais. Considère les points comme des déchirures dans le tissu.

Je fixai du regard le point froid auquel nous faisions face. Quelque chose me turlupinait.

— Paige, tu auras deux missions, cette nuit, dit-il en se tournant vers moi. Toutes deux vont mettre à l'épreuve les limites de ta santé mentale. Me croiras-tu si je t'affirme qu'elles t'aideront grandement ?

— Peu probable, répliquai-je, mais allons-y quand même.

16

La tentative

Le gouverneur ne m'indiqua pas où nous nous rendions. Il me fit emprunter un autre sentier, débouchant sur une vaste éclaircie. Je sentais les esprits abonder dans l'air, dans l'eau… Les esprits de morts s'étant jadis promenés ici. Je ne les entendais pas, mais avec un point froid ouvert à un kilomètre de là, je les ressentais aussi puissamment que des vivants.

Je m'efforçais malgré moi de ne pas m'éloigner du gouverneur. Si l'un de ces esprits se révélait malveillant, j'avais la sensation qu'il saurait le repousser bien plus efficacement que moi.

Les ténèbres s'approfondirent tandis que nous progressions loin des lanternes de Magdalen. Arcturus resta silencieux durant toute notre traversée de la prairie humide, où la pelouse avait cédé le pas à de mauvaises herbes s'élevant à hauteur de genou.

— Où est-ce qu'on va ? m'enquis-je.

Mes bottes et mes chaussettes étaient déjà trempées. Le gouverneur ne me répondit pas.

— Je croyais que j'étais votre élève, pas votre esclave ? ronchonnai-je. Je veux savoir où nous allons.

— Dans les terres.

— Pourquoi ?

Un nouveau silence.

La nuit était de plus en plus froide, d'un froid surnaturel. Après une éternité, il finit par s'arrêter et par tendre le doigt.

— Là.

Je ne le vis pas tout de suite. Quand mes yeux accommodèrent, les contours d'un animal m'apparurent dans la pâle lueur lunaire. La créature était dotée de quatre pattes et d'un pelage soyeux. Sa gorge était d'un blanc immaculé, son museau long et étroit était orné de deux yeux sombres et d'une petite truffe noire. Je me demandai qui d'elle ou de moi était la plus étonnée.

Une biche. Je n'en avais plus vu depuis cette fois, en Irlande, où mes grands-parents m'avaient emmenée dans les Galtee. Une vague d'excitation tout enfantine me parcourut.

— Elle est magnifique, déclarai-je.

Le gouverneur fit un pas vers elle. Elle était attachée à un poteau.

— Elle s'appelle Nuala.

— C'est un nom irlandais.

— Oui, c'est le diminutif de Fionnuala. Cela signifie *épaules blanches* ou *épaules claires*.

Je la regardai de nouveau. Deux grosses taches de la couleur de la neige venaient en effet parer son encolure.

— Qui l'a baptisée ainsi ?

À Scion, il était particulièrement risqué de donner un nom irlandais à un enfant ou même à un animal : grandes étaient alors les chances de se voir soupçonné de sympathiser avec les émeutiers.

— Moi.

Il décrocha le collier qui lui ceignait le cou. Nuala le bouscula du museau. Je m'attendais à ce qu'elle prenne la fuite, mais elle resta là, à contempler le gouverneur. Il lui parla en une langue étrange tout en la caressant, et elle sembla réellement l'écouter. Elle était comme hypnotisée.

— Voudrais-tu lui donner à manger ? (Le gouverneur tira de sa manche une pomme bien rouge.) Elle les apprécie tout particulièrement.

Il me lança le fruit. Nuala tourna la tête vers moi, dilatant les naseaux.

— Doucement, me recommanda le gouverneur. Elle panique facilement, lorsqu'un point froid est ouvert non loin.

Je n'avais aucune intention de lui faire peur - d'un autre côté, si même le gouverneur ne l'effrayait pas, que risquais-je ? Je tendis la main ouverte, lui présentant la pomme. La biche la renifla. Arcturus lui dit quelque chose, et elle s'en empara sans plus hésiter.

— Pardonne-lui, elle a très faim. (Il lui flatta l'encolure et lui offrit un autre fruit.) J'ai rarement l'occasion de la voir.

— Pourtant, elle vit à Magdalen.

— Oui, mais je dois faire attention. Les animaux ne sont pas autorisés dans l'enceinte de la ville.

— Dans ce cas, pourquoi la garder ?

— Pour avoir un peu de compagnie. Et pour toi.

— Pour moi ? m'étonnai-je.

— Elle t'attendait. (Il s'assit sur un rocher plat, laissant Nuala s'éloigner vers un arbre.) Tu es une marcherêve. Qu'est-ce que ça signifie pour toi ?

Il ne m'avait pas amenée ici pour nourrir une petite biche.

— Je suis habituée à l'éther.

— Mais encore ?

— Je peux percevoir les autres territoires des rêves à distance. Et ressentir toute activité éthérée.

— Précisément. Ce sont les caractéristiques de base de ton don : une sensibilité accrue à l'éther, une conscience dont la plupart des autres clairvoyants ne disposent pas. Cela vient de ton cordon argenté, qui est flexible. Il te permet de déplacer ton esprit hors du centre de ton territoire des rêves, d'élargir ta perspective du monde. Une telle prouesse rendrait fous la plupart des clairvoyants. Mais lorsque nous nous sommes entraînés dans la prairie, je t'ai encouragée à propulser ton esprit contre mon territoire des rêves. À l'attaquer. (L'obscurité lui conférait un regard presque tendre.) Tu as le potentiel pour faire bien plus que percevoir l'éther. Tu peux le modifier. Tu peux altérer le comportement d'autres personnes.

Je restai coite.

— Peut-être que, plus jeune, tu pouvais blesser des gens. Peut-être étais-tu capable de faire pression sur leur territoire des rêves. Peut-être ont-ils remarqué certaines choses : des saignements de nez, une vision déformée…

— Oui.

Il le savait déjà. Inutile de nier.

— Quelque chose a changé dans le métro, poursuivit-il. Ta vie était menacée. Tu as craint d'être arrêtée. Et pour la première fois de ta vie, ce pouvoir enfoui au fond de toi a émergé.

— Comment l'avez-vous découvert ?

— Un rapport nous est parvenu selon lequel un garde souterrain avait été tué – sans effusion de sang, sans arme, sans que son corps comporte la moindre trace. Nashira a tout de suite compris que c'était l'œuvre d'un marcherêve.

— Il aurait pu s'agir d'un poltergeist.

— Ils laissent toujours des traces. Tu es bien placée pour le savoir.

Les cicatrices sur ma main semblèrent perdre plusieurs degrés.

— Nashira te voulait vivante, reprit le gouverneur. La DVN est connue pour ses arrestations maladroites et violentes, de même que nombre de nos vestes rouges. Environ la moitié de leurs interventions se soldent par la mort du suspect. Nous ne pouvions pas laisser cela se produire avec toi. Il fallait te préserver. C'est la raison pour laquelle Nashira a envoyé le Superviseur, son fournisseur attitré de clairvoyants.

— Pourquoi ?

— Parce qu'elle voulait découvrir ton secret.

— Il n'y a pas de secret. Je suis comme ça, c'est tout.

— Et c'est comme ça qu'elle voudrait être également. Elle est toujours en recherche de dons rares, comme le tien.

— Dans ce cas, pourquoi ne le prend-elle pas ? Elle aurait pu me tuer en même temps que Seb. Pourquoi attendre ?

— Parce qu'elle voudrait connaître l'étendue de tes facultés. Elle ne patientera néanmoins pas éternellement.

— Je ne vous ferai pas de démonstration, crachai-je. Je ne suis pas encore une harlie.

— Je ne t'ai rien demandé de tel. Pour quoi faire ? J'ai déjà vu de quoi tu étais capable dans la chapelle. Ton esprit est entré de force dans celui d'Aludra. Je l'ai revu dans la prairie, quand tu as pénétré dans le mien. Mais dis-moi une chose (quand il se pencha, ses yeux me firent l'impression de deux tisons ardents) : aurais-tu pu *prendre possession* de l'un ou l'autre d'entre nous ?

Il y eut un silence tendu, à peine brisé par le ululement aigu d'une chouette. Ce bruit me fit lever la tête. Je contemplai la lune, blottie dans un écrin de nuages. L'espace d'un bref instant, je me retrouvai dans le bureau de Jax, la première fois que nous avions évoqué la question de la possession.

« Ma chère petite, m'avait-il dit, *tu es une star. Mieux, une sommité. Tu es indubitablement une perle, un Sceau prêt à exploser – mais pour l'heure, je souhaiterais te confier une autre tâche. Une façon de te mettre à l'épreuve, mais également de te réaliser pleinement. »*

Il m'avait demandé de pénétrer dans son esprit afin de tenter de prendre le contrôle de son corps. Cette idée même avait suffi à me bouleverser. J'avais néanmoins essayé sans conviction, mais la complexité de son cerveau m'avait dépassée.

« *Ah, tant pis,* avait-il dit en avalant une bouffée de son cigare. *Cela valait la peine de s'en assurer, ô, ma très chère. Tu peux disposer, à présent. Il y a d'autres étendues à explorer, d'autres parties à jouer.* »

J'aurais peut-être pu y parvenir. Si je l'avais vraiment voulu, j'aurais pu m'emparer du corps de Jax, écraser son foutu cigare, mais j'étais trop terrifiée par cette possibilité. Prendre le contrôle d'une autre personne était une responsabilité bien trop lourde pour mes frêles épaules. Même si l'on mettait une importante augmentation dans la balance. Je m'immiscerais dans les esprits londoniens, mais jamais je ne me les approprierais. Pas pour tout l'or du monde.

— Paige ?

Il me tira de ma rêverie.

— Non, répondis-je enfin. Je n'aurais pas pu prendre possession d'Aludra. Ni de vous.

— Pourquoi pas ?

— Je ne peux pas contrôler les gens. Et encore moins les réph.

— Aimerais-tu pouvoir le faire ?

— Non. Vous ne pourrez pas m'y forcer.

— Ce n'est pas mon intention. Je t'offre simplement une opportunité d'« élargir tes horizons », comme vous dites.

— En infligeant des souffrances.

— Si la possession est bien réalisée, cela devrait être parfaitement indolore. Je ne m'attends pas à ce que tu maîtrises un humain. Certainement pas ce soir.

— Alors que voulez-vous ?

Il observa le champ. Je suivis son regard. La biche donnait des coups de sabot à des fleurs, les faisant osciller sur leur tige.

— Nuala, compris-je.

— Oui.

Je la vis baisser la tête et souffler sur une parcelle d'herbe. Je n'avais jamais envisagé de m'entraîner sur un animal. Leur cerveau était très différent de celui des humains – moins complexe, moins conscient –, mais cela n'en serait que plus difficile, voire impossible. Que donnerait un esprit humain dans un corps d'animal ? Me mettrais-je à penser comme un humain dans un territoire des rêves animal ? J'avais en outre d'autres inquiétudes : la biche souffrirait-elle ? Se débattrait-elle pour m'empêcher d'entrer, ou me laisserait-elle pénétrer sans rechigner ?

— Je ne sais pas, dis-je. Elle est trop grosse. Je ne pense pas en être capable.

— Alors on trouvera quelque chose de plus petit.

— Qu'espérez-vous, exactement ? (Comme il ne répondait pas, je poursuivis :) Vous êtes bien insistant, pour quelqu'un qui ne m'offre qu'une « opportunité ».

— Je voudrais que tu la saisisses, c'est vrai.

— Pourquoi ?

— Parce que je veux que tu survives.

Je soutins son regard un moment, tentant de jauger ses véritables intentions. J'en fus incapable. Quelque chose sur le visage des réphaïm empêchait de décrypter leurs émotions.

— D'accord, cédai-je alors. Un animal plus petit. Un insecte, un rongeur, voire un oiseau. Une bête dotée d'un entendement limité.

— Très bien.

Il s'apprêtait à tourner les talons, mais se ravisa. Il jeta un coup d'œil dans ma direction, puis retira quelque chose de sa poche : un pendentif suspendu à une chaînette.

— Mets ça, m'ordonna-t-il.

— Pourquoi ?

Il partit sans répondre. Je m'assis sur le bord d'un petit rocher, réprimant un frisson d'anticipation. Jax approuverait ma décision, mais j'étais moins catégorique concernant Nick.

J'examinai le pendentif. Il était à peu près long comme mon pouce, tressé en forme d'ailes. Quand je fis courir le doigt dessus, il y eut un tremblement dans l'éther. L'objet avait sans doute été sublimé. Je passai la chaîne autour de mon cou.

Nuala revint quelques instants plus tard, s'étant lassée de l'herbe. J'étais recroquevillée sur ma pierre, les mains profondément remontées dans les manches de ma veste. Il faisait désormais un froid incroyable, et de petits nuages de vapeur s'échappaient de ma bouche.

— Salut, dis-je.

Nuala vint me flairer les cheveux, comme pour tâcher d'en déterminer la composition, puis elle ploya les jambes et se blottit contre moi. Elle posa la tête sur mon giron et poussa une sorte de soupir de contentement. Je retirai mes gants pour lui gratter les oreilles. Une odeur de musc émanait de sa robe. Je percevais les battements de son cœur, forts et réguliers. Je n'avais encore jamais été si proche d'un animal sauvage. Je tentai d'imaginer ce que j'éprouverais si *j'étais* cette petite biche : ce que cela ferait de marcher à quatre pattes, de vivre dans les bois.

Je n'avais cependant rien d'une bête sauvage. J'avais vécu plus d'une décennie dans une citadelle de Scion. Je n'étais plus du tout connectée avec la nature. Je supposais que c'était d'ailleurs pour cela que j'avais rejoint Jax. Pour me raccrocher à ce qui faisait mon ancien moi.

Après une brève hésitation, je décidai de tâter le terrain. Je fermai les yeux et laissai dériver mon esprit. Nuala avait un territoire des rêves très perméable, aussi fin et fragile qu'une bulle de savon. Les humains bâtissent des couches de résistance au fil des années, mais les animaux ne possèdent pas ce genre d'armure émotionnelle. En théorie, je pouvais la contrôler. J'exerçai une pression infime sur son territoire des rêves.

Elle poussa une sorte de grognement d'alarme. Je lui caressai la tête pour la rassurer.

— Désolée, dis-je, je ne recommencerai pas.

Après quelques secondes, elle reposa le museau sur mes genoux, mais elle tremblait de tous ses membres. Elle ignorait que c'était moi qui lui avais fait du mal. Je fis glisser mes doigts sur son cou, la grattant tendrement.

Lorsque le gouverneur revint, je somnolais. Il me réveilla d'une tape sur la joue. Nuala leva les yeux, mais il la cajola d'un mot, et elle se rendormit aussitôt.

— Viens, dit-il. Je t'ai trouvé un nouveau corps.

Il s'assit sur le rocher. Je fus frappée par son apparence sous les rayons de la lune : ses traits parfaitement dessinés, sa carrure imposante, le léger éclat de sa peau.

— De quoi s'agit-il ? demandai-je.

— Regarde.

Ses doigts formaient une cage, leurs pointes se touchant tout juste. Je découvris un petit insecte fragile : un papillon ou une phalène. Difficile à dire, avec cette pénombre.

— Il était tout endormi quand je l'ai trouvé, déclara-t-il. Il est encore léthargique. J'ai pensé que ce serait plus simple pour toi.

Un papillon, donc. Qui se tortillait entre ses mains.

— Les points froids font peur aux animaux, m'expliqua-t-il d'une voix sourde. Ils savent quand un chemin est ouvert sur l'Outremonde.

— Mais *pourquoi* l'avez-vous ouvert ?

— Tu verras. (Il soutint mon regard.) Veux-tu tenter une possession ?

— Je vais essayer, consentis-je.

Ses prunelles se mirent à pétiller.

— Vous le savez sans doute déjà, repris-je, mais mon corps va s'écrouler quand je le quitterai. J'aimerais bien que vous me rattrapiez.

Je dus me forcer à prononcer ces mots. Je détestais avoir à lui demander un service, même aussi évident et insignifiant.

— Bien sûr, répondit le gouverneur.

Je fus la première à détourner la tête.

Après une profonde inspiration, je délogeai mon esprit. Immédiatement, mes sens se troublèrent et je perçus mon territoire des rêves. Je sentais déjà la proximité de l'éther. Cela se renforça à mesure que je progressais vers l'extrémité de mon champ de coquelicots, où il faisait si sombre. L'éther était là, qui m'attendait.

Je sautai.

Je distinguais mon cordon argenté, qui se déroulait depuis mon territoire des rêves, m'assurant un moyen de rentrer. Le territoire du gouverneur était tout proche. Celui du papillon n'était qu'un point minuscule en comparaison, un grain de sable à côté d'une bille. Je m'immisçai dans son esprit. Il n'y eut aucun mouvement réflexe, aucune panique soudaine de la part de mon hôte.

Je me retrouvai dans un monde de rêves. Un monde de couleurs, baigné d'une lumière ocre. Le papillon passait ses journées à butiner, et les fleurs arc-en-ciel occupaient tous ses souvenirs. Des odeurs d'ambroisie, de lavande, d'herbe ou de rose flottaient de partout. J'arpentai vivement ce décor humide de rosée, me dirigeant vers la zone la plus lumineuse. Du pollen tombait en tourbillonnant des arbres fleuris, se posant dans mes cheveux. Je ne m'étais jamais sentie aussi libre. Je ne perçus aucune résistance, pas même un tressautement lié à quelque mécanisme de défense. Tout était si indolore, si facile et magnifique, comme si je venais de me libérer de mes fers. Tout semblait *naturel*. Voilà ce que mon esprit aspirait à faire : flâner sur des terres étranges. Il ne supportait pas d'être piégé en permanence dans un seul corps. Il avait la bougeotte.

Quand j'atteignis la zone ensoleillée, je l'étudiai : une unique volute rose en guise d'esprit. Je tendis les lèvres et soufflai, et elle vola plus loin, dans des recoins plus sombres.

C'était maintenant que les choses sérieuses commençaient. Si j'avais bien compris – et si Jax ne s'était pas trompé en me l'expliquant –, pénétrer dans la zone ensoleillée me permettrait de prendre le contrôle de mon nouveau corps.

Dès que j'eus fait un pas dans le cercle, une lumière aveuglante se répandit sur tout le territoire : un éclat doré qui me submergea, m'envahit les rétines, la peau, le sang. Je ne voyais plus rien. Le monde se mua en un diamant brisé, un astérisque de couleurs flamboyantes.

Pendant un instant, il n'y eut plus rien. Mon corps se volatilisa, et je n'éprouvais rien du tout. Puis je me réveillai.

Mon premier sentiment fut de panique. Où étaient mes bras, mes jambes ? Pourquoi n'y voyais-je goutte ? Ah si, je *distinguais* – à peine –, mais le monde entier était recouvert d'un film pourpre, et le vert de l'herbe était trop lumineux pour moi. Un spasme parcourut mes membres fragiles. C'était comme une peste du cerveau, en mille fois pire. J'étais écrasée, étouffée, je hurlais sans lèvres ni voix. Et qu'étaient ces choses plaquées contre mon corps ? Quand j'essayai de bouger, elles frémirent, à l'agonie.

Sans même m'en rendre compte, je me propulsai hors du papillon pour regagner mon propre corps. Je tremblais des pieds à la tête, suffoquant par manque d'oxygène. Je me laissai glisser du rocher et m'écroulai sur le sol.

— Paige ?

J'eus un haut-le-cœur. Un horrible goût acide m'envahit la bouche, mais rien ne sortit.

— P-plus jamais ça.

— Que s'est-il passé ?

— Rien. C'était – c'était si *facile*, m-mais ensuite… (J'ouvris ma veste en grand, le souffle court.) Je ne peux pas le faire.

Le gouverneur resta silencieux. Il m'observa tamponner la sueur qui me ruisselait sur le front, tandis que je m'efforçais de ne pas hyperventiler.

— Tu as réussi, déclara-t-il. Même si c'était douloureux, tu as réussi. Il a bougé les ailes.

— J'ai eu l'impression de mourir en faisant ça.

— Mais tu as réussi.

Je m'adossai au rocher.

— Combien de temps j'ai tenu ?

— Peut-être une trentaine de secondes.

C'était mieux que ce que je craignais, mais cela restait ridicule. Jaxon se serait tordu de rire.

— Désolée de vous décevoir, je ne suis peut-être pas aussi douée que d'autres marcherêves.

Son visage était de marbre.

— Si, affirma-t-il. Mais si tu ne crois pas en toi, tu n'exploiteras jamais ton plein potentiel.

Il ouvrit la main, et le papillon s'envola dans la nuit. Vivant. Je ne l'avais pas tué.

— Vous êtes fâché, dis-je.

— Non.

— Alors pourquoi me regardez-vous comme ça ?

— Comment ?

Il arborait un air glacial.

— Laissez tomber.

Il ramassa un tas de bois sec appuyé au rocher. Je l'observai frapper deux pierres l'une contre l'autre pour allumer un feu. Je me détournai. Qu'il enrage. Je n'étais pas là pour manipuler la faune.

— Nous allons nous reposer ici pendant quelques heures, déclara-t-il sans me regarder. Il faut que tu dormes avant de passer la deuxième moitié de ton examen.

— Est-ce que cela veut dire que j'ai réussi la première ?

— Bien sûr que tu as réussi. Tu as pris possession du papillon. C'était tout ce que j'attendais de toi. (Il se perdit dans la contemplation des flammes.) Rien de plus.

Il ouvrit son sac à dos et en sortit un sac de couchage noir.

— Tiens, dit-il. J'ai quelque chose à faire. Tu ne risques rien, ici.

— Vous allez retourner en ville ?

— Oui.

Je n'avais guère d'autre choix que de m'exécuter, même si je n'aimais pas l'idée de dormir là-dehors, entourée de tous ces esprits. Ils étaient plus nombreux que jamais, et il faisait de plus en plus froid. Je retirai mes chaussettes et mes bottes détrempées et les mis à sécher près des flammes ; puis je m'emmitouflai dans le duvet. Je n'avais pas chaud, malgré ma veste et mon gilet, mais c'était toujours mieux que rien.

Le gouverneur se tapota le genou, scrutant la pénombre. Ses yeux étaient deux brandons sur le qui-vive. Je me retournai pour contempler la lune. Le monde était si sombre. Si sombre et si froid.

17

La volonté

— Dépêche-toi, Pip. Allez.

Mon cousin Finn me tira plus fort sur le bras. J'avais six ans, et nous nous trouvions en plein centre-ville de Dublin, au milieu d'une foule hurlante.

— Finn, j'arrive pas à te suivre, geignis-je.

Mais il n'en tint aucun compte. C'était la première fois de ma vie que mon cousin ne m'écoutait pas.

Nous étions censés aller au cinéma ce jour-là ; c'était une froide matinée de février 2046, durant laquelle le soleil hivernal dardait ses rayons d'un blanc doré sur la Liffey. Je passais les vacances chez ma tante Sandra. Elle avait chargé Finn de veiller sur moi pendant qu'elle allait au travail. J'avais voulu aller voir un film avant de déjeuner au *Temple Bar,* mais mon cousin avait préféré me montrer la statue de Molly Malone. C'était important, clamait-il. Trop important pour passer à côté. Une journée très spéciale.

— On va écrire l'histoire, Pip, m'avait-il dit en pressant ma petite menotte engoncée dans sa moufle.

J'avais froncé le nez quand il m'avait dit ça. L'histoire n'existait qu'à l'école. J'adorais mon cousin – il était grand, drôle et intelligent, et il m'achetait des bonbons dès qu'il avait un sou en poche –, mais j'avais déjà vu Molly des centaines de fois. Je connaissais en outre sa chanson par cœur.

Tout le monde la chantait tandis que nous approchions de la statue. J'observai le visage écarlate de tous ces gens, aussi terrifiée qu'excitée. Finn beuglait aussi fort qu'eux, et je l'imitai, même si je ne comprenais pas la raison de cette chorale improvisée. Peut-être qu'il s'agissait d'une fête de rue.

Je ne lâchai pas la main de Finn tandis qu'il devisait avec ses amis du Trinity College. Tous étaient vêtus de vert et agitaient de grosses pancartes. J'arrivais à lire à peu près tous les mots, mais il y en avait un que je ne connaissais pas : SCION. Il figurait pourtant sur tous les panneaux. Ceux-ci jaillissaient devant moi, montaient haut dans le ciel, mélange d'anglais et d'irlandais. ASSEZ DE MAYFIELD ! ÉIRE GO BRÁCH ! DUBLIN DIT NON ! Je tirai Finn par la manche.

— Finn, qu'est-ce qui se passe ?

— Rien, Paige, reste calme une minute. SCION DEHORS ! À BAS SCION ! SCION, DÉGAGE DE DUBLIN !

Nous nous trouvions désormais au pied de la statue, bousculés par la foule. J'avais toujours bien aimé Molly. Je trouvais qu'elle avait un joli visage. Ce jour-là, pourtant, elle semblait différente. Quelqu'un lui avait placé un sac sur la tête et une corde autour du cou. Les larmes me montèrent aux yeux.

— Finn, je n'aime pas ça.

— SCION DEHORS ! À BAS SCION ! SCION, DÉGAGE DE DUBLIN !

— Je veux rentrer à la maison.

La copine de Finn me toisa en fronçant les sourcils. Kay. Je l'avais toujours bien aimée aussi. Elle avait des cheveux magnifiques d'un auburn sombre, qui luisaient comme du cuivre et frisaient comme des ressorts. Ses bras étaient pâles et parcourus de taches de rousseur. Finn lui avait offert une bague de Claddagh qu'elle portait, la pointe du cœur vers le corps. Elle était toute de noir vêtue, et ses joues étaient peintes en vert, blanc et orange.

— Finn, ça pourrait mal tourner, déclara-t-elle. Tu devrais peut-être la ramener ? (Comme il ne répondait pas, elle lui décocha un coup de poing.) Finn !

— Quoi ?

— Ramène Paige à la maison ! Bon Dieu, Cleary a des bombes artisanales dans sa bagnole...

— Pas question. Je ne raterais ça pour rien au monde. Si ces salopards arrivent à entrer, on ne pourra jamais plus les faire sortir.

— Elle a six ans. Elle ne devrait pas assister à ça. (Kay m'attrapa la main.) Je la ramène, si tu ne veux pas le faire. Ta mère aurait honte de toi.

— Non. Je veux qu'elle soit là pour le voir.

Il s'agenouilla devant moi et retira sa casquette. Sa tignasse était toute ébouriffée. Finn ressemblait à mon père, mais son visage était ouvert et chaleureux, et ses yeux aussi bleus qu'un ciel d'été. Il posa les mains sur mes épaules.

— Paige Eva, déclara-t-il d'un ton sérieux, tu sais ce qui se passe ?

Je secouai la tête.

— Des méchants arrivent par la mer. Ils vont nous enfermer dans notre ville et ne plus jamais nous laisser sortir. Ils feront de cet endroit une de leurs cités prisons. On n'aura plus le droit de chanter nos chansons, ni d'aller voir des gens en dehors de l'Irlande. Et les personnes comme toi, Pip : ils ne les aiment pas.

Je regardai Finn bien en face et compris ce qu'il voulait dire. Il avait toujours su que je pouvais voir des choses. Je savais où vivaient tous les fantômes de Dublin. Est-ce que cela faisait de moi quelqu'un de mauvais ?

— Mais pourquoi Molly elle a un sac sur la tête, Finn ?

— C'est ce que font les méchants quand ils n'aiment pas quelqu'un : ils leur mettent un sac sur la tête et une corde autour du cou.

— Pourquoi ?

— Pour les tuer. Même les petites filles comme toi.

Je tremblais désormais des pieds à la tête. Mes yeux me faisaient mal. Une boule se forma dans ma gorge, mais je ne pleurai pas. J'étais courageuse. Courageuse comme Finn.

— Finn ! l'appela Kay. Je les vois.

— SCION DEHORS ! À BAS SCION !

Mon cœur battait trop fort. Finn essuya mes larmes et m'enfonça sa casquette sur le crâne.

— SCION, DÉGAGE DE DUBLIN !

— Ils arrivent, Paige. On doit les arrêter. (Il me serra les épaules.) Tu veux bien m'aider à les arrêter ?

J'acquiesçai.

— Finn, mon Dieu, ils ont des chars !

Alors mon monde explosa. Les méchants visaient la foule et lui décochaient des traits de feu.

Je me réveillai, des détonations plein les oreilles.

Ma peau était humide et froide, mais je bouillais intérieurement. Les souvenirs m'avaient embrasé tout le corps. Je revoyais Finn, un masque de haine sur le visage. Finn, qui m'appelait toujours Pip.

Je repoussai du pied mon sac de couchage. Treize ans plus tard, j'entendais encore les coups de feu. Je voyais toujours Kay, les yeux grands ouverts, fauchée par la mort. Le sang sur son chemisier. Une balle en plein cœur. C'était ça qui avait poussé Finn à se ruer sur les soldats, m'abandonnant derrière lui, accroupie sous la brouette de Molly. Je lui criai, lui hurlai de revenir, mais il n'en fit rien.

Je ne le revis plus jamais.

Je ne me souvenais plus de grand-chose, après ça. Je sais que quelqu'un me ramena à la maison. Je sais que je pleurai Finn jusqu'à avoir la gorge en feu. Et je sais que mon père ne laissa plus jamais tante Sandra me revoir, pas avant la messe du souvenir. Après quoi, je cessai de pleurer. Les larmes ne pouvaient pas ramener les gens. J'essuyai la sueur qui me dégoulinait sur le visage. Je devais me trouver encore sur le terrain de Magdalen. Je roulai de côté. J'avais si froid que je ne sentais même plus mes pieds. Je me recroquevillai en boule.

Le feu avait dû s'éteindre. Il pleuvait, mais je n'étais pas mouillée. Je levai la main. Mes doigts effleurèrent une sorte de toile tendue, qui m'abritait temporairement des éléments. Je mis ma capuche et allai jeter un coup d'œil à l'extérieur.

— Gouverneur ?

Je ne vis aucun signe de lui. Ni de la biche. Ni du feu.

Je grelottais déjà de froid, mais mes frissons empirèrent. Où était-il allé ? Il ne pouvait se trouver encore à Sheol I. Nous n'avions même pas quitté Sheol I. Magdalen et les terres attenantes faisaient partie du système de résidences. Nous n'avions parcouru qu'un ou deux kilomètres depuis le point froid.

Le vent se leva. Je me blottis sous mon abri de fortune. Je ne voyais aucune raison pour qu'il m'ait abandonnée, pas une. Peut-être n'avais-je pas dormi très longtemps. J'enfilai mes chaussettes et mes bottes et fouillai dans mon sac de couchage. À ma grande surprise, j'y découvris quelques fournitures : des gants, une seringue hypodermique d'adrénaline, ainsi qu'une petite torche argentée fourrée dans la doublure, à côté d'une enveloppe en papier kraft. Mon nom était inscrit dessus. Je reconnus son écriture et l'ouvris sans tarder.

Bienvenue dans le No-Man's-Land. Ton test est tout simple : regagner Sheol I aussi vite que possible. Tu n'as ni nourriture, ni eau, ni carte. Sers-toi de ton don. Fie-toi à ton instinct.

Et fais-moi l'honneur de survivre à la nuit. Je suis sûr que tu préférerais ne pas être secourue.

Bonne chance.

Je contemplai le message pendant de longues secondes, puis le déchirai en lamelles.

J'allais lui montrer. J'allais lui montrer tout de suite. Il essayait de me faire peur, mais je ne lui donnerais pas satisfaction. « Survivre à la nuit ? » Qu'était-ce censé signifier ? Il devait m'estimer bien faible s'il me pensait capable de succomber à un peu de vent et de pluie. Si j'avais su gérer les rues sordides de SciLo, je saurais gérer une forêt sombre. Quant à la nourriture, pourquoi en aurais-je besoin ? Ce n'était pas comme s'il m'avait larguée au milieu de nulle part. Si ?

Quand je jetai un nouveau coup d'œil hors de la tente, je trouvai une boîte ornée du symbole de ScionIde, le bras armé du gouvernement : deux traits en angle droit, comme une potence, et trois segments plus courts barrant la ligne verticale. Je trouvai à l'intérieur un nouveau message.

Sois prudente avec les fléchettes. Si elles se brisent, l'acide à l'intérieur te provoquera un arrêt cardiaque. N'utilise les fusées qu'en cas d'urgence. Une escouade de vestes rouges viendra à ta rescousse.

Ne pars pas vers le sud.

J'éclairai de ma torche le reste de la boîte : un pistolet à long canon, un lance-fusées, un vieux Zippo, un couteau de chasse et trois fléchettes métallisées à air comprimé. Les symboles avertissant d'une matière toxique et corrosive en barraient le côté, ainsi que les mots ACIDE FLUORHYDRIQUE (HF).

Un pistolet tranquillisant et une poignée de fléchettes d'acide. Pourquoi ne m'avoir pas tout simplement donné mon arme ? Bon, si je ne voulais pas passer la nuit dans cette clairière, j'allais devoir commencer quelque part. Je roulai mon sac de couchage afin de le faire rentrer dans la pochette prévue à cet effet, mais je laissai l'abri en place : il pourrait se révéler être un point de repère utile au cas où je me mettrais à tourner en rond.

Quelque chose entourait le campement : un cercle de minuscules cristaux blancs. Je m'agenouillai pour en ramasser une pincée, puis dardai la pointe de ma langue pour y goûter.

Du sel.

Le camp avait été érigé dans un cercle de sel.

Je restai parfaitement immobile. Selon certains voyants, le sel servait à repousser les esprits – ils appelaient ça l'halomancie, mais cette croyance était erronée : cela n'arrêtait en rien les poltergeists. Essayait-il juste de me faire peur, en me laissant au centre de cette mise en scène ?

La capuche sur la tête et la fermeture de ma veste remontée jusqu'au menton, je rangeai mes maigres effets. Je fourrai fléchettes et pistolet dans le sac, les protégeant de mon duvet, et passai le lance-fusées à ma ceinture. Le couteau trouva sa place dans ma botte, la seringue dans ma veste. J'enfilai les gants.

J'avais hâte de me retrouver face à cette raclure. Je le visualisais, scrutant l'horloge, comptant les minutes jusqu'à mon retour. Assis près de son feu bien au chaud.

J'allais lui montrer. Je n'allais pas me laisser ridiculiser. On me surnommait la Rêveuse pâle, et il allait comprendre pourquoi. Pourquoi Jax m'avait choisie : parce que, contre toute attente, *j'avais survécu*.

Je fermai les paupières, tâchant de repérer la moindre activité éthérée, en vain. Aucun territoire des rêves dans les parages.

J'étais seule. Quand je rouvris les yeux, le ciel capta mon attention. Par chance, je m'étais réveillée à temps : de gros nuages s'apprêtaient à avaler les étoiles et, le soleil étant couché, je n'avais pas d'autre moyen de m'orienter. Comme je ne trouvai pas Sirius, je cherchai la Ceinture d'Orion. J'avais appris, lors de l'un des discours passionnés de Nick sur l'astronomie, que le nord se trouvait grosso modo à l'opposé de cette constellation. Je savais également où il se situait par rapport à Sheol I. Je repérai les trois étoiles et fis lentement demi-tour pour me positionner dans le bon axe. Je n'avais devant moi qu'une étendue bien dense de forêt, aussi sombre qu'elle était épaisse et envahissante.

Mon cœur s'emballa. Je n'avais jamais eu peur du noir, mais j'allais devoir me fier à mon sixième sens pour détecter la moindre agitation. Ce qui était sans doute le but de la manœuvre : me mettre à l'épreuve.

Je jetai un coup d'œil par-dessus mon épaule. Les bois étaient tout aussi sombres à l'autre bout de la clairière. Cette direction-là m'emmènerait vers le sud, loin de la colonie.

Ne pars pas vers le sud.

Je comprenais son manège. Il comptait sur moi pour que je lui obéisse, comme une bonne petite humaine. Pourquoi irais-je vers le nord, alors que le nord me ramènerait à ma condition d'esclave – et au gouverneur, à l'origine de ma venue ici ? Je n'avais rien à lui prouver. Je pivotai face à la Ceinture. J'irais vers le sud. Loin de ce trou à rats.

Le vent faisait craquer les feuilles, glaçant ma peau mouillée. C'était maintenant ou jamais. Si je prenais le temps de réfléchir à ce qui pouvait ou non rôder là-dedans, je n'aurais plus le courage de prendre une décision. Je serrai les dents et m'enfonçai dans la forêt.

Il faisait noir. Un noir de poix. La pluie avait ramolli la terre, désormais spongieuse. Pourtant, mes pieds ne produisaient aucun son tandis que je progressais rapidement entre les chênes, trottinant même parfois, me servant de mes mains pour écarter les branches les plus basses. Dans le fin rayon de ma lampe, je distinguais la brume épaisse qui s'enroulait autour des troncs et planait tel un suaire sur le sol, faisant disparaître mes bottes. Il n'y avait aucune lumière naturelle. Je priais pour que ma torche électrique ne rende pas l'âme. Elle était frappée du sceau de Scion, sans doute un équipement emprunté à la DVN. Une source de soulagement certaine : les matériels de Scion ne tombaient pas souvent en panne.

Je pris soudain conscience que je devais me trouver au-delà des limites habituelles de Sheol I. Cet endroit n'était pas surnommé le No-Man's-Land sans raison : il n'appartenait à personne. Ou peut-être à Scion, mais pas forcément. J'ignorais complètement où j'aboutirais, mais je savais qu'Oxford se situait au nord de Londres. J'allais donc dans la bonne direction. Ma veste et mon pantalon étaient suffisamment sombres pour me cacher aux regards les plus acérés, et mon sixième sens était plus affûté que jamais. Je pourrais franchir n'importe quelle ligne réphaïte. J'étais capable de passer par-dessus une clôture aussi aisément que par-dessous. Et si quiconque m'attaquait, je pourrais faire usage de mon talent. Je sentirais mes ennemis suffisamment à l'avance.

Je me rappelai alors ce que Liss m'avait dit de cet endroit à mon arrivée : *Une campagne désertique. On l'appelle le No-Man's-Land.* Cela m'aurait réconfortée si elle m'avait répondu autre chose quand je lui avais demandé si quelqu'un avait déjà essayé de s'échapper par là. *Oui,* avait-elle dit. Simplement *oui.* Une façon assez explicite de préciser que personne n'y était parvenu. D'autres voyants avaient suivi ce chemin et en étaient morts. Peut-être avaient-ils eux aussi été mis à l'épreuve. Le test consistait-il simplement à résister à la tentation de s'enfuir ? Cette idée me donna des sueurs froides. Des mines antipersonnel, des pièges. Il y en avait, par ici. J'imaginai des caméras dans les arbres, surveillant chacun de mes mouvements, attendant de me voir poser le pied sur un explosif. Je ralentis.

Non, non. Il fallait que je continue. Je pouvais me tirer de là. Ils espéraient que je réfléchirais aux risques. Je faillis rebrousser chemin, mais ma détermination était plus forte. Je songeai malgré moi au gouverneur, à David et au Superviseur assis au coin du feu, faisant tinter leurs verres en me voyant exploser.

— Eh bien, messieurs, je porte un toast à la marcherêve, dirait le Superviseur. La plus grande idiote que nous ayons jamais ramenée à Sheol I.

Qu'inscriraient-ils sur ma pierre tombale ? PAIGE MAHONEY, ou simplement XX-59-40 ? À condition qu'il reste quelque morceau de cadavre à enterrer.

Je m'arrêtai et pris appui contre un arbre. C'était dément. Pourquoi m'imaginais-je toutes ces choses ? Le gouverneur ne pouvait pas supporter le Superviseur. Je serrai fermement les paupières et visualisai un autre groupe : Jaxon, Nick et Eliza. Ils espéraient mon retour à la citadelle, partaient à ma recherche. Si je parvenais à sortir de ces bois, je pourrais me débrouiller pour les rejoindre.

Au bout de quelques secondes, je finis par rouvrir les yeux. J'avisai alors ce qui gisait au sol.

Des os. Des ossements humains. Un squelette paré d'une tunique blanche en lambeaux, auquel il manquait la moitié des jambes. Je reculai, en me faisant presque un croche-patte. Mon pied écrabouilla quelque chose. Un crâne.

Un sac se trouvait tout contre la carcasse. La main du défunt en tenait toujours la lanière. Je le lui arrachai avec un craquement d'os brisés. Des mouches se repaissaient du reste de chair ; des mouches géantes et velues, toutes gonflées de leur festin. Elles s'envolèrent quand je récupérai les affaires du malheureux. Ma lampe parcourut le contenu de la besace : un gros morceau de pain moisi et une bouteille vide.

Je fus de nouveau prise de frissons. Je pivotai vers la droite. À quelques pas de moi, un cratère béait entre les feuilles, à moitié rempli d'eau de pluie. Des éclats d'os et des restes d'explosif jonchaient le sol.

J'étais littéralement en terrain miné.

Je m'adossai au chêne le plus proche. Je ne pouvais circuler là-dedans en pleine nuit. Je m'éloignai à pas prudents, enjambant le squelette. *Tout va bien, Paige.* Les jambes tremblantes, je mis le cap vers le nord et m'en retournai par où j'étais venue. Je ne m'étais guère éloignée de la clairière, je la retrouverais bientôt. Après quelques mètres, je me pris le pied dans une racine et m'affalai au sol. Je me crispai, sentant mon cœur battre la chamade, mais aucune explosion ne se déclencha.

Je me redressai sur les coudes, fouillai dans ma veste et en sortis le Zippo, que j'ouvris du pouce. Une flamme bien nette s'en éleva. Une route vers l'éther. Je n'étais pas augure – le feu n'était pas mon ami –, mais je pouvais m'en servir pour accomplir une sorte de séance miniature.

— J'ai besoin d'un guide, chuchotai-je. Si quelqu'un m'entend, approchez de la flamme.

Pendant longtemps, il n'y eut aucune réaction. La flamme vacilla et crachota. Puis mon sixième sens prit vie, et un jeune esprit émergea d'entre les arbres. Je me hissai sur mes pieds.

— Je dois regagner mon camp, dis-je en brandissant le briquet. Acceptes-tu de m'y aider ?

Je ne pouvais pas l'entendre répondre, mais il se dirigea dans la bonne direction. Je savais qu'il s'agissait de l'esprit de la tunique blanche et je me mis à courir. Il n'avait aucune raison de m'induire en erreur.

J'aperçus bientôt le cercle de sel. La pluie éteignit la flamme du briquet, mais l'esprit resta près de moi. Il me fallut quelques minutes pour recouvrer mon calme. C'était difficile à admettre, mais je n'avais d'autre choix que de prendre la route du nord. Je m'assurai que mes affaires étaient toujours là, puis je retournai sous le couvert des arbres, la torche électrique dans une main, le Zippo dans l'autre, l'esprit sur mes talons.

Après une demi-heure de marche, ce dernier s'enroula autour de mes épaules comme une corde. Je marquai une pause, le temps de m'assurer que la Ceinture d'Orion était bien derrière moi. J'ajustai ma trajectoire peu avant de disparaître de nouveau dans les ténèbres. Les oreilles et le nez me piquaient, et mon sixième sens m'envoyait des frissons dans tout le corps. Je sentais à peine mes orteils. Je m'immobilisai, les mains sur les genoux, prenant de profondes respirations pour tâcher d'apaiser mes nerfs. En inspirant, je sentis une odeur reconnaissable entre mille : l'odeur de la mort.

Le faisceau de ma lampe était inconstant. Les relents de chair en putréfaction étaient de plus en plus prégnants. J'arpentai les lieux pendant une bonne minute avant d'en trouver la source : un autre cadavre.

Sans doute celui d'un renard. Des touffes de poils auburn maculées de sang coagulé, des orbites remplies d'asticots. Je m'enfouis le nez et la bouche dans la manche. La puanteur était insupportable.

La créature qui avait causé ce carnage était dans ces bois avec moi.

Bouge, Paige. Bouge. Ma lampe clignota. J'avais à peine repris ma marche qu'une brindille craqua.

Avais-je imaginé ce bruit ? Non, bien sûr que non. Mon ouïe fonctionnait parfaitement. J'entendais le sang qui me battait aux tempes. Je m'adossai à un arbre, tâchant de respirer aussi discrètement que possible.

Un garde. Une veste rouge en patrouille. Mais je perçus alors des pas bien trop lourds pour être humains. J'éteignis ma torche et la rangeai dans ma poche. Inutile de la garder en main : la rallumer trahirait ma position.

Le silence était oppressant. Je n'y voyais goutte, mais je perçus un nouveau bruit de pas, plus proche. Puis des dents s'attaquant à une carcasse. Quelque chose avait trouvé le renard.

Ou était revenu le chercher.

Je mis une main en coupe autour du briquet. Mon cœur faisait des choses étranges. Je ne savais pas s'il avait tant accéléré que ses pulsations se résumaient désormais à un vrombissement continu, ou s'il avait tout simplement cessé de battre. L'esprit tressaillit derrière moi.

Les minutes s'égrenèrent. J'attendis. J'allais fatalement devoir reprendre mon avancée, mais je savais qu'une créature rôdait à proximité.

Trois claquements gutturaux.

Tous les muscles de mon corps se contractèrent. Je respirais par le nez, m'efforçant de garder les lèvres scellées. J'ignorais la nature de ce bruit, mais elle n'était certainement pas humaine. J'avais déjà entendu les réphaïm produire des sons étranges, mais jamais d'aussi horribles et viscéraux.

Une brise soudaine moucha mon briquet. Mon esprit guide s'enfuit.

Pendant une minute, le froid me paralysa les doigts. Puis je me souvins du pistolet, rangé dans mon sac. Il était illusoire d'espérer atteindre mon poursuivant, mais je pouvais au moins faire diversion. Me donner le temps de repartir. J'envisageai de grimper à un arbre, mais repoussai cette idée aussi sec. Ce genre d'escalade n'était pas mon fort. Mieux valait me trouver une autre planque. Toutefois, gagner un peu de hauteur semblait être une idée pleine de sens. Si je me dégottais un endroit en surplomb, je pourrais illuminer cette créature et voir de quoi il s'agissait. Je rangeai mon briquet et fouillai dans mon sac.

Dès que j'eus le pistolet en main, je m'attelai à extraire une fléchette de son emballage. Chacun de mes mouvements me paraissait horriblement bruyant : chaque exhalaison, chaque bruissement de tissu. Enfin, je sentis le contact froid et lisse d'un cylindre entre mes doigts. Je savais charger une arme ordinaire, mais il me fallut quelques minutes pour comprendre le fonctionnement de celle-ci dans le noir, avec les mains moites et en tâchant de ne pas produire le moindre son. Lorsque la fléchette fut enclenchée, je levai les bras, visai et tirai.

Le projectile atteignit son but en sifflant comme de la graisse dans une poêle chaude. La créature se précipita vers cette source de vacarme. Elle traînait dans son sillage sa propre signature auditive : un bourdonnement. Des mouches.

Il ne s'agissait pas d'un animal.

La nausée me menaça. J'avais beaucoup entendu parler des émim, mais jamais réellement envisagé d'en affronter un. Même après ce que j'avais entendu lors du discours de bienvenue, même après que la veste rouge avait perdu une main, je soupçonnais encore qu'ils n'existaient pas. Jusqu'à cet instant.

J'arrivais à peine à tenir debout. Mes mains et mes lèvres tremblaient horriblement. Je ne pouvais plus ni respirer ni réfléchir. La chose pouvait-elle entendre mon pouls ? Sentir ma peur ? Bavait-elle déjà d'envie, ou étais-je suffisamment loin pour qu'elle n'ait pas encore détecté ma présence ?

Je chargeai une deuxième fléchette. Le ronfleur reniflait l'endroit où j'avais tiré. Je fermai les paupières et me tendis vers l'éther.

Quelque chose clochait, déconnait même sérieusement. Tous les esprits du coin avaient pris la fuite, comme terrifiés ; pourtant, qu'avaient-ils à craindre d'une créature du monde physique ? Ils ne risquaient tout de même pas de mourir à nouveau. Quoi qu'il en fût, je ne pouvais pas faire appel à eux.

Je pris soudain conscience que je n'entendais plus le ronfleur. Mes mains étaient glissantes de sueur. J'arrivais à peine à tenir mon arme. Je pouvais y rester d'une seconde à l'autre. Une carcasse de viande fraîche.

Tout ceci n'avait donc été qu'une mise en scène. Nashira n'avait jamais souhaité que je gagne mes couleurs : elle avait juste voulu ma mort.

Pas aujourd'hui, songeai-je. *Pas aujourd'hui, Nashira.*

Je m'élançai. Mes bottes martelèrent le sol, aussi fort que mon cœur cognait contre mes côtes. Où était-il ? M'avait-il déjà vue ?

Quelque chose me frappa entre les omoplates. Je me retrouvai un instant en apesanteur, suspendue dans les ténèbres. Puis je heurtai lourdement le sol. Mon poignet se retourna et craqua. Je ravalai mon cri une demi-seconde trop tard.

Mon flingue m'avait échappé. Aucune chance de le retrouver dans ces conditions. J'entendis la chose se rapprocher – elle était presque *sur* moi. Je plongeai ma main valide dans ma botte et en tirai le couteau de chasse.

J'oubliai mon esprit. J'enfonçai ma lame dans une bouillie mollasse. Quelque chose me dégoulina sur l'avant-bras. Bzz. Un autre coup, puis deux. Bzz. Bzz. Des choses n'arrêtaient pas de me tomber sur le visage, de petites choses rondes. Je cillai pour les chasser de mes yeux, toussai pour ne pas les avaler. Des doigts se refermèrent autour de mon cou, et une haleine chaude et fétide me caressa la joue. Coup de couteau, coup de couteau. Bzz. Des dents claquant non loin de mon oreille. Je frappai encore, m'enfonçai dans la chair, retirai le couteau. La lame fendit le muscle et les nerfs.

Puis le ronfleur disparut. J'étais libre. Mes mains étaient couvertes d'un fluide sirupeux et nauséabond. La bile qui me remontait dans la gorge me brûlait la bouche et le nez.

Ma lampe gisait trois mètres plus loin. Je rampai vers elle, serrant contre ma poitrine mon poignet brisé. Je me l'étais déjà cassé par le passé : cela faisait un mal de chien. Je progressai sur un seul bras, le poignard entre les dents, inondée de sueur rance. L'odeur de cadavre me retournait l'estomac, m'envoyait de douloureuses remontées dans la gorge.

J'attrapai enfin ma torche et me retournai pour en balayer l'obscurité. Je distinguais des formes sombres entre les arbres. D'autres bruits de pas. D'autres ronfleurs. *Non.*

Une migraine m'assaillit. Ma vision se troubla. *Je ne veux pas mourir.* Prendre possession du papillon m'avait bien plus affaiblie que je ne l'avais imaginé. *Cours.* Je sortis la seringue de ma veste. Mon dernier recours. Le lance-fusées n'en était pas un. Je ne m'en servirais pas. Je ne perdrais pas cette partie.

De l'Adrénaline Autoinjectée ScionAid. Un cocktail bien plus puissant que ceux que Jax utilisait pour me maintenir éveillée. Je me plantai l'aiguille dans la cuisse sans même baisser mon pantalon.

Une douleur aiguë. Je jurai, sans retirer la pointe. Une soudaine décharge pénétra dans mon muscle. L'adrénaline de Scion était conçue pour réveiller le corps entier ; pas uniquement pour l'aider à fonctionner, mais pour vous insensibiliser et vous rendre plus fort. Les Vigiles se shootaient à ça en permanence. Mes muscles s'assouplirent. Mes jambes se renforcèrent. Je me levai d'un bond et me mis à sprinter. La drogue n'affectait pas mon sixième sens, mais elle accroissait ma faculté de concentration.

Le ronfleur était doté d'un territoire des rêves sombre et caverneux, un trou noir dans l'éther. Je ne m'y enfoncerais pas très profondément si je tentais de m'y infiltrer. J'essayai néanmoins, sans vraiment quitter mon corps.

Un nuage noir m'avala. Mon territoire des rêves s'assombrit et mon champ de vision s'étrécit. Il fallait que je le repousse.

Une série de sauts devrait faire l'affaire. Mon esprit quitta mon corps, fracturant le rebord de son territoire. La créature poussa un hurlement déchirant. Elle cessa d'avancer. Au même instant, une douleur fulgurante me propulsa de force dans mon propre territoire. Mes paumes touchèrent le sol. Je me relevai avec peine, le souffle court.

Une prairie succéda aux bois. J'aperçus les flèches du Manoir. La ville. La *ville*.

L'adrénaline circulait dans mes veines, alimentait mes muscles, accroissait ma vitesse. Mon poignet pendouillait le long de mon corps, tandis que je me précipitais comme une repentante vers ma geôle. Mieux valait être prisonnière que morte.

Le ronfleur hurla. Son cri se répercuta dans chaque cellule de mon corps. Je sautai par-dessus un grillage et repris aussitôt ma course.

Un mirador surmontait le Manoir. Il devait s'y trouver une veste rouge armée d'un fusil. Ils pouvaient arrêter le ronfleur, l'abattre. Mes vêtements ruisselaient de sueur. Je n'étais plus très loin. Je ne sentais pas encore la douleur, mais je savais que je m'étais déchiré un muscle. Je dépassai un panneau rouillé indiquant L'USAGE DE LA FORCE EST AUTORISÉ. Bien. Je n'avais jamais autant eu besoin qu'on use de la force. Je distinguais clairement la tour de guet, désormais. J'étais sur le point d'appeler à l'aide, de sortir le lance-fusées, quand je me retrouvai paralysée.

Un filet. Un filet à grosses mailles m'était tombé dessus. Je m'époumonai :

— Non, non, tuez-le !

Je me débattais comme un poisson au bout de sa ligne. Pourquoi m'avaient-ils attrapée ? Ce n'était pas moi, l'ennemie. *Bien sûr que si,* me siffla une voix dans ma tête, mais je ne l'écoutai pas. Je devais me libérer de ce piège. Le ronfleur approchait. Il allait m'étriper, comme il avait étripé le renard.

Un craquement. Une voix appelant mon nom.

— Calme-toi, Paige, tout va bien, tu ne risques plus rien.

Mais je ne lui faisais pas confiance. Je la craignais. Je me tortillai jusqu'à m'extraire du filet, et voulus me remettre à courir. À cet instant, quelqu'un m'attrapa et me tira en arrière.

— Paige, concentre-toi ! Sers-toi de ta force, *sers-t'en* !

Je n'arrivais pas à me concentrer. J'étais tétanisée par la peur. Mon cœur battait trop vite, je n'arrivais plus à suivre. Je ne voyais plus que par intermittence. J'avais la bouche toute sèche. Étais-je encore debout ?

— Paige, à ta droite ! Attaque-le !

Je tournai la tête dans la direction indiquée. Je le distinguais à peine, mais compris qu'il n'était pas humain. Ma peur atteignit son paroxysme. Je me projetai dans l'éther. Dans le néant. Puis dans quelque chose.

Je ne vis plus que mon corps recroquevillé au sol. Mais pas à travers mes yeux : à travers ceux d'une biche.

18

L'heureux lendemain

Il y a certaines choses dans la vie que l'on n'oublie jamais. Des choses enfouies profondément, des choses nichées dans la zone hadale. Je dormis comme une souche, attendant que mon cerveau neutralise la terreur des bois.

Le véritable sommeil était mon seul salut, le bref intervalle entre l'éveil et la marche. Jax et les autres n'avaient jamais compris pourquoi j'aimais tant dormir. Quand je voulais me reposer après une longue période passée dans l'éther, Nadine s'esclaffait invariablement : *Tu es folle, Mahoney. Tu viens de passer des heures à ronfler, et tu voudrais déjà te recoucher ? Tu rêves, ma belle. Pas vu ton salaire.*

Nadine Arnett, la compassion incarnée. Le seul membre de notre gang qui ne me manquait pas.

Quand je rouvris les yeux, il faisait nuit. Mon poignet était prisonnier d'une sorte de toile d'araignée métallique. Un baldaquin de velours me surplombait.

J'étais dans le lit du gouverneur. Mais pourquoi ?

Mon cerveau tournait au ralenti. Je ne me rappelais guère ce qui s'était passé au préalable. Je me sentais à peu près comme quand Jax m'avait fait goûter du vrai vin pour la première fois. Je baissai les yeux vers ma main. L'attelle m'empêchait de la bouger. Je voulus me lever, sortir de ce lit, mais j'étais trop faible et engourdie pour cela. *Un sédatif*, songeai-je. Et ça m'allait parfaitement. Tout allait pour le mieux.

Quand mes paupières se rouvrirent, j'étais plus alerte. J'entendais une voix familière. Le gouverneur était revenu – et il avait de la compagnie. Je me glissai jusqu'aux rideaux de lit, que je tirai légèrement.

Un feu grondait dans l'âtre. Le gouverneur était debout, dos à moi, et s'exprimait dans une langue inconnue. Son timbre bas retentissait pourtant autant que de la musique dans un auditorium. Terebell Sheratan se trouvait devant lui. Elle tenait un calice dans chaque main. Elle n'arrêtait pas de désigner le lit – dans ma direction. Le gouverneur secouait la tête.

Quelle langue parlaient-ils ?

Je me tournai vers les esprits les plus proches, des fantômes ayant jadis vécu ici. Ils dansaient presque au rythme de la conversation des deux réph. Exactement comme quand Nadine jouait du piano, ou quand un polyglotte déclamait un lai dans la rue. Les poly pouvaient parler et comprendre une langue partagée seulement par les esprits, mais le gouverneur et Terebell ne possédaient pas ce talent. Ni lui ni elle n'avaient une aura de polyglotte.

Ils approchèrent leur tête l'une de l'autre pour examiner quelque chose. Quand je tendis le cou pour mieux voir, je me figeai.

Mon téléphone.

Terebell posa son calice, saisit l'appareil, puis le fit tourner dans sa main, fit courir son pouce sur les touches. La batterie était morte depuis longtemps.

S'ils avaient mon téléphone et mon sac, ils avaient forcément le bouquin. Essayaient-ils de consulter la liste de mes contacts ? Ils devaient soupçonner que je connaissais l'auteur des *Mérites*. S'ils trouvaient le numéro de Jaxon, ils le traqueraient sans peine jusqu'aux Sept-Cadrans – et alors, la vision de Carl prendrait tout son sens.

Je devais absolument récupérer mon portable.

Terebell le fit disparaître dans son chemisier. Le gouverneur lui dit quelque chose. Elle plaqua son front contre le sien avant de sortir de la pièce et de verrouiller la lourde porte derrière elle. Le gouverneur resta un instant immobile, à observer par la fenêtre, puis il se tourna vers le lit. Vers moi.

Il tira les rideaux et s'assit sur les couvertures.

— Comment te sens-tu ? s'enquit-il.

— Allez vous faire voir.

Ses yeux s'embrasèrent.

— Mieux, dirait-on.

— Qu'est-ce que Terebell fout avec mon téléphone ?

— C'est pour que Nashira ne mette pas la main dessus. Ses vestes rouges pourraient retrouver les coordonnées de tes relations dans la pègre.

— Je ne connais personne qui en fasse partie.

— N'essaie pas de me mentir, Paige.

— Je ne mens pas.

— Encore un mensonge...

— Comme si vous étiez digne de confiance. (Je le toisai d'un air assassin.) Vous m'avez laissée dehors avec cette chose. Seule, dans le noir, avec un ronfleur.

— Tu savais que ça viendrait. Que, tôt ou tard, tu devrais affronter un émite. En outre, je t'ai avertie.

— Comment ça, vous m'avez avertie ?

— Les points froids, Paige. C'est comme ça qu'ils voyagent.

— Vous en avez donc fait sortir un exprès ?

— Tu ne courais aucun danger. Je savais que tu avais peur, mais il fallait que tu prennes possession de cette biche.

Il riva ses yeux aux miens. Ma bouche s'assécha.

— Vous avez fait tout ça uniquement pour que je possède Nuala. (Je m'humectai les lèvres.) Vous y pensiez déjà en ouvrant ce point froid. (Il acquiesça.) Vous avez libéré le ronfleur. (Il opina de nouveau.) Et vous m'avez fait si peur que je...

— Oui. (Il n'éprouvait aucune honte à l'avouer.) Je me doutais que ton don était activé par les émotions fortes : la colère, la haine, la tristesse... et la peur. Celle-ci est le meilleur déclencheur. En te poussant dans tes derniers retranchements, je t'ai forcée à t'emparer de Nuala, en te faisant croire qu'elle était l'émite qui te traquait dans les bois. Je ne t'aurais toutefois jamais mise en danger.

— Ça aurait pu me tuer.

— J'ai pris mes précautions. Encore une fois : tu n'as jamais couru de risque réel.

— C'est des conneries. Si, selon vous, un cercle de sel est une protection suffisante, vous êtes complètement à côté de la plaque. (Je ne surveillais plus mon vocabulaire, mais n'en avais cure.) Vous avez dû adorer ça - me voir danser...

— Non, Paige. J'essaie simplement de t'aider.

— Allez cramer en enfer.

— Je vis déjà une certaine version de l'enfer.

— Alors, vivez-en une qui soit loin de la mienne.

— Non. Toi et moi avons conclu un marché, et je n'ai pas l'habitude de revenir sur un accord. (Il soutint mon regard.) Je t'attends dans dix minutes. Tu me dois une heure de conversation agréable.

J'aurais pu lui cracher à la figure, mais il y avait des limites à tout. Je quittai la pièce pour grimper à l'étage.

Je ne lui dévoilerais rien de plus à mon sujet. Il en savait déjà bien trop sur ma vie personnelle - et je ne pouvais me permettre de lui lâcher la moindre info sur ma relation avec Jax. Nashira cherchait déjà le gang. Si elle découvrait que j'étais l'une de ses plus proches collaboratrices, elle me forcerait sans doute à l'arrêter moi-même. J'allais me comporter comme si le ronfleur m'avait traumatisée, comme si j'avais du mal à parler.

J'entendais encore son souffle déchirant. Je fermai les yeux. Les images s'estompèrent.

Je portais un peignoir léger par-dessus mes vêtements crasseux. Ceux-ci puaient la sueur et la mort. Je traversai la pièce jusqu'à la salle de bains et m'en dépouillai en hâte. Un uniforme rose tout propre m'y attendait. Je me récurai à l'aide de savon et d'eau brûlante. Je voulais me départir des ultimes vestiges de cette puanteur.

Quand je m'observai dans le miroir, je me rendis compte que je portais toujours le pendentif. Je le retirai. Quelle efficacité…

Quand je descendis rejoindre le gouverneur, celui-ci était installé dans son fauteuil favori. Il me désigna le siège lui faisant face.

— Je t'en prie.

Je m'assis. Je me sentais toute petite.

— Est-ce que vous m'avez mise sous sédatifs ?

— Tu as fait une sorte de crise, après la possession. (Il m'étudia.) As-tu essayé de t'emparer de l'émite ?

— J'ai voulu voir son territoire des rêves.

— Ah, oui. (Il se saisit de son gobelet.) Un verre ?

Je fus tentée de demander quelque chose d'illégal – du vrai vin, par exemple –, mais je n'avais plus le courage de continuer à le provoquer.

— Un café, répondis-je.

Il tira sur un cordon écarlate, relié à une cloche démodée.

— Quelqu'un te l'apportera bientôt.

— Un amaurotique ? m'enquis-je.

— Oui.

— Vous les traitez donc comme vos domestiques ?

— Nos esclaves, Paige. N'ayons pas peur des mots.

— Pourtant, leur sang est inestimable.

Il but une gorgée. Je restai assise, les bras croisés, attendant qu'il entame la conversation.

Le gramophone fonctionnait de nouveau. Je reconnus la chanson – *I Don't Stand The Ghost of a Chance (With You)*[4] –, la version de Sinatra. Elle figurait sur la liste noire de Scion simplement parce qu'elle comportait le mot *ghost*, fantôme, dans son titre. Même si les paroles n'avaient absolument rien de surnaturel. Oh, comme sa voix de crooner me manquait.

— Est-ce que tous les disques interdits atterrissent chez vous ? demandai-je en m'efforçant de garder l'air naturel.

— Non, ils sont envoyés au Manoir. Je vais à l'occasion en emprunter un ou deux pour mon gramophone.

— Vous appréciez notre musique ?

— Pas tout. Surtout celle du XXᵉ siècle. Je trouve vos textes intéressants, mais la plupart des productions modernes me déplaisent.

— À cause de la censure. Si vous n'étiez pas là, les morceaux seraient de meilleure qualité.

Il brandit son verre comme pour trinquer.

— Un point pour toi.

La curiosité l'emporta.

— Qu'est-ce que c'est ?

— De l'essence de fleur d'amarante mélangée à du vin rouge.

— Je n'ai jamais entendu parler de l'amarante.

— Cette espèce-ci ne pousse pas sur Terre. Elle sert à guérir la plupart des blessures spirituelles. Si tu en avais pris après l'épisode du poltergeist, tes cicatrices ne seraient sans doute pas aussi profondes. Elle pourrait également soulager ton cerveau, si tu te servais trop souvent de ton esprit sans aide respiratoire.

---

4. « Je n'ai pas l'ombre d'une chance (avec toi). »

Intéressant. Un remède pour mon cerveau. Jaxon ne me laisserait plus jamais dormir s'il avait vent de ce produit.

— Pourquoi en buvez-vous ?

— Des vieilles blessures. L'amarante apaise la douleur.

Il y eut un court silence. C'était à moi de parler.

— C'est à vous, dis-je en lui tendant le pendentif.

— Garde-le.

— Je n'en veux pas.

— J'insiste. Il ne repousse peut-être pas les émim, mais il pourrait te sauver d'une attaque de poltergeist.

Je le posai sur le bras du fauteuil. Le gouverneur le scruta, puis remonta le menton pour capter mon regard.

On frappa doucement à la porte. Un garçon entra ; il devait avoir mon âge, peut-être un peu plus. Il portait une tunique grise, et ses yeux étaient injectés de sang. Malgré ça, il était magnifique, semblant sortir tout droit d'une peinture. Ses cheveux dorés tombaient autour de son visage finement ciselé ; ses lèvres et ses joues étaient roses comme des pétales. En dehors de leur irritation, ses prunelles étaient d'un bleu limpide, presque transparent. Je crus percevoir quelques traces indistinctes d'aura autour de lui.

— Du café, s'il te plaît, Michael, dit le gouverneur. Tu prendras du sucre, Paige ?

— Non, merci. (Michael salua obligeamment et prit congé.) C'est donc lui, votre esclave attitré ?

— Michael m'a été offert par la reine de sang.

— Comme c'est romantique.

— Pas particulièrement. (Il pivota vers la fenêtre.) On ne peut rien contre Nashira quand elle désire quelque chose. Ou quelqu'un.

— J'imagine.

— Vraiment ?

— Je sais qu'elle dispose de cinq anges.

— En effet. Mais ils font sa faiblesse autant que sa force. (Il avala une nouvelle gorgée.) La reine de sang souffre de l'influence de ses prétendus anges.

— Je suis sûre qu'ils en sont désolés.

— Ils la détestent.

— Pas possible !

— Si. (Mon mépris l'amusait visiblement.) Nous ne discutons que depuis deux minutes, Paige. Essaie de ne pas débiter tous tes sarcasmes d'un coup.

Je voulais le tuer. Mais j'en étais incapable.

Le garçon revint alors avec un pot de café bien chaud. Le plateau qu'il posa sur la table contenait également une assiette bien servie de châtaignes grillées saupoudrées de cannelle. Leur odeur sucrée me mit l'eau à la bouche. Un marchand ambulant près du pont Blackfriars en vendait durant les mois d'hiver. Celles-ci semblaient encore meilleures, avec leur écorce marron fêlée dévoilant une chair blanche velouteuse. Il y avait également des fruits : des quartiers de poire, des cerises brillantes, de fines tranches de pommes bien rouges.

Michael fit un petit signe interrogateur, et le gouverneur secoua la tête.

— Merci, Michael, ce sera tout.

Il se fendit d'une nouvelle révérence avant de quitter la pièce. Je me surpris à vouloir lui brailler dessus. Il était tellement *docile*.

— Quand vous dites « prétendus » anges, repris-je en me forçant à conserver mon calme, qu'est-ce que cela signifie, exactement ?

Il marqua une pause.

— Mange, dit-il. Je t'en prie.

Je me saisis d'une châtaigne, manifestement tout juste sortie du four. Sa saveur et sa chaleur m'évoquaient l'hiver.

— Je suis sûr que tu sais ce qu'est un ange : un esprit mort pour sauver une personne et revenant dans notre dimension pour la protéger, dit-il. Nous connaissons les anges et les archanges, et je présume que les voyants de la rue ne sont pas plus ignorants que nous. (Je confirmai d'un hochement de tête.) Nashira dispose d'un troisième rang d'anges.

— Vraiment ?

— Elle peut piéger certains esprits.

— C'est donc une dompteuse ?

— Bien plus que ça, Paige. Si elle décide de tuer un clairvoyant, non seulement elle peut capturer son esprit, mais elle peut également l'utiliser. Tant que cet esprit reste lié à elle, sa présence affecte son aura. C'est cette déformation qui lui permet de disposer de plusieurs dons.

Ma tasse déborda légèrement sur mes genoux.

— Elle doit les tuer elle-même ?

— Oui. Nous les nommons les anges déchus. (Il m'examina.) Et ils sont contraints de passer l'éternité avec leur assassin.

Je me levai.

— Vous êtes diaboliques. (Ma tasse se fracassa au sol.) Comment pouvez-vous espérer que je vous parle comme à un humain, alors que votre fiancée commet de telles atrocités ? Comment arrivez-vous à la regarder en face ?

— Ai-je dit avoir déjà personnellement invoqué un ange déchu ?

— Mais vous avez tué des gens.

— Toi aussi.

— Ce n'est pas la question.

L'expression du gouverneur se modifia légèrement. Il n'y avait désormais plus le moindre soupçon de moquerie.

— Je ne sais pas ce que je peux faire pour ce monde, déclara-t-il, mais je ne laisserai personne te faire du mal.

— Je n'ai pas besoin de votre protection. Débarrassez-vous de moi. Refilez-moi à quelqu'un d'autre. Je ne veux plus être votre élève. Je veux changer de gardien. Je veux être avec Thuban. Envoyez-moi à Thuban.

— Tu ne veux pas d'un Sargas pour gardien, Paige.

— Ne me dites pas ce que je veux ou non. Je veux...

— Tu veux recommencer à te sentir en sécurité. (Il se leva, laissant toutefois la table basse entre nous.) Tu veux que je te traite comme Thuban et les autres traitent leurs humains, car cela te donnerait de bonnes raisons de haïr les réphaïm. Mais parce que je ne te fais pas de mal, et parce que j'essaie de te comprendre, tu voudrais fuir. Je sais pourquoi, bien sûr. Tu ne comprends pas mes motivations. Tu te demandes régulièrement pourquoi je voudrais t'aider, et tu ne trouves aucune explication valable. Cela ne signifie pas pour autant qu'il n'en existe pas, Paige. Simplement qu'il te reste encore à les découvrir.

Je me rencognai dans mon fauteuil. Le café brûlant avait transpercé mon pantalon. En découvrant les dégâts, il déclara :

— Je vais te trouver de quoi te changer.

Il alla jusqu'à l'armoire. Je fulminais. J'entendais presque Jax me tancer. *Tu es vraiment une pauvre idiote. Regarde-toi, avec tes larmes plein les calots. Relève la tête, mon adorable ! Qu'est-ce que tu veux ? De la compassion ? De la pitié ? Tu ne les trouveras pas chez lui, pas plus que chez moi. Le monde est un abattoir, ma petite malonette. Ressaisis-toi un peu. Montre-lui de quel bois tu te chauffes.*

Le gouverneur me tendit une longue tunique noire.

— Ça devrait t'aller. Elle a l'air un peu grande, mais au moins tu n'auras pas froid.

J'opinai. Il me tourna le dos. J'enfilai la tunique sans rechigner. Il avait raison : elle me tombait aux genoux.

— Ça y est, annonçai-je.

— Tu veux t'asseoir ?

— Comme si j'avais le choix.

— Tu l'as.

— Je ne sais pas ce que vous voulez que je vous raconte.

— Dans l'idéal, j'aimerais que tu me dises qui s'est montré assez cruel envers toi par le passé pour te passer l'envie de faire confiance à qui que ce soit. (Il regagna son siège.) Mais je sais que tu ne me l'expliqueras pas. Tu tiens à protéger tes amis.

— Je ne vois pas de qui vous parlez.

— Bien sûr que non.

Je finis par céder.

— Bon, d'accord, j'ai des amis voyants. N'est-ce pas le cas de tous les voyants ?

— Non. La pègre londonienne s'est renforcée au fil des années. Ceux que nous capturons n'en font généralement pas partie : ils vivent seuls, dans la rue, car ils sont incapables de maîtriser leurs pouvoirs. Ou parce que leur famille les a exclus. C'est pour ça que la plupart sont si prompts à nous aider : ils ont été maltraités par les leurs. Et si les réphaïm les considèrent comme des citoyens de seconde zone, ils leur laissent au moins une chance de s'épanouir dans l'éther. Nous les rassemblons, leur donnons la possibilité de s'intégrer de nouveau dans une structure sociale. (Il me désigna la porte.) Michael était un polyglotte. Ses parents avaient si peur de sa manière de s'exprimer qu'ils ont tenté de le faire exorciser. Son territoire des rêves s'est effondré. Après quoi, il arrivait à peine à parler.

J'en étais moi-même muette. J'avais entendu parler de territoires des rêves effondrés ; c'était arrivé à l'un des garçons du gang, Zeke. C'était comme ça que l'on devenait insondable : le territoire se reconstituait en ajoutant couche après couche de blindage, empêchant à terme toute attaque spirituelle.

— Les vestes rouges l'ont ramené il y a deux ans. Il avait la vie dure dans les rues de Southwark – un insondable sans argent ni nourriture. Ils l'ont emprisonné dans la Tour, suspectant son anormalité, mais je l'ai fait muter ici prématurément. Même s'il est traité comme un amaurotique, il possède toujours une aura. Je lui ai appris à parler de nouveau. J'espère qu'il finira par retrouver l'éther un jour, et qu'il pourra chanter comme il le faisait avant. Avec la voix des morts.

— Attendez un instant, l'interrompis-je. Vous lui avez donné des cours ?

— Oui.

— Pourquoi ?

Un profond silence envahit les moindres recoins de la pièce. Le gouverneur tendit la main vers son gobelet.

— Qui êtes-vous vraiment ? l'interrogeai-je. (Il releva la tête.) Vous êtes le consort de sang d'une souveraine Sargas. Vous manipulez un gouvernement depuis 1859. Vous avez encouragé le trafic de voyants, été témoin du développement de tout un système. Vous avez contribué à répandre des mensonges, la haine et la peur. Pourquoi aidez-vous des humains ?

— Ça, je ne peux pas te le dire, comme tu ne peux pas me révéler l'identité de tes amis. Je ne peux pas te dévoiler mes véritables motivations.

— Me le diriez-vous si vous découvriez qui sont mes amis ?

— Peut-être.

— L'avez-vous dit à Michael ?

— Je lui en ai un peu parlé. Michael m'est très fidèle, mais je ne peux pas lui faire entièrement confiance étant donné sa fragilité psychologique.

— Pensez-vous la même chose de moi ?

— J'en sais trop peu pour me fier à toi, Paige. Ce qui ne signifie pas que tu ne peux pas *gagner* ma confiance. En réalité (il se carra contre son dossier), tu auras l'occasion de le faire aujourd'hui même.

— Comment ça ?

— Tu verras bien.

— Laissez-moi deviner. Vous avez tué un devin pour lui voler son pouvoir, et maintenant vous pouvez lire mon avenir.

— Je ne suis pas un voleur de pouvoir. Mais je connais très bien Nashira, suffisamment pour anticiper ses prochaines manœuvres. Je sais quand elle aime frapper.

L'horloge tinta une fois. Le gouverneur l'observa.

— Eh bien, dit-il, cela fait une heure. Tu peux partir. Tu devrais peut-être aller rendre visite à ton amie cartomancienne.

— Liss est en état de choc, répliquai-je.

Il leva le nez.

— Les vestes rouges ont jeté ses cartes au feu, expliquai-je, la gorge serrée. Je ne l'ai pas revue depuis.

Demande-lui son aide. J'étais en plein débat intérieur. *Demande-lui s'il peut remplacer ses cartes. Il le fera. Il a aidé Michael.*

— Quel dommage, déclara-t-il. Elle est douée.

Je me forçai à lui poser la question :

— Vous allez l'aider ?

— Je n'ai pas de cartes. Il faut qu'elle ait un lien avec l'éther. (Il croisa mon regard.) De l'amarante pourrait également se révéler nécessaire.

Je restai figée sur place, l'observant saisir un petit coffret sur la table basse. On aurait dit une vieille tabatière, faite de nacre et de lamelles d'or. Au centre du couvercle se trouvait la même fleur à huit pétales que sur sa boîte de fioles. Il l'ouvrit et en sortit une ampoule d'huile légèrement bleutée.

— C'est de l'essence d'aster, dis-je.

— Très bien.

— Qu'est-ce que vous faites avec ?

— Je me sers de quelques petites doses de la fleur étoilée pour aider Michael. Ça lui permet de se souvenir de son territoire des rêves.

— La fleur étoilée ?

— Le nom réphaïte pour l'aster. Une traduction littérale de notre langue – le glossolalie, ou gloss.

— C'est ce que parlent les polyglottes ?

— Oui. L'ancienne langue de l'éther. Michael ne la parle plus, mais il la comprend. Comme les chuchoteurs.

Ainsi, les polyglottes pouvaient donc espionner les réphaïm. Intéressant.

— Comptez-vous lui donner de l'aster… maintenant ?

— Non. Je voulais simplement ranger ma collection de produits réquisitionnés. (J'ignorais s'il s'agissait d'une tentative d'humour ; sans doute pas.) Certains d'entre eux, dont l'anémone couronnée, peuvent être utilisés pour nous nuire. (Il tira de sa boîte une unique fleur rouge.) Certains poisons ne doivent pas rester entre des mains humaines. (Il ne me quittait pas des yeux.) Nous ne voudrions pas qu'ils soient utilisés pour, disons, infiltrer le Manoir. Cela mettrait en péril nos réserves les plus secrètes.

Fleur rouge. Je me rappelai le message que m'avait transmis David. *Seul moyen.*

Le seul moyen de tuer les réphaïm ?

— Non, affirmai-je. C'est sûr qu'on ne voudrait pas que cela arrive.

Tout était calme, dans la Bauge. Je n'avais pas revu Liss depuis que Suhail m'avait escortée jusqu'à Magdalen ; je n'avais pas eu l'occasion de prendre de ses nouvelles ni de m'assurer qu'elle avait survécu à la perte de ses cartes.

Elle était consciente, mais pas présente. Ses lèvres étaient pâles, et ses yeux erraient dans le vide. Elle subissait les affres d'un choc spirituel.

Julian et l'artiste à lunettes du premier jour – Cyril – s'étaient fait un devoir de veiller sur elle. Ils la nourrissaient, la coiffaient, soignaient ses mains brûlées et lui parlaient. Elle se contentait de rester allongée, raide et moite de sueur, à bredouiller des propos incohérents au sujet de l'éther. À présent qu'elle ne pouvait plus s'y connecter, son attirance naturelle pour cette dimension s'apprêtait à déserter son corps pour aller la rejoindre. Nous seuls pouvions encore réprimer ce besoin. La garder parmi nous.

Chez Fourgueur, je troquai deux pilules contre de l'algélif, quelques allumettes et une boîte de haricots. Il ne vendait pas de cartes. Toutes lui avaient été confisquées par une veste rouge, Kathryn, pour s'assurer que Liss continuerait à souffrir. Elle avait de la chance que le gouverneur lui ait interdit de m'approcher.

Quand je retournai à la baraque, Julian leva vers moi ses yeux rougis par la fatigue. Sa tunique rose avait été remplacée par une chemise en haillons et un pantalon en toile.

— Paige, ça fait un bail.

— J'étais en balade. Je t'expliquerai plus tard. (Je m'agenouillai auprès de Liss.) Est-ce qu'elle mange bien ?

— Je l'ai forcée à avaler un peu de bouillon hier, mais elle a tout vomi.

— Et ses brûlures ?

— Pas terribles. Il nous faudrait de la Biafine.

— On ressaiera de lui donner à manger. (Je caressai ses bouclettes humides, lui pinçai la joue.) Liss ?

Elle ouvrit les paupières sans répondre. J'allumai l'algélif. Cyril tambourina des doigts sur son genou.

— Allez, Rymore, lui lança-t-il, agacé. Tu ne peux pas rester loin des soies si longtemps.

— Un peu de compassion ne lui ferait pas de mal, le rabroua Julian.

— Pas le temps pour ça. Suhail ne va pas tarder à lui chercher des noises. Elle est censée se produire avec moi.

— Ils ne s'en sont pas encore rendu compte ?

— Jusqu'à présent, Nell l'a suppléée. Elles se ressemblent beaucoup en costume, avec leur masque : même taille, même couleur de cheveux. Mais Nell n'est pas aussi douée. Elle tombe régulièrement. (Cyril baissa les yeux sur Liss.) Ça n'arrive jamais à Rymore.

Julian versa les haricots dans la gamelle. Je trouvai une cuillère et passai un bras autour des épaules de Liss. Elle secoua la tête.

— Non.

— Il faut que tu manges, Liss.

Julian serra son poignet froid, mais elle ne réagit pas.

Quand les haricots furent chauds, il lui fit basculer la tête en arrière. Je la nourris à la cuillère, mais elle rechignait à déglutir. La moitié des fayots lui glissaient sur le menton. Cyril gratta le fond de la casserole à mains nues. Je m'assis sur mes talons en observant Liss disparaître sous ses couvertures.

— Ça ne peut pas continuer.

— Mais on ne peut rien y faire, pesta Julian en serrant le poing. Même si on arrivait à mettre la main sur un autre jeu, rien n'indique que cela fonctionnerait. Ce serait comme tenter une greffe : elle pourrait très bien faire un rejet.

— Nous devons essayer. (Je me tournai vers Cyril.) N'y a-t-il pas d'autres cartomanciens, par ici ?

— Tous morts.

— Et même s'il se trompe, intervint Julian d'un ton très doux, on ne peut pas voler le jeu d'un autre. Ce serait pire qu'un meurtre.

— Alors on le piquera aux réph, affirmai-je. (Après tout, le crime était mon point fort.) Je vais m'introduire dans le Manoir. Ils doivent avoir des tonnes de réserves, là-bas.

— Tu mourras, déclara Cyril sans une once d'inquiétude.

— J'ai survécu à un ronfleur. Ça va aller.

Julian se redressa subitement.

— Tu en as vu un ?

— Ils vivent dans les bois. Le gouverneur m'y a abandonnée avec l'un d'eux.

— Est-ce que ça veut dire que tu as réussi tes examens ? m'interrogea-t-il d'un air méfiant. Tu es devenue une veste rouge ?

— Je l'ignore. Je pensais que oui, mais... (je tirai sur ma tunique.) Ça n'est pas très rouge.

— C'est rassurant. (Il marqua une pause.) À quoi il ressemblait ? Le ronfleur ?

— Il était rapide. Agressif. Je ne l'ai pas très bien vu. (J'observai sa nouvelle tenue.) Et toi, tu n'en as pas vu ?

Il se fendit d'un maigre sourire.

— Aludra m'a jeté pour avoir dépassé le couvre-feu. J'ai bien peur d'être devenu un bon vieux harlie.

Cyril frissonnait.

— Leur morsure est fatale, souffla-t-il. Tu ne dois plus jamais y retourner.

— Je n'aurai pas forcément le choix, repartis-je. (Cyril s'enfouit la tête dans les bras.) Jules, passe-moi un drap.

Il s'exécuta. Je l'enroulai autour de Liss. Elle ne cessa pas pour autant de grelotter. Je frictionnai ses bras glacés dans l'espoir de les réchauffer. Ses doigts étaient encore tout cloqués.

— Paige, reprit Julian, tu étais sérieuse ? Quand tu parlais de t'introduire dans le Manoir ?

— Le gouverneur m'a dit qu'ils y entreposaient leurs réserves. Ils ont des stocks secrets, des choses qu'on ne devrait pas voir. Peut-être de la Biafine.

— Ça ne t'a pas traversé l'esprit qu'ils étaient peut-être gardés ? Ou que le gouverneur ait pu te mentir ?

— Je vais courir le risque.

Il poussa un soupir.

— Je doute de pouvoir t'en empêcher. Et si par miracle tu arrivais à entrer ?

— Je compte voler tout ce que je peux – tout ce qui me sera utile pour me défendre –, puis partir d'ici. Quiconque veut se joindre à moi est le bienvenu. Sinon, j'irai toute seule. Quoi qu'il advienne, je ne compte pas pourrir ici pour le restant de mes jours.

— Ne fais pas ça, intervint Cyril. Tu vas mourir. Comme tous ceux qui ont tenté le coup avant toi. Les ronfleurs les ont bouffés. Ils en feront autant avec toi.

— Je t'en prie, Cyril, arrête, dit Julian sans me quitter des yeux. Entre dans cette Maison, Paige. De mon côté, je vais tâcher de rameuter des troupes.

— Des troupes ?

— Allons. (Les flammes dansèrent dans ses pupilles.) Tu ne t'imagines tout de même pas partir sans combattre, si ?

Je haussai les sourcils.

— Combattre ?

— Tu ne peux pas mettre les voiles et faire comme si rien de tout ça n'existait. Scion nous inflige ça depuis deux siècles, Paige. Et ça n'est pas près de se terminer. Qu'est-ce qui les empêchera de te ramener directement ici, quand tu seras de retour à SciLo ?

Il marquait un point.

— Qu'est-ce que tu proposes ?

— Une évasion collective. Tout le monde dehors. On les laisse sans aucun voyant sur lequel se nourrir.

— Il y a plus de deux cents humains, ici. On ne peut pas juste partir, comme si de rien n'était. Et puis il y a le champ de mines dans les bois. (Je remontai les genoux sous mon menton.) Tu sais ce qui est arrivé durant la Saison d'Os XVIII. Je refuse d'avoir toutes ces morts sur la conscience.

— Tu ne les auras pas sur la conscience. Ils veulent tous partir d'ici, Paige – simplement, ils n'en ont pas le courage, pas encore. Si on arrivait à provoquer une diversion suffisante, tu pourrais les guider dans la forêt. (Il me posa une main sur le bras.) Tu fais partie de la pègre. Tu es née en Irlande. Tu ne crois pas qu'il est grand temps de montrer aux réph que ce ne sont pas eux qui commandent ? Qu'ils ne peuvent pas continuer à nous moissonner ? (Comme je ne répondais pas, il me serra le bras.) Montrons-leur. Que même après deux cents ans, ils ont encore du souci à se faire.

Je ne voyais plus son visage, mais celui de Finn à Dublin, le jour où il m'avait demandé de me battre.

— Tu as peut-être raison, admis-je.

— Je sais que j'ai raison. (Il eut un sourire las.) À ton avis, combien d'hommes il nous faut ?

— Commence par ceux qui ont de bonnes raisons de haïr les réphaïm. Les harlies. Les vestes jaunes. Les amaurotiques. Ella, Felix et Ivy. Puis, attaque-toi aux vestes blanches.

— Qu'est-ce que je dois leur raconter ?

— Rien encore. Contente-toi de tâter le terrain. Essaie de voir s'ils seraient prêts à tenter une évasion.

Julian se tourna vers Cyril.

— Non, trancha celui-ci en secouant la tête. (Derrière ses lunettes brisées, je voyais ses yeux briller de terreur.) Pas moi. Aucune chance, mon frère. Ils nous tueront. Ils sont immortels.

— Pas immortels. (Je regardai l'algélif se consumer.) Ni invulnérables. Le gouverneur me l'a dit.

— Encore une fois, il pourrait mentir, insista Julian. On parle du fiancé de Nashira, là. Le consort de sang. Son bras droit. Pourquoi te fies-tu à sa parole ?

— Parce que je pense qu'il s'est déjà rebellé contre elle par le passé. Je pense qu'il fait partie des scarifiés.

— Des quoi ?

— Un groupe de réph à l'origine de la révolte de la Saison d'Os XVIII. Ils ont été torturés. Scarifiés.

— Où est-ce que tu as entendu ça ?

— Je le tiens d'un arracheur d'os. XX-12.

— Tu fais confiance à ces types-là ?

— Non, mais il m'a montré l'autel érigé en mémoire des victimes.

— Et tu crois que le gouverneur ferait partie de ces « scarifiés » ? (J'opinai.) Tu as vu ses blessures, j'imagine ?

— Non. Je pense qu'il les dissimule volontairement.

— Tu *penses*, Paige. Ça ne suffit pas.

Avant que j'aie pu répliquer, quelqu'un entra en trombe dans la baraque. Je me figeai.

Le Superviseur.

— Eh bien, eh bien, eh bien. (Il haussa ses sourcils fardés.) Il semblerait que nous ayons un imposteur parmi nous. Qui est monté sur les soies, si XIX-1 est restée ici tout ce temps ?

Je me levai. Julian aussi.

— Elle est en choc spirituel, déclarai-je en le fusillant du regard. Elle ne peut pas se produire dans cet état.

Le Superviseur s'agenouilla près de Liss, posa la main sur son front. Elle s'écarta brusquement de sa paume.

— Oh, là, là. (Il lui passa les doigts dans les cheveux.) C'est terrible. Quelle affreuse nouvelle. Je ne peux pas perdre 1. Ma très chère 1.

Liss se mit à hurler. Le bruit jaillit de sa gorge en lourds spasmes tremblotants.

— Allez-vous-en, haleta-t-elle. Dégagez !

Julian attrapa le Superviseur par les épaules et le poussa sans ménagement.

— Ne la touchez pas.

Je me plantai près de lui. Cyril se balançait sur ses talons. Le Superviseur parut d'abord stupéfait, même atterré. Puis il se mit à rire. Il se releva et applaudit avec ravissement. Il plongea l'une de ses mains gantées dans sa veste.

— Serait-ce un début de rébellion, les enfants ? Aurais-je laissé deux loups affamés infiltrer mon troupeau ?

D'un geste sec du poignet, il sortit son fouet. Un outil conçu pour mener le bétail.

— Je ne vous laisserai pas corrompre 1. Ni n'importe laquelle de mes ouailles. (Il fit claquer son arme dans ma direction.) Tu n'es peut-être pas encore une artiste, 40, mais tu le deviendras bientôt. Retourne voir ton gardien.

— Non.

— Personne ne partira, assena Julian avec une détermination redoublée. On ne laissera pas Liss toute seule.

Le Superviseur le fouetta. Julian chancela. Du sang jaillit de sa coupure à la joue.

— Tu m'appartiens, désormais, mon garçon, et tu ferais mieux de ne pas l'oublier.

J'ancrai fermement mes talons dans le sol. Son rictus éclatant se tourna vers moi.

— C'est inutile, 40. Je vais veiller sur 1.

— Vous ne pouvez pas me forcer à partir. J'appartiens à Arcturus. (Je me campai devant lui.) Je donnerais cher pour vous voir lui expliquer pourquoi vous m'avez frappée.

— Je n'ai aucune intention de te frapper, marcheuse. Mais je compte bien te faire rentrer dans le rang.

Le fouet claqua à nouveau dans ma direction. Julian lui balança un violent coup de poing, déviant son attaque. C'était reparti comme avec les arracheurs d'os. Mais cette fois, nous allions gagner.

Prise de fureur, je m'élançai vers le Superviseur. Mon poing l'atteignit en pleine mâchoire, et sa tête bascula en arrière. Julian lui faucha les jambes, lui faisant perdre l'équilibre. Il relâcha son étreinte sur le fouet ; je tentai de le lui arracher, mais il tint bon. Il me montra les dents, mi-grondant, mi-souriant. Julian le cravata. Je parvins cette fois à le dépouiller de son arme, levai le bras pour le frapper… mais n'en eus pas le temps. Une botte me heurta dans le creux du ventre, me propulsant contre le mur.

Suhail. J'aurais dû m'en douter. Là où le Superviseur allait, son supérieur n'était jamais loin. Comme dans la rue : les muscles et le boss.

— Je me doutais bien que je te trouverais ici, fillette. (Il m'attrapa par les cheveux.) Encore en train de mettre le bazar, pas vrai ?

Je lui crachai à la figure. Il me cogna si fort que je vis trente-six chandelles.

— Je me fous de savoir qui est ton gardien, petite bâtarde. Le concubin ne me fait pas peur. Si je ne t'ai pas encore tranché la gorge, c'est uniquement parce que la reine de sang t'a convoquée.

— Je parie qu'elle adore vous entendre appeler le gouverneur « concubin », Suhail. Vous voulez que je lui en touche deux mots ?

— Raconte-lui donc ce qui te chante. La parole d'un humain a moins d'intérêt que la salivation d'un chien.

Il me hissa sur son épaule. Je me débattis et hurlai, mais ne courus pas le risque d'utiliser mon esprit. Le Superviseur gifla Julian du revers de la main, le faisant tomber par terre. La dernière chose que je vis fut Julian et Liss à la merci d'un homme que je n'étais plus en mesure d'affronter.

19

L'éclosion

La résidence du Suzerain semblait bien plus sombre et froide que lors du discours de bienvenue. J'étais seule avec Suhail, et je le serais sans doute tout autant avec Nashira. De petites convulsions commençaient à me parcourir les jambes.

Suhail ne m'emmena pas dans la grande salle ni à la chapelle. Au lieu de quoi, il me traîna dans des couloirs et me força à pénétrer dans une pièce au plafond haut et aux fenêtres arrondies. Une cheminée impressionnante et un lustre aux multiples bougies illuminaient les lieux. La lumière dansait sur les parois, projetant des ombres sur les moulures des voûtes de plâtre.

Au centre de la salle se trouvait une longue table, au bout de laquelle trônait Nashira Sargas, assise dans un fauteuil recouvert de velours rouge. Elle était vêtue d'une robe noire à col haut et à la coupe aussi sculpturale que géométrique.

— Bonsoir, 40.

Je ne répondis pas. Elle fit un geste de la main.

— Suhail, tu peux disposer.

— Oui, reine de sang. (Il me bouscula vers elle.) À la prochaine fois, bâtarde, me souffla-t-il à l'oreille.

Il sortit d'un air digne, me laissant dans cette pièce sinistre face à la femme qui voulait me tuer.

— Assieds-toi, m'ordonna-t-elle.

J'envisageai de prendre position au bas bout de la table, à quatre bons mètres d'elle, mais elle m'indiqua la chaise voisine de la sienne et située juste à sa gauche, à l'opposé de la cheminée. Je fis le tour pour m'y installer, la tête m'élançant à chaque pas. Suhail n'y était pas allé de main morte.

Nashira ne me quitta pas de ses yeux verts comme de l'absinthe. Je me demandai sur qui elle s'était nourrie récemment.

— Tu saignes.

Une serviette était disposée près des couverts, enserrée dans un lourd rond doré. J'en tamponnai ma lèvre tuméfiée, maculant de sang le tissu ivoire. Je le repliai pour dissimuler la tache et le posai sur mes genoux.

— Tu dois avoir très peur, devina Nashira.

— Non.

J'aurais dû. C'était le cas. Cette femme contrôlait tout. C'était son nom que l'on murmurait dans les ténèbres, ses ordres qui pouvaient mettre un terme à une vie. Ses anges déchus flottaient derrière elle, jamais très loin de son aura.

Le silence se prolongea. Je ne savais pas si je devais ou non la regarder. J'aperçus du coin de l'œil une cloche en verre, posée au centre de la table. Elle abritait une fleur flétrie, aux pétales marron et racornis, maintenue en place par un délicat support métallique. Elle était tellement fanée que j'étais incapable de la reconnaître. Je ne comprenais pas pourquoi elle en décorait ainsi sa table, mais Nashira était comme ça. Elle aimait s'entourer de choses mortes.

Elle remarqua mon intérêt.

— Certains êtres valent mieux morts, tu ne trouves pas ?

Je ne pouvais détacher mon regard de la fleur. Je n'en étais pas certaine, mais je crus sentir mon sixième sens vaciller.

— Oui, acquiesçai-je.

Nashira leva la tête. Des rangées de visages en plâtre s'étendaient au-dessus des fenêtres, au moins une cinquantaine sur les murs les plus longs. J'étudiai plus attentivement celui qui était le plus proche de moi, captivée. Les traits étaient détendus, féminins et légèrement souriants. Cette femme semblait aussi paisible que si elle dormait.

Une horrible sensation me noua les entrailles. Il s'agissait de *L'Inconnue de la Seine*, le célèbre masque mortuaire. Jax en possédait une réplique au bercail. Il disait que cette femme magnifique était devenue l'idéal du Paris bohème de la fin du XIXe siècle. À son grand désarroi, Eliza l'avait forcé à la recouvrir d'un drap. Elle lui foutait la trouille.

J'examinai lentement le reste de la pièce. Tous ces visages étaient en réalité des masques mortuaires. Je réprimai un haut-le-cœur. Nashira ne se contentait pas de collectionner les esprits des voyants : elle conservait également leur visage.

Seb. Se trouvait-il là-haut, lui aussi ? Je me forçai à baisser les yeux, sentant toutefois mon estomac gronder.

— Tu n'as pas l'air dans ton assiette, constata Nashira.

— Je vais bien.

— Heureuse de te l'entendre dire. Je détesterais te voir tomber malade à cet instant crucial de ton séjour à Sheol I. (Sans cesser de me regarder, elle caressa son couteau de table de son doigt ganté.) Mes vestes rouges nous rejoindront dans quelques minutes, mais je voulais d'abord m'entretenir seule avec toi. Une petite conversation à cœur ouvert.

J'étais abasourdie qu'elle s'imagine avoir un cœur.

— Le consort de sang m'a informée de tes progrès. Selon lui, il a fait de son mieux pour développer ton don, mais tu n'as pas réussi à prendre pleinement possession d'un territoire des rêves, même animal. Est-ce vrai ?

Elle l'ignorait.

— Oui, déclarai-je.

— Quel dommage. Et pourtant, tu as survécu à l'un des émim. Tu as même réussi à le blesser. Et pour ce fait d'armes, Arcturus estime que tu mérites ta veste rouge.

Je ne savais pas quoi répondre. Pour une raison ou pour une autre, le gouverneur ne lui avait pas parlé du papillon. Ni de la biche. Ce qui signifiait qu'il ne voulait pas qu'elle connaisse l'étendue de mes facultés – cependant, il *voulait* que je devienne une veste rouge. À quel jeu jouait-il encore ?

— Tu es bien silencieuse, observa Nashira. (Ses yeux étaient glacials.) Tu n'étais pas aussi timide, le jour du discours.

— On m'a ordonné de ne parler que lorsqu'on me le demandait.

— Je te le demande.

Je voulus lui dire où elle pouvait se carrer ses exigences. Je m'étais montrée insolente avec le gouverneur, je n'aurais pas dû hésiter à en faire autant avec elle ; néanmoins, elle avait toujours la main sur son couteau et semblait parfaitement dénuée de scrupules. Alors, d'un air raisonnablement mortifié, je répondis :

— Je suis heureuse que le consort de sang me trouve digne de la tunique rouge. J'ai fait de mon mieux lors des examens.

— Sans aucun doute. Mais ne faisons donc pas preuve de suffisance. (Elle s'adossa.) J'ai quelques questions à te poser. Avant ta cérémonie d'intronisation.

— D'intronisation ?

— Oui. Félicitations, 40. Tu viens d'être nommée veste rouge. Tu dois maintenant être présentée à tes nouveaux associés, qui me sont tous extrêmement loyaux. Certains plus encore que leur gardien.

Je sentis le sang me battre aux tempes. Veste rouge. Arracheuse d'os. J'avais atteint le plus haut échelon de Sheol I, le cercle des intimes de Nashira Sargas.

— J'aimerais te parler d'Arcturus. (Nashira contempla les flammes.) Tu habites avec lui depuis ton arrivée.

— J'ai ma propre chambre, à l'étage.

— Te demande-t-il parfois d'en sortir ?

— Juste pour mon entraînement.

— Rien d'autre ? Pas même pour quelque conversation badine ?

— Je n'ai aucun intérêt à ses yeux. Que pourrais-je dire susceptible de captiver le consort de sang ?

— En effet.

Je me mordis la langue. Elle ne se doutait pas combien je l'intéressais, ni tout ce qu'il m'avait secrètement appris.

— J'imagine que tu as exploré ses quartiers. Y a-t-il quoi que ce soit dans la tour du Fondateur qui te dérange ? Qui sorte de l'ordinaire ?

— Il possède quelques extraits de plante que je ne reconnais pas.

— Des fleurs.

Comme j'opinais, elle ramassa une chose posée sur la table. Une broche, malmenée par les années ; une fleur identique à celle de la tabatière du gouverneur.

— As-tu déjà vu ce symbole dans la tour du Fondateur ?

— Non.

— Tu sembles bien sûre de toi.

— Je le suis. Je ne l'ai jamais vu.

Elle me regarda droit dans les yeux. Je m'efforçai de ne pas ciller.

Une porte se ferma à l'autre bout de la pièce. Une rangée de vestes rouges approchait, avec à sa tête un réph que je ne connaissais pas.

— Soyez les bienvenus, mes amis, les accueillit Nashira. Je vous en prie, asseyez-vous.

Le réph se plaqua un poing sur le cœur puis tourna les talons et sortit. Je parcourus le visage des humains. Vingt arracheurs d'os, chacun bien nourri et propre comme un sou neuf. Ils devaient arriver par groupes. Les vétérans de la Saison d'Os XIX étaient à l'avant. Kathryn en faisait partie, ainsi que 16 et 17. Au fond se trouvait Carl, engoncé dans sa tunique rouge, les cheveux peignés, la raie au milieu. Il m'observa de ses grands yeux pleins de reproches. Il n'avait encore sans doute jamais vu de veste rose à la table de la reine.

Ils s'installèrent tous. Carl fut obligé de prendre la dernière chaise disponible – celle en face de moi. David s'attabla un peu plus bas. Une plaie récente refermée au Steri-Strip lui barrait le crâne. Il contempla les masques mortuaires en haussant les sourcils.

— Je suis ravie que vous ayez tous pu me retrouver ce soir. Merci pour vos efforts répétés, il n'y a pas eu d'attaque notable d'émim cette semaine. (Nashira les étudia tour à tour.) Cela étant dit, nous ne devons pas oublier la menace constante que représentent ces créatures. Il n'existe pas de remède à leur brutalité et, à cause du seuil brisé, aucune manière de les enfermer dans l'Outremonde. Vous êtes tout ce qui se dresse entre ces chasseurs et leurs proies.

Ils acquiescèrent. Ils paraissaient tous convaincus. Enfin, peut-être pas David. Lui étudiait l'un des masques, un léger sourire aux lèvres.

Je croisai le regard de Kathryn, installée de l'autre côté de la table. Un gros hématome lui colorait le profil. 16 et 17 ne m'adressèrent pas le moindre coup d'œil. Tant mieux. Dans le cas contraire, je n'aurais sans doute pas pu me retenir de leur balancer un couteau en pleine figure. Liss était toujours dehors, mourante ; tout cela à cause d'eux.

— 22, dit Nashira en se tournant vers l'arracheur à sa droite, comment va 11 ? J'ai cru comprendre qu'il était toujours à Oriel ?

Le jeune homme se racla la gorge.

— Il va un peu mieux, reine de sang. Aucun signe d'infection.

— Son courage n'est pas passé inaperçu.

— Il sera honoré de l'apprendre, reine de sang.

Oui, reine de sang. Non, reine de sang. Les réph aimaient décidément beaucoup qu'on leur passe la brosse à reluire.

Nashira tapa de nouveau dans ses mains. Quatre amaurotiques entrèrent par une petite porte, tenant chacun un plateau exhalant un puissant fumet d'herbes. Michael était l'un d'entre eux, mais il ne me regarda pas. S'affairant rapidement, ils disposèrent autour de la cloche une nappe splendide. L'un d'eux nous servit du vin blanc glacé. Une boule se forma dans ma gorge. Les plats regorgeaient de nourriture. Du poulet merveilleusement découpé, tendre et succulent, à la peau croquante et dorée ; de la farce mêlée de sauge et d'oignons ; une sauce épaisse et légèrement sucrée ; une autre aux airelles ; des légumes à la vapeur, des pommes de terre rôties et des saucisses dodues entourées de bacon… Un festin digne de l'Inquisiteur. Sur un signe de tête de Nashira, les arracheurs attaquèrent sans réserve. Ils dévoraient voracement, mais sans l'empressement féroce de ceux qui meurent de faim.

J'en avais mal au ventre. Je voulais manger, mais je ne cessais de penser aux harlies, qui se nourrissaient de graisse et de pain dur dans leurs taudis. Tant de vivres ici, et si peu à l'extérieur… Nashira remarqua mon hésitation.

— Mange.

Un ordre sans ambages. Je me servis de quelques lamelles de poulet et de légumes. Carl vida son verre comme s'il s'agissait d'eau.

— Attention, 1, lui dit l'une des filles. Tu risques de retomber malade.

Cela fit rire les autres. Carl se contenta de grimacer.

— Arrête, c'est arrivé qu'une fois. Et j'étais encore un rose.

— Ouais, allez, laisse-le tranquille. Il mérite bien son vin. (22 le gratifia d'une bourrade amicale.) C'est encore une bleusaille. Et puis, on a tous eu du mal avec notre premier ronfleur.

Il y eut quelques murmures d'assentiment.

— Je me suis même évanouie, admit la même en une généreuse preuve de solidarité. La première fois que j'en ai vu un, précisa-t-elle.

Carl sourit.

— Mais tu es douée avec les esprits, 6.

— Merci.

Je découvrais silencieusement leur camaraderie. C'était parfaitement écœurant, d'autant plus qu'ils ne jouaient pas la comédie. Carl ne se contentait pas *d'aimer* être une veste rouge, ça allait bien plus loin : il appartenait à ce nouveau monde étrange. D'une certaine façon, je compatissais. J'avais éprouvé la même chose en commençant à travailler pour Jaxon. Carl n'avait peut-être jamais trouvé un endroit comme la pègre.

Nashira les contemplait. Elle devait prendre plaisir à cette mascarade hebdomadaire. Ces imbéciles d'humains endoctrinés, qui plaisantaient à présent des épreuves qu'elle leur avait fait subir – tous à sa botte, mangeant sa nourriture. Elle devait se sentir extrêmement puissante. Extrêmement suffisante.

— Tu es encore rose. (La voix aiguë capta mon attention.) Tu as déjà affronté un ronfleur ?

Je dressai la tête. Tous me dévisageaient.

— Hier soir, affirmai-je.

— Je ne t'avais encore jamais vue, déclara 22 en haussant ses épais sourcils. À quel bataillon appartiens-tu ?

— Je ne fais partie d'aucun bataillon.

Ça commençait à me plaire.

— Bien sûr que si, intervint un autre. Tu es rose. Tu vis avec quels autres humains ? Qui est ton gardien ?

— Mon gardien n'a qu'un seul humain. (Je décochai un bref sourire à 22.) Tu l'as peut-être déjà croisé. Il est consort de sang.

Le silence qui s'ensuivit sembla durer des heures. J'avalai une gorgée de vin. Le goût inhabituel de l'alcool me picota la langue.

— N'est-il pas merveilleux que le consort de sang ait choisi une humaine aussi méritante que 40 ? s'esclaffa Nashira. (Son rire était déconcertant, comme une cloche sonnant une fausse note.) Elle a su affronter le ronfleur seule, sans l'aide de son gardien.

Un autre silence. Je supposais qu'aucun d'entre eux n'était jamais allé dans les bois sans être escorté par un réph, ni n'avait affronté un ronfleur en combat singulier. 30 mit justement les mots sur mes pensées.

— Vous voulez dire que *lui* ne combat pas les émim, reine de sang ?

— Il n'en a pas l'autorisation. En tant que mon futur compagnon, il serait inconvenant de le voir s'acquitter d'une tâche dévolue aux vestes rouges.

— Naturellement, reine de sang.

Nashira m'observait, je le sentais. Je continuai à manger mes patates comme si de rien n'était.

Le gouverneur *combattait* en réalité les émim. J'avais personnellement pansé ses plaies. Il s'était retourné contre Nashira, et elle ne se doutait de rien. Ou au pire, elle le soupçonnait.

Pendant de longues minutes, seul le bruit des couverts rompit le silence. Je mangeai mes légumes arrosés de jus, sans cesser de réfléchir aux affaires secrètes du gouverneur. Il n'avait pas à risquer sa vie, et pourtant il choisissait d'aller affronter les ronfleurs. Il devait bien exister une raison à cela.

Les vestes rouges discutaient à voix basse. Tous s'interrogeaient mutuellement sur leurs résidences, s'émerveillant de la beauté des vieilles bâtisses. Parfois, ils tançaient les harlies (« Une bande de froussards, rien d'autre, même les plus sympas »). Kathryn poussait sa nourriture du bout de la fourchette, se crispant chaque fois que l'on évoquait la Bauge. 30 avait toujours le visage rose, tandis que Carl mastiquait avec une vigueur excessive, alternant chaque bouchée avec une grande lampée de vin. Lorsque tous les plateaux furent vides, les amaurotiques s'empressèrent de desservir la table avant de nous proposer trois desserts. Nashira attendit que les vestes rouges se soient servies pour reprendre la parole.

— À présent que vous êtes rassasiés, mes amis, divertissons-nous un peu.

Carl essuya la mélasse qui lui collait aux lèvres. Un groupe de harlies pénétra dans la pièce. Parmi eux se trouvait un chuchoteur. Au signal de Nashira, il épaula son violon et se mit à jouer un air doux, mais plein d'entrain. Les autres multipliaient les acrobaties.

— Revenons-en à nos moutons, décréta Nashira en se désintéressant du spectacle. Si l'un d'entre vous s'est déjà entretenu avec le Superviseur, il n'ignore sans doute plus ce qu'il fait pour gagner sa vie. Il est mon fournisseur pour les Saisons d'Os. Depuis plusieurs décennies, je m'efforce de recruter des voyants de qualité auprès du syndicat du crime de Scion-Londres. Je ne doute pas que nombre d'entre vous le savaient déjà. Certains sont peut-être même directement concernés.

30 et 18 remuèrent inconfortablement. Je ne reconnaissais ni l'un ni l'autre, mais mon secteur s'était toujours limité à l'I-4, voire occasionnellement à l'I-1 et l'I-5. Il existait trente-trois autres sections. Carl en était bouche bée.

Personne ne regardait les artistes. Ceux-ci maîtrisaient leur numéro à la perfection, pourtant nul ne s'intéressait à eux.

— Sheol I vise la qualité, pas seulement la quantité, poursuivit Nashira sans paraître remarquer les regards baissés de la moitié de son auditoire. Au fil des décennies, j'ai constaté une chute régulière de la diversité parmi les clairvoyants que nous capturons. Tous vos dons sont respectés et dûment estimés par les réphaïm, mais il existe tant de talents différents que nous souhaitons encore enrichir cette colonie. Nous devons tous apprendre les uns des autres. Cela ne suffirait pas de recruter simplement des tireurs de cartes ou des palmistes.

» XX-59-40 est le genre de clairvoyants que nous recherchons désormais. Elle est notre toute première marcherêve. Il nous faut également des sibylles et des déchaînés, des dompteurs et des invocateurs, ainsi qu'un ou deux autres oracles – toutes sortes de clairvoyants susceptibles d'apporter un peu de sang neuf dans nos rangs.

Kathryn darda sur moi ses yeux tuméfiés. Désormais, elle savait pour de bon que je n'étais pas une furie.

— Je pense que nous aurions tous beaucoup à apprendre de 40, déclara David en levant son verre. Je suis volontaire.

— Excellente mentalité, 12. Et nous comptons effectivement beaucoup apprendre d'elle, renchérit Nashira en se tournant vers moi. C'est la raison pour laquelle je compte l'envoyer en mission extérieure dès demain.

Les vétérans échangèrent des regards surpris. Carl devint aussi rouge que la charlotte aux fraises qui nous avait été servie.

— XX-59-1 ira aussi. Et toi également, 12, poursuivit-elle. (Carl semblait désormais extatique, tandis que David souriait dans son verre.) Vous serez accompagnés d'un ancien de la Saison d'Os XIX, chargé d'évaluer votre performance. 30, je suppose que je peux te charger de cette tâche ?

— Avec joie, reine de sang.

— Bien.

Carl se tenait désormais sur le bord de sa chaise.

— Et en quoi consistera notre mission, reine de sang ?

— Nous sommes confrontés à une situation délicate. Comme le savent déjà 1 et 12, j'ai demandé à la plupart des vestes blanches de tenter de lorgner les différentes activités d'un groupe nommé les Sept Sceaux, appartenant au crime organisé des clairvoyants.

Je n'osai pas lever la tête.

— Les Sept Sceaux sont réputés posséder plusieurs rares types de clairvoyants, dont un oracle et un dompteur. En réalité, ce soi-disant « Dompteur blanc » est la clé de voûte de ce gang. D'après de récentes tentatives de divination, nous en avons déduit qu'ils se réuniront à Londres après-demain. Le lieu de rendez-vous s'appelle Trafalgar Square et se trouve dans la cohorte I ; ils se retrouveront à une heure du matin.

J'étais époustouflée par la quantité de détails qu'ils avaient glanée. Cependant, cela n'avait rien de surprenant, étant donné le nombre de voyants qui lorgnent ensemble une même section de l'éther. L'effet n'était pas si différent de celui d'une séance.

— Est-ce que l'un ou l'une d'entre vous sait quoi que ce soit au sujet des Sept Sceaux ? (Comme personne ne répondait, Nashira se tourna vers moi.) 40. Tu dois avoir fait partie de la pègre. Sinon, tu ne serais pas restée si longtemps cachée à Londres. (Ses yeux ne riaient pas.) Dis-moi ce que tu sais.

Je m'éclaircis la voix.

— Les gangs sont extrêmement secrets, répondis-je. Il y a bien des ragots, mais…

— Des ragots, répéta-t-elle.

— Des rumeurs, précisai-je. Des on-dit.

— Développe.

— Nous connaissons tous leurs pseudonymes.

— Et quels sont-ils ?

— Le Dompteur blanc, la Vision rouge, le Diamant noir, la Rêveuse pâle, la Muse martyrisée, la Furie enchaînée et le Carillon silencieux.

— Je connaissais la plupart d'entre eux. Pas la Rêveuse pâle. (Merde.) Ce qui me porte à croire qu'il y a une autre marcherêve. Quelle étonnante coïncidence. (Elle tapota sur la table.) Sais-tu où ils sont basés ?

Je ne pouvais pas le nier. Elle avait vu ma carte d'identité.

— Oui, répondis-je. En I-4. J'y travaille.

— N'est-ce pas inhabituel que deux marcherêves vivent si proches l'un de l'autre ? Ils auraient certainement dû t'employer également.

— Ils n'en savaient rien. Je faisais profil bas. La Rêveuse est la malonette de l'I-4, la petite protégée du Dompteur. Elle m'aurait fait tuer si elle avait cru avoir une rivale. Les gangs dominants n'aiment pas la concurrence.

Elle jouait avec moi, j'en étais convaincue. Nashira était loin d'être bête. Elle avait dû rassembler les pièces du puzzle : l'opuscule, la Rêveuse pâle, les Sept Sceaux travaillant en I-4. Elle savait précisément qui j'étais.

— Si la Rêveuse pâle est effectivement une marcherêve, reprit-elle, alors le Dompteur blanc pourrait bien dissimuler certains des clairvoyants les plus convoités de la citadelle, développa-t-elle. Nous n'avons que rarement l'occasion d'ajouter de tels bijoux à notre couronne. Tes compétences seront cruciales pour cette mission, 40. Si quelqu'un est susceptible de reconnaître la marcherêve des Sept Sceaux, c'est bien une autre marcherêve.

— Oui, reine de sang, dis-je la gorge serrée. Cependant… pour quelle raison les Sept Sceaux se retrouvent-ils à cette heure-ci ?

— Comme je l'ai déjà dit, 40, la situation est délicate. Il semblerait qu'une poignée de clairvoyants irlandais tente d'entrer en contact avec la pègre londonienne. Une fugitive nommée Antoinette Carter est à leur tête. C'est elle que les Sept Sceaux vont rencontrer.

Ainsi, Jax l'avait donc rendu public. Je me demandai comment Antoinette avait réussi à s'introduire dans la citadelle. Il était quasiment impossible de franchir la mer d'Irlande. Des voyants avaient déjà essayé de quitter le pays, surtout pour rallier l'Amérique, mais rares étaient ceux qui avaient réussi. Impossible de traverser l'océan sur un canot pneumatique. Et même si quelqu'un y était parvenu, Scion s'était assuré que nous ne l'apprenions pas.

— Il est crucial qu'un syndicat du crime analogue ne voie pas le jour à Dublin. En conséquence, cette réunion doit impérativement être empêchée. Votre mission sera de capturer cette Antoinette Carter. Je crois qu'elle est également une espèce rare de clairvoyant, et j'ai la ferme intention de découvrir quel pouvoir elle cache. Votre deuxième objectif consistera à appréhender les Sept Sceaux. Le Dompteur blanc est une cible capitale.

Jaxon. Mon seigneur-mime.

— Vous serez supervisés par le consort de sang et sa cousine. Je m'attends à des résultats. Je vous tiendrai tous pour responsables si Carter parvient à rentrer en Irlande. (Nashira nous dévisagea tour à tour : 30, David, Carl et moi.) Est-ce bien compris ?

— Oui, reine de sang, répondirent de conserve Carl et 30.

David fit tourner son vin dans son verre.

Je restai muette.

— Ta vie est sur le point de changer, 40. Tu vas pouvoir te servir de ton pouvoir, et à bon escient, lors de cette mission. Je m'attends à ce que tu fasses honneur à Arcturus pour les longues heures qu'il a consacrées à ton entraînement. (Elle planta ses yeux dans les miens.) Tu as un grand potentiel. Si tu n'essaies pas de l'exploiter au maximum, je m'assurerai que tu n'arpentes plus jamais les couloirs protégés de Magdalen. Tu pourras bien pourrir dehors, avec les bouffons.

Son regard ne trahissait pas d'autre émotion que l'avidité. Nashira Sargas perdait patience.

20

Un si petit monde

Les cinquième et sixième membres de notre bande avaient été recrutés début 2057, l'année suivant mon intégration.

Ils arrivèrent durant l'une de ces terribles vagues de chaleur. L'un des messagers de Jaxon signala deux nouveaux clairvoyants en I-4. Ils voyageaient avec un groupe de touristes venus assister à la conférence estivale de l'université, qui recevait toujours un franc succès. Des jeunes gens avides de savoir débarquaient par centaines de pays non scioniens, prêts à repartir comme hérauts de la cause anti-clairvoyants. De tels programmes avaient déjà trouvé des soutiens dans certaines régions d'Amérique, où la politique de Scion divisait l'opinion depuis des décennies. Pensant bien faire, le messager avait repéré deux auras dont il était immédiatement allé alerter son seigneur-mime, qui avait alors découvert que les nouveaux venus n'étaient pas résidents permanents en I-4. Ils ignoraient jusqu'à l'existence de la pègre. Ils ne savaient sans doute même pas qu'ils étaient voyants.

Selon le rapport, l'un des deux touristes, une jeune femme, était probablement une chuchoteuse. Ce qui laissa Jax de marbre. Les chuchoteurs, d'après lui, n'étaient qu'une sorte de détecteur, dans le secret des rouages de l'éther, des odeurs, des bruits et des rythmes des esprits. Ils entendaient leur voix, percevaient leurs vibrations, pouvaient même s'en servir pour manipuler leurs instruments. *Un don bien sympathique, mais nullement révolutionnaire.* Les sensoriels étaient moins courants que les médiums, mais de peu. Le quatrième ordre de la clairvoyance. Toutefois, ils se faisaient rares à la citadelle, et Jaxon avait un penchant pour les curiosités.

Malgré tout, c'était l'autre membre de la paire qui l'intéressait. Le messager avait parlé d'une aura inhabituelle, entre l'orange et le rouge. L'aura d'une furie.

Jax en cherchait une depuis des années, mais il s'agissait là de sa première piste prometteuse. Il n'en croyait pas sa chance. Il avait une vision d'ensemble, un projet. Jaxon Hall ne se contenterait pas d'un gang – oh, non. Il voulait un coffre à bijoux, *la crème de la crème* de la société clairvoyante. Il désirait que l'Assemblée des Anormaux l'envie plus que tout autre seigneur-mime.

— Je les convaincrai de rester, avait-il dit en me désignant de sa canne. Tu verras, ma malonette.

— Ils ont une vie dans leur pays, Jax. Une famille. (Je n'étais guère convaincue.) Tu ne penses pas qu'il leur faudra y réfléchir ?

— Pas le temps pour ça, ma chère. S'ils partent, je ne pourrai jamais les faire revenir. Ils *doivent* rester.

— Dans tes rêves.

— Je ne rêve pas. Tu veux peut-être parier ? (Il tendit la main.) Si tu perds, tu devras accomplir deux missions sans être payée. Et polir mon miroir antique.

— Et si je gagne ?

— Je doublerai ton salaire pour les deux mêmes missions. Et tu n'auras pas à polir mon miroir.

Je lui serrai la main.

Jaxon avait du bagout. Je savais exactement ce que mon père aurait dit de lui : « En voilà, un beau parleur ». Il émanait de Jax un petit quelque chose qui donnait envie de lui plaire, afin de faire pétiller d'intérêt ses prunelles. Il était persuadé qu'il saurait convaincre les deux touristes de rester. Après avoir repéré leur hôtel et soudoyé un mendiant pour apprendre leur nom, il les avait invités à une « soirée exceptionnelle » dans un établissement en vogue de Covent Garden. J'avais personnellement transmis le carton au concierge, dans une enveloppe adressée à Madelle Nadine L. Arnett et monsieur Ezekiel Sáenz.

Ils nous avaient renvoyé leur état civil. Ils étaient demi-frère et sœur. Tous deux résidents de Boston, la rutilante capitale du Massachusetts. Le jour de l'entretien, Jaxon nous avait tenus informés par mail.

Fabuleux. C'est tout bonnement fabuleux.

C'est à n'en pas douter une siffleuse. Très éloquente. Et incroyablement impolie.

Le frère m'intrigue. Je n'arrive pas à évaluer son aura. Agaçant.

Nick, Eliza et moi avions attendu une heure les mots tant espérés.

Ils restent. Paige, le miroir va avoir besoin d'un peu d'huile de coude.

C'était la dernière fois que j'avais parié contre Jaxon Hall.

Deux jours s'étaient écoulés. Tandis qu'Eliza faisait de la place pour les nouvelles recrues, j'étais allée les chercher à Gower Street avec Nick. L'idée était de les faire disparaître du radar, comme s'ils avaient été kidnappés et tués. Nous laisserions des indices : des vêtements ensanglantés, quelques cheveux. Scion adorerait ça. Ils pourraient s'en servir pour dénoncer de nouveaux crimes anormaux – mais surtout, ils ne se lanceraient pas à la recherche des disparus.

— Tu crois vraiment que Jax les a convaincus de rester ? lui demandai-je en chemin.

— Tu sais comment il est. En te baratinant assez longtemps, il pourrait te convaincre de te jeter d'une falaise.

— Mais ils doivent avoir de la famille. Et Nadine est étudiante.

— Peut-être que leur vie là-bas n'est pas si glorieuse, *sötnos*. Au moins, les voyants peuvent découvrir ce qu'ils sont, à Scion. Chez eux, ils doivent juste passer pour des fous. (Il chaussa ses lunettes de soleil.) En un sens, Scion est une bénédiction.

Il n'avait pas complètement tort. Il n'existait aucune politique officielle concernant la clairvoyance en dehors de Scion. Les voyants n'avaient aucune existence légale, pas même le statut de minorité ; ils n'apparaissaient que dans les ouvrages de fiction. Toutefois, au moins n'étaient-ils sans doute pas systématiquement traqués et tués, contrairement à nous. Je n'arrivais pas à comprendre ce qui pouvait les motiver à rester.

Ils nous attendaient devant l'université. Nick leva la main à leur intention.

— Salut. Zeke ? (L'inconnu hocha la tête.) Moi, c'est Nick.

— Paige, me présentai-je à mon tour.

Les yeux de Zeke étaient deux billes noires disposées sur un visage mince et agité. Il devait avoir une vingtaine d'années, était plutôt fin pour sa taille ; ses poignets semblaient fragiles, sa peau tannée par le soleil.

— Vous êtes avec Jaxon Hall, c'est ça ?

Il s'exprimait avec un accent surprenant. Il essuya de sa main libre la sueur qui lui coulait sur le front, ce qui laissa apparaître une petite cicatrice verticale.

— Oui, mais évitez de répéter son nom. La DVD veille à tous les coins de rue. (Nick sourit.) Et vous devez être Nadine.

Il contempla la chuchoteuse. Elle avait les mêmes yeux et la même attitude que son frère, mais c'étaient là leurs seuls points communs. Ses cheveux étaient teints dans un rouge vif, coupés au cordeau. Les citadelles de Scion avaient tendance à conserver la mode et l'argot de l'époque à laquelle elles avaient vu le jour ; tout le monde, à SciLo, portait des fringues neutres de style victorien – le chemisier jaune de Nadine, son jean et ses talons aiguilles hurlaient de conserve « touriste » et « différente ».

— Aux dernières nouvelles, rétorqua-t-elle.

Nick plissa légèrement les paupières pour observer Zeke. J'avais moi aussi du mal à classifier son aura. En remarquant notre petit manège, Nadine se rapprocha de son frère.

— Quoi ?

— Rien, désolé, dit Nick.

Il jeta un coup d'œil à l'université derrière eux, avant de les considérer tour à tour.

— Nous devons faire vite. Je suppose que vous y avez tous deux mûrement réfléchi, car dès que vous vous serez éloignés de ce batiment, vous ne pourrez plus y retourner.

Zeke se tourna vers sa sœur. Celle-ci croisait les bras, manifestement fascinée par ses pieds.

— Nous sommes sûrs de nous, affirma-t-il. Notre décision est prise.

— Alors, allons-y.

Au bout de la rue, nous trouvâmes un bahut dans lequel nous entasser. Nadine fouilla dans son sac et en sortit des écouteurs. Sans un mot, elle se les colla sur les oreilles et ferma les yeux. Ses lèvres semblaient trembler.

— Monmouth Street, s'il vous plaît, indiqua Nick au chauffeur.

La voiture s'ébranla pesamment. Par chance, les bahuts n'avaient aucune existence légale, ils ne faisaient donc pas de difficulté à charger une clientèle clairvoyante.

L'adresse sur Monmouth Street était celle du domicile de Jax : une maisonnette sur trois niveaux au-dessus d'une petite boutique. J'y passais souvent la nuit, expliquant à mon père que je dormais chez des amis. Pas un mensonge à proprement parler. J'avais passé des mois à apprendre toutes les ficelles de la société clairvoyante : la structure des gangs, le nom de leurs chefs, les règles protocolaires et les inimitiés possibles entre les différentes sections. Désormais, Jax mettait mon talent à l'épreuve, m'apprenait à devenir l'une des leurs.

Quelques semaines après mes débuts dans mon nouveau métier, j'étais parvenue à déloger consciemment mon esprit de son berceau habituel. J'avais immédiatement cessé de respirer. C'était là que Jax et Eliza s'étaient mis à paniquer, craignant de m'avoir tuée. Nick, le toubib du groupe, m'avait réanimée en me plantant dans le cœur une seringue d'adrénaline, et même si ma poitrine m'avait fait mal pendant toute une semaine, j'étais fière comme un paon. Nous étions tous quatre allés fêter ça au *Chateline*, et Jax avait exigé la présence d'une assistance respiratoire pour les prochaines tentatives.

Je me sentais bien avec ces gens. Ils comprenaient l'étrangeté de mon monde, un monde que je commençais tout juste à découvrir. Nous nous étions créé un petit univers aux Sept-Cadrans, un univers de crime et de couleurs. À présent, il y avait un étranger en notre sein. Peut-être deux, si Nadine se révélait intéressante.

Je tâtai leur territoire des rêves. Celui de Nadine n'avait rien d'inhabituel ; celui de Zeke, en revanche… Il formait comme une présence lourde et sombre au cœur de l'éther.

— Alors, dis-moi, Zeke, commença Nick. D'où tu viens ?

L'intéressé leva la tête.

— Je suis né au Mexique, mais, maintenant, j'habite avec Nadine.

Il ne donna pas davantage de détails. Je lui jetai un regard en coin.

— Vous aviez déjà mis les pieds dans une citadelle de Scion ?

— Non. Je n'étais pas certain que ce soit une bonne idée.

— Mais vous êtes venus quand même.

— On voulait juste prendre le large quelque temps. La fac de Nadine offrait des billets pour la conférence. Scion m'intriguait. (Il observa ses mains.) Je suis content qu'on ait décidé de venir. On se sentait différents depuis des années, mais… eh bien, monsieur Hall nous a enfin expliqué pourquoi.

Nick parut intrigué.

— Quel est le discours officiel sur la clairvoyance aux États-Unis ?

— Ils la nomment la PES - la perception extrasensorielle. Tout ce qu'ils en disent, c'est qu'il s'agit d'une maladie reconnue sous la loi de Scion, et que le centre pour le contrôle et la prévention des maladies mène une enquête. Ils ne veulent pas adopter de posture officielle. Je pense qu'ils ne le feront jamais.

Je voulais les interroger sur leur famille, mais quelque chose me disait de garder cela pour plus tard.

— Jaxon est ravi que vous nous rejoigniez, déclara Nick avec un sourire. J'espère que vous vous plairez ici.

— Vous vous y habituerez, pronostiquai-je. J'ai détesté la ville à mon arrivée. Ça s'est arrangé quand Jaxon m'a recrutée. La pègre prendra bien soin de vous.

Zeke leva la tête, intrigué.

— Tu n'es pas anglaise ?

— Irlandaise.

— Je ne pensais pas que tant d'Irlandais avaient survécu au Massacre de Mayfield.

— J'en suis une.

— C'est tellement tragique. La musique irlandaise est vraiment magnifique, ajouta-t-il. Tu connais la chanson des rebelles ?

— Celle sur Molly ?

— Non, l'autre. Celle qu'ils ont chantée à la fin des émeutes, au moment de pleurer leurs morts.

— Tu parles d'*Un matin rougeoyant* ?

— Oui, c'est ça. (Il marqua une pause avant de reprendre.) Ça t'ennuie de m'en chanter un bout ?

Nick et moi éclatâmes de rire en même temps. Zeke rougit jusqu'à la pointe des oreilles.

— Désolé, c'était un peu étrange, consentit-il. Mais j'aimerais tellement l'entendre chantée correctement. Si ça ne t'embête pas trop. J'adorais écouter Nadine, mais malheureusement elle ne joue plus.

Nick croisa mon regard. Une chuchoteuse qui avait laissé tomber la musique. Ça ne plairait pas à Jaxon.

— Paige, m'encouragea-t-il d'une voix douce.

Je pris conscience que Zeke m'observait toujours, dans l'expectative.

Je n'étais pas certaine de pouvoir entonner ce morceau. La musique irlandaise était interdite à Scion, surtout les chants révolutionnaires. Enfant, j'avais eu un fort accent du pays, que j'avais laissé tomber en déménageant, de crainte de provoquer un sentiment de rejet à Scion. Même à huit ans, je sentais les regards surpris que les gens me décochaient quand je prononçais quelque chose d'une façon qui ne leur convenait pas. J'avais passé des heures devant le miroir à imiter les présentateurs de journaux, jusqu'à développer un accent impeccable typique de la petite bourgeoisie anglaise. Je n'en étais pas devenue populaire pour autant – on continua à m'appeler Molly Mahoney pendant des années –, mais un petit groupe de filles avait fini par m'accepter, sans doute parce que mon père était l'un des principaux mécènes du bal de promo.

Si je me souvenais des paroles, c'était sans doute uniquement grâce à mon cousin. Je regardai par la fenêtre et m'entendis entonner :

C'était un matin rougeoyant,
Octobre n'était qu'un mois naissant.
Les flammes décoloraient les prés
Viens donc, fantôme du vallon,
Moi dans les braises, toi comme un lion
Erin attend d'te voir rentrer.

Mon cœur, une flamme lèche le ciel
L'aube automnale caractérielle.
La fumée obscurcit les prés.
Écoute bien, esprit invendu
J'attends près de l'arbre fendu,
Le cœur de l'Irlande est brisé.

Il y avait d'autres couplets, mais je me tus subitement. Je me rappelai ma grand-mère la chanter pour Finn lors de la messe commémorative que nous avions secrètement tenue dans le Vallon. Juste tous les six. Pas de cadavre à enterrer. C'était alors que mon père avait annoncé son recrutement, qu'il devait quitter mes grands-parents pour aller affronter l'occupation militaire de Scion dans le sud. Zeke avait la mine sévère. Au bout de quelques secondes, Nick me serra la main d'un geste réconfortant.

Le temps que nous atteignions Monmouth Street, l'air du taxi était devenu irrespirable. Je glissai quelques billets dans la paume du chauffeur, qui m'en rendit un.

— Pour la jolie chanson, expliqua-t-il. Dieu te bénisse, ma belle.

— Merci.

Je laissai cependant l'argent sur la banquette : je ne pouvais accepter d'être payée pour un souvenir.

J'aidai Nick à décharger les valises. Nadine sortit de voiture et retira ses écouteurs. Elle observa le bâtiment d'un air dédaigneux. J'avisai son sac, portant la griffe d'un grand designer new-yorkais. Il allait falloir le revendre. Les objets américains partaient comme des petits pains sur le marché de Covent Garden. Je m'attendais à ce qu'elle ait un étui à instrument, mais il n'y avait rien de tel. Peut-être n'était-elle pas une chuchoteuse après tout. Il existait au moins trois autres genres de sensoriels auxquels elle pouvait encore appartenir.

Je me servis de ma carte magnétique pour ouvrir la porte rouge arborant une plaque dorée sur laquelle était gravé : AGENCE LENORMAND. Aux yeux du monde extérieur, nous formions une respectable agence d'art. En creusant un peu, il s'avérait que nous n'étions pas si honnêtes.

Jax se tenait en haut des marches, en tenue d'apparat : gilet de soie au col blanc amidonné, montre de gousset rutilante et cigare allumé. Il avait une petite tasse de café en verre à la main. Je n'arrivais pas à concevoir que cigare et café puissent se marier harmonieusement.

— Zeke, Nadine. Heureux de vous revoir.

Zeke agita la main.

— Nous aussi, monsieur Hall.

— Bienvenue aux Sept-Cadrans. Comme vous le savez, je suis le seigneur-mime de ce territoire. Et vous voilà membres de ma petite coterie d'élite. (Jax scrutait le visage de Zeke, mais je savais qu'il était surtout concentré sur la lecture de son aura.) Je présume que vous avez quitté Gower Street dans la plus grande discrétion ?

— Personne ne nous a vus. (Zeke se raidit.) Est-ce un... esprit, par là-bas ?

Jax se retourna.

— Oh, oui, voici Pieter Claesz, un artiste baroque hollandais. L'une de nos muses les plus prolifiques. Il est mort en 1660. Pieter, viens dire bonjour à nos nouveaux amis.

— Zeke peut se charger des présentations. Je suis épuisée.

Nadine ne regardait pas Pieter, qui n'approcha pas. Elle n'était pas dotée.

— Je veux ma propre chambre, reprit-elle en toisant Jax avec morgue. Je ne partage pas mon espace. Je préfère que ce soit clair d'entrée de jeu.

J'étais curieuse de voir la réaction de Jaxon. Il n'avait pas un visage des plus expressifs, mais ses narines se dilatèrent. Ça n'était pas bon signe.

— Tu prendras ce qu'on te donne, rétorqua-t-il.

Nadine se hérissa. Sentant venir la confrontation, Nick lui passa un bras autour des épaules.

— Bien sûr que tu auras ta chambre, lui dit-il en m'adressant discrètement un regard las. (Zeke allait devoir dormir sur un canapé.) Eliza est en train de tout préparer. Puis-je t'offrir quelque chose à boire ?

— Oui, j'aimerais bien. (Elle se tourna vers Jax en haussant les sourcils.) Je constate au moins que *certains* Européens savent se comporter avec une dame.

Jaxon réagit comme s'il avait été giflé. Nick emmena Nadine vers la kitchenette.

— Je ne suis pas *européen*, grogna Jax entre ses dents serrées.

Je ne pus réprimer un sourire.

— Je vais m'assurer qu'on ne vous dérange pas.

— Merci, Paige. (Il recouvra son flegme.) Allons dans mon bureau, Zeke. Il faut qu'on discute.

Zeke gravit une volée de marches sans détourner les yeux de Pieter, qui flottait près de sa dernière œuvre. Avant que je puisse dire quoi que ce soit, Jaxon m'attrapa par le bras.

— Son territoire des rêves, commença-t-il à voix basse. De quoi il a l'air ?

— Il est sombre, répondis-je, et…

— Excellent, m'interrompit-il. N'en dis pas plus.

Il courut presque dans l'escalier, le cigare au coin de la bouche. Je restai dans l'entrée avec trois valises en compagnie d'un artiste mort ; et même si j'aimais bien Pieter, il n'était pas des plus loquaces.

Je jetai un coup d'œil à l'horloge. Onze heures trente. Eliza serait de retour dans quelques minutes. Je préparai du café et allai m'asseoir dans le salon, où une toile de John William Waterhouse trônait en bonne place : une femme aux cheveux sombres vêtue d'une robe rouge ondoyante, les yeux vissés sur une boule de cristal. Jax avait payé une fortune pour arracher trois œuvres interdites de ce peintre. L'une d'elles était un portrait d'Édouard VII paré de ses plus beaux atours. J'ouvris la fenêtre et m'installai pour lire l'ouvrage sur lequel Jaxon travaillait, *Des Machinations des morts itinérants*. Jusqu'à présent, j'y avais découvert l'existence de quatre espèces d'esprits : les anges gardiens, les fantômes, les muses et les psychopompes. Je n'avais pas encore lu le passage sur les poltergeists.

Eliza arriva à midi, comme d'habitude éprouvée par les esprits. Elle me tendit un carton de nouilles achetées sur Lisle Street.

— Salut. Je suppose que tu n'as pas convaincu Pieter de repeindre son *Vanitas avec violon et boule de verre* ?

Eliza Renton, de quatre ans mon aînée, était la médium transcendante de Jax. Son territoire d'expertise était l'art-mime. Née à deux pas de St Mary-le-Bow, elle avait travaillé dans un théâtre clandestin du quartier jusqu'à ses dix-neuf ans, où elle avait répondu à l'ouvrage de Jaxon, qui l'avait engagée.

Depuis lors, elle était sa principale source de revenus. Elle avait la peau légèrement olivâtre et des yeux vert pomme ; des anglaises blondes lui cernaient la figure. Elle ne manquait pas de courtisans – même les esprits l'adoraient –, mais elle s'en tenait à la politique de « pas d'engagement » instaurée par Jax.

— Pas encore. Je crois qu'il est atteint du syndrome de la toile blanche. (Je reposai l'ouvrage de Jaxon.) Tu as rencontré les nouveaux ?

— Uniquement Nadine. Elle m'a à peine dit bonjour. (Eliza se laissa tomber près de moi.) Est-ce qu'on est vraiment sûrs que ce soit une siffleuse ?

J'ouvris la boîte de nouilles fumantes.

— Je n'ai pas vu le moindre instrument, mais c'est possible. Tu n'as pas croisé Zeke ?

— J'ai jeté un coup d'œil dans le bureau. Son aura est orange foncé.

— C'est donc une furie.

— Il n'en a pas l'air. Pas du genre à terrifier un fantôme. (Elle reposa son beignet de crevette sur ses genoux.) Bon, puisque Pieter fait sa tête de cochon, j'ai officiellement un peu de temps libre. Ça te dit d'essayer de voler à nouveau ?

— Pas tant que Jax n'aura pas reçu l'assistance respiratoire.

— Bien sûr. Je crois que le respirateur est censé arriver mardi. En attendant, on ira mollo. (Elle me tendit un carnet et un crayon.) Je voulais te demander : tu saurais dessiner ton territoire des rêves ?

— Le dessiner ?

— Ouais. Pas les fleurs ni rien : juste sa forme approximative vue d'en haut. On essaie de comprendre la disposition des territoires des rêves humains, mais c'est difficile quand on ne peut pas quitter sa zone ensoleillée. On suppose qu'il y a au moins trois zones, mais il faudrait que tu me les indiques pour voir si ça colle avec nos théories. Tu t'en penses capable ?

Je me sentis soudain investie d'une mission capitale. J'allais me révéler indispensable au groupe.

— Bien sûr, acceptai-je.

Eliza alluma la télé. Je m'attelai à mon croquis, traçant un point entouré de trois cercles.

La musique de fond de l'Œil de Scion s'élevait du poste. Scarlett Burnish débitait les infos de la mi-journée. Eliza désigna l'écran en mastiquant son beignet.

— Tu crois qu'elle est plus jeune que Weaver, mais qu'elle a subi tant d'opérations qu'elle ne peut physiquement plus rider ?

— Elle sourit bien trop pour ça, répondis-je sans lever mon crayon de la feuille. (À présent, mon schéma ressemblait à une cible, avec cinq sections.) Bon, nous avons établi que ceci (je tapotai le centre du cercle) était la zone ensoleillée.

— Oui. C'est l'endroit qu'occupe l'esprit dans un cerveau normal. Le cordon argenté est comme un filet de sécurité. Il empêche la plupart des voyants d'aller voir plus loin.

— Mais pas moi.

— Exactement. C'est ta petite bizarrerie. Disons que la majorité d'entre nous disposent de deux ou trois centimètres de cordon entre le corps et l'esprit, confirma-t-elle en indiquant la distance avec ses doigts. Toi, tu as près de deux kilomètres. Tu peux avancer jusqu'au dernier cercle de ton territoire, ce qui signifie que tu peux percevoir l'éther bien plus profondément que nous. Tu peux aussi ressentir les autres territoires des rêves. Nous ne percevons que les esprits et l'aura, et encore, pas à distance. Là, je n'arrive même pas à repérer Jaxon et les autres.

J'y parvenais.

— J'ai cependant des limites.

— C'est précisément pour ça que nous devons rester vigilants. Nous ne les connaissons pas encore. Tu es peut-être capable de quitter ton corps, mais peut-être pas. Il faudra voir ça.

J'acquiesçai. Jaxon m'avait parlé plusieurs fois de sa théorie des marcherêves, mais Eliza était bien plus pédagogue.

— Que se passerait-il si tu essayais de quitter ta zone ensoleillée ? Théoriquement ?

— Eh bien, nous pensons que la deuxième zone est celle où se déroulent les « cauchemars » des amaurotiques. Le cordon s'étend parfois jusque-là lorsque nous sommes stressés ou nerveux. Au-delà, une traction irrésistible nous attire vers l'intérieur. Et si l'on traversait cette zone floue, on perdrait la tête.

J'arquai un sourcil.

— Cela fait de moi un monstre, pas vrai ?

— Non, non, Paige. Je t'interdis de penser ça. Aucun d'entre nous n'est un monstre. Tu es un vrai miracle. Une sauteuse. (Elle orienta le carnet vers elle.) Je le montrerai à Jax quand il aura fini. Il va adorer ça. Tu passes la nuit chez ton père ? Tu ne devais pas rentrer tous les vendredis ?

— J'ai du travail. Didion pense avoir retrouvé William Terriss.

— Oh, merde. N'en dis pas plus. (Elle pivota vers moi.) Hé, tu sais ce qu'on dit sur la pègre ? Quand on y entre, on n'en ressort jamais. Ça te va toujours ?

— Mieux que jamais.

Eliza se fendit d'un sourire. Un sourire étrange, presque nostalgique.

— Bon, dit-elle. Je vais monter. Il faut que j'essaie de calmer Pieter.

Elle quitta la pièce en faisant tinter ses bracelets. J'entrepris d'assombrir les différents cercles de mon croquis, allant du plus clair au plus sombre.

J'étais encore dessus quand Jax redescendit quelques heures plus tard. Le soleil allait bientôt se coucher. J'allais bientôt devoir sortir pour rejoindre Didion, mais je voulais d'abord scanner mon dessin sur l'ordinateur. Jax semblait presque fiévreux.

— Jax ?

— Insondable, souffla-t-il. Oh, mon adorable, adorable Paige. Notre cher monsieur Sáenz est un *insondable*.

21

Un bateau brûlé

Je n'oublierai jamais le visage du gouverneur quand il me vit parée de la tunique rouge. C'était la première fois que je lisais de la peur dans son regard.

Cela ne dura cependant qu'une fraction de seconde. Je l'aperçus néanmoins, ne serait-ce qu'un instant : un soupçon d'insécurité, plus ténu qu'une flamme de bougie. Il m'observa me diriger vers ma chambre.

— Paige.

Je m'immobilisai.

— Comment s'est passé ton dîner d'intronisation ?

— C'était instructif. (Je parcourus du doigt l'ancre rouge brodée sur mon gilet.) Vous aviez raison. Elle m'a interrogée à votre sujet.

Il y eut un court silence crispé. Chaque muscle de son visage était figé.

— Et tu lui as répondu. (Sa voix était froide, désormais, plus froide qu'elle ne l'avait jamais été.) Qu'est-ce que tu lui as dit ? Il faut que je le sache.

Il n'allait pas me supplier. Le gouverneur était quelqu'un de fier. Ses mâchoires étaient serrées, ses lèvres pincées. Je me demandai à quoi il pensait. Qui il devait prévenir, où se réfugier. Que faire ensuite.

Combien de temps pouvais-je le torturer de la sorte ?

— Elle a en tout cas dit quelque chose qui a retenu mon attention. (Je m'assis sur la banquette.) Que le consort de sang n'avait pas le droit de combattre les émim.

— En effet. C'est formellement interdit. (Ses doigts tambourinaient sur le bras de son fauteuil.) Tu lui as parlé de mes blessures.

— Je ne lui ai rien dit.

Son expression se modula. Après une courte pause, il saisit sa carafe d'amarante et se servit un verre.

— Dans ce cas, je te dois la vie, déclara-t-il.

— Vous buvez beaucoup d'amarante, constatai-je. À cause des cicatrices ?

Il redressa brusquement la tête.

— Des cicatrices ?

— Oui, des cicatrices.

— Si je bois de l'amarante, c'est que j'ai mes raisons.

— Quelles raisons ?

— Des raisons de santé. Je te l'ai déjà dit. De vieilles blessures. (Il reposa son verre sur la table.) Tu as décidé de ne pas révéler à Nashira que j'avais désobéi. Je suis curieux de savoir pourquoi.

— Trahir les gens n'est pas trop mon style.

Sa dérobade ne m'avait pas échappé : des cicatrices et de vieilles blessures signifiaient exactement la même chose.

— Je vois. (Le gouverneur se perdit dans la contemplation de l'âtre vide.) Tu as donc caché cette information à Nashira ; pourtant, tu as reçu une tunique rouge.

— Vous m'avez recommandée.

— En effet, mais je n'étais pas certain qu'elle accepterait. Je crains qu'elle ait une idée derrière la tête.

— Je pars en mission extérieure demain.

— La citadelle, devina-t-il. Voilà qui est surprenant.

— Pourquoi ?

— Après tous les efforts qu'elle a fournis pour t'en arracher, je trouve étrange qu'elle te renvoie là-bas.

— Elle veut que je fasse sortir du bois l'un des gangs londoniens, les Sept Sceaux. Elle pense qu'ils comptent une marcherêve dans leurs rangs, et que je saurai reconnaître l'une des miens.

J'attendis de voir sa réaction, mais il resta de marbre. Me soupçonnait-il ?

— Vous et moi partons demain soir avec trois vestes rouges et une autre réphaïte, développai-je.

— Qui ?

— Votre cousine.

— Ah, oui. (Il joignit la pointe de ses doigts.) Situla Mesarthim est la mercenaire en qui Nashira a le plus confiance. Toi et moi devrons nous montrer particulièrement vigilants en sa présence.

— Vous allez donc recommencer à me traiter comme votre esclave.

— Un mal nécessaire, mais très temporaire. Situla et moi ne sommes pas très proches. Elle sera sans doute là pour me tenir à l'œil.

— Pourquoi ?

— À cause de transgressions passées. (Il surprit mon regard inquisiteur.) Mieux vaut que tu n'en apprennes pas davantage. Tu dois simplement savoir que je ne tue que lorsque c'est absolument nécessaire.

Des transgressions passées. De vieilles blessures. Cela ne pouvait signifier qu'une seule chose, et nous en avions tous les deux conscience. Malgré tout, je n'étais pas certaine de pouvoir lui faire confiance, même s'il faisait partie des scarifiés.

— Il faut que j'aille me coucher, déclarai-je. Nous avons rendez-vous dans sa résidence demain au crépuscule.

Le gouverneur opina distraitement. Je ramassai mes bottes et montai dans ma chambre, le laissant siroter son remède.

Durant l'essentiel de la journée, alors que j'aurais dû dormir, j'envisageai chacun des scénarii susceptibles de se réaliser lorsque nous arriverions à Londres. D'après le briefing qui avait suivi la fin du dîner, nous devions attendre que Carter arrive au pied de la colonne Nelson, où elle était censée retrouver un représentant des Sceaux. Nous devions alors les encercler et les attaquer de toutes nos forces. Nashira semblait croire que nous pourrions nous contenter d'aller sur place, d'abattre Carter, de capturer quelques otages et de rentrer à Sheol I d'un pas léger avant que tinte la cloche de jour.

Je n'étais pas dupe. Je connaissais Jax. Il savait protéger ses investissements. Il n'enverrait jamais un unique représentant pour accueillir Antoinette : l'intégralité du gang serait présente. Des Vigiles surveillaient les rues pendant la nuit, et ils maîtrisaient les bases du combat spirituel. En outre, il y aurait forcément des civils, et face à un groupe de voyants, cela pourrait bien vite dégénérer. Je me retrouverais alors prise dans une rixe au cours de laquelle je porterais l'uniforme d'un camp tout en soutenant l'autre.

Je me tournai et me retournai sans trouver le sommeil. Je tenais là une chance de m'échapper, ou au moins d'appeler à l'aide. D'une façon ou d'une autre, il allait falloir que je contacte Nick, à condition qu'il ne me tue pas d'abord. Ni ne m'aveugle avec ses visions. C'était ma seule et unique fenêtre de tir.

Je finis par me relever. J'allai à la salle de bains pour m'asperger le visage d'eau, puis m'attachai les cheveux à la va-vite. Ils avaient poussé de plusieurs centimètres et me tombaient désormais aux épaules. La pluie martelait les fenêtres. Je remis mon uniforme, la tunique rouge des traîtres, et descendis dans la pièce principale. L'horloge de parquet indiquait presque sept heures. Je m'assis près du feu. Lorsque l'heure sonna, le gouverneur apparut à la porte, les cheveux et les vêtements dégoulinants.

— Il est temps.

J'opinai. Il m'invita à sortir, verrouilla derrière moi, puis m'accompagna au bas de l'escalier.

— Je ne t'ai jamais remerciée, me dit-il tandis que nous traversions les cloîtres. De n'avoir rien dit.

— Ne le faites pas encore.

Les rues étaient silencieuses. Des grêlons pas encore fondus craquaient sous mes semelles. Lorsque nous atteignîmes la résidence, deux réph nous escortèrent jusqu'à la bibliothèque, où Nashira nous attendait. Le gouverneur et elle reproduisirent leur salutation rituelle : il lui toucha le ventre, elle lui embrassa le front. Cette fois, je remarquai certains détails qui m'avaient préalablement échappé. La raideur des mouvements du consort, le fait qu'il ne la regarde pas en face, la façon dont elle lui passa les doigts dans les cheveux en détournant la tête. Cela m'évoqua l'image d'un chien avec sa maîtresse.

— Je suis ravie que vous ayez pu nous rejoindre, déclara-t-elle. (Comme si nous avions eu le choix…) 40, je te présente Situla Mesarthim.

Situla était presque aussi grande que son cousin. Il existait un air de famille certain entre les deux : ils avaient les mêmes cheveux châtain cendré, la même peau de miel, les mêmes traits forts et les mêmes yeux caves. Elle adressa un petit signe de menton au gouverneur, toujours à genoux.

— Cousin.

Arcturus inclina la tête. Situla posa alors ses yeux bleus sur moi.

— XX-59-40, tu me traiteras ce soir comme ta deuxième gardienne. J'espère que c'est bien compris.

J'acquiesçai. Le gouverneur se leva et pivota vers sa fiancée.

— Où sont les autres humains ?

— Ils se préparent, bien sûr. (Elle lui tourna le dos.) Tu devrais en faire autant, mon très fidèle.

L'aura du gouverneur s'assombrit, comme si un orage était venu recouvrir son territoire des rêves. Il fit volte-face et se dirigea vers de lourdes tentures écarlates. Une amaurotique se précipita à sa suite, les bras chargés d'une pile de vêtements.

— Tu feras équipe avec 1, m'informa Nashira. Vous accompagnerez Arcturus. 30 et 12 iront avec Situla.

David émergea de derrière les rideaux, vêtu d'un pantalon noir, de bottes et d'un gilet d'armes léger. Le voir ainsi me mit mal à l'aise : il était habillé exactement de la même manière que le Superviseur au soir de ma capture.

— Bonsoir, 40, me dit-il.

Je ne répondis pas. David sourit et secoua la tête, comme s'il se trouvait confronté à un enfant amusant. Un amaurotique s'approcha de moi.

— Vos vêtements.

— Merci.

Sans un regard pour David, je me dirigeai à mon tour vers les rideaux. Ils dissimulaient une tente, sorte de vestiaire de fortune. Je me désapai et enfilai mon nouvel uniforme : d'abord une chemise rouge à manches longues, puis le gilet – évidemment marqué de la petite ancre rouge –, et enfin une veste noire avec une bande rouge sur la manche. Venaient alors les mitaines et le pantalon, fabriqués dans un tissu noir très souple, et de robustes bottes en cuir. Avec cet attirail, je pourrais courir, grimper et me battre. Je trouvai dans l'une des poches de la veste une seringue d'adrénaline, ainsi qu'un pistolet à flux. Pour traquer les voyants.

Une fois équipée, j'allai rejoindre les trois autres humains. Carl me gratifia d'un sourire.

— Bonjour, 40.

— Carl, répondis-je.

— Comment tu trouves ta nouvelle tunique ?

— Elle est à ma taille, si c'est ce que tu veux savoir.

— Non, je voulais parler de sa couleur.

Mes trois collègues me dévisageaient désormais.

— Elle est géniale, répliquai-je après une brève hésitation.

Carl hocha la tête.

— Ouais. Peut-être qu'ils ont eu raison de t'offrir tant de privilèges, finalement.

— Ou peut-être qu'ils ont eu tort, intervint 30 en faisant ressortir ses lourds cheveux de son col. (Elle était plus grande que moi, plus large de hanches et d'épaules.) On s'en rendra vite compte dans les rues.

Je l'observai plus en détail. D'après son aura, je la supposais devineresse – mais d'une classe assez rare, peut-être de la famille des cléromanciens. Rien d'exceptionnel non plus. Elle avait probablement dû se battre pour se hisser tout en haut de l'échelle.

— Oui, admis-je, on verra bien.

Elle renifla.

Le retour du gouverneur eut un effet étonnant sur le comportement de 30. Elle se fendit d'une révérence délicate en murmurant « consort de sang ». Carl s'inclina également. Je restai debout derrière eux, les bras croisés. Arcturus toisa son fan-club, sans paraître affecté par leurs égards. Au lieu de quoi, il détourna la tête pour me regarder. 30 en parut toute chagrinée. La pauvre.

Ses nouveaux vêtements avaient métamorphosé mon gardien. Au lieu de sa vieille parure réphaïte, il était désormais vêtu comme un riche citoyen de Scion, de ceux qu'aucun voleur un peu malin ne tenterait de détrousser.

— Vous serez emmenés à la cohorte I dans deux véhicules séparés, nous informa Nashira. Une escorte vous ouvrira la route. Vous serez attendus ici avant la cloche de jour.

Les trois autres humains et moi-même opinâmes de conserve. Le gouverneur enfila prestement son manteau et se tourna vers la porte.

— XX-40, XX-1, nous appela-t-il.

Carl semblait aussi excité qu'un gamin à la Novembrine. Il lui courut après, tout en rangeant dans sa veste son pistolet à flux. Je m'apprêtais à les suivre quand Nashira me rattrapa par le bras. Je demeurai parfaitement immobile, résistant à la tentation de me libérer d'une secousse.

— Je sais qui tu es, me dit-elle en s'approchant à quelques centimètres de mon visage. Je sais d'où tu viens. Si tu ne me ramènes pas une marcherêve, j'en déduirai que j'avais raison, que tu es bien la Rêveuse pâle. Ceci aura des conséquences sur nous tous. (Avec un regard qui me glaça les sangs, elle me tourna le dos et se dirigea vers la sortie.) Bon voyage, XX-59-40.

Deux véhicules nous attendaient sur le pont, toutes lumières éteintes. On nous banda les yeux avant de nous enfermer à l'intérieur. J'étais assise dans le noir à côté de Carl, à écouter le ronron du moteur. Ils devaient redouter que nous repérions la route de la colonie.

Une équipe de Vigiles était chargée de nous escorter jusqu'à la frontière, mais quitter Sheol I était une procédure fort compliquée. La ville était une colonie pénitentiaire, et un transfert se révélait tout aussi complexe que pour des prisonniers en liberté conditionnelle. Dans l'une des gares périphériques, on nous implanta sous la peau des puces de traçage, au cas où nous envisagerions de prendre la tangente. En outre, on examina dans le détail notre aura et nos empreintes digitales. Ils me prélevèrent également un échantillon de sang, ce qui me laissa un semblant de bleu dans le creux du coude. Après un ultime poste de contrôle, nous étions de retour dans Scion-Londres. Dans le monde réel.

— Vous pouvez retirer vos bandeaux, nous indiqua le gouverneur.

Je ne me le fis pas dire deux fois.

Oh, ma citadelle. Je me collai à la vitre, laissant les lumières bleues se refléter dans mes prunelles. La voiture traversait White City en II-3, dépassant l'immense centre commercial. Je n'aurais jamais imaginé que ces rues sales et vert-de-gris me manqueraient un jour, c'était pourtant le cas. De même que parier sur des esprits, jouer au tarocchi ou escalader des immeubles avec Nick pour observer le coucher du soleil. Je voulais descendre de voiture pour plonger au cœur de cette ville polluée.

Carl s'était montré très nerveux pendant le voyage, remuant les jambes et jouant avec son pistolet, mais il avait fini par s'endormir sur l'autoroute. Il m'avait expliqué que 30 s'appelait naguère Amelia et qu'elle avait pour gardienne Elnath Sarin. Comme je l'avais supposé, elle était bien cléromancienne, avec un don particulier pour les dés. Je dus me creuser la cervelle pour me souvenir du terme exact : *astragalomancienne*. J'étais un peu rouillée. Autrefois, Jax m'interrogeait quotidiennement sur les sept ordres de la voyance.

J'observai Carl de nouveau. Il avait besoin de se laver les cheveux. Je déduisis aux cernes qui lui marquaient les yeux qu'il était aussi fatigué que moi ; en revanche, il ne souffrait d'aucune contusion. D'autres trahisons avaient dû lui permettre d'acheter sa sécurité. Comme s'il m'avait sentie l'épier, il ouvrit les paupières.

— N'essaie pas de t'échapper.

Il avait chuchoté ces mots. Puisque je ne répondais pas, il finit par pivoter vers moi.

— Ils ne te laisseront pas faire. *Lui* ne te laissera pas faire. (Il considéra le gouverneur à travers la paroi vitrée.) À Sheol, nous sommes en sécurité. Pourquoi vouloir fuir ?

— Parce que nous n'y sommes pas chez nous.

— C'est au contraire notre seule maison. On peut y vivre notre existence de clairvoyants. Sans se cacher.

— Tu n'es pas idiot, Carl. Tu sais qu'il s'agit d'une prison.

— Parce que la citadelle n'en est pas une ?

— Non. Pas du tout.

Carl contempla son pistolet. Je me retournai vers la fenêtre.

Quelque part, je comprenais ce qu'il voulait dire. Bien sûr que la citadelle était une prison – Scion nous y maintenait enfermés comme des animaux –, mais au moins nous n'étions pas obligés de regarder nos camarades se faire tabasser, ni ne laissions crever des gens dans les rues.

J'appuyai ma tête contre la glace. Ça n'était pas vrai. Hector faisait ce genre de chose. Jaxon aussi. Tous les seigneurs-mimes et les reines-mimes le faisaient. Ils ne récompensaient que ceux d'entre nous qui leur étaient utiles. Les autres étaient abandonnés à leur triste sort.

Toutefois, le gang était comme ma famille. Dans la citadelle, je n'avais pas à ployer la tête devant qui que ce soit. J'étais la malonette de l'I-4. J'avais un nom.

Nous arrivâmes bientôt à Marylebone. Tandis que le gouverneur observait ce décor qu'il ne semblait pas connaître, je me demandai s'il avait déjà mis les pieds à Londres. Sûrement, puisqu'il avait rencontré les différents Inquisiteurs. Cela me glaçait de songer que les réph avaient arpenté ces rues en même temps que moi. Ils étaient venus dans l'Archonterie. Et même en I-4.

Le chauffeur était un homme silencieux et robuste, aux fines lunettes métalliques. Il portait un costume rehaussé d'une pochette de soie rouge assortie à sa cravate. Le petit dispositif qu'il avait dans l'oreille gauche bipait à intervalles réguliers. C'était à la fois fascinant et morbide de constater à quel point tout ceci était parfaitement organisé. Toute la citadelle était quadrillée, personne ne pourrait jamais rien découvrir sur Sheol I. La ville était complètement bouclée.

Le gouverneur fit signe au conducteur de s'arrêter à un coin de rue. L'autre s'exécuta et sortit de la voiture. Il y revint bientôt, lesté d'un gros sac en papier kraft. Le gouverneur me le passa par le guichet.

— Réveille-le, me dit-il en désignant Carl, qui s'était déjà rendormi.

Le sac renfermait deux boîtes bien chaudes de chez *Brekkabox*, la chaîne de fast-food préférée des Londoniens. Je secouai Carl par l'épaule.

— Debout, là-dedans.

Il s'éveilla en sursaut. Je découvris dans mon carton un petit sandwich roulé, une serviette en papier et un pot de porridge. Je croisai le regard du gouverneur dans le rétroviseur intérieur ; il m'adressa un infime hochement de tête, que je fis mine de n'avoir pas remarqué.

La voiture entra bientôt dans le secteur 4. Chez moi. De la sueur perlait sur mon front. Mon père n'habitait qu'à une vingtaine de minutes de là, et nous étions tout proches des Sept-Cadrans. Trop proches. Je m'attendais à moitié à recevoir un instantané de Nick, mais l'éther demeurait parfaitement muet. Plusieurs centaines de territoires des rêves se pressaient contre le mien, me faisant momentanément oublier la dimension physique. Quand je me concentrai sur les plus immédiats, je ne perçus rien d'inhabituel, pas de vagues d'émotion récentes. Ces gens ne soupçonnaient ni l'existence des réphaïm, ni celle de la colonie pénitentiaire. Ils se fichaient de savoir où allaient les anormaux, tant qu'ils ne les voyaient pas.

Notre voiture s'arrêta sur la Strand, où un Vigile nous attendait. Tous semblaient recrutés sur le même modèle : ils étaient grands, carrés, généralement médiums. J'esquivai son regard en descendant du véhicule, abandonnant sous les sièges les vestiges de mon petit-déjeuner.

Le gouverneur, étant donné son imposante stature, ne semblait pas le moins du monde impressionné.

— Bonsoir, Vigile.

— Gouverneur.

Le garde porta trois doigts à son front - un au centre et un au-dessus de chaque œil -, puis leva la main en guise de salut. Un signe officiel de reconnaissance, indiquant qu'il avait le troisième œil.

— Pouvez-vous confirmer que Carl Dempsey-Brown et Paige Mahoney sont bien sous votre garde ?

— Confirmé.

— Numéros d'identification ?

— XX-59-1 et 40.

Le Vigile en prit bonne note. Je me demandai ce qui l'avait poussé à se retourner contre les siens. Un seigneur-mime cruel, peut-être. Il s'adressa alors à nous.

— Rappelez-vous que vous êtes en détention. Vous êtes ici pour aider les réphaïm. Vous retournerez immédiatement à Sheol I, dès votre mission accomplie. Si l'un de vous essaie de révéler la localisation de Sheol I, il sera abattu. Si l'un de vous essaie d'entrer en contact avec des civils, ou avec un membre de la pègre, il sera abattu. Si l'un de vous essaie de s'en prendre à son gardien ou à un Vigile, il sera abattu. Avez-vous bien compris ?

Il n'avait guère laissé de place au doute : quoi que nous fassions, nous serions abattus.

— C'est compris, affirmai-je.

Cependant, le Vigile n'en avait pas encore terminé. Il tira de sa ceinture un tube métallique et une paire de gants en latex. *Pas encore une aiguille,* songeai-je.

— Toi d'abord. (Il m'attrapa par le poignet.) Ouvre la bouche.

— Quoi ?

— Ouvre… la… bouche, articula-t-il lentement.

Je voulus invoquer l'aide du gouverneur, mais je compris à son silence qu'il approuvait la procédure. Sans me laisser le temps d'obtempérer, le Vigile me força à écarter les mâchoires. Je crevais d'envie de mordre ce salopard. Il me passa sur les lèvres une pointe de plastique, les recouvrant d'une substance froide et amère.

— Ferme.

Je n'avais d'autre choix que d'obtempérer. Quand je voulus rouvrir la bouche, j'en fus incapable. J'écarquillai les yeux. *Merde !*

— C'est juste une pointe d'adhésif dermique, expliqua le Vigile en se tournant vers Carl. Ça se dissipe au bout de deux ou trois heures. Nous préférons ne pas courir le moindre risque, étant donné que tous les gangs se connaissent…

— Mais je ne fais… commença Carl.

— La ferme.

Et à son tour, Carl fut obligé d'obéir.

— XIX-49-30 n'est pas collée. Tournez-vous vers elle pour connaître vos ordres, précisa le Vigile. Sinon, tenez-vous-en à vos objectifs.

Je tentai de glisser ma langue entre mes lèvres, mais elles ne s'écartèrent pas d'un millimètre. Ce Vigile devait adorer avoir le dessus sur d'anciens membres de la pègre.

Après nous avoir scellé la bouche, le Vigile salua le gouverneur et retourna s'enfermer dans le bâtiment gris terne dont il avait émergé. Une plaque était accrochée au mur : CITADELLE DE SCION-LONDRES – POSTE DE COMMANDE DE LA DVN – COHORTE I SECTEUR 4. Une carte de la zone couverte par ce poste-là venait clarifier la chose. Je remarquai une croix sur le centre commercial de Covent Garden, sous lequel le marché noir grouillait d'activité. Si seulement je pouvais m'y rendre. C'était peut-être faisable.

Carl déglutit bruyamment. Même si nous avions vu ces plaques quotidiennement pendant des années, elles n'en restaient pas moins décourageantes. Je levai les yeux vers le gouverneur.

— Situla et ses humains approcheront de la place par le côté ouest, déclara-t-il. Vous êtes prêts ?

J'ignorais comment nous étions censés répondre. Carl hocha la tête. Le gouverneur plongea la main à l'intérieur de sa veste et en sortit deux masques.

— Tenez, dit-il en nous les distribuant. Cela permettra de cacher votre identité.

Ces masques n'avaient rien d'ordinaire : leurs traits étaient lisses et uniformes, et seuls quatre trous avaient été ménagés pour les yeux et les narines. Quand j'enfilai le mien, il épousa la forme de mon visage. Il était trop discret pour attirer les regards suspects des citoyens empressés de la citadelle, et trop neutre pour que les membres de mon gang puissent me reconnaître. Et mes lèvres étant scellées, je ne pouvais même pas les appeler à l'aide.

Comme c'était sournois.

Le gouverneur m'examina un instant avant d'enfiler son propre masque. Une lumière sinistre brûlait dans ses prunelles. Pour la première fois, j'étais soulagée d'être de son côté.

Nous approchâmes de la colonne Nelson. À l'instar des cadrans, du Monument au Grand Incendie et de la plupart des autres piliers, elle était éclairée en rouge ou en vert, selon l'indicateur de sécurité. Actuellement, elle était verte, tout comme les fontaines. Un groupe de Vigiles était de faction ; ils étaient postés à intervalles réguliers sur la Strand, ayant sans doute pour ordre de nous venir en aide si nécessaire. Ils nous gratifièrent de regards circonspects, mais aucun d'eux ne bougea. Ils étaient tous armés de carabines M4. La DVN ne révélait jamais l'étendue de sa mission en ville, mais tout le monde savait qu'elle était plus redoutable que la police. On n'abordait pas un Vigile de nuit pour une simple plainte, comme on aurait pu le faire avec un officier de la DVD. On ne les approchait que dans des circonstances extrêmes, et jamais quand on était voyant. Même les amaurotiques n'appréciaient pas leur proximité. Après tout, les Vigiles eux-mêmes étaient anormaux.

Carl n'arrêtait pas de plier et déplier les mains dans ses poches. Comment allais-je parvenir à me tirer de là sans tuer l'un des membres de mon gang ? Il devait bien exister un moyen de leur montrer qui j'étais. Il fallait que je les prévienne, sans quoi ils me rejoindraient bientôt à la colonie pénitentiaire. Je ne pouvais laisser Nashira leur mettre le grappin dessus.

Malgré l'éclairage artificiel, Trafalgar Square restait suffisamment sombre pour que nous passions inaperçus. Situla, Amelia et David arrivèrent par l'autre côté. Tous trois disparurent derrière l'un des quatre lions en bronze qui protégeaient la colonne Nelson. Le gouverneur se pencha pour se mettre à notre hauteur.

— Carter sera bientôt là, nous informa-t-il à voix basse. Nous devons attendre qu'elle entre en contact avec les Sceaux. Ne vous laissez en aucun cas capturer. (Carl opina.) Dès que la zone sera dégagée, la DVN nous escortera jusqu'au véhicule. Vous abandonnerez la mission si les Sceaux sortent de la cohorte I.

Je transpirais de plus en plus. Les Sept-Cadrans se trouvaient au cœur de la cohorte I. Si mon gang essayait de regagner sa base, ils nous auraient aux basques.

Big Ben allait sonner dans deux minutes. Le gouverneur ordonna à Carl d'aller s'asseoir sur les marches de la colonne – en tant que devin, il était le moins suspect d'entre nous. Quand il fut à sa place, Arcturus me mena jusqu'au socle de l'une des statues. Il y en avait sept en tout, une pour chacune des personnes qui avaient aidé à l'établissement et au maintien de Scion : Palmerston, Salisbury, Asquith, MacDonald, Zettler, Mayfield et Weaver. La dernière était toujours à l'effigie de l'Inquisiteur au pouvoir, et arborait sa devise.

Le gouverneur s'arrêta derrière une statue. Il considéra mon visage masqué.

— Pardonne-moi, dit-il. Je ne savais pas que vous seriez réduits au silence.

Je ne fis pas mine de l'avoir entendu. Je me concentrais pour respirer par le nez.

— Ne regarde pas encore. Carter attend au pied de la colonne, comme prévu.

Je ne voulais pas faire ça. Je voulais qu'Antoinette quitte cet endroit. Je voulais m'introduire brusquement dans son territoire des rêves pour la forcer à fuir.

Ce fut alors que je les perçus.

C'était bien eux, aucun doute là-dessus. Tous approchaient de directions différentes. Jax avait dû mobiliser tout le gang, les six Sceaux restants. Reconnaîtrait-il immédiatement mon aura, ou supposerait-il qu'il y avait simplement un autre marcherêve – une probabilité infime – dans les environs ?

— Je sens un médium, déclara le gouverneur. Et un chuchoteur.

Eliza et Nadine. Je jetai un coup d'œil vers le pied de la colonne Nelson. Et effectivement, j'aperçus Antoinette.

Elle portait une redingote et un chapeau noir à larges bords. Des mèches de cheveux roux grisonnants s'en échappaient. Le peu de son visage que je parvenais à distinguer révélait des crevasses sûrement gommées à la télévision. Elle tenait entre ses doigts un fume-cigarette argenté, au bout duquel avait été ajusté un rouleau d'aster pourpre. Elle avait du cran. Personne ne fumait de drogues éthérées en public.

L'idée même d'en découdre avec Toni Carter suffisait à me mettre les nerfs en pelote. Dans son émission, elle était toujours prise d'une violente crise avant de faire une prédiction, une performance qui lui permettait de faire exploser les scores d'audimat. Je ne l'avais cependant jamais vue se battre. Nick réfutait l'idée qu'elle puisse être une oracle : les oracles ne perdaient jamais la maîtrise de leur corps de la sorte.

Nadine fut la première à arriver. Elle portait un blazer à fines rayures, boutonné lâchement. Il dissimulait à n'en pas douter quelques lames. Les autres apparurent tour à tour, même si rien n'indiquait qu'ils se connaissaient. Seules leurs auras les liaient. Quand j'aperçus Nick, je me crus sur le point de craquer : de fondre en larmes, d'éclater de rire, de chanter à tue-tête. Il était copieusement grimé. Une obligation, vu sa remarquable carrière au sein de Scion. Ses cheveux étaient dissimulés sous une perruque sombre et un chapeau, ses yeux abrités derrière des verres fumés. À quelques pas de là, Jax jouait avec sa canne. Le gouverneur demeurait silencieux. Ses yeux s'assombrirent quand ses cibles approchèrent d'Antoinette. Eliza avait été envoyée en éclaireuse. Dani suivait non loin, les lèvres pincées. Elle aussi était déguisée.

Personnellement, je serais d'abord entrée en contact avec Antoinette d'un petit coup d'esprit, histoire de m'assurer que la voie était libre, mais Eliza ne possédait pas ce pouvoir. L'éther jouait avec elle, pas l'inverse. Elle leva quatre doigts de la main droite, trois de la main gauche, puis se les passa dans les cheveux, comme pour se les démêler. Antoinette comprit. Elle fit un pas vers Eliza en lui tendant la main ; Eliza la serra.

Situla fut la première à frapper. En un éclair, elle se retrouva sur le dos d'Antoinette, à l'étrangler. Le gouverneur se dirigea vers Zeke, tandis que Carl propulsait un esprit vers Eliza. Il devait s'agir de celui de Nelson, le plus puissant de la place, car la malheureuse s'effondra contre l'un des lions en s'étreignant la poitrine. Elle subit un cri étranglé poussé par son assaillant :

— Je ne peux commander ni les vents ni le temps, pas plus que je ne peux me commander dans la mort !

Amelia fut la suivante à surgir, mais elle fut violemment plaquée au sol par Nick, qui avait remarqué la douleur d'Eliza avant toute autre chose. David se chargea de Jax, ou du moins tenta de le faire : Dani lui décocha un coup de poing qui lui fit jaillir le sang de la bouche. En moins de dix secondes, je fus la seule à ne m'être pas encore engagée dans la bagarre.

Cela me convenait parfaitement. Mais pas à Jaxon.

Il m'aperçut immédiatement, un autre ennemi masqué. Il rassembla une horde de six qu'il projeta dans ma direction. Il fallait que je bouge, et vite : les esprits de Trafalgar pouvaient représenter une menace sérieuse. Je lui décochai une fléchette de flux, mais tirai bien au-dessus de sa tête. Il se baissa néanmoins, et sa meute d'esprits s'éparpilla. *Abandonne,* pensai-je. *Ne me force pas à t'attaquer.*

Mais Jaxon n'était pas du genre à jeter l'éponge. Il était livide. Nous avions fichu ses plans en l'air. Il se rua sur moi en agitant sa canne. Je tentai de le repousser d'un coup de pied à l'estomac, mais ne le cognai pas assez fort. Il m'agrippa la cheville et, d'une flexion des bras, me fit tomber à terre. Aïe. *Bouge, bouge.*

Pas assez rapide. Jax m'enfonça sa botte coquée dans le flanc, me faisant rouler sur le dos. Puis il m'écrasa violemment la poitrine du genou. Son poing s'élança – je ne vis qu'une ombre – et quelque chose de dur vint heurter la partie de mon visage qui n'était pas protégée. Un coup-de-poing américain. Nouvel assaut, cette fois dans les côtes. L'une d'elles craqua, et une onde de douleur me résonna dans tout le corps. Encore un coup. Je levai le bras pour parer le quatrième. Ses yeux luisaient, assoiffés de sang. Il allait me tuer.

Je n'avais plus le choix. Étant clouée au sol, je me servis de mon esprit.

Il ne s'y attendait pas. Il n'était pas du tout concentré sur mon aura. Le coup de boutoir contre son territoire des rêves le fit basculer. Sa canne rebondit avec fracas sur le béton. Je me relevai tant bien que mal. Ma figure m'élançait, mes côtes me brûlaient, et mon œil droit n'y voyait plus guère. Je posai les mains sur mes genoux, inspirant par le nez. Je n'avais jamais imaginé que Jax puisse être aussi brutal.

Un cri aigu attira mon attention. Près de l'une des fontaines, Nadine avait abandonné le combat spirituel pour plaquer Amelia au sol. Je tirai la seringue de ma veste, en retirai le capuchon de mes doigts ensanglantés et m'enfonçai l'aiguille dans le poignet. Après quelques secondes, la douleur avait presque disparu. Ma vision n'allait pas mieux, mais ça n'était pas très handicapant. Tant que mon œil gauche fonctionnait…

La visée laser d'un pistolet m'illumina la poitrine. Ils avaient du poster des snipers dans les bâtiments voisins.

Il existait forcément un moyen d'éviter le pire.

Ayant recouvré mes forces, je courus vers la fontaine, où Amelia se débattait vainement. Même si je rêvais de voir Nadine l'emporter, je ne pouvais pas laisser un autre humain mourir sans réagir. Je l'attrapai donc par la taille et plongeai avec elle dans l'eau. Celle-ci prit une teinte rouge, quand l'indicateur de sécurité changea. Nadine refit surface une demi-seconde après moi. Elle serrait les dents, et tous les muscles de son cou étaient bandés. Je reculai.

— Retire ton masque, salope, m'aboya-t-elle.

Je braquai sur elle mon pistolet à flux.

Elle commença à me tourner autour. Elle ouvrit son manteau et en sortit un couteau. Elle avait toujours préféré l'acier aux esprits.

Je sentais mon cœur palpiter jusqu'au bout de mes doigts. Nadine manquait rarement sa cible, et mon gilet de protection n'était pas intégral : si elle m'atteignait au-dessus de la poitrine, j'étais morte. David fit son apparition à cet instant-là. Alors que Nadine s'apprêtait à lancer son couteau, il l'atteignit pile entre les omoplates à l'aide d'une fléchette de flux. Elle écarquilla les yeux. Elle tituba, chancela, et passa par-dessus le rebord de la fontaine. Il la tira hors de l'eau et lui prit la tête entre ses mains. Nous avions reçu l'ordre de ne pas tuer, mais, dans le feu de l'action, il semblait l'avoir oublié. Quelle importance pouvait avoir une chuchoteuse ?

Je ne pris pas le temps de la réflexion : je propulsai mon esprit. Zeke ne me pardonnerait jamais d'avoir laissé sa sœur mourir. Il était temps de sauter en rafale.

J'allai trop loin. Durant la seconde que je passai dans la tête de David, je lui fis retirer ses mains de Nadine. La seconde suivante, j'étais de retour dans mon corps et me précipitais vers lui. Je le percutai de tout mon poids et nous roulâmes ensemble sur le sol.

Ma vision s'obscurcit. Je venais de posséder David. Seulement le temps d'un battement de cœur, mais j'avais bougé son bras.

J'avais finalement réussi à prendre le contrôle d'un humain.

David se posa les paumes sur les tempes. Je n'avais pas été très délicate. Je me relevai avec peine, aveuglée par une pluie d'étoiles blanches. Antoinette et Situla avaient toutes deux disparu.

Je laissai Nadine près de David et m'éloignai de la fontaine en courant, les vêtements trempés. Je grimpai sur un lion pour disposer d'une vue d'ensemble. Les deux groupes s'étaient déployés sur la place. Zeke n'était pas un combattant, et il avait sagement abandonné le navire – *foutus esprits de marins* – en voyant le gouverneur fondre sur lui. Il avait enfilé son passe-montagne et se retrouvait désormais au corps à corps avec Amelia. Un peu plus loin, Arcturus s'intéressait à Nick, qui avait étourdi Carl à l'aide d'une meute d'esprits. Je crus que mon cœur allait cesser de battre tandis que je les observais. Mon gardien face à mon meilleur ami. Je me laissai retomber sur le sol, en proie à une peur atroce. Je devais aider Nick : le gouverneur pouvait le tuer...

Puis Eliza se matérialisa devant moi, dans une rage folle. Des esprits fondaient sur moi depuis toutes les directions. Ils prenaient toujours le parti des médiums. Trois marins français firent irruption dans mon territoire des rêves. Je vacillai, aveuglée par leurs souvenirs : les vagues gigantesques, les détonations des mousquets, le feu dévorant le pont du *Achille*, des hurlements, le chaos ambiant... Puis Eliza me bouscula, et je tombai. J'érigeai toutes mes protections mentales pour essayer de repousser mes assaillants.

L'espace d'un instant, je fus comme paralysée. Eliza me clouait au sol en m'enfonçant les deux genoux dans le dos, les pieds sur mes épaules.

— Restez dedans, les gars !

Mon territoire des rêves prenait l'eau de toute part. Des boulets de canon le lacéraient. Des mâts enflammés s'écroulaient sous mes yeux. Eliza fit mine de m'arracher mon masque.

Non, non ! Elle ne devait pas me voir ! La DVN l'abattrait. Dans un effort surhumain, je repoussai les esprits et pliai le genou pour lui balancer un coup de botte en pleine mâchoire. Elle laissa échapper un grognement de douleur. Une pointe de culpabilité me serra l'estomac. Je me retournai, et Jax me désarma d'un puissant coup de canne.

— Tiens, tiens. Une marcheuse en uniforme, dit-il doucement. Où t'ont-ils débusquée ? Où te planquais-tu ? (Il se pencha vers moi et plongea ses yeux dans les miens.) Tu ne peux pas être ma Paige. (Malgré mes muscles bandés, sa canne me repoussa le bras.) Alors qui es-tu ?

Avant que j'aie eu le temps de réagir, Jax fut repoussé par une horde d'esprits imposante, trop pour avoir été invoquée par un humain. Le gouverneur. Je me levai, tâchai de récupérer mon arme, mais Jax agitait son bâton à l'aveuglette. L'instinct me fit tourner la tête vers la gauche. Trop tard. Mon oreille se mit à brûler, une douleur claire et aiguë. *Une lame.* Je refermai la main sur la crosse de mon flingue, mais un nouveau coup de canne me fit lâcher prise. La canne-épée s'abattit alors sur mon bras, taillant dans ma veste avant de s'enfoncer dans ma chair. Un cri muet s'étouffa dans ma gorge. Une douleur fulgurante me remonta jusqu'à l'épaule.

— Allez, marcheuse, sers-toi de ton esprit ! (Jaxon me menaçait de sa lame en riant.) Sers-toi de ta douleur. Oublie tes blessures.

Amelia propulsa à son tour des esprits sur lui. Je lui avais sauvé les fesses ; à présent, elle me rendait la pareille. Nick fit feu sur elle, mais elle s'abrita derrière un lion. Zeke gisait sur le sol, immobile. *Ne sois pas mort,* songeai-je. *Je t'en prie, ne sois pas mort.*

Un éclair de cheveux roux. Antoinette était de retour. Son chapeau s'était envolé, ce qui n'avait rien d'étonnant : elle était dans une sorte de transe guerrière. Ses yeux étaient écarquillés, ses narines dilatées, son esprit en ébullition. Il brûlait si fort qu'il ridiculisait les réverbères bleus de la citadelle, destinés pourtant à apaiser une âme enfiévrée. Des poings, des jambes et des esprits tombèrent en grêle sur Situla, sans jamais lui laisser placer un coup de lame. Celle-ci réagit en balançant un fantôme sur son agresseuse. Antoinette l'esquiva en sautillant.

Puis, sans prévenir, elle s'enfuit à grandes enjambées. Le gouverneur la repéra qui se frayait un chemin en écartant la foule terrorisée.

— Arrête-la ! cria-t-il.

Il s'adressait à moi. Je m'élançai à sa poursuite. Je tenais ma chance de disparaître.

Un Vigile me laissa passer en avisant mon uniforme, mais ceintura une amaurotique. Un homme tira sur ma veste – un chuchoteur –, mais j'allais trop vite pour lui et il me lâcha aussitôt. Mon esprit naviguait à la vitesse de l'éclair. Antoinette se dirigeait droit vers l'Archonterie de Westminster. Elle était dingue de courir dans cette direction, mais ses motivations m'importaient peu : elle m'offrait là une occasion en or. Il y avait une station de métro juste en face de l'Archonterie. Elle regorgeait de gardes souterrains, mais également de voyageurs. Sans mon masque et ma veste, je pourrais aisément franchir les barrières et me fondre dans la masse. Les piliers extérieurs me protégeraient de la DVN, et Green Park n'était qu'à un arrêt. De là, je pourrais sans mal rejoindre les Cadrans. Si cela ne fonctionnait pas, j'opterais pour la Tamise. Je nagerais. Je ferais n'importe quoi pour m'enfuir.

J'en étais capable. *Capable.*

Mes jambes s'activaient. La douleur dans mon bras était atroce, mais je ne pouvais pas m'arrêter. La transe d'Antoinette semblait avoir décuplé sa vitesse. Aucun être humain ne pouvait courir à une allure pareille, pas à moins d'être guidé par des esprits. J'essayais de garder leur aura dans ma ligne de mire tout en sinuant entre les troupeaux de piétons et de véhicules.

Un taxi pila devant Antoinette. Situla et elle se séparèrent, l'une passant devant et l'autre derrière, plongeant au cœur d'une masse de civils. Je pris le chemin le plus direct : sans ralentir ma course, je grimpai sur le capot puis le toit de la voiture, me laissant glisser de l'autre côté. Antoinette fendait la foule. Quelques secondes derrière, Situla transperçait les obstacles humains. Plusieurs hurlèrent. L'un d'eux mourut. Je ne pouvais pas m'arrêter. Si je relâchais mon effort ne fût-ce qu'un instant, Antoinette et Situla se retrouveraient hors de portée. Finalement, alors que je croyais mes poumons sur le point d'exploser, nous atteignîmes l'extrémité de Whitehall.

Nous nous trouvions en plein centre de la citadelle, selon les cartes. Cohorte I, secteur 1. Les voyants fuyaient cette zone comme la peste. Je levai les yeux vers l'Archonterie, les doigts dégoulinants de sang. Le cadran de l'horloge luisait d'un rouge écarlate, sur lequel se dessinaient les formes noires des aiguilles et des chiffres. C'était là que dansaient les marionnettes de Frank Weaver. Si je m'étais trouvée dans une situation moins périlleuse, j'aurais adoré prendre le temps de laisser un graffiti bien senti sur la façade.

Je courus vers l'Archinster. Situla était juste devant moi. Quand elle atteignit le pont, Antoinette se retourna pour lui faire face. Sa peau semblait tendue sur ses os, telle une fine couche de peinture, et ses lèvres blêmes étaient retroussées.

— Tu es cernée, oracle, lui lança Situla en faisant un pas vers elle. Rends-toi.

— Ne m'appelle pas oracle, créature. (Antoinette leva la main.) Tu vas découvrir ma véritable nature.

L'air givra. Situla resta indifférente à la menace ; elle n'avait rien à craindre d'une simple humaine. Elle s'élança vers sa proie, mais avant qu'elle puisse tenter quoi que ce soit, elle décolla du sol et fut projetée en arrière, presque par-dessus le bastingage. Je sursautai. Un esprit. Une intruse. J'examinai l'éther pour tenter de l'identifier. Il s'agissait d'une sorte d'ange gardien, particulièrement vieux et puissant.

Un archange. Un ange resté auprès d'une même famille pendant plusieurs générations, même après la mort de la personne qu'il avait sauvée. Ils étaient quasiment impossibles à exorciser. La mélopée ne le repousserait pas longtemps.

Situla recouvra l'équilibre.

— Ne bouge plus. (Elle avança de nouveau.) Voyons ce que tu es vraiment.

Elle héla un esprit errant, puis un autre, et un troisième, jusqu'à disposer de toute une horde tremblotante. Antoinette gardait la main tendue, mais son visage se contorsionna quand Situla commença à se nourrir sur elle. Ses prunelles adoptèrent une terrible teinte vermillon. Pendant une seconde, je crus qu'Antoinette allait tomber. Une goutte de sang coula de son œil gauche. Elle se fendit alors d'un geste sec en direction de Situla, et l'archange bondit vers elle. La horde s'élança à sa rencontre. Quand l'éther explosa, je me remis à courir.

La plupart des Vigiles étaient dotés. Ils seraient distraits par la collision entre les esprits. Ils ne me verraient pas, ne pourraient pas me voir. Il *fallait* que je retourne aux Cadrans. Je sprintai vers la station I-1A.

Sous mes bottes, la passerelle vrombissait d'énergie. Je ne ralentis pas. J'apercevais de l'autre côté de la rue les panneaux signalant l'entrée du métro. Je me dépouillai de ma veste et de mon gilet. Cela me permettrait d'aller plus vite et, dès que j'aurais retiré ce fichu masque, je n'aurais plus l'air d'une veste rouge. Juste d'une fille avec un haut rouge. J'examinai les bâtiments, repérant les meilleures prises. Si pour une raison ou pour une autre je ne pouvais pas descendre dans la station, j'allais devoir me tirer de là par la voie des airs. Si je parvenais à atteindre les toits, je serais sauvée.

Puis je pris conscience d'autre chose.

La douleur.

Je ne m'arrêtai pas, bien qu'ayant de plus en plus de mal à courir. La blessure ne devait pas être bien grave. L'archange ne m'avait pas approchée. Il ne s'intéressait qu'à Situla ; c'était elle, la menace. J'avais dû me déchirer un muscle.

Une chaleur gluante naquit alors sous mes côtes. Quand je baissais les yeux, mon chemisier adoptait une teinte de rouge différente ; je remarquai un petit trou rond au-dessus de ma hanche.

Ils m'avaient tiré dessus. Comme ils avaient tiré sur les étudiants irlandais.

Je devais poursuivre ma course. Je m'élançai donc vers la rue, où la circulation était dense, comme toujours sur les quais. *Allez, Paige. Cours.* Nick pourrait me rafistoler. Pour cela, il suffisait que j'atteigne les Cadrans. Je distinguais l'entrée de la station, désormais. Je me forçai à avancer encore, mais la douleur s'intensifiait et je n'arrivais plus à prendre appui sur mon côté droit. Mes foulées irrégulières s'étaient muées en un véritable boitement. Il y avait des piliers devant la bouche de métro. Si j'arrivais jusque-là, je pourrais étancher le sang et disparaître.

Profitant du passage d'un bus pour demeurer invisible, je traversai la rue et me réfugiai derrière la première colonne venue. J'étais à bout de forces. Je voulais avancer encore, mais une douleur aiguë explosa au-dessus de ma blessure. Mes genoux se dérobèrent.

La mort fondit sur moi en un rien de temps. Comme si elle avait attendu cet instant depuis des années. Le monde physique se transforma en une brume légère. Des lumières clignotaient. Les bruits du combat étaient toujours perceptibles, mais ils se trouvaient désormais dans l'éther, plus dans la rue.

Tant pis pour la marcherêve.

Il ne me restait plus beaucoup de temps. Ils n'hésiteraient pas à me tirer de nouveau dessus. Je me traînai hors de vue de l'entrée de la station, où les usagers tentaient vainement de déterminer l'origine du raffut. Je me roulai en boule contre un mur. Du sang jaillissait de la petite blessure au rythme de mes pulsations cardiaques. Je plaquai dessus mes mains tremblantes. Mes lèvres s'étendirent, comme pour se décoller.

Je n'atteindrais jamais les Cadrans. Même si j'arrivais à prendre place dans une rame, ils me cueilleraient à l'arrivée. Le sang sur mes mains me trahirait.

Au moins, je ne serais pas morte à Sheol I. Je ne l'aurais pas supporté. Ici, Nashira ne pouvait pas m'atteindre.

Puis quelqu'un m'attrapa par le bras. Je perçus d'abord son odeur de camphre.

Nick.

Il ne m'avait pas reconnue. C'était impossible. Il me redressa le menton, exposant ma gorge à son canif.

— Sale traîtresse.

Nick. Ma plaie m'élançait. J'avais la manche imbibée de sang.

— Montre-moi ton visage, reprit-il. (Il était plus calme, à présent, comme pris de regrets.) Quoi que tu sois, tu es une voyante. Une sauteuse. Tu t'en souviendras peut-être, en voyant la dernière lumière.

Il m'ôta lentement mon masque. Quand il découvrit mes traits, quelque chose en lui se brisa.

— Paige, s'étrangla-t-il. Paige, oh non – *förlåt mig*... (Il plaqua ses paumes sur ma cage thoracique, pour tenter d'endiguer l'hémorragie.) Je suis désolé, désolé. Je croyais... Jaxon voulait...

Bien sûr. Jaxon avait voulu capturer la marcherêve. C'était Nick qui m'avait tiré dessus, pas Scion.

— Qu'est-ce qu'ils t'ont fait ? me demanda-t-il d'une voix tremblante.

J'étais dévastée de le voir si malheureux.

— Tu vas t'en remettre, je te le promets. Paige, regarde-moi. Regarde-moi !

J'avais de plus en plus de mal à me concentrer sur quoi que ce soit. Mes paupières étaient tellement lourdes. Je portai les doigts à sa chemise. Il serra ma tête contre son torse.

— Ça va aller, mon ange. Où t'ont-ils emmenée ?

Je secouai la tête. Nick caressa mes cheveux poisseux de sueur. C'était apaisant. J'avais envie de rester. Je ne voulais pas qu'ils me ramènent là-bas.

— Paige, ne t'avise pas de fermer les yeux. Dis-moi où ces salopards t'ont emmenée.

Je secouai de nouveau le chef, incapable de lui répondre, pas sans ma voix.

— Allez, *sötnos*. Tu dois me le dire. Pour que je puisse te retrouver, comme la première fois. Tu te rappelles ?

Je devais le lui révéler. Il fallait qu'il le sache. Je ne pouvais pas mourir sans lui avoir répondu. Je devais sauver les autres voyants prisonniers dans cette cité perdue. Mais désormais, je ne distinguais plus qu'une silhouette, le contour d'un homme. Pas d'un homme.

D'un réphaïte.

Mes doigts étaient couverts de sang. Je les tendis vers le mur et y traçai les trois premières lettres. Nick les observa.

— Oxford, comprit-il. Ils t'ont emmenée à *Oxford* ?

Je laissai retomber ma main. L'homme sans visage avançait à travers les ténèbres. Nick leva la tête.

— Non. (Ses muscles se contractèrent.) Je t'emmène à la maison, décréta-t-il en me soulevant. Je ne les laisserai pas te reprendre.

Il dégaina un pistolet. J'enroulai mon bras autour de son cou. Je voulais qu'il essaie de fuir, de me sauver d'un nouveau champ de coquelicots – mais il mourrait, si je le laissais faire. Nous mourrions tous les deux. L'ombre suivrait nos traces jusqu'aux Cadrans. Je tirai sur sa chemise en secouant la tête, mais il ne comprit pas le message. L'ombre se dressa subitement devant nous. Nick serra son arme à s'en faire pâlir les jointures, et il pressa la détente. Une fois, deux fois. Je criai derrière mes lèvres scellées. *Cours, Nick !* Il ne pouvait pas comprendre, ne pouvait pas savoir. Son flingue lui échappa et tout le sang se draina de son visage. Une main gantée démesurée se referma autour de son cou. Je rassemblai mes dernières forces pour tenter de lui faire lâcher prise.

— Elle vient avec moi.

C'était le gouverneur. Il avait l'air démoniaque.

— Fuis, oracle.

La vie me quittait. J'entendis le cœur de Nick battre contre mon oreille, sentis ses doigts se resserrer dans mon dos. La lumière s'éteignit. La mort était venue.

22

Triple imbécile

Le temps devint alors une succession d'instants parsemés de blancs. Parfois, il y avait des lumières. Parfois, des voix. J'eus un moment le sentiment de me trouver dans une voiture, de subir une sorte de mouvement de balancement continu.

J'eus conscience qu'on déchirait ma chemise. Je voulus repousser les mains importunes, mais mon corps s'y opposa. Je reconnus la brume épaisse liée aux drogues. Puis je me retrouvai dans le lit du gouverneur, allongée sur le côté gauche. Mes cheveux étaient trempés. Le moindre centimètre carré de mon squelette semblait rompu.

— Paige ?

J'entendis la voix comme depuis sous l'eau. J'émis un faible son, entre le sanglot et le râle. J'avais la poitrine en feu. Et le bras. *Nick.* Je me tendis aveuglément vers l'éther.

— Michael, vite. (Une main saisit la mienne.) Tiens bon, Paige.

Je sombrai de nouveau. Quand je me réveillai, je me sentis aussi lourde, cotonneuse et informe qu'une couette. Mon bras droit était essentiellement gourd. Chaque inspiration me faisait souffrir, mais, au moins, je parvenais à ouvrir la bouche. Mon torse se gonfla.

Je me redressai sur le coude, basculant sur la gauche, et fis courir ma langue sur mes dents. Toutes étaient là, et entières.

Le gouverneur était dans son fauteuil, le regard rivé sur son gramophone. J'eus soudain l'envie de briser ce maudit appareil. Les voix qui en émanaient n'avaient aucun droit d'être aussi enjouées. Quand Arcturus me vit bouger, il se leva.

— Paige.

Le voir ainsi me déclencha une pulsation éprouvante dans la poitrine. Je me redressai contre la tête de lit, me souvenant de son air cruel dans la pénombre.

— Vous l'avez tué ? (J'essuyai la sueur qui perlait sur ma lèvre supérieure.) L'oracle ? Est-ce que vous l'avez tué ?

— Non. Il est vivant.

Lentement, sans me quitter des yeux, il m'aida à m'asseoir correctement. Je sentis alors l'intraveineuse enfoncée dans ma main.

— J'y vois mal.

Ma voix était rauque, mais au moins arrivais-je à parler.

— Tu souffres d'un hématome périorbitaire.

— Quoi ?

— Un œil au beurre noir.

Je caressai délicatement la peau douce du haut de ma joue. Jax ne m'avait vraiment pas loupée. Toute la moitié droite de ma figure était enflée.

— Et donc, constatai-je, nous sommes rentrés.

— Tu as essayé de t'enfuir.

— Bien sûr que oui. (Je fus incapable de dissimuler mon amertume.) Vous pensez vraiment que je meurs d'envie de croupir ici et de hanter Nashira jusqu'à la fin des temps ?

Le gouverneur me toisa sévèrement. Une boule se logea au fond de ma gorge.

— Pourquoi ne m'avez-vous pas laissée rentrer chez moi ?

Un léger éclat vert s'estompait dans ses yeux. Il avait dû se nourrir sur Eliza.

— J'ai mes raisons, commenta-t-il simplement.

— Toujours la même excuse.

Il resta muet pendant un long moment. Quand il reprit la parole, ce ne fut pas pour m'expliquer pourquoi il m'avait traînée jusqu'ici.

— Tu souffres d'un nombre impressionnant de blessures. (Il me cala des oreillers derrière le dos.) Jaxon Hall est bien plus impitoyable que nous l'avions imaginé.

— Faites-moi la liste.

— Un œil poché, deux côtes fêlées, une lèvre éclatée, une oreille déchirée, plusieurs contusions, une coupure sur le bras droit, une blessure par balle au torse. J'ai du mal à croire que tu aies réussi à traverser cette passerelle après cette première série de bobos.

— L'adrénaline, expliquai-je. Vous avez été blessé ?

— Une simple égratignure.

— Alors je suis la seule à avoir servi de punching-ball.

— Tu as affronté un groupe de clairvoyants extrêmement puissants, et tu as survécu, Paige. Il n'y a aucune honte à être forte.

J'en ressentais pourtant : j'avais été surclassée par Eliza, touchée par Nick, et dérouillée par Jax. Ça n'était pas une définition très flatteuse du mot *forte*. Le gouverneur porta un verre d'eau à mes lèvres. Je bus à contrecœur.

— Est-ce que Nashira est au courant que j'ai essayé de m'échapper ?

— Oh, oui.

— Qu'est-ce qu'elle va me faire ?

— Ta tunique rouge a immédiatement été révoquée. (Il posa le verre sur la table de chevet.) Tu es une veste jaune, désormais.

La couleur des pleutres. Je partis d'un rire acerbe qui me déchira les côtes.

— Peu m'importe la tunique dont elle m'affuble. Veste rouge ou non, elle voudra toujours ma mort. (Mes épaules se mirent à trembler.) Emmenez-moi devant elle, qu'on en finisse.

— Tu es fatiguée et blessée, Paige. Tu verras peut-être les choses d'un autre œil quand tu iras mieux.

— Vraiment ?

— Tu pourras sortir du lit dès demain, si tu veux.

Je fronçai brièvement les sourcils, m'interrompant quand chaque muscle de mon visage protesta.

— Demain ?

— J'ai demandé au chauffeur d'aller chercher de la scimorphine et des anti-inflammatoires chez SciSORS avant que nous quittions Londres. Tu auras recouvré cent pour cent de tes capacités d'ici deux jours.

De la scimorphine. Un produit au prix exorbitant.

— Avez-vous vu mon père, chez SciSORS ?

— Je n'y suis pas entré moi-même. Seule une poignée de politiciens de l'Archonterie connaît notre existence.

Il examina ma perfusion. Ses doigts, toujours dans leur enveloppe de cuir, s'assurèrent que le dispositif était bien collé à ma peau.

— Pourquoi portez-vous ces gants ? (Un brusque accès de rage m'emporta.) Les humains sont-ils trop sales pour vous ?

— C'est elle qui établit les règles.

Je m'empourprai sous mes hématomes. Même si je le détestais, il avait dû passer des heures à mon chevet.

— Qu'est-il arrivé aux autres ? m'enquis-je.

— 1 et 12 sont sains et saufs. Situla a été salement amochée, mais elle s'en est remise. (Il marqua une pause.) 30 est morte.

— Morte ? Comment ?

— Noyée. Nous l'avons retrouvée dans la fontaine.

Cette nouvelle me glaça l'échine. Je ne l'appréciais pas particulièrement, mais elle ne méritait pas de mourir. Je me demandai quel membre du groupe était responsable de son sort.

— Et Carter ?

— Elle s'est échappée. Un véhicule l'a récupérée près du pont avant qu'elle puisse être appréhendée.

Au moins, elle avait réussi à s'enfuir. J'ignorais précisément quel pouvoir elle possédait, mais mieux valait que Nashira ne mette jamais la main dessus.

— Et les Sceaux ?

— Échappés également. Je n'avais jamais vu Nashira si furieuse.

Une vague de soulagement m'emporta. Ils allaient bien. Le gang connaissait bien le I-4, et en maîtrisait les moindres coins et recoins. Ils n'auraient eu aucun mal à disparaître, même si Nadine et Zeke étaient blessés. Tous les voyants du secteur en répondaient à Jax. Ses messagers les auraient mis à l'abri. Je me retournai vers le gouverneur.

— Vous m'avez sauvée.

Il me gratifia d'un rapide coup d'œil.

— Oui.

— Si vous avez levé le petit doigt contre l'oracle…

— Je ne l'ai pas touché. Je l'ai laissé partir.

— Pourquoi ?

— Parce que je savais que c'était ton ami. (Il s'assit sur le bord du lit.) Je suis au courant, Paige. Je sais que tu es le Sceau manquant. Seul un imbécile ne l'aurait pas deviné.

Je soutins son regard.

— Allez-vous le répéter à Nashira ?

Il me considéra pendant un très, très long moment. Sans doute les plus longues secondes de ma vie.

— Non, déclara-t-il enfin, mais elle n'est pas idiote. Elle te soupçonne depuis le début. Elle finira par s'en convaincre totalement.

Mon ventre se noua. Le gouverneur se leva et s'approcha du feu.

— Il y a eu des complications. (Il scruta les flammes.) Toi et moi nous sommes sauvés mutuellement de la première mort. Nous voilà liés l'un à l'autre par une dette de sang. Cela n'est pas sans conséquence.

— Une dette de sang ? (Je me remuai les méninges malgré les derniers vestiges de morphine qui corrompaient ma réflexion.) Quand est-ce que je vous ai sauvé la vie ?

— À trois reprises. Tu as pansé mes blessures, ce qui m'a permis de gagner suffisamment de temps pour aller chercher de l'aide la première nuit. Puis tu m'as donné ton sang, ce qui m'a empêché de contracter la semi-pulsion. Et enfin, quand Nashira t'a convoquée à sa table, tu m'as protégé. Si tu lui avais dit la vérité, j'aurais été exécuté. J'ai commis de nombreux crimes de chair, passibles de mort.

J'ignorais la signification exacte de *crimes de chair*, mais ne m'en enquis pas.

— Et vous venez de me sauver la vie.

— Je l'ai fait également à plusieurs reprises.

— Quand ça ?

— Je préfère ne pas divulguer cette information. Mais crois-moi : plus de trois fois. En tout état de cause, toi et moi ne sommes plus seulement gardien et élève, ni maître et esclave.

Je me surpris à secouer la tête.

— Quoi, alors ?

Il posa un bras sur le manteau de cheminée, sans détourner le regard de l'âtre.

— L'éther a apposé sa marque sur chacun de nous. Il a validé notre tendance à nous entre-protéger, et nous sommes désormais contraints de le faire en permanence. Nous voilà reliés par un cordon doré.

Son ton solennel me donna envie d'éclater de rire, mais j'avais le sentiment qu'il ne plaisantait pas. Les réph ne blaguaient jamais.

— Un cordon doré.

— Oui.

— Y a-t-il le moindre rapport avec le cordon argenté ?

— Bien sûr. J'avais oublié. J'imagine que oui. Cependant, un cordon argenté est personnel, propre à chacun. Un cordon doré relie deux esprits.

— Mais en quoi ça consiste, au juste ?

— Je ne le sais pas vraiment moi-même. (Il vida le contenu de sa fiole dans un verre.) Si j'ai bien compris, le cordon doré est une sorte de septième sens, qui se crée lorsque deux esprits se sauvent mutuellement au moins trois fois de la première mort. (Il avala une gorgée de son breuvage.) Toi et moi serons à jamais liés, désormais. Où que tu te trouves, je pourrai te retrouver. En passant par l'éther. (Il marqua une pause.) Toujours.

Il ne me fallut que quelques secondes pour comprendre ce que ces paroles impliquaient.

— Non, répliquai-je. Non, c'est… c'est impossible. (Comme il continuait à siroter son amarante, je haussai le ton.) Prouvez-le. Prouvez-moi que ce « cordon doré » existe bien.

— Si tu y tiens. (Le gouverneur posa son verre sur la tablette de cheminée.) Imaginons un instant que nous soyons de retour à Londres. Il fait nuit, et tu es sur la passerelle. Cette fois-ci, cependant, c'est moi qui me suis fait tirer dessus. Je t'appelle à l'aide.

J'attendis.

— C'est abs…, commençai-je avant de ressentir quelque chose.

Un léger vrombissement dans mes os, la plus infime vibration. Ma peau fut instantanément couverte de chair de poule. Trois mots se formèrent subitement dans mon esprit : *Passerelle, au secours.*

— Passerelle, au secours, répétai-je doucement. Non.

C'en était trop. Je me retournai vers le feu. À présent, il disposait de sa propre clochette psychologique pour me convoquer. Une minute plus tard, la surprise se mua en colère. Je fus tentée de renverser chacune de ses fioles, de lui décocher un coup de poing en pleine figure... j'étais prête à tout pour ne pas partager ce lien avec lui. S'il pouvait me traquer dans l'éther, je ne pourrais jamais me débarrasser de lui.

Et c'était ma faute. Mon châtiment pour l'avoir sauvé.

— Je ne sais pas quels autres effets cela peut avoir sur nous, reprit le gouverneur. Tu peux peut-être puiser du pouvoir en moi.

— Je ne veux pas de votre pouvoir. Débarrassez-vous-en. Brisez-le.

— Il ne suffit pas d'un mot pour rompre un lien de l'éther.

— Vous avez su me contacter, rétorquai-je d'une voix chevrotante. Vous devez savoir y mettre un terme.

— Ce cordon est une énigme, Paige. Je n'en ai pas la moindre idée.

— Vous l'avez fait exprès. (Je m'éloignai de lui, écœurée.) Vous m'avez sauvé la vie pour créer ce cordon. Pas vrai ?

— Comment aurais-je pu manigancer une chose pareille, alors que je ne pouvais pas me douter que tu accepterais de me venir en aide à ton tour ? Tu détestes les réphaïm. Pourquoi essayer d'en sauver un ?

Bonne question.

— Vous ne pouvez pas me reprocher d'être légèrement parano, arguai-je.

Je m'enfouis la tête dans les mains. Il revint s'asseoir près de moi. Il eut la bonne idée de ne pas me toucher.

— Paige, tu n'as pas peur de moi. Je crois que tu me hais, mais que tu ne me crains pas. Et pourtant, ce cordon te terrifie.

— Vous êtes un réphaïte.

— Et tu me juges en tant que tel. Et en tant que fiancé de Nashira.

— Elle est diabolique et assoiffée de sang. Et pourtant, vous l'avez choisie.

— Tu le penses vraiment ?

— En tout cas, vous y avez consenti.

— Les Sargas élisent leurs compagnons. Nous autres ne jouissons pas d'un tel privilège. (Sa voix n'était plus qu'un grognement.) Si tu veux tout savoir, je la déteste. Le simple fait de l'entendre respirer me donne la nausée.

Je scrutai son visage, tentant de déceler la moindre trace de mensonge. Son air était sombre, comme empreint de regrets. Il soutint mon regard, et je détournai la tête.

— Je vois, dis-je.

— Tu ne vois rien du tout. Tu n'as jamais rien vu.

Il pivota le chef. Je patientai. Ne le voyant pas bouger, je rompis le silence.

— J'aimerais bien.

— Je ne sais pas si je peux me fier à toi. (La lueur s'éteignit dans ses prunelles.) Je pense que tu es quelqu'un de confiance. Tu es manifestement fidèle à ceux qui comptent pour toi. Il serait regrettable de partager un cordon doré avec quelqu'un de douteux n'ayant pas foi en moi.

Ainsi donc, il voulait se fier à moi. Et me demandait d'en faire autant. Un échange. Une trêve. Je pouvais lui demander ce que je voulais, désormais ; n'importe quoi, et il s'exécuterait.

— Laissez-moi pénétrer dans votre territoire des rêves, déclarai-je.

Il eut le mérite de ne pas paraître surpris.

— Tu voudrais voir mon territoire…

— Pas seulement le voir. L'arpenter. Si je savais ce que vous avez en tête, je parviendrais peut-être plus facilement à vous croire.

Et j'avais très envie de visiter un territoire des rêves réphaïte. Il devait bien y avoir une chose digne d'être découverte derrière ce blindage.

— Cela serait une grande preuve de confiance de ma part. Je n'aurais aucune garantie quant au fait que tu n'essaierais pas de jouer avec ma santé mentale.

— Exactement.

Il sembla retourner cette idée dans sa tête.

— Très bien, consentit-il.

— Vraiment ?

— Si tu t'en sens capable, oui. (Il pivota face à moi.) La morphine ne risque-t-elle pas d'avoir affecté ton talent ?

— Non. (Je m'installai confortablement.) Mais je pourrais vous faire mal.

— Je m'en remettrai.

— J'ai déjà tué des gens de cette manière.

— Je sais.

— Qu'est-ce qui vous fait croire que je ne vous tuerai pas aussi ?

— Rien du tout. C'est un risque à courir.

Je m'efforçai de masquer ma réaction. Je disposais d'une chance unique de le briser, d'écraser son territoire des rêves comme une mouche contre un mur.

Et pourtant, j'étais curieuse, et plus que ça. Je n'avais jamais véritablement visité d'autre territoire – je n'en avais eu que des aperçus, des flashs à travers l'éther. Mais le jardin iridescent du papillon… je voulais revivre ça. Je voulais être *en immersion*. Et voilà que le gouverneur m'offrait son territoire comme terrain de jeu.

Il serait fascinant d'en découvrir un qui ait eu des milliers d'années pour se développer. Et après sa confession spontanée au sujet de Nashira, je voulais en apprendre plus sur son passé. Je voulais savoir à quoi Arcturus Mesarthim ressemblait de l'intérieur.

— OK, dis-je.

Il se rapprocha de moi. Son aura effleura la mienne, éveillant mon sixième sens.

Je plongeai les yeux dans les siens. Jaunes. À cette distance, je voyais clairement qu'il n'avait pas de colobome. Il était pourtant forcément doté.

— Combien de temps peux-tu rester ? m'interrogea-t-il.

Sa question me prit au dépourvu.

— Pas longtemps, affirmai-je. Sauf si vous avez un respirateur artificiel sous la main. (Il fronça les sourcils.) Un masque à oxygène, expliquai-je. Cela me permet de rester en vie quand je déserte mon corps.

— Je vois. Et si tu disposes de cet appareil, tu peux rester à « dériver » pendant une longue période ?

— En théorie, oui. Je n'ai jamais essayé dans un territoire des rêves. Juste dans l'éther.

— Pourquoi te font-ils faire ça ?

Nous savions l'un comme l'autre qui désignait ce *ils*. Ma première impulsion fut de ne pas répondre, mais il n'ignorait plus que je travaillais pour Jaxon Hall.

— Parce que ce sont les méthodes de la pègre, répliquai-je. Les seigneurs-mimes s'attendent à ce qu'on les rétribue pour leur protection.

Son aura se modifia.

— Je vois. (Il abaissait ses défenses pour moi, m'ouvrait grand les portes de son esprit.) Je suis prêt.

Je me calai dans mes oreillers. Puis je fermai les paupières, pris une profonde inspiration et me rendis dans mon territoire des rêves.

Le champ de coquelicots semblait l'œuvre d'un pointilliste. Tout se mêlait, ramolli par la morphine circulant dans mon organisme. J'avançai dans les fleurs en direction de l'éther. Quand j'atteignis l'ultime frontière, j'y passai les mains, regardant l'image de mon corps disparaître sous mes yeux. On ne se ressemble dans son territoire des rêves que si notre cerveau nous voit tels que nous sommes. Dès que je franchis ce palier, j'adoptai ma forme d'esprit. Fluide, indistincte. Un miroitement sans visage.

J'avais aperçu le territoire du gouverneur de l'extérieur, et j'en avais encore froid dans le dos. Il ressemblait à une bille noire, à peine perceptible dans les ténèbres silencieuses de l'éther. Quand je l'approchai, une ride vint en onduler la surface. Il abaissa une à une les couches d'armure qu'il avait accumulées au fil des siècles. Je me glissai le long de ces murailles jusqu'à atteindre sa zone hadale. J'étais déjà arrivée jusque-là durant nos séances d'entraînement, mais seulement par des poussées brutales. À présent, je pouvais m'aventurer de l'autre côté. Je me faufilai dans la pénombre décroissante, m'orientant vers le centre de son cerveau.

De la poussière me vola devant les yeux. Alors que je progressais sur ce territoire inconnu, mon corps fictif frissonna. Un silence absolu régnait dans l'esprit du gouverneur. Généralement, les anneaux extérieurs regorgeaient de mirages, d'hallucinations liées aux peurs ou aux regrets de la personne, mais là, il n'y avait rien. Juste du silence.

Le gouverneur m'attendait dans sa zone ensoleillée – ou plutôt éclairée par la lune. Il était couvert de cicatrices, et sa peau était dépouillée de couleurs. Voilà comment il se percevait. Je me demandai comment il me voyait. J'étais dans son territoire des rêves, désormais, je jouais selon ses règles. Je constatai que mes mains étaient identiques, bien que légèrement brillantes. Ma nouvelle forme chimérique. Mais percevait-il mon véritable visage ? Je pouvais avoir mille allures différentes : soumise, folle, naïve, cruelle… J'ignorais totalement ce qu'il pensait de moi, et je ne le découvrirais pas. Il n'y a point de miroirs dans les territoires des rêves. Je ne percevrais jamais la Paige qu'il s'était créée.

J'avançai sur l'étendue de sable nu. Je ne savais pas à quoi m'attendre, mais certainement pas à ça. Le gouverneur inclina la tête.

— Bienvenue dans mon territoire des rêves. Désolé pour le manque de décoration, poursuivit-il en marchant sans but, je n'ai pas l'habitude d'avoir de la visite.

— Il n'y a rien. (Mon souffle formait des volutes de vapeur dans le froid.) Rien du tout.

Je n'exagérais pas.

— Nos territoires des rêves sont les endroits où nous nous sentons le plus en sécurité, déclara-t-il. Peut-être que je me sens bien quand je ne pense à rien.

— Mais je n'ai rien vu non plus dans les zones sombres.

Il ne répondit pas. Je m'enfonçai un peu plus avant dans le brouillard.

— Je ne vois rien du tout. Ce qui semble indiquer que rien ne vous habite. Ni pensées ni conscience. Ni peur. (Je pivotai face à lui.) Est-ce que tous les réphaïm ont un territoire des rêves vide ?

— Je ne suis pas un marcherêve, Paige. Je ne peux qu'imaginer les territoires des autres.

— Qu'êtes-vous, alors ?

— Je peux forcer les gens à rêver leurs souvenirs. Je peux les entremêler, créer une illusion. Je perçois l'éther par le biais des territoires des rêves, et grâce aux herbes à rêve.

— Un onéiromancien. (Je n'arrivais pas à détacher mon regard de son visage.) Vous êtes marchand de chimères.

Jax avait toujours été convaincu de leur existence. Les onéiromanciens. Il les avait catégorisés bien des années plus tôt, après la rédaction du *Des mérites,* mais n'en avait jamais trouvé un pour accréditer son hypothèse : un type de voyant capable de traverser les territoires des rêves, de choisir des souvenirs et de les entrelacer dans ce que les amaurotiques nommaient des rêves.

— Vous m'avez poussée à rêver, dis-je en prenant une grande inspiration. Je n'ai pas arrêté de revivre des souvenirs depuis mon arrivée ici. Comment je suis devenue marcherêve, comment Jaxon m'a recrutée. C'était *vous.* Vous m'avez forcée à rêver de tout cela. C'est comme ça que vous avez su, n'est-ce pas ?

Il soutint mon regard.

— C'était la troisième pilule, admit-il. Elle contient une plante nommée salvia, qui a eu cet effet sur toi. C'est grâce à elle que j'ai accès à l'éther. Mon numen, qui coule dans ton sang. Après plusieurs pilules, j'ai pu accéder librement à tes souvenirs.

— Vous m'avez droguée pour pénétrer dans mon esprit, crachai-je.

— Oui. Tout comme tu surveillais les territoires des rêves pour le compte de Jaxon Hall.

— C'est très différent. Je ne restais pas assise près du feu à *regarder* des souvenirs comme si j'étais au cinéma. (Je m'éloignai de lui d'un pas prudent.) Ces souvenirs m'appartiennent. Ils sont privés. Vous avez même dû… vous avez dû tout voir ! Même mes sentiments pour…

— Nick. Tu l'aimais.

— Fermez-la. Putain, fermez-la.

Il s'exécuta.

Ma forme chimérique commençait à se dissoudre. Avant que je puisse en sortir, je fus projetée hors de son territoire, comme une feuille par grand vent. Quand je repris possession de mon propre corps, je posai les paumes à plat sur sa poitrine et le repoussai sèchement.

— Éloignez-vous de moi.

Mon cœur battait la chamade. Je ne pouvais plus le regarder, ni même me trouver près de lui. Quand je voulus me lever, le compte-gouttes me tira sur la main.

— Je suis désolé, affirma-t-il.

Une fureur subite m'empourpra les joues. Je lui avais offert un doigt de confiance, rien qu'un doigt, et il m'avait dépouillée de tout ce que je possédais. Il m'avait dérobé sept ans de souvenirs. Il m'avait volé Finn. Il m'avait volé Nick.

Il resta planté là une bonne minute. Peut-être s'attendait-il à ce que je reprenne la parole. Je voulais lui hurler dessus à m'en briser la voix, mais je ne pus m'y résoudre. Je voulais qu'il disparaisse. Je demeurai cependant muette, et il finit par tirer les rideaux autour du lit, m'isolant dans une petite cage sombre.

23

Antiquaire

Je restai éveillée pendant des heures. Je l'entendais écrire à son bureau, seulement séparé de moi par le rideau de lit.

Mes yeux et mon nez étaient tout secs, ma gorge serrée comme un poing. Pour la première fois depuis des années, je voulais que tout disparaisse. Que tout redevienne normal, comme quand j'étais petite, avant que l'éther ne me déchire en deux.

Je contemplais le baldaquin. Si intensément que je puisse le désirer, la *norme* n'existait pas. N'avait jamais existé. « Normal » et « naturel » étaient les deux plus gros mensonges jamais inventés. Ah, les humains, avec nos esprits étriqués… En outre, peut-être qu'être normale ne me conviendrait pas non plus.

Je ne commençai à somnoler que lorsqu'il alluma son gramophone. Je n'étais pas restée longtemps dans son territoire des rêves, mais je l'avais fait sans assistance respiratoire. Je glissai dans le sommeil. Le crépitement des voix se mélangea.

Je dus dormir un bon moment, car, à mon réveil, ma perfusion avait disparu et mon avant-bras était plâtré.

La cloche de jour sonna. Sheol I dormait durant la journée, mais visiblement je n'aurais pas cette chance. Je n'avais d'autre choix que de me lever et de l'affronter.

Je le détestais si fort que cela me faisait mal. Je voulais briser le miroir, sentir la glace se fêler sous mes jointures. Je n'aurais jamais dû avaler ces pilules.

Peut-être finalement que c'était semblable à ce que je faisais. Moi aussi, j'espionnais les gens – sans pour autant fouiner dans leur passé. Je ne percevais que l'image qu'ils avaient d'eux-mêmes, pas ce qu'ils étaient réellement. Je voyais des flashs, des contours, l'éclat faiblard d'un territoire des rêves lointain. Pas comme lui. À présent, il savait tout de moi, chacun des détails que j'avais tenté de garder secrets. Il avait toujours su que je faisais partie des Sept Sceaux. Il l'avait su dès la toute première nuit.

Toutefois, il n'en avait rien répété à Nashira. Tout comme il lui avait tu l'histoire du papillon et de la biche, il avait préservé mon identité. Elle avait peut-être deviné que j'appartenais à la pègre, mais elle ne le tenait pas de lui.

J'écartai les rideaux. Les rayons dorés du soleil se déversaient dans la tour, scintillant sur les instruments et les livres. Près de la fenêtre, Michael – l'amaurotique – installait le petit-déjeuner sur une table. Il leva le menton et me sourit.

— Salut, Michael.

Il hocha la tête.

— Où est le gouverneur ?

Il me montra la porte.

— Tu as perdu ta langue ?

Il haussa les épaules. Je m'assis à table. Il poussa vers moi une assiette pleine de crêpes.

— Je n'ai pas faim, déclarai-je. Ce n'est pas comme ça qu'il obtiendra mon pardon. (Michael soupira, me glissa une fourchette entre les doigts, et la planta dans une crêpe.) D'accord, mais si je vomis, tu en seras l'unique responsable.

Michael fit la grimace. Pour lui faire plaisir, je saupoudrai du sucre brun sur ma crêpe.

Il ne cessa de m'épier tout en menant sa petite vie à travers la pièce, refaisant le lit et lissant les rideaux. Ma première bouchée réveilla la faim terrible qui somnolait en moi. Je finis par engloutir la pile entière, ainsi que deux croissants à la confiture de fraises, un bol de céréales, quatre toasts beurrés, une assiette d'œufs brouillés, une pomme bien rouge à la chair blanche et croquante, trois tasses de café et un demi-litre de jus d'orange bien frais. Michael attendit que j'aie le ventre plein pour me tendre une enveloppe en papier kraft.

— Fais-lui confiance.

C'était la première fois que je l'entendais parler. Sa voix n'était guère plus qu'un murmure.

— Tu lui fais confiance, toi ?

Il opina, débarrassa la table et prit congé. Et, même s'il faisait jour, il ne verrouilla pas la porte d'entrée. Je rompis le sceau de cire et dépliai l'épaisse missive qui m'était adressée. Elle était liserée de volutes dorées.

Paige, je suis désolé de t'avoir contrariée. Même si tu m'en veux, sache que je ne cherchais qu'à mieux te comprendre. Tu ne peux pas me reprocher ton refus d'être comprise.

Tu parles d'excuses. Je poursuivis ma lecture :

Il fait encore jour. Rends-toi au Manoir. Tu y trouveras des choses que je ne peux te fournir.

Sois prudente. Si tu te fais prendre, explique aux gardes que tu es venue me chercher un nouveau paquet d'aster.

Ne porte pas de jugements hâtifs, petite rêveuse.

Je froissai la lettre et la jetai dans l'âtre. Rien qu'en écrivant cela, le gouverneur avait fait étalage de la confiance qu'il m'accordait désormais. J'aurais très bien pu l'apporter directement à Nashira. Elle aurait sans mal reconnu son écriture. Néanmoins, je ne voulais pas aider la reine de sang par quelque moyen que ce soit. Je détestais le gouverneur de m'avoir ramenée ici, mais il fallait que je pénètre dans cette Maison.

Je montai à l'étage et enfilai mon nouvel uniforme : la tunique jaune et son gilet à ancre jaune. Un jaune vif et lumineux, visible à des kilomètres. 40 la froussarde. 40 la lâcheuse. D'une certaine manière, ça me plaisait bien. Cela montrait que je m'étais opposée aux ordres de Nashira. Je n'avais jamais voulu être rouge.

Je retournai dans la chambre du gouverneur – lentement, perdue dans mes pensées. Je n'étais toujours pas certaine de vouloir organiser une évasion collective, mais j'avais réellement envie de partir. Il me faudrait des provisions pour le voyage du retour. De la nourriture, de l'eau. Des armes. Ne m'avait-il pas dit que la fleur rouge pouvait leur faire du mal ?

Sa tabatière reposait sur la table, ouverte. Je trouvai à l'intérieur plusieurs extraits de plantes : des brins de laurier, des feuilles de chêne et de sycomore, des baies de gui, de l'aster bleu et blanc, ainsi qu'un sachet de feuilles séchées étiqueté SALVIA DIVINORIUM. Son numen. En dessous, une fiole scellée d'une poudre bleu sombre était fourrée dans un coin. ANEMONE CORONARIA. J'en retirai le bouchon, libérant une odeur âcre. Du pollen de la fleur rouge. Ces petites graines toutes douces pouvaient me sauver la vie. Je refermai la fiole et la cachai dans mon gilet.

Des gardes devaient être de faction devant le Manoir durant la journée, mais je saurais les éviter. J'avais mes méthodes. Et quoi que puisse en penser Nashira Sargas, je n'étais pas une veste jaune. J'étais la Rêveuse pâle.

Et j'entendais le lui prouver.

Je débitai mon mensonge sur l'aster que je devais aller chercher pour mon gardien, et expliquai qu'il fallait voir avec lui s'il y avait le moindre problème. Le nouveau concierge de jour ne semblait guère emballé par l'idée, mais il me jeta presque dehors de force quand il découvrit sur son registre l'identité de mon gardien. Il ne fit pas la moindre remarque au sujet du sac à dos que j'avais sur les épaules. Personne ne voulait prendre le risque de contrarier Arcturus Mesarthim.

Il était étrange de découvrir la ville à la lumière du soleil. J'avais le sentiment que la Broad serait déserte – les bruits et les odeurs habituels frappant par leur absence –, mais j'avais quelque chose à faire avant de me diriger vers le Manoir. Je m'orientai à travers les allées de la Bauge. De l'eau s'immisçait par toutes les fissures, témoignant d'un orage récent. Je trouvai la bonne baraque et écartai le drap loqueteux faisant office de porte. Julian dormait, le bras passé autour des épaules de Liss pour lui tenir chaud. L'aura de cette dernière luisait faiblement, telle une bougie au bout de sa mèche. Je m'accroupis à côté d'eux pour vider mon sac à dos. Je logeai un colis de nourriture dans le creux du bras libre de Julian, afin qu'aucun garde ne puisse le voir en passant la tête, et je les couvris tous deux de couvertures propres et blanches. Je glissai également une boîte d'allumettes dans un tiroir.

Revoir leurs sordides conditions de vie me conforta dans ma démarche. Il leur fallait plus que ce que je pouvais trouver dans la tour du Fondateur. Ils avaient besoin de ce qui se cachait dans le Manoir.

Le choc spirituel était un processus lent. Il fallait se battre pour s'en sortir, se battre de toutes ses forces. Seuls les plus forts en réchappaient. À l'exception de rares et brefs instants de lucidité, Liss n'avait pas repris connaissance depuis la destruction de ses cartes. Si elle ne se remettait pas bientôt, elle perdrait son aura et succomberait à l'amaurose. Son seul espoir était de récupérer un jeu de cartes, même si rien ne garantissait qu'elle saurait établir une connexion avec. En tout cas, je comptais bien retourner le Manoir jusqu'à lui en dégotter un.

Aucun garde ne circulait dans les rues, mais je savais qu'il y avait des guetteurs. Pour plus de sécurité, je grimpai sur un toit et me frayai un chemin par les hauteurs, profitant des saillies et des pilastres pour traverser furtivement la ville. J'assurais au mieux chacune de mes prises, mais je ne progressais pas très rapidement. Mon bras droit était toujours raide comme un piquet, et mon corps perclus de douleurs.

Le Manoir se voyait à des kilomètres. Ses deux flèches pourfendaient la brume. Je me laissai tomber dans une allée non loin : la distance me séparant du prochain mur était trop grande pour être franchie d'un bond. De l'autre côté de ce rempart se trouvait la seule résidence où nul autre que les réphaïm n'était autorisé.

Je fixai le mur pendant un long moment. Le gouverneur était désormais trop impliqué pour me trahir. Pour une raison qui m'échappait encore, il m'offrait son aide ; et pour le bien de Liss, il fallait que je l'accepte. En outre, si je rencontrais le moindre problème, je pourrais toujours le contacter *via* le cordon doré. Si j'arrivais à en saisir le fonctionnement. Et à m'y résoudre. J'escaladai la façade, basculai la jambe par-dessus son faîte, et atterris souplement dans l'herbe haute.

À l'instar de la plupart des résidences, celle-ci avait été érigée autour d'une série de cours. En traversant la première, je commençai à dresser une liste mentale des choses qui me seraient utiles pour franchir le No-Man's-Land. Des armes, pour lutter contre ce qui se tapissait dans les arbres. Une trousse de premiers secours constituerait un plus non négligeable. Si je posais le pied sur une mine, il me faudrait de quoi confectionner un garrot. Ainsi qu'un antiseptique. C'était horrible à imaginer, mais je devais me tenir prête à toute éventualité. De l'adrénaline ferait également un atout précieux : elle me permettrait non seulement d'améliorer mes capacités physiques et d'atténuer la douleur, mais aussi de me ranimer si je venais à quitter mon corps. Davantage de pollen d'anémone ne serait pas non plus inutile, de même que d'autres substances telles que le flux, l'aster, du sel... peut-être même de l'ectoplasme.

Je dépassai plusieurs bâtiments, aucun n'étant adapté à une fouille : ils comportaient bien trop de pièces. Ce ne fut que loin des cours centrales, tout au fond de la résidence, qu'une cible de choix m'attira l'œil : une bâtisse aux larges fenêtres offrant de nombreuses prises. Je franchis un passage voûté pour l'observer de l'autre côté. Du lierre rouge en jalonnait la façade. Je fis le tour complet de la construction, espérant découvrir une fenêtre ouverte. En vain. J'allais devoir y pénétrer par effraction. Peut-être pas... Il y avait bien une lucarne, à peine entrebâillée, au premier étage. Je me hissai sur un muret et, de là, m'accrochai à la gouttière. Le battant était bloqué, mais je parvins à le forcer d'un bras. Je me faufilai alors dans une pièce minuscule, sans doute un placard à balais particulièrement poussiéreux. J'en entrouvris la porte.

Je me retrouvai dans un couloir de pierre. Vide. Cette excursion dans le Manoir ne pouvait pas démarrer sous de meilleurs auspices. Alors que j'examinais chacune des portes, tâchant de deviner ce qui pouvait se cacher derrière, je me figeai subitement. Mon sixième sens avait frémi : deux auras. Derrière la première ouverture sur ma droite. Je m'immobilisai.

— ... ne sais rien ! Pitié...

Il y eut un bruit étouffé. Je plaquai mon oreille contre le battant.

— La reine de sang n'a que faire de tes suppliques. (La voix était masculine.) Nous savons que tu les as vus ensemble.

— Une fois, une seule fois, dans la prairie ! Ils s'entraînaient. Je n'ai rien vu d'autre, je le jure !

Ce timbre était plus haut perché, terrorisé. Je le reconnus immédiatement : celui d'Ivy, la palmiste. Elle s'étouffait presque sur ses mots.

— Pitié, ça suffit, ça suffit, je n'en peux plus…

Un hurlement déchirant.

— La douleur cessera quand tu nous diras la vérité. (Ivy sanglotait.) Allez, 24, tu dois bien avoir quelque chose pour moi. Une petite information. Est-ce qu'il l'a touchée ?

— Il… Il l'a portée pour repartir. Elle était épuisée. Mais il avait des gants…

— En es-tu sûre ?

Son souffle s'accéléra.

— Je… Je ne m'en souviens pas. Je suis désolée. Par pitié, arrêtez… (Des bruits de pas.) Non, *non* !

Ses cris pitoyables me tordaient l'estomac. Je voulais balayer l'esprit de son tortionnaire, mais le risque de me faire prendre était trop grand. Si je ne me procurais pas ce dont j'avais besoin, je ne pourrais pas sauver qui que ce fût. Je serrai les dents, tendant l'oreille, tremblant de colère. Qu'est-ce qu'il lui faisait ?

Les hurlements d'agonie d'Ivy se poursuivirent interminablement. J'eus un haut-le-cœur quand elle craqua enfin.

— Arrêtez, pitié. (Elle s'étranglait sur ses pleurs.) C'est la vérité ! (Son bourreau demeurait muet.) Mais… il la nourrit. Je sais qu'il la nourrit, et elle… elle semble toujours propre. Et… on raconte qu'elle peut posséder d'autres voyants, et que lui dissimule cette information à la r-reine de sang. Sinon, elle serait déjà m-morte.

Le silence était insupportable. Après un bruit sourd, j'entendis des pas puis une porte que l'on ferme.

Je restai tétanisée un long moment. Une minute plus tard, je poussai le lourd battant. La pièce ne comportait qu'une simple chaise en bois. Son assise était maculée de sang, tout comme le sol.

J'eus quelques sueurs froides. Je m'essuyai la bouche du revers de la manche. Je m'accroupis contre le mur, la tête dans les mains. Ivy parlait de moi.

Ce n'était pas le moment de réfléchir aux conséquences. Son tortionnaire se trouvait peut-être encore dans le bâtiment. Je me relevai lentement pour aller examiner la pièce suivante. La clé était dans la serrure. Je jetai un coup d'œil à l'intérieur. Des armes recouvraient les murs : des épées, des couteaux de chasse, une arbalète, une fronde avec des projectiles en acier. Sans doute l'arsenal réservé aux vestes rouges. Je me saisis d'un poignard. Une ancre en ornait le manche. Fabriqué en Scion. Weaver envoyait des armes ici tandis que lui et ses ministres restaient tranquillement cloîtrés dans l'Archonterie, loin du phare éthéré.

Julian avait raison. Je ne pouvais pas simplement partir. Je voulais faire peur à Frank Weaver. Je voulais qu'il connaisse la terreur qu'éprouvaient tous les prisonniers voyants qu'il avait déportés.

Je refermai la porte et la verrouillai. Quand je relevai la tête, je me retrouvai face à une grande carte jaunie. COLONIE PÉNITENTIAIRE DE SHEOL I, lisait-on. TERRITOIRE OFFICIEL DU SUZERAIN. Je la parcourus rapidement. La cité était bâtie autour des vastes résidences centrales, finissant en pointe dans les prés et dans les bois. Tous mes points de repère habituels y figuraient : Magdalen, la maison amaurotique, la résidence du Suzerain, le Hawksmoor – et Port Meadow, la zone d'entraînement. Je décrochai le plan du mur pour l'examiner de plus près. Même si le liseré était abîmé, je parvins à déchiffrer le mot qui y était inscrit.

Train.

Je resserrai les doigts sur la carte. Le train. Je n'y avais même pas songé. Nous étions tous arrivés ici en train, pourquoi ne pas repartir par le même biais ?

Mon cerveau était en surchauffe. Comment, *comment* avais-je pu ne pas y penser ? Je n'avais pas besoin de franchir le No-Man's-Land. Ni de marcher sur des kilomètres, ni d'affronter les émim, ni d'atteindre la citadelle. Tout ce que j'avais à faire, c'était trouver ce train. Je pourrais emmener des gens avec moi : Liss, Julian, tout le monde. À Scion, le train moyen pouvait transporter près de quatre cents passagers, beaucoup plus s'ils restaient debout. Chacun des prisonniers de Sheol I pourrait monter à bord, et il resterait encore de la place.

Il nous faudrait malgré tout des armes. Même si, par petits groupes, nous parvenions tous à nous faufiler jusqu'aux prairies durant la journée, les réphaïm nous traqueraient. En outre, l'entrée était probablement gardée. Je tendis la main vers un couteau dans son fourreau et les fis disparaître dans mon sac. Puis je trouvai des armes à feu. Le petit pistolet de poche, très semblable au mien, pourrait se révéler utile : il était facile à dissimuler, et je savais déjà m'en servir. Je parcourus de la paperasse illisible posée sur un classeur métallique. Nick avait essayé de tirer sur le gouverneur dans la citadelle, sans résultat. Les balles fonctionneraient contre les vestes rouges demeurées loyales à Nashira, mais il nous faudrait autre chose pour lutter contre les réph. J'allais attraper une boîte de munitions quand des bruits de pas m'arrivèrent aux oreilles.

Sans réfléchir, je me tapis derrière une étagère en métal. Juste à temps : la clé tomba de la serrure et deux réph pénétrèrent dans la pièce.

J'aurais dû mieux anticiper : ma voie de retraite était bouchée. Si je tentais de ramper jusqu'à la fenêtre, ils risquaient de me repérer. Je jetai un coup d'œil entre deux étagères.

Thuban.

Il prononça quelques mots en gloss. Je me penchai davantage dans l'espoir d'identifier son compagnon. Ce fut alors que Terebell Sheratan approcha dans mon champ de vision.

Ni elle ni moi ne bougeâmes. Je ne sentais plus mon cœur. Je m'attendais à ce qu'elle avertisse Thuban, ou m'enfonce une lame dans la poitrine. Je plongeai les doigts dans mon gilet pour en sortir le pollen, mais je me ravisai. Même si j'arrivais à me débarrasser d'elle, Thuban m'étriperait dans la foulée.

La réaction de Terebell me surprit. Au lieu de faire part de ma présence, elle se tourna vers les pistolets.

— Les armes amaurotiques sont vraiment intrigantes, déclara-t-elle. Pas étonnant qu'ils s'entretuent si souvent.

— Parce qu'on parle dans la langue des déchus, à présent ?

— Gomeisa nous a dit de travailler notre anglais. Un peu d'entraînement ne nous fera pas de mal.

Thuban décrocha l'arbalète du mur.

— Si tu tiens à ce qu'on s'écorche la langue, allons-y. On pourrait rendre hommage aux jours où tu avais de l'emprise sur moi. Comme le temps passe… (Il fit courir son doigt sur l'arbrier.) La rêveuse aurait dû abattre Jaxon Hall quand elle en a eu l'occasion. Sa fin n'aurait pas été aussi terrible que celle qu'on lui réserve.

Ma gorge se serra.

— Je doute qu'il se fasse tuer, rétorqua Terebell. En outre, Nashira s'intéresse plutôt à Carter.

— Il faudra qu'elle retienne Situla.

— Sans doute. (Elle testa le tranchant d'une lame.) Rappelle-moi : à quoi servait cette pièce, avant qu'on y range les armes ?

— Avec l'intérêt blasphématoire que tu portes au monde déchu, j'aurais pensé que tu savais précisément où se trouvait chacune de nos ressources.

— Blasphématoire est peut-être un peu exagéré, tu ne trouves pas ?

— Non. (Il se saisit d'une poignée d'étoiles de jet.) Ce qu'il y avait ici ? La pharmacie. Des extraits de plantes. De la salvia, de l'aster. D'autres feuilles qui puent tout autant.

— Et où les a-t-on déménagés ?

— Quoi, tu as tout oublié en l'espace de quelques minutes, scélérate ? Tu es aussi idiote que le concubin.

Force était de constater que Terebell était soit blindée contre ses réflexions, soit particulièrement douée pour cacher ses émotions. Pour autant qu'elle en eût.

— Excuse ma curiosité.

— Ma famille n'excuse rien. Les cicatrices que tu as dans le dos devraient te le rappeler quotidiennement. (Ses yeux brûlaient de l'aura d'Ivy.) C'est pour ça que tu veux savoir. Tu voudrais voler de l'amarante. N'est-ce pas, Sheratan ?

Des cicatrices.

Terebell resta de marbre.

— Où sont passées les réserves ? insista-t-elle.

— Je n'aime pas cette curiosité soudaine. C'est louche. Tu ne serais pas encore en train de comploter avec le concubin ?

— Ça fait presque vingt ans, Thuban. Une éternité, selon les standards humains.

— Je me fous des standards humains.

— Me ressortir mon passé à tout bout de champ est une chose, mais je doute que la reine de sang apprécie ton attitude vis-à-vis du consort. Ou les descriptions douteuses que tu fais de son rôle.

Sa voix était plus sèche, à présent. Thuban s'empara d'un couteau au mur et l'agita devant elle. La lame s'arrêta à quelques centimètres de son cou. Terebell ne cilla pas.

— Encore un mot, menaça Thuban dans un souffle, et je *le* convoquerai. Et cette fois, il ne sera pas aussi mesuré.

Terebell resta coite un instant. Je crus lire de la douleur sur son visage, de la crainte. Ils devaient parler de l'un des Sargas. Peut-être Gomeisa.

— Oui. Je crois me souvenir où sont les réserves, reprit-elle doucement. Comment oublier la Tom Tower ?

Thuban éructa un rire. J'intégrai l'information, comme le sang intègre le flux.

— Personne ne peut l'oublier. (Il lui chuchota à l'oreille.) Pas le son de sa cloche. Est-ce qu'elle résonne encore dans ta mémoire, Sheratan ? Tu te rappelles, comme tu implorais pitié ?

Je commençais à avoir mal partout, mais je n'osais pas bouger d'un pouce. Thuban m'aidait malgré lui. La Tom Tower devait être le clocher au-dessus de l'entrée.

— Je n'ai pas imploré pitié, j'ai demandé justice, riposta Terebell.

Thuban ricana sèchement.

— Imbécile.

Il leva la main pour la frapper – mais interrompit son geste. Il renifla.

— Je perçois une aura. (Il huma l'air.) Fouille la pièce, Sheratan. Ça sent l'humain.

— Je ne perçois rien. (Terebell resta figée sur place.) La porte était verrouillée à notre arrivée.

— Il y a d'autres moyens d'entrer dans une pièce.

— Voilà que tu deviens parano.

Thuban ne semblait toutefois pas convaincu. Il approchait de ma cachette, les narines dilatées, les lèvres retroussées. Un horrible pressentiment m'assaillit alors : c'était un renifleur, capable de percevoir toute activité spirituelle. S'il me repérait, j'étais pis que morte.

Il approcha la main de la caisse qui me dissimulait. Au loin, dans une autre pièce, une explosion retentit.

En une fraction de seconde, Thuban se précipita dans le couloir. Terebell lui emboîta le pas, mais se retourna sur le seuil.

— Fuis, me dit-elle. Retourne à la tour.

Puis elle disparut.

Je ne pris pas le temps de considérer ma bonne fortune. J'endossai mon sac et grimpai sur le rebord de la fenêtre. Je faillis dégringoler le long du lierre, m'écorchant copieusement les bras et les jambes.

Le sang me battait aux tempes. Chaque ombre ressemblait à Thuban. Alors que je traversais au pas de course une enfilade de cloîtres pour rejoindre la cour principale, je m'efforçais de réfléchir de façon cohérente. Terebell m'avait aidée. Elle avait tu ma présence. Et apparemment, quelqu'un avait provoqué une diversion exprès pour moi. Elle savait que je viendrais, savait ce que je chercherais, et elle s'était mise à parler anglais dès qu'elle m'avait aperçue. C'était l'une d'entre eux. Des scarifiés. Je devais en découvrir davantage sur leur histoire, comprendre ce qui se tramait ; mais d'abord, je devais m'introduire dans la Tom Tower, récupérer la marchandise, et retourner chez le gouverneur.

L'explosion avait attiré un groupe d'arracheurs d'os loin du clocher. Je fis une pause sous un passage voûté enténébré. Juste à temps : ils déboulèrent dans les cloîtres précisément par l'endroit où je comptais fuir.

— 28, 14, sécurisez le Meadow, ordonna l'un d'entre eux. 6, viens avec moi. Les autres, quadrillez le terrain. Et prévenez Kraz et Mirzam.

Je n'avais pas beaucoup de temps. Je me levai et sprintai en direction de la cour principale.

Le Manoir était vaste, les bâtiments reliés entre eux par une série de couloirs tantôt fermés, tantôt à ciel ouvert. *Des rats dans un labyrinthe.* Je n'osais plus m'arrêter. J'attachai devant moi les bretelles de mon sac. Il devait exister un moyen de pénétrer dans la tour. Peut-être une porte près de l'entrée principale ? Il n'y avait pas de temps à perdre : Kraz et Mirzam étaient des noms réph, et je ne tenais pas à en avoir quatre à mes trousses, dont trois clairement hostiles. Je doutais que le gouverneur ait beaucoup d'alliés comme Terebell.

Je m'immobilisai en lisière de la cour. Celle-ci était immense, avec une mare centrale au milieu de laquelle trônait une statue. Je n'avais d'autre choix que de progresser à découvert. La vitesse allait devoir compenser l'absence de discrétion.

Je m'élançai à travers l'étendue herbeuse. Mes côtes me tiraillaient. Quand j'atteignis la mare, je mis les pieds dans l'eau peu profonde pour aller m'abriter derrière la statue. Je m'accroupis, immergée jusqu'à la taille. Quand je redressai la tête, j'eus un mouvement de recul. Nashira se trouvait pile en face de moi. Nashira, immortalisée dans la pierre.

J'étais seule dans la cour. Je percevais une aura, cependant trop lointaine pour présenter une menace. Je me relevai d'un bond et sprintai vers le clocher. Je repérai immédiatement un étroit passage. Il devait mener jusqu'au sommet. Je gravis les marches quatre à quatre, croisant les doigts pour qu'aucun réph ne surgisse : l'escalier était si exigu que c'en serait fini de moi. Une fois en haut, je fus abasourdie par ma découverte.

Une véritable mine d'or. Des bocaux en verre rutilaient sur des centaines d'étagères baignées de soleil. On aurait dit une montagne de berlingots, tant ces milliers de surfaces vitrées scintillaient telles des étoiles. On y trouvait des liquides iridescents, des poudres éminemment colorées, des plantes exotiques enveloppées d'un fluide transparent, plus magnifiques et étranges les unes que les autres. La pièce regorgeait d'odeurs, certaines puissantes, d'autres fétides, d'autres encore douces et agréables. Je parcourus les rayonnages en quête des plantes médicinales. La plupart des contenus étaient ornés du symbole de Scion et d'un descriptif en anglais, mais d'autres arboraient simplement quelque glyphe inconnu. Je repérai un certain nombre de numa, sans doute confisqués. J'aperçus une pierre divinatoire, plusieurs autres reliques – et un unique jeu de cartes. Celui-ci serait pour Liss. Je le compulsai rapidement, parcourant les illustrations. Il s'agissait d'un tarot de Thoth, différent de celui de mon amie, mais tout de même utilisable en cartomancie.

Je le fourrai dans mon sac, avec de la Biafine, de la paraffine et de l'antiseptique. Une autre porte servait sans doute à accéder à la cloche, mais je ne la franchis pas : le sac était déjà presque trop lourd pour moi. Je me passai les bretelles sur les épaules et pivotai vers l'escalier – me retrouvant nez à nez avec un réph.

Toutes mes fonctions vitales semblèrent s'arrêter. Deux yeux jaunes fumaient furieusement sous un capuchon.

— Voyez-vous cela, dit-il. Une traîtresse dans la tour.

Il fit un pas vers moi. Lâchant mon sac, j'escaladai l'étagère la plus proche en une fraction de seconde.

— Tu dois être la marcherêve. Je suis Kraz Sargas, héritier de sang des réphaïm.

Il se fendit d'une révérence moqueuse. Chacun de ses traits m'évoquait Nashira, de même que ses cheveux d'un blond cuivré et que ses paupières tombantes.

— Est-ce Arcturus qui t'envoie ?

Je restai coite.

— Ainsi donc, il laisse son tribut à la reine de sang déambuler à sa guise. Elle ne sera pas ravie de l'apprendre. (Il me tendit sa main gantée.) Descends, marcherêve. Je vais te raccompagner à Magdalen.

— Et on fera comme si rien de tout cela ne s'était passé ? (Je ne bougeai pas d'un centimètre.) Vous allez me conduire droit à Nashira, oui.

Sa patience avait atteint ses limites.

— Ne m'oblige pas à t'écraser, veste jaune.

— Nashira ne désire pas ma mort.

— Je ne suis pas Nashira.

J'en avais cette fois le cœur net : s'il ne me tuait pas, il me mènerait directement à la résidence du Suzerain. Mon regard se posa sur un bocal d'aster blanc. Je pourrais effacer sa mémoire.

Dans mes rêves. D'une seule flexion du bras, Kraz renversa l'étagère entière. Fioles et bouteilles vinrent s'écraser sur le sol. Je roulai par terre pour éviter de me faire aplatir, me coupant la joue sur un débris de verre. Un petit cri m'échappa. Mes côtes fêlées protestèrent vigoureusement.

Je ne fus pas assez prompte à me relever. Mes blessures me ralentissaient. Il ne flottait pas d'esprit, ici, rien que je puisse utiliser pour le repousser. Kraz m'empoigna par le gilet et me balança contre le mur. Je faillis m'évanouir. Mes côtes me labouraient la poitrine. Il m'attrapa par les cheveux, me tira la tête en arrière et prit une grande et profonde inspiration, comme s'il essayait d'inhaler plus que de l'air. Je compris ce qui se passait quand un voile de sang me brouilla la vue. Je me débattis, ruai et distribuai des coups de griffes, m'efforçant d'atteindre l'éther. Celui-ci m'échappait déjà.

Kraz était affamé. Il allait absorber toute mon aura.

Mon bras droit était immobilisé, mais le gauche restait libre. En proie à une puissante poussée d'adrénaline, je fis ce que mon père m'avait toujours enjoint de faire en pareille situation : j'enfonçai mon doigt dans l'œil de mon agresseur. Celui-ci me lâcha les cheveux, et j'en profitai pour sortir la fiole cachée dans ma poche. La fleur rouge.

Ayant recouvré ses esprits, Kraz me montra les dents en m'étranglant furieusement. Si je tentais une attaque spirituelle, mon corps ne se rétablirait jamais. Je n'avais pas le choix : je lui explosai la fiole en pleine figure.

L'odeur était atroce. Une odeur de putréfaction, brûlante et doucereuse. Il poussa un hurlement inhumain. Le pollen lui était entré droit dans les yeux. Ceux-ci, déjà noircis, dégoulinaient ; son visage prenait une ignoble teinte grise.

— Non, s'exclama-t-il. Non, espèce de… *Non*…

Ses prochains mots furent en gloss. Mes yeux se révulsèrent. Étais-je en train de faire une réaction allergique ? De la bile me remonta dans la gorge. Je retrouvai mon sac à tâtons, fouillai à l'intérieur et braquai le pistolet sur sa tête. Kraz tomba à genoux.

Tue-le.

Mes paumes étaient moites. Même après ce que j'avais infligé aux gardes souterrains dans le métro, commis ce crime qui m'avait conduite ici, je n'étais pas certaine d'y arriver. De parvenir à ôter une autre vie. Cependant, quand Kraz écarta les mains de son visage, je compris que c'en était fini de lui. Je ne cillai pas.

Je pressai la détente.

24

Le rêve

Le voyage du retour fut particulièrement confus. Je courus sur les toits, dépassai la vieille église et descendis la longue route menant à Magdalen. Une fois dans la résidence, un bras jaillit d'une fenêtre et m'attira de force à l'intérieur d'un bâtiment.

Le gouverneur. Il m'attendait. Sans un mot, il me fit franchir une porte. Retourner vers la cour est. À travers des couloirs vides. Traverser les cloîtres, gravir les marches. Je n'osais pas émettre un son. Dès que nous fûmes dans notre tour, je m'écroulai au sol près de la cheminée. Mes doigts laissèrent des traînées noires de pollen sur le tapis. On aurait dit de la suie.

Sans s'arrêter, le gouverneur verrouilla la porte, éteignit le gramophone et tira tous les rideaux de la chambre. Il resta posté quelques minutes devant la fenêtre est, gardant un œil sur la rue. Je lâchai mon sac à dos sur le sol. Les bretelles m'avaient entaillé les épaules.

— Je l'ai tué.

Il se retourna brusquement vers moi.

— Qui ?

— Kraz. Je lui ai tiré dessus. (Je tremblais de tous mes membres.) J'ai tué un Sargas – elle va me tuer à son tour. *Vous* allez me tuer…

— Non.

— Et pourquoi pas ?

— La perte d'un Sargas ne m'affecte pas. (Il pivota de nouveau vers la fenêtre.) Tu es certaine qu'il est mort ?

— Bien sûr qu'il est mort. Je l'ai eu en pleine tête, et à bout portant.

— Les balles ne peuvent pas nous tuer. Tu aurais dû te servir du pollen.

— Oui. (Je m'efforçai de ralentir ma respiration.) C'est ce que j'ai fait.

Il demeura muet pendant un long moment. Je restai assise là, cernée par les preuves, sentant mes poumons sur le point d'exploser.

— Si un Sargas a été assassiné par une humaine, finit-il par déclarer, Nashira fera tout pour éviter d'ébruiter la chose. Notre immortalité ne doit pas être remise en question.

— Parce que vous ne l'êtes vraiment pas ?

— Nous ne sommes pas indestructibles. (Il s'accroupit devant moi pour me regarder dans le blanc des yeux.) Est-ce que quelqu'un t'a vue ?

— Non. Attendez, si : Terebell.

— Terebell ne dévoilera pas ton secret. Si elle est la seule, nous n'avons rien à craindre.

— Thuban était là lui aussi. Il y a eu une explosion. (Je redressai le menton.) Vous étiez au courant ?

— J'ai senti que tu étais en danger. J'avais posté quelqu'un près du Manoir, pour créer une diversion le cas échéant. Tout ce que Nashira saura, c'est qu'une bougie a été laissée trop près d'une fuite de gaz.

Cela ne me réconforta guère. J'avais désormais ôté trois vies, sans compter celles que j'avais échoué à sauver.

— Tu saignes.

Je m'observai dans le miroir de la salle de bains, que je distinguais à travers la porte ouverte. Une longue estafilade me barrait la joue. Juste assez profonde pour laisser poindre le sang.

— Oui, commentai-je simplement.

— Il t'a fait du mal.

— C'est juste un peu de verre. (Je portai la main à ma blessure.) Allez-vous découvrir ce qui s'est passé ?

Il hocha la tête, sans détourner les yeux de ma plaie. Quelque chose dans son regard me frappa : une sorte de noirceur, une certaine tension. Il avait la tête ailleurs. Il ne me regardait plus en face, comme captivé par ma blessure.

— Tu vas garder une cicatrice si on ne te soigne pas. (Sa main gantée m'immobilisait la mâchoire.) Je vais chercher de quoi nettoyer ça.

— Et vous allez voir si Kraz est bien mort ?

— Oui.

Nos regards se croisèrent un court instant. Je fronçai les sourcils et articulai une question silencieuse.

Que je ne posai finalement pas.

— J'irai dès que possible, m'affirma-t-il en se relevant. Je te conseille de te laver. Tu trouveras des vêtements là-dedans.

Il me désigna l'armoire. J'examinai mon uniforme. Le gilet était couvert de pollen, preuve évidente de mon crime.

— D'accord, acquiesçai-je.

— Et veille à ce que ta blessure reste propre.

Il partit sans me laisser le temps de répondre.

Je me levai et me dirigeai vers la glace. La coupure formait une trace violette sur ma joue. Cela le dérangeait-il de me voir ainsi, même après ce que Jax avait fait ? Ou mon visage lui avait-il rappelé ses propres cicatrices – celles qu'il avait dans le dos, celles qu'il dissimulait ?

Une odeur écœurante émanait de mes cheveux. Le pollen. Je verrouillai la porte de la salle de bains, me débarrassai de mes habits et me fis couler un bain très chaud. Mes jambes tremblaient. Je m'étais écorché les genoux en escaladant. Je me glissai dans la baignoire et me lavai la tête. Mes vieux hématomes m'élançaient encore, tandis que de nouveaux les recouvraient déjà. Je restai plusieurs minutes dans l'eau brûlante pour me dénouer les muscles, puis je me servis d'une savonnette toute neuve pour me récurer de pied en cap afin de faire disparaître toute trace de sueur, de sang et de pollen. Mon pauvre corps, blême et contusionné, n'en avait pas meilleure allure. Ce ne fut qu'une fois la baignoire vidée que je commençai à me sentir plus calme.

Devais-je lui parler du train ? Il pourrait essayer de m'en empêcher. Il m'avait ramenée ici alors qu'il aurait pu me laisser m'enfuir. D'un autre côté, il fallait que je sache si la gare était surveillée, et dans quel coin de la prairie je pourrais en trouver l'entrée. Je ne me rappelais pas avoir vu quoi que ce soit durant notre séance d'entraînement : pas un passage, pas une porte. Elle devait être dissimulée quelque part.

Quand je retournai dans la chambre, je découvris un uniforme jaune tout propre dans l'armoire. Le pollen avait été nettoyé du tapis. Je m'effondrai sur la banquette. J'avais éliminé Kraz Sargas, héritier de sang des réphaïm, d'une balle entre les deux yeux. Jusqu'alors, je les avais crus trop forts pour être vaincus. C'était sans doute grâce au pollen – le coup de feu n'ayant servi qu'à finir le boulot. Quand j'avais quitté le clocher, le corps se décomposait déjà sous mes yeux. Quelques grains de pollen avaient suffi à le faire se putréfier.

Je sursautai en entendant la porte s'ouvrir. Le gouverneur était de retour. Son visage était encore plus ténébreux que la pièce.

Il vint s'asseoir près de moi. Il se munit d'un tampon, qu'il plongea dans un bocal de liquide ambre avant de m'en appliquer sur la joue. Je le considérai dans le plus grand silence, attendant son verdict.

— Kraz est mort, déclara-t-il sans la moindre trace d'émotion. (Ma peau me brûlait.) Il était l'héritier présomptif de la lignée. Tu serais torturée publiquement s'ils découvraient la vérité. Ils sont au courant pour le vol, mais personne ne t'a vue. Le concierge de jour a subi un lavage de cerveau.

— Est-ce que quelqu'un me soupçonne ?

— Secrètement, peut-être, mais il n'y a aucune preuve. Heureusement que tu ne t'es pas servie de ton esprit pour l'atteindre, ou ta culpabilité n'aurait fait aucun doute.

Mes frissons s'intensifièrent. C'était tout moi, de tuer une personne de cette importance sans même savoir de qui il s'agissait. Je finirais en masque mortuaire si Nashira apprenait mon implication. Je plongeai le regard dans celui du gouverneur.

— Qu'est-ce que le pollen lui a fait ? Ses yeux – son visage…

— Nous ne sommes pas ce que nous paraissons, Paige. (Il soutint mon regard.) Combien de temps s'est écoulé entre l'absorption de pollen et le coup de feu ?

Le coup de feu. Pas *l'assassinat*. Il avait parlé du *coup de feu*, comme si je n'étais qu'un simple témoin.

— Peut-être dix secondes.

— Et qu'as-tu vu pendant ces dix secondes ?

J'essayai d'y réfléchir. La pièce était baignée de vapeur, et je m'étais cogné la tête.

— C'était comme… comme si son visage… pourrissait. Et ses yeux étaient blancs. Comme s'ils avaient perdu leur couleur. Des yeux morts.

— Précisément.

Je ne comprenais pas ce qu'il voulait dire. *Des yeux morts.*

Le feu crépitait, réchauffant la chambre. Trop. Le gouverneur me souleva le menton, exposant ma coupure à la lumière.

— Nashira la verra, déclarai-je. Elle saura.

— Nous pouvons y remédier.

— Comment ?

Pas de réponse. Chaque fois que je lui demandais *comment*, ou *pourquoi*, la conversation semblait le lasser. Il approcha de son bureau et en sortit un cylindre métallique, assez petit pour tenir dans une poche. Les lettres ScionAid étaient imprimées dessus. Il ouvrit trois Steri-Strip autoadhésifs. Je restai immobile le temps qu'il me les applique.

— Est-ce que ça fait mal ?

— Non.

Quand il retira la main de ma joue, j'y portai la mienne pour toucher les sutures.

— J'ai vu une carte, dans le Manoir, dis-je. Je sais qu'il y a un train à Port Meadow. Je dois savoir où se trouve l'entrée du tunnel.

— Et pourquoi cela ?

— Parce que je veux partir d'ici. Avant que Nashira ne me tue.

— Je vois. (Le gouverneur retourna à son fauteuil.) Et tu t'imagines que je vais te laisser filer.

— Oui, en effet. (Je brandis la tabatière vers lui.) Ou vous pouvez raisonnablement imaginer que *ceci* finira comme par miracle chez Nashira.

Le symbole capta la lumière. Il tapota sur le bras de son fauteuil. Il n'essaya pas de négocier, se contentant de me fixer longuement.

— Tu ne peux pas prendre le train, affirma-t-il enfin.

— C'est ce qu'on verra.

— Tu m'as mal compris : le train ne peut être activé que par l'Archonterie de Westminster. Il est programmé pour aller et venir à des dates et heures précises. Ses horaires ne peuvent être modifiés.

— Il doit bien apporter de la nourriture.

— Il ne sert qu'au transport des humains. La nourriture arrive par coursier.

— Et donc il ne reviendra pas avant (je fermai les paupières) la prochaine Saison d'Os.

En 2069. Mes rêves d'une évasion facile s'écroulèrent. J'allais bel et bien devoir traverser le champ de mines, finalement.

— Je te déconseille fortement de tenter de partir à pied, déclara-t-il comme s'il avait lu dans mes pensées. Les émim se servent des bois comme de leur terrain de chasse. Même avec ton don, tu ne survivras pas longtemps. Pas face à une meute entière.

— Je ne peux plus attendre. (Je serrai mes accoudoirs à m'en faire pâlir les jointures.) Je *dois* partir. Vous savez pertinemment qu'elle va me tuer.

— Bien sûr que oui. Maintenant que ton don est arrivé à maturité, elle crève d'envie de s'en emparer. Elle ne tardera plus à passer à l'offensive.

Je me crispai.

— Arrivé à maturité ?

— Tu as pris possession de 12, à la citadelle. Je t'ai vue faire. Elle attendait que tu révèles ton plein potentiel.

— Vous le lui avez dit ?

— Elle l'apprendra, mais pas de ma bouche. Ce qui se dit entre ces murs ne les franchira pas.

— Pourquoi ?

— L'un des avantages de la confiance mutuelle.

— Vous avez fouillé dans mes souvenirs. Pourquoi devrais-je vous faire confiance ?

— Ne t'ai-je pas montré mon territoire des rêves ?

— Si, admis-je. Votre territoire des rêves froid et désert. Vous n'êtes qu'une coquille vide, n'est-ce pas ?

Il se mit brusquement debout et alla sortir un énorme ouvrage ancien de sa bibliothèque. Mes muscles se contractèrent. Avant que je puisse prononcer un autre mot, il retira une petite brochure glissée entre les pages, qu'il jeta sur la table. Je fus incapable d'en détacher le regard. *Des mérites de l'Anormalité.* Mon exemplaire, couvert des preuves de mon lien avec la pègre. Il l'avait depuis le début.

— Mon territoire des rêves est peut-être privé de son ancienne vie, mais je ne range pas les gens dans des cases, contrairement à l'auteur de cet ouvrage. On ne trouve pas d'onéiromanciens là-dedans. Ni de réphaïm. Je ne vois pas les choses sous le même angle. (Il m'observa bien en face.) Cela fait plusieurs mois que nous vivons ensemble, désormais. Je sais tout de ton histoire, même si je l'ai apprise contre ton gré. Je n'avais pas l'intention d'envahir ton intimité, mais je voulais découvrir ta véritable nature. Je voulais te *connaître*. Je ne voulais pas te traiter comme une simple humaine – inférieure et sans intérêt.

Voilà qui était inattendu.

— Pourquoi pas ? m'étonnai-je sans détourner la tête. En quoi cela vous importe-t-il ?

— Cela me regarde.

Je ramassai le *Des mérites* et le serrai contre ma poitrine, comme une enfant étreignant son doudou. J'avais l'impression d'avoir sauvé la vie de Jaxon. Le gouverneur m'observait.

— Ton seigneur-mime compte vraiment beaucoup pour toi, commenta-t-il. Tu veux retrouver cette existence. La pègre.

— La personnalité de Jaxon ne se résume pas à cet opuscule.

— Je suppose que non.

Il vint s'asseoir à côté de moi sur la banquette. Le silence se prolongea quelques minutes. Une humaine et un réphaïte, aussi différents que le jour et la nuit, piégés sous leur propre cloche de verre, comme la fleur flétrie chez Nashira. Il se saisit de sa tabatière et en tira une petite fiole d'amarante.

— Tu te sens seule. (Il la vida dans une coupe.) Je la perçois. Ta solitude.

— Je *suis* seule.

— Nick te manque.

— C'est mon meilleur ami. Bien sûr qu'il me manque.

— C'était plus que ça. Tes souvenirs de lui sont incroyablement détaillés, pleins de couleurs, pleins de vie. Tu l'adorais.

— J'étais toute jeune, répliquai-je d'un ton sec.

Il semblait résolu à remuer le couteau dans la plaie.

— Tu l'es encore. (Il n'allait pas lâcher l'affaire.) Je n'ai pas eu accès à tous tes souvenirs. Il manque quelque chose.

— Inutile de ressasser le passé.

— Je ne suis pas d'accord.

— Tout le monde a ses mauvaises expériences. En quoi les miennes vous intéressent-elles tant ?

— Les souvenirs forment la ligne de vie. Ma route passe par l'éther, la tienne par les territoires des rêves. (Il porta à mon front l'un de ses doigts gantés.) Tu as demandé à me connaître au travers de mon territoire des rêves. En échange, je te demande l'accès à tes souvenirs.

Son toucher me glaça. J'eus un mouvement de recul. Le gouverneur me considéra quelques secondes, tentant de comprendre ma réaction ; puis il se leva et tira sur le cordon de sonnette.

— Qu'est-ce que vous faites ? m'enquis-je.

— Il faut que tu manges.

Il alluma le gramophone et alla observer la rue.

Michael arriva en moins de temps qu'il n'en faut pour dire *monte-plats*. Il écouta attentivement les ordres du gouverneur. Dix minutes plus tard, il revint lesté d'un plateau, qu'il me posa sur les genoux. Juste de quoi me redonner des forces :

une tasse de thé au lait, un pot de sucre, une soupe à la tomate et du pain bien chaud.

— Merci, dis-je.

Il se fendit d'un rapide sourire avant d'adresser une succession de signes complexes au gouverneur, qui opina. Puis il salua et prit congé. Arcturus m'examina, se demandant sans doute si j'allais manger sans rechigner. Je bus une gorgée de thé. Je me rappelai ma grand-mère m'en apportant une tasse quand j'étais petite, chaque fois que je me sentais mal – elle croyait beaucoup en ses vertus. Je grignotai un peu de mon pain. Me lisait-il à cet instant, décryptait-il mes émotions ? Sentait-il que ces réminiscences m'apaisaient ? J'essayai de me concentrer sur lui, d'utiliser le cordon doré, mais rien ne se produisit.

Quand j'eus terminé, il me débarrassa de mon plateau et le posa sur la table basse avant de revenir s'asseoir près de moi. Je me raclai la gorge.

— Que vous a dit Michael ?

— Que Nashira avait convoqué les Sargas dans sa résidence. Il sait laisser traîner ses oreilles là où il faut, précisa-t-il d'un ton légèrement amusé. Il me rapporte nombre d'informations provenant des couloirs de la reine. Son amaurose présumée empêche celle-ci de voir ses allées et venues.

Ainsi donc, Michael aimait à espionner. Je saurais m'en souvenir.

— Elle va leur parler de Kraz. (Je me massai les tempes.) Je n'avais pas l'intention de le tuer. Je voulais juste…

— Lui t'aurait tuée. Kraz vouait une haine terrible aux humains. Le jour de notre révélation, il avait prévu d'attirer vos enfants dans nos villes de contrôle. Il avait un penchant pour leurs petits os fins. Pour la cléromancie.

J'en fus toute retournée. La cléromancie nécessitait l'emploi d'objets que les esprits disposaient en des motifs précis ou orientaient dans une direction particulière. Certains utilisaient des aiguilles, d'autres des dés, ou des clés. Les ostéomanciens préféraient les os, et se servaient généralement sur les squelettes les plus vieux par respect pour les morts. Si Kraz utilisait ceux de jeunes enfants pour son art, j'étais heureuse de l'avoir tué.

— Je suis content qu'il soit mort, déclara le gouverneur. C'était un vrai fléau pour ce monde.

Je restai coite.

— Tu te sens coupable, devina-t-il.

— Surtout effrayée.

— De quoi ?

— De ce que je suis capable de faire. Je n'arrête pas... (Je secouai la tête, à bout de forces.) Je n'arrête pas de tuer. Je ne veux pas être une arme.

— Ton don est instable, mais il te permet de rester en vie. Il te sert de bouclier.

— Ce n'est pas un bouclier. C'est un flingue. Je suis assise en permanence sur une caisse d'explosifs. (J'observai les motifs du tapis.) Je fais du mal aux gens. C'est ça, mon don.

— Pas exprès. Tu ne t'en es pas toujours sue capable.

Un éclat de rire vide m'échappa.

— Oh, je m'en savais capable. J'ignorais comment je procédais, mais je savais que c'était moi qui faisais saigner les gens. Qui leur donnais des maux de tête. Que chaque fois qu'ils ricanaient en m'apercevant, ou qu'ils remettaient sur le tapis les émeutes de Dublin, ils *souffraient*. Tout ça parce que je les bousculais mentalement. D'une certaine manière, ça me plaisait. Même à dix ans, ça me plaisait. J'adorais leur rendre la monnaie de leur pièce. C'était mon petit secret. (Il soutenait mon regard.) Je ne suis pas comme les sensoriels ou les médiums : je ne me sers pas des esprits pour avoir un peu de compagnie ou me défendre. Je suis l'un d'eux. Vous comprenez ? Je peux mourir quand je veux, devenir un esprit quand je le désire. Cela terrorise les autres. Et les autres me font peur.

— Tu es effectivement différente, déclara-t-il. Mais tu ne dois pas les craindre pour autant.

— Bien sûr que si. Mon esprit est dangereux.

— Tu n'as pas peur du danger, Paige. Je crois même au contraire que tu t'en nourris. Tu as accepté de travailler pour Jaxon Hall, tout en sachant pertinemment que cela réduirait conséquemment ta durée de vie. Tu connaissais les risques.

— J'avais besoin de cet argent.

— Ton père travaille pour Scion. Tu avais tout l'argent qu'il te fallait. Je doute pourtant que tu t'en sois jamais servie. Le danger te rapproche de l'éther, renchérit-il. C'est pour cela que tu ne manques jamais une occasion de l'affronter.

— Pas du tout. Je ne suis pas accro à l'adrénaline. Je voulais juste me retrouver avec d'autres voyants. (Une pointe de colère tapissait désormais ma voix.) Je ne voulais pas vivre comme n'importe quelle écolière de Scion conditionnée. Je voulais faire partie de quelque chose. Je voulais *compter*. Est-ce donc si compliqué à comprendre ?

— Ce n'étaient pas les seules raisons. Tu pensais toujours à une personne en particulier.

— Taisez-vous.

J'en avais les lèvres qui tremblaient.

— Tu pensais à Nick. (Son regard se durcit.) Tu l'aimais. Tu l'aurais suivi n'importe où.

— Je ne veux pas parler de ça.

— Pourquoi pas ?

— Parce que cela m'appartient. C'est personnel. Vous autres onéiromanciens n'avez donc aucune notion du concept d'intimité ?

— Tu as gardé ce secret pour toi bien trop longtemps. (Il ne me toucha pas, mais son regard semblait me fouiller de l'intérieur.) Je ne peux pas lire dans tes souvenirs quand tu es éveillée. Mais dès que tu t'endormiras, je retrouverai ces images, et je te les passerai en rêve, comme je l'ai déjà fait. Tel est le don d'un onéiromancien. De créer un rêve partagé.

— Je parie que vous ne vous lassez jamais de fouiller dans le linge sale des autres, crachai-je avec mépris.

Il ne releva pas la pique.

— Bien sûr, tu peux apprendre à m'exclure de ton esprit, mais tu devrais pour cela connaître le mien presque aussi bien que le tien. Et un esprit aussi vieux que le mien est difficile à cerner. (Il marqua une pause.) Ou tu pourrais t'épargner cette peine, et me montrer ce que je veux voir.

— Qu'est-ce que j'y gagnerais ?

— La mémoire est une barrière. Je l'ai perçue en toi, profondément enfouie dans ton territoire des rêves. (Il ne me quitta jamais des yeux.) Surmonte cet obstacle, et tu t'en libéreras. Ton esprit s'en libérera.

Je pris une profonde inspiration. Son offre n'aurait pas dû m'intéresser.

— Est-ce qu'il suffit que je dorme ?

— Oui. Et je peux t'y aider. (Il ramassa dans sa tabatière une poignée de feuilles marron cassantes.) Voilà ce que les pilules contenaient. Si je te prépare une infusion, la boiras-tu ?

Je haussai les épaules.

— Je ne suis plus à une dose près.

Le gouverneur me considéra pendant de longues secondes.

— Très bien, dit-il enfin.

Il quitta la pièce. Je supposais qu'il devait y avoir une cuisine dans les étages inférieurs, là où Michael travaillait.

Je reposai ma tête sur l'oreiller. Un lent frisson glacial me parcourut la poitrine, emplissant toute ma cage thoracique. J'avais haï le gouverneur avec une telle intensité à cause de sa nature même, et parce qu'il semblait si bien me comprendre. Je m'étais nourrie de cette haine. Et à présent, je m'apprêtais à lui révéler mon souvenir le plus intime. Je pensais savoir de quoi il s'agissait, mais je n'en étais pas sûre. J'allais devoir le rêver.

Au retour du gouverneur, une résolution ferme s'était emparée de moi. Je lui pris la tasse des mains. Elle était remplie à ras bord d'un liquide ocre translucide, comme du miel dilué. Trois feuilles flottaient à la surface.

— Le goût est amer, m'avertit-il, mais cela me permettra de distinguer plus clairement tes souvenirs.

— Qu'avez-vous vu, jusqu'à présent ?

— Des bribes. De longues périodes de silence. Tout dépend de ce que tu ressentais à chaque instant, et de l'intensité de tes émotions. Tout dépend de combien ce souvenir te dérange.

Je contemplai la tisane.

— Dans ce cas, je ne suis pas certaine d'avoir besoin de ça.

— Cela te simplifiera la tâche.

Il avait sans doute raison. L'idée même d'être confrontée à pareille réminiscence me faisait trembler les mains. Avec l'impression de m'apprêter à renoncer de nouveau à toute mon existence, je portai la tasse à mes lèvres.

— Attends.

Je marquai une pause.

— Paige, tu n'es pas obligée de faire ça. Pour ton propre bien, j'espère que tu le feras. Que tu en seras capable. Mais tu peux refuser. Je respecterai ta décision.

— Je ne suis pas si cruelle. Rien n'est pire qu'une histoire sans fin.

Et sans lui laisser le temps de répliquer, je bus mon infusion.

Le gouverneur avait menti : ce n'était pas seulement amer, c'était le truc le plus dégueulasse que j'eusse jamais goûté, cela me donna l'impression d'avaler une poignée d'éclats de métal. En une fraction de seconde, je décidai qu'il valait mieux boire un litre de Javel que de jamais retoucher à la salvia. Le gouverneur me prit le visage entre ses mains.

— Avale, Paige ! Avale !

J'essayai. Un peu de liquide retomba dans la tasse, mais l'essentiel descendit au fond de ma gorge.

— Et maintenant ? dis-je entre deux quintes de toux.

— On attend.

Je n'eus pas à patienter longtemps. Je me pliai en deux, soubresautant sous l'assaut des vagues de nausées. Le goût était tellement pénétrant que je craignis de ne jamais m'en débarrasser.

Puis les lumières s'éteignirent. Je m'écroulai sur la banquette et sombrai.

25

La dissolution

Nous étions debout en cercle, comme en pleine séance. Six des sept Sceaux.

Nadine allait tuer quelqu'un. Je le voyais sur son visage. Zeke Sáenz se trouvait au milieu du cercle, attaché à une chaise à l'aide de rubans de velours, la tête entre les mains de sa sœur. Nous nous attaquions à son esprit depuis des heures, et même s'il se débattait et grognait, Jaxon s'obstinait. Si son don pouvait être appris, cela procurerait un immense avantage au gang tout entier : la faculté de résister à toute influence extérieure, qu'elle vienne des esprits ou d'autres voyants. Il restait donc dans sa chaise à fumer son cigare, attendant que l'un de nous le fasse rompre.

Jax avait étudié Zeke pendant très longtemps ; nous autres avions alors été délaissés, abandonnés à nos activités criminelles. Malgré son enquête approfondie, il n'avait su prévoir que notre insondable souffrirait autant de nos assauts. Son territoire des rêves était résistant et opaque, impénétrable aux esprits. Nous lui avions projeté horde après horde, sans résultat. Il les avait envoyés valdinguer aux quatre coins de la pièce, comme de l'eau coulant sur une bille. Ou sur une pierre taillée, d'où son nouveau pseudo : Diamant noir.

— Allez, *allez*, bande de tocards, aboya Jax en abattant son poing sur le bureau. Je veux l'entendre hurler trois fois plus fort que ça.

Il avait passé la journée à écouter la *Danse macabre* tout en buvant du vin ; jamais bon signe, le concernant. Eliza, les joues rosies à cause des efforts déployés pour contrôler autant d'esprits, lui décocha un regard sévère.

— Tu t'es encore levé du mauvais pied, Jaxon ?

— Recommencez.

— Il souffre, intervint Nadine, rouge de colère. Regarde-le ! Il n'en peut plus.

— C'est *moi* qui souffre, Nadine. Je suis effondré par ton entêtement. (Un calme assassin.) Ne me forcez pas à me lever, les enfants. Recommencez.

Il y eut un court silence. Nadine agrippa les épaules de son frère, cachée derrière ses cheveux. Ils étaient châtain foncé, désormais, et plus courts. Elle détestait cette nouvelle coupe, mais elle attirait moins l'attention. Elle détestait aussi la citadelle. Et surtout, elle nous détestait, nous.

Comme personne ne bougeait, Eliza appela l'un de ses assistants spirituels, une muse du XVIIe siècle. Quand il jaillit de son territoire des rêves jusqu'à l'éther, les lumières clignotèrent.

— Je vais essayer JD, déclara-t-elle en fronçant les sourcils. Si même un vieil esprit n'y parvient pas, je pense que rien ne fonctionnera.

— Peut-être un poltergeist ? suggéra Jax, le plus sérieusement du monde.

— Pas question d'utiliser un geist contre lui !

Jax aspira une bouffée.

— Dommage.

De l'autre côté de la pièce, Nick abaissa les stores. Il était consterné par ce que nous faisions, mais ne pouvait y mettre un terme.

Zeke n'en pouvait plus de ces palabres. Ses yeux fiévreux étaient rivés sur l'esprit.

— Qu'est-ce qu'ils font, Dine ?

— Je sais pas. (Nadine darda son regard froid sur Jaxon.) Il lui faut du repos. Si vous lui balancez cet esprit dessus, je...

— Tu quoi ? (De la fumée s'éleva de la bouche de Jax.) Tu me joueras un morceau furieux ? Je t'en prie, fais-toi plaisir. J'adore les cris de l'âme.

Son menton tremblota, mais elle ne mordit pas à l'hameçon. Elle savait ce qu'elle encourait pour s'opposer à Jaxon. Elle n'avait nul autre endroit où aller, nul autre endroit où emmener son frère.

Zeke frissonna contre elle. Comme s'il était son cadet, et non son aîné de deux ans.

Eliza observa tour à tour Nadine et Jaxon. Sur son ordre silencieux, la muse jaillit en avant. Je ne la vis pas, mais je la sentis – et à en croire le hurlement d'agonie de Zeke, lui aussi. Sa tête bascula en arrière et les tendons de son cou saillirent. Nadine pinça les lèvres tout en l'étreignant de toutes ses forces.

— Je suis désolée. (Elle posa le menton sur le crâne de son frère.) Je suis tellement désolée, Zeke.

Vieux et déterminé, JD était naturellement tenace. On lui avait fait croire que Zeke allait s'en prendre à Eliza, et il avait la ferme intention de l'en empêcher. Le visage de Zeke ruisselait de sueur et de larmes. Il semblait sur le point de s'étouffer.

— Pitié, dit-il. Assez...

— Jaxon, arrête ! m'exclamai-je. Tu ne crois pas que ça suffit ?

Il haussa brusquement des sourcils incrédules.

— Tu remets mes décisions en question, Paige ?

Mon courage me déserta.

— Non.

— Quand on fait partie de la pègre, on doit mériter son salaire. Je suis votre seigneur-mime. Votre protecteur. Votre employeur. Celui qui vous empêche de crever de faim, comme tous ces pauvres mendiants !

Il fit voler une liasse de billets, jonchant le tapis de portraits de Frank Weaver. L'Inquisiteur nous observait depuis tous ces biffetons.

— Ezekiel n'en aura eu « assez » que lorsque je l'aurai décidé – quand j'accepterai de lui donner congé pour la fin de la journée. Vous pensez vraiment qu'Hector s'arrêterait ? Ou que Jimmy ou l'Abbesse laisseraient tomber ?

— On ne travaille pas pour eux.

Eliza paraissait sous le choc. Elle fit un signe à l'esprit.

— Reviens, JD. Je ne risque rien.

La muse disparut furtivement. Zeke enfouit son visage entre ses mains tremblantes.

— Je vais bien, parvint-il à articuler. Je vais bien. J'ai juste... besoin d'une minute.

— Tu ne vas *pas* bien. (Nadine se retourna vers Jaxon, qui s'allumait un autre cigare.) Tu t'es joué de nous. Tu savais tout de cette opération, mais tu nous as fait croire que tu allais arranger les choses. Que tu le guérirais. Tu as *promis* de le soigner !

— J'ai dit que j'essaierais, répliqua l'intéressé sans s'émouvoir. Que je tenterais l'expérience.

— Tu n'es qu'un sale menteur. Tu ne vaux pas mieux que...

— Si cet endroit est si terrible, alors va-t'en, ma chère petite. La porte est toujours ouverte. (Sa voix tomba dans les graves.) Une porte qui donne sur des rues froides et sombres. (Il souffla une volute grise dans sa direction.) Je me demande combien de temps il faudra à la DVN pour... t'enfumer.

Nadine s'ébroua, folle de rage.

— Je vais au *Chat*, déclara-t-elle en récupérant d'un geste brusque sa veste en dentelle. Personne n'est le bienvenu pour m'accompagner.

Elle récupéra ses écouteurs et son sac à main avant de sortir en rage et de claquer la porte.

— Dee, essaya Zeke, mais il était trop tard.

Je l'entendis balancer un coup de pied dans quelque chose en descendant les marches. Pieter émergea du mur comme une balle, furieux d'avoir été dérangé, et alla bouder dans un coin.

— Je crois qu'il est temps de rentrer, boss, déclara Eliza d'une voix ferme. On essaie depuis des heures.

— Attendez. (Jax brandit son long doigt dans ma direction.) Nous n'avons pas encore utilisé notre arme secrète. (Comme je fronçais les sourcils, il inclina la tête de côté.) Oh, allez, Paige. Ne fais pas l'idiote. Visite son territoire des rêves pour moi.

— On en a déjà discuté. (Je sentais poindre la migraine.) Je refuse d'y pénétrer de force.

— Tu refuses de le faire ? Je vois. Je ne me souvenais pas que tu avais une définition de poste. Oh ! Attends, ça me revient : je ne t'en ai pas donné. (Il écrasa son cigare dans le cendrier.) Nous sommes des clairvoyants. Des anormaux. Tu pensais vraiment qu'on se comporterait comme ton papounet, le cul vissé dans notre fauteuil en cuir de neuf heures à dix-sept heures, à siroter notre thé dans des gobelets en polystyrène ? (Il eut soudain l'air dégoûté, comme s'il ne supportait plus les caprices des amaurotiques.) Certains d'entre nous ne veulent pas de gobelets en polystyrène, Paige. Certains d'entre nous veulent de l'argent, du satin, des rues sordides et des *esprits*.

Je ne pus m'empêcher de le toiser fixement. Il prit une grande lampée de vin, les yeux rivés sur la fenêtre. Eliza secoua la tête.

— Bon, ça devient ridicule. Et si on…

— Qui est-ce qui vous paie ?

Elle soupira.

— C'est toi, Jaxon.

— Exact. Je paie, vous obéissez. Maintenant, sois un ange et monte me chercher Danica. J'ai besoin qu'elle perçoive la magie.

Les lèvres pincées, Eliza quitta la pièce. Zeke m'adressa un regard lourd de désespoir et d'épuisement. Je me forçai à reprendre la parole.

— Jax, je ne m'en sens vraiment pas prête, pour l'instant. On a tous besoin de repos.

— Tu auras quelques heures de libres demain, petite abeille, répliqua-t-il d'un ton distrait.

— Je ne peux pas forcer l'entrée d'un territoire des rêves. Tu le sais très bien.

— Fais-moi plaisir. Essaie. (Jaxon se resservit en vin.) J'attends cet instant depuis des *années*. Une marcherêve face à un insondable. La rencontre éthérée ultime. On ne peut imaginer événement plus dangereux ou audacieux.

— Tu comprends ce que je te dis ?

— Non, intervint Nick. (Toutes les têtes se tournèrent vers lui.) Il est perdu dans son délire.

Après un court silence, Jaxon leva son verre.

— Excellent diagnostic, docteur. À la tienne.

Il but. Nick détourna le chef.

Ce fut dans cette ambiance tendue qu'Eliza revint avec une seringue d'adrénaline toute neuve. Danica Panić, dernier membre de notre septuor, l'accompagnait. Elle avait grandi dans la citadelle de Scion-Belgrade, mais avait été transférée à Londres pour y travailler en tant qu'ingénieure. C'était Nick qui l'avait débauchée, après avoir repéré son aura lors d'un cocktail donné en l'honneur des nouvelles recrues. Elle retirait beaucoup de fierté du fait qu'aucun d'entre nous ne fût capable de prononcer son nom correctement. Ni son prénom. Elle était solide comme un roc, avec ses cheveux roux frisés ramenés en un court chignon et ses bras jalonnés de cicatrices et de brûlures. Sa seule faiblesse était pour les gilets.

— Danica, ma chérie, l'accueillit Jaxon. Viens voir ça, tu veux ?

— Qu'est-ce que je dois regarder ? s'enquit-elle.

— Mon arme.

J'échangeai un regard avec Dani. Elle n'était avec nous que depuis une semaine, mais elle avait déjà cerné Jax.

— On dirait que vous êtes en pleine séance, remarqua-t-elle.

— Pas aujourd'hui. (Il fit un geste de la main.) Commence.

Je dus me mordre la langue pour m'empêcher de lui rétorquer une injure. Il passait toujours de la pommade aux nouveaux. Dani avait une aura lumineuse et hyperactive qu'il n'avait pas été capable d'identifier – mais, comme d'habitude, il était convaincu qu'elle possédait un don inestimable.

Je m'assis. Nick me nettoya le bras puis y enfonça l'aiguille d'adrénaline.

— Vas-y, m'ordonna Jax. Sonde l'insondable.

Je laissai à mon sang quelques secondes pour absorber le cocktail de drogues, puis je fermai les paupières et tâtai l'éther. Zeke rassembla ses forces. Je ne pouvais pas l'envahir – tout juste effleurer son territoire des rêves, percevoir les délicates nuances de sa surface –, mais son esprit était si sensible que le moindre coup le faisait souffrir. J'allais devoir faire attention.

Mon esprit remua. Je repérai leurs cinq territoires, scintillant et vibrant tels des carillons éoliens. Celui de Zeke était différent ; il tintait d'une note plus sombre, plus grave. J'essayai d'y trouver quelque chose – un souvenir, une crainte –, mais rien. Là où je voyais normalement une succession d'images, comme sur une vieille pellicule, je ne distinguais que du noir. Sa mémoire était inaccessible.

Je fus arrachée à l'éther quand une main me serra l'épaule. Zeke tremblait de tous ses membres, se bouchant les oreilles.

— Ça suffit. (Nick se tenait derrière moi, m'aidait à me lever.) Ça suffit, elle n'ira pas plus loin. Jaxon, je me fous de ce que tu me paies : j'ai l'impression de toucher le prix du sang. (Il ouvrit grand la fenêtre.) Viens, Paige. Tu dois faire une pause.

J'étais moulue jusqu'à l'os, mais je ne pouvais rien refuser à Nick. Jaxon me fusilla du regard. Il serait passé à autre chose le lendemain, dès qu'il aurait fini sa bouteille. Je basculai une jambe par-dessus le rebord de la fenêtre, m'accrochai à la gouttière, et ma vision se troubla.

Dès qu'il posa les pieds sur le toit, Nick se mit à courir. Ce jour-là, il courut vite, sans s'économiser. Heureusement que de l'adrénaline me coulait encore dans les veines, sans quoi je n'aurais jamais réussi à tenir le rythme.

Nous le faisions souvent. Une petite « virée » en ville. En théorie, Londres représentait tout ce que je détestais : elle était immense, grise et sérieuse, il y pleuvait neuf jours sur dix. Les rues grondaient, palpitaient et battaient comme un cœur humain. Après deux ans passés à arpenter les toits avec Nick, la citadelle était pourtant devenue mon havre de paix. Je survolais la circulation et les patrouilles de la DVN. J'enfilais à toute allure le dédale d'avenues et de ruelles. J'étais pleine d'énergie, débordante de vie. Dehors, plus que n'importe où ailleurs, je me sentais libre.

Nick se laissa tomber sur un trottoir. Nous courûmes le long de la route encombrée jusqu'à atteindre l'angle de Leicester Square. Sans s'arrêter pour reprendre son souffle, Nick entreprit d'escalader l'immeuble le plus proche, voisin de l'Hippodrome Casino. Il y avait nombre de prises, rebords de fenêtres ou autres corniches, mais je doutais de pouvoir le suivre. Même l'adrénaline n'éliminait pas toute la fatigue.

— Qu'est-ce que tu fais, Nick ?

— J'ai besoin de me vider la tête, répliqua-t-il d'un air las.

— Dans un casino ?

— Au-dessus. (Il me tendit la main.) Allez, *sötnos*, on dirait que tu vas t'endormir.

— Ouais, eh bien je ne suis pas sûre de vouloir épuiser mon esprit *et* mes muscles aujourd'hui. (Je le laissai néanmoins me hisser jusqu'à la première fenêtre, ce qui nous attira le regard surpris d'une fille fumant sa cigarette.) On grimpe jusqu'où ?

— Jusqu'en haut. Si tu y arrives.

— Et sinon ?

— Tant pis. Saute. (Je m'accrochai à son cou.) Quelle est la règle d'or ?

— Ne pas regarder en bas.

— Exact, répondit-il en imitant Jax.

J'éclatai de rire.

Nous atteignîmes le toit sans incident ni blessure. Nick avait quasiment appris à grimper avant de savoir marcher, et trouvait des prises même là où il semblait n'y en avoir aucune. Les rues étaient de nouveau loin en dessous de nous. Mes pieds foulèrent une herbe artificielle. À ma gauche se trouvait une petite fontaine – sans eau – et à ma droite un parterre de fleurs ratatinées.

— Où est-ce qu'on est ?

— Sur un jardin de toit. Je l'ai découvert il y a quelques semaines. Comme je n'y ai jamais vu personne, j'ai décidé d'en faire mon refuge. (Il s'accouda à la balustrade.) Désolé de t'avoir un peu forcé la main, *sötnos*, mais je deviens un peu claustrophobe aux Cadrans.

— Juste un peu.

Nous ne discutâmes pas de ce qui venait de se passer. Nick était excédé par l'approche de Jaxon. Il me lança une barre de céréales. Nous scrutâmes l'horizon rose cendré, comme si nous cherchions un bateau.

— Paige, dit-il, as-tu déjà été amoureuse ?

Ma main se mit à trembler. J'eus du mal à avaler ma bouchée tant ma gorge s'était serrée.

— Je crois que oui.

De légers frissons me parcoururent les flancs. Je m'appuyai à mon tour contre la rambarde.

— Enfin… Peut-être. Pourquoi ?

— Parce que j'aimerais savoir à quoi ça ressemble. Je n'arrive pas à déterminer si je le suis ou pas.

J'opinai, feignant le plus grand calme. En réalité, une mutation lente et perturbante se déroulait dans mon corps ; je commençais à voir de minuscules points noirs, j'avais la tête ailleurs, les paumes moites, et mon cœur battait la chamade.

— Raconte, dis-je.

Ses yeux restèrent rivés sur le coucher de soleil.

— Quand tu es amoureuse de quelqu'un, te sens-tu excessivement protectrice ?

La situation était étrange à plus d'un titre. Premièrement, parce que j'étais amoureuse de Nick. Je le savais depuis longtemps, même si je n'avais jamais agi en conséquence. Et deuxièmement, parce que Nick avait vingt-sept ans et moi dix-huit. C'était comme si l'ordre naturel des choses était renversé.

— Oui. (Je baissai les yeux.) Du moins, je crois. Je fais tout pour le protéger. Je faisais.

— Et est-ce que tu as parfois juste envie de… le toucher ?

— Tout le temps, admis-je timidement. Ou plutôt… je voudrais que lui me touche, même si c'est juste pour…

— Te prendre dans ses bras.

J'acquiesçai sans le regarder.

— Parce que j'ai l'impression de comprendre cette personne, et que je ne veux que son bonheur. Mais je ne sais pas comment m'y prendre. En réalité, je sais juste qu'en l'aimant, je vais la rendre terriblement malheureuse. (Son front se froissa comme un vieux livre.) Je ne sais pas si je dois prendre le risque de le lui avouer, car je sais les dégâts que cela causerait. Du moins, je crois savoir. Est-ce que c'est important, Paige ? D'être heureux.

— Comment peux-tu en douter ?

— Parce que je ne sais pas si l'honnêteté vaut mieux que le bonheur. Faut-il sacrifier l'une pour satisfaire l'autre ?

— Parfois. Mais à mon avis, le mieux, c'est d'être honnête. Sous peine de vivre une existence de mensonge.

Je pesais chacun de mes mots, l'encourageant discrètement à me parler, tâchant d'oublier le vacarme des idées se bousculant dans mon cerveau.

— Parce qu'il faut faire confiance à l'autre.

— Oui.

Les yeux se mirent à me brûler. Je m'efforçai de respirer lentement. Quelque part dans ma tête, la terrible réalité commençait à poindre. Il ne parlait pas de moi.

Bien sûr, il n'avait jamais rien dit ou fait qui puisse laisser suggérer qu'il partageait mes sentiments. Mais qu'en était-il de tous ces contacts délicats, des heures d'attention qu'il me consacrait, de toutes ces fois où nous courions ensemble ? Qu'en était-il des deux dernières années de ma vie, durant lesquelles j'avais passé presque chaque jour et chaque nuit en sa compagnie ?

Nick contemplait le ciel, à présent.

— Hé, regarde ! s'exclama-t-il.

— Quoi ?

Il me désigna une étoile.

— Arcturus. Je ne l'avais jamais vue aussi brillante.

Elle avait une teinte orangée, et semblait immense et plus puissante que ses voisines. En comparaison, je me sentais assez petite pour disparaître dans un trou de souris.

— Alors, repris-je en adoptant un ton détaché, qui est-ce ? De qui crois-tu être amoureux ?

Nick porta la main à son front.

— Zeke.

Je crus d'abord l'avoir mal entendu.

— Zeke. (Je tournai la tête pour le regarder.) Zeke Sáenz ?

Il confirma.

— Tu crois que c'est sans espoir ? demanda-t-il doucement. Qu'il ne peut pas m'aimer ?

Mon visage commençait à s'engourdir.

— Tu ne m'en avais jamais parlé, commençai-je. (Ma poitrine se contracta.) J'ignorais que tu...

— Tu ne pouvais pas savoir. (Il se passa la main sur la figure.) Je n'y peux rien, Paige. Je sais que je devrais trouver quelqu'un d'autre, mais je n'arrive même pas à me résoudre à chercher. Je ne saurais pas comment m'y prendre. Pour moi, c'est la plus belle personne au monde. J'ai d'abord cru que c'était le fruit de mon imagination, mais il est maintenant avec nous depuis un an et... (il ferma les paupières.) Je ne peux pas le nier, je tiens vraiment beaucoup à lui.

Pas à moi. Je restai là, silencieuse, avec la désagréable impression qu'on me déversait un anesthésiant dans les veines. Ce n'était pas moi qu'il aimait.

— Je crois que je pourrais l'aider. (Il en parlait avec passion.) Je pourrais l'aider à affronter son passé, à se rappeler certaines choses. C'est un ancien chuchoteur : je pourrais l'aider à entendre les voix de nouveau.

J'aurais aimé avoir ce pouvoir, celui d'entendre les esprits, plutôt que de l'écouter, lui. Je faisais de gros efforts pour ne pas pleurer. Quoi qu'il advienne ce soir-là, je ne pleurerais pas, je m'y refusais. J'étais trop forte pour ça. Nick avait tous les droits d'aimer quelqu'un d'autre. Pourquoi pas ? Je ne lui avais jamais parlé de mes sentiments pour lui. J'aurais dû me réjouir. Pourtant, secrètement, une petite part de moi avait toujours espéré qu'il partageait mes sentiments – qu'il attendait juste le bon moment pour me faire sa déclaration. Un moment comme celui-ci.

— Qu'est-ce que tu vois sur son territoire des rêves ? (Nick me contemplait, dans l'attente d'une réponse.) Quelque chose ?

— Juste des ténèbres.

— Je pourrais peut-être essayer. Lui envoyer une image. (Il se fendit d'un léger sourire.) Ou alors je pourrais lui parler, comme une personne normale.

— Il t'écouterait, affirmai-je. Si tu le lui disais. Qu'est-ce qui te fait croire qu'il ne ressent pas la même chose ?

— Il a déjà suffisamment de problèmes en ce moment. Et puis, tu connais les règles. Pas d'engagement. Jaxon péterait une durite, s'il l'apprenait.

— On s'en fout de Jaxon. Ce n'est pas juste de rester avec ça sur le cœur.

— J'ai tenu une année, *sötnos*. Je peux tenir plus longtemps.

J'avais la gorge nouée. Il avait raison, bien sûr. Jaxon ne voulait pas que l'on s'engage. Il n'aimait pas les relations. Même si Nick m'avait aimée, nous n'aurions pas pu nous mettre ensemble. Mais à présent, la vérité m'était crachée en plein visage, mon rêve était brisé. J'avais de la peine à respirer. Cet homme n'était pas le mien. Il ne l'avait jamais été. Et même si je l'aimais de tout mon cœur, il ne le serait jamais.

— Pourquoi ne m'en as-tu jamais parlé ? dis-je en m'agrippant à la rambarde. Enfin, je sais que ça ne me regarde pas, mais…

— Je ne voulais pas t'inquiéter. Tu avais bien assez de soucis en tête. Je savais que Jax serait intéressé par toi, mais il t'a fait vivre un enfer. Il te traite encore comme un jouet tout neuf. Je suis navré de t'avoir embarquée là-dedans.

— Non. Non, ne dis pas ça. (Je me tournai vers lui et lui serrai la main, un peu trop fort.) Tu m'as sauvée, Nick. Tôt ou tard, j'aurais perdu l'esprit. Il fallait que je sache, sans quoi je me serais toujours sentie comme une étrangère. Tu m'as permis de faire partie d'un tout, de faire partie de beaucoup de choses, en fait. Je ne pourrai jamais assez te remercier.

La surprise se lut sur son visage.

— On dirait que tu vas pleurer.

— Non. (Je lui lâchai la main.) Écoute, je dois y aller. J'ai un rendez-vous.

Ce n'était évidemment pas le cas.

— Attends, Paige. Reste ici. (Il me retint par le poignet.) Je t'ai contrariée, pas vrai ? Qu'est-ce qu'il y a ?

— Je ne suis pas contrariée.

— Si. S'il te plaît, juste une minute.

— Il faut vraiment que j'y aille, Nick.

— Tu ne m'as encore jamais laissé tomber quand j'avais besoin de toi.

— Je suis désolée. (Je resserrai les pans de mon blazer.) Si tu veux un conseil, retourne à la base et dis à Zeke tout ce que tu as sur le cœur. S'il lui reste un tant soit peu de bon sens, il dira oui. (Je le considérai avec un sourire triste.) C'est ce que je dirais.

Puis je le vis. D'abord de la confusion, puis de l'incrédulité, enfin du désarroi.

Il avait compris.

— Paige..., commença-t-il.

— Il est tard. (J'enjambai le garde-fou, les mains tremblantes.) On se voit lundi, d'accord ?

— Non, Paige, attends. *Attends.*

— Nick, s'il te plaît.

Il ferma la bouche, mais garda les yeux écarquillés. Je redescendis dans la rue, le laissant seul sous la lune. Ce ne fut qu'une fois sur le trottoir que les premières et dernières larmes surgirent. Je fermai les paupières et inspirai profondément l'air nocturne.

J'échouai en I-5 sans trop savoir comment. Peut-être avais-je pris le métro. Peut-être avais-je marché. Mon père était encore au travail ; il ne s'attendait pas à ma venue. Je restai plantée dans l'appartement vide, les yeux rivés sur la lucarne. Pour la première fois depuis mon enfance, je regrettais de ne pas avoir de mère, de sœur, ou même d'amie – une amie hors des Sceaux. Malheureusement, je n'avais rien de tout ça. Je ne savais pas quoi faire ni quoi ressentir. Comment se serait comportée une amaurotique dans ma situation ? Elle aurait très vraisemblablement passé une semaine au lit. Mais je n'étais pas amaurotique, et ce n'était pas comme si je venais de rompre avec quelqu'un. Seulement avec un rêve. Un rêve puéril.

Je repensai à mes années d'école, lorsque j'étais la seule voyante au milieu d'une foule d'amaurotiques. Suzette, l'une de mes rares copines, avait rompu avec son mec lors de notre dernière année. J'essayai de me souvenir de sa réaction. J'étais certaine qu'elle n'avait pas passé une semaine au lit. Qu'avait-elle fait ? Ah, ça me revenait. Elle m'avait envoyé un texto, me demandant de l'accompagner en boîte. *Tu veux danser pour m'aider à oublier mes malheurs ?* Je m'étais trouvé une excuse bidon, comme d'habitude.

Je comptais bien me rattraper ce soir-là. Danser jusqu'à en oublier mes malheurs. Rayer cet incident de ma mémoire. Me débarrasser de cette douleur.

Je me déshabillai, pris une longue douche, puis me séchai avant de me lisser les cheveux. Je mis du rouge à lèvres, du mascara et du khôl. Je me vaporisai du parfum à des endroits stratégiques. Je me pinçai les joues pour les faire rosir. Quand j'eus terminé, j'enfilai une robe en dentelle et des sandales à talons, puis je sortis.

Le concierge me regarda passer d'un air surpris.

Je hélai un taxi. Nadine fréquentait parfois un flash-club dans l'East End, ouvert en semaine, où les consos n'étaient pas chères (et où l'on trouvait, parfois, du véritable alcool de contrebande). C'était dans un quartier chaud du II-6, un des rares endroits où les voyants pouvaient sortir en toute sécurité tant les Vigiles rechignaient à y patrouiller.

Un immense videur en surveillait l'entrée, vêtu d'un costume et d'un chapeau. Il me fit signe de passer.

L'intérieur était sombre et étouffant. La salle de danse était confinée, étriquée, bondée de corps en sueur. Un comptoir courait le long d'un mur, où l'on trouvait différentes sortes d'oxygènes et de mecks. La piste de danse s'étendait à la droite du bar. La plupart des clients étaient amaurotiques, des hipsters au pantalon en tweed, au petit chapeau et à la cravate colorée. Je me demandais bien ce que je fichais ici, au milieu de ces normaux bondissant au rythme d'une musique assourdissante, mais c'était précisément le but recherché : faire preuve de spontanéité, oublier le monde réel.

J'avais passé neuf ans à idolâtrer Nick. Il fallait que je tourne la page. Je ne pouvais pas me permettre de ruminer mes sentiments.

Je m'approchai du comptoir et me juchai sur un tabouret. Le barman me remarqua, sans pour autant m'adresser la parole. C'était un voyant, un doté – il refuserait la conversation. Cependant, quelqu'un d'autre me repéra bientôt.

Un petit groupe de jeunes hommes se trouvait à l'autre bout du bar, sans doute des étudiants de l'USL. Tous des amaurotiques, naturellement. Rares étaient les voyants à arriver jusqu'à la fac. J'étais sur le point de commander un shot d'Oxar quand l'un d'eux vint me parler. Il devait avoir dix-neuf ou vingt ans, était rasé de frais et légèrement hâlé. Il devait rentrer d'une année à l'étranger, peut-être à Scion-Athènes. Sa chevelure sombre était dissimulée sous une casquette.

— Salut, cria-t-il pour couvrir la musique. Tu es toute seule ?

J'acquiesçai. Il s'installa à côté de moi.

— Reuben, se présenta-t-il. Je peux t'offrir un verre ?

— Du mecks, répondis-je. Si ça ne te dérange pas.

— Pas du tout. (Il fit signe au barman, qui, manifestement, le connaissait.) Du mecks sanglant, Gresham.

L'intéressé fronça les sourcils, mais me servit sans rechigner. Le mecks sanglant était le plus cher des substituts à l'alcool, un mélange à base de cerises, de raisin noir et de prunes. Reuben se pencha vers mon oreille.

— Alors, commença-t-il, qu'est-ce que tu fais ici ?

— Rien de spécial.

— Tu n'as pas de petit ami ?

— Peut-être que si.

Non.

— Je viens de rompre avec ma copine. Et je me suis dit, quand je t'ai vue entrer… eh bien, je me suis dit des trucs que je ne devrais sans doute pas me dire en voyant une jolie fille entrer dans un bar. Eh puis j'ai pensé qu'une fille aussi belle que toi devait forcément être là avec son copain. Pas vrai ?

— Non. Je suis toute seule.

Gresham poussa mon verre de mecks vers moi.

— Ça fera deux, annonça-t-il. (Reuben lui glissa deux pièces d'or.) Je suis censé deviner que tu as dix-huit ans, jeune fille ?

Je lui montrai ma carte d'identité et il retourna nettoyer ses verres tout en me surveillant du coin de l'œil. Je me demandais ce qui le troublait tant que ça : mon âge, mon allure, mon aura ? Sans doute un mélange des trois.

Je revins à la réalité quand Reuben se rapprocha de moi. Son haleine exhalait la pomme.

— Tu vas à la fac ? demanda-t-il.

— Non.

— Qu'est-ce que tu fais alors ?

— Je bosse dans un bar à oxy.

Il hocha la tête, avala une gorgée.

Je ne savais pas comment m'y prendre. Lui donner le signal. Existait-il un signal ? Je le regardai droit dans les yeux, remontai mon pied le long de sa jambe. Cela sembla fonctionner. Il se retourna vers ses amis, qui avaient repris leur jeu à boire.

— Tu veux qu'on aille quelque part ? me proposa-t-il d'une voix basse et rauque.

C'était maintenant ou jamais. J'acceptai.

Reuben entrelaça ses doigts aux miens et me fit fendre la foule. Gresham me guettait toujours. Il me prenait sans doute pour une sacrée salope.

Je me rendis compte que Reuben ne me menait pas vers le coin sombre que j'avais imaginé, mais vers les toilettes. Du moins, je le pensais, jusqu'à ce qu'il me fasse franchir une autre porte menant au parking des employés. Une sorte de cour intérieure rectangulaire susceptible d'accueillir six voitures. D'accord, il voulait de l'intimité. Parfait. Au moins, cela signifiait qu'il ne faisait pas cela uniquement pour se la raconter devant ses amis. Non ?

Avant que j'aie eu le temps de dire ouf, il me plaqua contre le mur en brique crasseux. Je sentais la sueur et la cigarette. À ma grande surprise, il commença à déboucler sa ceinture.

— Attends, dis-je, je ne voulais pas...

— Oh, allez. C'est juste pour s'amuser. Et puis (il ouvrit son pantalon), ce n'est pas comme si on trompait qui que ce soit.

Il m'embrassa. Ses lèvres étaient fermes. Une langue humide au goût artificiel s'invita dans ma bouche. Je n'avais encore jamais été embrassée jusqu'alors. Je n'étais pas certaine d'aimer ça.

Il avait raison. C'était juste pour s'amuser. Bien sûr que oui. Où était le mal ? Les gens normaux faisaient ça tout le temps, non ? Ils buvaient, ils relevaient des paris idiots, ils baisaient. C'était précisément ce dont j'avais besoin. Et Jax nous le permettait – tant que nous ne nous engagions pas. En l'occurrence, il n'y avait aucun engagement. Pas de fil à la patte. Eliza le faisait tout le temps.

Ma tête me dictait de m'arrêter. Pourquoi faisais-je cela ? Comment avais-je échoué ici, dans le noir, avec un inconnu ? Cela ne prouverait rien. Cela n'éliminerait pas la douleur. Au contraire, elle ne ferait qu'empirer. Mais désormais, Reuben était à genoux, et il avait retroussé ma robe jusqu'à ma taille. Il déposa un baiser sur mon ventre nu.

— Tu es tellement belle.

Je n'en avais pas l'impression.

— Tu ne m'as même pas dit ton nom.

Il fit courir son doigt sur l'élastique de ma culotte. Je frissonnai.

— Eva, mentis-je.

L'idée même de le sentir en moi me révulsait. Je ne le connaissais pas. Je n'avais aucune envie de lui. Je tentai de me raisonner : j'aimais toujours Nick, et je devais y mettre un terme. J'attrapai Reuben par les cheveux et l'embrassai à pleine bouche. Il laissa échapper un petit gémissement et m'écarta les cuisses.

Je fus parcourue d'un léger frisson. Je ne l'avais encore jamais fait. La première fois n'était-elle pas censée signifier quelque chose ? Mais je ne pouvais pas m'arrêter maintenant, il fallait que j'aille au bout de ma démarche.

La lumière vacillante du réverbère m'aveuglait. Reuben apposa ses mains à plat sur le mur. Je ne savais pas à quoi m'attendre. C'était assez euphorisant.

Puis une douleur. Une douleur violente, étourdissante. Comme un poing s'enfonçant profondément dans mon ventre.

Reuben ignorait ce qui venait de se produire. J'attendis que ça passe, mais cela ne passa pas. Il remarqua ma crispation.

— Ça va ?

— Oui, soufflai-je.

— C'est ta première fois ?

— Non, bien sûr que non.

Il se pencha vers mon cou, m'embrassa de l'épaule à l'oreille. Mais avant même qu'il essaie de bouger, la douleur revint, plus puissante, insoutenable. Il se retira.

— Si, comprit-il.

— Ce n'est pas grave.

— Écoute, je crois que je ne devrais pas.

— D'accord. (Je le repoussai.) Dans ce cas, fous-moi la paix. Je n'ai pas besoin de toi. Ni de personne.

Je retournai à l'intérieur en chancelant et en rajustant ma robe. J'atteignis les toilettes juste à temps pour vomir. La douleur me vrillait les cuisses et l'estomac. Je me penchai sur la cuvette, toussant et sanglotant. Jamais de ma vie je ne m'étais sentie aussi stupide.

Je pensai à Nick. Je pensai à toutes ces années passées à songer à lui, à me demander s'il reviendrait un jour vers moi. Puis je pensai à lui aujourd'hui, à son sourire, à sa manière de veiller sur moi, et c'était inutile : je ne désirais que lui. Je m'enfouis la tête dans les bras et pleurai à chaudes larmes.

26

Changement

L'intensité de cette réminiscence me laissa groggy un long moment. J'avais revécu les moindres détails de cette soirée, jusqu'au plus léger frisson. Je me réveillai dans une obscurité complète, sans la moindre idée de l'heure ou du jour. *It's a Sin to Tell a Lie*[5] jouait doucement sur le gramophone.

J'aurais pu lui montrer tant de souvenirs différents. J'avais survécu aux émeutes de Dublin, aux années de deuil de mon père, aux années de cruauté subies à l'école pour filles de Scion – et pourtant, je lui avais révélé la nuit où j'avais été éconduite par le garçon que j'aimais. Cela semblait pourtant si futile et insignifiant ; cependant, il s'agissait de mon seul souvenir d'humaine normale. De la seule fois où je m'étais livrée à un inconnu. De l'unique fois de mon existence où mon cœur avait été brisé.

Je ne croyais pas aux sentiments. Je croyais aux territoires des rêves et aux esprits. Voilà tout ce qui comptait. Ce qui

5. « C'est un péché que de mentir. »

rapportait. Pourtant, j'avais ce jour-là connu une véritable peine de cœur. Pour la première fois de ma vie, j'avais dû en reconnaître l'existence et la fragilité. Je n'étais pas insubmersible. Je pouvais être humiliée.

J'étais désormais plus âgée. J'avais peut-être changé, mûri. Je m'étais sans doute endurcie. Je n'étais plus cette fille pas tout à fait mature, aspirant à s'attacher, à trouver une épaule sur laquelle se reposer. Elle avait disparu depuis longtemps. À présent, j'étais une arme, une marionnette manipulée par d'autres. Et je ne savais pas quel était le pire.

Une langue de feu léchait encore les braises dans l'âtre. Elle projetait une lumière vacillante sur la silhouette devant la fenêtre.

— Bienvenue chez nous.

Je ne répondis pas. Le gouverneur jeta un coup d'œil par-dessus son épaule.

— Allez-y, déclarai-je. Vous avez un truc à dire.

— Non, Paige.

Un ange passa.

— Vous trouvez que c'était idiot. Vous avez raison. (Je contemplai mes mains.) Je voulais juste...

— Être remarquée. (Il regarda le feu.) Je crois comprendre pourquoi ce souvenir t'affecte si profondément. Il se trouve au cœur de ta plus grande crainte : que tu ne sois rien en dehors de ton don. En dehors de la marcherêve. Que ce soit la seule partie de toi qui mérite vraiment d'exister – ton gagne-pain. Tu as perdu le reste de ta personne en Irlande. À présent, tu te reposes sur Jaxon Hall, qui te traite comme une marchandise. À ses yeux, tu n'es rien d'autre qu'un peu de chair greffée sur un fantôme ; un talent inestimable dans une enveloppe humaine. Mais Nick Nygård t'a montré que tu valais mieux que ça.

Je le considérais désormais avec attention.

— Cette nuit-là t'a ouvert les yeux. Quand tu t'es rendu compte que Nick en aimait un autre, tu t'es retrouvée face à ta plus grande crainte : celle de n'être jamais reconnue en tant qu'être humain – en tant qu'ensemble complexe. Celle de n'être à jamais perçue que comme une curiosité. Tu n'avais d'autre choix que de te révéler sous un autre jour. De trouver la première personne prête à te posséder, quelqu'un qui ignorerait tout de la marcherêve. C'était tout ce qui te restait.

— Je vous défends de me prendre en pitié, rétorquai-je.

— Je ne te prends pas en pitié. Mais je sais ce que tu ressens. Je sais ce que c'est de n'être désiré que pour ce que l'on est.

— Cela ne se reproduira plus.

— Pourtant, la solitude ne t'a pas protégée, si ?

Je détournai la tête. Je détestais qu'il le sache. Je me haïssais de l'avoir laissé me percer à jour. Le gouverneur vint me rejoindre sur le lit.

— L'esprit d'un amaurotique est semblable à de l'eau. Fade, gris, transparent. Suffisant pour maintenir la vie, mais rien de plus. En revanche, celui d'un clairvoyant ressemble davantage à de l'huile, plus riche dans tous les domaines. Et à l'instar de l'eau et de l'huile, ils ne peuvent pas se mélanger.

— Selon vous, c'est parce qu'il était amaurotique que…

— Oui.

Au moins, ce n'était pas mon corps qui déraillait. Je n'avais jamais eu le courage d'aller voir un docteur à propos de ce soir-là. Les médecins de Scion étaient froids et impitoyables sur la question.

Une idée me vint soudain à l'esprit. Je pris le temps de bien la formuler :

— Si les esprits des voyants sont comme de l'huile, à quoi ressemblent les vôtres ?

Pendant un instant, je ne sus s'il allait répondre. Puis, d'un ton de velours, il prononça deux petits mots.

— Au feu.

Cela me donna la chair de poule. Qu'arrivait-il quand on jetait de l'huile sur le feu ? Une explosion.

Non. Je ne pouvais l'envisager de cette manière. Il n'était pas humain. Qu'il me comprenne ou pas n'avait pas d'importance. Il restait mon gardien. Un réphaïte. Il restait exactement tel qu'il était dès le départ.

Il se tourna pour me faire face.

— Paige, déclara-t-il, il y avait un autre souvenir. Juste avant que tu t'évanouisses.

— Lequel ?

— Du sang. En grande quantité.

Je secouai la tête, trop lasse pour y réfléchir.

— Sans doute le jour où ma clairvoyance a été révélée. Les souvenirs du poltergeist en étaient saturés.

— Non. J'ai déjà vu cet épisode-là. Il y en avait bien davantage dans celui dont je te parle. Tout autour de toi, qui t'étouffait.

— Je ne vois pas du tout de quoi vous voulez parler.

Et c'était vrai. Je n'en avais pas la moindre idée.

Le gouverneur me scruta longuement.

— Retourne te coucher, finit-il par me dire. Demain, à ton réveil, pense à des choses plus positives.

— Comme quoi ?

— Ton évasion. Lorsque le moment sera venu, tu devras être prête.

— Vous allez donc m'aider. (Confrontée à son mutisme, je perdis patience.) Je vous ai tout montré : ma vie, mes souvenirs. Pourtant j'ignore encore tout de vos motivations. Qu'est-ce que vous voulez ?

— Tant que Nashira nous aura tous les deux sous sa coupe, mieux vaut que tu n'en apprennes pas trop. Ainsi, si elle t'interroge de nouveau, tu pourras affirmer sans crainte que tu ne sais rien.

— Rien sur quoi ?

— Tu es bien obstinée.

— À votre avis, pourquoi suis-je encore vivante ?

— Parce que tu es insensible au danger. (Il abattit ses mains sur ses genoux.) Je ne peux pas te parler de mes motivations, mais je veux bien t'en dire plus sur la fleur rouge, si tu le souhaites.

Son offre me prit de court.

— Allez-y.

— Connais-tu l'histoire d'Adonis ?

— On n'étudie pas les classiques, dans les écoles scioniennes.

— Bien sûr. Pardonne-moi.

— Attendez un instant.

Je repensai à la collection de livres volés de Jax. Ce dernier adorait la mythologie. Il la jugeait *délicieusement illicite*.

— C'était un dieu, non ?

— L'amoureux d'Aphrodite. Un jeune et magnifique chasseur mortel. Aphrodite était tellement sous le charme de sa beauté qu'elle préférait sa compagnie à celle des dieux. Selon la légende, son amant, le dieu guerrier Arès, était à ce point jaloux du couple qu'ils formaient qu'il se transforma en sanglier pour tuer son rival. Celui-ci mourut dans les bras d'Aphrodite, et son sang souilla la terre.

» Tandis qu'elle l'étreignait, Aphrodite versa du nectar sur le sang de son bien-aimé. Et de là naquit l'anémone, une fleur vivace, mais éphémère, rouge comme le sang – et comme tous les esprits, celui d'Adonis alla errer dans les enfers. Zeus entendit pleurer Aphrodite et, par pitié pour la déesse, il accepta de laisser le malheureux vivre la moitié de l'année dans la vie, l'autre dans la mort. (Le gouverneur me considéra.) Réfléchis-y, Paige. Les monstres n'existent peut-être pas, mais les mystères de votre mythologie recèlent quelques bulles de vérité.

— Ne me dites pas que vous êtes des *dieux*. Je crois que je ne supporterais pas de découvrir que Nashira est une sainte.

— Nous sommes des tas de choses, mais je ne crois pas que « saints » nous qualifierait bien. (Il marqua une pause.) J'en ai trop dit. Tu as besoin de repos.

— Je ne suis pas fatiguée.

— Tu as malgré tout besoin de dormir. Demain soir, je te montrerai quelque chose.

Je m'adossai contre mes oreillers. Malgré mes fanfaronnades, j'étais éreintée.

— Cela ne signifie pas pour autant que je vous fais confiance, l'avertis-je. Simplement que j'essaie.

— C'est tout ce que j'attends de toi. (Il tapota les draps.) Dors bien, petite rêveuse.

Je n'en pouvais plus. Je roulai de côté et fermai les paupières, songeant toujours aux fleurs rouges et aux dieux.

Je me réveillai en entendant un coup. Le ciel était rosé, comme souillé de sang. Le gouverneur était debout devant le foyer, la main sur le manteau de cheminée. Sa tête était braquée vers la porte.

— Paige, dit-il, cache-toi. Vite.

Je sortis du lit et me précipitai derrière la porte dissimulée par les tentures. Je la laissai légèrement entrebâillée pour écouter. J'apercevais toujours l'âtre de derrière mon rideau.

La porte de la chambre fut déverrouillée et ouverte. Nashira entra. Elle devait posséder la clé de la tour. Le gouverneur s'agenouilla devant elle, sans reproduire l'intégralité du rituel. Elle fit courir ses doigts sur le lit.

— Où est-elle ?

— Elle dort.

— Dans sa chambre ?

— Oui.

— Menteur. Elle dormait ici. Les draps portent son odeur. (Ses doigts nus se saisirent de son menton.) Tu tiens vraiment à t'engager sur ce terrain ?

— Je ne vois pas ce que tu veux dire. Je ne pense à rien ni personne d'autre qu'à toi.

— Peut-être. (Elle le pinça.) Les chaînes sont encore accrochées. N'espère pas un seul instant que j'hésiterais à te renvoyer au Manoir. Et ne t'imagine pas que la Saison d'Os XVIII puisse se répéter. Si cela devait se reproduire, je n'épargnerais personne. Pas même toi. Pas cette fois. Tu m'as bien comprise ?

Il rechigna à répondre, et elle le gifla violemment. Il tressaillit.

— Alors ?

— J'ai eu vingt ans pour réfléchir à ma folie. Tu avais raison. Les humains sont indignes de confiance.

Il y eut un court silence.

— Ravie de te l'entendre dire. (Elle s'était radoucie.) Tout ira bien. Bientôt, nous aurons cette tour pour nous seuls. Et tu pourras alors honorer tes engagements envers moi.

Elle était folle. Comment pouvait-elle passer si vite de la violence à la séduction ?

— Dois-je comprendre que le temps de 40 est compté ? s'enquit le gouverneur.

Je tendis l'oreille, parfaitement immobile.

— Elle est prête. Je sais qu'elle a pris possession de 12 dans la citadelle. Ta cousine me l'a dit. (Elle lui souleva le menton.) Tu as bien nourri son don.

— Je l'ai fait pour toi, ma reine. Vas-tu t'emparer d'elle dans l'ombre, ou comptes-tu montrer à Scion l'étendue de ta puissance ?

— L'un ou l'autre. Dans tous les cas, j'aurai enfin la faculté de marcher dans les rêves. D'envahir, de posséder. Tout ça grâce à toi, mon bien-aimé Arcturus. (Elle posa une petite fiole sur la cheminée, et son timbre redevint glacial.) Ceci sera ta dernière dose d'amarante jusqu'au Bicentenaire. Je pense que tu as besoin de temps pour réfléchir à tes cicatrices. Pour te souvenir pourquoi tu as tout intérêt à te tourner vers l'avenir, pas vers le passé.

— J'endurerai toutes les souffrances que tu estimeras nécessaires.

— Tu ne souffriras pas longtemps. Bientôt, nous atteindrons la félicité. (Elle se tourna vers la porte.) Prends soin d'elle, Arcturus.

Elle referma le battant derrière elle.

Le gouverneur resta immobile. Pendant un instant, je me demandai ce qu'il allait faire. Puis d'un coup de poing rageur, il écrasa l'urne en verre posée sur la cheminée. J'allai me coucher et écoutai le silence.

Il n'était pas mon ennemi. Pas l'ennemi que je m'étais figuré.

Elle avait affirmé qu'elle le renverrait au Manoir. Preuve supplémentaire de son implication dans la Saison d'Os XVIII. De sa trahison. Voilà ce que Thuban avait sous-entendu lorsqu'il avait menacé Terebell. Ils avaient essayé de nous aider et en avaient payé le prix. Ils s'étaient ralliés au mauvais camp, celui des perdants.

Je tournai et virai pendant des heures. Je n'arrêtais pas de penser à leur conversation. À la gifle qu'elle lui avait assenée. À la façon dont elle l'avait mis à genoux. Ainsi qu'à l'imminence de l'instant où elle entendait se débarrasser de moi. Je repoussai les draps et restai allongée dans le noir, les yeux grands ouverts. Il m'avait fallu du temps pour l'admettre, mais je le comprenais enfin : le gouverneur était de mon côté.

Je songeai aux cicatrices dans le dos de Terebell, celles que Thuban Sargas avait évoquées avec un soupçon de cruauté. Sa famille et lui l'avaient scarifiée. Elle et le gouverneur étaient les scarifiés. Quelque chose de terrible s'était produit dans le

Manoir après ce jour de la Novembrine 2039. Je ne connaissais pas Terebell, mais elle m'avait sauvé la vie ; je lui étais redevable. De même qu'au gouverneur, qui avait pris soin de moi.

S'il y avait une chose que je ne supportais pas, c'était bien d'être redevable à quelqu'un. La prochaine fois qu'il me parlerait, je l'écouterai. Je l'entendrai. Je m'assis dans mon lit. Non, pas *la prochaine fois* qu'il me parlerait : tout de suite. Il fallait que nous ayons une sérieuse conversation. Ma seule chance était de me fier à lui. Je ne mourrais pas ici. Je devais découvrir, une bonne fois pour toutes, ce que voulait Arcturus Mesarthim. Je devais m'assurer qu'il accepterait effectivement de m'aider.

Je me levai du lit et descendis à son étage. Personne. Dehors, un orage se déchaînait. L'horloge de parquet sonna quatre heures du matin. Je trouvai le message qu'il m'avait laissé sur la table basse.

Je pars à la chapelle. Je serai rentré avant l'aube.

Tant pis pour le sommeil, j'en avais assez des énigmes et des malentendus. J'enfilai mes bottes et quittai la tour.

Le vent grondait puissamment. Une garde était de faction dans les cloîtres. J'attendis qu'elle me dépasse avant de me mettre à courir. Le tonnerre et l'obscurité jouaient en ma faveur, me permettant de rester invisible. Un nouveau bruit couvrit bientôt celui de la pluie : de la musique. Je la laissai me guider jusqu'à un autre passage, où une large porte était restée entrebâillée. Elle donnait sur une petite chapelle, séparée du reste du bâtiment par une paroi de pierre élaborée. Une bougie crachotait dans la pénombre. Quelqu'un était là, à jouer de l'orgue. L'air me résonnait dans les oreilles, dans la poitrine.

J'entrai, grimpai quelques marches. L'orgue se trouvait au sommet de l'escalier. Le gouverneur était assis sur le banc, dos à moi. La musique vibrait dans les tuyaux, montait jusqu'au plafond, puis se répandait dans toute la chapelle et au-delà. Une mélopée chargée de regrets. Un être dépourvu d'émotions n'aurait pas pu jouer ainsi.

La lamentation s'arrêta. Il tourna la tête. Il resta muet, et je m'installai à son côté. Nous restâmes ainsi dans le noir, seulement illuminés par ses yeux flamboyants et la bougie.

— Tu devrais être en train de dormir.

— J'ai bien assez dormi. (Je posai les mains sur le clavier.) Je ne savais pas que les réphaïm savaient jouer.

— Nous sommes maîtres dans l'art de l'imitation.

— Ça n'était pas une imitation. Ça venait du fond de vous.

Il y eut un long silence.

— Tu es venue me réclamer ta liberté. C'est ce que tu veux.

— Oui.

— Évidemment. Crois-le ou non, mais c'est également ce que je souhaite plus que tout au monde. Cet endroit m'a vraiment donné la bougeotte. J'aimerais avoir ton ardeur, connaître tous ces paysages que tu as pu voir. Et pourtant, deux cents ans après mon arrivée, je n'ai toujours pas bougé d'ici. Je suis encore un prisonnier, même si on me fait passer pour un roi.

Je compatissais, au moins avec son sentiment d'étouffement.

— J'ai été trahi une fois. La veille de la Novembrine, alors que l'insurrection de la Saison d'Os XVIII devait commencer, un humain a choisi de nous trahir tous. En échange de sa liberté, ce lâche a sacrifié tous les habitants de cette cité. (Il pivota vers moi.) Tu comprends pourquoi Nashira ne craint pas la perspective d'une nouvelle révolution ? Elle vous pense trop égoïstes pour vous unir.

Je comprenais effectivement. Avoir planifié tant de choses pour garantir la liberté des humains, tout ça pour se faire mordre la main par ceux que l'on a nourris – pas étonnant qu'il ne m'eût pas tout de suite fait confiance. Pas étonnant qu'il lui arrivât de se montrer si froid.

— Mais toi, Paige… tu la menaces. Elle sait que tu fais partie des Sept Sceaux, que tu es la Rêveuse pâle. Tu as le pouvoir d'apporter l'esprit de la pègre dans cette ville. Et c'est ce qu'elle redoute.

— Elle n'a pourtant rien à en craindre. La pègre n'est qu'un ramassis de criminels et d'hypocrites.

— Tout dépend de ses chefs. Elle a le potentiel pour devenir bien plus que ça.

— Elle n'existe qu'à cause de Scion. Et Scion n'existe qu'à cause des réphaïm. Vous avez fabriqué votre propre ennemi.

— Je reconnais l'ironie de la chose. Nashira aussi. La Saison XVIII s'est révoltée parce que les prisonniers avaient l'habitude d'être organisés. Leur groupe était fort et solidaire. Nous devons ressusciter cette force. Et cette fois, nous ne devons pas échouer. (Il regarda par la fenêtre.) *Je* ne dois pas échouer.

Je restai coite. J'hésitais à saisir sa main, qui reposait sur les touches à quelques centimètres de la mienne.

Je me défilai.

— Je veux partir, affirmai-je. C'est tout ce que je souhaite. Retourner à la citadelle avec autant des miens que possible.

— Dans ce cas, nos buts sont différents. Si nous voulons nous entraider, nous allons devoir trouver un compromis.

— Que voulez-vous ?

— Affronter les Sargas. Leur montrer ce que c'est d'avoir peur.

Je songeai à Julian, à Finn. Et puis à Liss, qui sombrait lentement dans l'amaurose.

— Comment comptez-vous vous y prendre ?

— J'ai ma petite idée. (Son regard se reposa sur moi.) J'aimerais te montrer quelque chose, si tu le veux bien.

Je ravalai ma réponse. Ses prunelles chartreuse s'illuminèrent tandis qu'il m'observait. J'étais assez proche de lui pour sentir grimper sa température.

— J'aimerais te faire confiance, dit-il.

— Vous le pouvez.

— Alors, viens avec moi.

— Où ça ?

— Voir Michael. (Il se leva.) Il y a un bâtiment abandonné au nord de la grande cour. Les gardes ne doivent surtout pas nous voir.

Il avait su capter toute mon attention. J'acquiesçai.

Je le suivis à travers la chapelle. Il observa prudemment chaque passage voûté, s'assurant que la voie était libre. Elle l'était.

Il me fit signe d'avancer. Un fantôme fondit sur lui et disparut dans le couloir, mouchant les torches sur son passage. Tandis que la pénombre grandissait, il me saisit la main. Je dus presque me mettre à courir pour suivre ses pas. Nous débouchâmes enfin de sous un porche, sur une allée de gravier.

Le bâtiment abandonné était aussi intimidant que les autres. Dans l'aube naissante, je discernais une série d'arches, des fenêtres rectangulaires munies de barreaux, ainsi qu'un tympan orné d'un anneau gravé. Le gouverneur me fit passer sous les voûtes, tira une clé de sa manche et déverrouilla une petite porte vermoulue.

— Où sommes-nous ? demandai-je.

— En lieu sûr.

Il entra. Je le suivis à l'intérieur avant de refermer derrière moi. Il donna un tour de clé.

Il faisait un noir d'encre dans cette bâtisse. Ses yeux projetaient une faible lueur sur les parois.

— Il s'agit des anciennes caves à vin, m'expliqua-t-il en reprenant sa marche. J'ai passé des années à tout nettoyer. En ma qualité de réphaïte le plus haut gradé de cette résidence, j'ai pu à loisir interdire l'entrée de certains bâtiments. L'accès à celui-ci n'est autorisé qu'à un petit nombre de personnes, dont Michael fait partie.

— Qui d'autre ?

— Tu devrais t'en douter.

Les scarifiés. Je frissonnai. Nous nous trouvions dans leur refuge, leur lieu de réunion. Il ouvrit une grille dans le mur. Elle débouchait sur un conduit étroit, seulement accessible à quatre pattes.

— Vas-y.

— Qu'y a-t-il à l'intérieur ?

— Quelqu'un qui pourra t'aider.

— Je croyais que *vous* alliez m'aider.

— Les humains de cette ville n'accepteraient jamais qu'un réphaïte les organise. Ils soupçonneraient un piège, comme tu l'as toujours cru. Tu dois devenir leur guide.

— Vous nous avez déjà dirigés par le passé.

Il détourna la tête.

— Entre, insista-t-il. Michael t'attend.

Il avait la mine sévère. Je me demandai combien d'années de travail avaient été réduites à néant lors de son précédent échec.

— Cette fois-ci, cela pourrait se passer différemment, lui assurai-je.

Il ne répliqua pas. Ses yeux s'étaient assombris, mais sa peau luisait légèrement. Le manque d'amarante se faisait déjà sentir.

N'ayant guère d'autre choix, je m'enfonçai en rampant dans le conduit sombre et frais. Le gouverneur referma derrière nous.

— Ne t'arrête pas.

J'obtempérai. Une fois au bout, une main osseuse se referma sur la mienne. Je levai la tête vers Michael, dont le visage était illuminé par une bougie. Le gouverneur émergea à son tour du tunnel.

— Montre-lui, Michael. C'est ton boulot.

L'intéressé hocha le chef et me fit signe de le suivre. Nous nous enfonçâmes dans les ténèbres. Il activa un interrupteur, révélant une large pièce souterraine. Je contemplai longuement la lumière, me demandant ce qui me paraissait étrange. Cela me frappa soudain.

— L'électricité. (Je n'arrivais plus à en détacher le regard.) Il n'y a pas de courant ici, comment avez-vous fait ?

Michael me souriait.

— Officiellement, il peut être rétabli dans une seule résidence : Balliol. C'est là que les vestes rouges se coordonnent avec l'Archonterie de Westminster durant les Saisons d'Os, expliqua le gouverneur. Ce bâtiment dispose d'un câblage des plus modernes. Par chance, Magdalen aussi.

Michael me mena jusqu'à un coin de la pièce, où un drap de velours recouvrait un large objet rectangulaire. Quand il tira sur le tissu, j'en restai bouche bée. Sa source de fierté était un ordinateur. Terriblement démodé, une antiquité remontant sans doute aux années 2030, mais un ordinateur quand même. Un lien vers le monde extérieur.

— Il l'a volé à Balliol, m'indiqua le gouverneur. (L'ombre d'un sourire lui étira les lèvres.) Il a réussi à retaper le système électrique de ce bâtiment et à établir une connexion avec la constellation de satellites scioniens.

— On dirait bien que tu es un vrai petit génie, Michael, dis-je en m'asseyant devant la machine. (Il se fendit d'un sourire timide.) À quoi te sert-il ?

— Nous ne courons pas souvent le risque de rétablir l'électricité, mais nous nous en sommes servis pour suivre l'évolution de la Saison d'Os XX.

— Je peux voir ?

Michael se pencha par-dessus mon épaule. Il ouvrit un dossier nommé MAHONEY, PAIGE EVA, 07-MAR-59. Une vidéo tournée depuis un hélicoptère. Zoom sur mon visage. Je courais sur les toits, bondissais au bout de l'immeuble. La distance semblait impossible à franchir (je me surpris à retenir mon souffle), pourtant la fille sur l'écran y parvint. Un cri émanant du pilote : « Fluxez-la ! » Je fis une chute de vingt mètres, et un fil à linge vint se coincer entre mon corps et mon sac à dos. Ma silhouette sans connaissance pendait comme un macchabée. Le cameraman de la DVN émit un rire essoufflé. « Par les moustaches de Weaver, c'est la petite salope la plus chanceuse que j'aie jamais vue de ma vie. »

Et il avait raison.

— Charmant, commentai-je.

Michael me tapota l'épaule.

— Nous étions déçus que tu ne parviennes pas à leur échapper, précisa le gouverneur, mais soulagés que tu aies survécu.

Je haussai un sourcil circonspect.

— Parce que vous aviez invité vos amis pour regarder le spectacle ?

— D'une certaine façon.

Il se leva et se mit à faire les cent pas.

— Qu'attendez-vous de moi ?

— Je t'offre une chance d'appeler à l'aide. (Comme je l'interrogeais silencieusement, il précisa :) Contacte les Sept Sceaux.

— Non. Nashira les capturerait. Elle veut Jaxon. Pas question de les attirer dans la gueule du loup.

Le visage de Michael se décomposa.

— Dis-leur au moins où tu es, insista le gouverneur. Au cas où cela tournerait mal.

— Au cas où *quoi* tournerait mal ?

— Ton évasion.

— Mon évasion.

— Oui. (Il s'immobilisa et pivota vers moi.) Tu m'as posé la question du train. Le soir du Bicentenaire, il amènera nombre d'émissaires scioniens depuis la citadelle. Et il les reconduira à Londres.

Je pris le temps de bien intégrer l'information.

— On va pouvoir rentrer chez nous. (C'était dur à admettre.) Quand ?

— Au soir du 1er septembre. (Le gouverneur s'assit sur un tonnelet.) Même si tu ne contactes pas les Sept Sceaux, tu peux te servir de cette pièce pour mettre au point tes plans. Ils doivent impérativement être plus aboutis que les miens, Paige. Souviens-toi de ce que tu as appris au sein de la pègre. (Il plongea ses prunelles dans les miennes.) La dernière fois, j'ai commis une erreur. Nous avions prévu d'attaquer les Sargas en plein jour, quand l'essentiel de la ville dormirait. À cause du traître, ils nous attendaient - mais même s'ils n'avaient pas été prévenus, ils auraient perçu nos mouvements dans l'éther. Nous devrons frapper quand il y aura le plus d'activité, quand les Sargas auront la tête ailleurs. Quand leur faculté de représailles sera limitée par le besoin de faire bonne figure. Quel meilleur moment que le Bicentenaire ?

Je me surpris à opiner.

— On pourrait en profiter pour flanquer la trouille à quelques officiels scioniens.

— Précisément. (Il soutint mon regard.) Cette planque est la tienne, désormais. Tu trouveras sur l'ordinateur les cartes détaillées de Sheol I dont tu auras besoin pour établir ton itinéraire. Si tu arrives à rallier la prairie à temps, tu pourras attraper le train.

— À quelle heure part-il ?

— Je ne le sais pas encore. Je ne peux pas poser trop de questions, mais Michael va continuer à écouter. Nous finirons par le découvrir.

Je le contemplai avec doute.

— Vous disiez que nos buts divergeaient. Ce n'est pas ce que vous vouliez.

— Scion nous croit trop puissants pour être détruits, pense que nous n'avons aucune faiblesse. J'aimerais que tu leur prouves qu'ils ont tort.

— Comment ?

— Voilà longtemps que je soupçonne que Nashira tentera de te tuer lors du Bicentenaire. Pour s'emparer de ton don. Il existe un moyen très simple de la ridiculiser. (Il me souleva le menton du bout des doigts.) Arrête-la.

Je scrutai son visage. Ses yeux doux brillaient à peine.

— Avant d'accepter, dis-je, j'aimerais réclamer ma faveur.

— Je t'écoute.

— Liss. Je ne peux pas l'atteindre. J'ai des cartes, mais je ne suis pas sûre qu'elle les accepte. J'ai besoin...

Un spasme me bloqua la gorge. Je dus forcer les prochains mots à sortir.

— J'ai besoin de votre aide.

— Ton amie est en choc spirituel depuis longtemps. Elle a besoin d'amarante pour se rétablir.

— Je sais.

— Tu sais aussi que Nashira m'a coupé les vivres.

Je ne détournai pas la tête.

— Il vous reste cette dernière dose.

Le gouverneur s'assit à côté de moi. J'avais conscience de l'ampleur du sacrifice. Il avait besoin de ce remède.

— Je me pose une question, Paige. (Il tambourina du bout des doigts sur son genou.) Tu ne veux pas attirer tes amis ici. Mais si je t'offrais ta liberté dès ce soir : l'accepterais-tu, si cela impliquait d'abandonner Liss ?

— Est-ce une proposition ?

— Peut-être.

Je savais pourquoi il me posait cette question. Il me mettait à l'épreuve, tâchait de savoir si j'étais suffisamment égoïste pour laisser derrière moi une personne si vulnérable.

— C'est un grand risque que je cours, reprit-il. Si n'importe quel humain devait en informer les Sargas, je serais sévèrement puni. En revanche, si tu acceptes de rester un peu plus longtemps – de tenter le coup pour moi et pour les tiens –, j'en ferai autant pour elle. Voilà ce que je te propose.

J'y réfléchis. L'espace d'un terrible instant, j'envisageai sérieusement d'oublier Liss et de recouvrer ma liberté au plus tôt. De rentrer à Londres en laissant cet enfer sans jamais me retourner. Puis une vague de honte, brûlante et puissante, m'envahit. Je fermai les paupières.

— Non, affirmai-je. Je veux que vous aidiez Liss.

Je sentais le poids de son regard.

— Alors je vais l'aider, déclara-t-il.

Un petit groupe de harlies s'était rassemblé dans la baraque. Cinq d'entre eux étaient blottis les uns contre les autres pour lutter contre le froid, la tête baissée et les mains jointes. Cyril et Julian étaient de ceux-là. La pluie s'immisçait à travers le tissu qu'ils avaient bourré dans les interstices entre les planches.

Liss était en choc spirituel depuis trop longtemps pour s'en remettre. Ils ne pouvaient rien faire d'autre que de veiller silencieusement à son chevet. Si elle survivait, elle ne serait que l'enveloppe amaurotique de celle qu'elle avait été. Si elle mourait, l'un d'eux réciterait la mélopée. La renverrait hors de portée de ses ravisseurs. Dans un cas comme dans l'autre, ils perdraient leur artiste préférée – Lyss Rymore, la fille qui ne tombait jamais.

Lorsque le gouverneur arriva, flanqué de Michael et moi, tous se reculèrent en échangeant des chuchotements effrayés. Cyril alla se terrer dans un coin, les yeux écarquillés. Les autres contemplèrent la scène, stupéfaits. Que venait faire le consort de sang, le bras droit de Nashira ? Pourquoi perturber la veillée funèbre ?

Seul Julian resta campé sur ses talons.

— Paige ?

Je me barrai les lèvres de l'index.

Liss gisait entre ses couvertures et ses draps crasseux. Des morceaux de soie avaient été noués dans ses cheveux, gages de bonne fortune et d'espoir. Julian lui serra la main, sans quitter l'intrus des yeux.

Le gouverneur s'agenouilla à côté de notre amie. Il serrait les dents, mais ne laissait autrement nullement transparaître sa propre souffrance.

— Paige, dit-il, l'amarante.

Je lui passai la fiole. La dernière fiole. Son ultime dose.

— Les cartes, demanda-t-il ensuite.

Il était désormais complètement focalisé sur sa tâche. Je lui tendis le jeu.

— Et la lame.

Michael me confia un couteau au manche noir. Je l'ôtai de son fourreau avant de le transmettre au gouverneur. De nouveaux murmures. Julian tenait la main de Liss sur ses genoux, m'interrogeant silencieusement.

— Fais-moi confiance, le rassurai-je d'une voix douce.

Il déglutit.

Le gouverneur déboucha le flacon d'amarante. Il en versa quelques gouttes sur son doigt ganté, puis les étala sur les lèvres et le philtrum de Liss. Julian serra ses doigts gelés de plus belle, sans qu'elle réagisse. Le gouverneur lui apposa un peu du remède sur chaque tempe, puis reboucha la fiole et me la rendit. Il saisit le couteau par la lame et sollicita Julian.

— Pique-lui les doigts.

— Quoi ?

— J'ai besoin de son sang.

Julian se tourna vers moi. Je l'encourageai d'un signe de tête. Il s'empara du manche d'une main ferme.

— Désolé, Liss.

Il enfonça la pointe dans la pulpe de chacun de ses doigts. De minuscules perles de sang se formèrent ensuite. Le gouverneur hocha le chef.

— Paige, Michael : étalez les cartes.

Nous nous exécutâmes, disposant le jeu en arc de cercle. Le gouverneur prit la main de Liss et lui essuya les doigts sur la face des cartes, souillant de son sang les illustrations.

Puis il nettoya la lame à l'aide d'un chiffon, retira son gant gauche et serra le poing autour du fil de l'arme. L'assistance retint son souffle. Les réph ne se découvraient jamais les mains. En avaient-ils seulement ? À l'évidence, oui. La sienne était large, ses jointures couturées. Un nouveau halètement survint quand il tira sur le couteau pour s'entailler la paume.

Son sang jaillit de la blessure, et ma vue se troubla. Il tendit le bras et fit tomber quelques gouttes d'ectoplasme sur chaque carte. Tout comme Aphrodite avait répandu son nectar sur le sang d'Adonis. Je sentis les esprits affluer dans la pièce, attirés par les cartes, par Liss, par le gouverneur. Ils formaient un triangle, une béance dans l'éther. Arcturus ouvrait une porte.

Il renfila alors son gant, ramassa les cartes et en fit une pile, qu'il déposa sur la gorge nue de Liss. Puis il croisa dessus les mains de notre amie.

— Et du sang d'Adonis naquit la vie, déclara-t-il.

Liss ouvrit les paupières.

27

La commémoration

1er septembre 2059. Deux cents ans après qu'un orage étrangement coloré avait traversé le ciel. Deux cents ans après que Lord Palmerston avait conclu son pacte avec les réphaïm. Deux cents ans après le début de l'Inquisition contre la clairvoyance. Et, surtout, deux cents ans après la création de Sheol I et le début de la grande tradition des Saisons d'Os.

Une fille face à moi m'observait dans le miroir doré. Elle avait les joues creuses, les mâchoires serrées. J'étais plus que surprise que ce visage dur et froid m'appartienne.

Mon corps était paré d'une robe blanche, aux manches me descendant aux coudes et au col carré. Le tissu élastique moulait le peu de formes qu'il me restait. Même si le gouverneur m'avait alimentée au mieux, la nourriture se faisait rare et il aurait fait naître des soupçons en s'en procurant davantage. Le reste du temps, je m'étais donc sustentée chez les harlies, me contentant de gruelle et de pain rassis.

Nashira ne m'avait jamais invitée à un autre festin.

Je lissai ma tenue. J'étais exceptionnellement dispensée de jaune pour assister à la cérémonie. Nashira avait parlé d'une preuve de bonne volonté. Je n'étais pas dupe. Le pendentif que le gouverneur m'avait offert était caché sous ma tenue. Je ne l'avais plus touché depuis des semaines, mais il pourrait se révéler utile, ce soir-là. J'avais également dissimulé un petit couteau dans l'une de mes bottes blanches à talons. J'arrivais à peine à marcher avec, mais les réphaïm voulaient que nous ayons l'air forts – pas faibles ni brisés. Ils s'attendaient que nous passions la soirée la tête haute.

La chambre était silencieuse, illuminée par une unique bougie. Le gouverneur était parti avec ses congénères accueillir les émissaires. Il m'avait laissé un message en évidence sur le gramophone. Assise à son bureau, je faisais courir mes doigts sur l'ancre.

L'heure est décidée. Retrouve-moi à la maison des corporations.

Je le jetai dans les braises. Dans la pénombre de la pièce, je remontai le phonographe, puis déposai l'aiguille sur le disque. Je ne l'entendrais plus jamais tourner. Quoi qu'il pût arriver ce soir, je ne remettrais jamais les pieds dans la tour du Fondateur.

Des voix douces résonnèrent dans la pièce. Je regardai le titre du disque. *I'll Be Home*[6]. Effectivement. Si tout se déroulait comme prévu, je serais rentrée le matin suivant. J'en avais assez de voir ces harlies dans le dénuement, assez de les entendre appelés des « harlies ». Assez de voir Liss manger de la graisse et du pain dur parce qu'elle n'avait rien d'autre à se mettre sous la dent. Assez des vestes rouges et des émim. Assez qu'on me nomme 40. Assez de cette foutue ville et de ses habitants. Je ne pouvais pas tenir une nuit de plus.

---

6. « Je serai à la maison. »

Une feuille de papier glissa sur le sol. Je m'accroupis devant la porte pour ramasser le message que l'on venait d'y faire passer.

Les mots laissés par le gouverneur m'avaient donné une idée. J'avais encouragé Julian à organiser un groupe de coursiers, comme ceux que Jax employait à la citadelle, afin de tenir les habitants des résidences informés par le biais des amaurotiques.

Orphée l'a fait. Tout est prêt.

Lucky

Je m'autorisai un sourire. Felix. Je lui faisais utiliser un pseudo pour ses livraisons. Orphée désignait Michael.

Nous n'avions pas eu grand mal à convaincre Fourgueur de nous faire part de son expertise. Après l'avoir menacé de révéler l'existence de son petit commerce à Nashira (« Oh non, s'il vous plaît, ayez pitié d'un pauvre vieillard ! »), Julian et moi l'avions contraint à préparer une surprise aux vestes rouges. Quelque chose qui les ralentirait lorsque nous nous attaquerions aux réphaïm. Il s'était exécuté, non sans trainer les pieds (« Vous ne vous en tirerez pas comme ça, vous allez vous faire tailler en pièces comme la première fois »). De l'aster pourpre réduit en poudre mélangé à des somnifères. Parfait.

Dès qu'il avait eu terminé, je m'étais servie d'une poignée de son aster blanc pour lui faire oublier ce qui s'était passé. Je n'aimais pas les pleutres.

Nous avions fait passer le mélange à Michael, qui s'était fait un plaisir d'épicer le vin donné aux vestes rouges lors des préparatifs de la fête du Bicentenaire. Si tout se passait comme prévu, les arracheurs d'os ne seraient pas en état de se défendre.

Je regardai par la fenêtre. Les émissaires, en tenue d'apparat, étaient arrivés à huit heures en compagnie de Vigiles armés. Ces femmes et ces hommes de Scion étaient venus assister à la ratification d'un nouvel accord, la grande loi territoriale. Celle-ci autorisait les réph à établir une ville de contrôle à Paris, la première hors de l'Angleterre. Sheol II.

Scion ne serait plus un empire à l'état embryonnaire. Il existerait bel et bien. Il vivrait.

Et ce n'était qu'un début. Si les réphaïm enfermaient tous les voyants dans des colonies pénitentiaires, le reste de l'humanité n'aurait plus aucun moyen de les repousser. L'éther était notre seule arme. Si personne ne pouvait l'utiliser, nous deviendrions des cibles faciles. Tous autant que nous étions.

Ce soir-là pourtant, je me fichais de ces considérations. Tout ce qui m'importait était de rejoindre les Sept-Cadrans. La pègre corrompue. Mon gang. Nick. À cet instant, je ne désirais rien d'autre.

Le disque tournait toujours. Je m'assis au bureau, observant la demi-lune par la fenêtre. Il n'y avait pas d'étoiles.

Liss, Julian et moi avions passé ces dernières semaines à semer les graines de la discorde un peu partout dans la ville, utilisant le repaire secret du gouverneur comme point de ralliement. Là-bas au moins, Suhail et le Superviseur ne pouvaient pas nous entendre. Liss avait désormais pleinement récupéré de son traumatisme et, forte d'une détermination redoublée, elle avait activement contribué à rallier les harlies à notre cause. Bien que nerveuse, elle avait fini par craquer un soir. « Je n'en peux plus de vivre comme ça. Et je ne peux pas vous empêcher de vous rebeller. Comptez sur moi. »

Nous l'avions prise au mot.

L'essentiel de la Famille avait accepté de se joindre à nous. Ceux qui avaient vu le gouverneur soigner Liss étaient plus rassurés, convaincus de pouvoir compter des réph parmi leurs partisans. Au fil des semaines, nous avions rassemblé nos réserves et les avions dissimulées aux postes de contrôle établis. Quelques harlies avaient profité du lavage de cerveau de

Fourgueur pour le dépouiller, notamment de ses allumettes et de ses boîtes d'algélif. Deux vestes blanches particulièrement courageuses avaient tenté de s'introduire dans le Manoir, mais la sécurité y avait été renforcée depuis que Kraz avait été retrouvé mort. Plus personne ne pouvait s'en approcher. Nous devions donc piller ce qui pouvait l'être. Nous ne disposions que de peu de pistolets, mais nous n'avions pas besoin d'armes pour tuer.

Seuls Julian, Liss et moi savions où se trouvait le train. Nous n'en avions parlé à personne d'autre. Trop risqué. Tout ce que les autres savaient, c'était qu'il y avait une échappatoire. Une fusée éclairante en indiquerait l'endroit.

Je me tournai vers la salle de bains. De là où j'étais assise, je pouvais voir mon reflet dans le miroir à travers la porte ouverte. J'avais l'air d'une poupée de porcelaine, mais cela aurait pu être pire. J'aurais pu ressembler à Ivy. La dernière fois que je l'avais vue, elle marchait derrière Thuban en compagnie d'un autre humain, si maigre et si sale que je l'avais à peine reconnue. Au moins, elle ne pleurait pas, se contentant de marcher. En silence. J'avais été surprise de la trouver en vie après ce qui s'était passé au Manoir.

Le gouverneur ne m'avait pas mené la vie facile. Il s'était montré de plus en plus réticent à mesure que septembre approchait. Je mettais ça sur le compte de la crainte. La crainte que cette rébellion se solde par un échec, comme la précédente. Parfois, ça allait même plus loin. J'avais le sentiment qu'il était en colère. En colère parce qu'il allait me perdre. Et perdre le combat contre Nashira.

Je secouai la tête pour chasser ces pensées funestes. Il voulait simplement protéger mon don, comme tout le monde.

Il était inutile de repousser l'échéance. J'allais devoir affronter l'épreuve de la maison des corporations. Je me levai et remontai le phonographe. Quelque part, cela me réconfortait d'entendre jouer la musique, de savoir que, quoi qu'il advienne dehors, elle continuerait un moment à égayer la chambre vide. Je refermai derrière moi la porte de la tour.

La concierge de nuit venait de prendre son quart. Ses cheveux étaient rassemblés en un chignon éclatant, et elle arborait un rouge à lèvres rosé.

— XX-40, déclara-t-elle. Tu es attendue à la maison des corpo dans dix minutes.

— Oui, merci. Je sais.

Comme si le Superviseur ne me l'avait pas déjà répété des centaines de fois.

— On m'a également chargée de te rappeler tes instructions pour la soirée : tu n'es pas autorisée à t'adresser aux émissaires ni aux visiteurs de Scion, à moins d'être accompagnée d'un chaperon réphaïte. Les festivités débutent à onze heures. Tu monteras sur scène après la pièce.

— Sur scène ?

— Oh, euh... (Elle plongea le nez dans son registre.) Rien. Navrée. Ce message était destiné à quelqu'un d'autre.

Je tentai de lire par-dessus son épaule, mais elle m'en empêcha.

— Vraiment ?

— Bonsoir.

Je levai le menton. David. Il portait un costume-cravate noir, et il était rasé de frais. Mon ventre se noua. Il n'avait pas l'air d'avoir été drogué. Michael était pourtant censé l'avoir fait...

— On m'a désigné pour te servir de cavalier. (Il me tendit le bras.) La reine de sang veut te voir sur place immédiatement.

— Je n'ai pas besoin d'une escorte.

— Ils pensent que si.

Il ne bredouillait pas. Il n'avait à l'évidence pas goûté à la mixture de Fourgueur. Je me mis en route, ignorant son bras offert, et descendis la rue. Cela commençait mal.

Un sentier de lanternes avait été établi dans toute la cité. La maison des corporations, située non loin du Manoir, avait été nommée après le QG londonien de la DVN. Les voyants invités pour le Bicentenaire étaient ceux qui avaient obtenu leur tunique rose ou rouge, ainsi que quelques harlies particulièrement talentueux. Nashira avait parlé de récompenser leur bonne conduite. Ils pourraient donc boire et danser avec d'autres humains. En échange, ils devaient affirmer bien s'entendre avec leur gardien, mais également être heureux de leur « réhabilitation ». Adorer vivre à l'écart de la société dans une colonie pénitentiaire crasseuse. Se délecter de risquer à tout moment de voir leurs membres arrachés par les émim.

La plupart d'entre eux n'auraient pas à faire de gros efforts. Carl était heureux, à l'instar de toutes les vestes rouges. Ils avaient trouvé leur place dans cette colonie. Ce ne serait en revanche jamais mon cas. J'allais me tirer d'ici.

— Bien joué, me félicita David. Pour le vin.

Je n'osai pas me tourner vers lui.

— Ton gars en a mis un peu trop. Je m'en suis rendu compte à l'odeur. Mais ne t'en fais pas : ça a marché avec la plupart d'entre eux. Loin de moi l'idée de gâcher la surprise.

Deux harlies remontaient la rue à grandes enjambées. Ils semblaient hors d'haleine, peut-être à cause des lourds rouleaux de tissu qu'ils transportaient. Ils bifurquèrent dans la rue entre la vieille église et la résidence du Suzerain. Le chemin qu'ils devaient suivre pour aller incendier la Chambre. Ils devaient y rassembler des allumettes. Des allumettes et de la paraffine.

Julian avait suggéré de mettre le feu aux bâtiments du centre-ville. Il s'était révélé être un tacticien hors pair. Les harlies créeraient une diversion, nous libérant ainsi les autres rues menant au nord, en direction de la prairie. Ils déclencheraient l'opération durant les premières heures de la soirée, dès que les émissaires commenceraient à fatiguer. « Ils ne partiront sans doute pas bien après deux heures, avait-il estimé. Si l'on démarre à minuit, cela nous laissera le temps de voir venir. On maîtrisera la situation. Et mieux vaut trop tôt que trop tard. » Je n'avais rien trouvé à redire. Tout se déroulait comme sur des roulettes, mais le gros malin qui m'accompagnait avait les moyens de tout faire capoter.

— À qui tu en as parlé ? demandai-je à David.

— Laisse-moi te donner un peu de grain à moudre, répliqua-t-il en éludant la question. Tu penses que Scion aime être dirigée par les réphaïm ?

— Bien sûr que non.

— Mais tu crois que Nashira dit vrai quand elle affirme qu'ils sont à sa botte ? Tu t'imagines que jamais personne à Scion n'a envisagé de se rebeller contre eux ?

— Où veux-tu en venir ?

— Réponds à la question.

— Ils n'auraient pas osé. Ils ont trop peur des émim.

— Tu as peut-être raison. À moins que l'Archonterie conserve encore un brin de jugeote.

— Qu'est-ce que tu veux dire ? (Comme il restait muet, je m'arrêtai juste devant lui.) Bordel, qu'est-ce que l'Archonterie a à voir dans cette histoire ?

— Tout. (Il me dépassa.) Continue ta petite évasion, princesse des rues. Et ne t'inquiète pas pour moi.

Il avait disparu avant que j'aie eu le temps de répliquer, se fondant dans la foule au-delà du hall d'entrée d'époque victorienne. Un frisson me parcourut l'échine. Je n'avais certainement pas besoin qu'une veste rouge arrogante vienne me traîner dans les pattes, surtout s'il s'agissait d'une personne aussi mystérieuse que David. Il avait beau prétendre haïr les réphaïm, il ne semblait pas m'aimer non plus. Il informerait

Nashira pour le vin. Et elle comprendrait immédiatement qu'il y avait anguille sous roche. Un nombre incalculable d'anguilles.

Des milliers de bougies avaient été allumées à l'intérieur de la maison des corporations. Dès que j'en eus franchi le seuil, Michael et une veste blanche s'empressèrent de me faire gravir une volée de marches. J'aperçus David, qui allait rejoindre les autres arracheurs d'os. Les réph avaient chargé Michael de veiller à ce que personne n'apparaisse débraillé ou contusionné – le prétexte idéal pour organiser une dernière rencontre. Lorsque nous atteignîmes la galerie, je me tournai vers eux.

— Vous êtes prêts ?

— Fin prêts, répondit la veste blanche, un cryomancien nommé Charles au service de Terebell.

D'un geste du menton, il me désigna la salle où les réphaïm se mêlaient aux émissaires.

— Les arracheurs d'os commencent à avoir la tête qui tourne, reprit-il. Quand les réph s'en rendront compte, il sera trop tard.

— Bien. (Je pris une longue inspiration.) Bon boulot, Michael.

Celui-ci était vêtu d'un simple costume gris. Il me sourit.

— Tu as mon sac ? lui demandai-je.

Il me le montra. Mon sac à dos, rempli de médicaments, était caché sous l'un des bancs. Je ne pouvais pas le prendre tout de suite, mais les harlies savaient qu'il se trouvait là en cas de besoin. L'une de nos nombreuses réserves dissimulées.

— Paige, dit Charles, à quelle heure la fusée va-t-elle décoller ?

— Je ne le sais pas encore. J'en enverrai une dès que nous aurons trouvé un chemin.

Il acquiesça. J'observai à nouveau la salle en contrebas.

Tant de gens s'apprêtaient à risquer leur vie. Liss, qui avait eu si peur. Julian, qui m'avait tant aidée. Les harlies. Les vestes blanches…

Et le gouverneur. Je comprenais à présent ce que pouvait lui coûter la confiance qu'il avait mise en moi : si je le trahissais, comme l'avait fait l'humain lors de la révolte précédente, il ne serait pas seulement torturé – il serait massacré. C'était sa dernière chance.

Mais il nous fallait agir maintenant, tant qu'il restait encore un soupçon de compassion parmi les réphaïm. Si les scarifiés périssaient, tout espoir serait perdu.

La porte de la galerie s'ouvrit à la volée. Suhail apparut dans l'embrasure. Il attrapa Charles par la tunique, le souleva de terre et le ramena à l'escalier.

— La reine de sang n'aime pas attendre, avorton, grogna-t-il à mon intention. Tu n'as rien à faire dans la galerie. Descends tout de suite.

Il repartit aussi vite qu'il était venu. Michael jeta un coup d'œil vers la porte.

— Il est temps, lui dis-je en lui serrant la main. Bonne chance. Rappelle-toi : fais profil bas, et guette la fusée.

Il opina.

— Vis, dit-il pour tout encouragement.

Je traversai, tête basse, le rez-de-chaussée de la maison des corporations. Personne ne remarqua mon arrivée.

Le système de Scion était en vigueur dans neuf pays européens, dont l'Angleterre. Contrairement à nous, en revanche, les autres n'avaient nulle part où envoyer leurs clairvoyants. Pourtant, les neuf gouvernements avaient dépêché des émissaires. Même Dublin, la plus jeune et la plus controversée des converties, avait envoyé un délégué : Cathal Bell, un vieil ami de mon père. Un homme nerveux et indécis, chiffonné par les devoirs inhérents à son rôle. Un frisson d'excitation me parcourut quand je l'aperçus pour la première fois – il pourrait peut-être nous aider –, mais je me souvins alors qu'il ne m'avait pas revue depuis mes cinq ou six ans. Il ne pourrait pas me reconnaître et, ici, je n'avais pas de nom. En outre, Bell était faible. Son parti avait perdu Dublin.

La maison des corporations était impressionnante. Ses plafonds étaient ornés de moulures d'où pendaient des lustres majestueux, et les pièces étaient immenses. La nuit dansait au rythme des flammes des bougies et de Chopin. Les ambassadeurs avaient toute liberté. Ils pouvaient se gaver de mets délicieux ou deviser en sirotant leurs verres de mecks. Leur amaurose était un privilège, un droit. Les esclaves amaurotiques circulaient entre eux pour les servir ; Michael était de ceux-là, s'étant débrouillé pour avoir l'air investi dans le programme de réhabilitation. Les absents devaient être trop sous-alimentés pour être présentables.

Au-dessus des danseurs flottait Liss, suspendue à ses soies, adoptant des poses dignes d'une ballerine aérienne. Seule sa force lui permettait d'éviter de plonger vers une mort certaine.

Je parcourus la pièce du regard, tentant de repérer Weaver. Aucun signe de sa présence. Peut être était-il en retard ? L'absence des Inquisiteurs d'autres pays pourrait être excusée, mais pas celle de l'Anglais. Je reconnus néanmoins quelques officiels de Scion, dont le commandant de la Vigilance, Bernard Hock. Un mastodonte au crâne lisse et aux muscles du cou surdéveloppés, excellant dans l'art de flairer les voyants ; en réalité, je l'avais toujours soupçonné d'être un renifleur. Même ici, ses narines étaient dilatées. Je me promis silencieusement de le tuer si l'occasion se présentait.

Un amaurotique me proposa un verre de mecks blanc, que je déclinai. Je venais de repérer Cathal Bell.

Encombré par sa boisson, il ne cessait de rajuster sa cravate de sa main libre. Il essayait d'engager la conversation avec Radmilo Arežina, sous-ministre serbe en charge de la migration.

Je souris pour moi-même. Arežina avait bêtement autorisé le transfert de Dani vers Londres. Je m'approchai d'eux.

— Monsieur Bell ?

L'intéressé sursauta, renversant son vin.

— Oui ?

Je me tournai vers Arežina.

— Navrée de vous interrompre, monsieur le Ministre, mais puis-je vous l'emprunter un instant ?

Arežina me dévisagea de pied en cap, puis ourla légèrement la lèvre supérieure.

— Pardonnez-moi, monsieur Bell, je dois retourner à ma délégation.

Il s'éloigna d'un pas vif. Je restai seule avec Bell, qui tamponnait la tache rouge maculant sa veste.

— Qu'est-ce que tu veux, l'anormale ? bredouilla-t-il. Cette conversation était de la plus haute importance.

— Eh bien, faisons en sorte que la nôtre le devienne. (Je lui empruntai son verre pour y boire une gorgée.) Vous rappelez-vous l'Incursion, monsieur Bell ?

Il se figea.

— Si tu parles de celle de 2046, alors oui. Bien sûr que oui.

Ses doigts se mirent à trembler. Il avait les phalanges écarlates, déformées par l'arthrite.

— Pourquoi cette question ? Qui es-tu ?

— Mon cousin s'est fait arrêter ce jour-là. Je veux savoir s'il est encore en vie.

— Tu es irlandaise ?

— Oui.

Il me lorgna d'un air suspicieux.

— Comment tu t'appelles ?

— Peu importe mon nom. C'est celui de mon cousin qui compte. Finn McCarthy. Il étudiait au Trinity College. Ça vous dit quelque chose ?

— Oui. (Il n'avait pas hésité un instant.) McCarthy se trouvait à Carrickfergus, avec les autres meneurs étudiants. Il a été condamné à la pendaison.

— Et la sentence a-t-elle été exécutée ?

— Je... Je ne suis pas dans le secret des dieux, mais...

Une pulsion sombre et violente grandit en moi. Je me penchai vers lui pour lui souffler à l'oreille :

— Si mon cousin est mort, monsieur Bell, je vous en tiendrai pour personnellement responsable. C'est *votre* gouvernement qui a laissé filer l'Irlande. *Votre* gouvernement qui a capitulé.

— Pas moi, haleta-t-il. (Son nez commençait à saigner.) Ne me fais pas de mal.

— Pas vous, monsieur Bell. Mais des gens comme vous.

— Sale anormale, cracha-t-il. Lâche-moi.

Je me fondis dans la foule, le laissant étancher son nez sanguinolent.

Je me surpris à trembler. Je m'emparai d'un verre de mecks sur un plateau et le vidai d'un trait. J'avais toujours supposé que Finn était mort, mais une partie de moi s'était obstinément accrochée à son souvenir, à l'espoir qu'il ait survécu. Si tel était effectivement le cas, je ne l'apprendrais pas de Cathal Bell.

Je remarquai Nashira, debout au pied d'une estrade. Elle et le gouverneur étaient en pleine conversation avec un émissaire grec. Après que la cloche de nuit avait retenti, mon gardien avait reçu sa première dose d'amarante depuis des mois ; quelques gouttes avaient suffi à le métamorphoser. Il était paré de noir et d'or, avec une pointe de jacinthe au niveau du col, et ses yeux brillaient comme deux phares. Je reconnus sans mal ceux qui accompagnaient Nashira : ses troupes d'élite. L'un de ses gardes me repéra – la remplaçante d'Amelia – et je déduisis du mouvement de ses lèvres qu'elle informait sa reine de ma présence.

Nashira regarda par-dessus son épaule et laissa échapper un rire léger. En l'entendant, le gouverneur pivota à son tour. Ses yeux s'embrasèrent très vite.

Nashira me fit signe d'approcher. J'obtempérai, abandonnant mon verre vide à un amaurotique.

— Mesdames et messieurs, dit-elle à ceux qui l'entouraient, j'aimerais vous présenter XX-59-40. L'une de nos clairvoyantes les plus douées.

Les délégués échangèrent des murmures tantôt intrigués, tantôt dégoûtés.

— Voici Aloys Mynatt, le Grand Raconteur de France. Et Birgitta Tjäder, cheffe de la Vigilance dans la citadelle de Scion-Stockholm.

Mynatt, petit et guindé, n'avait vraiment rien d'extraordinaire. Il hocha la tête.

Tjäder se contenta de me fixer. Elle devait avoir entre trente et quarante ans ; elle arborait une épaisse toison blonde et avait des yeux de la couleur de l'huile d'olive. Nick l'avait toujours surnommée la Pie. Il était de notoriété publique qu'elle faisait régner la terreur sur Stockholm. Je voyais bien que ma présence l'incommodait : ses lèvres pâles étaient retroussées sur ses dents, comme si elle s'apprêtait à mordre. Je ne pouvais pas non plus affirmer que sa compagnie me réjouissait.

— Je ne veux pas d'elle près de moi, déclara Tjäder, confirmant mes soupçons.

— Mais ne les préférez-vous pas ici, avec nous, plutôt que dans vos rues ? répliqua Nashira. Ici, ils ne peuvent pas vous nuire, Birgitta. Nous les en empêchons. Dès l'ouverture de Sheol III, vous n'aurez plus jamais à poser les yeux sur un clairvoyant.

Une *troisième* colonie pénitentiaire ? À Stockholm aussi ? Je n'osais imaginer une Sheol III dirigée par la Pie.

Tjäder ne me quitta pas des yeux. Elle n'avait pas d'aura, mais sa haine se lisait sur chacun de ses traits.

— J'ai hâte d'y être, dit-elle.

Le pianiste s'arrêta de jouer, ce qui déclencha une nouvelle salve d'applaudissements. Les couples de danseurs se séparèrent. Nashira leva les yeux vers une grosse horloge.

— L'heure approche.

Sa voix était très douce.

— Excusez-moi, dit Tjäder.

Elle tourna les talons et alla rejoindre la délégation suédoise, laissant une place vacante entre le gouverneur et moi. Je n'osais pas le regarder en face.

— Je dois m'adresser aux émissaires, déclara Nashira en se tournant vers la scène. Arcturus, reste avec 40. J'aurai besoin d'elle le moment venu.

Elle prévoyait donc de m'éliminer publiquement. Je les observai tour à tour. Le gouverneur inclina la tête.

— Oui, ma reine. (Il me saisit brutalement par le bras.) Viens, 40.

Avant qu'il puisse m'emmener, Nashira tourna brusquement la tête. Elle m'attrapa par le poignet, me tirant vers elle.

— Est-ce que tu t'es fait mal, 40 ?

Les Seri-Strips sur ma joue avaient disparu depuis longtemps, mais il restait une fine cicatrice due à ma coupure.

— Je l'ai frappée, intervint le gouverneur sans me lâcher. Elle m'a désobéi. J'ai dû la punir.

Je restai debout comme une poupée de chiffons, écartelée entre les deux réph. Ils se dévisageaient au-dessus de mon crâne.

— Bien, répliqua Nashira. Après toutes ces années, tu sembles enfin comprendre ce que c'est d'être mon consort.

Elle lui tourna le dos et se fondit dans la foule, dispersant les émissaires.

Le pianiste, qui qu'il fût, joua quelques accords bien sentis, sur lesquels il posa sa voix spectrale. J'étais certaine de la reconnaître, sans parvenir à la replacer. Le gouverneur me guida jusqu'au bord de la salle, dans le long espace surplombé par la galerie, puis se pencha pour m'étudier.

— Tout est prêt ?

J'acquiesçai.

Le musicien avait vraiment un timbre magnifique, sorte de fausset léger, qui me titilla de nouveau la mémoire.

— Il y aura des esprits à diriger. Des esprits humains, ceux des victimes de la Saison d'Os XVIII. Ils préféreront se rallier à vous plutôt qu'aux réphaïm.

— Et la DVN ? Les gardes sont là ?

— Ils ne pourront pénétrer dans la maison des corporations que si on les appelle. En attendant, ils resteront postés près du pont.

— Combien sont-ils ?

— Trente.

Je branlai du chef. Chacun des émissaires disposait d'au moins un garde du corps, mais ceux-là étaient de la DVD. Les officiels ne voulaient pas que des anormaux les protègent. Et, par bonheur, la DVD était inapte au combat spirituel.

Le gouverneur leva les yeux vers le plafond, où Liss remontait sur ses soies.

— Elle semble avoir bien récupéré.

— Oui.

— Dans ce cas, nous sommes quittes.

— Les dettes sont réglées, confirmai-je.

Les paroles de la mélopée. Cela me rappela ce qui m'attendait. Et si Nashira parvenait à me tuer ?

— Tout se déroulera comme prévu, Paige. Ne perds pas espoir. (Il jeta un coup d'œil à la scène.) L'espoir est tout ce qui peut encore nous sauver.

Je suivis son regard. La cloche de verre et la fleur sans vie reposaient sur un piédestal nappé.

— L'espoir de quoi ?

— Du changement.

La musique mourut lentement, et des applaudissements retentirent des quatre coins de la salle. Je voulus me tourner vers le piano pour découvrir enfin qui en jouait, mais des émissaires me bouchaient la vue.

Une veste rouge monta sur scène. 22. Sa démarche mal assurée prouvait qu'il avait eu sa dose de la mixture de Fourgueur.

— Mesdames et messieurs, clama-t-il. La… la grande souveraine, Nashira Sargas, reine de sang de… la race des réphaïm.

Il redescendit en chancelant. Je réprimai un sourire. Au moins un adversaire dont nous n'aurions pas à nous soucier.

Nashira le remplaça sur le podium sous les applaudissements fournis de la foule. Elle pivota immédiatement vers nous. Le gouverneur soutint son regard.

— Mesdames et messieurs, commença-t-elle sans détourner le chef, bienvenue à la capitale de Scion, Sheol I. J'aimerais à nouveau vous adresser mes remerciements pour votre présence à la célébration de ce soir.

» Deux cents ans se sont écoulés depuis notre arrivée en Grande-Bretagne. Beaucoup de choses, énormément de choses se sont déroulées depuis 1859. Comme vous pouvez le constater, nous avons fait notre possible pour transformer notre première ville de contrôle en un lieu de beauté, de respect et, surtout, de *compassion*. Notre système de réhabilitation permet aux jeunes clairvoyants de vivre dans les meilleures conditions possibles. (*Comme des animaux dans une ménagerie.*) Nous le savons tous, les victimes de la clairvoyance ne sont pas responsables de leur état. À l'instar des pires maladies, celle-ci s'abat sur les innocents, et leur inflige cette anormalité.

» Aujourd'hui, Sheol I célèbre deux siècles d'un travail couronné de succès. Comme vous pouvez le voir, l'aventure s'est révélée être une réussite, et ce n'est là que la première des graines que nous souhaitons à terme planter. En échange de votre compréhension, nous vous avons non seulement fourni un moyen humain de débarrasser la société ordinaire des clairvoyants, mais nous avons aussi empêché des centaines d'attaques émim sur la citadelle. Nous sommes un phare vers lequel ils sont attirés, tels des papillons de nuit par la flamme d'une bougie. (Ses yeux se mirent également à luire comme deux balises dans les ténèbres.) Néanmoins, le nombre d'émim continue à croître de jour en jour. Cette colonie ne suffira bientôt plus à assurer votre protection. Certaines de ces créatures ont été repérées en France, en Irlande et, plus récemment, en Suède.

En Irlande. Voilà qui expliquait la présence ici de Cathal Bell. Voilà pourquoi il paraissait si tendu, si effrayé.

— Il est en conséquence crucial que nous ouvrions Sheol II, que nous allumions une nouvelle flamme, poursuivit Nashira. Notre méthode a fait ses preuves. Avec votre aide, et vos villes, nous espérons que la fleur de notre alliance pourra enfin éclore.

Applaudissements. Le gouverneur serrait les dents. Son expression était terrible. Colérique. Brutale. Assassine.

Je ne l'avais encore jamais vu dans cet état.

— Il reste quelques minutes avant la pièce, écrite par notre Superviseur humain. En attendant, j'aimerais vous présenter mon partenaire, le deuxième souverain de sang, qui souhaite vous faire une courte annonce. Mesdames et messieurs : Gomeisa Sargas.

Elle tendit la main. Avant que je puisse me rendre compte de sa présence, l'intéressé la saisit dans son large battoir.

J'en eus le souffle coupé.

Il était vêtu de robes noires, et son col lui remontait jusqu'au sommet des oreilles. Il était grand et élancé ; ses cheveux étaient d'or, ses traits émaciés. Ses lèvres pointaient vers le bas, comme lestées par les rangées de bijoux aussi gros que des yeux qui pendaient à son cou. Il paraissait plus âgé que les autres réphaïm – quelque chose dans son allure, dans la masse imposante de son territoire des rêves. Je percevais celui-ci comme un mur contre mon crâne. Je n'avais jamais rien ressenti de plus ancien ni de plus terrible dans l'éther.

— Bonsoir.

Gomeisa nous considérait avec l'air neutre typique des réphaïm, celui d'un observateur impassible. Son aura était pareille à une main brandie devant le soleil. Rien d'étonnant à ce que Liss en ait si peur. Parée de ses rubans, elle demeurait parfaitement immobile et silencieuse. Après quelques secondes, elle se laissa redescendre jusqu'à la galerie.

— Aux humains qui résident à Sheol I, je tiens à présenter mes excuses pour mes longues périodes d'absence. Comme certains d'entre vous le savent déjà, je suis le premier ambassadeur des réphaïm auprès de l'Archonterie de Westminster. En cette qualité, je passe beaucoup de temps dans la capitale en compagnie de l'Inquisiteur, afin de tâcher de déterminer les meilleurs moyens d'améliorer l'efficacité de cette colonie pénitentiaire.

» Comme l'a souligné Nashira, nous célébrons aujourd'hui un nouveau départ. Nous sommes à l'aube d'une nouvelle ère, une ère de collaboration parfaite entre humains et réphaïm, deux races brouillées depuis bien trop longtemps. Nous célébrons la mort d'un ancien monde, où régnaient l'ignorance et l'obscurantisme. Nous faisons vœu de partager notre savoir avec vous, tout comme vous avez partagé votre planète avec nous. Nous faisons vœu de vous protéger, tout comme vous nous avez abrités. Et je peux vous le promettre, mes amis : jamais nous ne laisserons faiblir notre arrangement. Ici, la pureté règne d'une main de fer. Et la fleur du péché restera éternellement fanée.

J'examinai ladite fleur sous sa cloche de verre. Lui n'aurait pas contemplé une limace avec plus de dédain.

— Bon, reprit-il, assez palabré. Que la pièce commence.

28

L'interdit

Le Superviseur fit son apparition, vêtu pour en mettre plein la vue. Il portait un long manteau rouge, fermé jusqu'au menton, qui dissimulait son corps tout entier. Il salua.

— Mesdames et messieurs, bonsoir ! Soyez les bienvenus à Sheol I. Je suis le Superviseur Beltrame. Je veille sur la population humaine de la ville. J'adresse une pensée toute particulière à ceux d'entre vous qui arrivent de zones non converties du Continent. N'ayez pas peur ! Après le spectacle, vous aurez la possibilité de transformer vos villes en citadelles de Scion, à l'instar de tant d'autres cités. Notre programme permet aux gouvernements de dénicher et d'isoler les clairvoyants dès leur tendre enfance, épargnant ainsi les coûts prohibitifs d'une exécution de masse.

Je m'efforçais de ne pas écouter. Tous les pays n'utilisaient pas le NitVite pour éliminer les clairvoyants. Nombreux étaient ceux qui employaient encore l'injection létale, le peloton d'exécution ou pis encore.

— Nous avons déjà prévu d'établir Sheol II en association avec les citadelles de Scion-Paris et Scion-Marseille, qui deviendront ainsi les premiers satellites français de notre programme.

Une salve d'applaudissements. Mynatt sourit.

— Ce soir, nous espérons ajouter au moins deux autres villes de contrôle sur le Continent. Mais avant cela, nous avons une petite pièce à vous présenter, afin de vous prouver que nombre de nos clairvoyants emploient désormais leurs facultés à faire le bien. Ce spectacle nous rappellera les jours sombres avant l'arrivée des réphaïm, lorsque le Roi-Sanglant détenait encore les pleins pouvoirs. Le roi qui a construit sa demeure au prix du sang.

L'horloge tinta. Les artistes apparurent tour à tour, une vingtaine en tout. Ils s'apprêtaient à rejouer l'histoire d'Édouard VII, depuis son achat d'une table destinée aux séances de divination, jusqu'aux cinq assassinats perpétrés au poignard dans ses appartements et à sa fuite de l'Angleterre avec le reste de sa famille. Le début de cette prétendue épidémie, témoignant du besoin de l'existence de Scion. Liss était là-haut, debout à l'arrière-plan. Elle était flanquée de Nell – celle qui l'avait remplacée lorsqu'elle était en choc spirituel – et d'une diseuse répondant, me semblait-il, au nom de Lotte. Toutes trois étaient vêtues comme certaines des victimes du Roi-Sanglant.

Au centre de la scène, le Superviseur repoussa son manteau, révélant ses insignes royaux. La foule l'acclama. Il incarnait Édouard, alors dauphin de la reine Victoria, paré de fourrures et de bijoux.

La première scène semblait prendre place dans sa chambre à coucher, où un vieil orgue à vapeur jouait *Daisy Bell*. Le harlie le plus proche du public se présenta comme étant Frederick Ponsonby, premier baron Sysonby, le secrétaire particulier d'Édouard. C'était par ses yeux que la pièce serait vue.

— Votre Altesse, dit-il au Superviseur, voudriez-vous prendre l'air ?

— Pensez-vous prendre votre spencer, Ponsonby ?

— Seulement ma queue-de-pie, Votre Altesse.

— Je croyais que *tout le monde* savait qu'il fallait porter un spencer avec un chapeau de soie pour un vernissage matinal, tonitrua le Superviseur avec un accent aristocratique risible. Et votre pantalon est sans doute le plus ignoble que j'aie vu de ma vie !

Des railleries. Des huées. Et cette bête licencieuse osait s'autoproclamer l'héritier de Victoria. Ponsonby se retourna vers le public.

— Ce ne fut qu'après une longue série d'injures - au sujet notamment de ma queue-de-pie ou de mon pantalon (rires) - que le prince se lassa de sa parure. Cet après-midi-là, il me demanda de l'accompagner en excursion. Oh, mes aïeux ! Jamais souffrance humaine n'a excédé celle de la reine voyant son fils emprunter à grands pas le chemin du mal.

Je jetai un coup d'œil par-dessus mon épaule pour étudier la réaction du gouverneur, mais ce dernier avait disparu.

Le dialogue entre Édouard et Ponsonby se poursuivit longuement, chaque scène étant montée de manière à dépeindre le prince tel un idiot cruel et lubrique faisant la honte de sa mère. Je me surpris à suivre le déroulement de la pièce, fascinée. Ils exagérèrent de façon ridicule son rôle dans la mort du prince Albert, osant même prétexter un duel. La veuve Victoria fit une apparition, coiffée d'un voile noir et d'un petit diadème en diamant.

— Jamais je ne pourrai, ni ne voudrai, le regarder sans un frisson, admit-elle au public. Il est à mes yeux aussi anormal qu'un changelin.

L'auditoire l'acclama. Elle était un rempart de vertu, la dernière monarque à ne pas avoir été souillée par le fléau. Tandis que les émissaires étaient sous le charme de l'actrice, je gardais un œil vissé sur l'horloge. Près d'une demi-heure s'était écoulée, et j'ignorais toujours l'heure de départ du train.

La scène suivante était le passage-clé de la pièce. La séance de spiritisme. Des lanternes rouges furent apportées sur scène. En voyant cela, je dus réprimer un rire. Le Superviseur était à fond dans son rôle.

— La puissance terrestre ne me suffit pas, haleta-t-il avec toute la malfaisance de son personnage. (Il agitait les bras au-dessus de sa table.) L'ère victorienne, disent-ils ? Mais à quoi ressemblera l'ère édouardienne ? Quel roi pourrait véritablement prendre son essor, entravé par les fers de la mortalité ? (Il se pencha sur la table, la secouant des deux mains.) Oui, élevez-vous. Élevez-vous des ombres. Franchissez la porte, esprits des défunts. Venez en moi, formez ma lignée ! Soyez le sang même de l'Angleterre !

Alors qu'il parlait, des acteurs en noir déplacèrent les lanternes sur la scène. Ils incarnaient les esprits anormaux. Ils se disséminèrent dans toute la salle, jouant à attraper le public, le faisant hurler. Ils symbolisaient le fléau de l'anormalité.

La musique et les rires des acteurs étaient trop forts. La tête me tournait. Le Superviseur gronda ses incantations. Le gouverneur profita de la pénombre et de la confusion pour m'attraper par le bras.

— Vite. (Sa voix me racla le tympan.) Viens avec moi.

Il m'emmena dans le dessous de la scène, une espèce de petit cagibi où étaient empilées des caisses de rangement. La seule lumière était celle qui filtrait à travers le parquet. Une lumière rouge, celle des lanternes. D'épais rideaux de velours pendaient le long d'un côté, nous dissimulant aux regards. Difficile, dans cet espace enténébré, d'anticiper ce qui allait bientôt se produire au-dessus de nos têtes.

L'ambiance était plus calme ici. Les acteurs dansaient sur scène, mais le bruit de leurs pas était étouffé par les planches. Le gouverneur pivota pour se positionner face à moi.

— Tu dois apparaître dans la dernière scène du spectacle. Le dénouement. (Ses yeux brûlaient intensément.) Je l'ai entendue en parler avec Gomeisa.

J'en eus la chair de poule.

— Nous nous étions préparés.

— Oui.

Je savais depuis le début que Nashira allait me tuer, mais l'entendre de la bouche du gouverneur ne rendait la chose que plus réelle. Une part de moi avait espéré qu'elle attendrait – seulement quelques jours, de quoi me laisser une chance de monter dans le train avec les autres –, mais Nashira était cruelle. Bien sûr qu'elle voudrait le faire en public, devant les représentants de Scion. Elle ne courrait pas le risque de me maintenir en vie.

La lumière dans les prunelles de mon gardien ne faisait que renforcer les ombres alentour. Il y avait quelque chose de différent dans son expression, un air de cruauté instable.

Je fus prise de frissons glacials. Je me laissai choir sur une caisse.

— Je ne peux pas lutter contre elle, déclarai-je. Ses anges…

— Non, Paige. Réfléchis. Elle a patienté pendant des mois, en espérant que tu parviennes à prendre possession d'un autre corps. Si tu n'avais pas démontré cette aptitude, elle aurait risqué de ne pas pouvoir l'acquérir. Puis elle a fait de toi une veste jaune pour s'assurer que ta vie ne soit plus jamais mise en péril par les émim. Elle t'a placée sous la protection de son propre consort. Pourquoi aurait-elle pris toutes ces précautions si tu ne possédais pas un don qui non seulement l'intéressait, mais lui faisait peur ?

— C'est vous qui m'avez tout appris. Tous ces entraînements dans la prairie. Le papillon et la biche. Vous avez exercé mon esprit. Vous m'avez menée à ma mort.

— C'est la tâche qu'elle m'avait confiée. La raison pour laquelle elle m'avait autorisé à te prendre à Magdalen. Je n'ai toutefois aucune intention de la laisser s'emparer de toi. Je me suis engagé à développer ton don, mais je l'ai fait pour toi, Paige, pas pour elle.

Je ne répondis pas. Il n'y avait rien à ajouter.

Le gouverneur déchira l'un des rideaux. À gestes délicats, il entreprit de retirer mon maquillage. Je le laissai faire. J'avais les lèvres engourdies, la peau comme de la glace. D'ici quelques minutes, je serais peut-être morte, flottant autour de Nashira en un état de servitude hébétée. Quand il eut terminé, il écarta les cheveux qui me tombaient sur le visage. Là encore, je ne fis rien pour l'en empêcher. Je n'arrivais pas à me concentrer.

— Ne t'avise pas de faire ça. Ne t'avise pas de lui montrer tes sentiments. Tu vaux mieux que ça. Tu vaux mieux que ce qu'elle entend faire de toi.

— Je n'ai pas peur.

Il me scruta avec intensité.

— Tu devrais, répliqua-t-il. Mais sans le montrer. Pour rien au monde.

— Je lui montrerai ce que je veux. Vous n'avez aucun droit de me donner des ordres. (Je me reculai brusquement pour échapper à ses mains.) Vous auriez dû simplement me laisser partir. Vous auriez dû laisser Nick me ramener aux Cadrans. Ça aurait pu s'arrêter là. Je pourrais être chez moi, à l'heure qu'il est.

Il se pencha pour se mettre à ma hauteur.

— Si je t'ai forcée à revenir ici, m'expliqua-t-il, c'est parce que je ne trouvais pas la force de l'affronter sans toi. Et pour cette même raison, je ferai tout ce qui est en mon pouvoir pour m'assurer que tu regagnes la citadelle saine et sauve.

Un silence s'installa. Je ne détournai pas la tête.

— Tes cheveux doivent être attachés.

Sa voix était désormais différente, plus calme. Il me glissa un peigne ornemental dans la main.

Celui-ci était froid. Mes doigts tremblaient de plus en plus.

— Je ne pense pas en être capable. (Je pris une longue et profonde inspiration.) Vous voulez bien ?

Il resta muet, mais il récupéra le peigne. Comme s'il manipulait le tulle le plus léger, il rassembla mes cheveux d'un côté de mon cou puis les noua délicatement. Pas en le chignon hâtif dont je me contentais habituellement, mais en une tresse élaborée qui se terminait au niveau de ma nuque. Ses doigts calleux me glissèrent sur le crâne pour bien disposer le peigne. Un léger tremblement me parcourut l'échine. Le gouverneur me lâcha les cheveux, qui restèrent en place.

Son contact m'avait semblé étrange. Plus chaud. Ce ne fut que lorsque je vis ses mains que je compris.

Il ne portait pas de gants.

Je parcourus des doigts les motifs élaborés de ma coiffure. Des paluches aussi grosses que les siennes n'auraient jamais dû pouvoir accomplir une œuvre d'une telle complexité.

— Le train partira à une heure, très précisément, me chuchota-t-il à l'oreille. L'entrée se situe sous le terrain d'entraînement. Pile à l'endroit où nous nous tenions.

J'avais attendu ces mots si longtemps.

— Si elle me tue, vous devrez en informer les autres. (Une boule se forma dans ma gorge.) Vous devrez leur montrer la voie.

Il me caressa l'arrière du bras.

— Ce ne sera pas nécessaire.

Je tremblais désormais des pieds à la tête – mais plus d'appréhension. Quand je tournai le chef vers lui, il me coinça une mèche rebelle derrière l'oreille. Il posa son autre main sur mon ventre, me serrant le dos contre son torse. Sa chaleur était réconfortante.

Et je sentais son désir. Pas celui qu'il éprouvait pour mon aura, mais pour moi.

Il blottit son nez contre ma joue. Ses doigts dessinèrent les contours de ma clavicule. Son territoire des rêves était tout proche, son aura se mêlait à la mienne. Mon sixième sens se déploya, l'accueillant dans son périmètre.

— Tu as la peau toute froide, commenta-t-il d'une voix rauque. Je n'avais jamais…

Il s'interrompit. Mes doigts s'immiscèrent entre ses jointures à nu. Je ne fermai pas les paupières.

Il posa ses lèvres sur ma joue. Je guidai sa main jusqu'à ma taille. Son contact était insoutenable ; pourtant, je ne pouvais pas tressaillir. Je ne pouvais pas le refuser. J'avais envie de ça, avant la fin. Je voulais être touchée, être vue – ici, dans cette pièce sombre, dans ce silence rouge. Je levai le menton et il referma sa bouche sur la mienne.

J'avais toujours su que le paradis n'existait pas. Jax me l'avait répété un nombre incalculable de fois. Même le gouverneur me l'avait dit. Il n'y avait qu'une lumière blanche, l'ultime lueur ; une dernière étape en lisière de conscience, là où toutes les choses s'achevaient. Au-delà résidait l'inconnu. Toutefois, si le paradis avait existé, il m'aurait fait cette impression-là. Celle de toucher l'éther à mains nues. Je n'aurais jamais imaginé une chose pareille, pas de sa part. Ni de celle de qui que ce soit d'autre. Je serrai les mains dans son dos, le forçant à se plaquer au plus près de moi. Il me prit la nuque dans sa paume. Je sentais la moindre rugosité de sa peau.

Son souffle était chaud. Le baiser était lent. *Ne t'arrête pas, ne t'arrête pas.* Je n'arrivais pas à me départir de cette pensée : *Ne t'arrête pas.* Ses mains glissèrent le long de mes flancs, de mes fesses, m'étreignant. Il me hissa sur une caisse. Je lui passai les bras autour du cou. Je sentais le battement puissant de son cœur. Son rythme. Mon rythme.

Ma peau me brûlait. Je ne pouvais pas m'arrêter. Je n'avais jamais rien éprouvé de pareil – cet élancement dans ma poitrine, ce besoin de toucher. Ses lèvres écartèrent les miennes. Je recouvrai mes esprits. *Arrête. Arrête, Paige.* Je fis mine de reculer ma tête. Un mot m'échappa ; peut-être « non », peut-être « oui ». Peut-être son nom. Il prit ma figure entre ses mains, m'embrassa sur la bouche, me caressa les joues des pouces. Nos fronts se touchèrent. Mon territoire des rêves était en feu. Il avait incendié mes coquelicots. *Ne t'arrête pas, ne t'arrête pas.*

Un court instant s'écoula. Je le regardai. Il me regarda. Une fraction de seconde. Une décision. Ma décision. Sa décision. Puis il m'embrassa derechef, plus vigoureusement cette fois. Je le laissai faire. Il m'enlaça, me souleva. C'était précisément ce que je désirais. Vraiment. Je le désirais trop. Tellement. Mes mains disparurent dans ses cheveux avant de s'agripper à son cou. *Ne t'arrête pas.* Ses lèvres couraient de ma bouche à mes yeux, à mes épaules, au creux de ma gorge. *Ne t'arrête pas.* Ses paumes se posèrent sur mes cuisses. Des caresses fermes, osées, pleines de certitudes. L'éveil.

J'ouvris sa chemise. Tâtai sa poitrine. Embrassai son cou puissant ; lui me saisit une poignée de cheveux. *Ne t'arrête pas.* Je n'avais encore jamais touché sa peau. Elle était chaude et lisse, me donnait envie d'en découvrir plus. Mes mains baladeuses trouvèrent son dos. Ses cicatrices sous mes doigts. De longues zébrures cruelles. J'avais toujours su qu'elles s'y trouvaient. Les scarifications d'un traître. Il se contracta à mon toucher.

— Paige, dit-il doucement.

Mais je ne m'arrêtai pas. Il émit un léger râle guttural, puis ses lèvres revinrent prendre possession des miennes.

Je ne le trahirais pas. La Saison d'Os XVIII était de l'histoire ancienne, et elle ne se répéterait pas.

Deux cents ans étaient bien plus qu'assez.

Mon sixième sens m'arracha à ma brume. Je m'écartai du gouverneur. Il me maintint par la taille, m'empêchant de partir.

Nashira était là, à moitié dissimulée par les ombres. Mon cœur se pinça, puis repartit douloureusement.

Fuis, me dicta mon esprit gourd, mais j'en étais incapable. Elle avait tout vu. Elle *voyait* tout. Ma peau, luisante de sueur ; mes lèvres enflées ; mes cheveux ébouriffés. Ses mains verrouillées sur mes hanches. Sa chemise ouverte. Mes doigts explorant son torse.

Je ne pouvais plus les bouger. Je ne pouvais pas même détourner les yeux.

Le gouverneur m'abrita derrière lui.

— Je l'ai forcée, déclara-t-il d'une voix rude et pâteuse.

Elle resta muette.

Elle fit un pas dans la pâle lumière qui filtrait à travers les rideaux. Elle tenait quelque chose à la main. La cloche de verre. Je regardai à l'intérieur, les oreilles sifflantes. J'y découvris une fleur. Une fleur en plein essor, étrange et magnifique, aux huit pétales luisant de nectar. Cette même fleur qui naguère était morte.

— *Ceci* est impardonnable, déclara-t-elle enfin.

Le gouverneur observa la fleur de ses prunelles incandescentes. Puis il la défia du regard.

Nashira lâcha la cloche. Le verre se brisa au sol dans un fracas qui me tira de ma torpeur.

J'avais tout gâché.

— Arcturus Mesarthim, tu es mon consort de sang. Le gouverneur des Mesarthim. Mais cela ne peut pas se reproduire.

(Elle fit un pas vers nous.) Il n'y a qu'un moyen d'empêcher la trahison : faire un exemple des traîtres. Je te ferai pendre depuis la muraille de cette ville.

Le gouverneur ne cilla pas.

— C'est toujours mieux que d'être à ta botte.

— Toujours aussi intrépide. Ou imprudent. (Elle lui effleura le visage.) Je veillerai également à ce que tous tes anciens compagnons soient exécutés.

— Non. (Je m'interposai entre les deux réph.) Vous ne pouvez...

Je n'eus pas le temps de faire un pas de plus. Le coup qu'elle me porta me fit perdre l'équilibre. Ma tête vint heurter l'angle d'une caisse, qui me fit éclater l'arcade. Mes mains atterrirent dans les débris de verre. J'entendis le gouverneur, fou de rage, prononcer mon nom – puis Thuban et Situla apparurent, fidèles serviteurs de leur reine, ceux qui ne laissaient jamais passer une occasion de s'en prendre à lui. Le premier écrasa le manche de son couteau sur le crâne d'Arcturus, qui ne chancela pas. Cette fois, il ne s'agenouillerait pas devant les Sargas.

— Je m'occuperai de ton cas plus tard, Arcturus. En attendant, je te déchois de ta condition de consort de sang. (Elle s'éloigna.) Thuban, Situla : emmenez-le sur la galerie.

— Oui, ma reine, répondit Thuban avant de saisir le gouverneur à la gorge. Il est temps de payer tes dettes, traître.

Situla lui enfonça violemment les doigts dans l'épaule. Son cousin lui faisait honte. L'intéressé ne pipa mot.

Non, non. Cela ne pouvait pas se terminer ainsi, comme la Saison d'Os XVIII. Il n'était plus consort de sang. Il n'était plus rien. Je venais d'éteindre son dernier espoir. Je scrutai son regard, espérant y découvrir quelque flamme à entretenir, quelque vestige à sauvegarder – mais ses prunelles étaient sombres et ternes, et je ne percevais plus que son silence. À eux deux, Thuban et Situla l'emmenèrent.

Nashira marcha en plein dans les débris de verre. Je ne bougeai pas, restant allongée au milieu des décombres. Des larmes amères me montèrent aux yeux. Quelle imbécile. À quoi avais-je pensé ? Qu'est-ce que j'avais fait ?

— Ton heure est venue, marcherêve.

— Enfin. (Du sang ruisselait toujours de ma blessure.) Vous avez pris le temps.

— Tu devrais te réjouir. À ce que j'ai compris, les marcherêves sont accros à l'éther. Cette nuit, tu vas pouvoir te noyer dedans.

— Vous ne posséderez jamais ce monde.

Je relevai la tête ; cette fois, mon corps tout entier tremblait. Pas de peur, mais de rage.

— Vous pouvez me tuer. Vous pouvez vous emparer de moi. Mais vous ne nous aurez pas tous : les Sept Sceaux vous attendent. Jaxon Hall vous attend. Toute la pègre vous attend. (Je tendis le menton d'un air de défi et la regardai droit dans les yeux.) Bonne chance.

Nashira me releva en me tirant par les cheveux. Elle pencha son visage vers le mien.

— Tu aurais pu tourner mieux, déclara-t-elle. Beaucoup mieux. Alors que finalement, tu ne seras bientôt plus rien. Tout ce que tu étais m'appartiendra.

Elle me bouscula sans ménagement, me précipitant dans les bras d'un réphaïte.

— Alsafi, reprit-elle, emmène ce sac d'os sur scène. Il est temps pour elle de livrer son esprit.

Je n'eus pas le temps de réfléchir ; déjà Alsafi me faisait monter les marches. J'avais un sac sur la tête. Mes lèvres étaient endolories, mes joues brûlantes. Je ne pouvais ni respirer ni penser correctement.

Le gouverneur était parti. Je l'avais perdu. Mon seul allié réph, et je l'avais laissé se faire prendre. Nashira ne se contenterait plus de le tuer, maintenant qu'il s'était abaissé au point de toucher une humaine à mains nues. C'était pis que de la trahison. En m'embrassant, en m'étreignant, le consort de sang avait avili sa famille entière. Il n'était plus un candidat viable. Il n'était plus rien.

Alsafi me maintenait d'une poigne de fer. J'allais mourir. Dans moins de dix minutes, j'aurais rejoint l'éther, comme les autres esprits. Mon cordon argenté se romprait. Je ne pourrais plus jamais regagner mon propre corps, ce corps que j'aurais habité pendant dix-neuf ans. Dorénavant, j'allais devoir servir Nashira.

On retira le sac qui m'aveuglait. Je me trouvais en bord de scène, à observer la fin de la pièce. Deux réph, Alsafi et Terebell, me flanquaient. Celle-ci se pencha à mon oreille.

— Où est Arcturus ?

— Ils l'ont emmené sur la galerie. Thuban et Situla.

— Nous nous occuperons d'eux plus tard. (Alsafi me lâcha.) Tu dois absolument retarder la reine de sang, marcherêve.

Je savais que Terebell était l'une des complices du gouverneur, j'ignorais qu'Alsafi en faisait également partie. Il n'avait pourtant rien d'un partisan ; mais, après tout, Arcturus non plus.

Le Superviseur fuit la scène, son costume imbibé de sang artificiel, abandonnant son poignard derrière lui. Ses appels à la pitié résonnèrent dans toute la maison des corporations. Le public acclama le groupe d'acteurs qui le pourchassa dans la rue, tous parés d'un uniforme de Scion. Les applaudissements étaient assourdissants. Ils se prolongèrent jusqu'à ce que Nashira gravisse les quelques marches menant sur le plateau.

— Merci pour votre gentillesse, mesdames et messieurs. Je suis ravie que la pièce vous ait plu. (Elle n'avait pourtant pas l'air heureuse.) Pour conclure la soirée en beauté, je suis également ravie d'avoir l'opportunité de vous faire une petite démonstration de notre système judiciaire, ici, à Sheol I. L'une de nos clairvoyantes a fait preuve d'une telle désobéissance qu'elle ne peut avoir la vie sauve. À l'instar du Roi-Sanglant, elle doit être bannie hors de portée de la population amaurotique, là où elle ne pourra plus nuire à personne.

» XX-59-40 a un lourd casier de traîtresse. Elle est originaire du comté de Tipperary, au fin fond de l'Irlande, une région associée depuis longtemps aux actes de sédition.

Cathal Bell basculait d'un pied sur l'autre, mal à l'aise. Quelques murmures se firent entendre.

— Après sa venue en Angleterre, elle s'est immédiatement retrouvée mêlée au crime organisé de Londres. Le soir du 7 mars, elle a assassiné deux autres clairvoyants, des gardes souterrains au service de Scion. Une affaire cruelle, exécutée de sang-froid. Aucune des victimes de 40 n'est morte rapidement. Cette même nuit, elle a été capturée et amenée à Sheol I. (Nashira faisait les cent pas sur la scène.) Nous espérions pouvoir la rééduquer, lui apprendre à maîtriser son don. Cela nous chagrine de perdre des clairvoyants. Cela me chagrine plus encore d'admettre que notre tentative de réformer 40 a échoué. Notre compassion n'a pas été payée de retour : depuis son arrivée, elle n'a été qu'insolence et brutalité. Il ne nous reste d'autre choix que de la confier au jugement de l'Inquisiteur.

Je regardai derrière elle. Il n'y avait pas d'échafaud sur la scène, pas de potence, pas de billot. Mais il y avait une épée.

Mon sang se figea. L'arme n'avait rien d'ordinaire, avec sa lame dorée et sa poignée noire. Il s'agissait du Courroux de l'Inquisiteur, qui servait à décapiter les traîtres politiques. Elle ne sortait de son fourreau que lorsque des espions clairvoyants étaient débusqués au sein de l'Archonterie de Westminster.

J'étais la fille d'un éminent scientifique de Scion. Une traîtresse dans les rangs des normaux.

Alsafi et Terebell disparurent derrière la scène. Je restai seule face à Nashira. Elle pivota vers moi.

— Approche, 40.

Je n'hésitai pas.

Il y eut un grondement quand j'émergeai de derrière les rideaux.

— Traîtresse ! s'exclama Cathal Bell, ce qui encouragea les huées de certains émissaires.

Je me refusais à me tourner vers eux. Quelle audace, pour ce pleutre, de me traiter de la sorte.

J'avançai fièrement, la tête haute, m'efforçant de ne me concentrer que sur Nashira. Je n'accordai pas un coup d'œil au public, ni même à la galerie, où le gouverneur avait été mené. Je m'arrêtai à quelques pas d'elle. Nashira se mit à tourner lentement autour de moi. Quand elle disparaissait de mon champ de vision, je scrutai un point droit devant moi.

— Vous vous demandez peut-être comment nous rendons justice ici. La corde ? Ou le bûcher, comme à l'ancien temps ? Voici l'épée de l'Inquisiteur, qui nous arrive de la citadelle. (Elle désigna le Courroux.) Avant qu'elle ne s'abatte, je souhaiterais également vous montrer autre chose : le grand cadeau des réphaïm.

Un nouveau murmure ébranla l'assistance.

— Édouard VII était un homme étrange. Nous ne savons que trop bien qu'il a trempé dans des affaires sordides. Qu'il a essayé de maîtriser un pouvoir dépassant l'entendement humain. Un pouvoir que nous, réphaïm, connaissons en revanche très bien.

Birgitta Tjäder observait la scène, les sourcils froncés. Plusieurs émissaires, dont Bell, se tournèrent vers leurs gardes du corps de la DVD.

— Prenez la plus puissante des énergies terrestres. (Nashira tendit la main vers la lanterne la plus proche.) L'électricité. Elle alimente votre vie quotidienne. Elle éclaire vos villes et vos maisons. Elle vous permet de communiquer. L'éther, la Source – la force vitale des réphaïm –, ressemble beaucoup à l'électricité. Il peut illuminer les ténèbres, apporter le savoir aux ignorants. (La lanterne brilla soudain d'une lumière plus vive.) Mais mal utilisé, il peut détruire. Il peut tuer.

La lumière s'éteignit.

— Je possède un don qui s'est révélé très utile au cours des deux cents dernières années. Certains clairvoyants font montre de talents particulièrement instables. Ils canalisent l'éther – le royaume des morts – de façons susceptibles de causer la folie et la violence. Le Roi-Sanglant avait un tel pouvoir, qui le mena à ses accès meurtriers. J'ai la faculté d'éradiquer ces dangereuses mutations. (Elle me désigna alors.) À l'instar de l'énergie, la clairvoyance ne peut pas être détruite, seulement transférée. À la mort de 40, un autre clairvoyant finira par développer son don. Cependant, en l'emprisonnant en moi, je m'assurerai que personne d'autre ne pourra s'en servir.

— Vous aimez inventer des histoires, n'est-ce pas, Nashira ?

J'avais prononcé cette phrase sans y réfléchir. Elle se tourna pour me défier. Ses yeux flamboyaient de rage.

— Je t'interdis de reprendre la parole.

Sa voix était douce.

Je risquai un coup d'œil vers la galerie. Vide. Sur le parterre, Michael glissa une main à l'intérieur de sa veste. Il avait l'un des pistolets.

Au fond de la maison des corporations, une porte s'ouvrit. Terebell, Alsafi et le gouverneur. Je croisai le regard de ce dernier par-dessus la tête des émissaires. Notre cordon doré trembla. J'eus une vision du poignard, celui que le Superviseur avait abandonné sur scène. Il gisait quelques pas derrière Nashira.

Quand elle pivota pour faire face au public, mon esprit franchit l'espace qui nous séparait. Je rassemblai toutes mes forces pour pénétrer dans sa zone hadale. Elle ne s'attendait pas à pareil assaut. Je m'imaginai une imposante silhouette chimérique, celle d'un béhémoth suffisamment gros pour abattre toutes les barrières érigées devant lui.

L'éther résonna. Des esprits volèrent dans tout le bâtiment, fondant sur Nashira par tous les côtés. Ils vinrent me rejoindre à l'orée de son territoire des rêves, s'attelant à abattre son armure ancestrale. Ses cinq anges tentaient bien de la défendre, mais à présent vingt, puis cinquante, puis deux cents esprits s'en prenaient à elle, et ses remparts commençaient à s'effondrer. Je ne perdis pas une seconde. Je me faufilai dans les ténèbres et plongeai en plein cœur de son territoire des rêves.

Je me mis à voir par ses yeux. La pièce était un tourbillon de couleurs et de ténèbres, de lumière et de feu, un spectre de choses que je n'avais encore jamais perçues. Était-ce ainsi que les réph voyaient tout le temps ? Il y avait des auras de partout. J'étais dotée – et soudain j'étais aveugle, tandis que ses yeux refusaient de voir. Ils ne voulaient pas que je voie. Ce n'étaient pas mes yeux. Je les forçai à s'ouvrir, à contempler ma main. Elle était trop large, gantée. Ma vision faiblit. Elle luttait contre moi. *Vite, Paige.*

Le poignard. Le poignard était juste là. *Vite.* Je tendis le bras, avec l'impression de soulever une barre d'haltères. *Tue-la.* Mes oreilles résonnaient de sons nouveaux et inconnus, de voix, de milliers de voix. *Tue-la.* Mes nouveaux doigts se refermèrent autour du manche.

Le poignard. Je le tenais. J'armai mon bras et, d'un geste brusque, m'enfonçai la lame dans la poitrine. Les émissaires s'affolèrent. Ma vision se voila de nouveau. Tout se mit à clignoter. Je tournai le couteau, afin de lacérer tout ce qui pouvait bien constituer le corps de Nashira. Aucune douleur. Elle était insensible aux morsures d'une arme amaurotique. Je frappai de nouveau, cette fois plus à gauche, là où se serait trouvé le cœur chez un humain. Toujours aucune douleur. Comme je m'apprêtais à me poignarder une troisième fois, je fus projetée hors de son corps.

Les esprits se dispersèrent dans toute la pièce, mouchant chaque bougie. La maison des corporations sombra dans le chaos. Lorsque je recouvrai la vue, je ne distinguais plus rien. Mes oreilles étaient pleines de hurlements.

Les bougies se rallumèrent. Nashira était allongée sur les planches. Immobile. Le poignard était fiché dans sa poitrine, où il disparaissait jusqu'à la garde.

— Reine de sang ! s'exclama un réphaïte.

Les émissaires avaient sombré dans le silence. Je m'approchai tant bien que mal de Nashira, les mains tremblantes. J'observai son visage, ses prunelles dépourvues d'éclat. Les esprits de la Saison d'Os XVIII flottaient toujours autour d'elle, comme attendant qu'elle les rejoigne dans l'éther.

Puis une faible lueur renaquit dans ses yeux. Elle pivota lentement le chef. Je me mis à frissonner de façon incontrôlable quand elle se releva, se déployant de toute sa hauteur.

— Très malin, commenta-t-elle. Très, très malin.

Je continuai à ramper, les ongles grinçant sur la scène. Je la vis retirer le poignard de sa poitrine. Il y eut des hoquets effarés dans l'assemblée.

— Fais-nous une nouvelle démonstration. (Des gouttes de lumière tombaient telles des larmes.) Je n'y vois aucune objection.

D'un geste brusque du poignet, elle envoya le couteau en l'air, où il plana un court instant, comme au bout d'un fil invisible. Puis il redescendit sur moi. Il m'atteignit à la joue, y laissant une plaie béante. Les bougies crachotèrent.

L'un de ses anges était un poltergeist. Il était rare qu'ils parviennent à soulever de la matière tangible, mais j'avais déjà vu ce phénomène se produire. Jaxon appelait ça l'apport. Des esprits déplaçant des objets. Un léger voile de sueur me recouvrait la peau. Je n'avais pas à avoir peur : j'avais déjà affronté un poltergeist par le passé. Et à présent, mon esprit était arrivé à maturité, je pouvais me défendre.

— Si vous insistez, répliquai-je.

Cette fois, je ne pus la prendre par surprise. Elle avait érigé toutes les barrières à sa disposition autour de son territoire des rêves. C'était comme si deux portes gigantesques m'avaient claqué au nez. Je fus renvoyée dans mon corps sans ménagement. Mon cœur s'emballa. J'avais la tête dans un étau. J'entendais une voix familière, résonnant dans mes oreilles en un long son inaudible et haut perché.

Bouger. Je devais bouger. Elle ne s'arrêterait pas. Elle ne cesserait jamais de traquer mon esprit. Je me relevai sur les coudes, en quête du couteau. Je la vis qui approchait de moi.

— Tu sembles fatiguée, Paige. Capitule. L'éther t'appelle.

— Je n'ai pas dû entendre la sonnerie, crachai-je.

Je n'étais pas préparée à ce qui allait survenir. Ses cinq anges se rassemblèrent pour se ruer sur moi.

Ils s'abattirent sur mes défenses telle une vague noire. Hors de mon territoire des rêves, ma tête vint heurter le plancher de la scène. En dedans, les esprits dévastèrent tout, éparpillant des nuées de pétales rouges. Des images défilèrent devant moi. Chaque pensée, chaque souvenir se retrouva brisé. Du sang, du feu, du sang. Un champ moribond. Une main géante semblait m'appuyer sur la poitrine, me clouer sur place. Dans une boîte, un cercueil. Je ne pouvais plus respirer ni penser. Les cinq esprits me pourfendirent telles des épées, déchirant mon esprit et mon âme en lambeaux. Je roulai de côté, tressautant comme un insecte écrasé.

De petits muscles se convulsaient dans mes bras et mes jambes. J'ouvris les paupières. La lumière me brûla les yeux. Je ne discernais que Nashira, main tendue, et la lame reflétant l'éclat des bougies. Puis elle disparut.

Dans un effort qui me fit monter des larmes, je parvins à soulever la tête. Michael s'était jeté sur elle, un couteau à la main. Il tenta de le lui planter dans le cou, manquant sa cible de plusieurs centimètres. D'un geste du bras, Nashira l'envoya valser au-delà de la scène. Il atterrit sur un harlie, et tous deux s'effondrèrent.

Elle se retournerait bientôt vers moi. Cette fois-ci, elle ne manquerait pas de m'achever. Son visage se matérialisa en effet au-dessus du mien, et ses yeux virèrent à l'écarlate. Ses traits s'adoucirent. Elle m'affaiblissait, s'assurant que je ne pourrais plus me servir de mon esprit. Sectionnant mon lien avec l'éther. J'étais morte. Elle s'agenouilla près de moi et souleva ma tête dans le creux de son bras.

— Merci, Paige Mahoney. (La pointe du poignard s'enfonça dans ma gorge.) Je ne gâcherai pas ton talent.

Ça y était. Je n'eus même pas de dernière pensée. Je parvins tout juste, en rassemblant mes dernières forces, à la regarder en face.

Puis le gouverneur apparut. Il la repoussa grâce à d'immenses hordes d'esprits qu'il transforma en boucliers, comme le fait un cracheur de feu avec ses torches. Si j'avais été dotée, songeai-je vaguement, le spectacle aurait sans doute été magnifique. Terebell et Alsafi l'accompagnaient ; d'autres également – était-ce Pleione que je voyais là ? Leurs contours se mélangeaient. Mon territoire des rêves m'envoyait d'étranges mirages. Puis quelqu'un me prit dans ses bras et m'emmena hors de scène.

La réalité m'apparaissait en flashs successifs. Une tempête se déchaînait dans mon territoire des rêves, les souvenirs affluaient par des fissures en forme d'éclairs, des fleurs malmenées s'éparpillaient dans le vent puissant. Mon esprit avait été saccagé.

Je n'étais qu'à moitié consciente du monde extérieur. Le gouverneur était là. Je reconnaissais son territoire des rêves, présence familière reposant contre la mienne. Il me montait vers la galerie, loin de ce qui avait bien pu se produire durant mes quelques minutes d'inconscience. Quand il me reposa au sol, je sentais le sang sécher sur mon visage. Je me rappelais à peine qui j'étais.

— Paige, résiste. Il faut que tu résistes.

Sa main me caressa les cheveux. Je scrutai sa figure, tâchant de me focaliser sur ses traits troubles.

Une autre paire d'yeux apparut. Il me sembla qu'il s'agissait à nouveau de Terebell. Le bruit ambiant m'écrasait les tempes. Lorsque la douleur me força à revenir dans le monde de la chair, le gouverneur me contemplait. Nous nous trouvions effectivement dans la galerie, au-dessus de la clameur de la salle.

— Paige, dit-il. Tu m'entends ?

Cela sonnait comme une question. Je hochai la tête.

— Nashira.

Je ne pus émettre autre chose qu'un murmure.

— Elle est vivante. Mais toi aussi.

Vivante. Nashira rôdait encore quelque part. Je sentais venir des frémissements de panique, que mon corps était trop faible pour répercuter. Ça n'était pas encore terminé.

Un coup de feu retentit au niveau inférieur. En dehors des yeux du gouverneur, tout était noir.

— Il y a… (Arcturus tendit l'oreille vers ma bouche pour mieux m'entendre.) Un poltergeist. Elle a un poltergeist.

— Oui. Mais tu y étais préparée. (Son doigt longea mon encolure.) Ne t'avais-je pas dit que cela pourrait te sauver la vie ?

Le pendentif refléta la lumière de ses prunelles ; le bijou sublimé, destiné à repousser les geists. Celui qu'il m'avait offert. Celui que j'avais voulu refuser, que j'avais failli ne jamais porter. Il me serra contre sa poitrine, une main passée derrière ma nuque.

— Les secours arrivent, déclara-t-il très doucement. Ils sont venus pour toi, Paige. Les Sceaux sont venus pour toi.

J'eus une nouvelle absence, durant laquelle le bruit s'intensifia. Mon territoire des rêves luttait pour guérir. Les dégâts étaient colossaux ; la cicatrisation ne commencerait pas avant des jours. Peut-être même jamais. De toute façon, je ne pouvais pas bouger, et le temps pressait : je devais atteindre la prairie, trouver la sortie. Rentrer chez moi. Il *fallait* que je rentre.

Quand je rouvris les paupières, une lumière mauvaise me brûla les yeux. Pas la flamme d'une bougie. J'essayai de m'en protéger, le souffle rare.

— Paige.

Quelqu'un se saisit de ma main tendue. Pas le gouverneur. Quelqu'un d'autre.

— Paige, ma douce.

Je connaissais cette voix.

Il ne pouvait pas être là. Il devait s'agir d'une hallucination, d'une image créée par mon territoire des rêves en lambeaux. Mais quand il me prit la main, je sus que c'était lui. Ma tête reposait toujours sur les genoux d'Arcturus.

— Nick, parvins-je à articuler.

Il était paré de son costume noir et d'une cravate rouge.

— Oui, *sötnos*, c'est moi.

Je contemplai mes doigts. Ils viraient au gris. Mes ongles oscillaient entre le noir et le violet.

— Paige, répéta Nick d'un ton bas et pressant, garde les yeux ouverts. Reste avec nous, ma belle. Allez.

— T-tu dois partir, bredouillai-je.

— Je vais partir. Et toi aussi.

— Magne-toi, Vision. Pas de temps à perdre. (Une autre voix.) Nous soignerons notre petite Rêveuse égarée quand nous serons de retour à la citadelle.

Jaxon.

Non, non. Pourquoi étaient-ils venus ? Nashira allait les voir.

— Il sera trop tard. (La même lumière violente m'aveugla.) Les pupilles ne répondent pas. Hypoxie cérébrale. Elle va mourir, si on n'intervient pas tout de suite. (Une main repoussa mes cheveux collants de sueur.) Putain, où est Danica ?

Je n'arrivais pas à comprendre pourquoi le gouverneur restait muet. Il était là, je sentais sa présence.

Nouvelle perte de connaissance. Quand ma vision revint, quelque chose était attaché à mon nez et à ma bouche. J'en reconnus l'odeur de plastique : le 2SPV, le cousin portatif du système de survie de Dani. D'autres territoires des rêves étaient à proximité, agglutinés autour de moi. Nick me tenait la tête dans le creux de son bras, maintenant le masque en place devant mes voies respiratoires. J'avalais goulûment l'oxygène supplémentaire, les yeux lourds. Je ne m'étais jamais sentie aussi éreintée de toute ma vie.

— Ça ne fonctionne pas. Son territoire des rêves est fracturé.

— Ce train ne va pas nous attendre, Vision, s'impatienta Jaxon d'une voix tendue. Porte-la. On se tire d'ici.

Les mots suivants se bousculèrent dans mon esprit. Pour la première fois depuis plusieurs minutes, le gouverneur prit la parole.

— Je peux l'aider.

— Ne l'approchez pas, aboya Nick.

— Il n'y a pas de temps à perdre. Les DVN postés sur le pont seront bientôt là. Ils repéreront votre aura immédiatement, docteur Nygård. Votre réputation à Scion sera foutue. (Le gouverneur les observa tour à tour.) Paige va mourir si vous ne faites rien. Son territoire des rêves endommagé peut être réparé, mais il faut agir vite. Tenez-vous à perdre votre marcherêve, Dompteur blanc ?

— Comment connaissez-vous mon nom ?

Jaxon était fumasse. Je ne le distinguais pas dans l'obscurité, mais je perçus un changement soudain dans son territoire des rêves, une érection de ses défenses.

— Nous avons nos méthodes.

Leurs mots étaient telles des séquences sonores impossibles à déchiffrer. Je n'y comprenais rien. Nick se pencha vers moi, et je sentis son haleine chaude sur ma joue.

— Paige, me murmura-t-il à l'oreille, cet homme prétend pouvoir te soigner. Est-ce que je peux lui faire confiance ?

Confiance. Je reconnaissais ce mot. Une fleur inondée de soleil à la limite de mon champ de vision, m'invitant dans un monde différent. Une vie différente, avant le champ de coquelicots.

— Oui.

Dès que j'eus répondu, le gouverneur s'approcha. Je découvris Pleione par-dessus son épaule.

— Paige, tu dois abaisser autant de défenses mentales que possible, déclara-t-il. Tu peux faire ça pour moi ?

Comme s'il me restait la moindre protection.

Arcturus saisit la fiole que lui tendait Pleione. Une fiole d'amarante, presque vide. *Scarifiés.* Ils avaient dû constituer une réserve de secours, en économiser la moindre goutte. Il m'en appliqua un peu sous le nez, puis sur les lèvres. Ma peau se mit instantanément à chauffer. J'eus l'impression que l'éther m'appelait, me demandait d'ouvrir mon esprit. Une déferlante brûlante s'engouffra en moi, raccommodant les béances dans mon territoire des rêves. Le gouverneur me caressa la joue du pouce.

— Paige ?

Je cillai.

— Tu vas bien ?

— Oui, répondis-je. Je crois que oui.

Je m'assis, essayai de me lever. Nick m'aida à me mettre debout. Aucune douleur. Je me frottai les yeux, clignai les paupières, tâchant de m'habituer à l'obscurité.

— Putain, comment tu as fait pour arriver ici ? lui demandai-je en m'accrochant à ses bras.

Je ne pouvais pas détacher le regard de son visage. Il était réel, il était présent.

— Je suis venu avec la délégation de Scion. Je t'expliquerai plus tard. (Il serra contre lui, m'écrasant contre sa poitrine.) Viens. Foutons le camp d'ici.

Jaxon n'était qu'à quelques mètres de là, sa canne entre les mains. Danica et Zeke l'entouraient. Tous étaient parés des couleurs de Scion. De l'autre côté de la galerie, Nadine tirait au jugé sur les émissaires qui pointaient le bout de leur nez. Les deux réphaïm me contemplaient.

— Gouverneur, combien… (Je pris une profonde inspiration.) Combien de temps il nous reste ?

— Cinquante minutes. Vous devez partir.

Moins d'une heure. Plus vite nous arriverions au train, plus tôt je pourrais envoyer la fusée pour en signifier la localisation aux autres voyants.

— Je présume que tu sais dans quel camp tu te trouves, Paige, intervint Jaxon. (Il m'observa de pied en cap.) J'ai failli douter de toi, ma malonette, après ta petite comédie de Londres.

— Jaxon, des gens meurent ici, des *voyants*. Pourrait-on mettre ces événements de côté et nous concentrer sur notre fuite ?

Il n'eut pas le temps de répliquer : un groupe de réph débarqua en trombe dans la galerie, brandissant de grosses hordes d'esprits. Le gouverneur et Pleione se postèrent devant nous.

— Allez-y, nous ordonna le premier.

J'étais partagée. Jaxon dévalait déjà les marches, suivi de près par les autres.

— Paige, viens vite, m'encouragea Nick.

Pleione repoussa une horde. Le gouverneur pivota vers moi.

— Cours. File jusqu'à Port Meadow. Je vous rejoindrai là-bas.

Je n'avais pas le choix : je ne pouvais pas le forcer à m'accompagner. Je n'avais donc qu'à obtempérer, en espérant que ce soit la bonne décision. Nick m'attrapa par le bras, et nous empruntâmes l'escalier menant au vestibule de la maison des corporations. Il n'y avait plus une seconde à perdre.

Les harlies et les réph s'étaient éparpillés dans les rues. Les émissaires paniqués, ainsi que leurs gardes du corps, traversaient le hall à grandes enjambées. Nick leur emboîtait le pas. Je me figeai quand l'éther se mit à trembler.

Je me retournai face à la salle. Quelque chose clochait, j'en étais certaine. Sans réfléchir, je rebroussai chemin et m'élançai vers les larges marches de pierre. Jaxon m'apostropha.

— Et tu comptes aller où, exactement ?

— Va prendre le train, Jaxon.

Je n'entendis pas sa réplique. Nick me rattrapa bientôt, me saisit par le coude.

— Où tu vas ?

— Reste avec Jaxon.

— Nous devons partir. Si la DVN aperçoit mon aura…

Il se tut quand nous arrivâmes sur le seuil de la grande salle désertée.

Les ténèbres recouvraient chaque recoin de la pièce. La plupart des bougies étaient éteintes, mais trois lanternes rouges brillaient encore là où elles étaient tombées. Les velours de Liss s'étaient effondrés en deux piles drapées. Je m'en approchai, percevant le faible éclat d'un territoire des rêves. Je me précipitai sur le parterre de marbre et me laissai tomber à genoux.

— Liss. (Je lui saisis la main.) Liss, viens.

Qu'est-ce qui avait bien pu la pousser à revenir ? Elle avait les cheveux collés par le sang. Elle ne pouvait pas être morte, pas après que nous lui avions sauvé la vie. Pas après tout ce que nous avions élaboré ensemble. Elle ne pouvait pas mourir. Seb était mort, Liss n'avait aucune raison de l'imiter.

Elle entrouvrit les yeux, à peine une fente. Elle était toujours costumée en une victime du Roi-Sanglant. Ses lèvres formèrent un semblant de sourire quand elle m'aperçut.

— Salut, souffla-t-elle avec peine. Désolée, j'étais… en retard.

— Non. Ne t'avise pas de mourir, Liss. Allez. (Je lui serrai la main.) S'il te plaît. On a déjà cru te perdre une fois, ne nous inflige pas ça de nouveau.

— Je suis contente que quelqu'un s'en soucie.

Des larmes me montèrent aux yeux ; des larmes froides et tremblantes qui ne tombèrent pas. Du sang lui coulait aux lèvres. Je n'arrivais pas à déterminer où s'arrêtait le faux sang de la représentation et où commençait le sien.

— V-va-t'en, dit-elle d'une voix éteinte. Fais ce que je n'ai pas pu faire. Pas pu. Je voulais tant… revoir chez moi.

Sa tête roula de côté. Ses doigts lâchèrent les miens, et son esprit s'éloigna dans l'éther.

Je restai assise une bonne minute, à contempler son corps inerte. Nick baissa le front, et lui recouvrit le visage d'un morceau de tissu. *Liss est partie.* Je me forçai à me répéter cette phrase. *Liss est partie, comme Seb. Tu n'as pas pu les sauver. Ils sont partis.*

— Tu devrais prononcer la mélopée, murmura Nick. Je ne connais pas son nom, *sötnos*.

Il avait raison. Liss ne voudrait pas rester là, dans sa prison.

— Liss Rymore (j'espérais qu'il s'agissait là de son nom complet), disparais dans l'éther. Tout est en ordre. Les dettes sont réglées. Inutile d'errer parmi les vivants.

Son esprit s'éloigna.

Je ne pouvais pas regarder son cadavre. Pas celui de Liss – son corps, son enveloppe, l'ombre qu'elle abandonnait dans ce monde.

Le lance-fusées reposait sous sa main déjà froide. Il lui incombait de donner le signal. Je le récupérai délicatement.

— Elle ne voudrait pas te voir baisser les bras, me dit Nick en me voyant chercher les fusées. Elle n'aurait pas voulu que tu meures pour elle.

— Oh, je crois que si.

Je reconnus cette voix. Même si je ne le voyais pas, le timbre de Gomeisa Sargas résonnait dans toute la pièce.

— C'est vous qui l'avez tué, Gomeisa ? (Je me levai.) Est-ce qu'elle est plus à votre goût, maintenant qu'elle est morte ?

Le silence était pesant.

Sa réponse retentit derrière moi.

— Tu ne devrais pas te terrer dans l'ombre, Gomeisa.

Je me retournai. Le gouverneur venait d'entrer dans la pièce, et ses yeux étaient rivés sur la galerie.

— À moins que tu ne craignes Paige, poursuivit-il. La cité est en flammes. Votre pouvoir présumé est déjà dissolu.

Un éclat de rire. Je me raidis.

— Je n'ai pas peur de Scion. Ils nous ont offert leur monde sur un plateau d'argent, Arcturus. À présent, il est temps de passer à table.

— Allez au diable, lui lançai-je.

— Je n'ai pas non plus peur de toi, 40. Qu'avons-nous à craindre de la mort, alors que *nous sommes* la mort ? En outre, devoir quitter ce monde en décomposition – votre petit monde de fleurs et de chair – serait presque une bénédiction. Si seulement il ne restait pas tant à faire ici. (Des bruits de pas.) Vous ne pouvez pas tuer la mort. Quel genre de feu pourrait brûler le soleil ? Qui saurait noyer l'océan ?

— Je suis sûre qu'on trouvera bien un moyen, rétorquai-je.

Ma voix restait ferme, même si je tremblais comme une feuille. J'étais cependant incapable de déterminer si c'était de terreur ou de colère. Derrière le gouverneur, un autre réph fit son apparition, flanqué de Terebell.

— J'aimerais que tous les deux, vous vous représentiez quelque chose. Surtout toi, Arcturus. Étant donné ce que tu as à perdre.

Le gouverneur resta muet. J'essayais encore de déterminer d'où provenait la voix. Quelque part au-dessus de nous. Sur la galerie.

— J'aimerais que vous vous figuriez un papillon : imaginez-le, avec ses ailes colorées et chatoyantes. Il est magnifique. Adorable. Comparez-le à une phalène. Ils ont la même forme – mais combien de différences ? Cette dernière est pâle, faible et laide. Une pauvre petite chose suicidaire. Elle est incapable de se maîtriser, et quand elle voit une flamme, elle en désire la chaleur. Alors elle s'embrase.

Sa voix tonitruante retentissait de partout, jusque dans mes oreilles, jusque dans mon crâne.

— Voilà comment nous voyons ton monde, Paige Mahoney. Comme une boîte de phalènes prêtes à prendre feu.

Son territoire des rêves était tout proche. Je préparai mon esprit. Peu m'importait les dégâts que j'allais causer : il avait tué Liss ; à présent, j'allais le tuer. Le gouverneur me saisit le poignet.

— Non, me dit-il. Laisse-nous nous occuper de lui.

— Je tiens à m'en charger.

— Tu ne peux pas la venger, marcherêve. (Pleione ne quitta pas l'ennemi des yeux.) Va à la prairie. Le temps presse.

— Oui, vas-y, 40. Va prendre *notre* train pour *notre* citadelle.

Gomeisa émergea de derrière un pilier. Ses yeux rutilaient d'aura toute fraîche – les dernières gouttes qu'il ponctionnerait jamais sur Liss Rymore.

— Était-ce si terrible, ici, 40 ? Nous t'avons offert un abri, notre sagesse – un nouveau foyer. Tu n'étais pas une anormale, ici. Une inférieure, oui, mais tu avais ta place. À Scion, tu n'es qu'un symptôme du fléau. Une rougeur sur leur peau si délicate. (Il leva sa main gantée.) Tu n'as pas ta place là-bas, marcherêve. Reste avec nous. Vois ce qui se cache au-delà.

Mes muscles étaient bandés à tout rompre. Il me regardait droit dans les yeux – scrutait mon âme, mon territoire des rêves, les recoins les plus sombres de mon être. Il savait que ses mots portaient. Il maîtrisait à la perfection sa logique torturée ; il la manipulait depuis deux siècles, s'en servait pour tenter les plus faibles. Avant que je puisse lui répondre, le gouverneur me fit basculer sans ménagement, et je perdis l'équilibre. Une lame incurvée siffla près de son épaule, au-dessus de ma tête. Je ne l'avais pas vue venir dans la pénombre. Quand mes fesses heurtèrent le sol, il s'élança vers Gomeisa. Terebell et l'autre réph lui emboîtèrent le pas, rassemblant tous deux des hordes d'esprits, pépiant d'horribles sons. Nick me releva, mais je ne sentis pas ses mains. Je ne percevais que l'éther, où les réphaïm dansaient.

L'air autour de moi se raréfia, devenant une simple gaze argentée. Je ne distinguais plus les quatre réph, mais ressentais leurs mouvements. Chaque muscle activé, chaque rotation et chaque pas provoquaient une onde de choc dans l'éther. Ils dansaient sur le fil de la vie. Une danse de géants, la fameuse *danse macabre*.

Les esprits de la Saison d'Os traînaient encore dans la pièce. La horde de Terebell s'envola entre les colonnes : trente esprits s'élevant ensemble, convergeant vers le territoire des rêves de Gomeisa. Aucun voyant n'aurait pu survivre à un tel assaut. J'attendis que le coup porte.

Le rire de Gomeisa s'envola jusqu'au plafond. D'un geste de la main, il dispersa ses assaillants, qui giclèrent dans la pièce tels des éclats de verre. Le corps affaibli de Terebell fut projeté contre un pilier. Le bruit de l'os sur le marbre claqua dans l'air glacial. Quand le réph qui l'accompagnait chargea, Gomeisa se fendit d'un mouvement sec à la verticale qui précipita son adversaire sur scène. Les planches volèrent en éclats sous son poids, le précipitant dans le cagibi en dessous.

Je reculai d'un pas incertain, mes bottes glissant sur une mare de sang. Gomeisa était-il une espèce de poltergeist ? Il pouvait se servir de l'apport, déplacer des choses sans les toucher. Lorsque je compris cela, mon cœur s'emballa et se mit à tambouriner contre ma poitrine. Il pourrait sans mal m'écraser au mur comme un insecte.

Seul le gouverneur était encore en état de se battre. Il se campa face à son ennemi, plus menaçant que jamais dans le demi-jour.

— Viens, Arcturus, le provoqua Gomeisa en écartant grand les bras. Viens payer ta dette.

Ce fut à cet instant que la scène explosa.

29

La séparation

La bourrasque de chaleur me renvoya à l'autre bout de la pièce, m'assourdissant au passage. J'atterris lourdement sur mon flanc droit, sentis ma hanche craquer. Nick me releva par le poignet et alla me mettre à l'abri dans l'entrée. Nous avions à peine atteint la porte quand les flammes nous rattrapèrent. Je me jetai à terre, enfouissant ma tête dans mes bras. Le feu grondait si fort dans la maison des corporations que les vitres se brisèrent. À quatre pattes, je progressais aussi vite que possible, le lance-fusées toujours à la main.

Aucun des harlies ne disposait du matériel nécessaire à provoquer une telle explosion. Julian ne m'avait probablement pas tout révélé. Où avait-il pu trouver une mine, ou le temps de la poser ? L'avait-il récupérée dans le No-Man's-Land ? Et quel genre de mine pouvait embraser d'un coup un bâtiment tout entier ?

Au cœur de l'épais nuage de fumée, Nick m'attrapa par le coude et m'aida à me remettre debout. Des débris de verre dégringolèrent de mes cheveux. Ma gorge, mes yeux me brûlaient.

— Attends. (Je m'écartai de la main de Nick.) Le gouverneur…

Il ne pouvait pas être mort. Nick me criait quelque chose, mais il semblait loin de moi. Je tentai de me servir du cordon doré. De voir, de sentir, d'entendre grâce à lui. Rien.

Dehors, les sirènes hurlaient ; un incendie s'était déclaré dans la rue voisine. La Chambre crachait des flammes et une fumée noire et dense. Une, non, deux des résidences étaient en feu. La première était Balliol, le seul bâtiment doté de l'électricité. Les émissaires allaient avoir du mal à contacter la citadelle, désormais. *Merci, Julian,* songeai-je. *Où que tu sois, merci.*

Nick me souleva de terre.

— On doit partir, dit-il d'une voix éraillée. (Il contempla cette ville qu'il ne connaissait pas, le visage déformé par l'angoisse.) Paige, je ne sais pas où nous sommes. Comment on va jusqu'au train ?

— Dirige-toi vers le nord. (Je voulus redescendre, mais il m'étreignait trop puissamment.) Je peux courir, bordel !

— Tu viens d'essuyer une explosion et d'affronter un poltergeist, me répliqua-t-il, rouge de colère. Je ne suis pas venu ici pour te regarder te faire tuer, Paige. Pour une fois dans ta vie, accepte donc l'aide de quelqu'un.

Sheol I baignait en plein chaos. Maintenant que la maison des corporations avait été détruite, les rebelles s'étaient disséminés dans les rues, luttant de toutes leurs forces contre les réphaïm. Les émissaires de Scion fuyaient en tous sens, dépassés par leurs gardes du corps qui avaient ouvert le feu sur les voyants. L'unité de Julian, chargée des incendies, avait accompli sa mission avec un enthousiasme assassin : l'essentiel de la Bauge était déjà la proie des flammes. Je voulais rester pour me battre, mais il fallait que je lance la fusée. Je sauverais plus de vies ainsi.

Nick emprunta le chemin le plus sûr, à l'écart des combats, s'engouffrant dans une rue étroite. J'aperçus une autre escarmouche. Des harlies combattaient aux côtés d'amaurotiques et de vestes, faisant cause commune contre des réph isolés. Même Cyril s'était joint au combat.

Un cri perçant m'arriva aux oreilles. Je jetai un coup d'œil par-dessus l'épaule de Nick. Nell. Retenue par deux réph.

— Tu n'iras nulle part, 9. On doit se ravitailler.

L'un d'eux la força à basculer la tête en arrière en la tirant par les cheveux.

— Non ! Ne me touchez pas ! Vous ne vous nourrirez plus jamais sur moi, sales parasites !

Ses cris cessèrent quand son gardien lui plaqua une main sur la bouche.

— Nick ! m'exclamai-je.

Il comprit que la situation était désespérée et relâcha son étreinte. Je bondis immédiatement au sol et me précipitai vers Nell. Je n'avais pas d'arme – mais j'avais mon don. Qui n'était plus une malédiction. Cette nuit, il sauverait une vie, au lieu d'en ôter une.

Je projetai mon esprit sur le plus grand des réph. Je m'introduisis de force dans son territoire des rêves, pénétrai dans sa zone hadale, et retournai directement dans mon corps. J'eus tout juste le temps de tendre les mains pour m'éviter de m'écrouler sur le bitume le menton en avant. Sans comprendre ce qui venait de se produire, Nell se libéra d'une secousse et poignarda le réph à sa droite, faisant disparaître sa lame dans son flanc. Dans le même temps, elle invoqua un esprit venu de nulle part et le projeta sur lui. Il laissa échapper un horrible grognement. Son compagnon tâchait encore de se remettre de mon assaut. Nell récupéra les affaires qu'elle avait laissées tomber et s'enfuit à toutes jambes.

Les deux réph, bien que blessés, restaient des menaces potentielles. Celui que j'avais attaqué me regarda, et ses yeux

– orange – retrouvèrent leur éclat. Il dégaina une lame rangée dans un fourreau accroché à son biceps.

— Retourne dans l'éther, marcherêve.

Son poignard vola dans ma direction. Je ne l'esquivai pas assez vite, et il m'atteignit au bras. Nick ouvrit le feu. Sa balle toucha le réph à la poitrine, sans causer de dégâts. Je balançai mon esprit dans son territoire des rêves. Cette deuxième tentative l'affaiblit. Je ramassai le couteau qui gisait au sol et le lui enfonçai dans la gorge.

Je commis l'erreur d'oublier son compagnon. Celui-ci me plaqua par terre si violemment que j'en eus le souffle coupé. Son poing géant s'abattit à un centimètre de ma tête.

Nick se débarrassa de son pistolet. Tandis que le réph armait de nouveau son bras, Nick s'empara de trois esprits errant à proximité et les lui lança dessus en rafale. Je sentis le mouvement de l'éther quand il imposa au cerveau de son adversaire un instantané suffisamment vif pour l'aveugler. Dès l'instant où le réph roula de côté pour affronter les esprits et la vision, je me relevai d'un bond et m'élançai vers Nick.

Nous ne courûmes pas longtemps avant que mon sixième sens m'alerte puissamment. Je tournai la tête dans la direction de la menace.

— Nick !

Il avait compris. En un mouvement souple, il se dépouilla de son sac à dos et invoqua une nouvelle horde. La cible ne m'était pas étrangère : Aludra Chertan.

— Rêveuse. (Elle n'accorda pas même un regard à mon compagnon.) Je crois que je ne t'ai jamais rendu la monnaie de ta pièce, pour ton petit numéro à la chapelle.

— Ne bougez pas, l'avertit Nick.

— Oh, tu sembles si *rafraîchissant*, repartit-elle.

Ses yeux changèrent de couleur.

Le visage de Nick se déforma. Le sang afflua dans ses canaux lacrymaux, et les veines de son cou se mirent à saillir.

— Presque aussi rafraîchissant que la marcheuse, poursuivit Aludra en s'approchant de nous. Je pourrais peut-être t'adopter, oracle.

Nick agrippa ses genoux, s'efforçant de rester debout.

— J'ai tué l'héritier présomptif, déclarai-je. Je pourrais bien en faire autant avec vous. Vous renvoyer ramper là d'où vous venez.

— Kraz était une créature arrogante. Pas moi. Je sais lesquels de mes ennemis méritent que je m'attarde sur eux.

— Et j'en fais partie.

— Oh, oui.

Je me figeai. Il y avait quelque chose derrière elle, une ombre. Une ombre massive et encombrante. Elle était trop avide pour la remarquer. Un « géant pourrissant ». J'en reconnaissais la tache dans l'éther.

— Et selon vous, je mérite combien de minutes de votre temps ?

— Une seule. (Elle leva la main.) Mais c'est bien plus qu'il n'en faut pour mourir.

Puis son expression se modifia. De la surprise. Elle le sentit, mais ne se retourna pas assez vite. La chose la tenait dans sa pogne avant qu'elle puisse bouger. Des yeux blancs. Des yeux morts. Je n'en perçus que quelques détails – les réverbères s'étaient éteints à son apparition –, mais cela suffit pour s'incruster dans ma mémoire, s'imprégner profondément dans ma matière grise, écorchant les contours délicats de mon territoire des rêves. Aludra n'avait pas la moindre chance. Son hurlement fut réprimé avant même d'être achevé.

— Oui, confirmai-je, bien plus qu'il n'en faut.

Nick était tétanisé. Ses yeux étaient écarquillés, ses mâchoires serrées. Je l'attrapai par le bras et l'entraînai à ma suite.

Nous sprintâmes de toutes nos forces. Les émim étaient en ville. Comme lors de la Saison d'Os XVIII.

— Combien de temps ? demandai-je à Nick sans ralentir ma course.

— Pas longtemps. (Il me poussa dans le dos pour me forcer à accélérer.) C'était quoi, ce machin ? Qu'a fait Scion à cet endroit ?

— Des tas de choses.

Nous bifurquâmes dans l'une des rues transversales plongeant vers la ville fantôme. Une silhouette arrivait dans l'autre sens en haletant. Nick et moi réagîmes en même temps : il lui fit un croche-patte, qui l'envoya rouler à terre, et j'apposai fermement ma main contre sa pomme d'Adam.

— Tu vas quelque part, Carl ?

— Lâche-moi ! (Il ruisselait de sueur.) Ils arrivent. Ils les ont laissé entrer en ville.

— Qui ça ?

— Les ronfleurs. Les ronfleurs ! (Il me repoussa des deux mains, au bord des larmes.) Il a fallu que tu gâches tout, pas vrai ? Il a fallu que tu essaies de tout changer. Cet endroit, c'est tout ce que j'ai. Je ne te laisserai pas me l'enlever...

— Tu avais le monde entier pour toi. Tu as oublié ?

— Le monde entier ? Je suis un monstre ! Nous sommes tous des monstres, 40 ! C'est pour ça qu'on a besoin d'eux, dit-il en désignant du doigt le centre-ville. Tu ne comprends donc pas ? C'est le seul endroit où nous sommes en sécurité. Ils vont bientôt vouloir nous tuer, ils vous nous sauter dessus...

— Qui ?

— Les amaurotiques. Quand ils comprendront. Quand ils comprendront ce que veulent les réphaïm. Je ne retournerai jamais là-bas. Tu peux bien le garder, ton précieux monde. Retournes-y, je te le laisse !

Je cessai de l'étrangler. Il se remit debout et partit en trombe. Nick le regarda filer.

— Tu auras des tas de choses à m'expliquer, quand on sera chez nous.

Carl disparut au coin d'un bâtiment.

Nous n'étions plus qu'à un kilomètre de la prairie, mais je ne m'attendais pas à y parvenir sans combattre. Nashira était tapie quelque part, et il était très possible que tous les arracheurs d'os n'aient pas eu leur dose de la mixture de Fourgueur. Nous progressions le long des murs, nous faufilant dans la ville désertée.

Nous entendîmes une explosion au loin. Nick ne s'arrêta pas. Les fenêtres des bâtiments tremblèrent. J'avais du mal à réfléchir. Certains essayaient-ils de s'enfuir en traversant le champ de mines ? Ils devaient paniquer, se demander où était la fusée, foncer entre les arbres en désespoir de cause. Il fallait que je les guide dans la bonne direction. Nous courûmes jusqu'à la rue dévastée, puis empruntâmes le sentier menant à Port Meadow. J'aperçus les clôtures, puis la pancarte. Quelques voyants et amaurotiques s'étaient déjà rassemblés devant. Ils devaient penser pouvoir quitter la ville par là.

Et le gouverneur. Il était là aussi. Crasseux, couvert de cendres, mais vivant. Il me prit dans ses bras.

— Bon sang, où étais-tu passé ? soufflai-je.

— Désolé, j'ai dû faire un détour. (Son regard se posa sur la ville.) Ce n'est pas vous qui avez installé cette bombe incendiaire sous la scène ?

— Non. (Pliée en deux, je tâchai de reprendre mon souffle.) À moins que…

— À moins que quoi ?

— 12. L'oracle, la veste rouge. Il a laissé entendre qu'il pouvait y avoir un plan B.

— Concentrons-nous seulement sur ce qui se passe ici. (Nick se tourna vers le gouverneur, puis reporta les yeux sur moi.)

Où est l'entrée du tunnel ? Il faisait jour quand nous sommes arrivés.

La prairie était désormais plongée dans un noir de poix oblitérant tous les points de repère.

— Pas loin, affirma le gouverneur.

— D'accord.

Nick consulta sa vieille montre à Nixie. Il s'essuya la lèvre d'une main tremblante.

— Est-ce que le Dompteur a survécu ?

— Tu peux l'appeler par son nom, Nick. (Je sentais la sueur me couler dans le cou.) Il est au courant.

— Monsieur Hall et trois de vos compagnons sont actuellement dans la prairie, expliqua le gouverneur. Ils n'attendent plus que vous. (Il continuait à scruter la ville.) Paige, je te conseille d'utiliser l'une des fusées. Il est encore temps.

Nick s'orienta dans la direction indiquée et approcha du sas d'entrée, où Jaxon semblait étudier la clôture éthérée. J'allai me poster près d'Arcturus.

— Je suis désolé pour Liss, affirma-t-il.

— Moi aussi.

— Je veillerai à ce que Gomeisa n'oublie jamais sa mort.

— Tu ne l'as pas tué ?

— Nous avons été interrompus par l'explosion. Après s'être nourri de l'aura de Liss, il était bien plus puissant que nous, mais nous l'avons considérablement affaibli. Il se pourrait que l'incendie de la maison des corporations ait fini le travail.

Il portait toujours ses gants, même maintenant. Je ressentis un léger pincement au cœur. J'étais blessée dans mon orgueil, peut-être ? Pensais-je réellement qu'il changerait si facilement ?

Le gouverneur plongea son regard dans le mien. Notre cordon doré frémit, très légèrement. Je ne savais pas ce qu'il tentait de me transmettre, mais ce fut soudain plus clair, plus déterminé. Je serrai la crosse du lance-fusées. Le gouverneur recula d'un pas. Je visai un point au-dessus de la prairie, armai le chien et détournai la tête.

La fusée plana longuement au-dessus de la prairie, déclenchant signal après signal. Debout à côté du gouverneur, je la regardai se consumer et fumer. La lumière rouge clignotait dans ses prunelles et à nos pieds.

Puis, au-delà, j'observai les étoiles du firmament. C'était peut-être la dernière fois que je pouvais les voir ainsi, depuis une ville sans lumière ni nappe de pollution. À moins que, un jour, le monde entier finisse par ressembler à ça. Quand il serait sous la coupe de Nashira. Une vaste cité pénitentiaire plongée dans les ténèbres.

Le gouverneur me posa une main dans le dos.

— Il faut y aller.

Nous avançâmes, côte à côte, jusqu'au portillon ménagé dans la clôture. Quand il ouvrit le sas, les voyants et les amaurotiques – ces derniers étaient huit – le traversèrent. Quand nous fûmes tous de l'autre côté, il tira sur le portail, puis sortit une autre fiole. Il semblait en transporter encore plus qu'il n'avait de pots d'apothicaire chez lui.

Le contenu du flacon était clair et cristallin. Du sel. Il s'en servit pour tracer une fine ligne à travers la porte. J'allais l'interroger au sujet des émim quand Jax m'attrapa par les bras et me plaqua contre un poteau. Je sentais la puissance de la barrière, si proche de mon crâne que mes cheveux crépitèrent.

— Imbécile. (Il referma les poings sur l'avant de ma robe.) Tu viens de leur montrer exactement où on est, pauvre crétine.

— Je le montre à *tout le monde*. Je ne laisserai pas ces gens mourir ici, Jaxon. Ce sont des voyants.

Les muscles de son visage se convulsèrent. Il était fou de rage. Voilà le Jax que je redoutais : celui à qui ma vie appartenait.

— J'ai accepté de venir ici pour secourir ma marcherêve, souffla-t-il, pas pour venir en aide à une plèbe de devins et d'augures.

— Ce n'est pas mon problème.

— C'est complètement ton problème. Si tu fais quoi que ce soit d'autre pour nuire à cette entreprise - l'entreprise visant à te sauver, petite ingrate –, je m'assurerai de te pourrir l'existence jusqu'à la fin de tes jours. Je t'enverrai sur Jacob's Island, où tu pourras mendier avec les extispicistes, les splanchomanciens et toute cette *racaille* restée sur le bord de la route. Vois ce qu'ils t'apportent. (Il referma sa main froide sur ma gorge.) Ces gens sont interchangeables. Pas nous. Tu prétends peut-être à ta petite indépendance, ô mon adorée, mais tu feras exactement ce que l'on te dit. Et tout redeviendra comme avant.

Ses paroles taillèrent en lambeaux mon territoire des rêves. L'espace d'une fraction de seconde, je redevins la Paige de mes seize ans, celle qui avait peur du monde extérieur, et plus peur encore de ce qui se passait en moi. Puis mon blindage reprit le dessus, et je devins une tout autre personne.

— Non, répondis-je. Je démissionne.

Son expression se modula.

— On ne peut pas *démissionner* des Sept Sceaux.

— C'est pourtant ce que je viens de faire.

— Ta vie m'appartient. Nous avons conclu un marché. Tu as signé un contrat.

— Je me fous complètement de ce que peuvent raconter les autres seigneurs-mimes. Si mon existence était ta propriété, cela ferait de moi ton esclave. (Je le forçai à me lâcher.) J'ai assez donné en la matière.

Les mots émergeaient de ma bouche, sans pourtant sembler se former dans mon crâne. J'étais transie de terreur.

— Si je ne peux pas t'avoir, personne ne t'aura. (Il serra le poing.) Je ne laisserai pas filer une marcherêve.

Il était on ne peut plus sérieux. Après ce qui s'était passé à Trafalgar Square, je comprenais sa fureur. Son aura la trahissait. Il me tuerait si je quittais son gang.

Nick remarqua notre petit manège.

— Jaxon, qu'est-ce qu'il y a ?

— Je démissionne, déclarai-je. Je démissionne. (J'avais besoin de m'entendre le répéter.) Quand on rentrera à Londres, je ne retournerai pas en I-4.

— Nous en rediscuterons plus tard, décréta Nick. Le temps presse. Quinze minutes.

Ce rappel me provoqua une soudaine bouffée d'angoisse.

— Nous devons faire monter tout le monde à bord. Tout de suite.

Nadine était de retour.

— Où est l'entrée ? (Elle suait à grosses gouttes.) Nous sommes arrivés dans cette prairie par un tunnel. Où est-il ?

— Nous allons le trouver.

Je jetai un coup d'œil par-dessus son épaule. Seul Zeke l'accompagnait.

— Où est Dani ?

— Elle ne répond pas à la radio. Elle pourrait être n'importe où.

— Elle travaille pour Scion, intervint Nick. Elle a peut-être une chance de s'en tirer si elle prétend être une émissaire. Mais ça n'est pas l'idéal.

— Est-ce qu'Eliza est venue ?

— Non, on l'a laissée aux Cadrans. Il nous fallait un Sceau à la citadelle.

Jaxon s'épousseta.

— Serrons-nous les coudes pour l'instant. Nous aplanirons nos différends à notre retour. (Il fit un signe.) Zeke, Nadine : couvrez-nous, s'il vous plaît. Nous avons un train à prendre.

— Et Dani ?

Zeke semblait nerveux.

— Elle va s'en sortir, mon cher petit. Cette fille-là pourrait traverser un champ de mines.

Jaxon me bouscula pour passer, s'allumant un nouveau cigare tout en marchant. Comment pouvait-il fumer en pareilles circonstances ? J'étais convaincue qu'il feignait la nonchalance. Il ne voulait pas me perdre. Et je n'étais pas non plus certaine de vouloir le quitter. Pourquoi lui avais-je dit ces choses-là ? Jaxon n'était ni oracle ni devin, pourtant ses mots avaient eu quelque chose de prophétique. Je n'allais quand même pas finir mes jours à mendier – ou pire, à tapiner – dans un taudis pour clairvoyants comme Jacob's Island. Il y avait bien pire que d'être au service de Jaxon Hall dans le quartier tranquille de l'I-4.

Je voulais m'excuser. Il *fallait* que je le fasse. J'étais une malonette ; il était mon seigneur-mime. Néanmoins, ma fierté m'en empêchait.

Je tirai une nouvelle fusée. La dernière. L'ultime chance de nous rejoindre pour les survivants. Puis je m'élançai pour rattraper Jaxon. Le gouverneur m'emboîta le pas.

La fusée éclairait nos pas. Quelques nouveaux humains arrivèrent au sas. Ils nous suivirent dans la prairie – certains à deux, d'autres seuls. La plupart d'entre eux étaient voyants. Lorsque Michael arriva, il m'attrapa par le bras. Une vilaine balafre lui barrait la figure de l'arcade à la mâchoire, mais il tenait sur ses pieds. Il me fourra mon sac à dos dans les bras.

— Merci, Michael. Tu n'étais vraiment pas obligé...

Il secoua la tête, le souffle court. Je passai une bretelle sur mon épaule.

— Quelqu'un d'autre arrive ?

Il fit trois signes rapides.

— Les émissaires, traduisit le gouverneur. Avec leurs gardes du corps. Dans combien de temps ? (Il leva deux doigts.) Deux minutes. Il faut impérativement qu'on soit prêts à les accueillir quand ils nous rejoindront.

C'était un cauchemar. Je jetai un coup d'œil par-dessus mon épaule.

— Ils ne pourraient pas lâcher l'affaire ?

— Ils ont reçu l'ordre d'éliminer tous les témoins de cette soirée. Nous allons sans doute devoir nous battre.

— Ils vont être servis.

Un point de côté m'élançait. Bientôt, nous aperçûmes un homme blessé, gisant dans l'herbe. Sa poitrine se gonflait et se creusait bien trop rapidement. Je disposais d'une demi-minute pour l'aider à se relever ; après quoi, nous n'aurions d'autre choix que de l'abandonner là.

— Continue, dis-je au gouverneur. Dis-leur que j'arrive. Tu peux ouvrir le tunnel ?

— Pas sans toi.

Il considéra le blessé. Je n'arrivais pas à deviner à quoi il pouvait penser.

— Fais vite, Paige.

Il continua à avancer en compagnie de Michael. Je m'agenouillais auprès du pauvre homme. Il était sur le dos, les paupières closes, les mains croisées sur le torse. Il aurait eu l'air d'une effigie, sans son uniforme de Scion : cravate rouge, costume noir, le tout imbibé de sang. Alors que je cherchais son pouls, il entrouvrit un œil. Soudain, sa main ornée de nombreuses bagues serra la mienne avec empressement.

— Vous êtes la fille.

Je restai immobile.

— Qui êtes-vous ?

— Portefeuille. Regardez.

Après une brève hésitation, je le sortis de sa poche intérieure. Sa pièce d'identité s'y trouvait. Il travaillait à l'Archinster.

— Vous bossez pour Weaver, dis-je à voix basse. Espèce de malade. Tout ça, c'est à cause de vous. Vous a-t-il envoyé ici pour me regarder mourir ? Pour observer l'enfer dans lequel il nous a jetés ?

C'était une obscure personne, dont le nom ne me disait rien du tout.

— Elles vont t-tout d-détruire.

Du sang lui coulait sur les lèvres.

— Qui ?

— Les c-créatures. (Il inspira laborieusement, un râle dans la gorge.) Trouvez… Trouvez Rackham. Trouvez-le.

Il mourut sur cette dernière syllabe. Son portefeuille toujours entre mes mains, je me mis soudain à grelotter.

— Paige ?

Nick était revenu me chercher.

— Il venait de Scion. (Je secouai le chef, éreintée.) Je ne comprends plus rien à rien.

— Moi non plus. On nous utilise, *sötnos*. Même si nous ne savons pas encore pour quoi. (Il me serra la main.) Viens.

Je le laissai me relever. J'entendis alors un coup de feu lointain. Je me raidis. *Les émissaires.* Ils avaient dû atteindre le sas. Au même instant, l'éther émit un étrange signal. Quatre silhouettes aux yeux jaunes se précipitaient vers nous.

— Des réph, déclarai-je. (Mes jambes s'étaient mises en branle de leur propre chef.) Cours, Nick, *cours* !

Il ne discuta pas. Nos bottes labouraient la terre froide, mais les autres, plus rapides, étaient déjà sur nos talons. Je sortis un couteau de mon sac et me retournai, dans l'espoir de le planter dans un œil. Terebell Sheratan me bloqua le poignet.

— Terebell, dis-je, le souffle court. Qu'est-ce que vous voulez ?

Elle me dévisagea longuement. Pleione l'accompagnait, ainsi qu'Alsafi et une réph plus jeune que je ne reconnaissais pas.

Derrière eux se trouvait Dani, le haut déchiré et ensanglanté. En l'apercevant, je me sentis tout de suite plus légère.

— Nous sommes venus ramener ton amie, m'expliqua Terebell. (Ses yeux étaient ternes.) Elle ne tiendra pas longtemps, ici.

Sans plus se soucier d'eux, Dani me dépassa en clopinant et se dirigea vers un groupe de traînards. Elle avait une mine de déterrée.

— Qu'attendez-vous en retour ? m'enquis-je, méfiante. Vous n'espérez tout de même pas monter dans le train ?

— Si c'était le cas, intervint Alsafi, tu ne nous en empêcherais pas. Nous avons sauvé nombre de vies humaines. Nous t'avons ramené ton amie, et nous avons retardé la Division de Vigilance Nocturne. Tu nous es redevable. (Il me lança un regard froid.) Heureusement pour toi, marcherêve, nous ne comptons pas nous rendre à la citadelle. Nous sommes venus chercher Arcturus.

— Il vous rejoindra quand il sera prêt.

J'avais encore besoin de lui.

— Alors, transmets-lui un message. Dis-lui de nous retrouver dans la clairière dès que vous serez partis. Nous l'y attendrons.

Ils disparurent aussi vite qu'ils étaient arrivés, retournant vers la clôture. Ils se fondirent dans les ténèbres, fuyant l'inévitable châtiment des Sargas. Je fis volte-face et me dirigeai vers une plateforme d'entraînement, où deux lanternes brûlaient derrière des panneaux de verre coloré.

Arriver ici avait été le plus facile ; à présent, j'allais devoir mener ces gens dans le tunnel, et jusqu'au train.

Les traînards s'étaient réunis au bord d'une plateforme en béton – mais pas la bonne. Celle-ci était rectangulaire. Nick examinait le visage de Dani. Elle avait une profonde estafilade au-dessus de l'œil, mais haussa les épaules pour signifier que cela n'avait rien de grave. Depuis l'arrière du rectangle, Jaxon scrutait la ville d'un air glacial. Aucun signe de Julian, sans doute avalé par les flammes. Comme Finn. J'espérais au moins que sa fin avait été rapide.

— Il faut partir, déclarai-je. On ne peut pas attendre davantage.

— Ça ne sert plus à rien. (Un garçon amaurotique semblait sur le point de s'arracher les cheveux.) La DVN arrive.

— Nous étions là les premiers.

Quelques-uns reprirent courage. Je sortis une lampe torche de mon sac à dos et l'allumai.

— Suivez-moi. Avancez aussi vite que possible. Portez les blessés si vous y arrivez. Nous devons rejoindre un autre terrain – un ovale. Le temps presse.

— Tu es du côté des réph, clama une voix avec amertume. Je n'irai nulle part avec une de ces sangsues.

Je me tournai vers l'homme qui avait parlé et lui désignai la ville.

— Tu préfères peut-être retourner là-bas ?

Il garda le silence. Je lui passai devant en le bousculant et, faisant fi de mon point de côté, repartis au pas de course.

Dès lors que nous eûmes dépassé la mare divinatoire, je n'eus aucun mal à retrouver l'endroit. Le gouverneur était posté à l'endroit précis où nous nous étions entraînés, de longs mois plus tôt.

— L'entrée est juste ici, m'indiqua-t-il dès que je fus assez proche de lui. (Il me désignait l'ovale de béton.) Nashira aimait bien l'idée que la gare se situe sous le terrain d'entraînement.

— Tu penses qu'elle est morte ?

— Il ne faut pas rêver.

Je reléguai cette idée au second plan. J'avais des choses plus urgentes à régler.

— Ils t'attendent, dis-je. Dans la clairière.

— Je n'ai pas encore l'intention d'aller les rejoindre.

Ces mots me procurèrent un intense soulagement. Je baissai les yeux vers l'ovale.

— Il n'y a pas de garde, déclarai-je. Et ils n'ont pas laissé l'entrée ouverte.

— Ils ne sont pas stupides à ce point.

Le gouverneur repoussa une couche de mousse pour révéler un cadenas métallique. Un léger rai de lumière blanche se forma en son milieu, comme si une ampoule venait de s'y allumer.

— Cette serrure protège une batterie éthérée. Il y a un poltergeist à l'intérieur. Ils avaient l'intention de faire raccompagner les émissaires par un garde réphaïte, qui l'aurait déverrouillé avant que le courant ne soit rétabli sur la ligne – mais si tu parviens à le convaincre de partir, la charge faiblira et le cadenas s'ouvrira.

Les cicatrices sur ma main se mirent à me piquer.

— Il ne peut pas t'atteindre sous ta forme chimérique, Paige. (Il savait.) Tu es la mieux placée pour gérer un intrus.

— Jaxon est un dompteur.

— Cela ne résoudra pas le problème. Le poltergeist doit être convaincu – ou forcé – de quitter l'objet, pas dompté. À moins qu'il ait été libéré de ses entraves physiques, ton ami ne pourra pas le contraindre.

— Qu'est-ce que tu attends de moi ?

— Tu peux naviguer dans l'éther. Contrairement à nous, tu peux communiquer avec le poltergeist sans toucher le cadenas.

— Il n'y a pas de « nous », réph. (La réplique cinglante émanait d'un augure légèrement plus vieux que moi.) Éloigne-toi de cette serrure.

Le gouverneur ne discuta pas, mais ne quitta pas l'augure des yeux. Ce dernier tenait un lourd tuyau, arme improvisée récupérée en ville.

— Qu'est-ce que tu fous ? l'apostrophai-je.

— Les batteries éthérées n'existent pas, affirma-t-il entre ses dents serrées. Je m'en charge. Et je dégage d'ici.

Il abattit son tuyau en plein sur le cadenas.

Une onde de choc se répercuta dans l'éther. L'augure fut propulsé cinq mètres en arrière. Il hurlait.

— Non, s'il vous plaît, pitié. Je ne veux pas mourir. Pitié ! Je... Je ne veux pas être un esclave ! Non !

Il arqua le dos, se convulsa une dernière fois, puis se détendit complètement.

Je reconnus ces mots.

— J'ai changé d'avis, déclarai-je. (Le gouverneur posa les yeux sur moi.) Je vais m'occuper du poltergeist.

Il opina. Peut-être comprenait-il.

— Les voilà !

Je redressai la tête.

Les rayons de lune illuminaient la charge des gardes de la DVN à travers la prairie. Ils étaient équipés de boucliers antiémeutes et de matraques, et protégeaient une grappe d'émissaires. Birgitta Tjäder était de ceux-là, de même que Cathal Bell. Tjäder, la première à nous repérer, éructa un cri de colère. Nick braqua son pistolet, la mit en joue. Inutile de faire appel aux esprits pour lutter contre des amaurotiques.

Je me retournai vers les prisonniers. Pour la première fois depuis leur arrivée ici, ils avaient besoin d'encouragements. Besoin d'entendre une voix leur dire qu'ils en étaient capables. Qu'ils valaient quelque chose.

Cette voix serait la mienne.

— Vous voyez ces Vigiles ? m'exclamai-je en les désignant. Ils vont tenter de nous empêcher de nous enfuir. Ils vont essayer de nous tuer car, même maintenant, ils ne veulent toujours pas de nous dans leur capitale. Ils ne veulent pas que nous puissions témoigner de ce que nous avons vu. Ils veulent nous voir mourir, ici et maintenant. (Malgré mon timbre éraillé, je me forçai à poursuivre.) Je vais ouvrir cette trappe d'accès, et nous allons quitter cette ville à l'heure. Je vous promets que nous arriverons à Londres avant l'aube. Et qu'il n'y aura pas de cloche de jour pour nous renvoyer dans nos cellules !

Il y eut des murmures d'assentiment, de rage. Michael applaudit.

— Mais pour ça, repris-je, j'ai besoin de votre aide. Aidez-moi à défendre cette prairie. C'est la dernière chose que nous avons à faire avant de foutre le camp d'ici pour toujours. Donnez-moi deux minutes, et je vous offrirai la liberté.

Ils ne répondirent rien. Il n'y eut ni cri de guerre ni acclamation. Cependant, à l'unisson, ils ramassèrent leurs armes de fortune, invoquèrent tous les esprits disponibles, et se ruèrent vers la DVN. Nadine et Zeke, en queue de peloton, se joignirent à la mêlée. Les esprits hantant la prairie se rallièrent à notre cause, fonçant sur les Vigiles deux fois plus vite que des balles. Jaxon resta sur place pour me jauger.

— Excellent discours, pour une amatrice, commenta-t-il.

C'était un compliment. Une louange d'un seigneur-mime à sa malonette. Je savais néanmoins que ça n'était pas une preuve d'admiration.

J'avais deux minutes. Telle était ma promesse.

— Dani, dis-je, j'ai besoin du masque.

Elle plongea la main dans son manteau. Son front luisait de sueur.

— Tiens. (Elle me le lança.) Il n'y a plus beaucoup d'oxygène. Ne le gaspille pas.

À croupetons sur la pelouse, je me positionnai au plus près du cadenas. Nick se tourna vers le gouverneur.

— Je ne sais pas qui vous êtes, mais j'espère que vous savez ce que vous faites. Paige n'est pas un jouet.

— Je ne peux pas vous laisser emmener tous ces gens dans le No-Man's-Land. (Il jeta un rapide coup d'œil vers la forêt.)

À moins que vous ne voyiez une alternative, docteur Nygård, il me semble que ce soit la seule solution.

Je me plaquai le 2SPV sur le nez et la bouche. Il se verrouilla et s'illumina, indiquant un flux constant d'oxygène.

— Tu n'as pas beaucoup de réserves, me rappela Dani. Je te secoue dès qu'il faut que tu reviennes.

J'acquiesçai.

— Gouverneur, dis-je, quel était le deuxième prénom de Seb ?

— Albert.

Je fermai les yeux.

— Deux minutes chrono, déclara Nick.

Les derniers mots que j'entendis, du moins dans la dimension charnelle.

Je distinguai le petit réceptacle dans l'éther. Il m'absorba comme n'importe quel territoire des rêves, comme une gouttelette s'agrégeant à une autre. Quand je me retournai, je me retrouvai face à un garçon perdu.

Je gardai mes distances, immobile. Pourtant, il était là : Sebastian Albert Pearce, le garçon que j'avais échoué à sauver. Il cognait contre les parois, secouait les barreaux d'acier de sa cage. Au-delà se trouvaient les ténèbres infinies de l'éther. Son visage déformé par la rage était couvert de sang, ses cheveux noircis par les cendres.

Lors de ma dernière rencontre avec un poltergeist, j'étais sous ma forme physique ; néanmoins, Seb était toujours susceptible d'endommager mon esprit. J'allais devoir le mettre hors d'état de nuire.

— Seb, dis-je d'une voix aussi douce que possible.

Il ne tarda pas à remarquer l'invasion. Il commença par me tourner autour, puis se rua sur moi. Je l'attrapai par les poignets.

— Seb, c'est moi !

— Tu ne m'as pas sauvé. (Il grognait, fou de rage.) Tu ne m'as pas sauvé et, maintenant, je suis mort. *Mort,* Paige ! Et je ne peux pas (il balança un coup de pied dans la paroi) sortir (recommença) de cette pièce.

Sa silhouette émaciée tremblait dans mes bras. Ses côtes et ses os faisaient saillie, comme de son vivant. Je ravalai ma peur et immobilisai son visage crasseux entre mes mains. La vue de son cou brisé me fit tressaillir.

Il fallait que je le fasse. Je devais apaiser le courroux de cet esprit qu'il était devenu, sans quoi il resterait sous cette forme pour l'éternité. Ce n'était pas Seb : c'était l'amertume, la douleur et la haine de Seb.

— Seb, écoute-moi. Je suis vraiment, vraiment désolée. Tu ne méritais pas ça. (Son regard était dépourvu d'émotions.) Je peux t'aider. Voudrais-tu revoir ta mère ?

— Elle me hait.

— Non. Écoute, Seb, écoute-moi bien. Je ne t'ai pas délivré et... et j'en suis navrée. (Ma voix chevrotait.) Mais nous pouvons à présent nous libérer mutuellement. Si tu quittes cette pièce, je pourrai quitter cette ville.

— Personne ne partira. Elle a dit que personne ne partirait. (Il me saisit le bras et secoua la tête si vite que je n'arrivais plus à suivre le mouvement.) Pas même toi. Pas même moi.

— Je peux t'aider à partir.

— Je n'ai pas envie de partir. Pourquoi m'enfuir ? Elle me tuerait. J'aurais dû vivre plus longtemps.

— Tu as raison. Tu aurais dû. Mais tiens-tu vraiment à passer le reste de ton existence enfermé dans cette cage ?

Seb se remit à trembler.

— Le reste de mon existence ?

— Oui. Tu dois à tout prix éviter ça.

Son cou guérit.

— Paige, chuchota-t-il, est-ce que je suis obligé de partir pour toujours ? Je ne pourrai jamais revenir ?

Je frissonnai. Pourquoi n'avais-je pas pu le sauver ? Pourquoi n'avais-je pas réussi à l'arrêter ?

— Pour l'instant. (Lentement, prudemment, je posai mes mains sur ses épaules.) Je ne peux pas t'envoyer directement à la dernière lumière. Tu sais, cette lumière blanche que les gens affirment voir à la fin. Je ne peux pas t'y expédier. Mais je peux t'aider à partir loin d'ici, dans l'obscurité profonde, pour que personne ne puisse jamais plus t'emprisonner. Et alors, si tu le veux vraiment, tu pourras revenir.

— Si je le veux.

— Oui.

Nous restâmes debout face à face. Même si Seb n'avait plus de pouls, je sentais qu'il avait peur. Mon cordon argenté frémit.

— Ne la poursuis pas, me dit-il en étreignant ma forme chimérique. Nashira. Tout ce qu'ils veulent, c'est nous sucer jusqu'à la moelle. Et j'ai un secret.

— Quel secret ?

— Je ne peux pas te le révéler. Pardon. (Il prit mes mains dans les siennes.) Il est trop tard pour moi, mais pas pour toi. Tu peux encore empêcher ça. Nous t'aiderons. Nous t'aiderons tous.

Seb me passa les bras autour du cou. Il me paraissait aussi réel que quand il était vivant. C'était ainsi que je me souvenais de lui. Je chuchotai la mélopée.

— Sebastian Albert Pearce, disparais dans l'éther. Tout est en ordre. Les dettes sont réglées. Inutile d'errer parmi les vivants. (Je fermai les paupières.) Au revoir.

Il sourit.

Puis disparut.

La poche d'éther à l'intérieur du numen commença à s'effondrer. Mon cordon argenté tressauta, de façon plus pressante. Je m'élançai, et mon territoire des rêves me rappela à lui.

— Paige. *Paige.*

La lumière soudaine brûla mes yeux pourtant clos.

— Elle va bien, dit Nick. On dégage. Nadine, réunis tout le monde.

— Gouverneur, chuchotai-je.

Une main gantée se referma sur la mienne, et je sus qu'il était près de moi. J'ouvris les paupières. J'entendis un coup de feu. Et les battements de son cœur.

Le gouverneur souleva la trappe, un lourd battant recouvert de béton qui dissimulait un escalier étroit. Le cadenas désormais vide tomba au sol avec fracas. Arcturus me fit basculer sur son épaule, et je refermai mes bras autour de son cou. Les humains dévalèrent les marches à reculons, sans cesser de tirer sur la DVN. Tjäder s'empara du pistolet d'un Vigile mort. La balle atteignit Cyril en plein dans la nuque, le tuant sur le coup. J'aperçus la ville une dernière fois – les flammes montant au ciel, véritable phare dans la nuit – avant que le gouverneur emboîte le pas aux rescapés. Je ne pouvais me concentrer sur autre chose que son corps chaud et solide. Ma perception revint petit à petit, par décharges douloureuses.

Le tunnel était glacial. Il y régnait l'odeur de renfermé d'une pièce rarement utilisée. Les cris à la surface se mêlèrent en une improbable cacophonie, comme des aboiements de chiens. Je m'agrippai plus fermement au gouverneur. J'avais besoin d'adrénaline, d'amarante, de n'importe quoi.

Le conduit n'était pas large, encore moins qu'un couloir de métro, mais le quai était suffisamment long et vaste pour accueillir une bonne centaine de personnes. Des civières étaient empilées à son autre extrémité. Je sentis des effluves de désinfectant. Ils avaient dû s'en servir pour emmener les voyants sous flux en détention, ou au moins jusqu'à la rue. Je perçus clairement un bruit dans la pénombre : la vibration continue de l'électricité.

Le gouverneur braqua sa lampe sur le train. Un instant plus tard, la station s'éclaira. J'étrécis les paupières.

Du courant.

Le train était un métro léger, probablement pas destiné à transporter de nombreux usagers. Les mots SYSTÈME DE TRANSPORT AUTOMATIQUE DE SCION étaient peints à l'arrière de la rame. Les voitures étaient blanches, leurs portes ornées du symbole de Scion. Ces dernières coulissèrent devant nous, et la lumière se fit à l'intérieur.

« Bienvenue à bord, disait Scarlette Burnish. Ce train partira dans trois minutes. Destination : la Citadelle de Scion de Londres. »

Les prisonniers montèrent avec des hoquets de soulagement, abandonnant leur armement de fortune sur le quai. Le gouverneur ne bougea pas.

— Ils vont s'en rendre compte. (Ma voix semblait encore plus éteinte que moi.) Ils vont se rendre compte que ce ne sont pas les bonnes personnes à bord. Ils nous attendront à l'arrivée.

— Et tu les affronteras. Comme tu affrontes toujours tout.

Il me posa au sol, sans pour autant me lâcher. Ses mains glissèrent jusqu'à mes hanches. Je levai les yeux vers lui.

— Merci, lui dis-je.

— Inutile de me remercier pour ta liberté. C'est un droit.

— Pour toi aussi.

— Tu m'as déjà offert la mienne, Paige. Il m'a fallu vingt ans pour recouvrer les forces nécessaires pour la réclamer. Mais si j'ai réussi, c'est grâce à toi, et à toi seule.

Ma réplique mourut dans ma gorge. D'autres humains, dont Nell et Charles, grimpèrent à bord.

— Il faut y aller, dis-je.

Il ne répondit pas. Je ne savais pas trop ce qui s'était passé durant ces six derniers mois, si tout ceci était réel, mais j'avais le cœur gros et des frissons partout. Et je n'avais plus peur. Plus maintenant. Pas de lui.

Il y eut un bruit lointain, comme un grondement de tonnerre. Une autre mine. Une autre mort inutile. Nadine et Jax émergèrent dans le tunnel en chancelant, soutenant une Dani à moitié assommée.

— Paige, tu viens ? me pressa Zeke.

— Monte. J'arrive.

Ils jetèrent leur dévolu sur l'une des dernières rames. Jaxon pencha la tête par la porte pour me regarder.

— On va discuter, ma rêveuse, dit-il. À notre retour, on va discuter.

Il appuya sur un bouton et les portes se refermèrent. Un amaurotique et un devin entrèrent en trébuchant dans la rame voisine ; l'un d'eux avait le tee-shirt couvert de sang. « Une minute avant le départ. Veuillez vous installer confortablement. » Le gouverneur me serra dans ses bras.

— C'est curieux que ce soit si difficile, déclara-t-il.

Je le considérai longuement. Ses prunelles étaient éteintes.

— Tu ne vas pas venir, n'est-ce pas ?

— Non, confirma-t-il.

La prise de conscience fut lente, mais inéluctable, comme l'aube chassant les étoiles. Je ne m'étais jamais vraiment attendue à ce qu'il m'accompagne – pourtant, depuis quelques heures, je m'étais surprise à l'espérer. Il était déjà trop tard. Et maintenant, il partait. Ou restait, plutôt. Dorénavant, j'étais toute seule. Mais dans cette solitude, je me trouvais libre.

Il apposa le bout de son nez contre le mien. Une douleur douce-amère enfla en moi, et je ne sus comment réagir. Le gouverneur ne me quitta pas des yeux, mais je finis par baisser la tête. Je contemplai nos mains. Les siennes, abritées sous des gants dissimulant une peau rugueuse ; les miennes, pâles, zébrées de veines bleues. Mes ongles étaient toujours teintés de lilas.

— Viens avec nous, dis-je. (Ma gorge et mes lèvres étaient en feu.) Viens avec… moi. À Londres.

Il m'avait embrassée. Il m'avait désirée. Peut-être était-ce encore le cas.

Malheureusement, entre nous, rien n'était possible. Et je compris à son regard que son désir ne suffisait pas.

— Je ne peux pas retourner à la citadelle. (Il fit courir son pouce sur mes lèvres.) Mais toi, oui. Va retrouver ta vie, Paige. C'est tout ce que je te souhaite.

— Mais ce n'est pas ce que je veux.

— Qu'est-ce que tu veux au juste ?

— Je n'en sais rien. Être avec toi.

Je n'avais encore jamais prononcé ces mots à voix haute. Maintenant que j'avais goûté à la liberté, je voulais qu'il la partage avec moi.

Mais il ne pouvait pas abandonner son existence pour moi. Et je n'allais pas sacrifier la mienne pour lui.

— Je dois aller débusquer Nashira. (Il plaqua à nouveau son front contre le mien.) Si je parviens à l'attirer loin d'ici, les autres suivront sans doute. Ils abandonneront peut-être. (Il ouvrit grand les yeux, comme pour marquer ses paroles au fer rouge dans mon crâne.) Si je ne reviens pas – si tu ne me revois jamais –, cela signifiera que tout va bien. Que je l'ai achevée. Mais si je reviens… alors, j'aurai échoué. Et le danger subsistera. Dans ce cas, je te retrouverai.

Je soutins son regard. Je n'oublierais pas cette promesse.

— Est-ce que tu me fais confiance, maintenant ?

— Je devrais ?

— Je ne peux pas te l'affirmer. C'est *ça* la confiance, Paige : y croire malgré tout.

— Alors je te fais confiance.

Un violent ramdam se fit entendre, comme à des kilomètres de là. Des poings martelant le métal, des cris étouffés. Nick entra dans le tunnel en courant, suivi des ultimes rescapés, qui s'engouffrèrent dans le train juste avant la fermeture des portes.

— Paige, monte ! me hurla-t-il.

Le compte à rebours était terminé. C'était la fin. Le gouverneur s'écarta de moi, du remords plein les yeux.

— Cours, me dit-il. Cours, petite rêveuse.

Le train roulait déjà. Nick se pencha à l'envers sur une balustrade entre deux voitures et me tendit la main.

— PAIGE !

Je recouvrai soudain mes esprits. Mon cœur s'emballa, et tous mes sens me heurtèrent comme une paroi de fer. Je fis volte-face et me mis à courir le long du quai. Le métro prenait de la vitesse, allait déjà presque trop vite. Je saisis la main tendue de Nick, sautai par-dessus le garde-fou et me retrouvai à bord, saine et sauve. Des étincelles jaillissaient des rails, et la carcasse métallique tremblait sous mes pieds.

Je ne fermai pas les yeux. Le gouverneur avait disparu dans les ténèbres, telle une bougie mouchée par le vent.

Je ne le reverrais plus jamais.

Mais alors que le tunnel défilait devant moi, je fus certaine d'une chose : je lui faisais confiance.

À présent, il ne me restait plus qu'à croire en moi.

GLOSSAIRE

Les termes spécifiques à la Famille – les humains vivant dans Sheol I – sont suivis d'un astérisque *.

Amaurose : [subst.] L'état de non-clairvoyance.
Amaurotique : [subst. ou adj.] Non-clairvoyant.
Apothicaire : [subst.] Spécialiste des drogues éthérées et de leurs effets sur les territoires des rêves.
Arracheur d'os* : [subst.] Terme péjoratif pour désigner une *veste rouge*.
Artiste* : [subst.] Résident humain de Sheol I ayant échoué à ses examens et se retrouvant sous l'autorité du Superviseur.
Bahut : [subst.] Taxi illégal, généralement employé par les clairvoyants.
Bauge : [subst.] Taudis. À Sheol I, les bidonvilles où les artistes sont obligés de vivre.
Bob : [subst.] Argot pour une pièce d'or ; une livre britannique.
Chaulage : [subst.] Amnésie prolongée provoquée par la prise d'aster blanc.

Chauler : [verbe] Utiliser de l'aster blanc sur quelqu'un.
Chez ma tante : [expr.] Prêteur sur gages, mont-de-piété.
Clairvoyance : [subst.] Voyance.
Clairvoyant(e) : [subst.] Voyant.
Cordon argenté : [subst.] Lien permanent entre le corps et l'esprit. Permet à une personne de demeurer de nombreuses années dans une même enveloppe charnelle. Propre à chaque individu. Particulièrement important pour les marcherêves, qui s'en servent pour quitter leur corps temporairement. Le cordon argenté s'étiole au fil des années ; une fois rompu, il ne peut plus être réparé.
Cordon doré : [subst.] Lien unissant deux esprits. On en sait très peu à ce sujet.
Courtier : [subst.] Accro à l'aster pourpre. Le nom est un dérivé de St Anne's Court, à Soho, où le commerce d'aster pourpre a vu le jour au début du XXIe siècle.
Crimime : [subst.] Mot-valise (crime-mime) ; tout acte nécessitant l'emploi du monde spirituel, essentiellement à des fins lucratives. Considéré comme de la haute trahison par la loi scionienne.
Détrôné : [adj.] Remis de l'influence de l'aster pourpre.
Éclat : [subst.] Aura.
Ecto : [subst.] Ectoplasme, le sang des réphaïm. D'une couleur jaune chartreuse. Lumineux et légèrement gélatineux. Peut être utilisé pour ouvrir les points froids.
Émim : [subst.] (singulier *Émite*) Principaux ennemis des réphaïm ; les « redoutés ». Nashira Sargas les décrit comme des créatures bestiales et carnivores, particulièrement attirées par la chair humaine. Leur existence est nimbée de mystère.
Errants : [subst.] Esprits dans l'éther n'ayant pas été bannis jusqu'à la lumière blanche. Susceptibles d'être contrôlés par les clairvoyants.

Éther : [subst.] Le royaume des esprits, accessible aux clairvoyants. Également surnommé la Source.
Famille, la* : [subst.] Tous les humains résidant dans Sheol I, à l'exception des arracheurs d'os et autres traîtres.
Fantôme : [subst.] Esprit ayant élu domicile dans un endroit bien particulier, souvent le lieu de sa mort. Éloigner un fantôme de la zone qu'il hante l'agacera fortement.
Faussaire : [subst.] Fabricant de faux documents, employé par les seigneurs-mimes pour fournir des papiers en règle à leurs employés.
Flash-club : [subst.] Bar à oxygène ou autre lieu de détente. Généralement fréquenté par des criminels.
Flux : [subst.] Fluxion 14, un psychotrope causant de violentes douleurs et une totale désorientation chez les clairvoyants.
Fourgueur : [subst.] Marchand. Pseudonyme utilisé par le prêteur sur gages de Sheol I.
Gruelle* : [subst.] Gruau léger, généralement à base de jus de viande.
Harlic* : [subst.] Artiste.
Horde : [subst.] Groupe d'esprits.
Intrus : [subst.] Esprit capable, en raison de son âge ou de son type, d'agir sur le monde corporel. C'est le cas notamment des poltergeists ou des archanges.
Lorgner : [subst.] Voir dans l'éther grâce à l'emploi de numa. On peut éventuellement faire appel à un quéreur.
Lumière blanche : [subst.] Le centre de l'éther, l'endroit d'où les esprits ne peuvent jamais revenir. Certains prétendent qu'il existe une vie après la mort au-delà de la lumière blanche.
Malonet(te) : [subst.] Jeune clairvoyant associé à un seigneur-mime ou une reine-mime. Généralement supposé être [a] l'amant du seigneur-mime/de la reine-mime et [b] son héritier.
Marcheur : [subst.] Surnom des *marcherêves*.

Mecks : [subst.] Sorte de vin sans alcool. Consistance légèrement sirupeuse. Existe en blanc, rosé ou « sanglant » (rouge).
Mélopée : [subst.] Série de phrases rituelles destinées à bannir les esprits pour leur éviter d'errer.
Mendier : [verbe] Clairvoyance à la sauvette. La plupart des mendiants proposent de lire l'avenir pour de l'argent. Non toléré au sein du crime organisé clairvoyant.
Monde charnel : [subst.] Le monde corporel ; la Terre.
Novembrine : [subst.] Manifestation annuelle commémorant la fondation officielle de Scion.
Numen : [subst.] (pluriel *numa*) Objet utilisé par les devins et les augures pour se connecter à l'éther, par ex. : miroirs, cartes, osselets.
Obscurité profonde : [subst.] Zone lointaine de l'éther, hors d'atteinte pour des clairvoyantes.
Oxar : [subst.] Oxygène aromatisé, inspiré par le biais d'une canule. L'alternative à l'alcool à Scion. Servi dans la plupart des lieux de sortie, notamment les bars à oxygène.
Oxysta : [subst.] Serveur ou serveuse dans un bar à oxygène.
Panier à salade : [subst.] Véhicule utilisé pour le transport des prisonniers.
Pègre : [subst.] Organisation criminelle de clairvoyants, basée dans la Citadelle de Scion-Londres. En activité depuis le début des années 1960. Dirigée par le Suzerain de l'ombre et l'Assemblée des Anormaux. Ses membres sont spécialisés dans le crimime.
Pérox : [subst.] Femme blonde. Légèrement insultant.
Peste du cerveau : [subst.] Argot pour *fantasmagorie,* fièvre débilitante causée par le Fluxion 14.
Piaule : [subst.] Lieu de résidence, planque.
Pincer : [verbe] Arrêter.
Point froid : [subst.] Petite faille entre l'éther et le monde corporel. Se manifeste par une plaque de glace permanente.

Peut servir, avec de l'ectoplasme, à ouvrir un conduit menant dans l'Outremonde. La matière corporelle (par ex. le sang et la chair) ne peut pas l'emprunter.
Pourri : [subst.] *Amaurotique.*
Quéreur : [subst.] Quiconque cherche le savoir dans l'éther. Les quéreurs peuvent poser des questions ou offrir une partie de leur corps (par ex du sang, leur paume) en lecture. Les devins et les augures peuvent se servir d'un quéreur pour se concentrer sur certaines zones de l'éther, ce qui facilite leurs prédictions.
Régal : [subst.] Aster pourpre.
Régner : [verbe] Être drogué à l'aster pourpre.
Reine-mime : [subst.] Titre employé par certaines seigneurs-mimes femmes.
Réphaïm, les : [subst.] (singulier *Réphaïte*) Habitants humanoïdes, physiologiquement immortels, de l'Outremonde ; se nourrissent de l'aura des clairvoyants. Leur histoire comme leurs origines restent incertaines.
Rêveur : [subst.] Surnom des *marcherêves*, surtout utilisé par les réphaïm.
Ronfleurs* : [subst.] *Émim.*
Seigneur-mime : [subst.] Chef de gang dans le crime organisé des clairvoyants ; professionnel du crimime. Généralement, compte une garde rapprochée de cinq à dix fidèles, mais exerce une autorité globale sur tous les clairvoyants d'un secteur au sein d'une cohorte. Membre de l'Assemblée des Anormaux.
Siffleur : [subst.] Terme condescendant désignant un chuchoteur ou un polyglotte.
Sublimation : [subst.] Procédé grâce auquel un objet ordinaire est transformé en numen.
Suzerain de l'ombre : [subst.] Chef de l'Assemblée des Anormaux et patron de la pègre. Réside traditionnellement dans l'Arpent du Diable, cohorte I, secteur 1.

Tapineur/Tapineuse : [subst.] Celui ou celle qui vend son savoir de clairvoyant dans le cadre d'une transaction sexuelle.
Tasséo : [subst.] Diminutif de tasséographe.
Teinto : [subst.] Laudanum. Narcotique illégal. Ce terme argotique vient du nom commercial Teinture d'Opium.
Terreur de gare : [subst.] Fiction illégale et bon marché éditée sur Grub Street, le centre de la scène littéraire clairvoyante. Histoires d'horreur au kilomètre. Distribués parmi les clairvoyants pour pallier le manque de littérature fantastique rendue disponible par Scion. Les terreurs de gare couvrent un large spectre de sujets surnaturels. Parmi les plus célèbres, on compte *Les Vampires de Vauxhall, Le Thé du tasséo* ou *Le Fiasco faë*.
Territoire des rêves : [subst.] L'intérieur de l'esprit, où sont emmagasinés les souvenirs. Divisé en cinq zones ou « anneaux » de santé mentale : la zone ensoleillée, la zone crépusculaire, la zone de pénombre, la zone d'obscurité et la zone hadale. Les clairvoyants peuvent consciemment accéder à leur territoire des rêves, tandis que les amaurotiques en ont parfois un aperçu involontaire durant leur sommeil.
Tire-laine : [subst.] Pickpocket.
Tireur/Tireuse : [subst.] Terme vieilli pour cartomancien. Toujours employé à l'oral, mais rarement à la citadelle.
Veste blanche* : [subst.] Rang initial de tous les humains de Sheol I. Une veste blanche est censée faire preuve d'une compétence certaine dans son domaine de clairvoyance. Réussir son examen lui permet de devenir *veste rose*. Échouer la condamne à finir ses jours dans la Bauge.
Veste jaune* : [subst.] Le rang le plus bas de Sheol I. Attribué aux humains succombant à la peur lors de leur examen. Parfois synonyme de pleutre.
Veste rose* : [subst.] Deuxième étape de la formation à Sheol I. Une veste rose doit prouver sa valeur face à un émite

pour pouvoir prétendre à la veste rouge. En cas d'échec, la veste rose redevient veste blanche.
Veste rouge* : [subst.] Le plus haut niveau pouvant être atteint par les humains de Sheol I. Les vestes rouges sont chargées de protéger la ville d'éventuelles attaques émim. En récompense, elles bénéficient de certains privilèges. Parfois surnommées *arracheurs d'os*.
Vrèle : [subst.] Une livre, unité de mesure. Surtout utilisée au sein de la communauté des consommateurs de drogues éthérées.
Zeitgeist : [subst.] Mot allemand signifiant « esprit de l'époque ». La plupart des voyants l'emploient de façon métaphorique, mais certains vénèrent le Zeitgeist comme une divinité.

REMERCIEMENTS

Je dois beaucoup à la famille Godwin, et en particulier à David, qui m'a si chaleureusement accueillie dans le monde de l'édition. Mes félicitations les plus sincères à Kirsty McLachlan, Caitlin Inghal et Anna Watkins, pour l'énorme travail abattu du côté des droits étrangers et audiovisuels. Je n'aurais pas pu rêver meilleure agence que celle que j'ai trouvée à DGA.

À toute l'équipe de Bloomsbury : avant de vous rencontrer, j'ignorais combien de passion et d'efforts collectifs étaient nécessaires à la fabrication d'un livre. J'aimerais exprimer mon immense gratitude à l'égard de l'inimitable Alexandra Pringle, dont l'enthousiasme pour ce roman a été le meilleur moteur qui soit. À Alexa von Hirschberg, ma fabuleuse éditrice, qui a largement dépassé ses fonctions et a toujours été là pour moi quand j'en avais besoin. Et à Rachel Mannheimer, Justine Taylor et Sarah Barlow, qui ont toutes contribué à rendre ce *Saison d'Os* aussi bon que possible. Un merci du fond du cœur à Katie Bond, Jude Drake, Amanda Shipp, Ianthe Cox-Willmott, Eleanor Weil et Oliver Holden-Rea en Grande-Bretagne, ainsi qu'à George

Gibson, Cristina Gilbert, Nancy Miller, Marie Coolman et Sara Mercurio aux États-Unis. Vous avez tous été formidables.

Andy Serkis, Jonathan Cavendish, Chloe Sizer, Will Tennant et le reste de l'équipe de l'Imaginarium : c'est un privilège de travailler à vos côtés. Merci pour votre dévouement dans tous les aspects de cet ouvrage, bien au-delà du simple visuel. Puisqu'on en est à la note artistique, mille mercis à András Bereznay pour avoir dessiné la carte ; à David Mann pour la magnifique couverture – Super Mann – et à Leiana Leatutufu, mon automate personnel.

Dire que ce livre a été toute ma vie pendant ces deux dernières années serait en dessous de la vérité. Vous êtes trop nombreux pour que je puisse vous citer tous en si peu de lignes, mais j'aimerais adresser un grand merci aux amis qui ont été là pour moi pendant ces deux années – et avant. Un merci particulier à Neil Dymond et Fran Tracey ; à Emma Forward, la professeure d'anglais qui m'a donné envie d'écrire ; et à Rian, Jesica et Richard, qui m'ont invitée en Irlande. Sans vous, je n'aurais jamais pu rencontrer Molly Malone en personne.

À tous mes traducteurs de par le monde : merci de rendre cet ouvrage accessible dans plus de langues que je n'en pourrai jamais maîtriser. Mille mercis également à Flo et Alie, qui m'ont aidée pour les noms français et serbes, et à Devora d'Agam Books, qui m'a fait part de son savoir en hébreu.

Merci aussi à tous ceux qui ont suivi mon blog et mon compte Tweeter avant la publication, et en particulier à Susan Hill. Ton soutien m'a apporté beaucoup de confiance. Merci également au personnel et aux étudiants de St Anne's College, qui ont tous été si gentils et accommodants durant cette année quelque peu chaotique. Stanner forever.

Et bien sûr, merci à ma famille – surtout à toi, maman, qui m'a donné tant de force et de soutien, et à Mike, mon super beau-père, roi incontesté de la tasséographie. Vous m'avez supportée durant ma pire période, donc, pour paraphraser Marilyn Monroe, vous méritez bien de me connaître sous mon meilleur jour.

JD, merci de m'avoir servi de muse pour ce livre. Vous êtes mon poète disparu préféré. Enfin et surtout, un grand merci à Ali Smith, qui m'a donné le courage d'envoyer *Saison d'Os* un peu partout dans le monde.

Merci à tous d'avoir donné sa chance à une rêveuse.

SAMANTHA SHANNON

THE BONE SEASON

1.5 LA RÊVEUSE PÂLE

DE SAXUS

1

L'effroyable cas Anne Naylor

Londres, 2056

Si vous me demandiez ce qui me plaisait le plus dans le fait d'être une criminelle pleine d'avenir à Londres, en 2056, je vous dresserais sans doute la liste des choses simples : boire du café avant le point du jour dans notre repaire ; écouter la capitale s'éveiller lentement autour de moi ; m'asseoir sous les arbres en fleurs de la cour en feuilletant une pile de romans interdits. Me faufiler dans la chambre de Jaxon pour écouter de la musique bannie.

Je sais que c'est étrange. J'aurais aussi bien pu faire ce genre de trucs *avant* d'être recrutée par Jaxon Hall, à part peut-être les bouquins ou albums censurés. Cependant, rien ne m'empêchait de trouver un chouette tronc contre lequel m'adosser ou de préparer du caoua avant l'aube. Il s'agissait toutefois des instants ordinaires de ma vie nouvellement extraordinaire – et ceux-ci étaient tellement rares qu'ils devenaient à leur tour extraordinaires.

En tant que marcherêve, j'étais censée être une super clairvoyante ; une rare, en tout cas. Jaxon était convaincu que je recelais des pouvoirs spectaculaires ; que j'étais capable de quitter mon corps, de posséder d'autres personnes, de les faire danser tels des pantins insouciants si tel était mon désir. Mais après trois mois passés à son service, je n'y parvenais toujours pas. Je tiens à préciser que ce n'était pas faute d'essayer : simplement, je ne savais pas comment procéder, et personne ne connaissait la recette pour m'apprendre.

J'ai pour la première fois eu vent de l'effroyable cas Anne Naylor en octobre de cette année. Un lundi après-midi, je me trouvais dans le « bureau » de notre planque, où une vieille table de travail en chêne croulait sous la paperasse. Notre repaire était une maisonnette à trois étages sur Monmouth Street, dans le petit quartier des Sept-Cadrans. Elle comptait trois résidents permanents : Jaxon, Eliza et moi. Nick possédait son propre appartement, mais il lui arrivait souvent d'habiter avec nous.

Depuis mon emménagement, j'avais appris à adorer cet endroit. Il y régnait un désordre pas possible, il y avait de la poussière partout et la chaudière ne fonctionnait pas, mais tout cela lui conférait un côté douillet et habité. Jaxon m'avait gratifiée de ma propre chambre en me disant d'en faire ce que je voulais, je l'avais donc peinte couleur lie-de-vin et remplie de babioles dégottées au marché noir, où je passais parfois mes soirées à chiner. Elle ne ressemblait en rien à la chambre que j'occupais dans l'appartement stérile et ultramoderne que le gouvernement fournissait à mon père.

Le fait de penser à ce dernier me serra le ventre. Après avoir quitté l'école, je lui avais dit que je m'étais installée avec un ami et que je cherchais un job dans le tertiaire. Il était toujours déçu que je n'aie finalement pas postulé à l'université.

Il l'aurait été encore plus s'il connaissait la vérité.

Je tapotais mon stylo sur le livre de comptes. Jaxon m'avait demandé de découvrir qui, dans le quartier, n'avait pas payé son loyer, et combien il devait. Une tâche d'un ennui mortel. Contrairement aux missions dont héritaient Eliza et Nick. Tous deux passaient leur temps à traquer des esprits ou à affronter des gangs de clairvoyants rivaux. Le genre de trucs que je m'étais imaginé faire lorsque Jaxon m'avait invitée à rejoindre sa bande, les Sept Sceaux. Ils travaillaient pour lui depuis plus longtemps que moi, mais je trépignais d'impatience – surtout vis-à-vis de moi-même. Il me tardait de me voir confier une tâche d'importance, histoire de voir réellement ce que j'avais dans le bide.

Je n'irais toutefois jamais réclamer directement. Jaxon Hall pouvait se montrer courtois, voire charmant, mais il était particulièrement lunatique. Faire pression sur lui au mauvais moment pourrait me faire passer pour une ingrate, et je ne pouvais pas me permettre de perdre ce job. D'autant que j'avais le sentiment qu'une fois qu'on se faisait exclure de la pègre clairvoyante, il était impossible d'y retourner.

Je ne courrais pas ce risque. Maintenant que je savais que ce monde existait, je ne ferais rien pour en provoquer mon bannissement.

Mes paupières étaient lourdes. Je détournai les yeux des chiffres et massai ma nuque douloureuse.

Le soleil était bas et cuivré. Depuis notre petit nid, il était aisé d'oublier que notre gouvernement bien-aimé me ferait pendre s'il apprenait ce que j'étais : une anormale. Voilà comment nos dirigeants qualifiaient les clairvoyants.

Je me redressai sur ma chaise et ajustai mon chandail en avisant Eliza, qui passait devant la fenêtre. Elle avait les joues rouges et les yeux brillants, les cheveux décoiffés par le vent.

Eliza Renton avait vingt ans, et travaillait pour Jaxon depuis plus d'un an. D'après ce que j'avais pu observer – c'était mon passe-temps favori entre deux piles de paperasse –, elle était à la fois futée et étourdie ; couturière, artiste et voyante. Aujourd'hui, elle portait une robe de soie d'un vert assorti à ses iris, avec une veste en velours. Elle avait bravé le froid pour aller nous chercher à manger, affirmant avoir une course à faire et estimant que je n'avais pas à me coltiner systématiquement la corvée de bouffe et de café. Pourtant, elle rentrait les mains vides.

— Pas de caféine ? m'étonnai-je en la voyant gravir l'escalier. (Mais elle avait déjà disparu, les traits crispés.) Eliza ?

— Jaxon !

Les talons de ses bottines cliquetaient sur les marches qu'elle gravissait à toute allure. Je désertai mon poste de travail pour lui emboîter le pas. Toutes les excuses étaient bonnes. Quand j'atteignis le palier du deuxième étage, elle frappait déjà à la porte de l'étude de Jaxon. Elle ne tenait pas en place, basculant nerveusement d'un pied sur l'autre.

La porte s'entrouvrit. Jaxon Hall était debout dans son peignoir, ses cheveux bruns dépourvus de cette graisse qu'il y appliquait souvent pour les lisser en arrière.

— Tu m'as apporté mon café, ma chérie ? s'enquit-il.

Des cernes grisâtres soulignaient ses yeux.

— Je m'en veux d'avoir à te dire ça, répliqua Eliza, mais on n'a pas le temps de prendre le café.

Elle se glissa dans la pièce, et j'entrai à mon tour en adressant un regard étonné à Jaxon. Celui-ci faisait tourner un cigarillo allumé entre ses doigts.

J'avais beaucoup de mal à cerner Jaxon. Je n'arrivais même pas à déterminer si je l'aimais bien ou non. Une chose était certaine : mon employeur était un homme aux nombreux secrets. Il était pour le moins excentrique et intimidant, arborant souvent un rictus annonciateur de grabuge, tandis que ses yeux d'un bleu laiteux paraissaient tout deviner. Aussi redouté qu'admiré, il était le plus célèbre seigneur-mime de la pègre – selon Nick, en tout cas.

En tant que chef de gang, Jaxon avait investi la meilleure piaule de la baraque. Copieusement illuminée grâce à ses grandes fenêtres à guillotine, elle était meublée d'un bureau ancien, d'une platine vinyle, d'une lampe en vitrail – en plus d'accueillir des bouteilles d'absinthe et de nombreuses étagères regorgeant de livres et de bibelots dénichés au marché noir. Nick était déjà là, alangui sur la méridienne.

Nick Nygård était le malonet de Jaxon, son second. C'était lui qui m'avait arrachée à mon ancienne vie pour me présenter mon employeur, m'ouvrant la porte de cette existence.

— Hello, lança-t-il en se frottant les yeux. Coucou, *sötnos*.

Il m'avait toujours appelée comme ça. Cela signifiait littéralement « joli nez » en suédois, et je trouvais ça adorable. De toute façon, Nick était en tout point adorable.

— Coucou, répondis-je.

Eliza se laissa tomber près de lui, repoussant ses jambes pour se ménager un peu de place.

— Jaxon, reprit-elle, le souffle court, l'un de nos messagers vient de me choper sur le marché, pour me demander de te prévenir sans tarder. Il paraît que Didion Waite...

— Ça ne peut pas être trop grave si ça concerne Didion Waite, ma chérie, l'interrompit Jaxon. C'est un clown. (Il se tourna vers moi.) Paige, un peu de thé ne serait pas de refus.

En temps normal, je lui aurais demandé combien de sucres, vu que ses goûts évoluaient d'un jour à l'autre. Cependant, la frustration qui couvait derrière mes côtes depuis près de trois mois finit par me remonter dans la gorge, et je répondis :

— J'aimerais rester.

Jaxon haussa brusquement les sourcils.

Et la lave qui bouillonnait en moi se figea aussitôt.

Il allait me foutre à la porte. J'allais devoir retourner chez mon père. Je n'apprendrais jamais à me servir de mon don. Celui-ci ferait surface tôt ou tard, et je ne saurais alors ni le dissimuler ni le contrôler. Je finirais à la potence avant mes dix-sept ans. Condamnée à mort pour avoir été trop fière pour préparer quatre tasses de thé.

— Eliza, reprit Jaxon sans me quitter des yeux, continue.

Lentement, je recommençai à respirer.

— Tu savais que Didion comptait mettre aux enchères des esprits précieux ? Enfin, pour l'instant, il a seulement trouvé *Sarah Metyard*. (Jaxon se crispa.) Il a recruté quelqu'un pour la dompter, mais celui-ci a foiré son coup et elle s'est enfuie. Elle est déchaînée.

Jaxon se renversa dans son fauteuil et sembla concentrer toute son attention sur une fissure au plafond.

— Une poltergeist solitaire, commenta-t-il. Voyez-vous cela. Didion, dans quel pétrin t'es-tu encore fourré ?

Nous restâmes assis dans un silence plein d'appréhension pendant de longues secondes. Puis Jaxon prit une profonde inspiration, se mit debout et grimpa au dernier étage. Nick et Eliza échangèrent des regards inquiets.

Je me raclai la gorge.

— Pardon, mais c'est qui, Sarah Metyard ?

Nick pouffa.

— J'oublie toujours que tu viens d'arriver, Paige. Tu dois te poser mille questions.

Il me fit signe de les rejoindre. Eliza m'encouragea d'un geste du menton, même si elle paraissait méfiante. J'avais toujours soupçonné qu'elle ne voulait pas que cette famille unie adopte de nouveaux membres. J'allai m'asseoir au bord de la méridienne, tâchant d'oublier à quel point Nick était près de moi.

— Tu sais ce qu'est un poltergeist, n'est-ce pas ? m'interrogea Eliza.

— Un intrus du genre violent – un esprit capable d'entrer en contact avec le monde tangible.

— Exactement. Les poltergeists sont extrêmement dangereux, capables de causer des dégâts physiques. Ils sont en outre plus rares que les autres esprits, et plus difficiles à attraper, ce qui les rend très précieux.

Nick croisa mon regard. Il savait à quel point je connaissais les poltergeists, même si Eliza l'ignorait. Il s'empara du classeur marqué d'un M qu'elle avait tiré d'une étagère derrière le bureau.

— L'esprit de Sarah Metyard rôde dans le coin depuis plusieurs siècles, expliqua Nick. Metyard a été pendue pour le meurtre d'une jeune fille nommée Anne Naylor – l'une de ses apprenties – en 1758.

Cela attisa ma curiosité.

— Pourquoi aurait-elle assassiné sa propre apprentie ?

— La mort de Naylor, bien qu'accidentelle, a été causée par une extrême négligence et une grande cruauté.

Il plissa le front et ouvrit la chemise, qui renfermait des dépositions de témoins, des cartes jaunies du Londres du XVIIIe siècle, des actes de décès, des transcriptions diverses. Je les parcourus.

— Metyard et sa fille, également baptisée Sarah…

— Mais qui se faisait appeler Sally, intervint Eliza. Elle aussi a été victime de la brutalité de sa mère. Ce qui ne l'a pas empêchée de faire à son tour preuve de cruauté sur les filles dont elles s'occupaient, cela dit. Bref, Sarah et Sally…

— … étaient soit chapelières, soit mercières, soit les deux. Plusieurs filles des hospices voisins servaient comme apprenties chez elles. L'une d'elles s'appelait Anne Naylor, ou Nanny.

Je les écoutais avec attention, déterminée à ne laisser échapper aucun détail.

— Toutes les filles étaient maltraitées, mais Anne était particulièrement fragile, poursuivit Eliza. Elle ne pouvait pas travailler aussi vite que les autres, et s'est attiré ainsi le mépris des Metyard. Sarah ne la nourrissait jamais assez, la faisait travailler jusqu'à l'épuisement, la négligeait... La pauvre fille a même dû se faire amputer d'un doigt à cause d'un abcès qui s'est infecté faute de soins. (Eliza s'humecta l'index pour tourner la page.) Elle s'est enfuie à deux reprises, mais elles l'ont rattrapée les deux fois. En représailles, après sa récidive, elles l'ont battue et attachée à une porte, sans rien lui porter à manger ni à boire. Au bout de quelques jours de ce traitement, les autres apprenties ont prévenu Sally, paniquées.

Mon regard se posa alors sur la feuille, et je pus lire précisément ce qu'elles avaient rapporté. Il me semblait presque entendre leurs voix terrifiées.

Au quatrième jour, elle s'est mise à bredouiller, et a succombé peu après. Les autres filles, voyant tout le poids de son corps pendre au bout des cordes qui la maintenaient en place, se sont inquiétées et ont appelé : « Miss Sally ! Miss Sally ! Nanny ne bouge plus. » La jeune Metyard s'est alors précipitée à l'étage en disant : « Si elle ne bouge plus, je vais la faire remuer. » Puis elle a cogné sur la tête de la défunte avec le talon d'une chaussure.

— Les Metyard ont essayé de ranimer Anne, conclut Eliza, mais elle était déjà morte. Elle avait treize ans.

J'aurais dû être secouée, mais j'avais entendu trop d'histoires semblables au cours des quelques derniers mois. Une partie de ma formation consistait à découvrir les esprits les plus célèbres de la capitale.

— Naturellement, elles ont essayé de dissimuler la mort d'Anne, reprit Eliza. Elles ont prétendu qu'elle s'était enfuie à nouveau et ont dissimulé sa dépouille dans une boîte au grenier pendant deux mois, sauf que l'odeur est devenue insupportable. Sarah Metyard a alors tranché et brûlé la main au doigt manquant, craignant qu'elle permette d'identifier Anne, mais elle a préféré ne pas incinérer le reste de peur d'attirer les soupçons des voisins. Elles ont finalement décidé de la découper et de jeter les morceaux dans une bouche d'égout.

— Selon certaines versions de l'histoire, elles auraient également tué Mary, la petite sœur d'Anne âgée de huit ans, qui faisait aussi son apprentissage chez elles, précisa Nick. Un veilleur de nuit a retrouvé les morceaux de corps, mais on a supposé alors qu'ils avaient été abandonnés là par un déterreur de cadavres ou un chirurgien, et personne n'a mené d'enquête.

— Apparemment, elles étaient tirées d'affaire, reprit Eliza, qui savourait manifestement son rôle de conteuse. Pourtant, au fil des ans, Sarah est devenue de plus en plus violente envers sa fille. Sally s'est finalement installée avec un homme nommé Richard Rooker, qui lui avait proposé un emploi. Elle est devenue sa maîtresse, mais Sarah ne voulait pas les laisser en paix – elle craignait manifestement que Sally finisse par révéler le meurtre à quelqu'un. Un jour, Rooker a surpris une dispute entre la mère et la fille, et a aussitôt été pris d'un mauvais pressentiment. Quand il a interrogé Sally, celle-ci a tout avoué. Rooker a ensuite alerté les autorités, supposant sans doute que Sally serait relativement épargnée, puisque sa mère avait tant fait pour influencer son comportement. Mal lui en a pris. Les deux Metyard ont été pendues à Tyburn…

— … en 1768, acheva Nick en refermant sèchement le dossier. Les esprits des assassins traquent souvent ceux de leurs victimes. Je suis prêt à parier que, maintenant qu'il a été libéré, celui de Sarah Metyard en a après Anne Naylor.

Je me mouillai les lèvres. Dire qu'il y avait quelques mois encore, je me figurais que les morts restaient morts.

— Et donc, dis-je comme si rien de tout cela ne m'étonnait, vous savez où Anne se trouve ?

Eliza attrapa le classeur des N.

— Elle aussi est devenue poltergeist et a élu domicile dans la station de métro de Farringdon. Elle va devenir dingue quand elle apprendra que sa meurtrière est déchaînée.

— Mais elle était déjà « déchaînée » avant, non ?

— Elle errait çà et là, mais les poltergeists ne sont généralement pas violents à moins d'avoir été dérangés. Auquel cas, ils ont tendance à retourner aux endroits qui ont compté pour eux durant leur existence. Un peu comme si on leur rappelait qu'ils étaient morts.

Avant que nous puissions en débattre plus longuement, Jaxon avait redescendu en trombe l'escalier.

— Paige, passe-moi mon stylo. Sur le bureau.

Je fus prise d'une légère inquiétude : il y en avait au moins huit différents sur sa table.

Je me levai lentement. Il devait s'agir d'une espèce de châtiment lié à ma petite rébellion. Ou peut-être mettait-il ma clairvoyance à l'épreuve ? Comment étais-je censée *savoir* quel stylo il lui fallait ? Merde. Je pris une décision subite et lui tendis un stylo à plume incrusté de bijoux, que je l'avais déjà vu utiliser.

— Non, ça, c'est mon stylo d'écriture.

Son stylo d'écriture. Merde de merde. Il existait donc des stylos qui n'étaient *pas* destinés à l'écriture ? Les mains moites, je jetai mon dévolu sur un autre, qui paraissait légèrement moins cher. Il me jeta un regard indéchiffrable avant de s'en emparer.

— Tout d'abord, nous devons nous occuper de Didion. Son incompétence nous met tous en danger. En créant une poltergeist solitaire, il a transgressé l'une des règles de la pègre.

Le fait que les criminels aient établi des lois m'amusait toujours. Leur organisation de clairvoyants défiait les règles de

Scion par sa simple existence, ce qui ne l'empêchait pas de posséder son propre système judiciaire. Celui-ci n'était certes pas très efficace, mais il avait le mérite d'exister.

— Jax, intervint Eliza, on devrait peut-être éviter de s'en...

— Non. Didion doit répondre de ses actes. Vous allez foncer à Cheapside pour lui intimer l'ordre de mettre un terme à cette *parodie* de commerce. Et vous lui demanderez de partir – oui, que ce gros bouffon maladroit quitte la citadelle une bonne fois pour toutes. Il a perdu son droit à faire partie de cette organisation, et...

— Nous n'avons pas autorité pour bannir Didion, et tu le sais pertinemment, l'interrompit Nick d'un ton posé. Il nous faut l'assentiment d'Hector.

Cela découragea quelque peu Jaxon, dont les yeux ne cessèrent toutefois pas de brûler d'ambition.

— Bien sûr. (Il s'alluma un nouveau cigarillo.) Même s'il m'en coûte de l'admettre, tu as raison. Il *faudrait* qu'on obtienne l'assentiment d'Hector. (Il s'enfonça lentement sur son fauteuil.) Mais... il y a une autre solution.

Je n'en savais pas assez long sur la politique de la pègre pour intervenir, mais j'étais tout ouïe. Si je voulais avoir la moindre idée de ce dont ils parlaient, je ne devais pas en perdre une miette.

Jaxon décrocha un téléphone à l'ancienne posé au bout de son bureau. L'on présumait que Scion écoutait la plupart des conversations, il devait donc s'agir d'une ligne sécurisée. Il composa un numéro et porta le combiné à son oreille.

— Passez-moi Didion Waite, demanda-t-il avec une délicatesse dangereuse. J'exige de lui parler personnellement. (Une pause.) Le Dompteur blanc. (Il nous jeta un coup d'œil.) Je crois savoir comment tourner cela à notre avantage, commenta-t-il, presque pour lui-même. Nous devons mettre la main sur

Metyard avant que tous les imbéciles de Londres se lancent à sa poursuite.

Il actionna un interrupteur sur le téléphone. Il y eut un bruissement, puis une voix nasillarde emplit la pièce.

— Jaxon.

— Didion, répondit Jaxon d'un ton suave. Comment te portes-tu ?

— Pas trop mal.

Leur échange dégoulinait de mépris. Je savais que Didion Waite était le rival de longue date de Jaxon, mais Nick ne m'avait pas encore expliqué comment leur querelle avait vu le jour.

— Je présume que tu as d'une manière ou d'une autre appris pour Metyard. Qui te l'a dit ?

— Oh, j'ai des yeux partout, Didion. Même dans *ton* district. (Jaxon arborait un sourire perturbant.) J'ai toujours nourri quelques doutes quant à ta petite société de vente aux enchères, mais j'ai fini par croire que cela deviendrait, au mieux, un établissement semi-professionnel.

— Comment oses-tu sous-entendre que je ne sois pas à cent pour cent professionnel ? (Qui que fût ce Didion, il avait une voix grinçante.) Metyard a toujours été… un tantinet retorse…

— *Un tantinet retorse.* Laisse-moi te rappeler que cette femme a assassiné une gamine de treize ans, qu'elle a démembrée puis balancée dans un égout.

— On m'avait garanti que…

— Les garanties ne valent rien, tête d'imbécile. (Les phalanges de Jaxon blanchirent.) Est-ce toi qui as essayé de dompter Metyard ?

— Non. Je, euh… j'ai délégué cette tâche.

— C'est parce que tu es un froussard, Didion, ronronna Jaxon. Un froussard tremblant et répugnant.

— Je suis tout sauf un…

— Un poltron. Un trouillard. Un pleutre gluant et dégoulinant, indigne de l'humanité.

— Je n'ai rien d'un pleutre, se récria Didion. Va au diable. J'ai simplement décidé de…

— … refiler le job à un amateur, oui. Tu es la honte de tous les dompteurs ayant jamais vu le jour. (Jaxon ne cessait de sourire.) Bon. Je vois deux issues possibles à ce fiasco, Didion. Je devrais signaler au suzerain ta façon grossière de malmener une poltergeist. Si Hector l'apprend, tu peux dire adieu à ton petit établissement. Terminé. Une simple réminiscence. Et tu auras vraisemblablement la gorge coupée.

C'était sans doute vrai. D'après ce que j'avais entendu dire du suzerain de l'ombre, il adorait les bons tranchages de cou à l'ancienne.

La voix de Didion n'était plus qu'à peine audible.

— Quelle est l'alternative ?

— Tu laisses intervenir mes employés - ce qui te permet de garder la vie. (Jaxon pivotait paresseusement sur son fauteuil, les jambes croisées.) Si nous parvenons à dompter Sarah Metyard, nous la récupérons. J'y gagne de surcroît le droit d'en faire autant avec Anne Naylor si l'envie me prend.

— Tu me fais chanter, très cher ?

— Didion, se pourrait-il que tu aies enfin développé un semblant d'intelligence ? Mes plus sincères félicitations.

Un bruit étranglé.

— Très bien, finit par cracher Didion, qui semblait étouffé par la rage. Très bien. Tant que tu ne pipes mot de cette… situation au suzerain, j'accepte. Envoie tes laquais au Juditheon. Et *fissa*, je te prie.

— Parfait. Au revoir, Didion.

Jaxon raccrocha le téléphone, se carra dans son dossier et joignit la pointe des doigts.

— Et donc, résuma Nick pour rompre le long silence qui s'était instauré, on va essayer de dompter Metyard.

— Précisément. Didion a prouvé qu'il n'était pas digne d'un tel trésor. Nous garderons donc Metyard pour nous.

— Il n'avait cependant aucun droit de nous promettre Anne Naylor. Elle vit sur le territoire d'Ognena Maria.

J'avais entendu parler de la reine-mime de l'une des sections voisines de la citadelle - celle dans laquelle mon père vivait depuis des années. « Si tu te comportes bien avec Maria, elle s'en souviendra, m'avait un jour garanti Eliza. Mais si tu lui fais une crasse, c'est *toi* qui t'en souviendras. »

— Tant que Didion ferme sa bouche, Maria n'en saura rien, affirma Jaxon. (Le coin de ses lèvres tressauta.) Deux d'entre vous se rendront au Juditheon pour récolter un maximum d'informations sur les derniers faits et gestes connus de Sarah Metyard. Certains détails pertinents de son existence vous aideront à la traquer - vous trouverez tout le nécessaire dans ces dossiers. Le troisième restera ici pour les éplucher.

Inutile de lui demander qui allait se coltiner les recherches pendant que les autres partaient en chasse. Je laissai mes cheveux retomber devant mon visage pour dissimuler ma frustration. Je n'avais certes rejoint le gang que depuis trois mois, et je n'avais certes que seize ans, mais à force de rester coincée à l'intérieur, j'allais finir par étouffer. J'avais signé pour devenir criminelle, pas employée de bureau.

— On risque de rentrer tard, signala Eliza. Nick, on pourrait prendre le métro jusqu'à…

— Attends, l'interrompit Jaxon.

Elle haussa un sourcil.

— Quoi ?

— Ce n'est pas *toi* qui vas y aller, ma chérie. C'est Paige.

Ces mots me provoquèrent un frisson d'excitation. Eliza entrouvrit les lèvres, puis fit la moue.

— Ne me regarde pas comme ça. Ton tour reviendra vite. Et il serait temps que madelle Mahoney nous prouve sa valeur. (Jaxon me contempla.) Ça te plairait, Paige ?

— Oui, m'empressai-je de répondre. Beaucoup. Si ça ne dérange pas Eliza.

— Non. (Elle reprit contenance.) Non, pas du tout. Je ne suis pas contre un peu de répit, à vrai dire. Et je déteste les poltergeists.

— Et à raison, renchérit Nick. (Il poussa un profond soupir et enfila son pull à torsades fétiche.) Jaxon, Paige est encore tellement innocente, et Metyard tellement hostile... Tu devrais peut-être...

— J'ai envie d'y aller, insistai-je.

— Parfait. Dans ce cas, l'affaire est entendue. (Jaxon enchaîna aussitôt, pour ne pas laisser l'occasion à Nick de contester sa décision.) Faites vite. Lorsque les autres apprendront que Metyard est en cavale, ils la voudront aussi. Et débrouillez-vous pour ne pas attirer d'attention malvenue de la part de Scion.

— On saluera Didion de ta part, promit Nick en se posant le manteau sur l'épaule. Tu es prête, Paige ?

J'étais déjà debout.

— Quand vous l'aurez, je la dompterai une bonne fois pour toutes, affirma Jaxon. (Il éteignit son cigarillo.) Allez-y.

Dès que nous fûmes sortis de son bureau, je fonçai dans ma chambre pour farfouiller dans ma penderie. J'allais enfin, *enfin*, pouvoir faire quelque chose d'utile. Jaxon demanderait à Nick comment je m'en étais tirée, et j'allais tout faire pour mériter des éloges. Si je travaillais bien, je n'aurais peut-être plus à me taper la paperasse – les rues de Londres deviendraient mon nouveau terrain de jeux.

Je n'étais pas très au fait de la mode en temps normal, mais je considérais à présent mes tenues d'un œil critique, tâchant de déterminer laquelle me permettrait d'atteindre l'équilibre parfait entre discrétion, élégance et intimidation. Je finis par opter pour un chemisier blanc froissé, une veste croisée à capuche bordeaux et un pantalon noir. Rien de trop osé, mais j'étais la petite nouvelle. Mieux valait faire profil bas. Je laçai mes bottines et admirai le résultat dans la glace. Une jeune femme sérieuse aux yeux gris me faisait face.

Je considérai mon reflet pour en évaluer la discrétion. Ma principale inquiétude était qu'un affreux tour de destin me fasse croiser la route de mon père, et que celui-ci m'interroge. Même de loin, ma chevelure – des boucles d'un blond presque blanc – me ferait repérer. Je remontai donc ma capuche et m'enroulai une écharpe autour du cou, de manière à pouvoir me la remonter sur le nez si nécessaire.

On frappa à ma porte. Nick m'attendait devant, emmitouflé dans son épais manteau, le visage dissimulé par un cache-nez.

— Tu as l'air d'une vraie dure, m'affirma-t-il, les yeux brillants.

Gênée, je lissai l'avant de ma veste.

— C'est bizarre de vouloir s'habiller pour la circonstance ?

— Pas du tout. Ton image est aussi importante que tes actes pour ta réputation. (Je lui emboîtai le pas quand il descendit l'escalier.) Reste près du téléphone, Eliza, lui lança-t-il. Ne t'avise pas d'aller chercher du café.

Sa voix nous parvint depuis le bureau :

— Vous êtes un homme cruel, Nicklas Nygård.

Jaxon était sorti de son étude pour nous voir partir. Il patientait dans le couloir.

— Paige, dit-il en m'étudiant des pieds à la tête. J'espère que tu nous éblouiras de tes talents.

— Je ferai au mieux.

— J'y compte bien. (Un sourire s'attardait sur ses lèvres, sans toutefois atteindre son regard, aussi dur que jamais.) Profite bien de ta première mission, mais souviens-toi : dans cette citadelle, tu es une extension de moi-même. Tu parles avec ma voix. Je m'attends donc à ce que tu te comportes au mieux de mon intérêt, et au mieux de l'intérêt des Sept Sceaux.

— C'est promis, répondis-je avec l'impression de prêter serment.

— Jaxon, c'est la première fois que Paige va se mêler à la pègre, intervint Nick. Quel nom on lui donne ?

J'avais les mains moites.

Chacun d'eux avait son pseudo. Jaxon était le Dompteur blanc, Nick la Vision rouge, Eliza la Muse martyrisée. Je ne savais pas trop d'où Jaxon les avait tirés, mais j'en désirais un plus que tout au monde. Pour réellement faire partie du gang.

Jaxon resta muet un long moment.

— Reste à l'abri des caméras, déclara-t-il enfin. Mieux vaut que Scion ne te surveille pas de trop près, trésor.

— Ils me verraient simplement traîner avec Nick, répondis-je. Mon père le connaît.

Ma voix tremblait légèrement, trahissant ma déception. Je n'avais pas eu droit à un nom d'emprunt.

— Ce n'est pas *ça* qui m'inquiète. En revanche, je préférerais qu'on ne te filme pas en train de te battre contre une poltergeist, répliqua Jaxon. Cela ferait se lever quelques sourcils à Westminster. Et tu serais sans doute aussitôt arrêtée pour interrogatoire.

Un point pour lui. Les caméras de surveillance ne nous verraient pas faire usage de notre clairvoyance – elles ne pouvaient pour l'instant pas détecter la moindre activité spirituelle –, mais elles remarqueraient tout comportement suspect, ce qui suffirait à nous condamner.

— Et… son nom ? insista doucement Nick.

Jaxon me dévisagea. J'attendis, me sentant geler sous l'intensité de son regard glacial.

— La Rêveuse pâle, répondit-il avec la délectation d'un homme dégustant un vin de qualité. Oui… la Rêveuse pâle. Un nom que Londres n'est pas près d'oublier.

2
Suivre l'argent

Je ne pouvais m'empêcher de sourire en quittant le bercail. Il faisait un froid de gueux dehors, mais recevoir ma nouvelle identité me réchauffait le cœur.

Jaxon Hall venait d'officialiser le fait que je le représentais. Mes lèvres ne cessaient d'articuler mon pseudo, pour en éprouver les contours. *La Rêveuse pâle.* À la fois gracieux et menaçant, tel un esprit vengeur. *La Rêveuse pâle.* Oui, je pourrais m'y faire. Toutefois, si je comptais le conserver, j'allais devoir m'en montrer digne – et pour ça, nous allions devoir ravir Sarah Metyard.

Au cours des années, j'ai pu recenser sept ordres de voyants différents, m'avait expliqué Jaxon le jour où Nick nous avait présentés. *Ma chère petite, je crois bien que tu appartiens au plus élevé d'entre tous, ce qui ferait de toi l'une des clairvoyantes les plus exceptionnelles du monde moderne.*

Tout cela paraissait fort impressionnant. Mais si ce n'était pas le cas ?

S'il s'était trompé sur mon compte ?

La chaleur en moi se dissipa. Je mourais d'envie d'impressionner Jaxon. Je voulais faire naître un éclat dans ses prunelles, celui que j'y avais vu ce premier jour – une étincelle d'ambition. Savoir que j'avais ravivé cet éclat serait en soi une victoire, et je ferais tout pour que cela se produise aujourd'hui. Un meurtre des plus abjects, un esprit sur le sentier de la guerre et la perspective de bénéfices exceptionnels – oui, c'était l'occasion idéale de faire une entrée en scène triomphale sur la scène londonienne ; de devenir la Rêveuse pâle.

Nous marchâmes jusqu'à la station de métro la plus proche et validâmes nos cartes de transport.

— Tu es impatiente ? s'enquit Nick. (Il éclata de rire en découvrant mon expression.) D'accord, c'est une question idiote.

— Eliza ne va pas m'en vouloir d'être partie à sa place, si ?

— Non. Elle a vécu la même chose à son arrivée – Jaxon lui refilait toujours la paperasse. C'est une mise à l'épreuve. (Il descendit les marches en courant.) Viens. Didion apprécie la ponctualité.

Je baissai d'un ton.

— Une préoccupation bien étrange pour un criminel.

— C'est un obsédé de l'étiquette. Ne le dis pas à Jaxon, mais je ne lui reproche rien, sur ce coup-là. (Il jeta un coup d'œil circulaire pour repérer les gardes souterrains alentour.) La pègre est de plus en plus corrompue depuis que Haymarket Hector est devenu suzerain de l'ombre. Imposer un minimum de protocole ne serait pas de trop.

Nous nous tûmes en passant devant l'un des gardes, qui nous décocha un regard indifférent.

— Je ne voudrais pas avoir l'air de te donner des ordres, murmura Nick, mais c'est ta première fois sur le terrain, alors il est important que tu respectes mes consignes. Première chose : appelle-moi Vision, pas Nick. Et je t'appellerai Rêveuse. Personne dans la pègre ne connaît mon travail officiel.

— Tu penses qu'ils te dénonceraient ?

— Possible, répondit-il avec une nonchalance qui devait être feinte. (Il se força à sourire.) Je vais te guider pour aujourd'hui – tu n'auras rien à gérer seule. En théorie, il s'agit d'une mission relativement simple. On retrouve l'esprit, on explique à Jaxon où il est, et il vient le dompter.

— Ça n'aurait pas été plus simple… qu'il nous accompagne directement ?

— C'est un seigneur-mime. Il ne s'occupe pas des basses besognes. (Nick s'immobilisa à notre arrivée sur le bon quai.) Je n'ai plus vu de poltergeist depuis longtemps. À vrai dire, je n'en ai croisé qu'une poignée depuis le jour de notre rencontre. (Il plongea les mains dans ses poches.) J'ai l'impression que ça fait des siècles.

Pas moi. Je ne me souvenais que trop bien de ce jour-là.

Je venais d'arriver d'Irlande, où j'avais grandi sur la ferme laitière de mes grands-parents, à Tipperary. À l'âge tendre de neuf ans, je me sentais déjà différente – mais mon don était encore profondément enfoui en moi, pas encore révélé.

Cette année-là, mon père m'avait emmenée dans un petit village nommé Arthyen, près de la côte méridionale, où vivait l'une de ses vieilles amies. À l'époque, je me sentais seule et j'avais le mal du pays ; je lui en voulais plus qu'un peu de m'avoir séparée de mes grands-parents, restés au pays pour subir le conflit en Irlande. Je me méfiais du bourg et de ses habitants, mais c'était toujours mieux que d'aller à l'école, où les autres élèves me crachaient dessus.

Il y avait un champ de coquelicots en lisière d'Arthyen. C'était là que j'étais tombée nez à nez avec mon premier poltergeist. Il m'avait tailladé le bras gauche, avant de me laisser me vider de mon sang.

Nick séjournait près d'Arthyen à l'époque, et il était sorti se promener dans les environs. Il m'avait trouvée là, avait compris que mes blessures étaient l'œuvre d'un esprit, même si rien en moi ne l'avait fait tiquer. Rien ne laissait alors penser que je puisse être clairvoyante. Il m'avait soignée lui-même, et sa profonde gentillesse m'avait durablement marquée. Après m'avoir raccommodée, il m'avait ramenée à mon père et avait disparu de ma vie aussi soudainement qu'il y était entré. Je m'en étais trouvée encore plus désarçonnée par ce monde.

Notre rencontre suivante n'avait eu lieu que sept ans plus tard. Nous nous étions revus à mon école, par pure coïncidence, à peine quelques mois plus tôt. Il était venu nous faire un petit exposé sur les divers métiers du secteur médical de Scion. À son terme, j'avais fait en sorte de le croiser dans un couloir, souhaitant désespérément l'interroger sur ce qui s'était réellement produit ce jour-là, dans le champ de coquelicots.

Il se souvenait de moi. Et il s'était adressé à moi comme à une clairvoyante. Une marcherêve. Au lieu de me dénoncer pour anormalité, en revanche, il m'avait demandé de le retrouver plus tard – et quand je l'avais rejoint, il m'avait proposé un job auprès de Jaxon, qui m'apprendrait à maîtriser mon don et me protégerait de Scion – puisque les gens comme nous étaient systématiquement condamnés par le gouvernement. J'avais accepté. Dès la fin de l'année scolaire, je m'étais installée dans les Sept-Cadrans. C'était la meilleure décision que j'avais prise de mon existence.

Nick m'avait sauvée de l'ignorance. Et ce faisant, il m'avait sauvé la vie.

Il ne me restait de cette rencontre avec le poltergeist qu'un entrelacs de cicatrices sur la main. Je les parcourus du bout des doigts en me rappelant la douleur cuisante comme si je l'éprouvais encore.

— Et donc, dis-je pour repousser ce souvenir, quelles pourraient être les difficultés du jour ?

— Les principales menaces sont les gangs rivaux et les Vigiles. Si on en voit un, on s'éloigne doucement. On n'attire surtout pas l'attention sur nous.

— D'accord.

Il travaillait pour Scion. Il devait à tout prix éviter de faire parler de lui. Un voyant employé d'un gouvernement anti-voyants : ils le feraient décapiter s'ils découvraient son anormalité. Je n'avais jamais compris pourquoi il prenait le risque de mener cette double vie. Il fallait être fou ou désespéré pour accepter une existence pareille, mais Nick ne semblait être ni l'un ni l'autre.

Debout sur le quai, nous restions proches l'un de l'autre. C'était l'heure de pointe, à laquelle nombre de Londoniens rentraient chez eux après le travail – plongés sur leur téléphone ou leur tablette, incapables de sentir les esprits qui voletaient et dansaient autour d'eux. J'avais autrefois été effrayée par ma clairvoyance, mais à présent je la chérissais. Je percevais un monde qu'ils ne verraient jamais. Leur vie serait toujours à moitié vide.

Nous convînmes tacitement de ne pas échanger un mot durant le voyage en train. Il y avait trop de monde. Et trop de calme. À notre station d'arrivée, nous nous dirigeâmes directement vers l'église en ruines que les gens du quartier surnommaient Bow Bells. Elle se dressait, pâle et tragique, sur Cheapside.

Un petit bout d'homme aux bajoues épaisses nous attendait près d'un réverbère devant l'édifice. Il semblait vêtu à la mode du XVIIIe siècle, en complet avec chausses assorties – il arborait même une perruque poudrée maintenue à l'aide d'un ruban. Il pinçait fermement les lèvres.

Il était accompagné d'une femme à la peau olivâtre portant une veste en cuir et de courts cheveux d'un auburn un tantinet trop brillant pour être naturel. Son visage était dominé par des sourcils sombres et denses, qui disparaissaient presque derrière des lunettes de soleil à monture dorée. Nick marqua un temps d'arrêt et inspira profondément en l'apercevant.

— Qui est-ce ? lui demandai-je.

— Ognena Maria, reine-mime de ce secteur. Elle a dû découvrir que Didion avait conclu un marché avec nous.

— Est-ce que c'est grave ?

— Disons que ce n'est pas super. Sa relation avec Didion Waite est quelque peu… complexe. Sa maison de vente aux enchères – le Juditheon – se trouve dans ce district, mais Ognena n'en retire rien.

— Je croyais qu'il était obligatoire de reverser un pourcentage au seigneur-mime ou à la reine-mime du coin ?

— Exactement – la taxe syndicale. Mais le suzerain a accordé une immunité fiscale au Juditheon. Avant que Didion ne crée cet endroit, personne n'avait encore songé à mettre des esprits aux enchères – ils étaient simplement possédés par celui ou celle qui régnait sur le secteur concerné, et pouvaient éventuellement être vendus ou troqués discrètement au marché noir. Didion a estimé qu'organiser des enchères rapporterait beaucoup plus de fric. Il s'est mis à voler des esprits issus d'autres secteurs – ce qui est illégal –, mais Hector ne s'y est jamais opposé – tant qu'il touche une part des profits.

Je commençais à comprendre pourquoi Jaxon détestait tant Didion. Sans doute parce qu'il était furieux de ne pas avoir eu cette idée le premier.

— Maria n'a pas dû bien le prendre, devinai-je.

— Elle déteste cet accord, naturellement. Mais Didion reste son sujet – il n'est pas censé négocier ses biens sans sa permission, et Anne Naylor lui appartient. (Il soupira à nouveau et reprit sa marche.) Voilà précisément ce que Jaxon voulait éviter. Espérons qu'elle ne soit pas trop furieuse.

Didion nous repéra le premier. Lorsque Ognena Maria se tourna en le voyant fulminer, elle sourit.

— Tiens, tiens, voilà la Vision rouge. (Sa voix rauque était teintée d'un accent que j'étais incapable de situer.) Ça fait un bail que je ne t'ai pas vu sur le marché, trésor. Tu nous as manqué.

— Bonjour, Maria. Cela faisait trop longtemps. (Nick lui serra la main avec une affection sincère.) Didion.

— Vision rouge. (Didion darda sur moi un regard méprisant.) Et qui est cette… personne ?

Nick me posa la main sur l'épaule.

— Je vous présente la Rêveuse pâle. La dernière recrue de Dompteur.

Je dressai le menton. Cette fois, je n'étais plus Paige Mahoney. J'étais une énigme.

— Ah, enfin… Dompteur a trouvé un nouveau membre pour les Sept Sceaux, ricana Ognena Maria. Peut-être qu'un jour vous aurez le compte.

Elle abaissa ses lunettes sur son nez, révélant des yeux sombres copieusement maquillés. Je soutins son regard tandis qu'elle me scrutait.

— Tu sais, je suis à peu près sûre de reconnaître ton aura. Est-ce qu'il t'arrive de te promener du côté de Postman's Park ?

Je l'examinai des pieds à la tête, tâchant de la remettre.

— Vous fumez là-bas, répliquai-je enfin.

— J'ai toujours voulu discuter avec toi. La vie est décidément pleine de bonnes surprises. (Elle haussa un sourcil à l'intention de Nick.) Si elle réside dans mon secteur, elle devrait travailler pour moi, par pour Dompteur.

Nick imita son sourire.

— C'est écrit quelque part ?

— Ne me provoque pas, Vision. Que crois-tu que Dompteur dirait si j'allais recruter un voyant en I-4 ? Et un rare, qui plus est.

— Tu aurais très bien pu proposer à Rêveuse de travailler pour toi, puisque tu l'avais repérée. Dompteur a simplement été plus rapide.

— Ah, parce qu'il s'agit d'une *course*, maintenant ?

J'aurais sans doute dû me taire.

— On en parlera plus tard, suggéra Nick. (Elle grommela son assentiment.) On a d'abord une poltergeist rétive à maîtriser.

— Oui, tout ça parce que *quelqu'un* a voulu s'en mettre plein les poches sans m'en informer. Une fois de plus, ajouta-t-elle en lançant un regard en coin à Didion, qui se hérissa. Et j'ai cru comprendre que Dompteur avait décidé que vous étiez les mieux placés pour capturer ladite poltergeist ?

Nick lui répondit d'un ton calme.

— Nous pensons qu'elle en a peut-être après une personne qu'elle a déjà tuée de son vivant : Anne Naylor.

— C'est précisément pour cela que je suis là. Anne réside dans ce secteur – *mon* secteur. (Le vent lui souffla une mèche de cheveux dans les yeux.) Anne est… étonnante. C'est une poltergeist, mais elle semble inoffensive. Croyez-moi, j'ai éprouvé cette théorie, ou je ne l'aurais pas laissée rester où elle erre.

— Qu'est-ce que tu sais d'autre, à son sujet ?

— Simplement que c'est une âme torturée. Comme si sa personnalité délicieuse entrait en conflit avec la colère qu'elle éprouve au sujet de sa mort violente. En conséquence, elle ne fait que pleurnicher à longueur de journée. Heureusement que la plupart d'entre nous ne peuvent pas l'entendre. (Elle croisa les bras.) Anne n'a, à ma connaissance, jamais quitté la station de Farringdon. Si vous comptez coincer Metyard, j'irais traîner là-bas, à votre place. Attendez qu'elle fonde sur sa victime.

Nick hocha la tête.

— Et nous avons ta bénédiction ?

Elle se fendit d'un sourire joueur.

— Je tiens à poser certaines conditions.

— Aucune condition, décréta Nick. (Celui-ci ne paraissait jamais inamical, pourtant cette fois son ton ne souffrait aucune contestation.) Didion a accepté que Dompteur s'empare des deux esprits en échange de…

Maria l'interrompit.

— Vision, je t'ai toujours apprécié, mais ne fais pas mine de prétendre que l'accord que vous avez conclu avec Didion a la moindre légitimité ; je ne suis pas née de la dernière pluie. Hector m'a forcé la main pour accepter cette histoire de société de vente aux enchères, et je me suis fait une raison – il m'arrive même parfois d'enchérir sur des esprits, quand l'envie m'en prend –, mais je suis la reine-mime de ce secteur, et je n'ai jamais autorisé personne à vendre ou à déplacer Anne Naylor. Et vous le savez tous deux pertinemment.

Didion leva le nez tandis que Nick baissait les yeux et que je m'efforçais de conserver un air neutre.

— Bon, reprit Maria, radoucie. J'admets qu'il vaudrait mieux laisser Hector en dehors de tout ça. Il ne respecte qu'une seule règle : suivre l'argent. Sarah Metyard vaut un paquet de blé, et s'il s'en mêle, aucun d'entre nous n'en verra jamais la couleur.

Nick soupira.

— D'accord, on t'écoute. Quelles sont tes conditions ?

— Comme cette chasse commencera sur mon territoire, il me semble logique que je fasse partie des bénéficiaires. Si vous parvenez à attraper Metyard, Dompteur m'en transmettra la propriété – mais vous pourrez conserver Anne, gracieusement. Et nul n'en dira rien à Hector.

— Metyard est plus précieuse.

— Mais vous n'avez aucun droit sur elle, rétorqua Maria. Anne est un esprit célèbre. Vous pourriez la revendre pour une somme rondelette.

Nick paraissait agacé.

— En résumé, tu t'attends donc à ce qu'on se charge d'attraper Metyard à ta place. Je ne vois pas ce qu'on y gagne. Ni de quel droit tu peux en revendiquer la propriété, étant donné qu'elle n'a pas été découverte sur ton territoire.

Ognena Maria sourit.

— Je n'ai absolument aucun droit sur elle, mais *Anne* se trouve sur mon secteur, et elle est votre meilleure chance de coincer Metyard. Si mes conditions ne vous satisfont pas, j'ai bien peur de devoir révoquer votre droit à être ici. Et vous repartirez bredouilles.

Je me tournai vers Nick, qui paraissait de plus en plus contrarié.

— Je dois téléphoner à Dompteur, dit-il.

— Je t'en prie. Je t'attends.

Il me posa la main dans le dos avant de s'éloigner pour passer son appel, me laissant seule avec deux inconnus. Des inconnus clairvoyants.

Il y eut un bref silence.

— Alors comme ça, reprit Ognena Maria en me détaillant à nouveau de la tête aux pieds, tu es irlandaise. Intéressant.

— Vous n'avez pas l'air anglaise, répondis-je d'un ton légèrement interrogatif.

— Je suis bulgare. Nous sommes aussi mal vues de Scion l'une que l'autre. (Elle inclina la tête.) J'avoue que tu m'intrigues, Rêveuse pâle. Je n'avais jamais rencontré personne avec une aura comme la tienne.

— Une curiosité, en effet, admit Didion avec dédain. Dompteur ne se refuse décidément aucun trésor.

— Aux dernières nouvelles, je n'étais pas un objet de collection, rétorquai-je.

Il en resta bouche bée.

— Aura intéressante *et* pas la langue dans sa poche. (Ognena Maria semblait ravie.) Qu'es-tu au juste, mon enfant ?

Je sentis mes muscles se crisper. Jaxon m'avait demandé de taire le fait que j'étais une marcherêve. Par chance, Nick revenait déjà. Je me rapprochai de lui.

— Dompteur est d'accord, annonça-t-il d'un ton pesant. Il revendique la propriété d'Anne Naylor – mais si d'aventure tu décidais de vendre Metyard, il veut avoir l'occasion de l'acheter directement. Sans enchères.

— Marché conclu. J'organiserai la vente moi-même. (Ognena Maria lui serra la main, réprimant d'un regard les protestations de Didion.) Vous pouvez rester sur mon territoire aussi longtemps qu'il vous faudra. Si vous avez besoin d'un endroit où vous poser, rendez-vous à la maison de thé sur Turnmill Street. Le propriétaire s'assurera qu'aucun Vigile ne viendra vous enquiquiner.

— Merci, fit Nick. Je te tiendrai au courant de nos avancées. Didion, ajouta-t-il, j'aurais quelques questions à te poser quant aux circonstances dans lesquelles tu as découvert Metyard. Si ça ne te dérange pas.

Didion renifla.

— Je n'ai pas l'impression d'avoir le choix.

Nick lui tapa dans le dos et l'entraîna vers l'église abandonnée. Je lui emboîtai le pas, mais Ognena Maria me rattrapa par le coude.

— J'ai un petit conseil pour toi, Rêveuse pâle. D'une étrangère à une autre. Tu as l'air d'être une gentille fille, mais tu appartiens également au plus grand ordre de la clairvoyance. Pour cette raison, certaines personnes risquent de te mettre sur un piédestal. Tous les membres de cette organisation n'ont pas cette chance. Il y a une hiérarchie. Un ordre des choses à respecter.

Je l'écoutai tout en scrutant son visage. Il n'y avait ni ruse ni malice dans son expression.

— Appartenir à cette pègre va t'endurcir, mais essaie de ne pas trop te blinder non plus. Ne prends pas la grosse tête. Et remets toujours en cause ce que l'on te raconte. Souviens-toi ce que c'est d'être une intruse, de n'être personne. Ne méprise pas ceux qui sont tout en bas. Sois généreuse avec les traîne-misère. Reste humble. Et garde l'esprit ouvert. Tu pourrais bien être payée en retour un jour.

Elle paraissait presque désolée tout en me dispensant sa sagesse. Comme si elle avait sous les yeux quelque chose de pur et vierge qui risquait d'être souillé par le monde. Quelle que soit l'épaisseur du cocon dans lequel on pourrait l'envelopper.

— Merci, répondis-je avec une esquisse de sourire. J'essaierai au moins de ne pas me transformer en tueuse de sang-froid.

Cela lui arracha un bref éclat de rire.

— Ce serait un bon début. (Elle me serra l'épaule.) Souviens-toi que si tu te lasses un jour du sale caractère de Dompteur, tu pourras toujours bosser pour moi en douce. Je dirige les parties réservées aux voyants de Old Spitalfields Market. Tu peux me demander à tout moment.

— J'y penserai, répondis-je en sachant déjà que je n'en ferais rien.

Le travail au noir n'était pas toléré au sein de la pègre, et je doutais que Jaxon le prenne bien s'il me pinçait.

— Bien. (Elle me pressa l'épaule et s'éloigna à grands pas.) À la revoyure, ma douce.

Nick ne mit pas longtemps à tirer les vers du nez de Didion – à lui faire avouer où Metyard avait été vue pour la dernière fois, où elle était allée. Nous avions besoin d'un endroit depuis lequel établir notre stratégie, nous prîmes donc un taxi jusqu'à la maison de thé de Turnmill Street, qui avait l'avantage de se trouver à deux pas de la station de Farringdon.

— Je ne comprends pas, avouai-je à Nick. Quel intérêt de faire tout ça si c'est de toute façon Maria qui va récupérer Metyard ?

Il eut un air sinistre.

— Jaxon veut qu'on continue. Anne aussi est précieuse. Et Jaxon pourra racheter Metyard à un bon prix, Maria tiendra parole.

Une bonne odeur flottait dans l'établissement chaleureux. Quand nous annonçâmes être des amis d'Ognena Maria, le propriétaire nous libéra une table près de la baie vitrée, où nous pûmes nous installer sur des tabourets en veloutine.

J'avais toujours aussi envie de me pincer quand je regardais Nick. Lorsqu'on se forge une image de quelqu'un durant l'enfance, elle finit inévitablement par se troubler et s'estomper au fil du temps, mais Nick était exactement le même qu'à notre première rencontre. Il paraissait certes davantage rongé par les soucis, était rasé de frais et s'était pommadé les cheveux à la mode suédoise, mais à part ça, ces sept années ne l'avaient pas changé.

— Tu as faim ? me demanda-t-il.

Je retirai mon manteau.

— Très.

Nous prîmes tout notre temps pour consulter le menu, qui ne recensait pas moins d'une quarantaine de thés différents. Nick opta pour une infusion à la pomme et au gingembre, moi pour de la fleur d'oranger ; nous commandâmes également quelques douceurs à partager.

— Récapitulons ce que Didion nous a appris. (Il sortit son carnet.) Il a découvert Metyard sur le site de Tyburn, où elle a été pendue. Il a recruté un dompteur amateur, qui a échoué à la capturer.

— Didion est lui-même dompteur, non ?

— Oui, mais Jaxon a raison : c'est un pleutre. Il ne se salit jamais les mains s'il peut confier le sale boulot à quelqu'un d'autre.

— Et c'est sa tentative de capture qui a déchaîné Metyard ? demandai-je. Ça ne lui était jamais arrivé avant ?

— Non. Comme je te l'ai déjà dit, les esprits ne représentent habituellement pas une quelconque menace quand on les laisse tranquilles – mais la plupart des poltergeists n'aiment vraiment pas être approchés par des voyants, et encore moins domptés. Cela peut provoquer des réactions violentes. Comme effrayer un animal. (Il se frotta l'arête du nez.) Seul un dompteur particulièrement doué – comme Jaxon – pouvait coincer Metyard. Didion aurait dû s'en douter.

— Est-ce qu'il s'habille toujours comme s'il sortait d'un roman du XVIIIe siècle ?

Le rire de Nick me fit chaud au cœur.

— C'est un personnage, je te l'accorde. (Il tira un téléphone de sa poche.) Voyons ce qu'Eliza a pu trouver.

Il attendit qu'elle décroche, puis se pencha vers moi pour me permettre de coller l'oreille à l'arrière de l'appareil. J'entendais son souffle, percevais la chaleur de son bras contre le mien.

— J'ai repéré deux endroits qui ont compté dans la vie de Metyard, annonça Eliza. Le premier est bien sûr Tyden, où elle et sa fille ont été exécutées.

— Il s'avère que c'est là que Didion l'a repérée, répondit Nick. Et l'autre ?

— Merde. Bon, on a reçu un rapport selon lequel elle se serait trouvée à Bruton Street, dans notre secteur – c'est là que les Metyard habitaient –, mais elle en est partie depuis longtemps, apparemment. Je replonge dans les dossiers.

Je sentis son souffle dans mes cheveux.

— OK. Tiens-nous au courant si tu déniches un truc.

— Ne vous amusez pas trop sans moi.

Il raccrocha, et je me redressai sur mon tabouret.

— Aucune piste pour l'instant, commenta Nick. Espérons qu'elle trouve quelque chose d'utile bientôt.

— Et dans le cas contraire ?

Il rangea son carnet.

— Alors, ma théorie est que Metyard sera partie à la recherche d'Anne. Notre meilleure chance serait de l'attendre, comme l'a suggéré Maria – et donc de nous mettre en planque autour du spectre d'Anne à Farringdon. Mais laissons déjà passer l'heure de pointe.

Dès qu'il eut fini de parler, un serveur voyant nous apporta notre nourriture : des œufs pochés au lait sur un lit de chips avec des toasts beurrés, avant des cookies dentelle aussi fins que des gaufrettes et des muffins aux airelles en dessert qui arriveraient plus tard. Je me jetai dessus, affamée.

Tout en mangeant, je ne cessais de surveiller l'heure. La circulation se serait fluidifiée d'ici quarante minutes. Quarante minutes en tête à tête avec Nick. Cette perspective me provoqua des fourmillements d'excitation.

— Qu'est-il arrivé à la fille Metyard ? Sally ? demandai-je. Est-ce que son esprit traîne encore dans le coin ?

Nick parut pensif.

— Intéressant. Je n'ai jamais eu vent de quelqu'un ayant découvert Sally, mais… elle pourrait être attirée par la présence de sa mère, si elle se trouve toujours dans l'éther. (Il m'étudia tout en coupant son toast.) On n'a pas beaucoup eu l'occasion de discuter depuis que tu as rejoint le gang. Navré de ne pas être présent plus souvent, s'excusa-t-il avec douceur. Mon boulot de jour est exigeant, et Jaxon m'achève dès que je peux me rendre disponible.

Je rejetai derrière mon oreille une mèche égarée.

— Tu n'envisages pas de démissionner ?

Il haussa les épaules.

— Pas à moins d'y être contraint. Ça ne plaît pas à Jaxon que je travaille pour Scion, mais il ne crache pas sur mon salaire.

— Tu le partages avec lui ?

— De temps à autre. Jaxon est un vieil ami.

Je sirotai mon thé, en savourant le parfum délicat.

— Un vieil ami qui a des goûts de luxe.

— Ah, tu as remarqué. (Il sourit.) Enfin, il n'est pas le seul à en profiter. J'en envoie aussi à mes parents.

— Comment ils s'appellent ?

Ma curiosité sembla l'amuser.

— Rune Nygård et Bryndís Ingadóttir - Bryn, pour les intimes. Ma mère est d'origine islandaise, mais elle a passé l'essentiel de sa vie en Suède. Ils sont tous les deux voyants. (Il baissa le front.) Ce sont des gens bien. Ils me manquent.

— Tu as quelqu'un, en Suède ? demandai-je innocemment.

Son rire sonna creux.

— Non. Personne ici non plus, d'ailleurs. Jax ne nous permet pas d'avoir des relations sérieuses.

Jaxon m'en avait déjà avisée. Il m'avait un jour attirée à part, et m'avait annoncé sans ambages : pas de *liaisons* (le mot est de lui, pas de moi). J'étais simplement autorisée à passer une nuit avec quelqu'un – pas deux. Je devais être pleinement dévouée aux Sept Sceaux.

— Et toi ? m'interrogea Nick. Quelqu'un en particulier ?

Je lui retournai un sourire empreint d'ironie.

— Mes origines ne sont pas tellement au goût des gens d'ici. Il m'a fallu un moment pour apprendre à imiter l'accent anglais, et mon nom de famille parle de lui-même.

Son sourire s'étiola alors.

— Ça n'a pas dû être facile.

— J'ai survécu.

— Tant mieux.

Cette réponse me provoqua une poussée de chair de poule.

Il fallait que je parvienne à maîtriser mes réactions. Une fois de plus, Jaxon n'autorisait pas les relations. Et puis, Nick était gentil avec tout le monde, même avec ceux qu'il n'appréciait pas. Il ne me traitait pas différemment.

À l'école, cependant, personne ne m'avait jamais regardée avec la même douceur que lui. Bien au contraire. J'étais la seule Irlandaise de l'établissement, ce qui m'avait valu d'être ostracisée, voire harcelée. L'un des élèves de l'école pour garçons voisine m'avait un jour demandé de sortir avec lui, mais je savais qu'il avait pour but de m'humilier et je lui avais répondu que je n'étais pas libre ce soir-là. Ni le suivant. L'une de mes rares victoires au cours de mes années lycée avait été de voir son air suffisant se dissoudre peu à peu quand il s'était rendu compte que l'Irlandaise l'avait éconduit.

Évidemment, j'avais fini par le payer plus tard. Mes accès de révolte se retournaient toujours contre moi.

— Dis-moi comment tu as rencontré Jaxon, lançai-je alors.

Subitement, cette conversation s'était mise à remuer de bien sombres souvenirs.

Il se resservit en thé.

— Je suis arrivé en Grande-Bretagne quand j'avais dix-sept ans. J'étais censé être muté à Londres l'année suivante, pour commencer officiellement mon travail pour Scion, et je voulais prendre le temps de découvrir les lieux. Dès le premier jour, j'ai eu une vision de Jaxon. C'était comme si l'éther me poussait à le trouver, sauf que je ne savais pas par où commencer mes recherches… Et puis, lors d'une balade à Trafalgar Square, je l'ai croisé. Comme ça. Il s'est arrêté net en me voyant. C'en était presque amusant : c'était comme s'il était rentré dans un mur de brique.

Je lui souris. J'avais du mal à imaginer Jaxon perdre contenance à ce point.

— On est allés dans un café. Il m'a avoué qu'il n'avait jamais vu de clairvoyant à l'aura rouge, pas une seule fois. J'ai eu l'intuition que je pouvais lui faire part de ma vision. Il était évident qu'on était faits pour se rencontrer. (Sa voix s'adoucit légèrement.) Il s'avère que Jaxon avait lui aussi eu une vision. Il voulait que six voyants talentueux le rejoignent pour former les Sept Sceaux. De préférence des rares, comme moi. Et comme toi. J'ai accepté de devenir son malonet, de mener une double vie. Tu connais la suite.

— C'est une chouette histoire, admis-je. Mais pas aussi bonne que la nôtre.

— Non, c'est vrai. (Il me décocha un clin d'œil.) J'espère que Jax trouvera bientôt un autre malonet. C'est une charge trop lourde à porter, en plus de mon travail. Comme tu as pu le constater avec Maria, je suis son porte-parole au sein de la pègre. Il ne se salit pas les mains.

— Ça ne pourrait pas être Eliza ?

— Il cherche quelqu'un de plus rare. (Il finit son repas.) Il t'aime beaucoup, tu sais.

— Il le montre bizarrement. Et je crois que je ne suis plus dans ses petits papiers, depuis que j'ai refusé de lui préparer son thé tout à l'heure.

— Oh, je pense au contraire que c'est exactement pour ça qu'il t'a laissée venir aujourd'hui. Tu as sorti les griffes. Jax n'aime pas l'effronterie pure et simple, mais il apprécie la rébellion. Il aurait été déçu que tu continues à te taper l'administratif sans rien dire.

Je haussai les sourcils.

— Tu penses qu'il *attendait* que je me révolte ?

— Oui. Je le connais. Il voulait que tu te fasses toi-même ta place au sein du gang. Que tu lui montres que tu en voulais. Prouve-lui que tu es ambitieuse, et tu iras loin.

Cette explication prit racine dans ma poitrine et se mua en fierté. J'aurais dû me douter que Jaxon voulait me voir craquer – qu'il n'avait pas besoin d'un automate à manipuler. Ce qu'il cherchait, c'étaient des criminels, des dissidents. Je m'en voulais presque d'avoir tenu ma langue si longtemps.

Un escadron de Vigiles de nuit armés et casqués en uniforme rouge et noir passa devant la maison de thé. Nous nous crispâmes tous deux, mais pas un ne se tourna vers nous.

Il nous fallut un moment pour nous détendre suffisamment pour reprendre la parole. Nous nous attaquâmes aux cookies et aux muffins tout juste sortis du four. Il me parla du village de Mölle où il était né. Il y était souvent retourné avec ses parents et sa petite sœur, Karolina, avant la mort de celle-ci. Ils passaient leurs étés à pêcher et à nager. Une vie de famille normale.

Un cliché que je n'avais pas connu. Cela faisait des années que mon père et moi n'avions rien fait de plus palpitant que dîner ensemble, et cette formalité ne s'accomplissait plus que les week-ends depuis que j'avais quitté la maison.

J'étais suspendue aux lèvres de Nick. Lorsqu'il évoqua Karolina, sa voix se modula légèrement. Je ne l'interrogeai pas sur les circonstances de sa mort : je ne pensais pas avoir encore suffisamment mérité sa confiance.

— C'est Scion qui l'a tuée, finit-il par déclarer de sa propre initiative.

Comme s'il avait vu la question sur mon visage.

La haine qui couvait en moi depuis longtemps se raviva dans ma poitrine. C'était un sentiment latent, une bête que je parvenais à maîtriser la plupart du temps, mais cela faisait une décennie qu'elle me rongeait de l'intérieur – cette injustice criante.

— Je suis désolée, dis-je avec compassion. Elle était voyante ?

— Oui. Mais... son don n'a jamais eu l'occasion de se développer.

— Ils ont aussi tué mon cousin. Il n'était pas comme nous, pour autant que je le sache, mais il a été pendu pour trahison.

Il soutint mon regard.

— Je l'ignorais.

Encore aujourd'hui, il m'était difficile de parler de Finn. Ma gorge se serra.

— Si tu sortais dans la rue et demandais à n'importe quel voyant, je crois que tous te diraient que Scion leur a enlevé un proche, reprit Nick.

Nous restâmes alors silencieux un long moment. Mon thé était froid, désormais.

Le sujet était trop difficile. Avoir évoqué Finn me poussa à en révéler plus à Nick sur ma vie en Irlande, où j'avais été élevée par mes grands-parents avant que mon père soit recruté par la division médicale de Scion. Je lui expliquai à quel point j'avais eu peur à notre arrivée en Angleterre ; je m'endormais chaque soir en pleurant ; j'errais comme une âme en peine. Nous avions quitté un pays déchiré par la guerre pour rejoindre la nation responsable des violences qui sévissaient chez nous.

Nick m'écouta attentivement, la mine sévère. J'avais la sensation de pouvoir lui parler sans m'arrêter.

Je lui racontai la première fois que j'avais fait saigner quelqu'un du nez à l'école – et sans lever la main. J'avais alors dix ans et je ne savais pas que j'en étais responsable ; j'avais cru à une coïncidence, lorsque cette fille qui me taquinait s'était retrouvée avec du sang jusqu'au menton. Mais comme cela se reproduisit de plus en plus fréquemment, chaque fois que je me sentais particulièrement acculée ou impuissante, j'avais fini par comprendre que j'étais à l'origine de ce phénomène.

— Les autres ont dû avoir des soupçons, suggéra Nick en croquant dans un cookie.

— Personne ne m'a jamais accusée de rien. Mon père est irlandais, mais c'est aussi un employé de Scion. Il donnait beaucoup d'argent à l'école. L'institutrice mettait ça sur le compte de la « sécheresse ambiante dans les classes », ce qui était plausible, étant donné qu'elle avait tout d'un dragon cracheur de flammes.

Nick éclata de rire. Mon corps tout entier se réchauffa, comme baigné de soleil. Il était encore plus difficile de ne pas tomber amoureuse de lui quand il riait.

Non pas que je fusse en train de tomber amoureuse...

La conversation se transforma en un torrent de paroles que ni lui ni moi n'étions capables d'endiguer. Il évoqua le jour où il avait découvert qu'il était voyant. À l'âge de douze ans, il avait reçu une vision de son meilleur ami, Lasse Ekström, mourant dans la voiture familiale. Incapable de prévenir Lasse sans trahir son secret, Nick avait été contraint de garder le silence. Toute la famille Ekström avait péri la semaine suivante, lorsque la voiture avait dérapé sur une plaque de verglas et percuté un arbre.

— J'y repense tous les jours, m'avoua Nick le cœur lourd. Je n'ai depuis jamais plus prédit la mort de quiconque. Je n'ai pas vu venir celle de Karolina. Je me demande parfois si... si je ne me suis pas bouché les écoutilles exprès.

Sans m'en rendre compte, j'avais posé la main sur son bras.

— Tu n'aurais sans doute rien pu faire pour l'empêcher de toute façon.

Il se fendit d'un sourire las.

— Probablement pas. Lina m'adorait, mais elle adorait aussi ignorer mes conseils. (Il ouvrit son portefeuille avec un soupir.) Bon, je crois qu'il est temps d'aller chercher notre poltergeist. On va commencer par rendre visite à Anne Naylor. Tu es prête ?

— Prête.

3

Sortie, poursuivie par une poltergeist

Nous avions discuté un long moment, mais pas encore assez. Il y avait tant de choses que je voulais lui demander, lui dire. J'avais l'impression qu'il me comprenait à la perfection. J'avais peine à croire qu'un quasi-inconnu fasse ainsi ressurgir des bribes de mon passé que j'avais enterrées depuis des années, mais Nick était le genre de personnes auxquelles on avait envie de se confier – et cela m'avait manqué d'avoir quelqu'un à qui parler. Je n'avais plus connu ça depuis que j'avais été séparée de ma grand-mère.

Je n'avais jusqu'alors évoqué Finn qu'avec des membres de ma famille. Je n'avais jamais partagé avec personne en Angleterre des souvenirs de ma vie en Irlande.

Il arrive parfois qu'on rencontre quelqu'un avec qui le courant passe tout de suite. Peu importe combien de choses on a en commun : l'alchimie se crée, voilà tout. Et c'était exactement ce qui s'était passé avec Nick.

Nous nous engageâmes côte à côte dans la station de Farringdon, relativement silencieuse. Il y avait quelques voyageurs sur le quai, mais le flot des usagers s'était considérablement tari. Nous nous assîmes sur un banc, et Nick ramassa un exemplaire abandonné du *Descendant* – le seul journal autorisé par Scion. Une lecture à éviter, à moins de vouloir se ramollir le cerveau.

J'avais appris des tas de choses à la maison de thé. Et je ne mesurais que maintenant à quel point nous nous connaissions peu.

— Essaie de percevoir Anne, me suggéra-t-il.

Il devait vouloir éprouver mes capacités. Je me concentrai sur mon sixième sens, ainsi que Jaxon m'avait appris à le faire.

— Elle est tout près, chuchotai-je.

— Oui.

Lentement, je m'enfonçai dans mon siège et tâchai d'adopter un air désinvolte – mais quelque chose m'avait tracassée toute la journée, et après la conversation que nous avions eue, je trouvai finalement le courage de verbaliser mon interrogation.

— Pourquoi ici ? (Nick se tourna vers moi.) Pourquoi Anne est-elle venue à Farringdon ?

— Nul ne le sait. Les poltergeists retournent généralement dans des endroits qui comptent pour eux, mais il se peut qu'Anne ait volontairement choisi un endroit sans lien avec elle, afin que Metyard n'ait pas l'idée de venir l'y chercher. Il se peut donc que ce soit… un hasard.

— Oui, ça pourrait, admis-je. Et si ce lieu n'a pas de rapport avec elle, Metyard risque de ne pas y penser.

Il tourna une page du journal, mais je savais que j'avais capté son attention pleine et entière.

— Et donc ?

— Et donc Metyard pourrait ne jamais venir ici du tout. Elle est morte depuis des centaines d'années – comment saurait-elle qu'Anne s'est réfugiée dans cette station ?

Nick fronça les sourcils.

— Je vois. Nous avons tous supposé qu'il s'agissait d'une piste évidente, mais... peut-être pas. Admettons que tu aies raison : étant donné que nous n'avons pas d'autre indice, qu'est-ce que tu proposes ?

J'y réfléchis un moment.

— On pourrait pousser Anne à quitter son repaire. La faire décamper, comme le dompteur de Didion l'a fait avec Metyard. La perspective d'une traque pourrait susciter l'attention de celle-ci.

— Déchaîner une deuxième poltergeist pour attraper la première. Ce serait très risqué.

— D'après Ognena Maria, Anne n'est pas dangereuse – contrairement à Metyard. Et il *faut* qu'on l'attrape aujourd'hui.

Il coula un regard approbateur dans ma direction.

— Tu as l'esprit vif, Paige. (Il opina lentement.) Ça peut valoir la peine d'essayer. Mais il faut d'abord que j'appelle Maria pour obtenir son feu vert.

Il reposa le journal et retourna vers l'escalier, qu'il gravit trois à trois. Je le suivis.

Nous regagnâmes la fraîcheur automnale et tournâmes en rond près de l'entrée du métro pendant que Nick composait le numéro. Le crépuscule était tombé sur Londres ; des réverbères d'un bleu glacier s'illuminaient en clignotant. Il portait le téléphone à son oreille quand quelqu'un s'arrêta devant nous.

— Bonjour, Vision rouge.

Je me raidis.

Le propriétaire de cette voix mielleuse portait un chapeau melon, duquel s'échappaient de longs chapelets de cheveux bruns qui lui tombaient au menton. Deux petites billes noires et rondes – des yeux de requin – étaient plantées sur son visage émacié. Même sa bouche évoquait celle d'un prédateur marin. Il tenait à la main une montre de gousset en or.

Une grande femme, qui devait avoir deux ou trois ans de plus que moi, était agrippée à son bras. Ses traits – cireux et délicats – étaient cernés de cheveux d'un rose tirant sur le rouge qui lui descendaient à la taille. Tous deux étaient accompagnés d'une horde de six voyants – pas le genre de rencontre qu'on aimait faire à cette heure de la journée. Ni à aucune autre, d'ailleurs.

— Hector, salua Nick froidement.

Le silence qui s'ensuivit dura une éternité, jusqu'à ce que la femme laisse échapper un ricanement sans desceller les lèvres.

Ce son me serra le cœur. Il devait s'agir du suzerain de l'ombre, Haymarket Hector, et de son gang, les Clandestins.

— Je ne savais pas qu'on s'appelait par nos prénoms, répliqua Hector. On s'appelle par nos prénoms, Vision rouge ?

Nick baissa la tête.

— Montre-moi. Montre-moi comment tu dois t'adresser à ton chef, à l'avenir.

— Je vous demande pardon, suzerain de l'ombre, s'exécuta Nick.

Il avait les mâchoires serrées et semblait contempler le trottoir. Le voir intimidé de la sorte m'irrita au plus haut point.

— Tu es absous, pour l'instant. (Les dents d'Hector étaient ternes et irrégulières, tels des éclats de coquillage noircis.) Je ne pense pas que tu connaisses ma malonette, Chelsea.

Nick salua avec raideur la fille aux cheveux rouges. Celle-ci ne lui rendit pas la politesse, se contentant de le toiser avec son sourire narquois.

— Tu es en bonne compagnie, commenta Hector en venant me tourner autour, s'approchant si près de moi que je sentis son odeur de sueur et son haleine fétide. (Je réprimai de justesse un frisson.) Mon cher ami Dompteur me cache des choses. Il ne m'avait pas prévenu de l'arrivée d'une nouvelle tête.

— Il ne pensait pas que cela vous intéresserait, rétorqua Nick.

— Oh, les affaires de Dompteur m'intéressent *toujours*, le contredit Hector. Tout comme ses effets personnels.

J'étais prise de l'envie de m'éloigner physiquement de cet homme, de me recroqueviller en moi-même, mais ces jours-là étaient révolus.

— Je suis la Rêveuse pâle, affirmai-je en le regardant droit dans les yeux. Suzerain de l'ombre.

Un nom que Londres n'est pas près d'oublier.

— La Rêveuse pâle, répéta Hector. Un nom très élégant. Aura curieuse. Je comprends pourquoi le Dompteur blanc a choisi de te... récolter. (En parlant d'auras, la sienne était si proche de la mienne qu'elle me rendait nauséeuse.) Nous étions justement sur le point d'aller rendre visite à Anne Naylor. Je me demande bien quel bon vent peut *vous* amener dans ce coin de la citadelle ? (N'obtenant aucune réponse, il embraya.) Comme vous faites les timides, cessons de tourner autour du pot. Je sais que vous voulez coincer Sarah Metyard. Comme nous.

— Nous ne sommes pas là pour Metyard, affirma Nick un peu trop rapidement. Maria nous a simplement demandé de...

— La ferme, grinça Chelsea. Tu nous prends pour des bleus ? Tu crois qu'on se doute pas que Metyard plaît à Dompteur – qu'on pensait pas qu'il enverrait ses chiens-chiens à ses trousses ?

Je n'osais intervenir. Si nous étions des chiens-chiens, nous avions affaire à des dogues.

Nick s'était rapproché de moi. J'avais d'abord cru qu'il s'agissait d'un réflexe protecteur – d'une preuve distraite d'unité –, mais il en profita pour me faire passer quelque chose dans mon dos, à l'abri des regards des Clandestins. Je sentis un manche dans le creux de ma main, le tranchant d'une lame sur la pulpe de mon pouce. Il m'avait appris à m'en servir, mais je manquais encore d'expérience.

Mon cœur n'aurait jamais dû battre si fort. Je faisais couler le sang depuis des années, mais quelque chose dans la pesanteur froide du couteau rendait cette perspective plus difficile. Quand je me servais de mon don pour le faire à l'école, j'avais moins de difficultés à séparer mon intention – rendre justice – de la notion de douleur infligée ; une lame, en revanche, donnait corps à ce désir.

— Ognena Maria a dû conclure un marché avec vous, sans quoi vous auriez été chassés de son secteur, songea Hector. Vous savez que j'aurais dû être informé de la présence d'une poltergeist déchaînée.

— Écoutez, je vais être franc avec vous, répondit Nick. Nous sommes effectivement ici pour Metyard. Nous comptions vous la présenter lorsque…

— Tu fais un piètre menteur, Vision rouge. (Hector fit claquer sa langue.) Un très piètre menteur.

Je voyais au regard de Nick que cette rencontre avec Hector était inattendue. Il n'avait pas imaginé que le suzerain puisse savoir que Metyard s'était réveillée ni qu'il aurait la même idée que nous en venant la chercher à Farringdon. Et j'étais prête à parier que nous ne trouverions pas aussi facilement un arrangement avec lui qu'avec Didion et Maria.

— Partez, nous dit Hector d'une voix presque amicale. Tous les deux. Tous les esprits m'appartiennent de droit.

— Je n'ai pas intégré la pègre depuis longtemps, rétorquai-je, mais je sais que c'est faux.

Un nouveau silence, cette fois tendu. Toute trace d'amusement déserta Hector, transformant son visage en celui d'un prédateur ne connaissant ni la douleur ni le concept d'empathie. Chelsea considérait le suzerain avec avidité, s'amusant à enrouler une mèche de cheveux autour de son doigt.

— Venez avec nous, décréta Hector.

Nick se raidit.

— Pourquoi ?

— J'espère que tu ne t'avises pas d'interroger le suzerain ? intervint Chelsea en le toisant avec morgue. Il vient de te donner un ordre.

Le gang se scinda en deux. Une moitié vint se placer dans notre dos, l'autre se déployant devant nous.

— Bouge, me lança l'un d'eux en me poussant dans le bas du dos.

Je bougeai. Mes genoux étaient raides. Tandis qu'ils nous emmenaient vers l'angle de la rue, Nick se pencha vers moi pour me souffler à l'oreille.

— On ne peut pas les affronter au vu de tous. Je vais nous sortir de là, ne t'en fais pas.

Plus facile à dire qu'à faire.

Ils nous guidèrent vers une ruelle étroite. Les mots FAULKNER ALLEY se déployaient en lettres d'or sur un portail en fer forgé, que Chelsea ouvrit de l'épaule.

Je ne voyais qu'une raison de nous entraîner à l'écart. Raide morte dès ma première mission. Hector allait-il réellement me *tuer* pour avoir mis en cause sa parole ? J'imaginais déjà ma pierre tombale : Paige Eva Mahoney, morte pour avoir suggéré qu'un criminel aux cheveux gras se trompait. Nicklas Alvar Nygård, mort pour avoir eu l'infortune de se trouver avec elle.

Ils nous forcèrent à avancer dans l'allée sordide qui empestait l'urine. Quelqu'un referma la grille derrière nous. Nous étions cernés.

Hector se tourna vers moi, arborant toujours son sourire placide. Celui-ci cachait quelque chose qui me mettait encore plus mal à l'aise, une forme de cupidité. C'était l'air d'un homme qui a vu une chose qui lui plaît et dont le désir ne serait pas facilement étanché.

— Rêveuse pâle, j'ai le sentiment qu'en tant que suzerain de l'ombre, il m'appartient de t'accueillir personnellement au sein de la pègre. (Il claqua des doigts.) Sournois, Bouffi. Accueillez cette jeune dame.

— Non, s'interposa Nick en venant se placer devant moi. Non. Ne faites pas ça, Hector.

Deux membres de sa bande s'écartèrent du reste du groupe. Un chauve blanc comme un cachet d'aspirine qui semblait fait de pâte à modeler, et un autre homme, plus grand, qui devait faire de la gonflette. Chacune de ses mains était plus grande que les deux miennes réunies.

— Elle a seize ans, insista Nick, un ton plus bas. Elle vient d'arriver. (Comme cela ne semblait pas les attendrir, il changea d'approche.) Dompteur sera furieux si vous lui faites le moindre mal.

Mon cœur battait de plus en plus fort. Il m'assourdissait désormais, faisait palpiter ma gorge. C'était vraiment idiot de ma part. Ils semblaient tous assoiffés de sang – ils ne plaisantaient pas. Et c'était une chose de la ramener, une autre de me retrouver directement confrontée au danger.

— Je suis sûr que Dompteur trouvera la force de me pardonner, ironisa Hector. Nous sommes tellement bons amis, lui et moi. Tout ce que je veux, c'est que la Rêveuse pâle comprenne dans quoi elle s'engage. C'est une leçon que nous avons tous apprise, d'une manière ou d'une autre. Que le sang coule aujourd'hui ou une prochaine fois, cela ne change pas grand-chose.

Un objet scintilla dans la main de Nick ; il les menaçait d'un couteau. Sa lame reflétait l'éclat bleuté du réverbère.

— Ne fais pas l'andouille, garçon, déclara Hector très doucement.

— Nick, *non*, sifflai-je.

Une sueur froide me dégoulinait le long de la nuque. Je ne pouvais pas le laisser se faire malmener, voire tuer, à cause de moi. Je ravalai ma fierté.

— J'implore votre pardon, dis-je à Hector. Je suis désolée. Je... Je ne suis pas au fait des usages de la pègre.

— C'est précisément la raison de notre présence ici, Rêveuse pâle, répondit Hector d'un ton presque tendre. Remédier à ton ignorance. T'inculquer les règles.

Il désigna le plus grand des deux hommes. Un poing s'envola, venant atteindre Nick à la mâchoire.

Sa tête fut rejetée de côté. Avant que j'aie pu prononcer son nom, une paluche gigantesque se referma autour de ma gorge et une autre m'empoigna par la veste, me faisant décoller du sol. Je me retrouvai soudain face à face avec l'homme de main musculeux d'Hector, qui semblait décidé à commettre un meurtre de sang-froid. Étouffant, je lui décochai un coup de pied dans les genoux et griffai le bras qui me tenait, en vain. J'avais déjà été malmenée par un homme, mais jamais de cette manière.

Ma vision se troubla quand il serra davantage. J'étais sûre de m'évanouir bientôt. J'allais y rester. Puis il me plaqua contre le mur et me laissa m'affaler au sol.

— Avant de se battre à coups d'esprits, reprit Hector tandis que je toussais et tentais de reprendre mon souffle, il convient d'apprendre à se battre avec notre corps. Nous devons endurer la douleur de la chair. Quelques contusions, quelques os fêlés... je doute que tu en conserves des séquelles sur le long terme. (Il s'approcha à grands pas de sa malonette et la prit par la taille.) Bouffi, la Rêveuse pâle semble aimer répondre. Brise-lui la mâchoire.

J'avais des larmes plein les yeux, et la gorge en feu. J'essayai de conserver un air de défi, mais la peur m'empêchait de respirer.

Je ne voulais pas mourir ce jour. Je m'étais sentie seule et terrifiée pendant des années – ce n'était plus le cas. Des inconnus m'avaient affirmé que j'allais mourir – ça n'était pas arrivé.

Je n'allais pas leur faire ce plaisir maintenant.

Le chauve se rua sur moi. Je me reculai en haletant, brandissant mon arme dans sa direction. Ma lame paraissait ridiculement petite à l'ombre de ce colosse. Nick avait été trop tendre avec moi au cours de mon entraînement. J'essayai de me souvenir où frapper, quels endroits éviter.

Je suis la Rêveuse pâle. Je suis la Rêveuse pâle.

— Hector. (Nick s'était déjà relevé, les lèvres écarlates.) Ne la touchez pas. Elle n'a…

— Nous faisons tous couler le sang dans les rues de Londres, l'interrompit le suzerain. Sans quoi, nous n'aurions aucun droit de les arpenter.

Me faire projeter contre le mur m'avait coupé le souffle, et je savais que j'aurais de beaux hématomes, mais je me remis debout en serrant les dents avec résolution. Le chauve était tout près. Cette fois, j'étais prête à le recevoir. J'observai ses poings, plongeai sous le premier coup qui partit, et esquivai le second d'un pas de côté.

— Regarde, Hector. Cette petite a ça dans le sang, commenta Chelsea.

Bouffi se retourna lentement face à moi. J'agitai ma lame sous son nez.

— Allez, viens, soufflai-je.

— Fais-lui ce plaisir, Bouffi, l'encouragea Hector d'une voix traînante.

Bouffi chargea. Je savais que Nick était aux prises avec Sournois – j'étais seule. Je m'écartai à temps pour éviter un coup de boule en pleine poitrine, et donnai un coup de surin. Mais lorsque son coude m'écrasa la pommette, j'oubliai toutes les leçons de Nick, comme si celles-ci avaient été broyées par l'impact. Je frappai encore, encore, et encore – jusqu'à ce que, finalement, la lame perfore une veste renforcée. Bouffi tourna brusquement la tête et révéla une rangée de petites dents blanches. Des dents de poupée, trop petites pour sa bouche. Il m'attrapa par le poignet et me serra contre lui, me coupant à nouveau le souffle. Je sentis son haleine chargée d'alcool avant que son front rencontre ma figure.

Je vis trente-six chandelles. Du sang jaillit de ma lèvre lorsqu'elle explosa, et une douleur fulgurante naquit entre mes deux yeux.

La stupeur avait engourdi mon sixième sens, qui submergeait désormais les cinq autres telle une vague. J'éprouvais à présent la même pression qu'à l'école : mon pouls me martelant les tempes, les coins de ma vision troublés. Je le forçai à reparaître, comme par un tir à la corde mental, jusqu'à ce qu'il se rallume et jaillisse dans l'allée. Bouffi étant le plus proche, ce fut lui qui encaissa le plus gros du choc. Du sang lui dégoulina des narines et ses yeux s'humidifièrent.

Le gang d'Hector recula. L'expression de chaque membre passa d'une forme d'amusement à une espèce d'ahurissement, voire d'inquiétude.

Bouffi se passa les doigts sur les lèvres pour en essuyer le sang. Il me dévisagea et lécha lentement le liquide écarlate, l'étalant sur toute la longueur de sa langue. Ma main tremblait quand je brandis à nouveau mon couteau.

Ce fut alors que l'esprit jaillit de la station.

Une lanterne tremblota au-dessus du portail, puis s'éteignit. Comme des acteurs à la fin d'une représentation, nous nous figeâmes.

Une poltergeist flottait au-dessus de nous. Anne Naylor. Tirée de son repaire – peut-être par toute cette agitation –, elle flottait de façon sinistre au bout de l'allée. Je ne voyais rien, mais mon sixième sens me l'affirmait.

Sept ans s'étaient écoulés depuis mon unique rencontre avec un poltergeist, mais je me souvenais de la friction dans l'éther, de l'écoulement glacial dans mes veines, de la façon dont mes poumons semblaient avoir oublié comment se gonfler d'air.

Les panneaux de verre de la lanterne se couvrirent de givre. Les laquais d'Hector reculèrent. Nick était toujours contenu par Sournois, dont les bras colossaux demeuraient enroulés autour de son cou. Bouffi m'attrapa à nouveau et me traîna par les cheveux jusqu'au bord de la venelle, où il me cloua contre le mur.

— Que personne ne bouge, souffla Hector. Bonjour, Anne.

Celle-ci se contenta de dériver.

— Doucement. (Hector avança d'un pas prudent dans sa direction.) Inutile de t'inquiéter, ma douce Nanny. Tout ce qu'on veut, c'est que ta meurtrière perçoive fugacement ta présence…

Anne se mit à trembler. Nick croisa mon regard.

Bouffi me tirait méchamment par les cheveux, mais je ne pipai mot. En nous coordonnant bien, nous pouvions faire prendre la fuite à Anne, créant ainsi un tapage suffisant pour attirer Metyard – et déguerpir dans le même temps. Il nous suffisait de la faire paniquer, ce qui ne manquerait pas de distraire les Clandestins.

Il y avait d'autres esprits dans les parages. Il y en avait toujours à Londres, peuplant l'éther comme les oiseaux peuplaient le ciel. Nick m'avait appris à les rassembler en hordes pour les précipiter vers d'autres voyants afin de les désorienter. Quand on était acculé, la horde était le moyen le plus simple de pousser son agresseur à battre en retraite.

Et cela pousserait peut-être aussi la geist à décamper.

Je me concentrai sur mon aura. Nick m'avait expliqué que, pour former une horde, je devais envoyer une espèce de signal aux esprits dont je sollicitais l'assistance, en l'accompagnant d'un geste de la main. Mon bras était prisonnier, mais je parvins à replier un doigt. Un fantôme s'approcha en tourbillonnant.

Comprenant ce que je tentais de faire, Nick prit le relais. Il pouvait se targuer de plusieurs années d'expérience. D'un vaste mouvement du bras, il rassembla les cinq esprits voisins en une horde qu'il projeta sur Anne.

La réaction de celle-ci fut explosive. Je n'entendais pas l'éther, mais à cet instant, j'appris qu'il était possible de *ressentir* un cri : un frisson dans les os, un nœud aux tripes. Des fenêtres explosèrent dans les étages, et une averse de verre nous dégringola dessus. Je m'abritai les yeux. Fonçant tel un bélier sur Sournois, Anne le déséquilibra et le força à relâcher Nick ; j'en profitai pour enfoncer les dents dans le poignet de Bouffi et lui décocher un coup de coude au foie pour me libérer. Je plongeai vers Nick et lui saisis le bras, et ensemble nous nous élançâmes hors de l'allée.

— Rattrapez-les ! beugla Hector. Ce n'est pas une bonne idée de me contrarier dès ton premier jour, Rêveuse pâle !

Nous repoussâmes la grille et remontâmes Cowcross Street en courant. Ma joue palpitait.

— Ça va ?

— Oui, répondis-je d'une voix rauque. Et toi ?

Sa lèvre saignait encore.

— J'ai connu pire.

Des bruits de bottes martelaient le trottoir derrière nous. J'avais déjà la bouche sèche quand je me rendis compte qu'Anne était également à nos trousses.

— Est-ce que toutes tes missions se déroulent aussi bien ? demandai-je à Nick alors qu'on se séparait pour éviter un couple surpris.

— À peu près, répondit-il d'un air amusé. Tu es sûre de vouloir faire partie de ça ?

Je me mis à rire à mon tour. De petits éclats d'hilarité dépourvus de souffle, qui explosaient en moi tel un feu d'artifice. Jamais je n'aurais imaginé que fuir pour échapper à des esprits et à des criminels endurcis pourrait se révéler aussi drôle.

Anne bifurqua subitement sur sa droite. La plupart des Clandestins disparurent à sa suite. Nous tournâmes alors dans une allée à gauche et coupâmes entre les immeubles pour déboucher sur une rue congestionnée.

— Suis-moi, lançai-je.

J'avais grandi dans ce quartier et je le connaissais comme ma poche, jusqu'aux moindres recoins où se tapir.

La pluie commença à tomber. Nous nous précipitâmes vers une voiture en stationnement et disparûmes derrière avant que deux des Clandestins tournent à l'angle. Ils se disputèrent et jurèrent un moment avant de se séparer. L'un d'eux passa devant notre cachette et inspecta plusieurs bâtiments avant de franchir une arche pour pénétrer dans le jardin public au bout de la rue.

Dès qu'il fut hors de vue, je tirai Nick par la manche pour l'entraîner plus loin, vers ce qui ressemblait à première vue à une boutique. La façade était de pierre blanche, mais se transformait en briques rouges à partir du deuxième étage. On pouvait supposer qu'elle comptait deux entrées, mais je savais que l'une d'elles – la plus étroite – débouchait dans une venelle. Difficile de s'en rendre compte sans scruter les lieux avec attention, et je ne pensais pas que le Clandestin l'ait seulement vue. J'avais souvent surpris des gens à fumer là pendant la semaine. Nick me suivit ; le nom était gravé dans la pierre : PASSING ALLEY.

Nous nous arrêtâmes pour reprendre notre souffle. Le passage était couvert, frais et ténébreux, juste assez large pour qu'on puisse s'y promener de front sans se toucher.

— Merde… Je n'arrive pas à croire qu'Hector se soit pointé, commenta Nick. Il doit vraiment avoir envie de choper Metyard.

Je massai mon cou endolori.

— Et moi, je n'arrive pas à croire qu'il ait eu la même idée que nous.

— Il est paresseux, mais ce n'est pas un imbécile. Tu as vu où elle était partie ?

— Elle a tourné à droite quelque part par là, répondis-je en indiquant la rue. Les autres Clandés sont partis après elle.

— Elle ne tardera pas à les semer. Ce qui veut dire qu'on vient de perdre notre appât. (Je parvenais à peine à distinguer son visage.) Paige, il faut absolument qu'on devine avant Hector où Metyard se rendra ensuite.

— Est-ce qu'il a un dompteur dans ses rangs ?

— Oui. (Il s'épongea le front.) Personnellement, je pense qu'elle va repérer Anne et la prendre en chasse.

— Dans ce cas, il faut qu'on s'efforce de réfléchir comme elle, qu'on comprenne où elle a pu se réfugier.

— Exactement. Imagine-toi fillette ; tu es orpheline, négligée et battue par les deux femmes auprès de qui tu fais ton apprentissage. Tu viens de l'hospice avec ta sœur, qui ne peut pas te protéger. Tu es vulnérable, terrifiée et fragile, tu n'es donc pas très forte physiquement. Personne ne t'a porté secours. Quand tu es morte, nul ne s'en est soucié. Alors, où vas-tu ? (Il se frotta le front.) Personnellement, je pencherais pour la maison des Metyard, sur Bruton Street.

— Celle où elle est morte ? m'étonnai-je. J'irais n'importe où sauf là, au contraire.

— C'est pourtant une forte probabilité. Les poltergeists retournent souvent sur les lieux de leur trépas.

Je passai en revue les autres éventualités. Tentai de me mettre dans la tête d'Anne, de cette petite fille morte près de trois siècles plus tôt. Une orpheline, dont la seule famille

– une sœur – était retenue prisonnière au même endroit. Elle devait se sentir effrayée chaque fois qu'elle s'endormait ou se réveillait, sachant que les deux personnes censées veiller sur elle pouvaient disposer d'elle comme bon leur semblait. Elles avaient la main sur sa nourriture, sa liberté, son existence.

— Peut-être l'hospice, songea alors Nick. Là où elle vivait avant.

Cela me paraissait peu probable.

Anne Naylor s'était échappée à deux reprises, et avait chaque fois été ramenée dans sa prison. Cette petite ne manquait pas de courage, pour avoir retenté l'expérience malgré tout, sachant ce que ses employeuses lui infligeraient si elles la récupéraient.

Je fus soudain assaillie d'un sentiment de culpabilité aussi déchirant qu'inattendu.

Anne avait finalement réussi à se libérer de Metyard en mourant, et était restée cachée là où elle ne pensait pas être retrouvée un jour – et pourtant, nous venions de la jeter à nouveau dans les bras de sa meurtrière. Sa vie et sa mort n'auraient décidément été qu'une longue injustice.

Peut-être que...

— Je ne pense pas qu'Anne cherchera à fuir Metyard, suggérai-je doucement. Pas cette fois. Je crois qu'elle va plutôt l'affronter. Il ne s'agit pas d'une traque, mais d'un ultime duel. Une issue à laquelle elles aspirent toutes les deux, maintenant qu'elles ont été délogées.

— Pas sûr, répondit Nick en fronçant les sourcils. Tu penses vraiment qu'elles iraient au même endroit ?

— Anne Naylor était plus courageuse qu'on l'imagine. Nous devons penser à un lieu qui comptait pour l'une et l'autre. Et je crois avoir une idée. (Je pris une grande inspiration.) La bouche d'égout. Là où Sarah Metyard s'est débarrassée du corps d'Anne.

— Pourquoi là-bas ?

— Pour Sarah, c'était là que tout était censé se terminer. Là qu'elle a dissimulé les preuves – jusqu'à ce que sa fille la trahisse, plus tard. Dans son esprit, la bouche d'égout aurait dû mettre un point final à cette mésaventure. Quant à Anne, penser à cet endroit doit la mettre dans une rage folle. Son corps a été maltraité avec le plus grand manque de respect – découpé en morceaux de déchets humains, sans que quiconque puisse les identifier. C'est aussi là que l'occasion de lui rendre justice a été manquée. Tu disais qu'un gardien de nuit avait trouvé les restes d'Anne, mais qu'il avait supposé que c'était simplement l'œuvre d'un déterreur de cadavres. Qu'il avait affaire à une dépouille d'indigent parmi tant d'autres. Personne n'a jamais posé la moindre question.

— Le corps était décomposé. Après tout ce temps…

— Je sais, mais quelqu'un aurait dû se rendre compte de sa disparition. Sarah Metyard aurait dû être arrêtée à l'époque – pas dix ans plus tard. Dix années au cours desquelles elle a très bien pu blesser ou tuer d'autres filles.

Je devinai son incertitude à sa manière de pincer les lèvres. Il sortit son téléphone.

— Muse, dit-il lorsque Eliza décrocha, c'est nous. Écoute…

— Metyard est déchaînée. (Eliza paraissait tendue.) On nous a signalé des vitres brisées, des lampadaires tombant en panne, des tables retournées sur le marché…

— Hector est dans le coup. Il s'avère que tout le monde veut sa part du gâteau.

Elle pesta à mi-voix.

— Vous êtes où ?

— Passing Alley.

— Ha. Tu sais qu'on l'appelait *Pissing* Alley, hein ?

— Ouais, merci. Écoute : Rêveuse voudrait savoir où se trouve l'égout où a été bazardé le corps d'Anne Naylor.

— C'est marrant, j'étais justement sur le point de t'appeler à ce sujet. Je me suis dit que c'était un endroit qui pouvait compter. Mais vous allez devoir prendre une décision. (Il y eut un grésillement sur la ligne.) D'après nos sources, la bouche concernée se situait sur « Chick Lane » – mais il n'existe plus de rue baptisée ainsi dans Londres.

Nick et moi échangeâmes un regard.

— Mais la rue est toujours là ?

— Sauf que… c'est là qu'est l'os : j'ai trouvé deux anciennes « Chick Lane ».

Nous n'avions pas le droit à l'erreur. Si nous partions du mauvais côté, je laisserais échapper l'occasion d'impressionner Jaxon, et il ne me semblait pas être du genre à accorder de deuxièmes chances.

— La première est toute proche de vous : Charterhouse Street. Ça pourrait expliquer qu'Anne hante la station de Farringdon, qui se trouve à deux pas. C'est le seul lien que je vois entre elle et cet endroit.

— Où est l'autre ? demandai-je en me penchant vers le téléphone.

— West Street.

Nick haussa les sourcils.

— La West Street située juste à côté du bercail ?

— Précisément, confirma Eliza. À vous de voir. Tu veux que je dise à Dompteur qu'Hector est impliqué ?

Nick soupira.

— Autant qu'il le sache. Merci pour ton aide.

Il remisa son téléphone dans sa poche intérieure. J'attendis qu'il me livre son verdict.

Ça faisait un sacré grand écart, on n'aurait jamais le temps d'aller fouiller les deux endroits, pas avec Hector à nos trousses.

— Hector a dû aussi faire des recherches sur la vie de Metyard, commenta Nick d'un ton crispé. Je vote pour Charterhouse. On s'est toujours demandé pourquoi Anne hantait Farringdon, ça pourrait être l'explication.

— Anne n'est pas partie vers Charterhouse, fis-je remarquer. Et ça ne peut pas être la bonne bouche d'égout : Metyard n'aurait pas transporté les morceaux de corps depuis Bruton Street pour venir les balancer ici. (Je soutins son regard.) C'est forcément West Street.

Nick laissa l'arrière de son crâne basculer contre le mur, ferma les yeux et poussa un long soupir.

— C'est ton jour, ta chance de faire tes preuves, finit-il par trancher. Espérons que tu ne te plantes pas.

4

Pas de repos pour les damnés

Nous hélâmes un taxi pour regagner West Street. Mon ventre resta noué d'angoisse pendant tout le trajet, même si je m'efforçais de faire bonne figure. La Rêveuse pâle ne montrait pas sa peur. Elle était sûre d'elle et de ses décisions. Elle arborait un masque inexpressif.

Nick avait confirmé que c'était bien ma chance ; une chance que je pouvais si facilement dilapider. Je me fiais à mon instinct, suivant ce qui m'apparaissait le plus logique, mais il subsistait tant d'inconnues, tant de *peut-être*. Anne et Metyard ne considéraient pas forcément la bouche d'égout comme le lieu le plus important de leur histoire. Il se pouvait aussi que la bonne plaque soit celle de l'autre Chick Lane. Il n'était pas exclu non plus qu'Hector ait une fois de plus un coup d'avance sur nous. Il possédait peut-être une info que nous ignorions sur Anne ou Metyard. En bref, il n'était pas impossible que je me plante sur toute la ligne.

La perspective de saboter cette affaire me donnait la nausée. Nick plaçait-il une trop grande confiance en moi ?

Lorsque nous descendîmes de voiture, nous ne repérâmes aucun signe de dévastation. Rien n'indiquait que deux poltergeists tricentenaires et enragées eussent traversé le quartier.

— Préviens les autres qu'on est là, dit Nick. Je t'attends.

— Tu sais déjà comment on va s'y prendre pour coincer Metyard ?

— Je suis en train d'y réfléchir.

Une sensation de malaise palpitait au creux de mon ventre. Si je me trompais... Je n'osais imaginer la colère de Jaxon. Cela signerait la fin de ma carrière dans l'anormalité. Je m'imaginai une fois de plus retourner chez mon père, à réprimer mon don du mieux que je le pouvais, en comptant les jours avant que Scion vienne m'appréhender.

Quand je frappai à la porte de notre planque, Eliza vint m'ouvrir, les yeux écarquillés.

— Te voilà. (Elle me tira à l'intérieur.) Où est Nick ?

— Dehors. Il faudrait peut-être demander à Jaxon de venir.

— Vous avez donc opté pour West Street, hein ? (Elle poursuivit en me voyant acquiescer.) Je vais le chercher. Retourne avec Nick. Si tout se déroule comme prévu, formez une horde pour empêcher Metyard de s'enfuir, d'accord ?

Je n'eus pas le temps de répondre qu'elle gravissait déjà l'escalier en appelant Jaxon. Je ressortis dans la rue, laissant la porte se refermer derrière moi. Je n'avais pas encore rejoint Nick lorsque nos cibles apparurent.

Je les perçus dans l'éther. Une ombre rampante, telle une flaque de pétrole à la surface de l'eau.

Elles tournaient autour de la colonne qui se dressait au cœur des Sept-Cadrans. Anne, qui sinuait la tête baissée, fonçait vers moi à une allure vertigineuse. Une autre poltergeist – Sarah Metyard – la poursuivait. Toutes deux retournaient à la bouche d'égout. Je me méfiais d'Anne, connaissant sa nature, mais c'était Metyard qui m'inquiétait le plus. À son approche, j'eus l'impression que le soleil avait été englouti.

Je ne m'étais pas trompée.

Elles m'avaient cependant surprise en arrivant si vite. Je me jetai hors du chemin des esprits solitaires. Mon dos heurta violemment une porte. Metyard et Anne me passèrent devant, arrachant le rétroviseur extérieur d'une voiture en stationnement avant de bifurquer brusquement sur West Street. Un homme sur le trottoir laissa échapper un cri. Ce n'était pas un voyant. Il n'avait pas dû essuyer la même bourrasque que moi, mais avait probablement vu s'envoler le rétro.

— Désolée, lui lançai-je. Il pendouillait depuis des semaines.

Il me jeta un regard incertain avant de poursuivre sa route. Je sifflai entre mes dents serrées. Il fallait qu'on en termine vite, avant que quelqu'un ne soupçonne quelque chose et prévienne les Vigiles. Je veillai à bien remonter ma capuche avant de m'élancer aux trousses des deux esprits.

Je trouvai Nick à genoux, à respirer laborieusement. Paniquée, je m'accroupis près de lui, cherchant sur sa figure les traînées argentées indiquant des blessures de poltergeist.

— Je vais bien, m'assura-t-il d'une voix rauque. Anne s'est un peu trop approchée à mon goût. Où est Jaxon ?

— Eliza est montée le chercher.

Ses lèvres avaient commencé à virer au bleu.

— Il faut qu'on dégage de la rue – qu'on entraîne Metyard à un endroit où Jaxon pourra la dompter sans attirer une attention malvenue. (Il rajusta machinalement son cache-nez pour s'assurer qu'on ne pourrait pas le reconnaître.) On va essayer de l'attirer dans la cour derrière le bercail.

— Comment ?

— En la poussant à s'en prendre à nous plutôt qu'à Anne.

Je l'aidai à se relever.

— En d'autres termes, on la fout en rogne ?

— Exactement.

La meurtrière et sa victime s'étaient arrêtées un peu plus loin sur le trottoir et se tournaient désormais lentement autour, dans un ballet gracieux, comme si elles se mouvaient dans l'eau. Une femme leur passa devant sans se douter de rien.

Metyard se rua sur Anne, la faisant tressaillir – elle la martyrisait, même dans la mort. Elle ne pouvait la tuer de nouveau, mais elle pouvait l'affaiblir et la harceler. Elle ne la laisserait jamais tranquille, et c'était notre faute, puisque nous l'avions forcée à sortir de sa cachette.

Anne frappa à son tour, repoussant provisoirement Metyard. Je les observais tandis que Nick se préparait à former une horde.

Il y eut du mouvement plus loin sur la rue. Une dizaine de voyants vêtus de noir, arborant tous le même type d'aura et des colliers et ceintures semblant faits de centaines d'aiguilles de couture. Lorsqu'ils nous aperçurent, ils se mirent à courir.

— La Troupe des Râpés, marmonna Nick d'un ton mi-amusé mi-exaspéré.

J'avais entendu parler d'eux. Un gang issu d'une autre section de la citadelle.

— Les rumeurs vont vite, commentai-je. Laisse-moi deviner : ils sont venus attraper Metyard, eux aussi ?

Nick me répondit d'une grimace.

— Ils viennent de l'ancien quartier de Tyburn. Techniquement, donc, Didion leur a bien piqué Sarah…

— Ouais, ben maintenant, elle est sur notre territoire.

Son expression se durcit.

— Exact. Dès qu'on aura franchi la porte de la cour, verrouille-la derrière nous.

Les autres voyants sprintaient, désormais, dans notre direction, celle de Metyard et d'Anne. C'était le chaos le plus total.

— Elle est à nous, Vision rouge, beugla l'un d'eux.

Nick prit son souffle.

— Prépare-toi.

Je rassemblai tout mon courage. Il libéra sa horde.

Le nœud d'esprits s'écoula à toute allure entre Anne et Metyard, telle une boule entre des quilles, les renversant toutes deux dans des directions opposées, avant que Nick rappelle sa horde à lui. Je sentis l'attention des poltergeists se porter sur nous.

— Viens, aboya-t-il.

Je me mis à courir, sentant Metyard se ruer après nous. Nous atteignîmes la rue voisine alors qu'Eliza sortait de la planque.

— Muse, la cour !

Elle battit en retraite sans protester.

La Troupe des Râpés était sur nos talons. Nous franchîmes le portillon en fer forgé et plongeâmes dans le conduit enténébré qui conduisait à la cour. Nick gravit les marches d'un bond, tandis que je me retournais pour verrouiller derrière nous. Une Metyard en furie et une Anne tout aussi énervée arrivaient en trombe. L'un des membres du gang rival vint s'écraser contre le battant, les traits déformés par une rage telle que mes mains se mirent à trembler sous l'effet de la panique.

— Laisse-la partir, grogna-t-il en postillonnant, ou je te tranche la gorge.

— Pour ça, faudrait déjà que tu m'attrapes, rétorquai-je en plaquant mon épaule contre le portillon.

Sarah Metyard se glissa entre les barreaux, et un frisson glacé me parcourut. Je tournai la clé et m'élançai à la poursuite de Nick, laissant les Râpés hurler leurs menaces.

C'était absurde. De la folie pure. Je me serais écroulée de rire si le danger n'avait pas été si grand.

En tournant à l'angle, je perçus la présence voisine d'Anne, mais ce n'était pas elle qui me terrorisait. J'agrippai la main courante dans l'espoir de rattraper Nick. Il était debout à l'autre bout de la cour ; Eliza se tenait à son côté, à un petit mètre de lui, les mains tendues, paumes vers Metyard. Celle-ci les avait acculés contre le portillon qui fermait l'autre issue.

Mais où diable était Jaxon ?

Nick rassembla une nouvelle horde pour se défendre. Je me précipitai vers lui. Metyard l'attaqua, mais les esprits formèrent un bouclier. Elle était cependant plus forte qu'eux tous réunis, plus ancienne et enragée. Il serra les dents en essayant de maintenir la horde en place. Le bourreau avait exécuté Sarah Metyard, mais sa violence sanguinaire l'avait accompagnée dans l'éther.

Quand je me rapprochai un peu trop, elle s'en prit à moi. J'eus la sensation d'une main froide sur ma poitrine, d'une poussée bien tangible, et je volai en arrière. Je me retournai juste à temps pour me réceptionner. L'impact fut suffisamment douloureux pour me faire perdre l'équilibre et me précipiter contre un arbre. Je m'appuyai contre le tronc et projetai une horde à mon tour, mais cette technique était encore si nouvelle pour moi qu'elle ne fit aucun effet à Metyard. Toute son attention resta fixée sur Nick et Eliza, qui fournissaient un effort incommensurable pour la tenir éloignée. Eliza avait elle aussi formé une horde, et ils œuvraient de conserve pour tenir la poltergeist entre eux, lui barrant toute retraite. Anne se trouvait derrière moi, comme pour observer le spectacle.

La porte de derrière de notre planque s'ouvrit enfin, et Jaxon Hall s'avança sur le dallage d'une pâleur d'os.

À en juger par son pas tranquille, son absence avait eu pour but de nous mettre à l'épreuve – au moins depuis quelques minutes. Histoire de voir combien de temps nous parviendrions à restreindre Metyard.

Il tenait un couteau au manche blanc. Rien d'autre. Je ne l'avais encore jamais vu se servir de sa clairvoyance. Il faisait mystère de la nature de celle-ci – en tout cas avec moi. Je savais que c'était un dompteur, capable de soumettre un esprit à sa volonté, mais j'ignorais exactement comment il s'y prenait – je savais juste que cela consistait à invoquer le nom de l'esprit pour maîtriser celui-ci. Et apparemment, cela nécessitait aussi d'avoir un couteau. Il posa un regard amusé sur sa proie avant de déboutonner calmement la manche de sa chemise pour la retrousser jusqu'à son coude.

Metyard avait perçu le danger. Elle repoussa Nick et Eliza, puis bondit vers Jaxon. Instinctivement, je fis un pas de côté pour m'interposer entre lui et elle.

Je n'avais pas le temps de rassembler une horde.

Mais je pouvais me servir de mon don.

Il remua en moi une fois encore. Il s'épanouit comme une fleur et s'étendit, trop vaste pour que je puisse le contenir. C'était un mécanisme conçu pour réagir au danger. Metyard l'affronta avec une violence telle que je la ressentis dans chaque terminaison nerveuse. Les poltergeists pouvaient interagir avec la chair humaine, la déchirer, la scarifier.

Jaxon n'avait pas réussi à l'emprisonner. Je devais lui faire gagner du temps.

Je me retrouvai subitement trempée jusqu'à l'os par une sueur glaciale. Jaxon siffla entre ses dents en commençant le domptage.

Je tendis les bras – pas parce que je me pensais capable de repousser Metyard, mais pour tenter de me convaincre que je contrôlais cette *force* qui couvait en moi. J'étais une cocotte-minute sur le point d'exploser tant je débordais de pouvoir.

Jaxon murmura quelque chose. Une douleur fulgurante enfla à l'avant de mon crâne et explosa dans un déferlement rouge et noir. Je n'étais pas assez forte. Un goût de cuivre me coula sur la langue et me tapissa la gorge. Du sang dégouttait de mon nez et me dégoulinait sur le menton, inondant le col de mon chemisier.

— Jax ! s'écria Eliza.

Elle aussi tremblait sous l'effort.

— Tenez-la, répondit-il.

Elle serra les dents.

— Te presse pas surtout. Vraiment, j'adore ça...

— Tenez. La.

Il reprit son incantation. Des mèches de cheveux me collaient aux tempes. De plus en plus de pouvoir me quittait, se déversant de moi à chaque instant. Percevant une faiblesse, Metyard se rapprocha, faisant frémir chacun de mes muscles. Anne tenta de la bousculer, sans résultat. Si Sarah me touchait, j'en garderais une cicatrice indélébile, comme quand j'étais enfant. Eliza et Nick envoyèrent leurs hordes pour lutter contre elle, mais c'était après moi qu'elle en avait, à présent ; j'étais celle qu'elle devait éliminer si elle voulait frapper Jaxon d'incapacité.

— Encore, Paige, m'encouragea celui-ci d'une voix si basse que moi seule pus l'entendre. Allez, ma Rêveuse pâle. Laisse enfin s'envoler ton esprit.

Un tintement doux et continu m'emplit les oreilles. Je voulus lui répondre, mais je ne pouvais plus respirer.

— Vas-y. Tu es une *marcherêve,* ma chérie. Je sais que tu peux faire mieux que ça...

J'essayai. Je fermai les paupières pour visualiser tous les instants de ma vie durant lesquels j'avais ressenti de la peur. Les couloirs de l'école, bordés de sourires moqueurs et de regards assassins. Les rues de Dublin, où j'avais vu mon cousin pour la dernière fois. Mon père dans son fauteuil, dissimulé derrière son journal pour esquiver mon regard chaque fois que nous discutions, sans jamais m'expliquer pourquoi.

Ça ne suffisait pas. La rage de Metyard avait couvé et bouillonné pendant trois siècles – elle éclipsait la mienne de très loin. La poltergeist se rapprocha, et mes genoux se dérobèrent. J'ignorais ce que Jaxon attendait de moi, je ne savais pas comment m'y prendre. Il étouffa une imprécation.

— Quelqu'un a commis une erreur, nous lança-t-il. Le domptage n'a eu aucun effet. Le nom ne doit pas être le bon.

Je sentais mon cœur battre à tout rompre.

— Essaie avec un deuxième « e », suggéra Eliza, haletante. M-E-T-E-Y-A-R-D. C'est écrit comme ça sur certains documents… ajouta-t-elle dans un grognement. Vite.

Nick attira un autre esprit dans sa horde et repoussa la poltergeist, me soulageant d'un peu de pression, le temps que je campe mes pieds au sol. Je repensai à Anne Naylor, battue et terrorisée, traitée comme une moins que rien, que tout le monde avait laissée se débrouiller seule. De si nombreuses fois. Et voilà que cela se reproduisait, trois siècles plus tard. Je mènerais cette lutte à ses côtés, même si je devais y laisser la peau. Je l'aiderais à rendre cette justice qu'on lui avait refusée toute son existence.

De la sueur me coulait sur les joues et m'inondait la nuque.

— Aucun effet, finit par annoncer Jaxon. (Il forma sa propre horde presque paresseusement, et joignit ses efforts aux nôtres.) Sommes-nous vraiment sûrs que cette poltergeist est *bien* Sarah Metyard ? Je ne serais pas étonné que Didion l'ait mal identifiée.

— C'est forcément le cas, affirma Nick d'une voix tendue. Qui d'autre voudrait s'en prendre à Anne ?

Il devait s'agir de Sarah. Cette femme qui avait négligé son apprentie, l'avait laissée mourir de faim. Celle qui avait jeté les morceaux de son corps par une bouche d'égout. Qui d'autre, sinon ?

Je repensai soudain aux documents que nous avions étudiés, me souvenant de ce que les enfants effrayées avaient crié en découvrant une Anne sans vie dans ses entraves.

« Miss Sally ! Miss Sally ! Nanny ne bouge plus. »

Ce n'était pas vers la mère qu'elles s'étaient tournées, mais vers Sarah Metyard junior. La fille. *« Si elle ne bouge plus, je vais la faire remuer. »*

Sally.

Sally, qui avait été brutalisée par sa mère – qui avait battu les filles de l'atelier, qui avait elle-même reçu des coups. Sally, qui avait fini par fuir cette maison dans laquelle Anne était morte.

Sally, qui les avait condamnées toutes deux en avouant leur crime.

Toutes les pièces du puzzle se mettaient soudain en place.

« Je vais la faire remuer », avait déclaré Sally. Mais même si elle avait frappé le corps sans vie d'Anne, même si elle l'avait secouée et lui avait hurlé dessus, la fillette n'avait pas bougé. Et cette immobilité continuait de se railler de Sally.

Je vais la faire remuer. Je vais la faire remuer.

Et à présent, elle était revenue pour faire remuer Anne. Elle ne la laisserait plus se reposer, plus connaître la paix.

— Il y avait d-deux Metyard, dis-je, les lèvres tremblotantes. C'est la fille.

Nick comprit alors.

— Mais elle s'appelle Sarah Metyard aussi, intervint Eliza. Sally n'était qu'un surnom.

— Je crois qu'elle avait un deuxième prénom, se rappela Jaxon. D'après les archives de la pendaison.

— Oh ! Oui, oui, effectivement. Attends. (Eliza, dans tous ses états, libéra sa horde et se précipita à l'intérieur.) Je retourne voir l'acte de décès. Tenez bon encore quelques secondes…

— Dépêche, Eliza, répondit Nick.

Il suait désormais à grosses gouttes et était d'une pâleur cadavérique.

Le goût de métal ne m'abandonnait plus. La douleur à mes tempes me tuait, mais j'avais dépassé un certain seuil. Je pouvais résister, survivre à cette épreuve.

Cela dut durer une poignée de secondes, mais j'eus l'impression que des heures s'écoulèrent avant que la réponse retentisse à la fenêtre de l'étage.

— C'est Morgan. Sarah *Morgan* Metyard !

Jaxon se mit aussitôt à l'ouvrage. Durant les ultimes instants du domptage, je tombai à genoux, prise d'un haut-le-cœur douloureux. Un nouveau cri inaudible déchira l'éther.

Et alors, subitement, la poltergeist s'apaisa. Elle resta à flotter entre nous, passive et immobile.

La bête avait été apprivoisée.

Le silence se fit dans la cour. C'était comme si j'avais nagé sous l'eau et que je venais, enfin, de remonter à la surface. La tension accumulée dans mon dos et mes épaules se dissipa, et je basculai en avant, tremblant comme une feuille. Tandis que je reprenais mon souffle, Anne Naylor s'approcha de moi en flottant – elle était désormais aussi proche qu'elle pouvait l'être sans toucher mon visage. Tous les poils de mes bras se hérissèrent.

— Elle ne te fera plus de mal. (Ma voix n'était qu'un murmure.) Je te le promets.

Il me sembla percevoir une légère lueur dans l'éther. Anne effleura mon aura, me glaçant la peau, puis s'éclipsa discrètement de la cour.

— N'essaie pas de la dompter, Jaxon, intervint Eliza. Tu vas perdre trop de sang.

— Oui. Merci, Eliza, rétorqua-t-il d'un ton sec.

Nick vint s'accroupir près de moi pour me saisir les bras. Mes orbites paraissaient trop étroites pour mes globes oculaires, ma mâchoire trop raide pour articuler un son ; malgré ma vision bordée de noir, je parvenais encore à y voir. Des taches couleur rubis maculaient les pavés autour des pieds de Jaxon et veinaient l'un de ses bras. Je le vis essuyer sa lame à l'aide d'un mouchoir en soie.

— Fini, dit-il sans quitter des yeux l'esprit docile. Ce n'est pas la Metyard qu'on recherchait, mais c'est mieux que rien.

— Maria ne voudra plus négocier avec toi, fis-je remarquer d'une voix râpeuse. Elle voulait Sarah, pas Sally. Et on a aussi perdu Anne.

Son visage était livide.

— Oui. (Il fit signe à l'esprit d'approcher.) Maria et moi sommes de vieux amis – nous trouverons peut-être un nouvel arrangement. Sinon… bah, nous parviendrons bien à faire de cette journée autre chose qu'une immense perte de temps.

Il retourna dans la maison, suivi de Sally. J'étais éreintée, écrasée par la conviction de l'avoir déçu, mais un intense soulagement envahissait ma poitrine. Qu'Anne Naylor retourne dans la dernière demeure de son choix. Qu'elle repose en paix. Peut-être ne crierait-elle plus, maintenant que celle qui la poursuivait était partie. C'était sans doute une victoire en soi.

Mais pas celle que Jaxon Hall avait espérée.

À l'intérieur de la planque, c'était comme si rien ne s'était passé. Je nettoyai le sang sur mon visage et changeai de haut. Jaxon me demanda d'avoir la gentillesse de lui préparer un café noir et de retourner bosser sur les comptes, ce que je fis, mais je succombai à l'épuisement dès que je me fus assise. Je posai la tête sur le bureau et sombrai aussitôt.

Quand je rouvris les yeux, je me trouvais dans ma chambre, et la nuit était tombée. Je distinguais à la lueur de la lune un papillon de nuit sur la fenêtre ouverte.

Je me redressai brusquement, mais me laissai retomber sur mon oreiller en ravalant un gémissement. Ma tête me faisait souffrir le martyre. Quand étais-je allée me coucher ? Avais-je seulement fini ma paperasse ? Je roulai sur le côté et m'efforçai de faire le tri dans mes pensées. Je me retrouvai couverte de chair de poule.

Quand je me souvins de ce qui s'était passé, je remontai le drap sur ma tête. J'avais échoué. Jaxon allait me virer dès les premières lueurs du jour. Je réprimai un rire amer en imaginant me faire renvoyer de mon job de criminelle. Je n'avais d'abord pas réussi à l'impressionner avec mon talent, puis je m'étais endormie en plein travail. Autant faire mes bagages et partir tout de suite, pour m'épargner l'humiliation à venir.

Une lumière s'éclaira dans le couloir devant ma chambre. Je restai prudemment sous le drap. Je sentis le matelas s'enfoncer près de moi.

— Paige, tu dors ?

— Quelle heure il est ? murmurai-je.

— Une heure du matin, répondit Eliza en me poussant du coude. J'ai fait du thé. Affronter un geist me file toujours un coup de froid.

Je sortis la tête, repoussai les boucles qui me tombaient sur la figure. Eliza avait revêtu un gilet par-dessus sa tenue de nuit. Elle était complètement démaquillée. Elle me tendit un mug fumant, dont je me saisis.

— Tu t'es endormie ? lui demandai-je.

— Non. J'ai dû finir la paperasse. (Je baissai les yeux, et elle me toucha l'épaule.) Mais Jaxon s'est assoupi. Nick et moi nous sommes servis de hordes – vous deux, de votre talent. De vous-mêmes. C'est en partie ça, être clairvoyant. Tu sais ce qu'on dit, au sein de la pègre ? *L'éther prend aussi souvent qu'il donne.*

Ainsi donc, Jaxon avait été aussi éprouvé que moi par la rencontre avec Sally. Maigre consolation.

Eliza sortit alors de sa poche une boîte à pilules en argent ciselée à la main.

— Tiens. (Elle l'ouvrit et en sortit un cachet.) Nick m'a dit que tu avais mal à la tête.

— Jaxon va me virer, hein ? m'enquis-je tout bas.

Pas de réponse. Je ne savais pas si elle ne m'avait pas entendue ou m'ignorait sciemment. Elle s'affairait à inspecter ma joue, contusionnée par le coude de Bouffi.

— Tu vas avoir un vilain bleu, commenta-t-elle. Et ta gorge… ça va te faire souffrir un moment.

— Eliza…

— On parlera de Jaxon plus tard. Tu dors depuis des heures, il faut que tu avales quelque chose. Je pense qu'il est temps de te présenter le *Chateline*, la meilleure cantine de Londres.

— À cette heure-ci ?

— Il reste ouvert toute la nuit. Il paraît que son proprio ne dort jamais – et qu'il refuse de laisser quiconque cuisiner à sa place. (Alors que je rassemblais mes vêtements, elle ajouta :) Pas la peine de s'habiller. J'y vais régulièrement en pantoufles.

Une boule enflait dans ma gorge. Nick et elle sortaient souvent dîner le soir. Ils ne m'avaient encore jamais conviée. Il devait s'agir d'un ultime témoignage de gentillesse avant mon départ.

Je me donnai un rapide coup de peigne et enfilai une veste. Puis nous sortîmes dans la nuit – elle avait réellement gardé ses pantoufles –, et je l'écoutai me parler du *Chateline*, de son cuistot éponyme qu'elle adorait, de la faculté qu'avait celui-ci à transformer un repas basique en une œuvre d'art. Elle ne tarissait pas d'éloges sur le cake au miel de Chat, dont il gardait jalousement la recette. Et alors qu'elle le décrivait en paroles, j'avais l'impression d'avoir un aperçu d'un monde auquel je n'appartiendrais jamais. Si j'avais réussi à déterminer ce que Jaxon voulait tant voir en moi, mon existence aurait pu ressembler à cela.

Nous dépassâmes la colonne-cadran solaire, et elle me guida dans l'allée minuscule et discrète qui conduisait à Neal's Yard, un petit coin hors du temps dissimulé parmi les immeubles des Sept-Cadrans. Il s'y trouvait une boutique – ou ce que j'avais toujours pris pour une boutique –, devant laquelle j'étais passée à plusieurs reprises pendant que j'effectuais l'une ou l'autre course ; je n'avais jamais eu de raison d'y entrer. Eliza en poussa la porte.

L'intérieur, pourtant mité, était magnifique, une ode véritable à la grandeur perdue. Les clients s'entassaient autour de tables illuminées aux chandelles. Nick nous attendait sur une banquette dans un coin.

— Bonsoir, Muse. (Un homme chauve et rougeaud nettoyait le bar.) Je vois que tu as finalement amené la nouvelle.

— J'ai décidé de lui accorder une place dans notre petit paradis, répliqua Eliza, ce qui le fit glousser. Rêveuse, voici Chateline.

— Chat.

Il me tendit une main calleuse. Son autre bras s'achevait en un moignon, juste en dessous du coude.

— Muse et Vision m'ont beaucoup parlé de toi. (Je battis des paupières.) Puisque c'est ta première fois ici, c'est moi qui régale. Commande ce que tu veux.

— C'est trop gentil, répondis-je, surprise. Merci.

— Ah, les amis de Dompteur sont mes amis.

Nous allâmes rejoindre Nick à sa table. Lui aussi semblait tout juste sortir du lit.

— Coucou, *sötnos*, dit-il en déplaçant un coussin de soie pour me laisser une place. J'ai pris la liberté de commander la même chose que d'habitude. On voulait t'initier officiellement au *Chateline*.

— C'est comme une tradition, abonda Eliza. On prend un petit-déj' ici, tous les vendredis soir. (Elle se pencha vers moi et posa sa main couverte de bagues sur la mienne.) Et à partir d'aujourd'hui, tu nous accompagnes.

J'essayai de sourire, sans grand succès.

— J'en suis très honorée.

Ils devisèrent ensemble un moment, semblant se contenter de me voir hocher la tête et sourire aux bons moments. Chat nous apporta assiette après assiette d'un petit-déjeuner cuit à la perfection, ainsi qu'une cafetière à piston pleine à ras bord et qu'une soupière en argent remplie de crème.

— Qu'est-ce qui t'a poussée à choisir West Street ? me demanda Eliza entre deux bouchées de pancake.

Je servis le café.

— J'ai juste… supposé que Metyard s'était débarrassée du corps plus près de chez elle.

— J'aurais dû y penser aussi. D'après la déclaration du gardien qui a retrouvé les morceaux, il était de faction à Holborn, juste au coin de la rue. J'ai lu tout ça tellement vite, la première fois. (Elle fit la moue.) Tu m'as sauvé la peau en devinant juste. Jax m'en aurait voulu à mort si on s'était plantés alors que j'avais la réponse juste sous mon nez.

— J'ai eu de la chance, voilà tout.

— Comme quand tu as deviné que Sarah était en réalité Sally, intervint Nick en me décochant un coup d'épaule amical. Et quand tu as supposé qu'Anne et Metyard s'affronteraient à la bouche d'égout.

— Ça me paraissait le plus logique.

Eliza se saisit de la tasse que je lui présentais.

— Tu n'as pas l'air bien, Paige. Tu n'es pas contente ?

— Contente ? répétai-je.

— De ta réussite.

J'étudiai leurs visages souriants. Troublée, je répondis :

— Mais je n'ai rien réussi. Je n'ai pas montré à Jaxon ce qu'il voulait voir. (Comme aucun des deux ne répondait, je reposai ma tasse.) Écoutez, c'est très gentil à vous de faire tout ça pour moi, mais… je préférerais qu'on se sépare plus brusquement.

J'avais du mal à respirer. Ils échangèrent des regards perplexes.

— S'il vous plaît, dites-moi. Est-ce que Jaxon va me virer ?

— Te virer ? s'esclaffa Eliza. Tu rigoles ?

— Oh, Paige, non. Bien sûr que non, me rassura Nick avec douceur. Je suis déjà revenu de mission les mains vides un nombre incalculable de fois. Même Jaxon Hall ne peut pas toujours obtenir ce qu'il désire.

— Tu as retenu Metyard *à toi toute seule*. Nous ne pouvons repousser des esprits qu'à l'aide de hordes. (Eliza secoua la tête.) Tu es une *marcherêve*, Paige. L'ordre le plus rare qui soit. Jax l'a toujours su, mais aujourd'hui, tu lui as donné un avant-goût de ce dont tu étais capable. Tu n'as peut-être pas encore pleinement développé ton talent, mais ce n'est pas grave. Tu apprendras, avec le temps.

Mon cœur s'emballa.

— Vous le pensez vraiment ?

— Tu as fait du super boulot, il en est conscient, me confirma Eliza. Tu as deviné la véritable identité de la poltergeist. C'est toi qui as suggéré que les esprits reviendraient à l'égout. (Elle plongea la main dans son sac en grosses mailles et en tira le dossier intitulé M.) Chick Lane comptait manifestement beaucoup pour toutes les personnes concernées par ce crime. Voici la retranscription du procès des Metyard qui s'est tenu à Old Bailey. Regarde le témoignage de Richard Rooker – l'amoureux de Sally.

Je m'emparai du document et lus le passage qu'elle m'indiquait. Dans la retranscription, Richard Rooker se rappelait une conversation qu'il avait surprise entre Sarah et Sally.

J'ai entendu la fille dire à la mère : « Mère, tu es le fantôme de Chick-lane ; souviens-toi de la bouche d'égout. »

— Le fantôme de Chick-lane, soufflai-je. C'était donc le surnom de Metyard, même de son vivant.

Eliza referma la chemise.

— Eh oui. Metyard et Anne étaient donc clairement liées à cette rue. Jaxon se doutait très fortement que si ces deux esprits devaient s'affronter, ils le feraient là. C'est ce qu'il m'a dit quand il vous a envoyés en mission, Nick et toi.

Je secouai la tête.

— Pourquoi tu ne nous en as pas parlé ? Pourquoi nous avoir laissés courir partout ?

Elle ravala un sourire.

— Jaxon m'a demandé de te mettre à l'épreuve, pour voir si tu parviendrais à le deviner seule. Il a été *ravi* quand je lui ai rapporté que tu avais compris pour la bouche d'égout.

— Tu étais de mèche ? interrogeai-je Nick.

Il leva les mains, et je me retournai vers Eliza.

— Bien. Tu savais que Chick Lane était sans doute le bon endroit – mais savais-tu que la *bonne* Chick Lane était West Street ?

— Sincèrement, non. On a tout misé sur ton intuition. Et tu as eu raison.

Je restai silencieuse un long moment, abasourdie.

Ainsi, Jaxon n'allait pas me mettre à la porte. Je n'étais peut-être pas encore une marcherêve accomplie, mais j'avais la faculté de traquer et de retenir les esprits, et j'avais survécu à un affrontement avec le suzerain de l'ombre. Ce qui me poussa à demander :

— Et Hector ?

— Tu vas devoir surveiller tes arrières pendant quelque temps, admit Nick, mais Jaxon finira par arranger les choses, d'une manière ou d'une autre. De toute façon, on est là les uns pour les autres. C'est ça, les Sept Sceaux.

Il me passa le bras autour des épaules et me serra gentiment contre lui. Je sentis le rouge me monter aux joues.

— On forme une famille, Paige. Et tu en fais partie, à présent.

Ma gorge se serra, mes yeux s'embrumèrent. Je ne savais pas quoi répondre.

— À la tienne, Rêveuse pâle, dit Nick. (Nous levâmes tous trois nos tasses) Et à ta carrière dans l'anormalité.

— Prépare-toi, sourit Eliza. Il n'y a pas de repos pour les damnés.

Ce fut alors que je commençai à comprendre : cela pourrait bien devenir ma vie. Les choses pourraient se poursuivre ainsi jusqu'à la fin.

ÉPILOGUE

Pendant quelques semaines, rien ne changea aux Sept-Cadrans, à part que je participais désormais aux virées nocturnes du vendredi chez Chat. Je ne sortais pas encore beaucoup, et la paperasse la plus assommante atterrissait toujours inévitablement sur ma table, mais je m'y attelais avec une détermination renouvelée. Lorsque Jaxon réclamait un café, c'était le meilleur café de tout Londres. De la même manière, ses papiers n'avaient jamais été aussi bien traités ni détaillés.

Son attitude envers moi n'évolua pas d'un iota. De la courtoisie, toujours, un peu de charme, parfois. Une franche indifférence la plupart du temps. Cela me convenait bien. Comme tout le reste.

L'hématome sur ma joue finit par disparaître. Selon nos rapports, Anne Naylor était retournée à la station de Farringdon, où elle ne hurlait plus aussi souvent qu'avant. Elle restait généralement silencieuse et agréable. Jaxon supposait que Metyard mère rôdait encore quelque part, mais pour l'heure, Anne semblait avoir enfin trouvé un peu de repos.

Le dernier jour d'octobre, je fus autorisée à accompagner Eliza lors de sa collecte auprès des voyants locaux, dont Chat faisait partie. Il s'agissait d'une promotion certes modeste, mais, à mes yeux, c'était surtout une nouvelle preuve de mon acceptation au sein du gang. Je prenais mes marques dans la peau de la Rêveuse pâle, que j'entendais habiter un très long moment.

Eliza m'entraîna dans des boutiques clandestines où des diseurs vendaient le savoir de leurs boules de cristal, où des tireurs me proposaient de cartographier ma vie entière à l'aide de leurs images. Nous nous arrêtions pour boire des cafés. Nous évitions les Vigiles. Nous étions si préoccupées par notre existence souterraine que nous en oubliions presque les messages anti-anormalité qui pullulaient sur les écrans publics, les exécutions de voyants ou ce gouvernement omniprésent qui nous menaçait tous, en attendant l'heure de notre capture. Je n'aurais jamais cru que je parviendrais à faire abstraction de Scion alors que j'y habitais.

Nick m'expliqua que c'était ainsi qu'on se rebellait contre la tyrannie. Doucement, dans l'ombre – en existant, en nous épanouissant, en osant tirer profit de nos dons, nous défiions Scion. Je savais d'expérience que le faire par d'autres biais nous conduirait à une mort certaine. Ainsi allaient les choses, et nous savions nous contenter de notre mutinerie secrète.

Nous récupérâmes les derniers loyers avant le coucher du soleil. De retour à la planque, nous nous installâmes pour discuter avec Nick et échanger des anecdotes sur notre vie d'avant les Sept Sceaux. Eliza, qui faisait partie de la pègre depuis qu'elle avait été abandonnée, bébé, à Soho, n'en manquait pas. Quand nous nous décidâmes enfin à aller nous coucher, j'avais mal aux joues à force de rire.

La première chose que je remarquai fut qu'un nouveau papillon de nuit avait atterri sur ma fenêtre. La seconde fut ce rouleau de papier sur mon oreiller. Une écriture familière et élégante le noircissait.

Retrouve-moi tout de suite à la colonne du cadran.

Cette peur ancienne m'assaillit à nouveau. Je m'armai de courage et enfilai ma veste.

Dès que je fus dehors, je l'aperçus. Il se tenait devant le pilier illuminé qui marquait le cœur du district, appuyé sur l'une de ses élégantes cannes. Il me regarda approcher sans bouger.

— Bonsoir, Paige.

Je m'arrêtai près de lui et enfouis les mains dans mes poches.

— Salut.

J'avais les nerfs à vif et le ventre noué. Même si trois semaines s'étaient écoulées, une partie de moi se demandait s'il ne m'avait pas simplement accordé un court répit avant de se débarrasser de moi. Eliza et Nick s'étaient peut-être trompés.

— Je présume que tu as apprécié ta journée.

— Oui, répondis-je.

Il ne quittait pas les cadrans solaires des yeux. Les Sept-Cadrans étaient un rond-point où convergeaient sept rues – mais le sommet de la colonne n'accueillait que six cadrans solaires. Nick m'avait expliqué qu'il n'y avait eu à l'origine que six rues, d'où l'absence d'une face. Les habitants du quartier estimaient aujourd'hui que le pilier lui-même constituait le cadran manquant. Je contemplai les cadres bleus et leurs inscriptions dorées.

— Il y a une chose dont j'aimerais discuter avec toi, Paige. J'ai une proposition à te faire.

La première partie de sa déclaration m'aurait sans doute fait paniquer, si le terme *proposition* n'était pas venu adoucir l'ensemble. Aux dernières nouvelles, on ne *proposait* pas de licencier quelqu'un.

— Comme tu as pu t'en rendre compte, le Dr Nygård a été un grand atout pour moi au cours des huit années écoulées – mais son travail auprès de Scion l'empêche de se consacrer aussi pleinement que je ne le souhaiterais au mode de vie des Sept Sceaux. Tu as pu voir comment ça fonctionnait, maintenant, ma chérie. Tu mesures à quel point notre job est exigeant. Et dangereux. (Il tapota le trottoir du bout de sa canne.) Eliza est médium. Elle est certes talentueuse et travailleuse, mais ce n'est pas le genre de voyant qu'on imagine devenir le poulain et l'héritier du Dompteur blanc.

Je fronçai les sourcils.

— Après qu'ils ont fait leurs preuves, reprit-il, j'ai offert à Nick et Eliza l'un de ces cadrans. Afin de symboliser leur place au sein des Sept Sceaux.

Il leva sa canne pour me désigner le cadran qui faisait face à la planque, puis il traça un chemin jusqu'à nous pour indiquer la rue dans laquelle nous nous trouvions.

— Tu vois ceci, ô, mon adorable ? Ceci est à toi. Cette rue, ce chemin t'appartient. Si tu le suis jusqu'au bout, il te conduira au dédale de la pègre londonienne, où se trouve ta place véritable. Il te suffit pour cela de devenir la Rêveuse pâle. Laisse-la imprégner ton âme. Laisse-la chasser tes moindres doutes, ta solitude, la *peur* que peut ressentir Paige Mahoney, et les transformer en richesses. Laisse-la développer le don qui sommeille en toi. Fais cela, et tu deviendras pour moi une parfaite malonette.

Malonette. La seconde sur la chaîne de commandement. J'avais dû mal comprendre, il était bien trop tôt pour cela.

— Malonette, finis-je par déclarer.

— Exactement.

Il allait me choisir plutôt qu'Eliza, qui travaillait pour lui un an déjà avant notre rencontre. Je ne pus m'empêcher de repenser à ce qu'Ognena Maria m'avait dit.

— Ça ne devrait pas être moi, répondis-je posément. Eliza…

— … comprendra et respectera ma décision. Ma malonette doit être quelqu'un de rare, quelqu'un de *singulier*. Quand tu as affronté Sally Metyard, tu as prouvé que tu étais à la hauteur de mes attentes. Je sais que tu es capable de plus, mais nous avons des années devant nous pour parfaire ta technique. Nous avons le reste de ta vie pour cela, si tu acceptes de t'engager comme je te le demande.

Je fus prise d'une hésitation.

Je détestais l'idée de piquer la place d'Eliza ; et pourtant, il m'avait affirmé qu'elle comprendrait, et il la connaissait mieux que moi.

— En tant que malonette, tu seras l'héritière de mon secteur. À ma mort, tu deviendras la reine-mime de la I-4, la légitime propriétaire de ma demeure aux Sept-Cadrans. Tu ne manqueras jamais de rien. Tout ce que j'exige en échange, c'est ta loyauté. (Il me regarda dans les yeux.) Acceptes-tu ma proposition ?

Mon cœur battait désormais plus vite que jamais – pas à cause de la peur, mais de l'impatience.

Je ne parvenais toujours pas à cerner Jaxon Hall, j'ignorais tout du genre d'engagement que je m'apprêtais à prendre. Peut-être étais-je en train de conclure un pacte avec le diable – mais si cela pouvait me préserver de Scion, qu'il en soit ainsi.

— Oui, répondis-je. Oui, j'accepte de devenir ta malonette. Et tu as toute ma loyauté. Aujourd'hui et pour toujours.

Le coin de sa bouche se souleva.

— Excellent, commenta-t-il. Alors à demain, Rêveuse pâle.

Et il s'éloigna.

Un vent glacial se leva. Je restai sur place un long moment, trop stupéfiée pour repartir.

Dans le firmament londonien, les étoiles étaient témoins de mon serment. À cet instant, je ne distinguais presque plus les ténèbres qui les entouraient. C'était à peine si j'entendais les sirènes au loin. J'inspirai profondément, tournai les talons et regagnai le bercail, une esquisse de sourire aux lèvres.

À présent, j'étais libre de devenir ce que bon me semblait.

Je suis Paige Mahoney. Je suis la Rêveuse pâle.

Composition et mise en pages
Nord Compo à Villeneuve-d'Ascq

Le papier intérieur de cet ouvrage est composé de fibres naturelles, renouvelables, recyclables et fabriquées à partir de bois issu de forêts plantées expressément pour la fabrication de pâte à papier.

ISBN : 978-2-37876-056-4 (broché)
ISBN : 978-2-37876-091-5 (relié)

Dépôt légal : novembre 2020

N° d'édition : 0022-016-01-02 (broché)
N° d'édition : 0023-016-02-01 (relié)

Achevé d'imprimer en Slovaquie par TBB